너를 부르는 시간

UNREQUITED LOVE (暗戀.橘生淮南 2)

Copyright ⓒ 2017 by Bayue Changan
All rights reserved.
Published in agreement with Changjiang New Century Culture and Media Ltd. Beijing c/o
The Grayhawk Agency Ltd., through Danny Hong Agency.
Korean translation copyright ⓒ 2020 by Hyeonamsa Publishing Co., Ltd.

이 책의 한국어판 저작권은 대니홍 에이전시를 통한 저작권사와의 독점 계약으로
(주)현암사에 있습니다. 저작권법에 의해 한국 내에서 보호를 받는 저작물이므로
무단 전재와 복제를 금합니다.

暗戀 · 橘生淮南

2

너를
부르는
시간

바웨창안 지음 · 강은혜 옮김

달다

일러두기
- 인명 및 지명은 국립국어원 외래어표기법에 따라 중국어 발음으로 표기했습니다.
- 책 제목은 『 』, 시, 단편은「 」, 영화, TV 프로그램, 노래 제목은〈 〉로 표기했습니다.
- 각주는 모두 역자 주입니다.

차례

아이들이 물었다. 그다음엔요?

Dear Diary:

티파니와 제이크에게 안데르센 동화를 읽어준 적 있다.

"옛날 옛날에 한 황제가 살았어요. 그의 영지에는 그 무엇보다 아름다운 밤꾀꼬리가 산다는 전설이 전해졌지만, 황제는 한 번도 본 적이 없었어요. 황제의 시종들은 천신만고 끝에 밤꾀꼬리를 잡아 왔어요. 전설은 현실이 됐고, 밤꾀꼬리의 노랫소리는 온 나라에 퍼졌어요. 어느 날, 이웃 나라에서 기계로 만든 가짜 밤꾀꼬리를 황제에게 선물했어요. 가짜 밤꾀꼬리는 노랫소리가 곱고 흉내도 잘 내는 데다, 각종 보석들로 화려하게 장식이 돼 있었죠. 얼마 지나지 않아, 가짜 밤꾀꼬리는 진짜보다 더 많은 사랑을 받았어요. 진짜 밤꾀꼬리는 모두가 가짜를 우러러보고 구경할 때 홀쩍 날아가 버렸답니다."

내가 여기까지 읽자, 두 아이는 몹시 실망한 표정으로 계속해서 물었다. "이게 끝이에요? 다음 얘기는 없어요? 그다음엔요? 나중엔 어떻게 됐어요?"

나중엔? 나중에 사람들은 진짜 밤꾀꼬리를 잊어버렸다. 가짜 밤꾀꼬리는 고장이 나서 수리를 했지만, 또다시 고장 났다. 그러다 황제의 병이 깊어졌다. 모두가 황제가 언제 죽을지, 새 황제는 누가 될지 토론하고 있을 때, 오직 황제만이 병석에 누워 달빛 아래에서 사신이 다가오는 걸 바라보고 있었다. 이때, 창밖에서 밤꾀꼬리의 노랫소리가 들려왔다. 처음 들었을 때처럼 아름다운 선율, 기계로는 도저히 모방할 수 없는 거였다. 사신은 밤꾀꼬리에게 계속 노래해달라면서 그 대가로 자신의 왕관과 낫을 주겠다고 했다. 결국 사신은 황제의 목숨을 거둬 갈 수 없었다.

난 두 아이가 어떤 결말을 기대하는지 알고 있었다. 그들은 황제가 다시금 밤꾀꼬리의 소중함을 깨닫기를, 밤꾀꼬리가 밤의 제왕처럼 돌아오기를, 생각이 짧은 신하들과 백성들이 밤꾀꼬리 앞에서 진짜 소중한 걸 알아보지 못한 것에 부끄러워하며 고개를 숙이기를 바랐다.

그러나 뒷이야기는 늘 원하는 대로 흘러가지 않는다.

밤꾀꼬리는 황제에게 가짜를 부수지 말라고 설득했다. 밤꾀꼬리가 말했다. 자신은 황제가 보고 싶으면 날아올 거라고, 황혼이 비치는 나뭇가지에 앉아 행복하고 아름다운 노래와 슬프고 괴로운 노래를 부를 거라고. 선한 노래도, 악한 노래도 부를 거라고. 자신은 가난한 어부의 곁에 머무르면서, 황제와 황궁 사람들로부터 멀리 날아갈 거라고 말이다.

"전 왕관보다는 폐하의 마음을 더 사랑합니다. 하지만 이것만은 약속해주세요. 폐하께 모든 걸 알려주는 작은 새가 있다는 사실을 아무에게도 말하지 말아주세요. 그래야 모든 것이 아름다워질 거예요."

밤꾀꼬리는 날아갔다.

그리고 황제는 침대에서 일어나, 자신이 죽었는지 살펴보러 온 시종들에게 아침 인사를 건넸다.

티파니와 제이크에게 이 이야기는 은혜를 갚고 복수를 하는 이야기보다 훨씬 재미없을 것이다. 아주 오랜 시간이 지난 후 아이들이 자라서 국왕도 되고 밤꾀꼬리가 되어보면 알 수 있을지도 모르겠다. 방관자의 눈에 비친 아름다운 결말이 꼭 극중 인물이 원하는 결말은 아니라는 걸.

때로 가장 아름다운 이야기는 아무도 모르는 황혼에, 나뭇가지 위에서 들려오는 속삭임일지도 모른다.

이건 아이들에게 내가 해준 마지막 이야기였다. 그 즈음 티파니네는 운전기사를 내보낸 뒤라, 나는 일이 끝나면 혼자 지하철을 타고 학교로 돌아왔다. 어두운 터널 속에서 하얀 첫덩어리 세계는 궤도를 따라 흔들렸다. 나는 썰렁한 지하철 칸에 탑승한 몇 안 되는 승객들을 보며 그들의 얼굴 뒤에 감추어진

이야기를 상상했다.

어쩌면 딱딱하게 굳은 표정 밑에 누군가에 대한 그리움이 감춰져 있진 않을까. 어쩌면 신문을 보면서 수당 없는 야근을 투덜거리고 있는 건 아닐까. 어쩌면 구사일생으로 살아남아 마침내 과거와 깔끔히 작별하고, 보통 사람의 정신없는 생활을 하고 있는지도 모른다.

우리는 모두 똑같은 사람들이다. 지극히 평범해서 대단한 이야기 같은 건 어울리지 않아 보이고, 삶에 의해 한 덩이로 뭉뚱그려져 다른 점을 분별할 수도 없을 정도로.

하지만 우리에게는 누구나 자신만의 비밀이 있다. 요약하면 비슷해도, 펼쳐보면 무늬와 질감이 천차만별인 비밀. 그 비밀은 태어날 때부터 지니고 있던 점처럼 옷 속에 감춰져 있다. 평소에는 일부러 떠올리지 않아도 혼자서 옷을 벗을 때, 목욕을 할 때, 고개를 숙일 때 같은 사적인 시간에는 느닷없이 마주치게 된다.

비밀은 사람들을 다르게 만들어준다.

그렇기에 밤꾀꼬리의 노래는 굳이 궁전에서 부를 필요가 없다.

언젠가 내 비밀을 이야기로 만들 차례가 온다면.

나는 '내가 좋아했던 한 사람'에 대해 이야기하고 싶다.

이 말은 아마 많은 사람들의 탄식을 자아내겠지.

그들이 진짜로 듣고 싶은 건 우리가 나중에 어떻게 됐느냐일 것이다.

만약 내가 이렇게 말한다면? 나중에 우린 사귀었고, 싸웠고, 헤어졌고, 다시 사귀었다가 각자 바람을 피웠고, 나중엔 집 사는 일로 서로 열등감을 느끼다가 결국엔 혼인신고를 했고, 그런 다음 고부간의 전쟁이 벌어졌다고.

만약 내가 이렇게 말한다면? 나중에 내가 고백했는데 상대방은 거들떠보지도 않았고, 우리는 서로 원수지간이 되었다가 나중에 오해가 풀렸고, 각자 행복하게 살았다고.

물론, 이건 아무렇게나 지어낸 거다. 내 이야기에는 도망쳐도 도망칠 수 없는 현실적인 뒷이야기가 그렇게 많지 않으니까. 이야기를 잘하는 사람은 늘 어디서 결말을 맺고 어디를 잘라내야 할지 잘 알아서 가장 좋은 것만 남겨둔다.

이야기가 늘 제자리를 돌며 굳은살이 박힐 때까지.

이렇게 나의 비밀은 아름다운 것만 남겨지게 되었다. 그건 짝사랑이었고 청춘이었으며, 아쉬움이었다. 좋을 때 그만두는 거였고 늙지 않는 소년이었다.

하지만 난 그런 사람이 아니다.

많은 사람들이 얻지 못할 사람을 사랑해봤고, 얻지 못하기 때문에 사랑했을 것이다.

그러나 내가 원하는 건 아름다운 아쉬움이 아니었다.

내가 이렇게나 용감한 사람인 줄 모르고 있었다.

그래서 나중엔 어떻게 되었냐고?

훗날, 황혼이 내릴 때면 밤꾀꼬리는 창밖 나뭇가지 위에 내려앉았다.

이렇게 오랫동안 내가 잊지 못한 건, 사실은 그런 것들이었지, 그 사람이 아니었다.

— 뤄즈의 일기에서

제55장

노동자의 지혜

"나랑 같이 가주면 안 돼?"

"뭐?"

두 사람은 11시가 되어서야 겨우 일어나 새해 첫 아침을 놓쳐버렸다. 뤄즈는 마침 침대에서 하품 중이라 장바이리가 위쪽에서 망설이며 묻는 말이 모호하게 들렸다.

"그…… 구 대표님랑 오늘 점심 같이 먹기로 약속했거든."

뤄즈는 얼빠진 상태로 나머지 하품을 마저 했다.

"그래서?"

"그래서 내가 물어보잖아?" 위층에서 장바이리가 격렬하게 몸을 돌리는 통에 침대가 삐그덕거렸다. "너도 같이 가자! 벌써 약속했단 말야. 그 사람도 내가 룸메이트 데려가는 데 동의했고. 그러니까 너도……."

뤄즈는 귀찮아서 거절하려다가 고개를 들자마자 장바이리

의 간절한 눈빛을 보고 말았다. 생기라곤 찾아볼 수 없는 눈빛
이었다.

사랑은 사실 영원히 마음속 이 남자와 저 남자의 전쟁이다.
옛 남자를 잊는 가장 빠른 방법은 새로운 남자를 만나는 것이다.

뤼즈는 장바이리를 놀리는 대신, 눈을 감고 침대 위에 다시
누웠다. "몇 시 약속인데? 나 30분만 더 자도 돼?"

"오늘 기분이 상당히 좋아 보이네요?"

뤼즈는 뒷좌석에 앉자마자 구즈예의 인사치레 같은 첫마디
를 들었다. 보이는 건 그와 장바이리의 뒤통수뿐이었다. 장바
이리는 원래 뤼즈와 함께 뒷좌석에 앉으려고 했지만, 뤼즈는
그녀를 조수석으로 밀어 넣었다.

"저요?"

"그럼 당신이죠. 어젯밤에 봤을 때보다 안색이 많이 좋아졌
네요. 기분도 좋은 것 같고." 구즈예가 유유히 말했다.

"둘이 만난 적 있어요?" 장바이리가 흥미롭다는 듯 고개를
돌려 구즈예를 바라보았다. 뤼즈는 순간 말문이 막혔다. 운전
석에 앉은 그 남자가 어젯밤에 얼마나 변태같이 행동했는지 사
실대로 말할 수는 없었다. 다행히 구즈예가 요령껏 둘러댔다.
"어젯밤 학생회의 어떤 남학생이랑 같이 있길래 같이 몇 마디
나누었어요."

장바이리는 뒤에 앉은 뤼즈를 돌아보며 의미심장하게 웃었
다. "성화이난?"

뤄즈는 한숨을 내쉬었다.

환한 하늘빛이 어젯밤에 있었던 어두운 일을 한 겹, 한 겹 닦아주었다. 뤄즈는 '구즈예' 이 세 글자를 떠올리면서도 심지어 그들이 정말 만났었는지 의심스럽기까지 했다. 그러나 운전석에서 고개를 돌리고 웃으며 인사하는 얼굴을 보니 여러 장면들이 뒤섞여 머릿속으로 들어왔다. 바닥에 어지럽게 깨진 식기들, 뒤집혀진 테이블, 괜히 와서 말을 걸던 구즈예, 넋이 나간 장바이리, 제멋대로 굴던 성화이난, 하얀 눈으로 뒤덮인 오솔길, 그리고 그 황당해서 화도 나지 않던 거짓말.

모든 장면에 소리가 없었다. 마치 강제로 묵음으로 설정한 것처럼. 장면들은 차창 밖으로 쌩쌩 부는 바람 소리와 교문 앞 행상들의 호객 소리를 배경으로 산산조각 나며 마치 딴 세상일처럼 느껴졌다.

"창문 닫아요, 히터 틀었으니까." 구즈예가 다정하게 장바이리에게 안전벨트를 매주며 물었다. "어제 뭐라고 했었죠? 베이징 전통 음식이 먹고 싶댔나? 사실 나도 먹어본 적 없어요. 다들 지우먼이나 후궈쓰가 괜찮다던데, 허우하이에 가면 될 것 같아요."

허우하이. 뤄즈는 묵묵히 눈을 감았다. 장바이리, 너 죽을래?

뤄즈는 여전히 말수가 적었다. 장바이리도 부끄러워서 그다지 말이 없었고, 오직 구즈예 혼자서 이따금씩 "곧 기말고사죠?", "기숙사 난방은 어때요?", "새해에는 학교 며칠이나 쉬어요?" 같은 화제를 꺼내며 분위기가 지나치게 얼어붙지 않게 애썼다. 다행히 식사 자리에서는 구즈예와 장바이리가 용감하게 녹두즙 마시기를 시도하면서 뤄즈에게도 억지로 마시라고 유쾌하게 권한 덕분에 세 사람은 웃고 떠들며 아까보다 훨씬 친해졌다.

지우면 샤오츠 먹거리 골목을 나온 후, 뤄즈는 두 사람에게 주변을 돌아보겠다고 했다.

장바이리가 다급히 얼굴을 붉히며 그녀를 붙잡았지만, 구즈예는 너그럽게 웃으며 말했다. "그럼 우리는 다른 곳에 앉아 있을게요. 날씨가 추우니까 학교로 돌아가고 싶으면 바이리에게 전화해요. 그럼 내가 두 사람을 학교로 데려다줄 수도 있을 테니까."

"괜찮아요. 오늘 밤엔 금융가 쪽에서 오빠랑 새언니를 만나기로 해서 오후엔 학교로 돌아가지 않을 거예요. 전 신경 쓰지 마시고 재밌게 노세요."

뤄즈는 구즈예의 차가 떠나는 걸 눈으로 배웅했다. 장바이리는 차에 앉아 힘껏 손을 흔들었다. 마치 뤄즈가 도망가는 것에 불만을 표출하는 것 같았지만, 뤄즈는 그 손동작에서 장바이리의 즐거움을 읽어낼 수 있었다.

뤄즈는 사실 방금 살짝 긴장한 장바이리를 무척이나 놀리고 싶었지만 끝내 참았다. 장바이리에 대해 점점 더 많이 알게 되고 친해지긴 했지만, 기꺼이 매개체 역할을 하면서 분위기를 띄워주는 표준 절친의 모범 자세를 뤄즈는 알지 못했다. 게

다가 장바이리가 구즈예와 점심 약속을 잡긴 했어도 두 사람이 얼마나 가까워졌는지 확신할 수도 없는 상황이었으니 말이다.

때론 웃음기를 띤 수상쩍은 질문 하나로도 부잣집 도련님을 놀라 도망가게 만들 수 있었고, 정조를 지키는 친구에게 상처를 입힐 수도 있었다.

가장 중요한 건, 뤄즈는 구즈예가 '좋은 사람'인지 확신할 수 없다는 거였다.

막연하게 골목 입구에 선 뤄즈는 길을 모른다는 사실을 깨달았다. 그저 최대한 빨리 두 사람에게 같이 있을 기회를 만들어줄 생각이었는데, 그러는 동안 자신을 길에 버려두고 말았다.

뤄즈는 길을 기억하는 일 없이 매번 미리 지도를 찾아서 지니고 다녔다. 딱 한 번, 목적 없이 마음대로 걸었던 적이 있었는데, 바로 성화이난과 함께였던 허우하이에서였다. 당시 그는 아주 오만하게 웃으며 말했었다. "이 몸을 따르면 이 몸이 바로 방향이니라."

네가 바로 방향이었어.

뤄즈는 손을 이마에 대고 호수에서 반사되는 햇빛을 가렸다. 한겨울이라 양쪽 기슭의 버드나무 가지는 저번에 왔을 때보다 더 듬성듬성해져 있었다. 그녀는 목적 없이 호숫가를 걸었다. 간혹 호숫가에서 목청을 가다듬거나 검술을 연마하는 노인을 만나면 길을 돌아가면서 아직 잠들어 있는 술집들을 하나하나 지나쳤다.

문득 삼륜차 아저씨가 생각났다. 스산한 겨울 풍경은 마치 화판에 고정된 정물화처럼, 뤄즈라는 방관자를 제외하곤 생기 있는 요소를 찾아볼 수 없었다. 평소 어슬렁거리며 손님을 끌기에 바빴던 삼륜차꾼들은 죄다 작은 골목의 깊숙하고 고요한 그림자 속으로 숨어버렸는지 보이지 않았다.

그때 그녀는 상대방이 가정한 인과에 떨어질 것도 아닌데 굳이 해명하려 애쓸 필요 없다고 장담했었다.

아저씨는 싱글거리며 말했었다. "아가씨, 그 말은 좀 이상한데? 만약에 아가씨가 살인 누명을 써서 누군가 아가씨에게 복수를 하려 한다고 쳐. 그래도 아무런 해명도 안 할 건가?"

모함.

정말 불길한 말이었다. 이런저런 생각을 하다 보니 웃음이 나왔지만, 코는 레몬즙에 담근 것처럼 시큰했다.

"아가씨는 누굴 기다리시나, 아니면 혼자 놀러 나오셨어? 100위안에 한 바퀴 돌아드릴까?"

뤄즈는 벼락이라도 맞은 듯 천천히 목을 돌렸다. 목뼈가 우두둑거리는 소리가 들리는 듯했다.

"아직도 100위안이에요? 저 오늘은…… 정말로 20위안밖에 안 들고 왔어요……."

아저씨가 웃었다. 아저씨의 순박하고 어수룩한 얼굴을 확인한 뤄즈의 눈꼬리와 뺨의 주름이 더욱 깊어졌다. 얼굴에 드리웠던 그림자는 타오르는 오후의 태양이 내리쬐는데도 밝아지지 않았다.

"20위안이면 20위안이지. 타요, 한 바퀴 돌아줄 테니까! 내가 아직까지 아가씨를 기억하고 있다니까. 아, 맞다. 아가씨의 그 남자 친구는?"

뤼즈는 삼륜차를 향해 걸어가던 발걸음을 멈추고 잠시 망설였다. "걘 남자 친구가 아니에요.", "아저씨, 누굴 말씀하시는 거예요?", "저희 헤어졌어요." 뤼즈는 이 세 가지 대답 중에서 하나를 재빨리 골라 웃으며 대답했다. "저희…… 싸웠어요."

그러나 정작 내뱉은 대답에 자신도 깜짝 놀랐다. 입 밖으로 나온 말이야말로 진심이었다.

그녀가 얼마나 마음을 접지 못했는지 진실하게 드러내 주었다.

삼륜차 아저씨는 뤼즈의 우울함을 알아채고 손을 흔들었다. "됐어, 아가씨. 젊은 커플이 싸울 수도 있는 거지. 싸웠다니까 내가 10위안 더 빼줄게."

비닐 천과 하드보드 패널로 만든 삼륜차 좌석은 바람을 전혀 막아주지 못했다. 뤼즈는 외투를 꼭 여미며 약간 걱정스러운 듯 삼륜차 아저씨의 뒷모습을 바라보았다. 팔뚝 아래 틈새로 아저씨가 장갑을 끼고 있는 걸 보고서야 안심했다.

"아저씨…… 왜 골목 소개를 안 해주세요?"

"말해도 안 들을 거잖아. 아가씨 마음이 딴 데 가 있는데. 아직도 남자 친구 생각해?"

비록 혼자였지만 뤼즈는 아저씨가 말할 때마다 '남자 친구'

운운하는 게 민망해서 얼굴이 빨개졌다.

"아가씨, 왜 다퉜어?"

"왜냐하면요……." 뤄즈는 말문이 막혔다.

처음에 했던 조그마한 거짓말은 그것을 뒷받침해 줄 일련의 허구의 이야기를 필요로 했다. 거짓말 뒤에는 저마다 이야기가 있었다. 때론 거짓말을 하는 사람과 관련 있었고, 때론 속는 사람에 의해 결정되었다. 그 거짓말들 뒤에 감춰진 사욕과 슬픔을 뤄즈는 처음으로 확실히 만져보았다.

입 밖으로 나온 이야기들은 빙산의 꼭대기에 불과했고, 은밀하고 거대한 진실은 해수면 아래 감춰져 있었다.

예를 들면 그녀가 우연과 놀라움을 이용해 성화이난을 속인 것처럼. 예를 들면 예잔옌이 크리스털 하나로 뤄즈가 힘들게 얻어낸 달콤함을 엎어버린 것처럼.

어젯밤 일은 지금도 뤄즈에게 전혀 분노를 불러일으키지 않았다. 어쩌면 이야기가 지나치게 졸렬해서, 어쩌면 첫 시작이 자신에겐 이미 아무래도 상관없는 두 이름이라서, 어쩌면 자신도 결백하지 않아서일 것이다.

뤄즈는 문득 이 이야기의 맥락이 참으로 단순하다는 걸 깨달았다.

예잔옌과 딩수이징이 거짓말로 뤄즈의 거짓말을 격파한 것이다.

오직 성화이난만이 가운데 서서 진실을 찾으려고 애를 썼다.

생각해보니, 서로 쟁탈하려 애썼던 성화이난이 속았을 때,

그는 존귀하고도 불쌍하리만큼 집요했다. 그녀가 왜 그를 미워해야 할까? 속은 건 그였다.

"그냥 오해였어요." 뤄즈는 웃었다. "왜냐하면……."

그녀는 숨을 깊이 들이마셨다.

"저희 둘은 고등학교 친구인데, 전 개의 첫 여자 친구는 아니에요. 며칠 전 개의 전 여자 친구가 갑자기 찾아와서는 자기들이 헤어진 건 오해 때문이라며 절 모함했어요. 제가 걔네를 서로 오해하게 만들었다고."

졸렬하고도 간략하게 지어낸 이야기였지만 막상 말할 땐 자기도 모르게 억울하고도 응석 부리는 말투가 나왔다. 마치 순간적으로 연기에 몰두한 것처럼. 뤄즈는 자기도 모르게 혀를 내둘렀다.

"그럼 솔직히 말해봐. 진짜로 아가씨가 그랬나?"

"아뇨, 걔가 터무니없는 소리 하는 거예요!"

그녀의 목소리가 점점 커졌고 말꼬리엔 억울함이 흠뻑 묻어 있었다.

당사자 앞에서는 죽어도 해명하지 않고 이해한다는 담담한 고자세를 취하더니, 전혀 상관없는 사람 앞에서는 시시콜콜 따지면서 비분강개했다. 뤄즈는 괜히 성화이난을 원망했다고 인정할 수밖에 없었다. 그가 그녀에게 상처를 입히는 바보 같은 일들을 많이 하긴 했지만, 이 점에서만큼은 그가 그녀를 정확하게 알고 있었다.

곧 죽어도 체면을 차리다 보면, 걱정거리를 낯선 사람 앞으로 끌고 와 공정한 처리를 요구할 수밖에 없다.

"그럼 남자 친구한테 설명을 해야지! 자기 멋대로 떠들어서는 사람 못살게 구는 거 아냐!" 삼륜차 아저씨가 소리를 높이며 말했지만 뭐즈는 기운이 빠졌다.

"소용없어요."

"설명을 했는데 안 들은 거야, 아예 설명하기도 싫었던 거야. 아니면 설명해도 안 들을까 봐 두려웠던 거야? 체면 깎일까 봐?"

사람들의 지혜는 대단하다. 삼륜차 아저씨의 소박한 몇 마디는 남아 있던 뭐즈의 체면마저도 만신창이로 만들어버렸다. 그녀는 입을 다물었다.

삼륜차가 언덕을 오르기 시작했다. 아저씨는 또다시 일어나 페달을 밟았다. 삼륜차에서 끼익끼익 처참한 소리가 났다. 마침내 언덕 위에 도착하자, 아저씨는 길게 숨을 토해내며 기침을 하더니, 별안간 고개를 돌려 그녀를 향해 웃어 보였다.

"아가씨, 내가 쓴소리를 좀 하더라도 도리는 도리니까 아쉬운 대로 그냥 들어요."

"……말씀하세요."

"내 생각에, 사람이 살면서 평생에 얼마나 많은 오해를 받겠어? 다 자기가 초래한 거지. 남자 친구와 그 전 여자 친구가 정말로 죽고 못 살게 사랑했으면 그 어떤 오해가 있더라도 헤어지지 않았을 거야. 오해는 무슨, 두 사람이 바지 하나를 같이 입을 정도로 끈끈했으면 서로 욕하고 한판 붙었을걸. 똑바로 설

명 못 하면 너 죽고 나 죽자야! 하고 말야. ……말이 좀 거칠었
는데, 너무 맘에 담아두진 말아요."

삼륜차가 커브길을 돌았다. 뤄즈는 말 없는 허수아비처럼 삼
륜차가 흔들리는 방향대로 기울어졌다.

"그래서 말이지, 두 사람이 끝났으면 끝난 거니까 아가씨가
강하게 나가야 해. 늙은 소가 송아지 감싸는 거 본 적 있지? 뭐
그런 뜻은 아니지만, 어쨌거나 아가씨 남자잖아. 일어나서 설
명할 건 설명해야지. 여자 친구인 아가씨를 못 믿겠다고 하면
귀싸대기를 때려, 알아들을 때까지!"

뤄즈는 어안이 벙벙해 입을 벌린 채 한참 동안 말을 잇지 못
했다.

아저씨의 목소리가 갑자기 바뀌었다. "물론, 때린 다음엔 다
시 잘 달래야지. 남들 모르게 잘 가르치면 되는 거야, 남자도 체
면이 있으니까."

뤄즈가 그저 멍하니 고개를 끄덕이는 걸 보고, 아저씨는 안
타깝다는 듯 삼륜차에서 뛰어내렸다.

"됐어, 아가씨. 여기서 삼륜차나 타고 놀 게 아니라, 이럴 시
간 있으면 얼른 남자 친구나 찾아가요. 설명해도 못 알아들을
것 같으면 이리 데려오고. 내가 대신 교육시켜 줄 테니까!"

뤄즈는 아저씨의 주름진 까만 얼굴을 바라보며 서서히 정신
을 차렸다. 그리고 분위기에 물든 것처럼 삼륜차에서 뛰어내려
찬바람을 맞아 굳어진 얼굴을 문지르며 최대한 크게 웃으려고
노력했다.

"네, 지금 바로 갈 거예요! 교육 잘 시킨 다음 다시 데려올게요!"

"가요! 아가씨, 나 쪽팔리게 하지 말고!"

뤄즈는 깡충깡충 뛰며 골목 입구까지 달려가 고개를 돌려 삼륜차 아저씨를 향해 손을 흔들었다. 얼굴에는 유치한 웃음이 가득 걸렸고, 마음은 42도의 따뜻한 물에 담겨 있는 것처럼 편안했다. 그러나 찬바람을 맞자마자 별안간 정신이 번쩍 들었다.

자신이 그의 여자 친구고, 그가 자신을 사랑한다면 그는 분명 자신을 믿을 것이다. 그가 믿지 않으면 그를 혼내주면 된다.

지어낸 달콤한 이야기는 아저씨에 의해 아주 좋은 결말을 맺었다. 뤄즈도 그 이야기 속에서 10분간 아름다운 꿈을 꾸었다.

그러나 그건 뤄즈와 성화이난의 이야기가 아니었다.

뤄즈는 고개를 돌려 드넓은 호수 위에 걸린 미지근한 태양을 응시했다. 얇은 구름 뒤에 숨어 괜히 마음을 답답하게 만들었다.

갑자기 귓가에 주옌의 차가운 한마디가 울렸다.

"투정 부리긴."

그랬다. 그녀가 그렇게 오랫동안 신중하고도 조심스럽게 써온 이 시나리오는, 전혀 상관없는 삼륜차 아저씨 앞에서도 거짓말을 하며 지켜야 했던 시나리오는 지금 다른 사람의 악의적인 한마디에 전환점을 맞이했다. 정녕 마음속의 분노와 억울함을 참고 운명을 하늘에 맡기며 결백한 자는 결국 결백하다는 자세를 취해야 하는 것일까?!

뤄즈는 '폐업 정리'라고 써 붙인 가게 유리에 비친 자신의 모호한 그림자를 바라보았다. 문득 고등학교 시절 중앙 계단 앞 전신 거울에 비춰보았던 그 창백하고 결연한 소녀가 떠올랐다.

암담했지만 눈동자에는 가려지지 않는 빛이 감돌고 있었다. 그 시절 그녀는 샛노란 민소매 원피스는 입을 수 없었지만 마음속으로는 여전히 미래에 대한 기대를 품고 있었다.

미래에는 더 많은 알록달록한 민소매 원피스가 있을 거라고. 미래에는 훨씬 근사할 거라고, 달라질 거라고.

그녀는 끝내 마음이 편치 않았다.

그에게 말하자.

뤄즈는 속으로 되뇌었다.

마음이 맑아지며 흥분으로 덜덜 떨렸다. 지금이라도 당장 그를 만나러 가고 싶었다. 바로 그때, 주머니 속 휴대폰에서 진동이 울렸다. "발신자: 뤄양."

"오빠, 무슨 일이야? 저녁 식사 계획에 변동 있어?"

"그건 아니고. 혹시 오후에 일 있어?"

뤄즈는 바보같이 씨익 웃었다. 이렇게 다급하게 성화이난을 만나러 가진 말자고 결심하며 명쾌하게 대답했다. "아니."

"잘됐다, 그럼 나 좀 도와줘."

뤄즈가 시단 지하철역 A출구에서 나왔을 땐 이미 약속 시간을 지난 뒤였다. 몇 명에게 길을 물어봤지만 제대로 가르쳐주는 사람이 없었다. 정신없이 썰렁한 큰길로 나오니 뤄양이 예약했다는 'XX스테이크' 간판은 그림자도 보이지 않았다. 지난밤에 휴대폰 충전을 깜빡하는 바람에 지금은 배터리가 나가서 뤄양과 연락할 수도 없었다. 이제 겨우 6시 반인데 길은 벌써 한산했고, 간혹 택시가 몇 대 지나갈 뿐이었다. 뤄즈는 고민했다. 조금만 더 꾸물거리면 바가지 쓸 위험을 무릅쓰고 손을 들어 택시를 잡아야 할 것 같았다.

뤄즈는 동전을 꺼내 공중으로 던졌다. 앞면이 나오면 왼쪽으로 꺾고, 뒷면이 나오면 오른쪽으로 꺾기로. 1위안짜리 동전은 바닥에 떨어지면서 멈추지 않고 앞으로 쭉 데구르르 굴러갔다. 뤄즈는 얼른 동전을 쫓아가며 몇 번이나 몸을 숙여 주우려 했지만, 닭이 모이를 쪼듯 낭패스럽게 쫓기만 할 뿐이었다. 동전은 마침내 갈림길 앞에서 누웠다. 뤄즈는 안도의 한숨을 내쉬었다.

앞면, 왼쪽으로 꺾는다.

뤄즈는 고개를 들었다. 왼쪽 5미터 정도 앞 인도에 보기 좋은 커플이 걸어가고 있었다. 그리고 그들 등 뒤로 조그마한 주황색 간판이 걸려 있었다. 'XX스테이크'.

정말 정확하네, 뤄즈는 미소를 지었다.

성화이난과 예잔옌이 바로 그녀 앞에 서 있었다. 그들은 동전을 쫓느라 갑자기 불쑥 튀어나온 '정교금*'의 등장에 무척이나 당황한 듯 보였다.

뤄즈의 첫 반응은 웃음을 터뜨리는 거였다. 아는 사람을 만나서 예의상 나오는 조건반사가 아니라, 이 상황이 너무 웃겼다. 정말 너무 웃겼다. 자신도 모르게 영혼이 허공으로 빠져나가더니 옥황상제 연기를 하기 시작했다. 고개를 숙이고 자신이 처한 상황을 연민을 담아 바라보고 있었다.

"새해 복 많이 받아."

뤄즈는 맹세할 수 있었다. 이번 생에 이렇게나 찬란하게 웃어본 적은 이제껏 없었다고.

* 程咬金, 당나라 장수. 무모한 성격 탓에 갑자기 길을 가다 싸움을 걸거나 상대방을 위협하기도 했다. 중국에는 '도중에 튀어나오는 정교금'이라는 속담도 있다.

제56장　　다른 사람의 사랑

　　예잔옌은 긴 머리를 보브컷으로 잘라 고등학교 때보다 더 예뻐 보였다. 장밋빛 캐시미어 코트를 입고 무릎 위까지 올라오는 부드러운 잿빛 부츠를 신고 있었다. 뤄즈가 동전을 줍고 고개를 들었을 때 가장 먼저 본 것은 바로 그 부츠였다.

　　정말 예쁘네. 어디서 샀을까?

　　뤄즈는 자신이 정말 정상이라는 걸 깨달았다. 너무 정상이라 정상적인 여학생의 정상적인 패션에 대한 정상적인 호기심이 든 거였다. 그런데 자신에게 대입해보니, 이러는 게 오히려 가장 비정상적이었다.

　　"뤄즈, 어떻게 이런 우연이!" 예잔옌의 미소는 뤄즈와 비슷하게…… 지나치게 찬란했다. 찬란함 뒤에 무엇이 감추어져 있는지는 아마 자신이 가장 모를 것이다.

　　"난 엄마 아빠랑 베이징에 새해를 보내러 왔어. 앞으로 베이징에서 1년간 프랑스어를 배우다가 프랑스 대학에서 2년간 공부하고 돌아올 거야. 학교에서 하는 2+2 프로젝트거든. 앞으로 자주 만나게 될 거야. 언제 한번 같이 거리 구경이나 하자. 정말 보고 싶었어. 같이 거리 쏘다닌 적도 오래됐잖아!"

예잔옌이 달콤하게 웃으며 친근하게 굴었다. 다만 고등학교 때처럼 제멋대로 삐기는 말투가 아니었고, 거만하고도 저속한 입버릇도 없었다. 숙녀답게 보이려고 굉장히 자제하고 있었다.

뤄즈는 그 예쁜 얼굴을 묵묵히 바라보았다. 고등학교 시절의 많은 일들이 머릿속에서 한꺼번에 떠올랐다. 몇 마디 말로 딩수이징을 시켜 그녀에게 친구를 무시한다고 비난한 예잔옌, 마지막 동창회에서 고양이처럼 눈을 가늘게 뜨고 그녀를 바라보던 예잔옌……. 진작부터 위험한 신호를 보내고 있었는데 그녀는 어째서 한 번도 느끼지 못했을까?

"같이 거리 쏘다닌 적도 오래됐다고? 우린 한 번도 그런 적 없어."

뤄즈가 웃음기를 거두고 말했다.

예잔옌이 어깨를 살짝 뒤로 젖히며 뭐라고 말하려는 순간, 갑자기 등 뒤에서 누군가 달려오는 소리가 들려왔다.

"뤄즈! 뤄즈!"

뤄즈는 신기할 따름이었다. 예잔옌과 단 두 번이었던 대화 모두 다른 사람의 등장으로 중간에 끊겼던 것이다. 뤄양이 주황색 간판 밑에서 달려 나오며 말했다. "멀리서 네가 보이더라고. 휴대폰으로 전화했더니 꺼져 있어서 나랑 네 올케가 얼마나 걱정했는데. 오다가 무슨 사고라도 난 줄 알고……."

뤄양은 성화이난과 예잔옌을 훑어보며 고개를 끄덕이곤 뤄즈의 가방을 받아 들었다. "정말 무겁네. 그거 가져왔지?"

"당연하지." 뤄즈는 뤄양을 보며 웃다가 뜻밖에도 예잔옌의 놀라 휘둥그레진 눈을 보게 되었다.

"당신은……."

예잔옌이 혼잣말로 중얼거렸다. 뤄양이 의아하다는 듯 그녀를 바라보았다. "우리 서로 알아요? 뤄즈, 네 친구야?"

"고등학교 동창." 뤄즈가 예잔옌을 가리켰다가 다시 성화이난을 가리켰다. "그리고 걔 남자 친구."

뤄즈는 성화이난을 소개하면서 그를 흘끗 바라보았다. 성화이난은 고개를 숙이고 눈으로는 가로수 뿌리 부분을 바라보고 있었다. 장식용 전구의 은색 불빛이 그의 옆얼굴을 비추며 비현실적인 우울함을 자아내고 있었다.

뤄즈는 시선을 거두고 뤄양을 향해 웃었다.

"밖이 너무 춥다. 얼른 들어가자. 새해 복 많이 받아. 우린 먼저 갈게." 뤄양은 맞은편 커플을 보며 웃어 보였다. 그는 무슨 상황인지 알지 못했고 사람 자체가 둔했지만, 사촌 여동생의 얼굴에 걸린 거짓 웃음은 분간할 수 있었다.

뤄양의 손은 따뜻했다. 그에게 이끌려 가는 뤄즈의 차가운 손바닥에는 여전히 1위안짜리 동전이 꽉 쥐어져 있었다.

"안녕." 뤄즈는 그들을 향해 손을 흔들었다.

성화이난이 뤄즈를 바라보는 눈빛에 알 수 없는 감정이 실려 있었다. 예잔옌이 크게 웃음을 터뜨렸다. "뤄즈, 방금 무슨 뜻이야?"

꼭 그렇게 따지고 들어야겠어? 뤄즈는 입을 오므리며 웃었다. 뤄양이 그녀의 손을 꽉 쥐는 걸 느끼곤 고개를 돌려보니 뤄양이 인상을 찌푸리고 있었다. 뤄즈의 지친 마음에 갑자기 따스한 기류가 흘러들어 왔다.

자신의 마음을 알아줄 지기를 바라는 건 과분한 요구일 때가 많다. 친밀한 사람 한 명이면 충분했다. 지기는 언제든지 당신의 맞은편에 설 수 있지만, 가족은 당신의 손을 잡고 옆에 서줄 것이다. 당신이 뭘 고민하는지 가족은 모를 수도 있지만, 당신이 한 모든 결정에 대해, 설령 이튿날 바로 번복한다 해도 여전히 당신을 지지하며 당신을 안고 말해줄 것이다. "봐, 너 또 바보짓 했구나?"

"내 뜻은 아주 간단해." 뤄즈가 고개를 돌려 천천히, 그러나 확신하듯 말했다. "네가 지금 옆에 있는 사람한테 말했다며? 내가 바로 거짓말로 너희 둘을 갈라놓은 죄인이라고. 그런데 넌 여전히 생글거리면서 나랑 같이 거리를 구경하고 싶다고 하네? 아무리 연극이라도 감정의 흐름이 잘못됐잖아, 예잔옌. 너야말로 거짓말을 하도 많이 해서 장면을 착각했나 보구나."

뤄즈는 말이 끝나자마자 뤄양을 끌고 자리를 벗어났다. 두 사람의 반응을 관찰할 기분이 아니었다. 그렇게 걷다가, 뤄즈는 홀연히 깨달았다.

자신은 그렇게나 감정을 숨기고 있었는데, 어떻게 다른 사람이 사소한 것 하나까지 다 파악하고 있었을까? 말랑말랑한 마음과 비밀은 날카로운 흉기가 되었고, 모든 공격은 그 무엇보다도 정확했다. 어째서일까? 뤼즈는 줄곧 전날 밤 성화이난의 솔직한 진술을 직시하길 거부해왔지만, 지금 그 말들은 빽빽한 복선의 길을 이루어 그 끝을 또렷하게 분간할 수 있었다.

뤼즈는 몸을 돌렸다.

두 사람은 여전히 그 자리에 서 있었다. 예잔옌은 얼어붙은 얼굴로 그녀를 주시했다. 그 원망 서린 눈빛을 예전에 본 듯했다.

뤼즈는 오히려 웃으며 눈을 반달처럼 구부렸다. 너무 심하게 웃어서 눈앞의 아름다운 한 쌍이 점차 흐릿해졌다.

"예잔옌, 내 일기장 돌려줘."

"뭐?" 예잔옌은 흠칫했다.

"내가 대입 시험 전에 잃어버린 일기장. 돌려줘. 너 아니면 딩수이징이겠지."

불현듯 깨달은 그 사실은 속이 뒤집힐 만큼 뤼즈를 고통스럽게 했다. 뤼즈의 가장 사적인 기록인 그 일기장을 이 세 사람 앞에서 언급해야 했다. 뤼즈는 말을 마치자마자 몸을 돌렸다. 그 자리에 1초도 더 머물러 있고 싶지 않았다.

삼륜차 아저씨에게 그러지 않겠다고 약속했지만 말이다.

패기 있게 똑바로 설명해야 했지만…… 뤼즈는 투사가 아니었다. 두 사람이 나란히 서 있는 걸 보자 이제까지 쌓인 기분과 생각이 모두 쏟아져 나왔다. 이미 우스꽝스러운 모습인데 말싸움에 이긴들 뭐 하겠는가?

그 일기에 쓴 글자 하나하나는 자신이 지켜야 할 자존심의 마지노선이었다.

보물을 대하듯 조심스럽게 보호했던 감정이 다른 사람 손에 떨어지자 반대로 그녀를 깊숙이 찌르고 말았다.

뤄양이 묵묵히 그녀의 손을 잡고 길을 걸으며 뭐라고 말을 건네야 할지 망설이고 있을 때, 뤼즈는 아무 일도 없었던 듯 히죽거리며 고개를 들어 가게 입구에 걸린 주황색 간판을 가리키며 말했다. "오빠, 그거 알아? 나 동전 던지기로 여길 찾아냈어."

뤄양은 결국 묻고 싶었던 모든 말을 삼켜버렸다. "또 장갑 안 꼈지!" 그는 그저 타박할 뿐이었다.

예잔옌도 장갑을 끼고 있지 않았다. 그래서 손을 성화이난의 주머니에 넣고 녹이고 있었겠지, 뤼즈는 생각했다.

그건 아까 뤼즈가 고개를 들었을 때 예잔옌의 예쁜 부츠 말고 두 번째로 본 디테일이었다.

뤼즈는 한때 일기장에 성화이난 한 사람의 모습을 집요하게 묘사했으나, 그 글귀들은 다른 사람의 손에 들어가고 말았다. 여러 해 동안 자기를 기만하듯 무시해온 장면이, 지금 마침내 두 사람이 손을 잡고 있는 모습으로 눈에 새겨졌다.

뤼즈는 뤄양이 앞을 막는 걸 멍하니 바라보았다. "문 앞까지 왔는데 왜 안 들어가고?"

뤄양이 손을 뻗어 그 거친 엄지손가락으로 그녀의 얼굴에 흐르는 차가운 눈물을 닦아주자, 뤄즈는 비로소 울고 있음을 깨달았다.

"누가 괴롭혔어?" 뤄양은 미간을 찡그리며 다정하게 그녀를 바라보았다. 그리고 살짝 허리를 굽혀 왼손으로 그녀의 머리를 쓰다듬었다.

뤄즈는 그저 눈물만 흘렸다. 울고 있다는 느낌도 없었는데, 뤄양의 말을 듣고는 오빠의 품으로 파고들어 가 펑펑 울기 시작했다.

엉엉엉, 여섯 살짜리 아이처럼.

"울지 마, 그만 울어. 오빠가 내일 건축 자재 시장에서 힘 잘 쓰는 형님들 몇 명 모아 올게. 그 녀석들을 마대자루에 담아서 매달아 놓고 때려주자……."

뤄즈는 그 말에 잠깐 웃었다가 더욱 슬프게 울었다. 뤄양의 바람막이 앞섶을 꼭 쥔 채 목이 메어 숨을 쉴 수 없어서 얼굴은 새빨갛게 달아올라 있었다. 후련하면서도 낭패스러웠다. 마치 이 세상엔 우는 것 외에 그녀가 할 수 있는 일이 없는 것만 같았다.

결국엔 이렇게 되었다.

마지막엔 결국 이렇게 되었다.

뤄즈는 한참 후에야 울음을 그쳤다. 눈물을 닦고 코를 풀며 한참을 정리한 후에야 고개를 들고는 씩씩하게 뤄양에게 물었다. "티 안 나지?"

뤄양은 씁쓸하게 웃으며 고개를 끄덕였다. "응, 티 안 나."

뤄즈는 마지막으로 고개를 돌려 아무도 없는 사거리를 바라보았다. 놀랍게도 마음이 전혀 아프지 않았다. 신경이 너무나 피로한 나머지 끝내 끊어진 것만 같았다.

마침내 죽어버렸다.

삼륜차 아저씨, 죄송해요. 아저씨 말이 다 맞았어요.

오해는 사랑을 막을 수가 없고, 거짓말도 마찬가지네요.

아저씨한테 말하는 걸 깜빡했어요. 전 거짓말을 했어요. 아저씨한테 했던 이야기는 다른 사람의 것이었어요.

모두 다른 사람의 사랑이었어요.

"자, 들어가자." 뤄양이 그녀의 어깨를 토닥였다.

제57장

어수룩한 척하기도 힘든 법이지

"염자 언니!"

뤄양은 천징을 부르는 뤄즈의 칭호를 듣고 식은땀이 났지만, 천징은 이미 신이 나서 뤄즈를 부르고 있었다. 세 사람이 자리에 앉자, 종업원이 뤄즈에게 메뉴판을 건넸다. 뤄즈는 고개를 숙이고 한참을 조용히 고민하다가, 아무래도 머리가 터질 것 같아서 아예 메뉴판을 내려놓고 천징에게 말했다. "새언니, 난 언니랑 똑같은 걸로요."

천징도 메뉴판을 내려놓고 뤄즈에게 눈을 찡긋하더니, 뤄양을 주시하며 말했다. "난 자기랑 똑같은 거."

뤄양이 길게 한숨을 내쉬었다. "지금 날 몰아세우는 거지? 좋아, 난 정식 시킬게."

"뭐야, 정식에는 크림수프가 불포함이잖아!" 천징이 뤄양의 메뉴판을 누르며 말했다.

"없으면 없는 거지."

"안 돼, 다시 골라. 그건 내가 싫어."

"그럼 뭐가 먹고 싶은데?"

천징은 고개를 숙이고 다시 메뉴판을 보다가 고개를 들고 상 냥하게 웃었다. "아무거나, 자기랑 똑같은 걸로."

뤄즈는 결국 참지 못하고 웃음을 터뜨렸다. 눈을 들어보니 옆에 있던 종업원도 입꼬리가 슬쩍 올라가 있었다.

밥을 먹는 건 역시나 기분이 좋아지게 만들어주었다. 신선한 음식물이 위장을 데워주었고, 바로 옆에 붙은 심장에도 따스한 기운이 전달되었다. 뤄즈는 스테이크를 웰던으로 주문했다. 그 릴 무늬가 또렷하고 두꺼운 고기 한 덩이, 가운데에는 뼈가 연 결되어 있어 자르기가 무척이나 힘들었다. 나이프가 접시에 부 딪히며 나는 소리가 좀 쑥스러워진 뤄즈는 하는 수 없이 나이 프와 포크를 내려놓고 수프를 한 모금 마셨다. 그런데 옆에 있 던 천징도 금속이 부딪히는 소리를 내는 것 아닌가.

"안 되겠네, 안 되겠어. 이거 뭐 이래." 천징은 짜증을 낼 때 마저도 목소리가 부드러웠다.

"오빠, 칼질이 참 능숙해 보이네."

뤄양의 변화를 뤄즈는 똑똑히 보았다. 더 이상 친구들과 우 르르 고깃집에 몰려다니던 남학생이 아니었다. 지금의 뤄양은 옅은 회색 셔츠 차림에 천징의 스테이크 접시를 자기 앞으로 당겨와 손쉽게 고기를 작은 조각으로 자른 후, 뼈도 순조롭게 빼내어 한쪽으로 밀어놓는 남자였다. 그는 접시를 천징에게 돌려주곤 다시 뤄즈의 접시를 집어 들었다.

"괜찮아, 내가 할게."

"됐거든, 잘 때 시끄럽게나 하지 마."

"반년밖에 안 지났는데 많이 변했다."

"스테이크를 너보다 깔끔하게 잘라서? 그것 때문에 내가 엘리트 대열에 합류한 것 같다는 말은 절대 하지 마."

"새언니가 봐도 그렇죠? 스테이크 썰기 말고 분위기 말예요. 훨씬 성숙해졌잖아요. 오빠 원래 다른 남자들보다 점잖은 편이지만 그건 뭐 타고난 성격이고. 그런데 지금은 아니에요, 어쨌든 뭔가 달라. 매력이 생겼다니까요."

"음, 맞아. 나도 이제 위기감을 가져야겠네." 천징이 웃으며 맞받아쳤다.

"게다가 전보다 약간 우울한 분위기가 감도는 것이, 뭔가 고민이 있는 것 같아요. 예전엔 늘 바보처럼 헤헤거리기만 했는데 지금은 좀 남자 같달까. 일을 시작해서 그런가? 남자들은 다 이렇게 성숙해지는 거예요?"

뤄즈는 줄곧 재잘재잘 떠드는 것으로 방금 거리에서 있었던 일을 떠올리지 않으려 했다. 고개를 숙이고 음식을 먹으며 두서없는 말을 늘어놓느라, 자신이 무심코 한 말에 천징이 눈을 살짝 들었다가 다시 눈빛을 떨구는 걸 보지 못했다. 뤄양이 왼손에 들고 있던 포크가 물컵에 부딪히면서 '챙' 하는 소리가 났다.

주변이 일순 조용해졌다. 뤄즈는 뭔가 이상한 느낌에 고개를 들었다. 뤄양은 포크를 응시했고, 천징은 주스 컵을 입가에 가져간 채로 굳어 있었다.

"왜 그래요?"

뤼즈는 살짝 후회되었다. 가족 앞에서 너무 편하게 있다 보니 무슨 말을 했는지도 모르겠는데, 혹시라도 자신의 말이 그들의 금기를 건드린 건 아닐까.

"남자들은 그렇게 성숙해지는 게 아냐." 뤄양은 진지하게 말하며 뤼즈를 향해 눈을 깜빡이며 웃어 보였다. 뤼즈는 그런 그를 멍하니 바라보았다. 뤄양은 언제 그런 미소를 배운 걸까? 그런 미소는 딱 봐도 거비와 구 대표의 트레이드마크인데.

"바보냐? 내가 가져오라고 한 건?"

뤼즈는 곧바로 반응하지 못하고 2초 후에야 비로소 더듬더듬 말했다. "지…… 지금?"

천징이 영문을 모른 채 돌아보았다. 뤼즈는 즉시 몸을 숙이고 발밑에 둔 가방에서 종이봉투를 꺼내 뤄양에게 건넸다. 뤄양은 고개를 숙이고 종이봉투 안에서 상자 하나를 꺼냈다. 그는 상자를 곧바로 들어 올리지 않고 식탁 밑에서 한참을 만지작거리며 씨름하더니 불쑥 뭔가를 식탁 위에 올려놓았다.

도자기로 만든 소녀였다. 하늘색 터틀넥 스웨터와 무릎까지 오는 하얀 치마를 입고 담담한 표정에 은테 안경을 쓰고 따스하게 웃고 있었다.

천징을 본떠 만든 도자기 인형이었다. 뤼즈는 천징이 순결한 동백꽃처럼 웃는 걸 보고 속으로 뤄양처럼 기뻐했다. 자신을 포함한 주변의 모든 사람들이 난장판인 하루하루를 사는 동안, 눈앞의 오빠와 새언니는 가장 긴장될 고3 시기에 함께 손을 잡고 같은 대학에 입학해 4년 동안 시후西湖 호숫가 풍경을 질리게 보았다. 그런데 지금까지 그 오랜 시간을 함께해왔으면서도 이 조그마한 도자기 인형 때문에 손을 잡고 마주 보는 모습이 너무나도 달콤해서 마치 시간마저 멈춘 듯했다.

뤄즈는 아까 허우하이 골목에서 나오자마자 뤄양의 전화를 받았었다. 그는 그녀에게 주소 하나를 주면서 자기는 너무 바빠서 갈 수 없다며 마침 오늘 만나기로 했으니 완성된 공예품을 대신 찾아와 달라고 부탁했다. 사흘 후면 천징의 생일이어서 뤄양이 서프라이즈 선물을 준비했던 것이다. 그런데 그가 그때까지 못 기다리고 이렇게 빨리 꺼내다니, 예상 밖이었다.

자신이 증인이 되어주기를 바란 걸까? 뤄즈는 그렇게 생각하며 알겠다는 듯 웃었다.

"생일 선물이야?" 천징이 웃으며 뤄양과 뤄즈를 번갈아 바라보았다. 뤄양은 고개를 숙인 채 인형의 왼쪽 팔에 걸린 주머니를 가리켰다. 그 갈색 주머니는 도자기가 아닌, 털실로 짠 거였다. 천징이 손을 뻗어 그것을 만져보았다. 엄지와 검지로 문지르며 주머니 속 물건의 형태를 확인하자마자 눈을 휘둥그렇게 뜨고, 알 수 없는 웃음을 짓는 뤄양을 믿기 힘들다는 듯 바라보았다.

뤄즈는 미심쩍게 미간을 찌푸린 채 천징이 조심스럽게 반짝이는 반지를 꺼내는 모습을 지켜보았다.

그리고 두 여자는 식당의 다른 손님들이 흘끗거리는 것도 개의치 않고 함께 비명을 질렀다.

"내가 말했지. 남자는 그렇게 성숙해지는 게 아니라고. 남자가 성숙해지려면 반드시 어떻게든 자신에게 부담을 더해야 해. 듣기 좋게 말하자면 책임지는 법을 배워야 한다는 거지. 자, 마누라, 내 부담이 되어주지 않겠어?"

천징은 입을 꾹 다물고 웃었다. 눈가에 눈물이 그렁그렁 맺혀 있었다. 뤄즈는 두 손으로 턱을 받치고 행복한 미소를 지으며 뤄양이 천징의 손에 세심하게 반지를 끼워주는 모습을 지켜보았다. 식당의 웜톤 조명이 맞은편의 두 사람에게 따스한 색채를 입혀주었다.

뤄즈가 난생처음 보는 청혼이었다.

어쨌거나 뤄즈는 목격자가 되었다. 마음이 훈훈해지는, 다른 사람의 사랑에 대한.

"염자 언니, 그냥 이렇게 허락하는 거예요?"

천징은 뤄양을 흘겨보곤 일부러 울상을 지으며 한숨을 내쉬었다. "휴, 어쩌겠어. 이번 생은 그냥 이렇게 대충 늙어가야지!"

식당에서 나온 후, 뤄즈는 다시금 고개를 돌려 그 주황색 작은 간판을 바라보았다. 그것은 특히나 썰렁한 이 거리에서 여전히 반짝이고 있었다. 동화 속에서 주인공은 검은 숲에 사는 마녀의 손아귀에서 벗어나기 위해 미친 듯이 달리다가 길 끝에서 이런 따스한 등불을 보게 된다.

뤄즈가 한창 딴생각에 빠져 있을 때 뤄양이 느닷없이 그녀의 어깨를 툭 쳤다. "뭘 그렇게 멍하니 있어? 가자, 학교까지 데려다줄게."

"10시에 동료들이랑 술집에서 약속 있다며? 뤼즈는 내가 데려다줄게. 가면서 우리끼리 얘기도 좀 하고. 가서 일 봐. 요 며칠 나 때문에 친구들 모임에도 많이 빠졌잖아. 오늘은 빠지지 마. 밤에 나 혼자 호텔로 돌아갔다가 내일 회의 끝나면 자기 만나러 갈게."

천징은 뤼즈에게 팔짱을 끼며 뤼양에게 자리를 비켜달라는 손짓을 해보였다. 뤼양이 눈살을 찌푸리며 말했다. "어라, 혹시 내 험담하려는 건 아니겠지?"

"결혼하면 이제 이러지도 저러지도 못 하는데 그럴 필요까지야." 뤼즈가 웃으며 말하자, 천징이 그녀의 얼굴을 꼬집으려 손을 뻗었다. 뤼즈는 재빨리 피했다.

"그래, 그럼 조심히 들어가."

뤼즈는 뤼양의 뒷모습을 몇 초간 멍하니 바라보았다. 오빠는 정말로 뭔가 달라져 있었지만 그게 뭔지 확실히 설명할 순 없었다. 어쩌면 정말로 그 미소에 담긴 미세한 우울함 때문일까?

고개를 돌리자 천징도 똑같이 멍한 표정이었다.

가는 길 내내 그들은 기말고사부터 여성권익연합회의 각종 가십거리에 이르기까지 수다를 떨었다. 지하철 안의 형광등이 창백한 빛을 내리쬐며 뤼즈의 피로함을 낱낱이 비춰주었다.

"잠 제대로 못 잤어?"

뤼즈는 하품을 했다. "요새 좀 피곤해서요."

"네 오빠도 요즘 맨날 야근이야. 어젯밤엔 오빠네 아파트에 가서 어두탕魚頭湯을 끓였어. 안에 인삼이랑 구기자랑 넣어서. 자주 밤새는 사람들한테 효과가 좋대. 너도 곧 기말고사지? 밤을 새다 보면 출출해지기 쉬운데, 그래도 너무 느끼하고 매운 건 먹지 마. 기름진 것일수록 몸엔 좋지 않대. 요구르트랑 과일, 채소를 많이 먹어. 눈에 좋으니까. 진작 알았으면 보온병에 담아서 너한테도 좀 갖다줄 걸 그랬네……."

자신의 잔소리를 의식했는지, 천징은 입을 다물고 쑥스러운 듯 웃기 시작했다.

뤄즈에게 천징의 미소는 '현모양처'라는 네 글자로 완벽하게 설명되었다. 보기만 해도 마음이 편안해졌다. 천징은 변함없이 깨끗하고 소박한 모습이었다. 단아하고 품위 있는 옷차림, 얼굴에 늘 걸려 있는 따스한 미소. 서로 잘 알지는 못해도 딱히 굴곡 있는 과거나 복잡한 고민이 없어 보였다. 게다가 그녀에게는 무슨 말을 하든, 아무리 비틀리고 해괴한 말이라도 그녀는 모두 이해해주며 더 이상 고독하지 않을 거라는 미소를 지어줄 것이다.

천징은 보물이었다. 뤄즈는 오빠가 보는 눈이 있다는 것이 자랑스러웠다.

"언니, 우리 오빤 참 복도 많아요. 대체 오빠가 얼마나 공을 들였길래 언니가 넘어간 거예요?"

천징은 얼떨떨한 반응이었다. "아닌데, 몰랐어? 처음엔 내가 너네 오빠를 쫓아다녔어."

"네?"

"고3 때, 난 뤄양의 국어 과목 공부를 도와줬고 걘 내 물리를 도와줬지. 몰랐어?"

"그건 알았는데, 하지만……."

천징이 가지런한 이를 드러내며 웃었다. "오빠가 한 번도 얘기 안 했나? 고3 2학기 때, 운동회 끝나고 같이 집으로 가는 길에 내가 고백한 거야."

"언니를 처음 본 건 대입 시험 전에 오빠가 언니를 도서관에 데리고 왔을 때였잖아요. 그래서 줄곧 오빠가 언니를 쫓아다닌 거라고 생각했는데, 어떻게……. 뭐, 그건 중요하지 않겠죠." 뤄즈가 웃었다. 두 사람은 곧 결혼할 텐데 누가 먼저 좋아했는지 누가 신경 쓰겠는가. 다만 천징의 그 얌전한 성격에 능동적으로 쫓아다녔다는 것이 뤄즈를 약간 놀라게 했다.

"너네 오빠 사실 아주 주도면밀했어. 주변 친구들 모두 네 오빠가 날 쫓아다닌 거라고 알고 있거든. 다른 사람들에게 우리가 어떻게 사귀게 됐는지 말한 적도 없고. 하지만 다른 사람들 보기에 우리가 사귀는 게 딱히 이상한 일은 아니었나 봐. 우린 예전에도 늘 같이 공부했으니 스캔들 날 만도 했지. 그런데 너한테까지 얘길 안 했을 줄은 몰랐네."

뤄즈는 어깨를 으쓱했다. "언니랑 결혼하는 건 어쨌거나 오빠한텐 큰 횡재예요."

"그럴 리가." 천징이 웃었다. "옛날에 네 오빠 좋다고 쫓아다니는 여자애들 많았어. 날 좋아하는 사람은 없었지만. 대학교 때도 그랬고."

외모를 따진다면 천징은 확실히 그다지 출중하진 않았다. 못생긴 건 아니지만 잘생기고 건장한 뤄양의 곁에 있으면 걸맞지 않는다는 느낌이 있었다. 그러나 천징은 언제나 침착하고 당당했다. 그녀가 뤄양의 뒤에서 부드럽게 웃고 있는 모습을 본 사람들은 뭐라 설명하긴 어렵지만 두 사람이 참 잘 어울린다고 느꼈다.

"그래서 내가 먼저 선수를 쳤지." 천징이 계속해서 말했다. "다행히 성공했고."

천징이 뤄즈를 향해 눈을 깜빡이며 흔치 않게 장난스럽고 득의양양한 표정을 지어 보였다.

"정말로 다들 모르는가 보네." 천징은 유리문에 기대어 혼잣말을 했다. 무슨 생각에 잠긴 듯했다.

"아니지, 아는 사람이 있어." 천징이 갑자기 천천히 자신의 말을 반박했다.

"뭐? 누가 알아요?"

천징은 말없이 어두컴컴한 창밖을 바라보다, 잠시 후 문 위쪽 안내 화면을 보며 말했다. "곧 도착이다."

"네." 뤄즈는 묵묵히 그녀를 바라보았다.

지하철이 천천히 멈췄다. 천징은 원래 모습을 회복하고 친근하게 뤄즈의 팔짱을 낀 채 플랫폼으로 성큼 내려섰다.

천징은 함께 회의에 참석하러 베이징에 온 동기와 함께 P대 부근의 학교 재단 호텔에 묵고 있었다. 지하철역을 나와 두 사람은 함께 학교 방향으로 걸어갔다. 천징은 눈에 띄게 말이 많아졌다. 있는 말 없는 말 억지로 늘어놓다 보니 마침내 교문 앞까지 다다랐다. 천징은 여기서 오른쪽으로 꺾어야 했고 뤄즈는 교문 안으로 들어가야 했다.

"일찍 들어가서 쉬어. 얼굴이 이렇게나 창백해서 어쩌니." 천징이 뤄즈의 뺨을 쥐었다가 놓을 때 뤄즈는 그 심플하고 세련된 반지를 보았다.

"아까부터 물어보고 싶었는데 깜빡했어요. 인생을 결정하는 반지를 받은 기분은 어때요? 좋아요?"

천징은 먼저 달콤하게 웃더니 차츰 미소를 거두었다. 그녀는 한참을 망설이다가 조그맣게 물었다. "뤄즈, 사실 이 선물 오늘 주려던 거 아니지?"

뤄즈는 눈을 들어 그녀를 바라보았다. 뭔가 이상한 기분이 들었다. 여자의 직감은 정말 무서울 정도였다.

"사실…… 저도 좀 이상하다고 생각했어요. 오빠가 전화를 해서는 언니 생일이 사흘 후라고, 선물이 있는데 마침 오늘 만나기로 했으니 대신 찾아서 갖다달라고 했거든요. 그래서 아마 오늘 분위기가 너무 좋아서 갑자기 생각을 바꾼 거라고 생각했어요. 마침 저도 현장에 있으니 증인으로 삼을 겸. 언니가 번복하지 못하도록요. 헤헤."

뤄즈는 억지로 웃어 보였고, 천징도 입꼬리를 살짝 올렸다.

"네 오빠는 선물을 가방에서 꺼낸 다음 열심히 숨기긴 했지만 식탁 밑에서 한참을 만지작거렸지. 하지만 난 그 사람이 가방에서 반지를 꺼내 인형이 들고 있는 가방에 집어넣는 걸 봤어. 바보야, 뤄양이 일 처리를 그렇게 다급하게 할 사람인 것 같아? 그런데 현장에서, 그것도 내 앞에서 슬쩍 반지를 넣다니? 딱 봐도 즉흥적으로 결정한 거잖아. 정말 갈수록 임기응변이 는다니까. 하하."

뤄즈는 고개를 숙인 채 말이 없었다. 그녀는 오빠가 선물을 꺼내라고 하면서 눈을 찡긋하며 웃던 능숙한 표정을 떠올리며, 이 모든 것이 확실히 이상하다는 걸 인정할 수밖에 없었다.

그러나 뤄즈는 그래도 웃으며 천징을 위로했다. "하지만…… 하지만요, 이게 즉흥적인 거였다면 어떻게 마침 반지를 지니고 있었겠어요? 안 그래요?"

천징이 손을 뻗어 뤄즈의 털모자를 토닥였다. "바보야, 네 오빠는 카드 결재하러 가고 넌 화장실에 갔을 때 내가 네 오빠 가방을 뒤졌어. 반지 영수증이랑 수령증이 있더라. 정말로 우연히 오늘 가서 반지를 찾아왔던 거야."

천징의 목소리는 여전히 부드러웠다. 담담한 말투로 조사 결과를 말하는 걸 들으니, 마치 그들이 이야기하는 게 베이징의 새해 연휴 날씨인 것처럼 들렸다.

"새언니." 뤄즈는 살짝 당황스러워져 더 이상 그녀를 '옌자 언니'라고 부르지 않았다. "두 사람…… 무슨 일 있어요?"

천징이 뤄즈의 얼굴을 쥔 것이 몇 번째인지 기억도 나지 않았다. "별일 없어, 바보야."

뤄즈의 마음속에 서늘한 느낌이 솟았다.

"의심이 들었다면서 왜 주머니에 든 게 뭔지 모르는 척했어요? 어째서 반지 형태를 확인하곤 신나는 척했어요? 어째서…… 오빠의 청혼을 받아들인 거예요?" 얼굴 가득 아리송한 표정이었다. 그녀의 세상에서 유일하게 완벽한 한 쌍이 따스한 주황색 등불 아래에 불안한 기류를 숨기고 있었다.

천징은 마치 애들의 농담을 들은 것처럼 따스하게 웃었다.

"왜 그러면 안 돼? 그 사람은 나랑 결혼하고 싶어 하고, 나도 그 사람과 결혼하고 싶은데 왜 거절하겠어?"

그렇다. 왜 그런 사소한 것 때문에 억지를 부려야 할까? 하지만 정말로 신경 쓰지 않는다면, 왜 이런 찬바람 속에서 그 작은 의심을 자신에게 말해준 걸까? 뤄즈는 자신이 갈수록 주변 사람에 대해서도, 사랑에 대해서도 알지 못하는 것 같았다.

어쩌면 이제까지 한 번도 제대로 안 적이 없는지도 모른다. 예전에 모든 걸 안다고 생각했던 건 그저 혼자만의 생각에 불과했다.

"바보야, 너도 이제 어른이야. 어수룩한 척하기도 힘든 법이지."

천징의 뒷모습이 길 끝에서 천천히 사라졌다. 뤄즈는 줄곧 천징의 상냥함 뒤에 날카로움이 없진 않을 거라고 생각해왔고, 그녀의 외유내강 속 기민함과 지혜를 무시해본 적도 없었다. 그런데 천징이 이렇게 부드럽게 웃으며 가볍게 말하는 건 처음 보는 것 같았다. "내가 네 오빠 가방을 뒤졌어. 반지 영수증이랑 수령증이 있더라."

예전에 누군가 천징과 뤄양은 이제껏 한 번도 안 싸우고 티격태격한 적도 없다고 모범 부부라며 우스갯소리를 한 적 있었다. 천징은 웃으며 둘 다 성격이 소탈하고 모나지 않아서 대화로 다 풀려서일 거라도 대답했었다.

뤄즈는 오늘에야 비로소 알았다. 그들은 모난 곳이 없는 게 아니라, 모난 곳이 진흙에 감싸여 있었을 뿐이라는 걸.

제58장

크리스마스 선물

새해 연휴가 끝나자 곧 기말고사가 다가왔다. 장바이리도 기숙사 책상을 깨끗이 치우고 책을 보기 시작했다.

첫 번째 시험 과목은 마르크스주의 철학과 기본 원리로, 텍스트를 전부 암기해야 했다. 뤄즈는 전에는 줄곧 전공과목을 복습하면서 이 과목은 일부러 시험 직전까지 남겨두고 벼락치기를 했었다. 어차피 일찍부터 공부해봤자 잊어버릴 게 뻔했기 때문이었다.

"한 권도 안 남았어. 방금 컴퓨터로 조회해봤는데 모두 대출 중이야."

뤄즈는 휴대폰 수신자 목록에서 '바이리'를 선택해 문자 발송 버튼을 누른 후, 도서관 컴퓨터에서 로그아웃하고 가방을 들고 컴퓨터실을 나갔다.

아침에 기숙사에서 나오기 전, 장바이리가 도서관에서 그

『마르크스주의 기본 원리 개론』교재를 빌려다 달라고 부탁했다. 거비가 교재를 잃어버렸는데 구할 수 없다는 거였다. 그의 주변 친구들에게는 여분의 책이 없었다. 선배들은 이미 버렸거나 남에게 줘버렸다고 하고, 심지어 서점에도 재고가 없어서 중요한 시기에 한 권도 구할 수가 없었다.

결국, 그는 다시 장바이리를 찾았다. 헤어진 후 첫 연락이었다. 그는 한 학기 내내 마르크스 수업을 땡땡이쳤고, 출석은 쭉 그와 같은 과목을 신청한 장바이리가 대신 해줬다. 그래서 전공과는 완전히 다른 수업을 듣게 된 장바이리가 오히려 다른 학생들은 제멋대로 굴던 마르크스 수업에 한 번도 빠지지 않고 출석하게 되었다. 거비는 지나치게 게으름을 부린 끝에 시험이 코앞에 닥쳐서야 공부를 하려 했지만, 막상 책이 없었다.

뤄즈는 미간을 찌푸리며 뭐라고 한마디 하려다 참았다. 장바이리가 혹시 파티장에서 성모 마리아인 척하던 음모를 계속하려는 것인지, 아니면…… 진짜 성모 마리아인지 의심스러웠다.

장바이리는 바로 답장을 보내왔다. "고마워, 지금 빌리는 건 불가능하겠지. 내가 알아서 방법을 찾아볼게."

뤄즈는 도서관 로비를 나오다 생각을 바꿔 그냥 여기서 공부하는 것이 낫겠다는 생각이 들었다. 빈자리를 찾는다면 말이다.

도서관은 1층을 빼고 각 층마다 규모가 작지 않은 자습실이 마련되어 있다. 뤄즈는 엘리베이터를 타고 곧장 6층으로 올라간 후, 한 층씩 계단으로 내려오며 빈자리를 찾았다. 도서관은 겨울에 난방이 빵빵한 데다 창문을 열고 환기를 시키지 않아서 자습실에 들어설 때마다 따뜻하게 정체된 공기 중에 섞인 낯선 사람들의 체취를 맡을 수 있었다.

자습실은 얼핏 보면 붐비지 않는 듯 보였지만 자리마다 책 무더기가 자리를 맡고 있었다. 자리 주인은 대개 자리에 없어서 마치 고등학교 때 모두 나가버린 체육 시간의 교실을 보는 듯했다.

뤄즈는 2층까지 내려와 마지막 자습실까지 둘러봤지만, 역시 자리를 찾을 가망이 없어 성큼성큼 밖으로 나갔다.

"뤄즈, 뤄즈!"

숨 쉬는 소리만큼 무척 작은 목소리였다. 뤄즈가 소리 나는 쪽으로 고개를 돌려보니 장밍루이가 신나게 손을 흔들고 있었다. 그의 왼쪽에 앉아 있던 여학생도 고개를 들어 예의 있게 웃어주었다.

쉬르칭이었다.

뤄즈는 반갑게 다가가 책상 위에 놓인 책을 보곤 웃으며 조그맣게 말했다. "너네도 마르크스 복습 중이었네? 정말 일찍 왔나 보다."

"우린 7시쯤 와서 자리 맡았어. 넌 어떻게 자신만만하게 10시 반에 어슬렁거리며 오냐." 장밍루이가 오른쪽 자리에 놓인 자료를 자기 책상 위로 모으며 말했다. "이 자리 비었어. 물건 놓으려고 맡아둔 건데, 네가 써."

그랬구나, 뤄즈는 고맙다고 말하며 자리에 앉았다.

"젠장, 너네 문과생들은 고등학교 때 하루 종일 이런 걸 외웠어?" 장밍루이가 우울한 표정으로 손에 든 교재를 볼펜으로 두드렸다. "했던 말 또 하고 또 하는데 대체 무슨 말을 하는 건지 모르겠어. 문과생들은 이런 걸 공부하면서도 미치지 않고 대학까지 합격하다니 정말 대단해. 너흰 정말 초사이어인이야. 사당에 모셔놓고 떡과 복숭아를 바쳐야겠어."

뤄즈가 웃음을 참으며 조그맣게 물었다. "너 고등학교 연합고사 때 정치 시험 안 봤어?"

"우리 학교 연합고사는 그냥 형식적이었거든. 난 다 베껴서 한 번도 외워본 적 없어."

"인생이 완벽해지려면 외워야지. 얼른 책이나 봐." 뤄즈가 볼펜으로 그의 책을 살짝 두드렸다.

쉬르칭은 조용히 두 사람을 보며 싱긋 웃더니 고개를 숙이고 공부를 계속했다. 12시가 거의 다 되었을 무렵, 장밍루이가 짜증스럽게 펜을 던지곤 나지막이 속삭였다. "지겨워 죽겠어. 점심이나 먹으러 가자."

뤄즈는 고개를 끄덕이며 의견을 묻는 눈빛으로 쉬르칭을 바라보았다. 쉬르칭도 웃으며 동의를 표했다. 그리하여 그들은 책을 간단히 정리해 책상 위에 쌓아두고 각자 휴대폰, 지갑, 외투만 챙긴 후 함께 자습실을 나섰다.

복도로 나가자마자 장밍루이가 소리쳤다 "제길, 이거 평범한 사람이 외울 수는 있는 거냐?"

옆에서 계단을 내려가던 남학생이 큰 소리로 맞장구쳤다. "그러게. 다 외울 쯤이면 나도 변태가 돼 있을 것 같다."

그가 말을 마치더니 장밍루이 양옆에서 걷고 있던 뤄즈와 쉬르칭을 의미심장하게 흘끗 보고는 '여자 복도 많은 자식이 어디서 투덜대냐'는 표정으로 장밍루이를 향해 씨익 웃어 보였다. 그러고는 빠른 걸음으로 계단을 내려갔다.

뤄즈는 문득 장밍루이가 말했던 그들 두 사람과 성화이난의 삼인조 행차가 떠올랐다.

성화이난. 뤄즈는 사고가 1초간 멈췄다가 바로 고개를 돌리고 웃으며 말했다. "너넨 어떤 교수님의 마르크스 수업이야?"

"잠깐만. 나 잡지 좀 사 올게." 식당으로 가는 길에 쉬르칭은 길가 신문 가판대로 달려가더니, 고개를 숙이고 형형색색의 잡지가 가득 꽂힌 진열대를 훑고는 문고판보다 약간 두꺼운 사이즈의 잡지를 집어 들었다. "이걸로 주세요."

"8위안." 가판대 아주머니는 고개도 들지 않고 대꾸했다.

"넌 왜 항상 장갑을 안 껴?"

쉬르칭이 엄지와 검지로 잡지 귀퉁이를 잡고 살짝 오들오들 떨면서 고개를 돌리고 말했다. "식당도 가까운 걸 뭐. 필요 없어. 귀찮기만 하고……."

뤄즈의 표정이 순간 무척 어색해졌다. 방금 장밍루이는 뤄즈에게 물어본 것이었는데, 쉬르칭이 대답하며 고개를 돌렸다가 마침 마주 서서 대화를 나누려는 두 사람을 보고 말았다.

장밍루이가 헤헤 웃었다. "너한테 안 귀찮은 게 있냐? 게을러봤자 너만 동상 걸리지."

장밍루이는 굉장히 자연스럽게 시선을 돌려 쉬르칭을 바라보았다. 기지를 발휘한 침착한 한마디가 세 사람의 난처한 분위기를 해소해주었다. 쉬르칭은 처음의 어쩔 줄 모르던 막연한 표정에서 회복되어 멋쩍은 듯 웃었다. 부끄러워하는 새색시처럼 뤄즈를 흘끗 바라보곤 작은 소리로 반박했다. "내가 뭘!"

"주머니에 손 넣고 있어. 잡지는 내가 들어줄게." 장밍루이는 손을 뻗어 쉬르칭의 잡지를 받아 들었다. 쉬르칭은 패딩 주머니에 손을 넣고 다시금 뤄즈를 향해 부끄러운 듯 웃어 보였다. 마치 '웃긴 꼴을 보였네. 얜 늘 이래'라고 말하는 것 같았다.

이런 쉬르칭은 그날 커피숍에서 화려하게 차려입고 기세등등하던 미녀와는 전혀 딴 사람 같았다. 뤄즈는 살짝 두어 걸음 뒤처져 앞쪽의 검은색과 빨간색의 두 뒷모습을 바라보았다. 마음속에 작은 즐거움이 솟았다.

쉬르칭에게는 제멋대로 횡포를 부리는 모습도, 이렇게 부끄럽고 멋쩍어하는 모습도 있었다. 대체 어떤 게 진정한 쉬르칭의 모습일까? 혼자 있을 때의 모습이 진실에 더 가까울까? 하지만 그럴 때의 그녀는 누구에게도 모습을 드러내지 않을 테니 다른 사람에게는 아무런 의미가 없었다.

상호작용에 따라 자아는 다르게 드러난다. 어떤 대상이 만들어낸 진실에 대해 사람들은 각자 다른 판단을 내릴 뿐이다.

그렇다면 성화이난 앞에서의 자신은 너무 변질된 게 아닐까? 공통점에 의지해 소원대로 그의 사랑을 받는다 하더라도 기나긴 연기 인생의 시작이 될 뿐이겠지.

"야, 무슨 생각해?"

뤄즈가 정신을 차리고 보니, 장밍루이가 뒤쳐진 그녀를 향해 손을 흔들고 있었다. 너그러운 미소에는 알 수 없는 의미가 담겨 있었다.

세 사람은 자리를 맡은 후 각자 음식을 담아 왔다. 장밍루이가 빵 세 개를 받쳐 들고 마지막으로 돌아왔다.

"오늘은 빵 안 샀어?" 그가 의아하다는 표정으로 뤄즈를 바라보았다.

"줄이 너무 길어서."

"3호 식당에서 널 본 지도 참 오래됐다."

"식당이 그렇게나 넓으니 마주치기도 힘들지."

쉬르칭이 불쑥 끼어들었다. "너네 자주 밥 같이 먹어?"

"응, 한 달 좀 넘었나. 난 항상 3호 식당에서 먹거든. 장밍루이도 마찬가지고. 그래서 종종 마주쳐." 뤄즈가 웃으며 설명했다.

장밍루이는 앉자마자 빵 하나를 집어 뤄즈의 접시 위에 놓았다. "먹을래? 마침 친구들이 줄 서 있어서 3개 사달라고 했어."

"나 안 먹어봤는데, 나도 하나 줄래?" 쉬르칭이 물었다. 장밍루이가 자리에서 일어났다. "그래, 알아서 가져가. 내가 가서 더 사 올게."

빵을 집으려던 쉬르칭의 젓가락이 허공에서 멈췄다. "왜?"

"난 하나로는 배가 안 차거든."

"아." 쉬르칭은 접시를 바라보며 묵묵히 계산을 해보았다.

하나는 뤼즈 몫이고, 두 개는 장밍루이 몫이고…….“그럼 됐
어. 너, 너 먹어. 내건 내가 사 올게.”

쉬르칭이 벌떡 일어나 장밍루이가 사양하기도 전에 빵을 파
는 창구 쪽으로 달려갔다.

장밍루이는 쉬르칭이 달려가는 모습을 멍하니 보며 어깨를
으쓱하곤 다시 자리에 앉았다.

“참, 뤼즈, 너…… 성화이난이랑 사귀는 거야?”

뤼즈는 그 말에 사레가 들려 기침을 한참 하고서야 진정했
다.“그런 뜨거운 질문은 먼저 몇 마디 밑밥을 깔아준 다음에 하
면 안 돼?”

“사귀는 거야, 아니야?”

장밍루이의 목소리는 가볍고도 편안했지만, 얼굴에 떠오른
미소는 살짝 가식적으로 보였다.

뤼즈가 고개를 저었다.“아니.”

“하지만 걔…… 걔가 요즘 이상한 것 같더라고. 휴, 어차피 물
어봤자 말해주지 않을 것 같아서 너한테 물어볼 수밖에 없었어.”

“내가 너한테 성화이난 좋아한다고 말한 적 있어?”

장밍루이가 고개를 숙여 젓가락으로 접시 위의 피망감자채
볶음을 뒤적이다가 잠시 후 반문했다.“설마 아냐?”

뤼즈는 길게 한숨을 내쉬었다.“논리를 소환해봐, 논리를.”

“소환할 필요 뭐 있어. 그럼 넌 안 좋아한다고 감히 말할 수
있어? 거짓말하지 마.”

뤼즈는 괜히 웃음이 나왔다. 뤼즈가 공들여 간직해온 비밀은

마치 호수에 돌을 던질 때 퍼지는 물결처럼 한 겹, 한 겹 널리 확산되었다. 한때는 누구도 찾을 수 없게 꽁꽁 숨겼다고 생각했던 비밀이 지금은 이렇게나 또렷이 드러나 있었다.

정원루이, 예잔옌, 딩수이징, 장바이리, 장밍루이…… 그리고 성화이난 본인까지. 그들 모두 뤄즈에게 물었다. "너 성화이난 좋아하는 거 아냐?" 고등학생 뤄즈가 알았더라면 아마 까무러쳤을 것이다.

"우리 쉬르칭 얘기나 하는 게 어때." 뤄즈가 웃으며 화제를 돌렸다.

"쉬르칭……." 장밍루이가 말끝을 길게 늘여 빼며 머뭇거렸다.

"너희……." 뤄즈가 그와 동시에 입을 열었다.

"오해하지 마!" 장밍루이가 외쳤다.

"내가 뭘 오해했는데?" 뤄즈가 더욱 수상쩍게 웃었다. "난 아무 말도 안 했는데. 보아하니 내가 오해하길 바라는 것 같네?"

"사실……." 장밍루이가 황급히 손을 내저었다. 젓가락에 붙은 밥알이 아름다운 곡선을 그리며 날아가더니 식탁 옆 한 그림자의 소매에 살포시 떨어졌다.

그 사람이 밥알을 튕기며 한숨을 내쉬었다.

"이거 정말 우연인데!"

그들은 고개를 들어 성화이난의 완벽한 얼굴을 바라보았다.

"여, 너도 밥 먹으러 온 거야?" 장밍루이가 몇 초간 멍하니 있다가 말했다.

성화이난은 장밍루이에게 깔보는 듯한 눈빛을 던졌다. "네 그 혜안에 딱 걸리고 말았네."

그는 뤄즈 옆자리에 앉아 식판을 빈 공간에 놓았다. "교재 외우다가 욕이 나오지 뭐야. 문과생의 생활은 정말 사람이 할 만한 게 아냐."

"너 처음에 나한테 복수전공 신청하라고 했을 때, 네 '전 여자 친구'가 하도 문과가 어렵대서 문과생 생활을 체험해보고 싶었다고 그러지 않았어? 전공 시험이 끝나니까 복수전공 시험이잖아. 그런데 법학 개론은 책 없이 시험 봐야 한다니 대체 이런 법이 어딨어." 장밍루이가 얼굴을 찌푸리며 토로했다. '전 여자 친구'라는 단어를 말할 때도 여전히 억울한 표정이었다.

뤄즈는 생각에 잠긴 듯 장밍루이를 흘끗 쳐다보았다.

성화이난의 얼굴은 담담했다. "맞아. 고등학교 땐 문과반 애들이 죽기 살기로 외우는 걸 보면서 도무지 이해가 안 됐거든. 고작 책 몇 권 시험 보는데 처음부터 끝까지 외워야 하잖아. 게다가 그 외운 걸 답안지에 빽빽하게 써내는데도 문과반 종합 점수가 보통 이과반보다 훨씬 낮다는 게 정말 이상하더라고."

"참, 너 문과생이잖아?" 장밍루이가 맞은편의 뤄즈를 보며 말했다. "너도 고등학교 때 역사랑 정치 과목 여러 번 외웠지? 너네는 2년 내내 외웠을 텐데, 어째서 그래도 못 외우는 사람이 많아?"

뤄즈는 고개를 숙이고 옥수수죽을 떠먹느라 대답하지 않았다.

"야, 너한테 묻는 거야. 너 문과생이잖아. 너네도 시험 전에 벼락치기로 암기했냐고." 장밍루이가 젓가락 끝으로 식탁을 탕탕 두드렸다.

"어?" 뤄즈는 고개를 들어 왼쪽으로 살짝 기울이며 웃었다. "기억 안 나. 아마 그랬을걸."

성화이난은 묵묵히 젓가락으로 그릇에 평평하게 담긴 쌀밥을 쿡쿡 찌르며 구멍을 냈다.

뤄즈는 자신도 예전에 토라져서 오기를 부린 적이 있다는 걸 떠올렸다. 법학 개론 시간에 성화이난이 감자칩을 사 왔을 때, 그녀는 그걸 모조리 챙기면서 말할 때도 일부러 그를 보지 않고 옹졸하게 굴었다. 당시 뤄즈도 자신에게 그런 고집스런 면이 있는지 믿기지 않을 정도였다.

그때는 상대방이 손을 흔들면 바로 상황을 만회할 수 있었다.

그런데 지금, 뤄즈는 마침내 깨달았다. 성화이난은 어쩌면 처음 만났을 때부터 자신의 호감을 느꼈을 것이다. 얼마나 뻔히 보였을까.

속마음이 아무리 변화무쌍하고 복잡하다 한들, 뤄즈가 성화이난을 좋아하는 건 사실이었다. 이건 변한 적이 없었다. 그 사실이 그의 손안에 있는 한, 어떤 일이 벌어지든 그녀가 겉으로 무슨 태도를 보이든, 그녀는 늘 패자일 수밖에 없었다. 그러나 그는 미소를 지으며 언제고 식탁 옆으로 다가와 밥알을 튕기며 정말 우연이라고 말할 수 있었다.

정말 우연이네. 네가 나를 좋아한다니.

그만하자, 뤄즈는 생각했다.

"쉬르칭?" 성화이난은 식판을 들고 멀지 않은 곳에 서 있는 쉬르칭을 발견하곤 가볍게 목례를 건네고는, 대각선 맞은편에 있는 장밍루이에게 물었다. "오전 내내 같이 공부한 거야? 너네 셋이?"

"맞아. 우리 셋이." 장밍루이는 고개를 돌려 쉬르칭을 불렀다.

쉬르칭이 느릿느릿 걸어왔다. 어떻게 대응해야 할지 아직 갈 피를 못 잡은 듯 긴장된 표정이었다. 그럭저럭 봐줄 만한 연기 였다. 성화이난은 약간 난처하면서도 찔리는 표정이었다. 쉬르 칭이 있는 걸 알았다면 분명 여기까지 달려와 사람을 난처하게 만들지 않았을 것이다.

그럼 왜 굳이 이리로 와서 날 난처하게 만드는 걸까? 뤄즈는 미간을 찌푸리며 젓가락을 내려놓고 빵을 찢기 시작했다.

"너도 밥 먹으러 왔구나." 쉬르칭이 어색하게 웃어 보였다.

성화이난은 밥 먹으러 왔냐는 말을 두 번째로 듣자 고개를 기울이며 쓸쓸하게 웃었다. "응, 공부하다 따분해져서 좀 쉬고 싶더라고. 유일하게 정당한 이유가 바로 밥 먹는 거잖아."

"아…… 오전엔 어디서 자습했어?" 쉬르칭은 물으면서 뤄즈 와 똑같이 빵을 찢었다. 쉬르칭의 손은 무척 예뻤다. 다만 성화 이난 앞에서는 동작이 과도하게 연약해서 빵은 한참을 찢어도 찢어지지 않았다.

성화이난이 잠시 뜸을 들이다 대답했다. "제1 강의동." 그러 고는 엉겁결에 왼쪽을 돌아보았다. 그러나 왼쪽 사람은 빵을 찢는 것에만 집중하고 있었다. 동작은 매우 익숙했고 부끄러움도 전혀 없어 보였다. 그의 말을 듣고도 아무런 반응이 없었다.

"제1 강의동?"

"응. 조용하고, 사람도 적고."

"왜 도서관에 안 가고? 거긴 너무 춥잖아. 히터도 잘 안 들어오고. 그러다 얼어 죽으면 어떡하려고?"

성화이난은 그 말에 순간 멈칫했다. 갑작스러운 침묵에 쉬르칭도 말이 지나치게 다정했다는 걸 깨달았다. 장밍루이의 얼굴에 서서히 의미심장한 얕은 웃음이 떠올랐다.

별안간 뤄즈가 신대륙이라도 발견한 것처럼 기쁘게 말했다. "쉬르칭, 너 마라 맛 야보쯔 샀구나? 나도 한 조각 줄래?"

이 갑작스런 끼어들기는 확실히 형편없었지만, 쉬르칭은 감격하며 지푸라기라도 잡는 듯 뤄즈와 야보쯔에 대해 이야기하기 시작했다.

"너 청두* 출신이지? 네가 보기엔 어때? 그런 것 같지?"

쓰촨 요리에 대해 이야기하던 쉬르칭이 별안간 고개를 돌려 장밍루이에게 물었다. 표정에는 잘 보이려는 의도가 약간 담겨 있었다. 뤄즈는 알 만했다.

방금 쉬르칭이 허둥지둥 성화이난에게 건넨 친근한 말에 장밍루이가 질투할까 봐 기분을 맞춰주려는 웃음을 짓고 있었다.

장밍루이는 멍때리느라 대답하지 않았고, 야보쯔 이야기로 누그러졌던 분위기는 다시금 썰렁해졌다.

....

* 成都, 매운 맛으로 유명한 쓰촨 요리의 본고장.

그들은 계속해서 각자 먹는 것에 집중했다. 시끌벅적한 식당에 마치 방음 결계가 네 사람을 뒤덮은 것만 같았다.

성화이난의 그릇에 담긴 쌀밥은 전혀 미동도 없이 여전히 '井정' 자를 유지하고 있었다. 이미 차갑게 식은 것 같았다.

고요한 한 끼 식사가 마침내 끝났다. 식판을 반납하러 갈 때 장밍루이가 성화이난에게 말했다. "계속 제1 강의동에 있을 거야? 아니면 우리랑 같이 도서관에서 공부하자."

성화이난이 뤄즈를 흘끗 보더니 별안간 기분 좋게 하하 웃음을 터뜨렸다. "뤄즈, 너네 도서관에서 공부해?"

뤄즈는 고개를 들어 잔잔한 눈빛으로 그를 바라보며 아무 말도 하지 않았다.

"기억하기로는 고등학교 때 교과서에 이런 글이 있었어. 「크리스마스 선물」이라고." 그는 아랑곳없이 말을 계속했다.

"맞아. 근데 왜?" 쉬르칭이 마지막으로 식판을 잔반 처리대 위에 놓고 고개를 돌려 흥미진진하게 반문했다가 장밍루이의 음침한 눈빛과 마주치고 말았다.

당황한 쉬르칭은 무슨 말을 해야 할지 몰랐지만 이 이상한 분위기를 전환하고 싶었는지 입이 통제를 벗어나고 말았다. "우리랑 같이 도서관에서 공부할래? 도서관이 따뜻하거든. 옆에 빈자리도 하나 있어."

장밍루이가 옅게 웃으며 그녀를 흘끔 보고는 성화이난에게 말했다. "그래, 도서관으로 와."

제59장

미소가 가장 가혹하다

뤄즈는 살짝 소매를 들어 올려 냄새를 맡아보았다. 역시나 3호 식당의 음식 냄새가 배어 있었다.

곁에 있는 남학생은 식당에서 줄곧 입고 있던 패딩을 벗고 안에 입은 짙은 회색 셔츠를 드러냈다. 그가 앉을 때 미세한 바람이 일었는데 여전히 산뜻한 세탁 세제 향이 났다.

어째서.

그는 은백색 만년필로 종이에 쓱쓱 뭔가를 쓰고 있었다. 듣기 좋은 사각거리는 소리가 났다. 듣는 사람을 황홀하게 만드는 사각거리는 소리였다.

뤄즈는 고개를 숙이고 슬쩍 웃곤 이어폰을 꺼내 귀에 꽂았다.

손에 든 마르크스 교재를 뚫어지게 바라보았지만 시선은 한 글자에서 맴돌았고, 주변 글자들은 그 글자 주변을 빙빙 돌며 천천히 소용돌이를 만들어냈다.

졸렸다.

방금 밥을 먹고 왔으니 바로 책상에 엎드리면 배가 더부룩해진다는 건 알지만, 그래도 몸을 굽혀 바닥에 놓은 가방에서 베이지색 코끼리 쿠션을 꺼내 책상 위에 놓았다. 갑자기 마술처럼 책상 위에 등장한 쿠션을 본 나머지 세 사람은 모두 깜짝 놀랐다. 뤄즈는 습관적으로 두 번 깊이 심호흡하며 윗배를 문지른 후, 살짝 눈을 감고 편안하게 책상 위로 풀썩 쓰러졌다.

그런데 쿠션이 아닌 책상에 부딪히고 말았다. 광대뼈와 책상이 부딪치며 나는 커다란 소리에 자습실에 있던 사람들 절반이 그녀 쪽을 돌아보았다. 뤄즈는 말없이 그저 손으로 뺨을 꾹 눌렀다. 아파서 눈물이 다 고였다.

뤄즈는 고개를 들고 맞은편에 앉아 있는 장밍루이를 표독스럽게 노려보았다.

장밍루이가 손에 코끼리 쿠션을 들고 입을 '0' 모양으로 커다랗게 벌린 채, 짐짓 놀란 표정으로 그녀를 바라보고 있었다. 뤄즈는 한참 말을 잇지 못하고 고개를 숙인 채 광대뼈를 누르며 통증을 진정시켰다. 눈물이 들어가고 나서야 그녀는 다시금 천천히 고개를 들어 이를 꽉 깨물고 조그맣게 말했다. "너, 죽고 싶어?"

장밍루이는 장난에 성공한 일고여덟 살 아이처럼 웃었다.

일고여덟 살, 개도 싫어한다는 미운 나이.

뤄즈는 재빨리 일어나 쿠션을 빼앗아서는 책상 위에 놓고 맞은편 사람을 향해 입 모양으로 으르렁거린 후, 고개를 숙이고 베이지색 꿈나라로 빠져들었다.

뤄즈는 두 팔로 쿠션을 껴안고 고개를 오른쪽으로 돌려 자는 걸 좋아했다. 눈을 감은 지 2초도 되지 않아 그녀는 얼굴이 뜨거워지는 걸 느꼈다.

그가 오른쪽에 앉아 있었다.

설령 그가 그녀 쪽을 전혀 바라보지 않았다 해도, 그녀는 눈꺼풀을 사이에 두고 자신을 향해 쏟아지는 시선을 느낄 수 있었다. 뤄즈는 미간을 찌푸리며 얼른 얼굴을 왼쪽으로 돌리곤 뒤통수만 남겨놓았다.

그리고 서서히 꿈속으로 빠져들었다. 몽롱한 가운데 맞은편 의자가 움직이는 소리가 들렸다. 누군가 자리를 떠난 것 같았다. 잠이 덜 깬 눈으로 다시 일어났을 땐 맞은편에는 아무도 없었다. 장밍루이와 쉬르칭은 어디로 갔는지 보이지 않았고, 책상 위에는 두 무더기의 책과 연습지, 그리고 어지럽게 널린 펜 일고여덟 자루만 남아 있었다.

뤄즈는 오른쪽을 바라보았다. 성화이난도 보이지 않았다. 은백색 만년필은 뚜껑도 닫지 않은 채였다. 반사된 햇빛에 눈이 부셨다. 고개를 돌려 피하려는데 어깨에 걸쳐진 옷이 미끄러져 떨어졌다.

뤄즈는 그제야 몸에 성화이난의 검정색과 흰색과 회색으로 이루어진 패딩이 걸쳐 있었다는 걸 깨달았다. 옷이 떨어지면서 따스했던 온도가 거의 사라졌다. 그녀는 부르르 떨며 얼른 옷을 주워서는 조심스럽게 팔을 소매에 끼웠다. 커다란 패딩이 그녀를 감싸니 말로 형용하기 어려운 따스함이 느껴졌다.

뤄즈는 문득 뭔가가 떠올라 조심스럽게 소매를 들어 냄새를 맡아보곤 만족스럽게 웃었다. 과연 패딩에 음식 냄새가 배어 있었다.

사실 그들은 다 똑같았던 것이다.

뤄즈는 얼굴을 쿠션에 붙이고 두 손으로 자신을 안으며 패딩의 온도로 몸을 데웠다. 가슴 한구석이 말랑말랑해졌다. 하지만 그건 순간일 뿐이었다.

뤄즈는 손을 뻗어 성화이난의 만년필 뚜껑을 닫은 후 자리에서 일어났다. 책상 위에 놓인 휴대폰과 지갑을 챙겨 들고 공기가 신선한 곳으로 나가 살살 걸으며 정신을 차릴 생각이었다. 패딩 주머니에 손을 넣었을 때 뭔가 딱딱한 것이 만져졌다. 꺼내보니 갈색 소가죽 지갑이었다. 뤄즈는 손가락 끝으로 가죽 표면을 살살 두드리다가 장바이리의 지갑 속에 있던 천모한의 사진이 떠올랐다. 이 지갑 속에도 누군가의 사진이 들어 있진 않을까?

그녀는 지갑을 열어보지 않고 다시 주머니에 넣었다.

손을 주머니 속에 넣었다. 새해의 그날, 예잔옌의 손도 이 주머니 안에서 온기를 얻고 있었다.

뤄즈는 저릿저릿한 뺨을 문질렀다. 배 속에 가스가 가득 찬 것 같은데 트림을 하려고 해도 나오지 않았다. 복도의 쌀쌀한 공기에 뤄즈는 오들오들 떨었다.

창밖에는 회백색 경치가 펼쳐져 있었다. 뤄즈의 머릿속에 박힌 베이징의 인상은 붉은 벽과 녹색 기와도, 반듯반듯하고 중후한 모습도 아니었다. P대가 위치한 구역은 이 도시에서 가장 난감한 지대였다. 오래된 건물은 이미 철거되었고, 새로운 건물은 아직 미완성이라 모든 것이 잿빛 외투를 걸친 채 먼지 가득한 공기로 덮여 있었다. 어두운 색채는 잎이 떨어져 말라붙은 나뭇가지로 칠한 것 같았다. 간혹 찬바람이 먼지와 폐지를 날리면서 풍경에 가련한 움직임을 더해주었다.

고개를 들어보니 뤄즈는 이미 몇 바퀴를 돌고 나서 2층의 과학기술 도서실에 와 있었다. 이 분야의 책들은 아마 『10만 개의 WHY』같은 어린이용 과학도서를 빼면 봐도 모르는 게 많을 것 같아 발걸음을 옮기려는데, 별안간 조그맣게 훌쩍거리는 소리가 들렸다.

복도에는 아무도 없었다. 도서실 입구에는 직원 한 명이 대출 코너의 나무 책상 위에 엎드려 졸고 있을 뿐이었다. 뤄즈는 사방을 둘러보다가 오른쪽 계단 입구에서 빨간색 그림자를 발견했다. 그쪽으로 다가가며 고개를 드니…… 쉬르칭이 2층에서 3층으로 올라가는 계단 위에 앉아 양 무릎 사이에 고개를 파묻고 있었다. 얼굴은 잘 보이지 않았다. 난간 사이로 3층으로 향하는 계단 위에 서 있는 신발이 보였다. 측면에 하얀색 커다란 나이키 마크가 그려져 있었다.

장밍루이와 쉬르칭이었다.

쉬르칭은 애써 울음을 참았지만 여전히 희미한 흐느낌이 새어 나오고 있었다. 뤄즈는 한 걸음 물러나 조용히 자리를 떠났다.

　등 뒤에서 갑자기 목 메인 목소리가 들려왔다. "나한테 복수하는 거지. 난 너한테 사과하고 싶었어. 하지만 그 일을 다시 꺼내기가 민망해서 아무 일도 없었던 것처럼 너랑 지냈던 거야. 사실 넌 나한테 복수하고 있었던 거지. 안 그래?"

　"난 정말 그런 적 없어."

　"그랬어!"

　"내 설명 좀 들어봐……."

　"안 들을 거야!"

　뤄즈는 하마터면 부적절한 타이밍에 웃음을 터뜨릴 뻔했다. 그녀는 자신도 모르게 발걸음을 멈췄다.

　"사실 난 알고 있었어." 쉬르칭의 목소리가 복도에 미약하게 울려 퍼졌다. "크리스마스 때 우리 같이 798에 갔잖아. 너네 기숙사의 누군가가 말해줬어. 네가 기숙사에 돌아가자마자 널 에워싸고 나랑 진도 나갔냐고 캐물었는데, 우린 그저 친구라고 말했다며."

　"그리고 네가 좋아하는 사람은 다른 사람이라고." 쉬르칭이 천천히 말했다.

　장밍루이는 침묵했다. 뤄즈는 한참을 기다려도 그의 대답을 들을 수 없었다.

　"진작에 너한테 묻고 싶었지만 그 말을 입 밖에 내자니 너무 민망하더라. 만일, 만일 네가 쑥스러워서 아무렇게나 둘러댄 거라면, 만일…… 그렇다면 얼마나 속상하겠어."

세상에 뜻하지 않게 틀어진 인연의 대다수는 사실 처음엔 말로 풀 수 있는 것이었다. 피할 수 없는 것도 아니고 운명의 장난도 아니었다. 그들 사이를 막은 건 서로간의 자존심과 소위 이해라는 거였다. 뤄즈는 가볍게 한숨을 내쉬었다.

"사실 추측은 했어." 쉬르칭이 차갑게 웃었다. "사실 네가 좋아하는 사람은……."

"난 네가 좌절을 맛보면 그만큼 더 현명해질 줄 알았어. 적당히 해."

팔짱을 끼고 벽에 붙어 몰래 듣고 있던 뤄즈는 장밍루이의 냉담하고 명쾌한 목소리에 깜짝 놀랐다. 자신이 줄곧 장밍루이를 과소평가했다 싶었다. 성화이난은 빛이었다. 주변의 모든 걸 비추어 그림자를 만들어냈다. 예를 들면 장밍루이라든지. 장밍루이는 뤄즈의 생활 속에 실없이 웃고 자주 부끄러워하며 투닥거리면서도 말솜씨는 없는 단순한 남학생으로 등장했다. 그런데 오늘 신문 가판대 앞에서 그는 지극히 자연스러운 태도로 말을 받으며 세 사람의 난처한 상황을 무마시켰다. 뤄즈는 비로소 그를 바로 보기 시작했다.

그리고 바로 본 결과, 살짝 불안해졌다.

"적당히 해야 한다는 걸 내가 왜 모르겠어? 그걸 몰랐으면 내가 뭐 때문에 마음을 돌렸겠어? 진정으로 누군가를 사랑하는데 몇 개월의 인내심도 없어? 기다리는 것도 못 해? 좋아, 난 확실히 널 기다리게 할 자격 없어. 하지만 넌 왜 매일 나랑 같이 있는 건데? 내가 공부하자고, 밥 먹자고 부를 때 왜 거절하지 않았어? 네가 이렇게 애매하게 구는 게 나에 대한 복수가 아니라고 말할 수 있어? 나한테 착각을 심어주는 거 아냐? 너랑 걔가 뭐가 달라?"

쉬르칭의 목소리는 공허하고 처량했다. 몰래 엿들을 필요가 없을 만큼 또렷하게 울려 퍼졌다. 뤄즈의 눈앞에 그날 커피숍에서 힘이 다 빠질 때까지 눈물을 흘리던 예쁜 얼굴이 떠올랐다. 뤄즈는 걱정스럽게 주변을 살펴보았다. 도서실 관리원은 코까지 골기 시작해 코 고는 소리가 계속해서 이어졌다. 밑으로 처진 얼굴 군살이 책상 위에 두 겹으로 쌓여 있었다.

그녀는 지금처럼 웃기고도 슬픈 장면을 평생 잊지 못할 거라고 생각했다.

장밍루이는 마치 쉬르칭이 썰렁한 농담이라도 한 것처럼 웃음을 터뜨렸다. 뤄즈는 그가 웃는 모습을 자주 보긴 했지만 지금 그의 표정이 어떨지는 도저히 상상이 되지 않았다.

"네가 나한테 그랬잖아. 지나간 일은 말하지 말자고, 우린 여전히 좋은 친구라고. 처음에 네가 성화이난을 좋아했을 때도 넌 지금처럼 나랑 같이 공부하고 밥 먹었어. 그러니까 지금 난 너한테 애매한 태도를 취한 건 아니라고 보는데? 그리고 그 기다림이란 건…… 하나만 묻자. 만약 지금 성화이난이 너한테 온다면, 넌 걜 받아줄 거야?"

"아니, 그러지 않을 거야. 기다릴 만한 사람이 있고, 그렇지 않은 사람이 있지. 난 기억력이 나쁜 사람은 아니니까."

"맞아. 나도 기억력이 나쁜 사람이 아냐." 장밍루이가 가볍게 웃었다.

뤄즈는 고개를 숙였다. 길게 자란 앞머리 그림자가 눈을 덮었다.

"넌 내가 그렇게 미워? 친구도 못 할 만큼? 꼭 나한테 복수해야겠어?"

"친구가 되는 건 완전히 가능해. 사실 나도 이미 그렇게 했고. 하지만 너한테 복수 같은 건 안 했어. 난 단지 아주 정상적으로 내가 좋아하지 않는 사람을 거절한 것뿐이야. 네가 생각이 너무 많은 거라고."

뤄즈는 한숨을 내쉬었다. 쉬르칭은 결코 그의 적수가 아니었다. 말재간이 딸리는 건 둘째 치고, 자신을 좋아하지 않는 사람을 좋아하는 사람과 애정을 논한다는 건 애초부터 스스로 죽음을 자초하는 것이었다.

뤄즈가 자리를 떠나려는데 마지막으로 장밍루이의 온화하고도 냉담한 한마디가 들렸다. "너랑 애매한 관계가 되고 싶진 않아. 오늘부터 서로 모르는 사이로 지내자."

뤄즈는 눈을 감았다. 신문 가판대 앞에서의 광경이 눈앞에 떠올랐다. 장밍루이가 쉬르칭의 잡지를 대신 들어주었고, 쉬르칭이 두 손을 주머니에 넣으며 뤄즈 앞에서 부끄러운 듯 고개를 숙이고 미소를 지었다. 가지런한 앞머리가 겨울 찬바람에 휘날리는 모습이 마치 흔들리는 치맛자락 같았다.

장밍루이는 정말로 몰랐을까?

그때 쉬르칭은 아주 한참이 지나서야 조그맣게 말했었다.

"넌 항상 나한테 이렇게 잘해주네." 장밍루이는 히죽거리며 대꾸했다. "쯧쯧, 넌 반응도 참 느리다."

농담 한마디가 수많은 우여곡절을 놓쳐버렸다.

"태양을 잃었다고 울지 마라, 눈물이 앞을 가려 별을 볼 수 없게 된다." 시인 타고르는 언제나 따스해 보이면서도 잔혹한 말을 남겼다.

사람 마음에는 미소가 가장 가혹했다. 예를 들면 장밍루이나 성화이난처럼.

제60장

안녕, 황제 폐하

뤄즈는 홀로 넓은 복도를 걸었다. 발걸음 소리는 심장박동처럼 평온하면서도 고요했다. 어떤 창턱 앞을 지날 때 갑자기 햇빛 한 줄기가 쏟아졌다. 마치 회백색 구름과 안개로 뒤덮인 하늘에 갑자기 구멍 하나가 난 것 같았다.

신이 강림한 것처럼.

뤄즈는 손을 들어 눈을 가렸다. 그러다 어떤 생각이 들어 뒤돌아 자신의 그림자를 바라보았다. 갈색 대리석 바닥 위에는 지극히 단순한 흔적이 말없이 길게 늘어져 있고, 절반은 벽에 걸쳐 참혹하게 구부러져 있었다.

바로 그때, 주머니에서 진동이 울렸다. 손을 뻗어 꺼내보니 성화이난의 휴대폰이었다. "발신자: 예잔옌."

가장 먼저 든 생각은 그날 놀이공원에서 봤던 문자였다. 그때 화면에 표시된 이름은 '잔옌'이었지 '예잔옌'이 아니었다.

휴대폰이 손안에서 부드럽게 진동했다. 뤄즈는 조롱을 금치 못했다. 자신도 이런 사소한 것에서 마음의 안정을 찾기 시작했구나. 고개를 돌릴 때 머리카락이 패딩 옷깃 사이로 들어가 목과 마찰되며 간지러운 것이 아주 편안했다. 뤄즈는 팔짱을 꼈다. 휴대폰이 계속 품 안에서 울렸다.

아이스링크에서 왕자처럼 반무릎을 꿇고 그녀에게 스케이트를 신겨주고, 초콜릿 맛을 기억해 그녀에게 건네고, 기차 도착하는 시간에 맞춰 베이징 역에서 그녀를 기다리고, 러스 감자칩 다섯 종류를 사다주고, 추운 제1 강의동에서 공부하며 혹시나 만날 수 있을까 기대하고, 그녀가 잠들었을 때 추울까 봐 자신의 패딩을 걸쳐주고…….

이 모든 건 성화이난이 베푼 작은 은혜였다. 너무나도 좋아했기 때문에 그녀는 이런 작은 은혜를 확대하고 또 확대해 사랑으로 만들어버렸다. 사실, 모두 자신 탓이었다.

그들이 처음 손을 잡았을 때부터 영문도 모른 채 소원해질 때까지.

커피숍에서의 어린 황후부터 후회의 발걸음, 그리고 그 낭패스러웠던 비 오는 날까지.

신년 파티가 끝난 후 하마터면 이루어질 뻔한 고백부터 21시간 후 그와 예잔옌이 동화 속에서 나온 것처럼 그녀 앞에 나타났을 때까지. 그때 느껴진 건 손바닥에 쥐고 있던 동전이 차갑게 손을 찌른다는 것뿐이었다.

쉬르칭은 소리 높여 비난하면서 수습이 불가능할 정도로 낭패를 겪었지만, 그럼에도 긍지와 통쾌함이 있었다. 그러나 뤄즈는 깔끔하게 교훈을 얻고 몸을 낮추며 물러났다.

뤄즈가 그림자 안으로 들어가 계속 앞으로 걸어가는데 예잔엔의 전화가 뚝 그쳤다. 그녀에게는 투쟁해 끝내 사실을 밝히려는 마음이 없었다. 허우하이의 삼륜차 아저씨가 생각났다. 해명하지 않고 매달리지 않으면, 정말로 남들이 가정한 인과에 떨어지지 않게 되는 것일까? 한때는 분노에 온몸이 떨리던 순간이 있었다. 하늘이 내린 사람이라는 재난은 그녀가 신중하고도 조심스럽게 설계한 사랑을 너무도 쉽게 부수고 말았다. 1초 후, 또다시 깊은 피로감이 몰려왔다.

뤄즈는 조용히 자습실로 돌아왔다. 성화이난은 이미 자리에 앉아 있었다. 그의 위치는 입구와 마주 보고 있어서 뤄즈가 들어서면 바로 볼 수 있었다. 그러나 그는 고개를 들지도 않고 그저 미간을 찌푸린 채 집중하며 뭔가를 적고 있었다.

고1 때, 뤄즈는 열심히 공부했었다. 그와 실력을 겨루기 위해 매일 밤을 새서 공부했지만, 대부분 집중하지 못했다. 지금 생각해보면 그게 바로 차이였다. 아이큐만이 아니라, 노력에 있어서도 그의 밀도가 그녀를 앞섰던 것이다.

뤄즈는 한 바퀴를 돌아 그의 뒤로 다가가서는 패딩을 벗어 살며시 의자 뒤에 걸었다. 성화이난은 그제야 깜짝 놀라 뒤를 돌아보더니 그녀인 걸 확인하곤 조용히 말했다. "왔구나."

뤄즈는 고개를 숙이고 소매가 바닥에 끌리지 않도록 세심하게 소매를 주머니에 넣은 후, 그를 보지도 않고 고개를 끄덕이며 말했다. "고마웠어. 방금 부재중전화 왔더라."

뤄즈는 자리로 돌아가 책을 다리 위에 놓고 고개를 숙인 채 보기 시작했다. 성화이난은 휴대폰을 꺼내 확인하더니 다시 주머니에 넣고 뤄즈를 한참 묵묵히 바라보았다. 뭔가를 말하고 싶은 것 같았지만 결국엔 그저 한숨을 쉬곤 몸을 돌려 계속해서 책을 보았다.

뤄즈는 저도 모르게 미소를 지으며, 그가 몸을 돌려 다시 공부를 시작했을 때 고개를 들어 그를 보았다.

그가 오늘 입은 건 저번에 그녀의 것과 똑같다던 짙은 회색 셔츠일 것이다. 그날 그녀는 회색 셔츠를 입고 쭈뼛거리며 그의 앞으로 걸어가 기쁨 가득한 마음으로 생각했었다. 허우하이의 둑을 따라 한가롭게 걸으며 나누는 소소한 대화는 모두 행복의 길 위에 깔린 자갈일 거라고, 자신은 마침내 더 이상 뒤를 따라가는 것이 아니라 그와 어깨를 나란히 하고 걷게 되었다고 말이다.

그때, 그 사람은 바로 자신 곁에 있었다.

그는 책상에 엎드렸고 그녀는 의자 등받이에 기댔다. 의자가 책상보다 훨씬 뒤쪽에 있어서 그 각도에서는 여전히 그의 왼쪽 뒷모습만 보였다. 그들이 앉은 자리는 마침 창가에 있었다. 겨울 햇빛은 온도가 없었지만 그래도 눈부신 광택을 지니고 있었다. 얇은 하얀 망사 재질 커튼의 여과를 거친 광선은 직사광선의 따사로움을 거둔 채 부드럽게 실내에 퍼졌다. 그러나 커튼은 완전히 쳐진 상태가 아니라서 약간의 틈새가 벌어져 있었다. 가느다란 햇빛이 그 사이로 비스듬히 쏟아져 성화이난과 그의 왼쪽 대각선 뒤쪽의 뤄즈를 하나의 선으로 연결했다.

그의 머리 위로 공기 중에 둥둥 떠다니는 먼지가 보였다.

성화이난은 빛이었다.

뤄즈는 고등학교 때 자신을 떠올렸다. 시험 전에 다들 공부를 다 못 끝냈다며 벼락치기로 밤샜다고 떠들 때, 오직 뤄즈만이 여유롭게 교과서를 넘기며 핵심과 흐름을 훑어보고 있었다. 그러나 평소에는 지나칠 정도로 열심히 공부했다. 팽팽하게 당겨진 시위처럼, 살짝만 건드려도 쉭쉭하고 화살이 발사되는 소리가 날 것처럼. 많은 사람이 뤄즈를 무시했다. 그 무시는 장민에 대한 무시와는 달랐다. 장민에게는 약간의 싸구려 동정과 하찮음이 섞였더라면, 뤄즈에게는 어렴풋한 적대와 불만이 섞여 있었다.

고정관념은 마치 이어 그리기 놀이 같았다. 뛰어나고 오만한 사람과 초라하고 가련한 사람. 모두 멀리서 바라보았고, 멀리서 볼 때는 머리를 쓸 필요가 없었다. 그러나 삼갈 줄 모르는 예리한 칼날 같던 뤄즈와 달리, 성화이난은 어떻게 찬란하게 빛나면서도 다른 사람의 마음을 불편하게 하지 않았던 걸까?

뤄즈는 하얀 커튼을 보며 불현듯 깨달았다. 그의 외모는 아름다운 백합 모양의 플로어 스탠드였다. 그 위에 드리워진 반투명한 하얀 등갓이 그의 모든 예리함을 흩어주었다.

예리한 빛은 수면으로 들어가 약간의 따스함을 일으킨다. 흐르는 물 밑에서 사람들이 고개를 들어 어렴풋하게 흔들리는 빛을 볼 때는 태양이 얼마나 뜨거울지를 따지지 않는다.

태양 아래의 성화이난은 뤄즈에게 그렇게나 매혹적인 옆모습을 남겨주었다. 완벽한 턱선과 떡 벌어진 어깨와 곧은 등, 집중하는 표정. 심지어 펜 끝에서 사각거리는 소리도 남들과 달랐다.

허나 아쉽게도 뤄즈는 물 밑에 있는 사람이었다. 뤄즈는 성화이난 때문에 실의에 빠진 여느 여학생들과 마찬가지로 어떻게든 수면으로 올라와 태양을 보려고 몸부림치는 사람이었고, 죽기 살기로 고개를 쳐드는 사람이었다. 올려다보기 때문에 태양은 그렇게나 눈부셨고, 그 눈부심에 눈이 머는 것도 느끼지 못했다.

화상을 입은 청춘도 자랑스러워할 만할까?

그의 뒷모습을 바라보며 생각에 잠겨 있을 때, 성화이난이 갑자기 아무 예고도 없이 고개를 돌려 그녀를 바라보았다.

뤄즈는 그의 시선을 조금도 피하지 않았다. 만약 정말로 눈으로 말을 할 수 있다면 그녀는 이미 가장 평화로운 방식으로 그에게 모든 걸 알려주었다. 그들은 여러 번 눈을 마주쳤었다. 이야기를 나누다가 갑자기 침묵하며 서로 눈빛이 교차했을 때 그녀는 얼굴을 붉히며 고개를 돌렸다. 어느 비 오는 날에 분홍색 헬로키티 우비를 입고 눈물로 시야가 흐려진 채 억울해서 속을 끓인 적도 있었다. 추운 초겨울 밤 주황색 가로등 불빛 아래에서 그의 연민의 눈빛에 마음 아파하기도 했다.

그런데 이번에는 좀 달랐다.

그는 그녀와 마음이 통하지 않으니 봐도 모를 것이다. 예전에 그녀는 그의 뒤를 따라 아침의 밝음과 어둠, 빛과 그림자가 교차하는 복도를 수없이 오가며 수없이 상상했다. 만약 그가 뒤를 돌아본다면 갑자기 마음을 들켜버린 것에 당황해 줄행랑을 치진 않을까 하고.

어렴풋이 기억하기론, 그가 처음으로 뒤를 돌아보았던 건 감이 떨어졌을 때였다. 그녀는 확실히 당황해서 줄행랑을 쳤다. 고등학교 때의 예상은 정말이지 정확했다.

그러나 오늘, 그녀는 도망치지 않았다. 심지어 눈빛조차 조금도 흔들리지 않았다.

고등학교 때 얼마나 많이 상상하고 묘사했던 광경인가. 그녀는 그를 한 번 볼 때마다 일기장에 진지하게 기록했다. 장면을 묘사하고 동작을 묘사하고 표정과 말을 묘사했으며, 거기에 자신의 마음 상태까지 묘사했다. 하지만…….

하지만 책꽂이에 꽂혀 있는 새 일기장에는 지금도 여전히 한 편의 일기만, 그것도 미완성의 일기만, 감이 떨어진 순간에 대한 묘사만 적혀 있다. 그녀는 더 이상 일기를 쓰지 않았고, 그의 눈빛에서 도망치지도 않았다.

이런 변화가 있기까지 중간에 피곤하기 짝이 없는 기대와 실망, 수치와 분노를 얼마나 많이 겪었는지, 마음은 이리저리 치이면서 원래 모습을 회복하지 못하는 지경에 이르렀다.

뤄즈는 더 이상 일기장의 행방에 관심이 없었다. 감정이 변질되었다면 차라리 세월의 물살에 떠내려가는 편이 나았다. 품에 안고 있어봤자 술이 되지도 못하고 사람을 취하게 하지도 못하니 말이다.

다 내려놓자.

성화이난의 눈동자에 파도가 일렁였다. 하고 싶은 말이 많은 것 같았지만, 뤄즈는 그 이야기를 들어볼 흥미가 갑자기 사라져버렸다.

그들은 이렇게까지 가까이 있어본 적도, 이렇게까지 멀리 있어본 적도 없었다.

뤄즈는 손에 들고 있던 책을 덮고 쿠션과 필통을 하나씩 가방에 넣은 후 외투를 입었다.

"뤄즈, 너……." 뤄즈는 그가 힘겹게 입술을 움직이는 걸 보았다. 햇빛이 그의 뒤통수를 내리쬐고 있어 귓가의 미세한 솜털까지 또렷하게 보였다. 그녀는 느닷없이 미소를 짓고는 그에게로 다가가 몸을 굽히고, 조금의 망설임도 없이 고개를 기울여 그의 입술에 쪽 하고 입을 맞췄다.

너무나 황급하고 메마른 입맞춤이었다. 실은 아무런 느낌도 없었다. 오히려 눈꺼풀에 닿은 그의 왼쪽 속눈썹이 간지러울 따름이었다. 그리고 그의 놀라 휘둥그레진 눈동자. 뤄즈는 몸을 굽히던 찰나 그의 눈동자에 비친 자신의 그림자가 손쓸 새도 없이 순간 확대되는 걸 보았다.

그녀는 가방을 집어 들었다.

"안녕, 황제 폐하."

그녀의 가장 좋은 시절은 모두 그의 시시콜콜한 것들을 묘사하는 것에 펼쳐져 있었건만, 정작 이별할 때는 고개를 들어 그를 제대로 보지도 않았다.

딩수이징의 모함 때문도 아니고, 예잔옌이 그의 팔짱을 껴서도 아니었다.

오해는 사실 가장 미미하고 보잘것없는 걸림돌이다. 그들 사이엔 오해도 없었다. 왜냐하면 이제까지 한 번도 서로를 이해한 적이 없었으니까.

이어폰에서 황야오밍黃耀明의 감미로운 노랫소리가 들렸다. "가볍게 키스해주세요. 그저 지나가는 사람이 아님을 증명할 수 있게."

입맞춤을 했으니 비로소 지나가는 사람이다.

제61장

내려다보여야만 하는 사람은 없다

장밍루이가 혼자서 자습실로 돌아왔다. 성화이난이 고개를 들었고, 두 사람은 무표정하게 서로를 바라보았다. 장밍루이는 뤄즈의 빈자리를 보고도 아무것도 묻지 않은 채, 그저 계속해서 책을 넘기며 연습장에 이것저것 끄적이기 시작했다.

성화이난도 쉬르칭이 어디 갔는지 묻지 않았다.

아까 뤄즈가 자고 있을 때 성화이난은 부스럭거리는 소리를 들었다. 맞은편에 앉은 쉬르칭이 장밍루이에게 쪽지를 건네고 있었다. 장밍루이는 쪽지를 펴서 훑어보곤 곧장 구겨 뭉치며 고개를 끄덕였다.

그리고 두 사람은 함께 자습실을 나갔다. 쉬르칭의 표정은 너무 뻔했다. 장밍루이가 뤄즈를 놀리고 관심을 표현하는 것처럼 뻔했다. 성화이난은 그 두 사람이 분명 결판을 내러 나갔으리라 생각했다.

그는 장밍루이가 평소엔 늘 헤헤거리며 무던하게만 보여도, 실제로는 냉정하고 결단력 있다는 걸 알고 있었다. 그리고 아무리 체면이 상하고 상처가 남는다 해도 잔혹해야 할 때는 잔혹하게 굴어야 한다는 것도 잘 알고 있었다.

그런데 단순하고 깔끔한 걸 추구하는 자신은 지금 굉장히 깔끔하지 못한 일을 하고 있었다. 마치 나태한 병에라도 걸린 것처럼 어리석게 질질 끌었다. 시간이 지나면 진상이 밝혀질 것처럼 그저 옆에 서 있기만 했다.

다만 진상이 밝혀진다는 건 상황이 뒤바뀐다는 의미와 같다는 걸 고려하지 못했을 뿐이었다.

안녕, 황제 폐하.

그의 망설임에 시간은 그녀가 감추어놓은 날카로움과 긍지를 그렇게나 눈부시게 다듬어 그를 다치게 할 뻔했다.

햇빛이 점차 어두워지면서 태양이 다시금 구름에 가려졌다. 책에 있는 모든 글자가 문장으로 연결되지 않고 뒤죽박죽되어서 성화이난은 무슨 말인지 알아볼 수 없었다. 분명 몇 분 전에 외웠던 단락이 지금은 그렇게나 낯설었다.

그는 손을 들어 검지를 입술에 살짝 갖다 대었다. 그 입맞춤은 손가락 터치보다도 가벼웠지만 그의 마음을 욱신거리게 할 만큼 묵직했다. 목구멍에 꽉 막힌 말은 그녀의 뒷모습이 유리문 뒤로 사라질 때까지 입 밖으로 나오지 않았다.

가장, 가장 간단한 한마디가.

성화이난은 연녹색 마르크스 교재를 당당하게 덮고는 장밍루이에게 물었다. "우리 학부에 이 과목 낙제한 사람 있어?"

장밍루이가 고개를 들었다. "들어본 적은 없는데. 왜, 역사에 기록되고 싶어?"

"안 볼란다. 눈에 안 들어와."

"미쳤어? 내일이 시험이야."

"아마 그런가 봐." 그가 웃었다.

성화이난이 가방을 챙겨 나가면서 장밍루이 곁을 지날 때 크지도 작지도 않은 목소리를 들었다. "사실, 가끔 네가 이럴 때마다 정말 때려주고 싶어."

성화이난은 깜짝 놀랐다. 마르크스 과목 공부를 포기하기로 작정한 걸 가지고 놀리는 건가 했는데, 고개를 숙여 장밍루이의 웃음기 없는 옆모습을 보자마자 바로 깨달았다.

"피차일반이지 뭐." 그렇게 말하는 자신의 얼굴도 굳어 있었다.

엘리베이터를 타고 이과 건물 꼭대기층에 내려 가장 구석에 있는 옆 계단으로 올라가면 전교에서 가장 높은 옥상에 올라갈 수 있다.

그는 쭉 높은 곳에, 광활하고 아무도 없는 높은 곳에 서 있는 걸 좋아했다. "어떤 사람은 천성적으로 주목받는 걸 좋아하고, 어떤 사람은 천성적으로 쓸쓸함을 견디지 못한다. 천성적으로 쓸쓸함을 못 견디는 사람이 마침 모두에게 주목받는 운명을 가졌다면 얼마나 완벽한가." 이 말을 어디서 봤을까.

성화이난은 쓸쓸함을 견디지 못하는 사람이다.

다만 쓸쓸함을 견디지 못한다는 것이 시끌벅적한 교우관계를 원한다는 건 아니다. 가장 높은 곳에 서서 아래쪽에서 평범하게 오가는 사람들과 차량 행렬을 바라보고 있노라면 알차고도 충만한 기쁨이 솟았다. 물론, 그럴 땐 반드시 내려다보는 자세를 취해야 했다.

그는 격의 없는 친밀함이 두려웠다. 자신의 결점이 낱낱이 드러나 남들에게 버림받는 것이 두려운 게 아니라, 그저 그들이 실망하는 걸 바라지 않을 뿐이었다.

이 미세한 차이를 선량함이라 말할 수 있을까? 성화이난은 터무니없는 생각에 빠지는 일이 드물었지만 일단 생각이 딴 길로 새니 걷잡을 수 없었다.

옥상 철문은 반쯤 열려 있었다. 문득 알 수 없는 기대감이 들었다.

혹시…… 뤄즈가 온 걸까?

그는 예전에 뤄즈를 이곳으로 데려온 적 있었다. 그들의 유일한 데이트였다고 할 수 있는 나들이. 허우하이, 시단, 왕푸징, 어느 곳을 걸었는지는 이미 기억이 흐릿해졌다. 가장 인상 깊었던 건 그녀가 걷는 내내 그에게 했던 말들이었다. 그 말들은 기억의 벽에 작은 칼로 얕게 새겨졌다.

그녀가 해준 이야기와 털어놓은 고민, 감추고 있던 오만함과 긍지, 고개 숙일 때의 상냥함과 수줍음.

그녀를 기숙사 앞까지 데려다주던 그는 즉흥적으로 말했었다. "너랑 들르고 싶은 곳이 있는데, 괜찮아?"

이 옥상은 그의 비밀 기지와도 같았다. 고등학교 때 늘 닫혀 있던 도서관이 있었는데, 실은 외벽을 타고 그 높지 않은 옥상으로 올라갈 수 있었다. 그는 가끔 야간 자습을 땡땡이치고 도서관 옥상에 올라가 바람을 쐬곤 했다. 아무도 몰랐다. 예잔엔 까지도.

사실 진작부터 뤄즈를 아주 좋아했던 거다. 자신의 모든 걸 말해주고 싶고, 자신의 모든 비밀을 공유하고 싶을 정도로, "여기 참 좋다" 하는 그녀의 감탄을 듣고 싶을 정도로.

그날, 그는 애매모호하게 높은 곳에서 아래쪽에 있는 사람들을 내려다보는 걸 아주 좋아한다는 말을 꺼냈다. 뤄즈는 상업 구역의 번화하고 눈부신 야경을 등진 채 멀리 학교 북쪽에 점점이 빛나는 등불로 시선을 던지더니 한참 후에야 천천히 입을 열었다. "나도 그래. 다만 예전엔 어쩔 수 없어서 그랬지."

뤄즈는 중얼중얼 많은 말을 쏟아냈다. 그러다 마치 깊은 곳에 있는 자아와 오래도록 대화를 나누다가 정신을 차린 것처럼 쑥스러운 듯 눈웃음을 치며 물었다. "넌? 소외된 아웃사이더는 아니겠지? 너에겐 선택의 권리가 있었을 테니까."

마지막 그 한마디는 그렇게나 확신이 담겨 있었다. 그를 오랫동안 알던 사람처럼 깊이 이해하고 있었다.

성화이난은 허공을 바라보며 한참 동안 침묵했고, 뤄즈는 주제넘었다며 황급히 사과했다. 그러나 그녀는 몰랐다. 그녀가 고개를 숙이고 미안하다고 말했을 때, 그는 문득 그녀를 안고 싶었다는 걸. 손까지 반쯤 들어 올렸었다.

뤼즈는 그를 대할 때 때론 지나치게 조심스러웠다. 그녀의 신중하고 조심스러운 면과 그의 머뭇거리고 교만한 면은 종종 포옹할 기회를 없애버렸다.

마치 4년 전, 그녀가 조심스럽게 경계하고 그가 우물쭈물하는 사이 시간이 엇갈리며 창턱 앞 풍경을 놓친 것처럼 말이다.

기억이 용솟음치며 손잡이에 닿은 검지가 차갑게 얼어붙었다. 혹시, 너야?

귀를 기울이니 누군가 말하는 소리가 들렸다.

"그만해. 내일 또 시험 있는데 가서 공부나 하자. 난 더 이상 이 문제에 대해 말하고 싶지 않아."

"공부가 손에 잡혀야지. 너 오늘 확실히 말해."

"딱히 할 말 없는데. 아직도 모르겠어? 너처럼 눈치도 없이 죽기 살기로 매달리는 사람이야말로 개한테 스트레스를 주는 거라고. 그런데도 계속 그러겠다는 거야?!"

세 사람이 결판을 내고 있었다. 잠시 들어보니, 기선을 잡은 남학생이 의기양양해하고 있었고, 또 다른 남학생은 '과거' 두 글자를 물고 놓아주지 않고 있었다. 더욱 재미있는 건, 중간에 끼어 있는 여학생이 통쾌한 결론을 내리지도 않으면서 양쪽을 달랜답시고 이도 저도 아닌 애매모호한 말만 늘어놓으며 오히려 분위기를 갈수록 경직되게 만들었다는 것이다.

성화이난은 천천히 계단을 내려가며 쓸쓸하게 웃었다. 2년 전 일이 생각났다.

그때, 예잔옌은 체육관 높은 관람석에 앉아 그들을 내려다보고 있었다. 지금은 어떻게 생겼는지 기억도 나지 않는 6반 남학생이 눈물범벅인 얼굴로 츙야오* 드라마의 마징타오처럼 울부짖고 있었다. 뭐라고 했는지는 이미 기억에서 지워졌다. 성화이난은 고개를 돌려 예잔옌을 바라보았다. 예잔옌은 웃는 표정은 아니었지만 입꼬리가 수상쩍게 위로 올라가 있었다. 가늘게 뜬 눈은 위험하고도 유혹적이었지만 뽐내고 싶은 마음과 기쁨을 애써 억누르고 있다는 것이 미세하게 느껴졌다. 그 표정은 그가 아는 예잔옌과는 사뭇 달랐다.

질투 때문에 한판 붙었던 그 유치한 광경을 지금 와 떠올려보니 성화이난은 저도 모르게 민망해서 웃음이 나왔다. 당시 그는 따분한 기분을 애써 억누르며 포효하는 남학생에게 정중하고도 예의 바르게 말했다. "예잔옌의 남자 친구로서 말하는데, 제발 걔한테 집적거리지 말아줘."

그 뒤 상황이 어떻게 수습됐는지는 기억나지 않지만, 어쨌거나 그가 유지하려 했던 우아하고 냉정한 태도는 곧 상대방의 알아듣기 힘든 끈질긴 시비에 탈탈 털리고 말았다. 끝내 그는 지쳐 그 자리에 멍하니 서 있었다. 예잔옌은 언제 관람석에서 내려왔는지 등 뒤에서 그를 껴안았다. 약간은 서늘했던 그녀의 품과 아주 가벼운 한마디를 그는 아직도 또렷이 기억하고 있었다. "넌 정말 날 사랑하는구나?"

....
* 瓊瑤, 연애소설로 유명한 대만 작가.

알고 보니 사랑에도 자격증 시험이 있었던 것이다. 사람은 다양한 방식으로 자신을 증명해야 한다. 나중에 냉정하게 생각해보면 어리석기 짝이 없는 고생이지만, 당시로서는 무척이나 중요한 과정이었다. 불을 내뿜는 용의 방해가 없으면 기사와 공주의 사랑이 완벽해지지 않는 것처럼 말이다.

젊다는 건 참 좋네. 성화이난의 웃음이 더욱 깊어졌다. 문 뒤에서의 말싸움은 그의 귓가에 아이들이 서로 자기 말이 맞다고 우기는 유쾌한 소동처럼 들렸다.

그가 두 개의 층을 내려갔을 때 갑자기 위쪽에서 한 남학생이 쏜살같이 계단을 내려오며 그를 스치고 지나갔다. 한 여학생이 그 뒤를 쫓았고, 또 다른 남학생이 여학생의 이름을 부르며 바짝 따라갔다. 성화이난은 의아할 따름이었다. 저렇게 큰일 났다는 표정을 지을 건 뭐람. 눈물범벅이 된 얼굴로 선두에 선 남학생은 옥상에서 뛰어내리는 게 아니라 계단을 걷는 길을 선택했지 않은가. 살아 있기만 하다면 뭐든 별것 아닌 일인걸.

그는 다시 방향을 돌려 계단을 올라가 다시금 옥상 문을 열었다.

베이징의 황량한 겨울바람이 그의 머리카락을 흐트러뜨렸다. 잿빛 잔설은 회색 시멘트 외투를 걸친 도시를 더욱 낭패스럽게 보이게 했다. 오늘 길가에는 사람들이 많지 않았다.

성화이난은 눈을 감았다. 뤼즈의 모습이 잘 떠오르지 않았다.

한때 그는 그녀의 감정 변화를 똑똑히 느낄 수 있었다. 그녀의 진짜 생각은 확신할 수 없었지만 감정의 색깔은 똑똑히 분간할 수 있었다.

이런 능력은 뭐즈에 대한 특별한 관심에서 비롯된 것이 아니었다. 이런 능력은 줄곧 그의 습관이었고, 심지어 그가 자신 있어 하는 잔재주이기도 했다.

그는 어릴 때부터 우유팩 하나 물고 정부기관 화단가에 앉아 오가는 사람들을 묵묵히 관찰하는 걸 좋아했다. 집에 방문한 아저씨 아주머니가 거실에 앉아 아버지에게 방문 목적을 설명하기 시작하면, 그는 고무공을 안고 아무도 신경 쓰지 않는 구석에 앉아 조용히 그 모습을 지켜보곤 했다.

오랜 세월이 흘러 지금은 신중하고 조심스러우며 겸손하고 예의 바른 얼굴의 주인이 누구였는지, 무슨 말을 했는지 전혀 기억나지 않는다. 하지만 겉으로 드러나지 않는 말속의 말이라든지 평화로운 표정이나 과장된 거짓 웃음, 아부하는 가면 뒤에 도사리는 왜곡된 표정이 점차 그의 무미건조한 성장의 나날을 채워주었다.

그렇게 묵묵히 엿보는 건 아이에겐 적합하지 않은 놀이와도 같았다.

정부기관의 복잡하게 얽힌 이해관계 속에서 버티려면 이렇게 신중하고 조심스러운 얼굴이 필요한 거겠지? 그의 아버지도 포함해서 말이다.

이러한 경험을 바탕으로 주변 학생들의 자잘한 꿍꿍이와 허영심을 파악하는 건 정말이지 너무나도 쉬웠다. 소녀의 변화무쌍한 마음을 그가 친히 체험할 수는 없었지만, 일단 단서를 조금이라도 발견하면 즉시 미소를 지으며 가장 부드러운 표정으로 그녀들의 꿈을 자르는 동시에 상처를 최대한 적게 주려고 했다. 이런 잔재주에 그는 일가견이 있었다.

뤄즈는 그에게 말했었다. "넌 너무 독선적이야, 성화이난."

그러나 그의 추측은 이제까지 틀린 적이 없었다.

그녀가 몸을 숙여 그에게 입을 맞추는 모습이 다시 보이는 듯했다. 여유롭고 가벼운 동작이었지만 짙은 안개가 낀 것처럼 흐릿하게만 보였다. 더는 또렷하게 보이지 않았다.

안녕, 독선적인 황제 폐하.

그는 진작 알았어야 했다. 그가 내려다봐도 되는 사람은 애초부터 없었다는 걸.

등 뒤에서 끼이익 소리가 났다. 마치 보이지 않는 손이 그 순간 성화이난의 마음을 꽉 쥔 것만 같았다. 그는 재빨리 뒤를 돌아보았다.

보라색 패딩을 입은 통통한 그림자가 문 옆에 나타났다. 이마에 듬성듬성 내려온 앞머리는 그녀의 놀란 표정을 감춰주지 못했다.

정원루이였다.

성화이난은 마음을 가라앉히고 웃으며 말을 건넸다. "너였구나. 오랜만이야."

확실히 오랜만이었다. 마지막으로 본 건 두 달 전쯤, 베이징에 마지막으로 가을비가 내릴 때였다.

분홍색 헬로키티 우비 아래 감춰진 뤄즈는 몸을 미약하게 떨며 하얗게 질린 입술을 움직이며 그에게 말했다. "더 중요한 건, 우리 아빠가 다시는 나한테 우비를 사줄 수 없었다는 거야."

장대비는 그녀의 시선을 가리지 못했다.

뤄즈가 떠난 후, 성화이난은 빗속에 한참을 서 있었다. 그는 우산을 낮게 쓰고 빗방울이 우산 위로 떨어지는 소리를 조용히 들었다. 그가 떠본 건 분명 그녀였는데, 결과적으로는 자신의 모든 게 축축하고 차가운 공기 중에 모조리 드러나 숨길 수 없게 되었다.

그 순간 마음이 아파와 당장 전화를 걸어 뤄즈를 불러내고 싶은 충동이 들었다. 확실히 물어보고 싶었다. 휴대폰을 열자 문자가 두 개 와 있었다. 바로 그때 발자국 소리가 들렸다. 눈을 들어보니 정원루이가 있었다. 언제 왔는지, 빨간 우산을 들고 빗속에 서서 눈물을 줄줄 흘리고 있었다.

"내가 보낸 문자, 왜 답장 안 해?" 정원루이의 목소리는 처량했다.

그는 고개를 숙여 휴대폰을 보았다. 문자 두 개는 모두 정원루이가 보낸 거였다. 15분 전에 왔는데 아예 읽지도 않고 있었다.

"지금 어디야? 비가 많이 오는데 밖에서 오도 가도 못 하는 건 아니지?"

"지금 어디야? 비가 많이 오는데 밖에서 오도 가도 못 하는 건 아니지?

제62장   너나 정원루이 좋아하지

성화이난은 정원루이가 문 앞에 나타난 순간, 머릿속에 고등학교 때 친한 친구들과 식당에서 떠들며 주고받았던 농담이 떠올랐다.

매번 야간 자습 전에 미리 농구장을 맡아놓자고 해놓고는 늘 두세 명은 꼭 자습실에 남아 있거나, 관심 있는 여학생과 잡담을 하며 농구는 까맣게 잊곤 했다. 그리하여 어느 날, 천융러는 식당에서 젓가락으로 식탁을 두드리며 큰 소리로 말했다. "이 자식들아, 잘 들어. 오늘 밤에 1반이랑 연습 시합 있어. 운동장 가장 안쪽 농구대니까 다들 지각하지 마. 다시 말하는데, 다들 절대로 지각하지 마! 안 오는 사람은 정원루이를 좋아하는 거다!"

전투태세를 갖추고 듣고 있던 남학생들은 마지막 한마디에 빵 터져서는 식탁 위로 쓰러지며 가지볶음 접시를 뒤엎었고, 그 바람에 주변 사람들의 눈총을 받았다.

가장 먼저 숨을 고른 남학생이 겨우 입을 열었다. "천융러, 저리 꺼져! 너나 정원루이 좋아하지, 너네 동네 사람 모두 정원 루이 좋아하잖아!"

성화이난은 이런 식으로 여학생을 조롱하는 게 잘못되었다 는 걸 알면서도, 이 매몰찬 농담이 웃기는 건 어쩔 수가 없어서 너무 크게 웃지 않으려고 애쓸 뿐이었다. 심지어 그 농담에 대 한 일말의 가책이나 불안, 분노도 없었다.

고1 입학 당시에는 그 누구도 정원루이를 주목하지 않았다. 중간 정도 성적에 말수가 적었고, 평범한 옷차림에 외모는 보 통으로…… 아주 살짝 못생기긴 했다. 성화이난은 선생님을 도 와 첫 중간고사 물리 시험지를 나눠줄 때 그 낯선 이름을 보고 누군지 몰라 얼떨떨했다. 맨 앞줄 학생에게 물어보니 대답 대 신 창가 구석을 가리켰다. 그가 다가가자 자리에서 밥을 먹고 있던 여학생이 얼른 도시락 뚜껑을 닫더니 허둥거리며 고개를 들었다. 그 와중에 목에 사레가 들려 입을 틀어막고 한참 기침 을 하다가, 결국엔 비틀거리며 교실을 나가더니 여자 화장실 쪽으로 달려갔다.

그는 멍하니 서 있다가 너저분한 책상 위에서 그나마 깨끗한 곳을 찾아 정원루이의 시험지 세 장을 내려놓았다. 알루미늄 도시락 옆에 놓인 흰 종이 위에 아직 살이 붙어 있는 생선가시 가 어지럽게 뱉어져 있었다.

시험지를 다 나눠주고 자리에 앉으니 아까 그 여학생이 고개 를 숙인 채 책상 앞으로 다가왔다. 그러고는 무척이나 안절부절못한 웃음을 지으며 말했다. "미안, 아까 사례가 들려서."

"괜찮다니 다행이네. 나한테 미안할 건 없지⋯⋯."

"근데, 나를⋯⋯ 무슨 일로 찾아온 거야?"

"난⋯⋯." 성화이난은 실소했다. "시험지 나눠주던 거였어."

방금 전 그에게 방향을 알려준 첫째 줄 학생이 뒤를 돌아보며 놀렸다. "야, 너 이러기야? 명색이 반장인데, 개학 때 우리 반 명단을 선생님 대신 정리했으면서 아직까지 반 친구 이름도 몰라? 정원루이, 쟬 때리는 걸 허락한다!"

성화이난은 정원루이를 향해 멋쩍게 웃으며 속으로 감탄했다. 이 여자애는 어쩜 이렇게 투명인간 같지, 하고.

정원루이는 더 이상 환하면서도 괴이한 예의 바른 미소를 유지하지 못했다. 올라간 입꼬리가 무너지면서 말없이 그대로 몸을 돌려 가버렸다. 성화이난은 멍하니 자리에 앉아 있었다. 앞 줄 학생이 연신 사과했다. 그저 농담이었다고, 그 애가 진짜로 화낼 줄은 몰랐다고.

성화이난은 학교가 파하고 다시 정원루이를 찾아가 사과했다. 그러나 정원루이는 그저 고개를 숙인 채 고집스레 입을 꾹 다물었다. 이렇게 유별나게 내향적인 사람은 화가 난 건지 부끄러워하는 건지 분간하기가 어렵다. 얼굴에 생생한 표정이라고는 없고 작은 눈 한 쌍뿐이었는데, 가끔 눈을 들어 그를 바라볼 때면 무서울 정도로 반짝였다.

성화이난은 어이가 없었다. 할복하고 사죄라도 해야 할까, 아니면 진짜로 피를 봐야 직성이 풀릴까? 그의 태도는 대부분

꾸며낸 것이었는데, 정말로 살짝 짜증이 난 그는 어깨를 으쓱하곤 가방을 들고 문 쪽으로 걸어갔다.

"네 탓 안 해……. 내 잘못이야."

그녀의 단조로운 목소리에는 그가 식별할 수 없는 여러 감정이 억눌려 있는 듯했는데, 당번이 책걸상을 옮기며 웃고 떠드는 소리에 묻혀 잘 들리지 않았다. 그러나 그녀가 눈을 들어 그를 주시한 순간, 성화이난은 불을 뿜는 두 눈동자를 보고 진짜로 용서를 받은 것인지 확신할 수 없었다.

"뭐…… 큰일도 아니잖아. 잘못은 무슨. 어쨌거나 지금은 이렇게 서로 알게 됐잖아? 정원루이, 안녕. 난 성화이난이라고 해. 앞으로 잘 부탁해. ……봐, 이럼 끝이잖아. 아마 평생 널 잊지 못할 것 같네."

그는 어쩔 수 없이 씁쓸하게 웃으며 뒤통수를 긁적였다. 그러고는 대충 고개를 끄덕이고는 도망치듯 뒷문으로 빠져나갔다.

줄곧 어른들에게 점잖다고 칭찬을 받았던 성화이난도 허둥지둥 도망칠 때가 있다니.

그때 이 여학생의 이상함이 입을 꾹 다물고 내성적이며 고집스럽게 주시하는 모습으로 표현되었다면, 그 이후 그녀의 변화는 혀를 내두를 정도로 기막혔다. 그래서 정원루이라는 이름이 서서히 모두의 시야에 들어왔고, 심지어 천융러가 시합에 지각하거나 빠진 사람에게 가하는 가장 심한 징벌 조치가 되었다.

이런저런 수다 떨기를 좋아하는 국어 선생님이 수업 시간에 한창 신나게 이야기할 때, 정원루이는 큰 소리로 한마디 던졌다. "수업 제대로 해주실 순 없나요? 얘기 아직 안 끝났어요?"

그리고 모두가 대충 하는 척만 하는 중간 체조 시간에는 표준 자세로 조금의 흐트러짐도 없이 과도하게 힘차게 체조를 해서 다들 배를 쥐고 웃어댔다.

또, 정원루이는 성적이 눈에 띄게 확 올랐다. 점심시간에 밥을 먹을 때도 왼손에는 수저, 오른손에는 펜을 들고 문제집을 풀었다. 그렇게나 시간을 아껴가며 공부하는 모습에 보는 사람도 간담이 서늘해질 정도였다.

엄숙하고 기괴하고 매몰차고.

가장 중요한 건 못생겼다는 거였다.

남학생들은 뒤에서 그녀에 대해 이러쿵저러쿵 떠들길 좋아했고, 이미 '뒤에서만' 떠드는 것도 아니었다. 앞줄의 몇몇 여학생들은 성화이난 무리 근처에서 잡담하는 걸 좋아했는데 한동안 이야기의 주제는 항상 정원루이였다. 천융러 무리가 정원루이에 대해 놀려댈 때면 여학생들은 늘 놀란 척하며 삐죽거렸다. "그 정도로 심각한 건 아니거든? 뭐야, 순 헛소리만 하고. 걔가 너한테 무슨 잘못을 했는데? 아이참, 정말, 너 정말 싫다……." 그러나 다분히 동의한다는 말투였다. 천융러가 여기에 대고 "그럼 아니야? 내가 무슨 틀린 말 했어? 봐, 쟤 꼬락서니를……"이라고 덧붙이면 모두가 재미있어 했다.

뒤에서 남 이야기를 하지 않는 사람은 없다. 어떤 사람들은 마치 오로지 남들에게 비웃음을 당하기 위해, 친구 사이를 더욱 끈끈해지도록 돕기 위해 존재하는 것만 같다.

매일같이 이어지는 웃고 떠드는 대화 속에서 성화이난은 가끔 맞장구치며 웃을 뿐이었다. 말이 좀 지나치다고 생각한 적이 많았지만, 아무런 내색 없이 화제를 다른 쪽으로 이끌 뿐 그들을 비난하지는 않았다. 그의 선량함은 그 이상한 여자아이를 동정하면서도, 한편으로 그의 총명함은 남들 머리 위에서 높은 도덕성을 발휘해 힐난한들 그녀가 이런 비웃음에서 벗어날 수 있게 도울 수 없다는 걸 깨닫게 해주었다. 그랬다간 자신만 불리한 상황에 빠지고 심지어 예상치 못한 더 많은 귀찮은 일이 벌어질 수도 있었다.

솔직히 말해, 성화이난은 선량한 천성과 원활한 처세를 동시에 만족시키는 방식을 추구했다. 그는 몇 차례 마지못해 그들의 따분한 대화에 끼어들었다가 이야기의 화제를 돌리기도 했다. 그러다 어느 날부터는 짜증이 나서 아예 이어폰을 끼고 음악을 들으며 모든 양심의 가책을 차단시켰다.

가끔 고개를 돌려 정원루이를 바라보면, 그녀는 왼쪽 앞 창가에 앉아 입을 꾹 다물고 있었다. 이를 악물고 있어서 턱뼈가 물고기처럼 미세하게 튀어나와 있었다. 그녀는 마치 초능력이라도 있는 듯 즉시 고개를 돌려 그와 눈을 마주치곤 했다. 성화이난은 그럴 때마다 깜짝 놀랐다.

그 두 눈동자에는 뭐라 말하기 힘든 분노의 불꽃이 가득했고, 시선을 따라 그를 태워버릴 것만 같았다.

그렇게까지 원한이 깊은 걸까? 그는 이해가 되지 않아 고개를 저었다. 그리고 음악 볼륨을 높인 후 고개 숙여 계속 문제를 풀었다.

고2 때, 정원루이는 이미 안정적으로 학급 5위권을 유지했다. 그러나 여전히 놀랄 만큼 열심히 공부했고, 선생님은 종종 그녀를 성적 향상의 모범으로 삼아 반 전체를 훈계하곤 했다. 고3 막판 스퍼트 시기, 선생님은 심지어 정원루이의 자리를 성화이난 근처로 옮기기까지 했다. 성화이난 주변의 말썽쟁이 남학생들을 진압하기 위해서였다. 이제 대놓고 정원루이에 대해 수군거리는 사람은 없었다. 이런 명문고에서 성적이 좋다는 건 발언권이 있다는 걸 의미했다. 정원루이는 더 이상 보잘것없는 사람이 아니었다.

그러나 성화이난이 가장 또렷하게 기억하는 건 정원루이의 로켓처럼 상승하는 성적이 아니었다. 고3 때 아직은 추운 초봄, 정원루이는 중간 체조 시간에 여름옷을 입고 나와 전교를 떠들썩하게 했다. 중간 체조가 끝나고 교실로 돌아갈 때, 천융러 무리는 정원루이가 바로 전화고의 푸룽제제*라며 히죽거렸다. 이때, 정원루이가 투우처럼 뒤쪽에서 돌진해서는 몸을 날려 천융러의 따귀를 때렸다.

모두가 깜짝 놀라 얼어붙었다.

그러나 정원루이는 천융러에게 뭐라고 따지고 들진 않았다.

그녀가 고개를 돌렸다. 관자놀이에 핏대가 서서 꿈틀거렸다. 멀지 않은 곳에 서 있는 성화이난을 보며 이를 가는 것 같았다.

......

* 芙蓉姐姐, 갖가지 기행과 공주병적인 행동으로 유명한 중국 인터넷 스타.

성화이난은 심지어 그녀의 동공에서 튀어 오르는 파란 불꽃을 똑똑히 보았다.

그는 학생들 사이에 서 있었기 때문에 그녀의 시선이 그를 향했다고 확신할 수는 없다. 그때 그녀는 마치 모두의 침묵을 성토하는 것 같았다.

그녀는 몸을 돌려 성큼성큼 걸어나갔다. 연녹색 끈 샌들이 보도블록 위를 힘차게 밟았다.

모두가 넋이 나간 듯 멍하니 서 있을 때 성화이난 혼자 묵묵히 웃었다.

재미있네, 그는 생각했다.

그러나 전혀 상상도 못 했다. 대학교 1학년 2학기, 봄이 학교 호숫가 버드나무 가지를 녹색으로 물들일 때쯤, 성화이난은 놀랍게도 정원루이에게서 만나자는 전화를 받았다.

그가 약속 시간보다 일찍 도착해 호숫가를 배회하며 멍때리고 있을 때, 별안간 등 뒤에서 우렁찬 한마디가 들렸다. "나 너 좋아해!"

말하는 사람이 너무 긴장해 직접적이었던 탓에 '나 너 좋아해'라는 말이 마치 '얼른 돈 갚아'처럼 들렸다.

그랬다. 그가 줄곧 생각해왔던 게 맞았다. 이 침묵하는 여학생은 뚜껑이 덮인 화산이었다.

깜짝 놀란 성화이난은 2초 후에야 비로소 표정 관리를 할 수 있었다. 그는 익숙한 미소를 지으며 약간의 이해심과 약간의 거리감을 담아 말했다. "미안해."

정원루이가 고심하며 아이라인까지 그린 눈에 빛이 반짝였다가 사그라졌다. 그녀는 두말없이 바로 자리를 떠났다.

성화이난은 호숫가에서 잠시 멍하니 서 있었다. 잔잔한 호수면 위로 간간이 햇빛이 반사되며 눈을 찔렀다. 문득 그 시절 교실의 탁한 공기 속에서 떼 지어 움직이던 뒤통수와 낡은 칠판, 대머리 담임과 앞자리 남학생의 반 미터 정도 쌓여 금방이라도 무너질 것만 같은 시험지, 좁은 통로 왼쪽에 앉아 있던 말이 거의 없던 여자아이가 떠올랐다.

지나간 시절은 신경 쓰지 않는 사이 그렇게 빠져나가 버린 것만 같았다. 주변 많은 사람들은 추억하는 걸 좋아해서 스페이스나 블로그에 감성적인 추억팔이 글을 쓰곤 했지만, 그는 줄곧 옛 추억을 돌이켜보고 싶은 마음이 거의 없었다.

고등학교를 졸업한 후 여름방학 때, 그는 예잔옌의 학급 동창회에 가서 그녀를 집까지 데려다주었다. 거나하게 취한 예잔옌이 그의 어깨에 기대어 눈물을 흘리며 중얼거렸다. "지난 시절은 다시 오지 않아. 학생 시절도 다시 오지 않을 거야. 이젠 다 돌아오지 않아."

"성화이난, 넌 돌아올 거야?"

성화이난은 살짝 웃기다고 생각했다. "왜 돌아와야 해? 사람은 계속해서 앞으로 나아가야 하는 거 아냐?"

예잔옌이 쓴웃음을 지었다. "넌 역시 모르는구나. 아쉬움이 없기 때문에 뒤를 돌아보지 않는 거야."

그는 웃으며 말을 잇지 않았다.

모두가 그는 완전무결하다고 생각했다. 방관자는 늘 독단적인 자신감을 갖고 있었다.

그런데 호숫가에서 기숙사로 돌아오자마자 성화이난은 천융러의 전화를 받았다.

스캔들이 퍼지는 속도는 매우 빨랐다. 그 우렁찬 '나 너 좋아해'는 호숫가에 있던 한 쌍의 커플을 깜짝 놀라게 했다. 당시 성화이난과 정원루이 모두 나무 뒤 벤치에 남녀 한 쌍이 앉아 있는 걸 신경 쓰지 못했다. 남학생도 전화고 출신이었고, 천융러의 중학교 동창이었다. 정원루이에게 따귀를 맞은 일은 천융러인생 최대의 수치였기에, 그 뒤로 정원루이를 헐뜯는 건 더 이상 심심풀이가 아니라 자신의 자존심이 걸린 집념이 되었다.

"친구야, 너도 참 가련하구나. 만인의 연인이라는 후광에는 확실히 리스크가 있나 봐."

성화이난은 냉담하게 웃을 뿐 가타부타 말이 없었다.

천융러는 주절주절 이야기를 늘어놓았고 성화이난은 건성으로 들었다. "응, 아니. 그런 거 아냐. 순 헛소리만 늘어놓네, 됐어! 그 일은 그만 얘기하자. 요즘은 어떻게 지내?"

"근데 진짜로 내가 대신 물어봐 줄까? 널 왜 좋아하는지 이유를 하나씩 대라고 해서 목록을 만들어줄게. 그럼 넌 그 목록을 보면서 하나씩 고치는 거지." 천융러는 무척이나 신나 보였다. 그러나 성화이난은 아주 오랫동안 정신을 차릴 수 없었다.

여자들이 왜 자신을 좋아하는지 그는 알고 있었다. 남들에게 사랑받는다는 건 자신이 매력이 있음을 증명하는 거였다. 그러나 만약 상대방이 사랑하는 게 자신의 산뜻한 겉모습뿐이라면?

그는 다시 뤄즈를 떠올렸다. 그날 밥을 먹으며 스타를 향한 팬들의 사랑에 대해 이야기할 때, 그는 하찮다는 듯 말했었다. "사실『요재지이*』랑 무슨 차이가 있어. 그저 요괴의 가면에 불과한 거잖아."

뤄즈는 고개를 저으며 손을 뻗어 그의 손등 피부를 잡아 살살 위로 당겼다. "당연히 다르지. 우리 피부는 벗길 수 없잖아. 가식적인 가면이라도 오래 쓰고 있으면 피와 살이 연결되거든."

그는 당시 맞은편 여자아이를 주시하면서 마음속에 다시금 따스한 물결이 흐르는 느낌이 들었다.

피와 살이 연결된다. 성화이난은 손을 들어 자신의 따뜻하고 건조한 손바닥을 바라보았다. 손금 방향이 또렷하고 깔끔했다. 자잘한 잔주름도 모호한 선도 없었다. 다섯 손가락 사이로 그는 철문에 기댄 채로 오랫동안 눈앞에 서 있던 정원루이를 보았다. 앞머리가 바람에 흩날리며 오랫동안 불꽃이 꺼지지 않은 그녀의 눈동자를 마침내 가려주었다.

---

* 聊齋志異, 중국 청나라 때 포송령이 지은 판타지 소설집.

　내가 왜 널 사랑하는지

"나도 옥상에 올라가서 바람 쐐도 돼?" 정원루이가 물었다.

성화이난은 난처했다. 상대방의 눈길은 여전히 집요하고 따가우며 사나웠고, 딱딱한 태도는 예의상 묻는 것 같지 않았다.

편할 대로, 옥상이 내 것도 아니니까, 그는 속으로 그렇게 생각하며 얼굴에는 자연스럽게 온화한 미소를 지었다. "물론이지, 뭘 그렇게 조심스럽게."

정원루이가 돌연 앞으로 다가와 기세등등하게 웃으며 물었다. "그럼 넌 바로 내려갈 거지?"

고등학교 때였다면, 그는 이 여자아이가 그를 극도로 싫어해 적나라한 말로 쫓아내는 거라고 생각했을 것이다. 그러나 상대방의 빚 독촉 같은 거친 고백 이후, 똑똑한 그는 하나를 보고 열을 알듯 정원루이를 이해하게 되었다.

뤄즈의 말대로 사람마다 자신이 그린 가면이 있다. 그렇다면 정원루이의 가면은 악귀일 것이다. 거친 말투에 사나운 표정이 감추고 있는 건 안절부절못하는 속마음에 불과했다. '미움'이라는 단어는 때론 단지 '사랑받지 못함'을 엄호할 뿐이다. 거절을 당하면 초라하고 민망할 테니 차라리 처음부터 뻔뻔하고 성난 얼굴로 상대방을 노려보는 게 낫다.

성화이난이 이렇게 고자세로 분석할 수 있었던 건 결국 상대방의 마음을 알기 때문이었고, 상대방을 신경도 쓰지 않기 때문이었다. 그의 동정과 이해는 누군가의 눈에는 유린과 무시에 불과했으나, 누군가의 눈에는 지극히 가식적이고 욕보다 훨씬 심한 모욕과 멸시로 보였다.

방금 전의 온화한 미소가 조금씩 거둬졌다. 성화이난은 한숨을 쉬며 담담하게 말했다. "여긴 우리 집 옥상이 아니니까 넌 오고 싶으면 와도 돼. 그리고 너네 집 옥상도 아니니까 난 가고 싶을 때 갈 거고."

정원루이는 멈칫하더니 마침내 그 고귀한 이마를 숙이고 중얼거렸다. "나, 난 널 쫓아내는 게 아냐."

성화이난은 분위기가 이상하고 애매해지는 걸 느꼈다. 평소 같으면 그는 즉시 문가로 피하며 겨울바람이 차니까 감기 조심하라고 매너 있게 말을 건네고, 바람을 너무 많이 쐬었더니 머리가 아파서 기숙사로 돌아가 자야겠다고 덧붙이고는 매너 있고 상냥하게 도망쳤을 것이다. 그러나 무슨 이유에선지, 이번에는 상황을 원만하게 해결하지 않고 몸을 돌려 난간 앞으로 다가가 계속해서 풍경을 감상했다. 다만 아무리 무아지경의 모습일지라도 그건 그저 겉모습에 불과했다. 등 뒤에서 쏟아지는 타는 듯한 시선은 착각이 아니었다. 기억해보면 그는 이런 눈빛에 이러지도 저러지도 못한 적이 한두 번이 아니었다. 고개를 돌리지 않아도 알 수 있었다. 정원루이는 그의 뒤에 꼼짝 않고 서서 그를 노려보고 있을 것이다. 마치 부모를 죽인 원수를 보는 것처럼.

주머니 속 휴대폰에서 진동이 울렸다. 여전히 예잔옌에게서 걸려온 전화였다. 방금 전 도서관에서 뤄즈는 열람실로 들어오며 아무렇지도 않게 "부재중전화 왔더라" 하고 말했었다. 그때 그녀의 얼굴에는 조금의 틈도 없었다. 예전에 놀이공원에서 뤄즈가 예잔옌의 문자를 봤을 때는 표정에 난처하고 부자연스러운 틈이 있었는데, 언제부터인가 그 틈은 흔적 없이 완벽하게 메꿔져 있었다.

"여보세요."

"화이난, 내일 시험이지?"

"응."

"힘내. 내가 전화한 건, 우리 아빠가 나한테 티켓 두 장을 줬거든. 폴리시어터에서 〈인민의 공적〉을 상영하는데 평이 괜찮더라. 마침 너네 방학하는 날 저녁 7시고. 게으름 피우지 말고, 시험 끝나면 우리 같이 보러 가자!"

예잔옌의 목소리는 마치 드링크 병이 서로 팅팅팅 부딪치는 것처럼 맑고 낭랑했지만, 그의 귓가에는 시끄럽게만 들렸다.

"화이난?"

친구하자.

그가 마지막으로 "안녕"이라고 말했을 때, 그녀는 울면서 "친구하자"라고 말했었다.

친구가 되는 건 시작이었지 끝이 아니었다. 친구로만 지내는 걸로 어떻게 만족할 수 있겠는가.

"나중에 얘기하자. 지금 좀 일이 있어서. 끊을게. 건강 조심하고."

내일 시험이 있다. 성화이난은 마침내 그 점을 떠올렸다. 그는 모든 잡생각을 떨치고 도서관으로 돌아가 공부를 해야 했다.

비록 고3 때 예잔옌이 만약 자기가 대입 시험 날 납치된다면 시험을 포기하고 구하러 올 거냐고 물었지만, 비록 그 질문이 '나랑 네 엄마랑 같이 물에 빠지면 누굴 먼저 구할 거야'보다 딱히 뛰어나진 않았지만, 비록 그가 대입 시험은 다시 칠 수 있어도 세상에 두 번째 예잔옌은 없다며 굳게 맹세하듯 말했지만, 비록 당시 그의 말은 진심이었지만, 비록 서로 깊이 사랑하니 생사가 달린 선택 앞에서 자연히 일 년에 한 번뿐인 대입 시험을 포기할 거였지만…… 하지만 예잔옌은 알지 못했다. 만약 생사의 문제가 아니라 단지 그녀가 대입 시험 당일 그에게 헤어지자고 하거나 사랑과 대입 시험 중에서 선택하라고 했다면, 어쩌면 그가 그녀를 내려놓는 속도는 두 자릿수 가감승제를 계산하는 것보다 더 빨랐을 것이다.

사랑에 미치는 걸 성화이난은 어쩌면 평생 이해하지 못할지도 모른다.

뤄즈 때문에 어지러워진 감정은 예잔옌의 전화가 울리는 순간 회복되었다. 그는 바닥에 놓은 가방을 집어 들고 출구로 성큼성큼 걸어갔다.

"가려고?" 정원루이는 그의 길을 막지도 무섭게 굴지도 않고, 이번에는 아주 차분했다.

"응. 가서 자습하려고."

"방금 계속 시간을 재고 있었어. 네 매너가 얼마나 오래 갈까. 그런데 결론은 207초, 4분도 되지 않았어. 사실 있잖아, 일부러 날 싫어하지 않는 척할 필요 없어. 진짜야."

"그런 적 없어." 성화이난은 해명하기도 귀찮았다.

"넌 겉으로는 아닌 척하지만 실제로는 날 아주 싫어하지. 난 겉으로는 널 싫어하는 척하지만 사실은 전혀 그렇지 않아. 넌 잠깐 조금 억울했겠지만, 난 오랫동안 굉장히 억울했어."

알 수 없는 불길이 온몸을 휩쌌다. 도서관에서 나온 순간부터 억누르려고 애썼던 감정이 마침내 폭발하고 말았다. 그는 미간을 찌푸리며 그녀를 확실하게 노려보았다. "널 억울하게 만든 사람은 없어. 네가 자초하지 않았다면 말야."

정원루이는 날카롭게 맞서기는커녕, 그의 눈빛을 피했다.

"맞아, 내가 자초한 거야. 자초했을 뿐만 아니라 자학했어. 게다가 늘 내가 거북해한다는 걸 알게 해서 너한테 양심의 가책을 느끼게 했지. 난 무척 밉살스럽고 이상하고 음침한 기운이 감돌고 남의 호의를 모르는 모습이었을 거야, 그렇지?"

"그래."

냉랭한 대답을 던지긴 했지만 그래도 차마 모질게 굴 수 없어, 그는 잠시 뜸을 들였다가 누그러진 말투로 덧붙였다. "넌 좀 이상하긴 하지만…… 그래도 네가 상상하는 것만큼 심한 건 아냐. 그리고 난, 나도 네가 상상하는 것처럼 좋은 사람은 아니고. 피차 마찬가지지."

"아니." 정원루이가 창백하게 웃었다. "넌 쭉 내가 걔네들이랑 똑같이, 널 완벽한 조각상처럼 우러러보는 줄 알았지? 걔네들은 하나같이 조건 좋고 능력도 있는 여자들이잖아. 걔네가 널 사랑하는 건 꿈꾸는 걸 좋아해서, 꿈꿀 만한 능력이 있어서야. 그래서 널 완벽하게만 상상한 거지. 난 그럴 만한 능력이 없어. 그래서 내내 도둑처럼 뒤에서 지켜보고 기다렸지. 한 사람 한 사람 똑똑히 다 봤어. 나도 포함해서."

그녀는 줄곧 웃고 있었다. 계속 웃었다. 웃다가 허리가 굽어질 때까지, 웃다가 주저앉아 무릎을 껴안을 때까지, 웃다가 울 때까지.

성화이난은 다시금 고등학교 체육관 관중석으로 돌아온 것만 같았다. 대성통곡하던 6반의 남학생이 다시금 그 앞에 서 있는 것만 같았다. 그는 난처하기도 웃기기도 했지만, 감히 진짜로 웃으면서 잔인함을 드러낼 수는 없었다.

"걔네들은 널 사랑해. 어떤 사람은 널 자신의 성취로 삼아 사랑하고, 어떤 사람은 널 자신의 영광으로 삼아 사랑하고, 어떤 사람은 널 꿈과 집념으로 삼아 사랑해. 난 너의 뭘 사랑할까? 난 네 냉담함과 이기적인 모습을 사랑해. 네 눈동자는 유리한 일만 보고, 주변의 평범한 사람들은 무시하지. 넌 똑똑하고 자부심 강하고 생각도 또렷해. 하지만 내가 가장 좋아하는 건, 매번 네가 다정하고 예의 있고 친근한 척할 때마다, 매번 네가 그 가면을 쓰고 기숙사를 나와 사람들 사이로 들어갈 때마다 뒤에서 네 모습을 지켜보는 거야. 허점을 발견할 때까지. 난 그래도 네가 좋더라."

바람이 불어와 성화이난의 옷자락을 날렸다. 철제 지퍼가 손을 쳐서 차갑고 아팠다. 정원루이의 말은 날카롭고 매정했으며, 약간은 소름이 끼쳤고 심지어 편파적이기도 했지만, 여전히 글자 하나하나 그의 마음에 박혔다.

"내가 어떻게 해야 널 좋아하지 않을 수 있을까? 네 추악한 모습을 아무리 많이 본들 그래도 좋은데 어떡해?"

성화이난은 문손잡이를 잡아 살짝 돌렸다.

"난 너도 다른 사람도 다 아는 장점이 좋아. 너는 알지만 다른 사람은 모르는 결점도 좋고. 심지어 너도 모르거나 절대 인정하고 싶지 않은 부분까지 포함해서. 난 어떡해야 할까?"

정원루이는 별안간 가방을 내려놓고 한 손으로 잡은 채, 한 손으로 한참을 뒤적이더니 얇은 종이 한 장을 꺼냈다. 겉에는 더러운 액체가 묻었는지 쭈글쭈글하고 금방이라도 찢어질 것처럼 보였다.

"고1 때 너한테 익명의 편지를 쓴 적 있어. 넌 그게 나였는지 알았어? 난 그걸 네 문제집 사이에 끼워놨는데, 다음 날 당번 할 때 보니까 네 자리 밑에 떨어져 있더라. 축축한 발자국이 가득 찍힌 채로. 넌 그렇게 다른 사람을 대했던 거야. 익명의 편지가 아니었다면, 네 이미지를 지키기 위해 최소한 잘 보관했을 텐데 말야. 내 말이 맞지?"

그녀를 바라보는 성화이난의 눈빛이 차츰 아득해졌다. 마치 옛 시 빈칸 채우기 문제를 보는 것만 같았다.

"나중에야 알았지. 넌 아예 날 알지도 못했어. 시험지를 나눠 줄 때 내 자리도 못 찾을 정도로. 개학하고 그렇게 오래 지났는데 그때까지 날 몰랐던 거야. 넌 내 편지를 밟았지만 난 줄곧 그걸 지니고 다녔어. 어떤 가방으로 바꿔 들든 꼭 안에 넣어뒀지. 가끔 환각에 빠지기도 해. 다시 꺼냈을 땐 편지가 두 개로 바뀌어 있지 않을까, 가방 속에 답장이 들어 있진 않을까……."

어쩌면 그저 문제집을 들추다가 실수로 떨어졌을 수도 있었다. 그는 어찌할 도리가 없어 그녀를 위로하려 했지만, 어떻게 입을 열어야 할지 난감했다.

"이러지 마." 그는 한숨을 쉬며 무미건조하게 말했다. "네가 그러니까 마치 내가 널 망친 것 같잖아."

정원루이는 피눈물을 흘리는 것 같더니 그 말에 고개를 들고 의기양양하게 웃었다.

"아쉽게도, 넌 내가 너의 어떤 걸 망쳤는지 영원히 모를 거야." 그녀가 말했다.

미쳤네. 성화이난의 인내심이 극에 달했다.

그는 힘껏 철문을 열고 고개를 돌려 그녀를 흘끗 보고는 말없이 경멸의 미소를 지었다.

제64장

그녀와 디탄

뤄즈는 단번에 자기만의 껍질 속으로 되돌아갔다.

제1 강의동에도 다시 가지 않았다. 바깥 날씨가 매섭게 추워서 거기까지 가느니 차라리 난방이 들어오는 기숙사에 머무르며 씻거나 밥을 먹을 때만 밖으로 나왔다. 장바이리는 며칠 동안 침대에서 내려오지 않았다. 씻고 화장실 갈 때만 빼고 점심과 저녁은 모두 뤄즈가 사다주는 걸 먹었고, 아침 식사는 그냥 늦잠을 자는 걸로 생략해버렸다.

이유는 모르겠지만, 요 며칠 장바이리는 휴대폰을 계속 꺼놓고 있었다. 그래서 기숙사 전화가 빈번하게 울려댔다. 뤄즈가 받아보면 늘 거비의 전화였다. 하지만 그녀는 장바이리의 분부대로 대답할 뿐이었다. "미안. 바이리는 여기 없어."

"수법이 꽤 좋은데? 마침내 상황 역전이구나." 뤄즈는 또 한 번 수화기를 내려놓고 계산기를 두드리며 웃었다.

장바이리가 침대 위에서 몸을 뒤집었다. 책장이 팔랑거리는 소리가 들렸다. "사실…… 나도 이러는 게 대체 뭘 위해서인지 모르겠어."

뤼즈의 검지가 곱하기 버튼 위에서 한참을 머뭇거리다가 묵직하게 내려앉았다.

그녀는 마르크스 시험이 있기 전날 밤, 물통을 들고 오솔길을 따라 기숙사로 돌아오는 길에 별안간 나무 밑에서 장바이리의 목소리를 들었다.

"진짜로 고마워할 필요 없어."

그리하여 뤼즈는 매우 비도덕적으로 멀리 빙 돌아 나무 밑 벤치 뒤쪽으로 가서, 두 사람의 뒷모습을 멀지도 가깝지도 않게 지켜보았다.

"책도 줬으니까 난 이만 갈게."

"바이리…… 미안해."

"미안할 게 뭐 있어. 내일 시험 잘 봐. 넌 고등학교 때 정치 과목 성적이 특히 좋긴 했지만, 그래도 시험 범위는 대강 한번 훑어봐."

"넌 항상…… 나한테 참 잘해주는구나."

뤼즈는 가만히 탄식했다. 대화가 쓰라린 방향으로 이어지고 있었다.

"왜냐하면 널 사랑하니까."

장바이리가 가볍고도 태연하게 말했다. 마치 "왜냐하면 우린 좋은 친구니까"라고 말하는 것처럼.

"그러니까 나한테 미안해할 필요 없어. 내가 널 사랑하니까 당연히 너한테 잘해주는 거야. 너도 내 은혜를 입었다고 해서 그렇게까지 가책을 느낄 필요 없어. 솔직히 말하면 다 내가 원해서 한 일이잖아. 넌 천모한을 사랑해서 그렇게 오래 기다리면서도 원망하지 않았잖아. 그거랑 마찬가지야. 내가 더 이상 널 사랑하지 않게 되면 끝인 거야. 마음 쓰지 마."

뤄즈는 속으로 흠칫하며 그 말에 감탄을 금치 못했다. 자신을 떠올려 보니, 장바이리에게 졌다는 깊은 패배감이 들었다. 예전의 아무도 모르던 깊은 마음과 간절한 기다림은 모두 자신이 기꺼이 원해서였는데, 지금은 마음의 평형을 잃고 성화이난에게서 응당한 대가를 얻어내려 하고 있었다. 그는 물론 그 감정에 기대어 그녀를 얕보긴 했지만, 자신을 남에게 조롱당하도록 둔 건 그녀 자신이었다.

결과에 승복하자.

도서관에서의 작별 인사로 울적했던 마음은 이렇게 장바이리 덕에 조용히 사그라졌다.

그녀는 전에 쉬르칭에게 그 마음 정말 못 삼키겠냐고 물어봤었다.

옆에서 방관할 때는 모두 지혜로운 사람이 되는 법. 뤄즈는 눈을 감고 가만히 가슴을 어루만지며 한숨을 내쉬었다.

단념하는 것이 말처럼 그리 쉽겠는가.

그러나 시간은 그녀에게 운명을 받아들이게 할 것이다. 그것은 일종의 구원이 아니던가.

"실은…… 모한이 변한 것 같아." 거비의 목소리는 모호하고 자신감이 없었다. 뤄즈는 발끝으로 바닥에 튀어나온 나무뿌리를 툭툭 찼다.

"걘 하나도 안 변했어. 고등학교 때랑 똑같아." 장바이리가 태연하게 말했다. "다만 지금은 걔가 널 상대해줄 뿐이지, 그런 거야."

장바이리는 일어났다. 가로등 밑에서 뤄즈는 그녀의 말투가 아무리 태연하고 가뿐하다 한들, 본질적으로는 여전히 완전무장에 전투태세를 갖추고 있음을 알 수 있었다. 대충 걸치고 다니는 평소와 비교했을 때 지금 장바이리는 거비를 만나려고 한껏 꾸민 데다 화장까지 하고 있었다.

"갈게. 앞으로 번거로운 일 있거나 하면 내가 도울 수 있는 건 최대한 도와줄게. 어쨌거나 천모한네 학교는 너무 멀리 떨어져 있잖아."

뤄즈는 웃음을 금치 못했다. 장바이리의 상냥한 칼은 휘두를 때마다 선혈이 뚝뚝 떨어졌다.

뤄즈는 물통을 들고 홀로 벤치에 멍하니 앉아 있는 거비 앞을 지나가며 그를 흘끗 바라보았다. 그 잘생긴 얼굴에는 아득함이 또렷하게 떠올라 있었다.

나중에야 알았다. 아무리 해도 책을 빌릴 방법이 없자, 장바이리는 자신의 마르크스 교재를 한 페이지씩 복사했다. 심지어 그 위에 꼼꼼하게 필기를 하고 중요한 내용을 표시하고는, 게

시판에서 다운로드받은 요점 정리까지 첨부해서 말이다.

뤄즈는 생각에 빠진 채 다시금 고개를 돌려 침대 위에 꾀죄죄한 모습으로 엎드려 있는 장바이리를 바라보았다. 이 여자는 대체 갈수록 고단수가 되어가는 걸까, 아니면 복수를 하겠다는 일념에서 헤어 나오지 못하는 걸까?

"있잖아…… 중심극한정리 증명도 시험에 나온대?" 장바이리는 뤄즈의 시선에 찔렸는지 얼른 화제를 돌렸다.

"응." 뤄즈가 고개를 끄덕이자 침대 위에서 한바탕 비명이 터져 나왔다.

마침내 기말고사가 끝나는 날, 장바이리는 뤄즈가 저녁 식사를 쏘게 하는 데 성공했다.

마지막 시험 과목은 통계학이었다. 뤄즈는 자신의 통계학 실력은 그럭저럭 믿을 만하다고 조심스럽게 돌려 말했고, 장바이리는 양쪽 눈 합쳐서 5.3인 무적의 시력으로 계단식 강의실 뒷줄에서 뤄즈의 시험지를 아주 창의적이면서도 은밀하게 싹 베꼈다. 그리고 자신이 직접 푼 것처럼 꾸미기 위해 답안지를 꽉 채워 썼다. 아무 의미도 없는 계산 과정까지 신나게 적어 넣었다.

그러다 뤄즈는 서술형 계산 문제를 잘못 풀었다는 걸 깨달았다.

그녀가 호기롭게 왼쪽 위에서 오른쪽 아래로 줄을 쫙 긋는 순간, 뒤에서 알 수 없는 물체가 '꽈당' 하고 책상에 부딪히는 소리가 들렸다.

시험이 끝난 후, 장바이리는 머리를 어루만지며 말했다. "부딪혀서 바보가 됐잖아. 물어내." 뤄즈는 고개를 끄덕였다. "그래, 내 잘못인 셈이야. 네 아이큐에 부담을 줘서는 안 됐는데 말야. 밤에 같이 밥 먹으러 가자."

장바이리는 환호하며 고개를 끄덕이다가 우물쭈물하기 시작했다.

"왜, 시간 안 돼?"

"그건 아닌데……." 장바이리는 가방 지퍼를 올리곤 등에 멨다. "오늘이 시험 마지막 날이잖아. 그래서 같이 축하하기로 약속했거든."

뤄즈는 주어도 없는 이 모호한 대답을 받아들일 수 없었다. "약속했다고? 누구랑 약속했는데?"

"고등학교…… 친구들이랑. 5시 반에 서문에서 보기로 했어. 30분 남았네. 먼저 갈게, 기숙사에 가방 놓고 가야 해서. 그럼 그, 내일 저녁, 내일 저녁에 같이 밥 먹자. 약속한 거다!"

장바이리는 말을 마치자마자 쌩하니 달려나갔고, 뤄즈 혼자 사람들이 오가는 강의동 문 앞에 멍하니 서 있었다.

고등학교 친구들이라.

뤄즈는 한숨을 내쉬었다. 장바이리가 이해되었기에 하는 수 없이 발밑의 잔설로 반쯤 덮인 돌멩이를 툭툭 찼다.

주머니 속 휴대폰에서 웅웅 진동이 울렸다. 발신자는 놀랍게도 쉬르칭이었다.

"너네 시험 끝났지? 내일 디탄地壇공원에서 헌책 시장이 열린다는데, 같이 갈래?"

뤼즈는 약간 의외였다. "그래, 몇 시?"

"가는 길은 내가 다 찾아놨어. 내일 아침 10시에 너네 기숙사 앞에서 기다릴게. 어때?"

"좋아."

뤼즈가 휴대폰 종료 버튼을 누르는 순간, 왼쪽 어깨가 누군가에게 부딪혔다. 다급하게 달려 나온 남학생이 달리면서 고개를 돌려 미안하다는 듯 오른손으로 경례를 해보이더니 쏜살같이 사라졌다.

그 바보같이 웃는 모습은 누군가의 옆모습과 무척이나 닮아 있었다. 바로 어제 저녁, 3호 식당에서 뤼즈는 장밍루이를 만났다. 도서관에서 헤어진 이후 얼굴을 못 본 지도 벌써 일주일이 넘었다. 대화는 여전히 하하호호 즐거웠다. 이야기 주제는 폭설과 진눈깨비부터 기말고사까지 이어졌고, 그들은 한목소리로 변태 같은 시험 문제를 성토했으며 갈수록 이상해지는 식당의 메뉴 조합을 비웃었다.

뤼즈는 무슨 이야기를 떠들었는지 거의 기억이 나지 않았다. 유쾌하고 가벼운 대화 속에서 두 사람은 아주 똑똑하게도 민감하고 난처한 화제는 모조리 피해갔다. 뤼즈는 장밍루이가 실은 다른 사람에게 맞춰주는 데 무척이나 뛰어나다는 걸 깨달았다.

지금 발견했다니 너무 둔한가?

식당을 나올 때 뤼즈는 장바이리를 위해 어향가지볶음을 포장하며 고개를 절래절래 흔들었다. "걔 매일 이걸 먹어. 난 너무 느끼하던데."

장밍루이가 웃으며 말했다. "나중에 네가 구운 빵이랑 3호 식당에 질려서 오기 싫어지면 꼭 말해줘."

"어?" 뤄즈가 고개를 들었다. "왜 너한테 말해줘야 하는데? 게다가 넌 나한테 그 말 여러 번 했던 것 같아."

"이유는 없어." 장밍루이는 손을 흔들며 가방을 들고 도서관 방향으로 갔다.

뤄즈는 예전 일을 떠올리며 휴대폰을 만지작거렸다. 쉬르칭이 만나자고 한 건 이번이 두 번째였다. 이 두 번의 약속이 모두 남학생 때문이 아니기를 바랐다. 만약 그렇다면 두 사람 다 아주 불쌍해질 테니까.

밤 10시 반, 뤄즈가 책상 앞에 앉아 마스크팩 포장을 뜯어 꺼내고 있을 때 문이 갑자기 열렸다. 깜짝 놀란 뤄즈는 두 손을 그대로 허공에 멈춰버렸다. 마스크팩의 흥건한 에센스가 손목을 타고 천천히 팔꿈치로 흘러내렸다.

장바이리는 눈이 빨갛게 충혈되어 있었지만 얼굴에는 슬픔과 기쁨이 교차하고 있었다. 완전한 분노도 슬픔도 아니었다. 그 모습에 뤄즈는 말문이 막혀 어떻게 된 거냐고 물어야 할지 말아야 할지 머뭇거렸다.

장바이리는 그저 외투를 벗고 신발을 차 벗어버린 후 늘 그렇듯 위층 침대로 올라가 이불 속에 머리를 파묻고 흐느끼며 말했다. "뤄즈, 나 대신 시계 좀 봐줘. 나 딱 10분만 울게."

오랫동안 못 본 광경이었다. 뤄즈는 탄식하며 알았다고 대답하곤 몸을 돌려 아이튠즈 재생 목록에서 아무 노래나 한 곡 골랐다.

스코틀랜드 백파이프의 높고 아득하며 꿈결 같은 선율이 방 안을 가득 채웠다. 뤄즈는 문득 깨달았다. 그녀는 이 CD로 예잔옌이 가장 기뻐했던 그날 수업 시간 내내 계속되던 속닥거림을 덮었는데, 지금은 또다시 이 너그러운 선율로 장바이리의 꾹 참은 흐느낌을 덮고 있었다.

이튿날, 뤄즈는 9시 50분에 방을 나섰다. 장바이리는 여전히 침대에서 달게 자고 있었다. 기숙사 입구에서 일찌감치 와 있던 쉬르칭을 보았을 때 뤄즈는 눈앞이 단번에 밝아지는 것 같았다. 그녀가 아는 여학생들 중 빨간색을 이렇게 예쁘고 생기발랄하게 입을 수 있는 사람은 오직 쉬르칭뿐이었다.

냉정하게 말해서, 뤄즈는 정말로 쉬르칭이 무척 좋았다. 그녀는 쭉 예쁜 여자에게 호감이 있었는데, 쉬르칭은 그냥 예쁜 게 아니었다.

쉬르칭은 뤄즈를 보자마자 자연스럽고도 친밀하게 팔짱을 꼈다. 이제껏 여학생과 손을 잡거나 팔짱을 끼고 돌아다닌 적이 거의 없는 뤄즈는 순간 굳었지만 천천히 긴장을 풀고 즐겁게 상대방이 가져온 따스함을 누렸다.

베이징에서 학교를 다닌 지도 곧 2년이 다 되지만 뤄즈는 이 번화하고 현대적이면서도 낡고 오래된 도시를 둘러보고 싶다는 흥미는 딱히 없었다. 디탄공원 헌책 시장으로 초대를 받아서인지 어젯밤에는 고1 때 국어 시간으로 되돌아간 꿈을 꾸었다. 얼굴에 여드름이 가득 난 실습 선생님은 마지막 발표 수업에서 스톄성*의 산문「나와 디탄」을 강의했다.

실습 선생님은 목소리에 감정을 실어 본문을 낭독한 후, 딱히 좋지 않은 말솜씨로 필사적으로 모두에게 자신의 어머니를 말해보게끔 독려했다. 뤄즈가 꾸는 꿈은 줄곧 기묘하고 환상적이었는데 이번 꿈은 수묵화처럼 담담했다. 기억에 물 한 바가지가 더해져 옅어진 것처럼 소박하게 다시 한 번 윤곽을 그린 것에 불과했다.

꿈속에서 예잔옌은 일찍 돌아가신 엄마에 대해 이야기하고 있었다. 의료사고로 돌아가신 엄마는 임종 전, 그녀에게 아빠 말을 잘 들으라고 당부했다고 했다. 예쁜 소녀는 금방이라도 녹아내릴 것처럼 울었고, 주변 여학생들도 그 모습에 전염되어 눈물바다가 되었다.

선정적인 오디션 프로그램에서도 출연자들은 종종 배경음악과 진행자들의 유도 하에 부모님께 감사하다는 이야기를 하다가 입을 꾹 다물고 눈물을 흘리곤 한다. 시청자들은 그 모습에 전염되어 함께 눈물을 펑펑 쏟을 수도 있지만, 기분이 안 좋을 때 보면 너무 가식적이라며 정색할 수도 있다. 대다수 사람들은 남들 앞에서 부모님 이야기를 할 때면 눈물샘을 제어하지 못한다. 평소 엄마와 관계가 냉랭하고 사사건건 의견이 충돌하

* 史鐵生, 중국 현대 산문 작가.

는 사람도, '어머니의 사랑'이라는 이야기만 꺼내면 홍수라도
난 것처럼 눈물을 멈추지 못한다.

뤄즈는 이해는 했지만, 왜 그런지는 알지 못했다.

「나와 디탄」, 뤄즈는 그 글을 또렷이 기억했다. 교과서에 실
린 건 그중 제2장으로, 뤄즈는 그 글을 읽고 무척이나 감명받아
서 스톄성의 문집을 여러 권 사기까지 했다. 어머니에 대한 산
문과 수업 시간에 고조된 교실 안 습도의 상호작용에 의해 뤄
즈는 자신도 힘겹게 살아온 엄마와 그 시절을 떠올리며 짜고
씁쓸한 눈물을 흘릴 줄 알았다. 그런데 이상하게도 뤄즈의 눈
은 처음부터 끝까지 메말라 있었다. 어릴 적의 모호한 장면이
점차 또렷해졌다. 엄마의 실루엣은 마치 음소거된 다큐멘터리
같았다. 잔혹한 삶에 편집되어 아무런 감정도 색채도 느껴지지
않았다.

엄마는 뤄즈를 때리기도 했고, 만들어가기도 했고, 사랑의
이면에 얼마나 많은 어쩔 수 없음과 아픔이 있는지 똑똑히 보
게 해주었다. 세상에 완벽한 엄마는 없다. 그들도 한때는 소녀
였고, 한때는 방향을 잃고 당혹스러워하며 유혹에 빠지기도 했
을 것이다. 엄마가 된다고 해서 갑자기 그 누구보다도 정확하
게 변할 리 없었다.

뤄즈와 엄마는 삶 속에서 함께 성장하며 함께 그 추운 시절
을 지나왔다.

뤄즈는 책상 위에 엎드려 여기저기서 들려오는 울음소리를
들으며, 스톄성이 날마다 휠체어에 앉아 세상에서 도피해 눈앞

의 황폐해진 풍경을 보며 삶의 의미를 찾는 모습을 혼자 상상해보았다. 그건 대체 어떤 느낌일까?

그 느낌은 그녀를 포함해 한창 좋은 시절을 보내고 있는 젊은 사람들은 당연히 알지 못할 것이다. 완벽하고 건강하고 꿈을 꾸고 삶의 강물을 따라 미래로 가고 있는 그들이 어떻게 알 수 있겠는가?

전체 글에서 소녀들이 공감할 수 있는 부분은 오직 어머니의 사랑 하나뿐이었다.

뤄즈는 냉담하게 주변을 둘러보며 훌쩍이는 여학생들을 하나씩 살펴보다가 문득 예잔옌의 차분한 눈길을 느꼈다. 그 예쁜 눈은 차분함을 빼도 차분함만 남았다. 뺨에 남은 마저 닦지 못한 눈물방울은 마치 안약을 넣다가 실수로 흘린 것처럼 보였다.

뤄즈는 곧장 눈썹을 치켜올렸다. 눈빛에는 물어보는 뜻이 담겨 있었을 것이다. 심지어 자신의 심드렁함을 들켜버린 데 대한 약간 켕기는 감정도 들어 있었을 것이다. 그러나 예잔옌은 반응을 보이긴커녕, 아무 흔적도 없이 고개를 돌려 교탁 앞에서 감정 충만한 어조로 끊임없이 감정을 선동하는 실습 선생님을 주시했다. 순간 표정도 풀리며 다시금 눈물을 글썽이는 듯했다.

그 장면을 다시 꿈으로 꿨을 때에야 뤄즈는 비로소 깨달았다. 평온하다고 느낀 삶 주변에는 얕고 깊은 어두운 그림자가 줄곧 도사리고 있었다. 그것들은 서로 연결되어 어떤 그림이 되고 무언가를 암시했지만, 뤄즈는 자신의 세계에 지나치게 집중한 나머지 아무것도 발견하지 못했다.

어쩌면 뤄즈는 진작에 그들이 설정해놓은 인과에 떨어졌는지도 모른다.

제65장

내일은 또 새로운 하루야

지하철 안은 텅 비어 있었다. 그들은 문 옆자리를 찾아 나란히 앉았다. 방금 오는 길에 끊어졌다 이어졌다 하던 대화는 더이상 계속되지 않았고, 서로 팔짱으로 이어졌던 팔도 방금 앞뒤로 지하철을 타느라 풀려버렸다. 병든 것처럼 창백한 절전등 불빛이 그들의 얼굴 위로 쏟아졌다. 밀폐된 지하철 안에서 광선은 마치 시간이 멈춰버린 듯한 착각을 주었다.

뤼즈는 이제껏 침묵을 질색하거나, 그것을 난처함이나 냉담 또는 반항의 표현 방식이라고 억측한 적도 없었다. 다만 쉬르칭은 침묵에 익숙해 보이지 않았다. 뤼즈는 맞은편 유리로 쉬르칭이 초조해하는 모습을 볼 수 있었다. 그녀는 눈앞에 내려온 칠흑 같은 앞머리를 계속 만지작거리며 마치 문 앞에 걸어놓은 주렴처럼 흩었다가 모았다가, 다시 흩었다가 모으기를 반복했다.

"오늘은 사람이 정말 적네." 쉬르칭이 마침내 입을 열었다.

"그러게." 뤼즈가 고개를 끄덕였다. 뤼즈도 뭔가 말할 거리를 찾아 최소한 옆에 있는 여학생의 긴장을 풀어주고 싶었다. 하지만 온갖 궁리를 해봐도 딱히 떠오르는 게 없었다. "사람이…… 정말 별로 없네."

말을 마치자마자 뤼즈는 약간의 가책을 느꼈다.

열차가 다시금 움직이기 시작했다. 통로 양쪽에서 나는 바람 소리가 그들 사이로 끼어들어 두 사람은 다시 말이 없어졌다.

디탄공원은 약간 실망스러웠다. 왁자지껄한 사람들의 머리 위로 길 양쪽 나무 사이에 분홍색과 연두색의 커다란 플래카드가 걸려 있었다. 노점 주인들은 심드렁한 얼굴로 조그만 의자에 앉아 있고, 아주머니들은 오징어구이와 사오빙*, 시원한 차를 팔면서 한편으로는 몸을 돌려 원숭이처럼 온 공원을 신나게 뛰어다니는 애들을 혼냈다. 아주머니들이 머리에 둘러 쓴 알록달록한 두건과 플래카드가 조화를 이루었다. 뤼즈는 바닥에 굴러다니는 노란 비닐봉지를 밟고 지나갔다. 이 모든 광경에 뤼즈는 뺨에 경련이 일 것만 같았다.

나름 명성을 듣고 찾아온 곳이었지만, 스톄성 선생이 묘사한 암담하고 쇠락한 광경은 볼 수 없었다. 벽에는 잔설도 없었고, 하늘에는 석양이 없었다. 모든 것이 조화롭고 좋기만 해서 감

---

* 燒餠, 밀가루 반죽을 납작하게 만들어 화덕에 구워낸 중국식 빵.

회에 젖기에는 부적합했다.

그녀는 좋은 시기를 놓쳤다. 어떤 일이든 그녀는 늘 한 박자씩 늦었고, 늘 최고의 시절을 놓쳤다.

최소한 스톄성 선생은 놓치지 않았겠지, 뤄즈는 생각했다. 그런 시절을 그런 사람에게 준 걸로 충분해. 어차피 자신은 필요하지도 않고, 봐도 모를 것이다.

뤄즈는 앞으로 친하지 않은 사람과 만날 때는 꼭 시끌벅적한 곳을 택해야겠다고 결심했다. 주변의 열기로 자신의 냉담함을 감추는 게 남에게도 자신에게도 좋다. 두 사람은 인파 속을 이리저리 비집고 다녔다. 떨어지는 걸 막기 위해 계속 서로를 부르며 상대방을 바짝 쫓아다녔고, 관심 있는 책 있냐고 수시로 물어보았다. 쉬르칭은 아주 자연스럽게 뤄즈의 손을 잡았다. 두 사람 모두 장갑을 끼지 않았는데 쉬르칭의 손도 뤄즈보다 그리 따뜻하진 않았다.

"자꾸 장갑 끼는 걸 잊어버려. 너도 그렇지?" 쉬르칭이 뤄즈를 돌아보며 웃었다. 뤄즈는 대답을 하려다가 그녀가 갑자기 미소를 거두는 걸 보고 고개를 숙이고 몸을 돌렸다.

뤄즈는 영문도 모른 채 쉬르칭을 따라 이리저리 부딪히며 인파를 거슬러 한참을 걸은 끝에, 그날 신문 가판대 앞에서 장밍루이와 나누었던 장갑에 관한 빗나간 대화가 떠올랐다.

장밍루이가 무척 자연스럽게 그 순간의 민망함을 풀긴 했지만, 그 정도 눈치도 없는 여학생이 어디 있겠는가. 쉬르칭이 어떻게 모를 수 있을까.

차가운 두 손은 서로를 꼭 부여잡았다. 산이 닳아 평평해지고 하늘과 땅이 하나가 될 때까지 놓지 않는다 하더라도 따스해지지는 않을 것만 같았다.

쉬르칭은 법학 전공 참고도서 한 무더기를 사서 가방 가득 담았고, 손에는 묵직한 비닐봉지까지 들었다. 뤄즈는 한참을 돌아본 끝에 『마오 주석 어록』 한 권만 샀다.

"그건 뭐 하러 샀어?" 쉬르칭이 비닐봉지를 땅에 내려놓고 손잡이 무게에 빨갛게 자국이 난 오른손을 문지르며 다가와서는 뤄즈가 산 책을 흘끗 바라보았다.

"나도 왜 샀는지 모르겠어." 뤄즈는 혹시라도 누렇게 변색된 오래된 페이지가 찢어질까 봐 책장을 가만히 넘겼다. "꽤 오래된 책이어서 그랬나. 난 헌책 사는 일이 거의 없거든."

확실히 무척 오래된 책이었다. 가장 바깥쪽 표지는 이미 닳아 없어졌고 속표지의 제목만 남아 있었다. 페이지마다 책 주인의 필적이 남아 있었다. 빨강이나 파랑 볼펜으로 초등학생처럼 열심히 적어놓았고, 어떤 페이지에는 '린뱌오*'라는 이름마다 검정 펜으로 진하게 X자가 쳐져 있었다.

"이런 책은 마력이 있을 것만 같아. 어느 날 밤 꿈에 예전 주인 혼백이 와서 당시의 시시콜콜한 얘기를 해줄지도 모르잖아."

"하하." 쉬르칭은 크게 웃을 때 무척이나 매력적이었다. "머

* 林彪, 중국의 군인이자 정치가. 국가 주석 자리를 두고 마오쩌둥과 대립하다 사망했다.

리에 무슨 이상한 생각이 가득 든 거야. 난 네가 책을 많이 살 줄 알았는데. 책을 아주 좋아한다고 들었거든."

"응." 뤄즈는 고개를 끄덕였다. "그치만 난 새 책 사는 게 좋아."

뤄즈는 성화이난이 어설픈 심리학 지식으로 그녀가 순결을 따진다고 분석했던 게 생각났다.

뤄즈는 그런 음울한 생각을 쫓으려 애쓰며 고개를 숙여 쉬르칭의 거대한 가방과 비닐봉지를 보며 자신의 가방을 내밀었다. "자, 여기에 좀 나눠 담아. 내가 들어줄게."

쉬르칭이 미안한 듯 웃으며 말했다. "그럼 좋지."

공원에서 나왔을 때는 벌써 오후 3시 30분이었다. 점심에 아무것도 먹지 않고 공원 구석구석을 돌아보던 그들은 마침내 묵직한 짐가방을 들고 거리에 막연하게 멈춰 섰다.

"배고파." 뤄즈가 배를 문질렀다.

"학교로 돌아가서 먹을까, 주변을 돌아볼까?" 쉬르칭이 말하다가 별안간 좋은 생각이 났는지 손뼉을 쳤다. "참, 갑자기 생각났는데 이 근처에 분명 쌴위안메이위안*이 있을 거야. 나 행인두부 먹고 싶어."

뤄즈는 멍하니 고개를 끄덕였다. "그래, 네가 앞장서."

머리 위 하늘빛이 점점 짙어지며 남보라색이 깔렸다. 스산한 베이징의 겨울은 늘 뤄즈에게 생계를 위해 동분서주하는 엄마를 쫓아다니던 그 몇 년의 시간을 떠올리게 했다. 해가 완전히

----

* 三元梅園, 중국의 유명한 유제품 디저트 체인점.

질 때면 뤄즈는 마음이 시렸다. 울고 싶은데도 슬픔이 아닌 감정이 온몸을 채웠다가 어둠이 완전히 내리고 나서야 비로소 사라졌다. 비록 당시 뤄즈는 어렸지만, 비록 지금까지도 그런 황혼에 대한 동경과 그리움을 이해할 수 없었지만, 이런 느낌은 여전히 황혼을 맞닥뜨릴 때마다 그녀를 강타했고 한 번도 어긴 적 없었다.

"왜 그래?" 쉬르칭이 발걸음을 멈추고 넋이 나간 듯한 뤄즈를 바라보았다.

"아무것도 아냐." 뤄즈는 씨익 웃으며 쉬르칭의 뒤를 따라 계속 앞으로 걸었다.

쉬르칭의 방향 감각은 하늘이 놀라고 귀신도 통곡할 정도로 떨어졌다. 그들은 시멘트 봉투를 끌고 가는 노동자처럼 가쁜 숨을 내쉬며 길을 뱅뱅 돌다가, 마침내 번화한 교차로에서 빨간색과 노란색이 섞인 간판을 발견했다.

"저기다, 저기 빨강노랑 간판. 맞지?" 쉬르칭이 흥분하며 앞쪽을 가리켰다.

"맥도날드야?"

쉬르칭은 비어 있는 오른손으로 뤄즈의 멱살을 움켜쥐었다. "내가 말해두는데, 중국의 민족 산업은 너네 같은 사람들 때문에 다 망할 거야!"

그 말에 숙연해진 뤄즈는 광장에서 모이를 쪼는 비둘기처럼 고개를 주억거렸다.

쉬르칭은 국수를 반 그릇만 먹고 내려놓았다.

"배불러?" 뤄즈가 고개를 들고 물었다.

"상상했던 것만큼 맛있진 않네. 그만 먹을래." 쉬르칭이 살짝 입을 삐쭉거리는 모습은 마치 청춘드라마에 등장하는 예쁘고 거만한 아가씨 같았다. 뤄즈는 실눈을 뜨고 쉬르칭을 바라보았다. 아무리 봐도 질리지 않았고, 그 어떤 각도에서 봐도 너무 예뻤다. 세상이 깜짝 놀랄 정도로 아름다운 건 아니지만 어쨌거나 예뻤다.

그리하여 뤄즈는 고개를 끄덕였다. "사실 디탄공원도 내가 상상했던 것만큼 그렇게……." 한참을 생각해도 적합한 단어가 떠오르지 않았다. "그렇게 좋진 않았어." 결국엔 어쩔 수 없이 소박하고 만능인 '좋다'는 단어를 썼다.

쉬르칭은 의아하다는 반응이었다. "그럼 넌 디탄공원이 어떨 거라고 생각한 거야?"

뤄즈는 뭐라고 말해야 할지 몰라 그저 고개를 숙이고 묵묵히 웃고만 있었다.

"넌 어쩜 이러니?"

그 말에 얼떨떨해진 뤄즈는 입을 벌리고 눈앞의 여자아이를 바라보았다. 여자아이도 턱을 괴고 뤄즈를 바라보았다. 뤄즈와 똑같이 궁금하면서도 이해하지 못하겠다는 표정이었다.

"내가…… 어떤데?"

쉬르칭이 고개를 흔들었다. "우리가 처음 만났을 때와 비교하면 너무 달라."

"우리가 처음 만났을 때라면⋯⋯." 그건 장밍루이의 부탁을 받고 악녀의 고민을 잘 들어주는 언니 역할을 맡았을 때였다. 그러나 아무리 떠올리려 애를 써도 기억은 모호할 뿐이었다. 두 사람은 대체 무슨 말을 나눴을까?

목적이 분명한 만남이었으니 자신의 행동은 약간 변형되었을 수도 있었다. 대체 쉬르칭에게 어떤 인상을 준 건지 자신조차 장담할 수 없었다.

"사실 그날 장밍루이랑 같이 자습하면서 네가 첫인상과는 좀 다르다고 느꼈어. 그런데 오늘 다시 보니까 완전 다른 것 같아."

뭐즈는 검지로 이마를 문질렀다. 역시나 손끝에 기름기가 묻어 반질거렸다. 쉬르칭에게 뭐라고 대꾸해야 할지 몰라 망설이느라 분위기는 다시금 썰렁해졌다. 사실 속으로는 약간 괴롭기도 했다. 상대방이 솔직하게 말하려고 노력한다는 걸 뻔히 알면서도, 맞장구치기 싫은 게 아니라 어떻게 대꾸해야 할지 몰랐다. 오는 길에 그들은 수시로 웃으며 농담을 주고받았고, 어떤 책에 대해서는 흥분해서 토론을 늘어놓기도 했다. 그러나 두 사람의 이야깃거리는 마치 줄이 끊어진 구슬 목걸이처럼 침묵의 황야 이곳저곳으로 튀어나갔다. 가끔 하나를 주워보면 광택이 눈부셨지만 외로이 동떨어져 있었다.

그들은 서로 어울린 감정이 적었다. 흥미의 교집합은 있었지만 중간에는 서로 보이지 않는 척하려는 남자아이 둘이 있었다. 수시로 썰렁해지는 분위기와 침묵에는 다 이유가 있었다. 그러나 쉬르칭은 그래도 서로를 이어줄 선을 찾기 위해 노력했다.

뤄즈는 진심으로 이 명랑한 여자아이가 좋았다. 이렇게나 맑은 마음이라니. 울고 싶으면 울고, 웃고 싶으면 웃고. 사랑하고 싶으면 사랑하고, 사랑하기 싫으면 사랑하지 않고. 돌이킬 때도 전혀 쭈뼛거리지 않았다.

얼마나 좋은가. 그러나 아무도 그녀를 아껴줄 줄 몰랐다. 자신은 더더욱 그녀 대신 안타까워할 자격도 없었다.

"나 대신 장밍루이한테 이것 좀 전해줘." 쉬르칭이 가방에서 책을 모조리 꺼내 탁자 위에 놓고는 마지막으로 가방 바닥에서 나이키 봉투를 꺼냈다.

"그때 내가 외골수처럼 굴 때 개한테 호되게 욕을 먹었거든. 내가 하도 어리석고 고집스럽게 구니까 손을 뿌리치고 가버렸어. 하지만 가기 전에 내가 추울까 봐 자기 옷을 걸쳐주더라. 나중에 우린 다시 관계가 좋아졌고 다시 친구가 되었어. 줄곧 옷을 돌려주고 싶었는데, 혹시라도 그 옷을 보면 개가 모두와 사이가 틀어져서 난처했던 그때를 떠올릴까 봐 두려웠어. 그래서 계속 미루고 있다가 지금까지 못 돌려줬지 뭐야."

뤄즈는 봉투를 받으며 바스락거리는 소리와 함께 말했다. "알겠어."

쉬르칭이 웃었다. "너랑 같이 있으면 정말 편하다. 넌 쓸데없는 말 하는 거 아주 싫어하지, 그렇지? 처음 커피숍에서 널 봤을 때 넌 말을 되게 잘했어. 구구절절 맞는 말에 조리도 있고. 하지만 나중에 다시 만났을 땐 말이 많이 줄었더라고."

뤄즈가 웃었다. "사실 난 말하는 걸 별로 안 좋아해. 처음 널 만났을 땐 마침 내 정서도 그다지 안정적이지 않아서 말이 많았지."

쉬르칭은 턱을 괴고 남색 잉크를 뿌려놓은 것 같은 야경을 바라보며 가만히 입을 열었다. "내 정서는 내내 불안정했지."

"네가 통쾌했다면 된 거야."

"하지만 나도 통쾌하진 않았어."

"통쾌하게 사는 사람은 거의 없어. 너도 딱히 손해 보지도 않았고."

쉬르칭은 그 말에 해맑게 웃었다. 뤄즈는 자신도 모르게 감탄했다. 이런 웃음을 보면 통쾌하지 않을 사람이 어디 있을까?

"봐, 또 시작이다. 넌 말할 때 아주 신랄하다니까."

"말주변이 좋다고 말하고 싶었던 거라고 생각할게." 뤄즈는 어쩔 수 없다는 듯 웃었다.

쉬르칭은 입꼬리를 올리고 교활하게 눈썹을 치켜올렸다. 왼손에 든 작은 수저로는 그릇 속에서 이미 잘게 다져져 찌꺼기가 되어버린 행인두부를 계속해서 유린하며 잠시 침묵하다가 다시 말을 꺼냈다. "장밍루이는 아주 괜찮은 애야."

뤄즈는 고개를 끄덕였다.

"걔가 처음 준 가르침을 난 저버리지 않았어. 성화이난이 날 찼을 땐 그 상처에서 벗어나기가 몹시 힘들었거든. 그런데 기말고사 때 장밍루이도 날 찼을 땐 지난 일을 교훈 삼아 시원스럽게 빠져나올 수 있더라."

깔끔한 서술문. 뤄즈는 속으로 감탄했다.

길가의 등불이 하나둘 밝혀지고 있었다. 쉬르칭은 마치 예술 영화의 쓸쓸한 독백처럼 뤄즈의 반응은 필요 없다는 듯 혼자서 끊임없이 재잘거렸다.

"네가 나랑 장밍루이 사이가 틀어진 걸 아는지 모르겠다. 넌 아무것도 안 묻잖아. 마치 뭐든 다 알고 있는 것처럼. 그래서 널 보면 마음이 켕겨. 하지만 실은 내가 뭐든 다 떠벌리는 거야. 그래서 남들이 그 망신스러운 일을 다 아는 것처럼 느껴져."

뤄즈는 고개를 숙이고 웃었다. 그게 무슨 망신스런 일이라고.

남들이 알게 되는 걸 두려워하지 않고 햇빛 아래에 말려놓을 수 있는 망신스러운 일이라면, 아무리 괴로워도 깨끗하고 투명하게 빛날 뿐이다. 이 세상에 얼마나 많은 사람들이 말할 수 없는 괴로움을 가지고 있는지 알아야 하지 않을까?

"하하, 어쨌거나 1년 동안 연속으로 두 번이나 좌절을 맛봤으니 같은 실수를 거듭할 순 없잖아. 또다시 차이면 내 성을 거꾸로 쓰겠어!"

패기 있는 선언 이후 쉬르칭의 목소리는 누그러졌다. "난 줄 곧 내가 아주 괜찮은 줄 알았어. 다들 날 괜찮게 생각했거든. 그런데 내가 좋아한 두 사람과는 어째서 다 어긋난 걸까? 그거 알아? 처음에 성화이난을 좋아할 때는 장밍루이한테 삐딱하게 굴었어. 걔한테 이렇게 말했지. 차이든 말든 너랑은 상관없다고, 얼른 나한테서 멀리 떨어지라고. 그땐 걔도 호락호락하지 않았어. 당연히 자기랑은 상관없고, 차인 사람이 알아서 하는 거라고 그러더라. 그런데 걔 말이 현실이 될 줄은 정말 몰랐어.

난 확실히 차인 대가를 치러야 했지. 그리고 장밍루이는 그렇게나 빨리 다른 사람을 좋아하게 됐고."

"그때 생각했어. 일편단심 여주인공을 기다리는 남자 캐릭터는 완전히 사기라고. 나처럼 그릇에 담긴 음식을 먹으면서 솥 안을 기웃거리는 바보들을 속이려는 거라고. 용감하게 솥을 향해 뛰어가면 설령 실패하더라도 최소한 손에 쥔 그릇에 담긴 죽으로 배는 채울 수 있잖아."

"사실 다 내가 너무 잘나서 그렇지 뭐."

쉬르칭의 눈동자가 반짝반짝 빛났다. 창밖의 주황색 가로등과 간판 네온사인 불빛이 비쳐 다채로웠다.

뤄즈는 말없이 손을 뻗어 그녀의 차가운 손등을 덮었다.

"장밍루이는 널 좋아해, 뤄즈." 그녀가 말했다.

뤄즈는 차분하게 그녀를 바라보며 고개를 끄덕이지도 가로젓지도 않았다. 놀라거나 당연하다는 표정도 없이 그저 잠잠했다. 두 사람은 서로를 오랫동안 응시했다. 쉬르칭이 먼저 고개를 돌렸고, 그 뒤 말없이 우두커니 앉아 있었다. 뤄즈가 잠시 후 입을 열었다. "나 다 먹었어. 가자."

지하철의 창백한 불빛이 머리 위에서 흔들릴 때, 옆에 앉은 쉬르칭은 피곤했는지 삐딱하게 기대어 잠이 들었다. 무거운 머리는 뤄즈의 어깨에 기댔고 차분해진 분홍색 뺨은 감히 탄식할 수도 없을 만큼 예뻤다.

쉬르칭의 기숙사 앞, 뤄즈는 비닐봉지에서 『마오 주석 어록』을 꺼낸 후 봉지째 쉬르칭에게 건넸다. "그럼 다음에 봐."

"응."

뤄즈가 발걸음을 옮길 때 뒤에서 쉬르칭의 또렷한 목소리가 들려왔다. "뤄즈, 있잖아, 우린 좋은 친구가 될 수 있을까?"

뤄즈는 잠시 생각하곤 반문했다. "넌 친구 많아?"

쉬르칭이 확신하듯 고개를 끄덕이며 그녀의 명랑한 미소와 어울리는 긍정적인 대답을 했다. "당연하지."

그러면 나 하나 없어도 괜찮겠구나, 뤄즈는 안심하듯 고개를 끄덕이며 말했다. "우린 친구가 되긴 어려울 거야. 널 아주아주 좋아하긴 하지만. 진심이야."

마침내 쉬르칭에게 아주 솔직한 말을 했다고 뤄즈는 생각했다.

쉬르칭은 어안이 벙벙한 표정이었다. 상대방이 대다수 사람들처럼 "당연하지, 우린 이미 친구 아냐?" 하고 열정적으로 대답하지 않으리라고는 생각지도 못했다. 살짝 실망스럽긴 했지만, 동시에 그 진심 어린 말에 위안을 느끼기도 했다.

"네가 날 좋아하기만 하면 돼. 최소한 날 좋아하는 사람이 아직 있다는 거잖아." 쉬르칭은 최대한 크게 웃어 보였다. "솔직히 말해서, 뤄즈. 난 최근에야 비로소 깨달았어. 만약 내가 날 사랑하는 사람에게 좀 더 잘해주고, 날 싫어하는 사람에게 뭔가 더 잘해보려 노력하거나 해명하지 않고 그냥 멀어지면, 더 많은 걸 얻을 수 있지 않을까?"

그녀는 손을 흔들며 기숙사 안으로 들어갔다. 봉투가 너무 무거웠는지 뒷모습이 약간 굽떠 보였다.

뤄즈가 홀로 오솔길을 따라 기숙사로 돌아가려는데 휴대폰에서 진동이 울렸다. 쉬르칭의 문자였다.

"나처럼 뒤늦게 후회하지 마. 일찍 하든가, 영원히 하지 말든 가."

뤼즈는 뭐라고 답장을 보내야 할지 몰랐다. 어쩌면 그녀에게 경고하는 것이리라. 장밍루이와의 일처럼 그녀의 전철을 밟지 말라는. 뤼즈는 조금 감동했다. "푹 쉬어, 바보 아가씨. 내일 일은 내일 다시 얘기하자."

답장은 한참 후에야 왔다. "네 말이 맞아. 내일은 또 새로운 하루야. 너도 내 걱정 너무 하지 마."

마지막 짧은 한 문장은 약간 김칫국 마시는 느낌이었지만, 여전히 자신 있고 귀여웠다. 뤼즈는 이런 쉬르칭을 도저히 좋아하지 않을 수 없었다.

하지만 뤼즈는 그녀를 걱정한 적 없다는 것도 인정해야 했다.

그렇게 빛나는 미소를 가진 여자아이가 넘어져서 울고 난리를 피우면, 그래도 여전히 많은 사람들이 달래주고 사랑해줄 것이다.

그녀에게는 아직 많은 내일이 있었다.

뤼즈는 고개를 들었다. 저녁 하늘은 약간 음침하고, 암홍색이 내리깔려 끊임없이 다가오는 세상의 종말처럼 뭐라 설명하기 힘든 아픔을 억누르고 있었다.

내일. 뤼즈의 삶에서 하루하루는 그 전날과 다음 날과 마찬가지로 아무런 차이가 없었다.

제66장

만회할 수 없는 국면

뤄즈는 쉬르칭과 작별하자마자 장밍루이에게 문자를 보내 전해줄 물건이 있는데 잠깐 만날 수 있냐고 물었다.

모퉁이를 돌아 기숙사가 보일 때쯤 답장이 왔다. "지금 기숙사에 있으면 바로 내려와."

뤄즈는 멀리서 기숙사 앞에서 기다리는 장밍루이를 보았다. 그의 손에 들린 비닐봉지에서 뜨거운 김이 새어 나왔다. 모락모락 피어오르는 하얀 수증기와 맛있는 냄새가 위장을 뒤트는 것 같았다. 하루 종일 먹은 것이라고는 차가운 요거트와 치즈뿐이어서 참을 수 없을 만큼 배가 고팠다.

"냄새 좋다." 뤄즈가 뒤에서 장밍루이를 불렀다.

장밍루이가 깜짝 놀라 몸을 돌리곤 씨익 웃었다. 그러다 문득 처음 만났을 때의 일이 생각났는지 의심스러운 표정으로 입고 있던 패딩에 코를 대고 냄새를 맡았다. "우육탕 냄새?"

뤼즈가 실소했다. "전병 말야."

"말도 마, 우리 게으름뱅이 큰형님은 완전 기숙사 침대에서 자라는 버섯이라니까! 내가 자습실에서 막 돌아오자마자 형님이 전병말이를 사다 달라고 문자를 보낸 거 있지. 확실히 맛있는 냄새가 나긴 해. 밥 먹었어? 아니면 나 좀 기다려줄래? 전병말이 갖다주고 올 테니까 같이 밥 먹으러 가자. 어차피 난 저녁도 많이 안 먹어서 살짝 배가 고프거든. 어쩔 수 없잖아. 전병의 유혹이 어찌나 강렬한지……."

뤼즈는 그를 멀뚱히 바라보았고, 그는 쑥스러운 듯 뒤통수를 긁적였다. "미안, 오늘 하루 종일 도서관에서 법학 개론 공부하느라 말을 못 했더니 수다쟁이가 됐네. 그, 나한테 준다는 건 뭐야?"

그녀는 웃으며 들고 있던 봉투를 건넸다. "네 옷이야."

뤼즈는 옷의 내력을 말하지 않았다. 민망함을 피하기 위해 장밍루이가 옷 봉투를 받아 드는 순간에 다시 질문을 던졌다. "법학 개론 공부는 어때? 정규 시험은 다 끝났는데 복수전공 시험을 일주일이나 더 기다려야 하다니, 공부할 마음도 안 들어. 난 아무래도 여기까지인가 봐."

"아직 사나흘 더 남았잖아? 사실 마르크스 시험 때처럼 지금 열심히 외워도 시험 땐 다 잊어버릴 거야. 차라리 시험 전날에 밤새서 외운 다음 바로 고사장에 가는 게 낫지!" 장밍루이가 말하며 봉투를 열어 흘끗 보았다. 얼굴에 걸린 미소는 조금도 변화가 없었다. 그는 옷 봉투를 전병을 들고 있던 손으로 옮겨 들었다.

"그것도 그러네." 뤄즈는 안도하며 고개를 끄덕였다.

"그래서 같이 밥 먹으러 갈래?" 장밍루이가 물었다.

"좋아. 일단 가서 큰형님한테 먹을 거 전해줘."

"그럼 이따가 전화할게. 날씨가 추우니까 기숙사에서 기다리고 있어."

"서둘러. 7시가 넘었으니 식당도 곧 닫을 거야. 꾸물거리다간 마라탕이랑 빵 코너만 남을걸." 뤄즈는 주머니에서 휴대폰을 꺼내 흘끗 보았다.

"그럼 나가서 먹지 뭐. 내가 쏠게. 법학 개론 시험을 위해 내친 김에 나머지 절반의 인품도 모아야겠어."

"나머지 절반의 인품?"

"당연하지. 절반은 이미 모았거든." 장밍루이가 씁쓸하게 웃었다. "나 자전거 잃어버렸어. 아마 옆 학교 자전거 암시장으로 흘러들어 가 유통되고 있을 거야."

뤄즈는 문득 장밍루이를 처음 봤을 때의 광경이 떠올라 눈을 가늘게 뜨고 소리 내어 웃었다. 장밍루이는 그녀의 눈웃음과 입꼬리가 올라간 걸 보고 당황하며 더듬더듬 물었다. "왜 웃어?"

"너 자전거 정말 잘 타더라." 뤄즈는 고개를 끄덕였다.

장밍루이는 잠시 어리둥절해했다. 뤄즈와 통성명을 한 뒤로는 그녀 앞에서 자전거를 탄 적이 없다고 확신한 그는 천천히 반문했다. "내가 자전거 타는 거 본 적 있어?"

뤄즈가 고개를 끄덕였다. "게다가 컵라면까지 먹고 있던데."

"너 화성인으로 빙의라도 한 거야?" 장밍루이는 그 자리에 그대로 서서 한참을 생각한 끝에, 비로소 가을 햇살이 찬란한 어느 오후 기숙사 형제들과의 카드 게임에서 지는 바람에 벌칙으로 우육면 컵라면을 먹으면서 자전거를 타야 했던 일이 떠올랐다. 그때 지나가는 여학생을 마주칠 때마다 "식사하셨어요? 한 입 드실래요?" 하고 크게 외쳐야 했었지…….

그는 민망한 듯 머리를 긁적였다. 당시 자신의 그 괴이한 행동을 어떻게 설명해야 할지 고민하고 있을 때, 별안간 머리 위 주황색 가로등이 꺼졌다. 그는 고개를 들고 입을 쩍 벌린 채 잠시 멍하니 있었다. 그런데 뤄즈가 망연하게 장밍루이 쪽을 바라보는 것 아닌가. 초점이 멀리 있는 것이 마치 갑자기 사라진 투명인간을 보는 듯했다.

"……장밍루이…… 너 어디 있어?"

생각지도 못한 반응에 그는 재빨리 손을 뻗어 뤄즈의 목을 조르는 시늉을 했다. "내가 그렇게 시커매?!"

뤄즈는 활짝 웃었다. 이때 등 뒤에서 담담한 목소리가 들려왔다. "장밍루이, 큰형님이 배고파서 미치려고 해."

장밍루이가 얼른 팔을 거두고 정색하며 말했다. "마침 우리 둘이 밥 먹으러 나가려던 참인데, 기숙사에 돌아가는 길이면 나 대신 큰형님한테 전병 좀 갖다줘. 방금 산 거라 아직 따끈해." 가벼운 말투에 은근히 날카로운 가시가 담겨 있었다. 뤄즈는 고개를 숙이고 못 들은 척했다.

"나 기숙사 안 가는데." 등 뒤에서 들리는 목소리에는 조금의 온도도 느껴지지 않았지만 분노도 느껴지지 않았다.

뤄즈는 이 난감한 상황에서 빠져나오고 싶었다. 그녀는 바지 주머니에 손을 넣고 아무도 모르게 능숙하게 휴대폰 버튼 몇 개를 눌렀다. 곧 화려한 벨소리가 울려 퍼졌다. 그녀는 얼른 전화 받는 척을 하면서 장밍루이에게 미안하다는 듯 고개를 끄덕이고 모퉁이의 화단으로 걸어갔다. "여보세요? 누구세요?"

멀리 가지도 않았을 때 귓가에 딱 붙인 휴대폰에서 갑자기 진동이 울렸다. 뤄즈는 깜짝 놀라 하마터면 휴대폰을 던져버릴 뻔했다.

그렇지만 뒤에 있는 두 사람이 허둥대는 모습을 볼까 봐 냉정을 유지하며 얼른 통화 버튼을 눌렀다. 그런데 들려오는 건 무척이나 익숙한 목소리였다. "너무 가식적이잖아. 내 아이큐 무시해? 넌 항상 진동 모드인데 방금 그 벨소리는 뭐야?"

뤄즈는 고개를 돌려 시위하듯 휴대폰을 높이 들고 미소 짓고 있는 사람을 응시했다.

성화이난이 멀지 않은 곳에 서 있었다. 가로등이 꺼져서 휴대폰에서 나오는 은은한 불빛만이 그의 냉랭한 미소를 비춰주었다.

뤄즈는 그렇게 잠시 서 있었다. 세 사람은 아무도 입을 열지 않았다. 이등변삼각형 같은 세 사람의 위치가 고독한 등대처럼 보였다.

문득 짜증이 난 뤄즈는 성큼성큼 걸어가 장밍루이에게 말했다. "얼른 전병이나 갖다주고 와. 다 식겠어. 너 내려오면 같이 밥 먹으러 가자."

장밍루이는 고개를 끄덕이곤 하얀 입김을 내뿜으며 길 끝을
향해 걸어갔다.

무척 어두운 데다 까만 옷을 입어서 묵직한 하늘 아래 앞모
습과 뒷모습이 분간되지 않았다.

"정말 체면도 안 살려주네." 뤄즈가 웃었다. "난처한 상황을
피하려고 거짓말 한 건데 그렇게 날카롭게 굴 건 뭐야."

어둠 속에서 상대방의 두 눈동자만 반짝였다. 모호한 윤곽이
침묵의 실루엣을 그렸다. 뤄즈는 옷을 너무 얇게 입고 나와서
바람만 불어도 온몸에 닭살이 돋았고 주먹까지 움켜쥘 정도였
다. 추워서 발을 구르는 순간, 머리 위 꺼진 가로등이 저절로 켜
졌다. 주황색 불빛이 하늘에서 그들을 내리쬐었다. 마치 썰렁
한 무대 위에 남은 스포트라이트처럼 그들을 주변의 고요한 어
둠과 단절시켰다.

뤄즈는 고개를 들었다. 불빛이 그녀의 눈으로 떨어지며 두
개의 따스한 동그란 등롱을 밝혔다. 마법 같은 그 순간, 그녀는
당시의 난처한 침묵을 잊고 진심으로 웃었다. 동그란 등롱은
천천히 구부러지며 두 개의 초승달이 되었다.

이렇게까지 괴상하게 굴 필요 있을까. 아무리 예잔옌을 믿는
다 해도. 뤄즈는 성화이난이 갑자기 판을 엎은 것이 도중에 끊
긴 그들의 사랑에 대한 불만 때문이라고 이해했다. 그는 알 리
없었다. 진정으로 사랑이 끊긴 사람은 바로 뤄즈라는 걸.

그녀의 속눈썹 아래로 그늘이 깔리며 어쩔 줄 모르는 표정이

거두어졌다.

"난 갈게." 그녀가 말했다.

저녁은 결국 장밍루이와 같이 먹지 않았다. 장밍루이는 기숙사 여섯째가 갑자기 배가 아프다는데 급성 맹장염인 것 같다며, 다 함께 급히 학교 병원으로 데려왔다는 문자를 보내왔다. 뤼즈는 "bless(신의 가호가 있기를)"라고 답장을 보내곤 내려가 고소한 냄새를 모락모락 풍기는 전병을 사 왔다. 10시 10분쯤, 그녀는 다시금 장밍루이의 문자를 받았다.

"영화 한 편 찍었다. 결과 나왔어."

"어때? 큰 병원으로 이송한대?"

"이송은 무슨! 담 걸린 거래!"

뤼즈는 웃음을 터뜨리며 몸을 뒤로 홱 기대었다. 조립식 책상이 흔들리며 뭔가가 수납장 꼭대기에서 떨어졌다. 그녀는 얼른 피했다. 하마터면 정통으로 맞을 뻔했다. 우당탕 소리와 함께 그것은 책상 위로 떨어졌다가 다시 바닥으로 떨어져 끝내는 그녀의 발 옆으로 굴러갔다.

'오후의 홍차' 페트병이었다.

충격이 너무 심했는지 페트병 속 황갈색 액체에 하얀 거품이 일어나 있었다. 뤼즈는 페트병을 주워 위에 쌓인 먼지를 털고는 한참을 가만히 있었다.

시간이 멈췄다.

뤼즈는 고개를 들어 수납장 꼭대기를 바라보았다. 그때 조심스럽게 의자를 밟고 올라가 까치발을 들고 그것을 높이 올려놓은 후, 다시 바닥에 내려와 한참을 멍하니 쳐다봤던 것이 생각났다. 희미한 석양빛이 창문을 넘어 쏟아져 들어와 금색 액체를 투과하며 벽면에 특별한 빛의 무늬를 그렸다. 그때 페트병을 어떻게 쥐고 있었는지, 그의 손가락이 자신의 손등을 어떻게 스쳤는지 떠올려 보려 애썼다. 그리고 너무 건성이어서 진짜처럼 들리지 않던 사과의 목소리와 묵묵히 또 다른 페트병을 쥐고 신속히 몸을 돌려 떠나던 뒷모습도…….

운명의 톱니바퀴는 그녀를 조롱하듯 째깍거리며 돌아갔지만, 그때의 그녀는 조금도 듣지 못했다. 뤄즈는 힘껏 뚜껑을 돌렸다. 손바닥이 쓸리며 새빨개졌고, 마침내 플라스틱이 끊어지는 소리가 들렸다. 뤄즈는 천천히 창가로 다가갔다. 페트병에 든 홍차를 막 마시려는 순간, 별안간 꿈에서 깬 듯 동작을 멈추고 유통기한을 자세히 살펴보았다.

유통기한은 아직 지나지 않았다. 뤄즈는 홍차를 조금씩 홀짝거리며 나른한 눈빛으로 기숙사 아래를 내려다보았다. 주황색 가로등 밑에는 이미 아무도 없었다.

문득 돌아봤을 때 그 사람은 등불이 미약한 그곳에 있지 않았다. 혹은 한 번도 그녀의 뒤에서 그녀를 기다린 적이 없다고 해야 했다. 줄곧 홀로 등불 아래 서 있던 건 그녀였다. 다만 이번에는 그녀조차 떠났다. 만약 그가 돌아봤다면 등 뒤에 불빛만 남아 있다는 것에 실망하지 않았을까? 아마 그렇진 않을 거라고 뤄즈는 생각했다. 그는 이제껏 돌아보는 일이 없었다. 돌아본다 해도, 그녀가 예전엔 어떤 자세로 지켜보고 기다렸는지 알 수 없으니 자연히 실망하지도 않을 것이다.

상대방이 자신을 이렇게 대하니 지금 이런 생각들도 자연히 입 밖으로 낼 수 없었다.

손에 든 홍차는 어느새 바닥을 보였다. 뤄즈는 방금 전병에 춘장을 너무 많이 발라 이렇게까지 목이 마른 건가 싶었다.

뤄즈는 손을 들었다. 페트병이 휙 하고 쓰레기통으로 들어갔다.

제67장   속세의 음식

  뤄즈는 도서관에서 하루 종일 법학 개론을 파고들다 답답해
서 관자놀이가 불끈거렸다. 오후 4시쯤, 그녀는 장바이리에게
서 문자를 받았다. "밥 쏜다는 거, 오늘도 유효해?"

  사실 전공과목 마지막 시험이 끝난 지도 벌써 이틀이 지났
다. 장바이리는 연속으로 두 번이나 바람을 맞혔다. 매번 신비
롭게 사라지면서 다음에 다시 이야기하자는 문자만 보냈다. 뤄
즈는 어쩔 수 없이 몇 번이나 훠궈집 하이디라오 예약을 변경
해야 했다.

  "응, 유효해. 그럼 오늘 밤에 가자. 이번에 또 바람맞히면 떡
이랑 복숭아찐빵만 먹을 줄 알아. 내가 해마다 7월 15일*에 잘
태워서 바칠 테니까."

  * 중원절(中元節), 중국 문화권에서 전통적으로 귀신을 기리는 날.

150

두 사람이 하이디라오 앞까지 다 왔을 때, 장바이리의 휴대폰이 울렸다. 장바이리는 휴대폰 화면을 흘끗 보더니 재빨리 뤄즈를 보곤 미안하다는 듯 고개를 돌려 조용히 전화를 받았다. "여보세요? 여보세요?"

뤄즈가 웃었다. "나 먼저 들어갈게. 안에는 시끄러울 테니까, 전화 끝나면 들어와서 나 찾아."

하이디라오의 종업원은 전과 다름없이 열정적이었고 미소 또한 환하고 진실해서 형식적이라는 느낌이 전혀 들지 않았다. 다른 가게 종업원의 미소는 아주 예의 있다고만 느껴졌는데, 이곳 종업원들의 미소는 무척이나 생소했다. 이들은 어째서 이렇게 즐거운 걸까?

뤄즈의 얼어붙은 마음이 조금씩 움직이더니 훠궈 냄새에 의해 자잘한 얼음 알갱이로 녹았다. 지금 눈앞에서 생생하게 웃는 얼굴들을 보니 뤄즈는 심장이 아주 천천히 뛰기 시작하는 걸 느낄 수 있었다.

끝났어.

낡은 교과서를 정리하고 방 청소를 하고 기차표를 샀다. 그런 다음 보름 동안 못 본 티파니와 제이크를 만나러 갔고, 아르바이트 자료 번역을 모두 끝냈고, 아직 보지 못한 애니메이션 업데이트 분을 전부 챙겨 보고, 새해에 사 왔지만 아직 뜯지도 않은 『역사 연구』를 마침내 조금씩 읽을 수 있게 되었다…….

이 얼마나 충실한 생활인가. 성화이난을 만났던 날들은 아무 흔적도 없이 감쪽같이 사라진 것만 같았다. 전전반측하며 뒤엉키고 갈등했던 반년의 시간은 아예 존재하지도 않은 것처럼.

어떤 일들은 생각해보면 이해하고 파악할 수 있어도 포기하고 잊기는 불가능하다.

포기할 수도 잊을 수도 없다면 더 이상 언급하지도 생각하지도 않으면 된다.

종종걸음으로 분주하게 오가는 종업원들과 통로에서 수타면 제조 시범을 보이는 젊은이, 훠궈가 보글보글 끓는 소리, 자욱한 수증기, 파도처럼 솟구치는 즐거운 웃음소리, 그리고 공기 중에 떠다니는 맵고 기름진 속세의 음식 냄새.

뤄즈의 미소가 점점 커졌다.

소박했던 어린 시절에 겪었던 적나라한 가난과 구차함은 그나마 이를 악물고 짊어질 수 있었다. 앞으로는 더 나아질 거라는 희망과 앞으로 더 강해져서 이 험준한 길을 성큼 뛰어넘을 수 있다는 걸 알았기 때문이었다. 그러나 지금 이 순간 마음의 여울에 천천히 흐르는 씁쓸함은 시간만이 중화시킬 수 있었다.

그녀가 사랑을 갈구한다 한들 아무리 노력해도 현실은 나아지지 않고 바꿀 수 없었다.

그러나 뤄즈는 알았다. 이 시끌벅적한 세상에서 살아가는 이상, 떠들썩한 사람들 말소리에서 느낄 수 있는 것은 과장된 허울뿐이고 시간이 지나면 결국엔 깨끗이 증발될 기억이란 걸.

뤄즈가 멍하니 딴생각에 빠져 있을 때, 종업원이 다가와 주문할 거냐고 물었다. 그녀는 일행을 기다리는 중이라고 말했다.

말하는 중에 누군가 식탁을 두드렸다. 뤄즈는 그 손가락에 은반지가 끼워져 있는 걸 보고 장바이리가 왔다는 걸 알았다. 그녀는 고개도 들지 않고 말했다. "일찍도 온다. 마침 왔으니까 얼른 주문하자."

"뤄즈……." 장바이리는 무슨 말을 하려다 다시 멈췄다.

뤄즈가 의심스럽게 고개를 들자 새빨개진 얼굴로 패딩 안으로 목을 움츠린 장바이리가 보였다. 그리고 그 뒤에 검정 외투를 입고 부드럽게 웃고 있는 구즈예까지.

뤄즈는 2초간 생각하다가 머뭇거리며 말했다. "이러는 게 어딨어? ……처음부터 외부 지원 불가, 포장 불가라고 얘기했잖아. 진심으로 날 탈탈 털어먹을 생각이야? 정말 개념 없네!"

뒤에 있던 남자가 무척 즐거운 듯 명랑하게 웃었다. "식사는 내가 살게요. 두 사람 먹고 싶은 거 마음껏 주문해요. 어때요?"

뤄즈는 수줍어하는 장바이리의 얼굴을 살살 잡아당기며 구즈예를 보며 웃었다. "진작에 알아봤어요. 역시 좋은 분이시네요."

"안색이 갈수록 좋아지는 것 같네요."

뤄즈는 그 말을 듣고 고개를 들었다가 소쿠리에 담긴 채소를 한꺼번에 솥에 쏟는 바람에 얼굴에 국물이 튀고 말았다.

"괜찮아?" 장바이리가 다급히 식탁 위 물수건을 건넸다. 뤄즈는 그걸 받아 얼굴을 슥슥 닦았다. "괜찮아, 몇 방울 튄 것뿐이야."

그러고는 마라 맛 쪽에 지나치게 많이 들어간 채소를 젓가락으로 유백색 사골육수 쪽으로 집어 옮기며 웃었다. "시험이 끝나서일 거예요. 그러니 당연히 기분이 좋죠."

식사는 살짝 답답한 분위기였다. 다행히 주변의 시끌벅적한 배경음 탓에 침묵이 그렇게까지 난감하지는 않았다. 훠궈를 먹는 것 자체가 참여감이 충만한 일이라 모락모락 김이 나는 탕 앞에서 세 사람은 그래도 즐거웠다.

구즈예는 딱히 먹지도 않으면서 계속해서 그녀들을 위해 솥에 갖은 재료를 넣었다. 장바이리는 절반쯤 먹다가 비로소 생각난 듯 상대방에게 물었다. "식사 안 했다고 하지 않으셨어요? 왜 안 드세요?"

"배가 별로 안 고파서요."

"그럼 어째서……." 어째서 굳이 오겠다고 한 거예요? 장바이리는 말을 하다 멈추었다. "그래도 좀 드세요. 잘 때 배고프실 걸요."

"그것도 좋죠."

장바이리는 사골육수 쪽에서 채소를 한 무더기 건져서는 뤄즈의 웃음기 어린 눈빛을 신경 쓰며 쑥스러운 듯 구즈예에게 말했다. "그게, 대표님은 매운 걸 못 드신다고 하신 것 같아서요. 맞죠?"

"네, 기억하고 있었네요."

뤄즈는 고개를 숙이고 더 환하게 웃었다. 장바이리가 식탁 밑에서 발로 차는 걸 느끼곤 얼른 일어나 말했다. "화장실 좀 다녀올게."

뤄즈가 화장실 거울 앞에서 하얀 이를 드러내며 활짝 웃고 있을 때, 뒤에서 갑자기 그림자 하나가 불쑥 튀어나오더니 그녀의 목을 졸랐다. "죽고 싶어? 사는 게 싫증나? 죽는 게 아쉽지 않으면 내가 기꺼이 묻어줄게. 진짜야!"

뤄즈는 거울로 뒤에 있는 장바이리의 웃는 듯 마는 듯 민망해하는 표정을 보자 웃음기가 더욱 짙어졌다. "내가 죽느냐 마느냐는 중요하지 않지. 어쨌거나 확실한 건, 넌 죽는 게 아쉽겠어."

장바이리가 그녀를 놓아주곤 거울에 기대 한숨을 내쉬었다. "네가 생각하는 그런 거 아냐."

뤄즈도 더 이상 웃지 않았다. "난 아무 생각 안 했는데. 단지 네가 긴장한 모습이 참 재미있었을 뿐이야."

장바이리는 부끄러운 듯 고개를 숙이고 잔머리를 귀 뒤로 넘겼다. "사실 나도 내 모습이 어떤지 모르겠어. 다만, 뤄즈, 만약 지금 우리랑 같이 밥 먹는 사람이 저우제룬周杰倫이라면 나도 얼굴이 뻘개졌을 거야. 그건 좋아하냐 아니냐와는 상관없어. 그러니까 내 말은……."

장바이리가 여전히 단어를 고르고 있을 때 뤄즈는 다 안다는 듯 그녀의 머리를 쓰다듬었다. "구 씨 아저씨가 저우제룬보다 멋있지, 응?"

장바이리가 즉시 고개를 들고 으르렁댔다. 저우제룬이 아깝다고 한소리 하려는 줄 알았는데 웬걸, 발끈하며 사납게 소리치는 것 아닌가. "구 씨 아저씨?! 그 사람이 어디가 그렇게 늙었다고?!"

뤄즈는 미소를 지었다. 좋아하는 것과 사랑에는 약간의 거리가 있었다. 그런데 보아하니, 최소한 조금은 좋아하는 것 같네.

화장실에서 손님들에게 핸드타올 전달을 맡고 있는 직원은 줄곧 고개를 숙인 채 애써 웃음을 참고 있었다. 장바이리는 한창 신나게 떠들다 비로소 자신이 화장실의 구경거리가 되었다는 걸 깨닫고 황급히 뤄즈를 끌고 밖으로 뛰쳐나왔다.

구즈예가 그들을 차에 태워 학교까지 데려다주었다. 예상대로 시즈먼西直門에서 차가 막혔다. "시즈먼의 이 다리는⋯⋯." 구즈예는 말하다 말고 어쩔 수 없다는 듯 웃기 시작했다.

"이 다리에 불평 없는 사람이 없다는데. 대체 왜죠? 다리를 놓는데 어떻게 그 전보다 차가 더 막혀요?" 장바이리의 몸이 뤄즈에게로 기울었다.

"듣기론 이 다리는 위에서 내려다봤을 때 중국 전통 매듭 모양이 되도록 설계했다네." 뤄즈가 말했다.

장바이리가 푸흡 웃으며 뤄즈를 쿡쿡 찔렀다. "야, 이 다리 혹시 차이나유니콤*에서 투자한 거야?"

이 지극히 따분한 농담에 구즈예가 웃음을 터뜨렸다. 뤄즈는 정면 룸미러로 그 남자의 눈꼬리에 담긴 따스함을 보았다. 성화이난이나 거비 같은 남학생은 가질 수 없는 기개와 매력이었다. 뭐라 확실히 말할 수 없는 안정감과 위험함이 한데 얽히며 입꼬리에 아주 적절한 곡선을 만들어냈다.

······································

* 차이나유니콤의 기업 로고는 중국 전통 매듭 모양이다.

구즈예는 늦은 밤이니 안전을 위해 뤄즈와 장바이리를 기숙사 건물까지 데려다주겠다고 고집했다. 마트를 지날 때, 장바이리는 몰래 뤄즈에게 "생리대가 떨어졌어"라고 속삭이고는 잽싸게 마트로 뛰어 들어갔다. 영문을 모르는 구즈예와 반응이 반 박자 느린 뤄즈만 그 자리에 오도카니 서 있었다.

"뭐 하러 간 거예요?"

"아주 중요한 일이 있대요." 뤄즈는 입꼬리에 경련이 날 것만 같았다.

"바이리는 참 재미있어요."

뤄즈는 멈칫했다가 천천히 말했다. "네, 아주 좋은 애예요."

그녀는 훠궈 가게가 살짝 그리워졌다. 지금의 침묵은 지나치게 귀에 거슬렸다. 장바이리가 없으니 구즈예도 더 이상 의례적으로 말을 걸지 않고 휴대폰을 꺼내 보기 시작했다. 뤄즈는 멍하니 서 있다가 하품을 하며 구즈예 반대쪽으로 고개를 돌렸다.

성화이난이 보였다. 두 손을 주머니에 찔러 넣고 발길 가는 대로 걸으며 마트 입구로 한 걸음 한 걸음 다가오다 무심코 눈을 든 순간, 나란히 서 있는 자신과 구즈예를 발견했다.

뤄즈는 그가 다가오는 걸 쭉 지켜보았다. 그 사람은 한가롭게 짙은 야경에 녹아들어 있었고, 입에서 나오는 하얀 수증기 때문에 마치 감속 중인 작은 기차처럼 보였다. 뤄즈는 자신의 생각이 웃겨서 웃음을 터뜨렸다. 불현듯 동문에 있는 이 작은 마트가 놀랍게도 자신이 처음으로 용기를 내서 성화이난과 쉬르칭을 곤경에서 벗어나게 했던 곳이란 게 떠올랐다.

성화이난의 눈에는 놀라움이 가득했다. 그는 순간 멈춰 섰다가 대범하게 걸어와 목례를 했다. "구 대표님." 그러고는 그녀에게로 고개를 돌려 물었다. "왜 여기 있어?"

친절하고 자연스러운 목소리, 심지어 약간의 가식적인 열정과 익숙함도 담겨 있었다.

아주 그다웠고, 또 무척이나 그답지 않았다.

성화이난과 난처하게 사이가 틀어졌다 다시 만날 때마다 그는 늘 만사태평한 듯 자신을 꾸밀 수 있었다. 뤄즈는 진작에 익숙해졌지만…… 이번에는 좀 지나쳐 보였다.

사실 자신도 똑같았다. 비록 입꼬리가 떨떠름하게 처지더라도 필사적으로 최대한 위쪽으로 끌어올렸다. 문 닫고 이를 꽉 악물지라도, 숨어서 이를 갈지라도, 다른 사람 앞에서는 웃을 수밖에 없었다.

다행으로 여겨야 할까. 자신과 그가 이제껏 같은 종류의 사람이었다는 걸.

"누구 기다려." 뤄즈도 예의 있게 웃었다.

"아, 구 대표님이랑 같이?"

구즈예는 웃음을 참지 못하며 말했다. "맞아요, 우린 같은 사람을 기다리고 있죠." 그는 말을 절반쯤 하다가 끝내 웃음을 터뜨리며 물었다. "뤄즈, 이 학생회 간부는 남자 친구인가요?"

뤄즈와 성화이난은 동시에 입을 열었다. "아뇨.""아직은요."

'아직은'이라니? 뤄즈는 눈을 동그랗게 뜨고 그를 바라보았다. 성화이난의 표정에는 그녀를 조롱하는 게 아니라, 한번 겨뤄보자는 뜻이 담겨 있었다.

그녀는 분노했다.

뤄즈는 차갑게 굳은 얼굴로 오르락내리락하는 가슴이 진정할 수 있도록 호흡을 가다듬으려 애썼다. 그녀는 고개를 돌리고 침묵했고, 구즈예도 분위기를 풀어보려 하지 않았다.

성화이난은 30초 정도 서 있었다. 세 사람의 침묵은 두 사람일 때보다 더 견디기 힘들었다. 성화이난이 다시 입을 열었을 때는 목소리가 약간 잠겨 있었다. "난 저녁때 일이 있어서 먼저 가볼게."

"안녕." 뤄즈는 고개를 끄덕이며 작별 인사를 했다.

"두 사람, 처음 봤을 때랑 느낌이 많이 다르군요."

뤄즈는 그날 스폰 받는 여대생으로 전락하지 말라고 경고하던 제멋대로이고 유치한 성화이난을 떠올리곤 마음이 시큰해져 길게 한숨을 내쉬었다. 구즈예의 얼굴에는 알 수 없는 웃음이 걸려 있었다.

"내 말은, 당신이 달라진 것 같다는 거예요." 그가 덧붙였다.

"파티 때보다 살이 빠져서 그런가 보죠." 그녀가 담담하게 말했다.

구즈예는 잠시 말이 없었다. "대답이 차갑네요."

한참이 지나도 장바이리는 나오지 않았다. 그는 고개를 숙이고 담배에 불을 붙이곤 모호하게 말했다. "날 무척 경계하는 것 같아요."

"그럴 리가요. 다만 친구는 되지 않는 게 좋겠어요. 그렇게 생각이 많아서 뭐 해요." 뤼즈가 웃었다.

"바이리의 가장 친한 친구니까 당연히 내 친구죠."

이런 자세와 입장에 뤼즈는 마음이 복잡해졌다. 그녀는 고개를 숙이고 외투 주머니를 정리한 다음 정중하게 말했다. "쓸데없는 말이라는 건 알지만 그래도 말해야겠어요. 바이리한테 잘해주세요. 진짜로 좋아해서 쫓아다니는 게 아니라도요."

"내가 진심이라면요?"

"그럼 더욱 진심으로 잘해줘야죠. 구 대표님이 좋은 사람이었으면 좋겠네요."

"내가 좋은 사람이 아니라는 것처럼 들리네요?"

"전 확실히 믿지 않으니까요."

"뭐 때문에요? 직감?" 구즈예는 어처구니가 없었다.

뤼즈는 고개를 들고 차분하게 그를 바라보았다. "처음 만났을 때 대표님이 저한테 작업 걸던 모습 때문에요."

제68장

어지러움

구즈예는 한참 동안 말이 없었다. 신중하게 단어를 고르는 듯, 잠시 후 대수롭지 않게 말했다. "그날은 오해였을 거예요."

뤄즈가 웃었다. "오해한 것 같진 않은데요. 오히려 대표님이 지금 절 오해하시는 것 같네요."

생각해보지 않은 건 아니었다. 지금 냉담하게 그 일을 이야기하면 어쩌면 구즈예가 자신이 장바이리를 질투하고 있다고 오해할 수도 있다. 어쨌거나 그녀에게 먼저 작업을 걸었으니 말이다. 그러나 뤄즈에게는 구즈예의 오해보다 더 중요한 게 있었다. 만약 구즈예가 확실히 여기저기 추파를 던지고 다니는 호색가라면, 최소한 장바이리가 아직 함락되기 전에 경고를 할 수 있었다. 신년 파티장에 미인들이 가득했다고 할 수는 없지만, 뤄즈와 장바이리는 그 속에서도 전혀 눈에 띄지 않는 차림이었다. 심지어 장바이리가 거비, 천모한과 벌인 그 소동을 구즈예는 처음부터 끝까지 지켜보았다. 대체 무슨 이유로 처음에는 뤄즈에게 작업을 걸다가 방향을 바꿔 다시 장바이리를 쫓아갔을까? 설마 진짜로 그들 두 사람의 소위 '독특한 분위기'에 이끌린 걸까? 뤄즈는 당연히 그런 허튼소리를 믿지 않았다.

경고였지만, 눈앞의 남자는 그녀에게 연령과 경험으로 인한 거대한 차이를 느끼게 했다. 그래서 신중하게 말을 골랐는데도 뤄즈는 여전히 자신의 말이 유치하고 우습게만 느껴졌다. 그녀는 자신의 머리로는 절대로 그를 이길 수 없다는 걸 잘 알았다. 그의 진심을 떠보는 건 소용없을 터였고, 경솔하게 장바이리에게 충고했다간 오히려 역효과가 날 수도 있었다.

걱정은 되지만 그저 관망할 수밖에 없었다. 뤄즈는 줄곧 감정 문제에 있어서 스스로 똑똑하다고 여기는 행동은 대세를 전환할 수도 없을 뿐더러, 오히려 문제를 부채질할 가능성이 크다고 믿어왔다.

구즈예는 절반쯤 피우던 담배를 끄곤 옆에 있던 쓰레기통에 던졌다. 그러고는 아주 흥미롭다는 듯 뤄즈를 한참 바라보다가 고개를 끄덕였다. "알겠어요."

장바이리가 마침내 밖으로 나왔다. 비닐봉지에는 간식거리가 가득 담겨 있었다. 뤄즈는 그녀가 분명 간식거리들로 소피 오버나이트 생리대를 감췄으리라 추측했다.

"그렇게 급하게 뛰어 들어가더니, 먹을 거 사려고 그랬어요? 아까 배가 덜 찼나?" 구즈예는 믿기 힘들다는 얼굴이었다. 장바이리는 난처하기 짝이 없는 얼굴로 한참을 우물쭈물거렸다. 뤄즈가 얼른 끼어들었다. "아, 생각났다. 우리 지도원 선생님이 너한테 내일 아침 일찍 애들 봐달라지 않았어?"

장바이리는 마늘을 찧는 것처럼 고개를 연신 끄덕였다. "맞아, 맞아. 애들을 봐야 해서 먹을 걸 잔뜩 샀어요."

그녀가 안도의 한숨을 내쉴 때, 뤄즈는 구즈예의 눈에 언뜻 능글맞은 웃음기가 떠오른 걸 보았다. 고개를 숙이고 나서야 커다란 소피 오버나이트 생리대가 어느샌가 러스 감자칩 옆으로 삐져나온 걸 발견했다. 커다란 로고가 뻔히 거짓말하는 그녀들을 바보같이 보이게 했다.

뤄즈도 웃음을 참으며 장바이리의 어깨에 손을 올리고 그녀를 앞으로 밀며 말했다. "가자, 기숙사로."

구즈예의 휴대폰에서 갑자기 진동이 울렸다. 그는 손을 흔들어 그녀들에게 잠시 기다리라는 손짓을 하곤, 약간 떨어진 풀숲에 가서 전화를 받았다. 그는 2, 3분 후에야 다시 돌아와 그들에게 웃으며 말했다. "마지막 시험도 끝났는데, 기숙사에서 파티라도 해요?"

장바이리가 고개를 저었다. "기말고사 끝난 게 처음도 아닌데 파티요. 사실 딱히 할 것도 없어요. 그냥 드라마 보고 인터넷 서핑하고 게시판 돌아다니고 그런 거죠."

"그럼 노래 부르러 갈래요?"

뤄즈는 장바이리의 눈동자가 빛나는 걸 보았다. 얼른 제지하려는 순간, 장바이리는 그녀의 팔을 잡고 방방 뛰었다. "좋아요, 좋아요! 하지만 지금은…… 학교 근처 노래방은 다 꽉 찼을 걸요. 벌써 9시가 다 됐는데 주말이라 시험 끝난 애들이 우르르 몰려갔을 거예요. 동아리 기말 모임 같은 것도 있을 거고……."

구즈예는 금세 흥분했다가 낙심하는 장바이리의 모습에 웃었다. "괜찮아요, 어차피 차 있으니까 멀리 가도 돼요. 나중에 내가 다시 학교로 데려다주면 되니까."

장바이리가 제안했다. "좀 먼 곳이면, 바이스차오白石橋 부근에 '금고'라고 있어요!"

구즈예는 잠시 고민하다가 고개를 저었다. "융허궁雍和宮 쪽에 괜찮은 곳이 있는데, 가볼래요?"

뤄즈는 우정이란 역시나 귀찮은 것임을 깨달았다. 예를 들면 지금, 장바이리의 기대하는 표정 앞에서 '됐어'라는 두 글자를 도저히 말할 수 없는 것처럼.

출발할 때 뤄즈는 뤄양의 전화를 받았다. 뤄양은 이유는 몰라도 올해 기차표 사기가 굉장히 힘들다며, 예년처럼 느긋하게 굴지 말고 일찌감치 준비하는 게 좋을 거라고 일부러 전화까지 해준 거였다.

뤄즈는 불현듯 천징 생각이 나서 뤄양의 기말고사 탐문이 끝나자 밑도 끝도 없이 물었다. "오빠, 옌자 언니 사랑해?"

뤄양이 실소했다. "시험 끝나더니 바보 됐어? 뜬금없이 무슨 말이야?"

"질문에 대답해!" 뤄즈는 뤄양 앞에서만 응석 부리듯 짐짓 화난 척했다. 뤄즈의 이런 모습에 조수석에 앉아 있던 장바이리는 깜짝 놀라 아예 고개를 돌려 의자 등받이에 기댄 채 그녀를 주시했다.

"사랑해, 당연히 사랑하지. 죽기 살기로. 내 평생에 사랑하는 여자는 딱 네 명뿐이야. 우리 엄마, 천징, 너, 그리고 미래의 딸."

뤄즈는 자신이 왜 이렇게 이상하리만큼 당황하는지 알 수 없었다. 뤄양의 장난기 섞인 아주 정상적인 대답을 들으면서도 마음을 놓을 수 없었다.

"음, 아주 좋네. 난 괜찮아." 뤄즈는 울적하게 한마디 던지곤 전화를 끊을 준비를 했다.

"……천징이 너한테 무슨 말 했어?"

뤄즈가 '안녕'이라는 두 글자를 말하려는 순간, 뤄양이 갑자기 이런 질문을 던졌다. 무심한 말투였지만 아주 미세한 긴장이 담겨 있었다. 마치 누군가 뤄즈의 머리카락 한 올을 살짝 잡아당기는 것처럼.

그녀는 아무 말도 하지 않았다. 밀폐된 자동차 안에서 자신의 호흡 소리와 심장박동 소리가 또렷하게 들렸다.

"천징이 생각이 많아." 뤄양이 담담하게 말했다.

뤄즈는 여전히 말없이 있었다.

"그저 천징이 안타까울 뿐이지 다른 뜻은 없어. 어린 아가씨가 너무 경솔하게 굴었어. 난 그럴 필요까진 없다고 보는데, 다들 생각이 너무 많은 것 같아."

뤄즈는 들을수록 의심이 솟았지만 여전히 침묵을 유지했다.

침묵은 가장 좋은 추궁이다.

"자, 자. 너도 괜히 끼어들지 마. 여자들은 참 쓸데없는 일도 많지. 오지랖쟁이야, 시험 끝났으면 푹 쉬도록 해. 알아들었지?"

뤄양은 아직도 야근 중인지, 전화 저편에서 사무실의 웅성거리는 대화 소리와 키보드 두들기는 소리, 전화벨 소리가 들려와 뤄즈 쪽의 고요함과 선명하게 대비되었다.

이런 환경에서 감정에 대해 세세한 이야기를 나누긴 확실히 부적절했다.

뤄즈는 고개를 끄덕였다가 상대방에게 자신이 보이지 않는다는 걸 떠올리곤 재빨리 덧붙였다. "오빠, 사실 옌자 언니는 아무 말도 안 했어. 그냥 갑자기 농담 하나가 생각나서 오빠를 놀래려던 거였는데, 진짜로 뭔가 있을 줄은 몰랐네. 내 입을 막으려면 대가가 필요할 거야."

뤄양은 몇 초간 침묵하다가 비로소 웃으며 말했다. "그래, 이번 주말에 같이 밥 먹자."

전화를 끊고 나서야 뤄즈는 문자가 온 걸 발견했다. 성화이난이었다. "난 진심이었어."

뤄즈는 화면을 잠시 바라보다가 문자를 삭제하고 보낸 사람도 삭제해버렸다. 자신이 보기에도 삭제 버튼을 누를 때 아주 잠깐의 망설임이나 머뭇거림도 없이 동작이 명쾌했다.

그들의 관계가 얼어붙을 때마다 뤄즈는 이불 속에서 휴대폰을 들고 예전의 친근했던 문자 기록을 하나씩 넘겨보았다. 오갔던 문자는 고작 한 줄의 말줄임표라 해도 모조리 저장해놓았다. 그러다 저장함이 꽉 차 무척이나 아쉬워하며 중요하지 않은 것 순서대로 삭제했다. 애매하고 떠보는 듯한 그 한 글자 한 마디 문자는 깊은 밤 유일한 빛이었고, 예전의 열렬함은 거짓이 아니라고 자기기만 하듯 말해주었다. 그녀는 이런 막연한 정보와 판단에 의지해 그의 불확실한 뒷모습 윤곽을 실선으로 또렷이 그렸다.

자신의 행동이 경멸스러웠지만 매일 밤 그렇게 훑어보았다. 외울 것이 끝이 없는 책처럼, 예측할 수 없는 시험문제처럼.

"오빠랑 전화했어?"

"응."

장바이리가 눈을 희번득하며 생각에 잠겼다. "나도 네 오빠 본 적 있어. 우리 기숙사에 왔을 때 네가 책을 전해줬었잖아. 그때 난 저렇게 잘생기고 분위기 있는 사람이 어떻게 네 오빠일 수 있을까 생각했지. 널 봐. 어쩜 이렇게 평범한지."

뤄즈는 순간 욱할 뻔하다가 한참 후에야 생각이 났다. "그때 안 자고 있었어?"

"침대에 엎드려서 소설 보고 있었어. 감히 숨도 크게 못 쉬고."

"우리 오빤 평범하게 생겼지. 그냥 보기 좋을 정도? 아마도 직장인이라 옷차림이나 분위기가 바뀌어서 그럴 거야. 네 주변 남학생들은 다들 꾀죄죄한 애송이들이니 당연히 대비가 강렬할 수밖에."

"난 처음엔 오빠가 네 남자 친구인 줄 알았어. 나중에야 일개 평민으로서의 네 야심이 결코 작지 않다는 걸 알았어. 오빠보다 더 잘생긴 사람을 좋아할 줄이야. 이름이 성……." 그녀는 갑자기 말을 멈추더니 혀를 낼름하곤 안절부절못하는 표정으로 뤄즈를 바라보았다.

뤄즈는 원래 한마디 쏘아붙일 생각이었다. "여기도 잘생겼다, 저기도 잘생겼다. 내가 너처럼 남자 얼굴만 보는 줄 알아?" ……그런데 문득 구즈예를 앞에 두고 이런 말을 하는 건 재미없을 것 같았다. 게다가 상대방이 이런 농담을 오해해서 장바이리를 경박하다고 느낄 수도 있었다.

뤄즈는 아예 입을 다물었다.

입구에 거의 도착했을 때 구즈예는 또다시 전화를 받았다. 차 안은 조용한 편이었고 장바이리만 잡지를 보며 조그맣게 노래를 흥얼거리고 있었다. 전화 저쪽은 상당히 시끄러웠다. 한 여자가 전화에 대고 고함치듯 말하고 있었다. 뤄즈는 잘 들리진 않았지만 흐릿하게 몇 글자는 분간할 수 있었다.

구즈예가 차를 입구에 세웠다. "먼저 내려요. 주차하고 올 테니까 카운터에서 기다려요."

네온사인 아래에서 뤄즈는 장바이리의 얼굴에 색채가 흐르는 걸 보았다.

"아, '캔디'였구나. 나 여기 와봤어." 장바이리가 웃었다.

뤄즈는 의아한 와중에 본능적으로 뭔가 이상하다고 느꼈다. 하지만 그래도 그녀를 꽉 잡고 입구에서 손님을 기다리는 택시 무리를 지나 안쪽으로 들어갔다.

구즈예도 금방 도착해서 종업원에게 말했다. "예약했는데요."

"성함이 어떻게 되세요?"

그가 순간 멈칫했다. "아, 구 대표요." 종업원은 인상을 쓰며 고개를 숙여 기록을 찾았다. 그는 몸을 돌려 뤄즈와 장바이리에게 멀리 떨어져 있는 소파에 앉아 있으라고 손짓했다.

몇 분 후, 종업원이 다가와 웃으며 말했다. "두 분 이쪽으로 오세요."

휘황찬란한 복도를 통과하면서 각 룸에서 새어 나오는 시끄러운 음악 소리가 들리는 와중에 뤄즈는 가느다란 외침 소리를 들었다.

장바이리는 듣지 못하고 여전히 웃음을 머금은 채 아무 반응이 없었다. 그러나 뤄즈는 거울을 통해 그들 뒤 멀지 않은 곳에 서 있는 천모한의 옆모습을 보고 말았다. 순간 뤄즈는 안 들리는 척하며 장바이리를 끌고 성큼성큼 앞으로 걸어갔다.

"바이리?"

이번에는 남자 목소리였다. 뤄즈는 장바이리의 몸이 굳는 걸 느끼며 속으로 탄식했다. 끝났네, 하고.

장바이리는 놀란 표정으로 고개를 돌렸다. 거비와 천모한이 화장실 입구에 서 있었다. 거비는 한쪽 발을 입구 계단에 올린 채로 고개를 돌려 믿기 힘들다는 표정으로 그녀들을 바라보았다.

"바이리, 왜 멈춰요?"

구즈예가 뒤따라오며 말을 마치기도 전에 거비가 먼저 웃으며 인사를 건넸다. "구 대표님, 이거 참 우연이네요."

뤄즈는 한숨을 내쉬었다. 또 시끄러워지겠구나.

천모한은 가식적인 웃음을 지으며 장바이리를 흘끔 보더니 거비를 화장실 쪽으로 밀고 갔다. "급하다고 하지 않았어? 멍하니 서서 뭐 해, 저쪽은 노래하러 가야 하는데."

거비는 장바이리와 구즈예를 번갈아 보더니 고개도 돌리지 않고 들어갔다. 천모한이 그 뒤를 바짝 쫓았다. 복도에는 그들 세 사람만 남았다. 종업원은 이미 복도 모퉁이로 사라져버렸다.

"무슨 일이에요?" 구즈예는 영문을 모르는 표정이었다. 장바이리는 억지로 입꼬리를 올리며 말했다. "그냥 친구예요. 가요, 가요. 가서 노래 불러요." 그녀는 말을 마치고 혼자 복도 끝으로 성큼성큼 걸어갔다.

뤄즈는 의심스러운 눈길로 구즈예의 표정을 관찰하며 자그마한 실마리라도 잡으려 애썼다. 구즈예는 파티에서 장바이리와 거비의 소동을 처음부터 끝까지 봤다. 장바이리는 몰라도 옆에는 상황을 다 아는 자신이 있는데도, 그는 너무나도 자연스럽게 아무것도 모르는 표정을 지었다.

"다 알아요. 바이리의 전 남자 친구죠?" 그는 뤄즈가 찌푸린 얼굴로 자신을 응시하는 걸 보곤 웃으며 말했다. "어쨌거나 쪽팔린 일이잖아요. 내가 모르는 걸로 해줘요. 바이리가 속상해할 수도 있으니까."

뤄즈는 고개를 끄덕이며 속으로 살짝 안심했다.

장바이리는 한번 마이크를 들면 놓을 줄을 모른다. 뤄즈는 옆에서 노래 예약을 맡았고, 사심을 발휘해 멋대로 그 두 사람을 위해 거리에 널린 연인 듀엣곡 몇 곡을 예약하기도 했다.

방금 그 광경을 본 순간, 뤄즈는 차라리 장바이리를 이 앞날을 점칠 수 없는 새로운 감정에 밀어넣고, 옛 감정을 기필코 저지하겠다고도 맹세했다.

그러나 구즈예가 〈나만의 기억〉을 부르기 시작했을 때, 뤄즈는 장바이리가 또 어딘가 이상해진 걸 민감하게 포착했다.

'내가 널 좋아하는 건 나만의 기억이야.

다른 사람이 아무리 나쁘게 말해도.'

장바이리가 일어나더니 "화장실 갔다 올게"라는 말을 남기고 다급히 밖으로 나갔다. 심지어 문을 나서기도 전에 입을 틀어막고 있었다.

말할 필요 없이, 이 노래에는 사연이 있었다.

방에는 구즈예와 뤄즈만이 남았다. 구즈예는 더 이상 노래를 부르지 않고 소파에 기대 두 손으로 뒤통수를 받친 채 말이 없었다. 이렇게 멍하니 1분 정도 앉아 있다가, 뤄즈는 반주음악이 너무 짜증 나 아예 음소거 버튼을 눌렀다.

조용해지니 난처한 분위기가 도드라졌다.

구즈예가 갑자기 몸을 일으키며 말했다. "담배 좀 피우고 올게요. 노래 부르고 있어요. 여기 온 지 한 시간이 다 되는데, 아직 한 곡도 안 불렀잖아요."

그는 말을 마치고 문을 열고 나갔다. 어두운 룸 안에 뤄즈 혼자만 남았다. 뤄즈는 두 팔을 뻗고 고개를 소파에 편안하게 기댄 후 가만히 눈을 감았다.

기억이란 사후평가였다. 예전에 얼마나 달콤하고 얼마나 쓰라렸든, 그 경험이 기억으로 변할 때는 늘 마지막 결과가 그 위에 색을 입혔다. 결과가 아름다우면 그 전의 힘겹고 씁쓸했던 경험도 달콤한 벌꿀색으로 덧입혀졌고, 결과가 참담하면 예전의 달콤함에도 먼지가 내려앉는 법이었다. 이 점은 시시각각 자신을 일깨워 주었다. 이럴 줄 알았으면서 처음엔 왜 그랬을까.

뤄즈는 이제야 〈나만의 기억〉과 '캔디'에 관한 기억이 떠올랐다. 대학교 1학년 때, 시골 소녀 장바이리는 거비가 학교에서 꽤 먼 곳에 있는 엄청 큰 노래방에 데려갔다고 무척이나 흥분하며 이야기했다. 거비가 그녀에게 불러준 첫 노래는 〈나만의 기억〉이라는 천샤오춘陳小春의 노래였다.

"거비가 노래를 얼마나 잘하던지. 정말이야. 너무너무 듣기 좋았어."

그 노래는 정말로 너에게 불러준 걸까?

'내가 널 좋아하는 건 나만의 기억이야.

다른 사람이 아무리 나쁘게 말해도.'

거비가 천모한을 사랑하는 것, 그것이야말로 그의 '나만의 기억'이었다. 아마 장바이리도 지금에서야 깨달았을 것이다.

그나마 이 노래가 오늘부터 그녀의 것이 되었다는 건 축하할 일이었다. 거비도 그녀의 '나만의 기억'이 되었으니까.

"혼자 노래방 와서 노래도 안 부르다니, 넌 정말 개성 있어."

문이 열리자 문밖의 어지러운 음악 소리도 따라 들어왔다.

뤄즈는 눈을 떴다. 상황을 이해하는 데 한참이 걸렸다.

눈앞에 있는, 문에 기대 몸을 반쯤 들이민 남학생은 바로 몇 시간 전 마트 입구에서 그녀와 난처하게 작별 인사를 나눈 성화이난이었다.

뤄즈는 입을 벌렸다가 자세를 바로잡고 웃어 보였다. 무슨 말을 해야 할지 난감했다.

성화이난은 거리낌 없이 안으로 들어와 문을 닫고 그녀 옆에 앉았다. 뤄즈는 의식적으로 옆으로 살짝 옮겨 앉았다. 속으로는 룸이 어째서 이렇게 작을까 생각했다.

"구 대표가 널 여기 혼자 남겨둔 거야?"

뤄즈는 미간을 찌푸리며 예약 화면을 바라보았다. 얼굴에 불쾌한 기색이 다분했다.

성화이난은 말을 마치자마자 다급하게 손을 내저었다. "아니, 난 그런 뜻이 아냐. 난…… 지나가다가 몇 번 봤거든, 너희 세 사람이 노래 부르는 거. 그러니까 내 말은……."

이렇게 횡설수설하는 사과에 성화이난 자신도 기가 막혔다. 그는 잠시 멈췄다가 더 이상 말을 잇지 못했다.

뤄즈의 미간이 서서히 펴지며 결국은 그래도 누그러진 말투로 그에게 물었다. "그러는 넌 어떻게 여기 있는 거야? 여긴 학교에서도 꽤 먼데."

"친구가…… 친구가 노래하자고 불러서."

그는 팔꿈치로 무릎을 짚으며 긴장한 듯 웃었다.

"막상 와보니까 재미도 없고 룸 안이 답답했어. 난방 온도를 너무 높이 설정해놔서 숨 쉬기도 힘들더라고."

뤄즈는 고개를 끄덕일 뿐 대꾸하지 않았다. 무슨 말을 해야 할지도 몰랐다.

"나와서 화장실에 가는 길에 이 앞을 지나는데 유리문을 통해 네가 보였어. 네가 다리를 꼬고 두 팔을 쫙 벌리고 소파에 기대 있는 모습이 무슨 보스 같더라. 네 양팔에 각각 아가씨를 안겨주고 싶더라니까."

뭐, 뭐라고? 성화이난의 농담은 억지로 짜낸 듯 무척이나 재미없었고 듣고 있기 민망하기 짝이 없었다.

"너 왜 그래? 오늘 누구한테 빙의라도 된 거야? 조금도 너 같지가 않잖아?"

부자연스러운 느낌이 주는 의심을 하마터면 입 밖으로 낼 뻔했다. 독백을 마친 성화이난이 갑자기 고개를 돌려 그녀를 보았다.

비록 거리를 두고 앉긴 했지만 뤄즈는 여전히 그와 노래방 기계 사이에 끼어 있었다. 조명이 그의 얼굴과 몸 위로 쏟아낸 오색 불빛의 별 패턴이 이리저리 움직였다. 그들의 거리가 너무 가까워 뤄즈는 갑자기 말문이 막혔다.

그녀는 더 이상 그들의 만남에 미치도록 기뻐하지도, 많은 의미를 부여하지도 않았지만 그를 쫓아낼 말은 차마 입에서 나오지 않았다. 감정과 이성이 싸울 때 승리하는 건 언제나 감정이었다.

가까이 있든 멀리 있든 마지막 결과는 모두 속상함이었다.

이때 주머니 속 휴대폰에서 진동이 울렸다. 낯선 번호였다. 뤼즈가 얼른 전화를 받으며 몸을 일으켜 문 쪽으로 걸어가 그의 포위에서 벗어났다.

"뤼즈? 구즈예예요. 바이리랑 바람 쐬고 있어요. 당장 돌아갈 수 없을 것 같은데, 정말 미안해요. 계속 노래할래요? 아니면 친구 몇 명 불러서 더 놀든가, 내가 쏠게요. 혼자 남겨두고 와서 정말 너무 미안해요."

바람을 쐰다고? 뤼즈는 살짝 안심한 듯 웃었다. 그것도 좋지, 난처한 만남과 추억의 장소 때문에 장바이리는 추태를 부렸지만, 그들에겐 어쩌면 계기가 될 수도 있었다.

그렇지만 문득 또 다른 문제가 생각났다. "그게, 여긴 나갈 때 계산하는 거죠? 어떻게 쏘신다는 거예요?"

상대방은 그녀가 그런 것에 주목했다는 데 놀라면서도 직설적인 말에 실소를 금치 못했다.

"그러네요, 미안해요. 미처 신경 못 썼어요. 1시간에 180위안이니 지금 나가면 아마 360위안일 텐데, 현금은 충분해요? 신용카드 있어요? 바이리가 학교로 돌아가는 편에 전해줄게요. 정말…… 내가 생각이 짧았네요. 그런데 그걸 바로 물어보는 것도 참…… 참 재밌네요."

"네, 저 신용카드 있어요. 그럼 전 밤새 노래할게요. 구 대표님이 내신다고 하신 거니까, 잊지 않고 청구할게요."

구즈예가 전화 저편에서 쾌활하게 웃었다.

"그래요, 그럼 조심해요."

상대방이 전화를 끊으려는 순간, 뤼즈는 하마터면 불쑥 물어볼 뻔했다. "구 대표님, 혹시 진심이세요?" 그러나 달리 생각해보니 그런 걸 묻는 게 다 무슨 소용인가 싶었다. 감정과 관련된 일은 순리에 맡겨야 하는 법이다. 구 대표가 마음대로 갖고 노는 것이라 해도, 장바이리가 임시로 갈증을 푸는 것이라 해도, 서로 좋아서 하는 일에 굳이 겁쟁이처럼 굴 필요 있겠는가.

이게 바로 사랑의 이론이다. 납작하게 비비고 둥글게 뭉치든, 이리 뒤집고 저리 뒤집든, 어떻게 말해도 다 일리 있다.

뤼즈는 전화를 내려놓고 고개를 돌려 그림자 속에 별안간 뿅 하고 나타난 남자를 바라보았다. 그녀에게는 그의 이미지가 수백 수천 가지 있었다. 뒷모습, 옆모습, 정면, 가방을 든 모습, 석양 아래에서 폐지 줍는 삼륜차를 쫓아가는 모습, 스케이트장에서 스케이트를 타는 모습, 빗속에서 우산을 든 모습…… 아무리 덧발라도 색은 더 진해지지 않았고 지금 눈앞의 그의 모습과 다르지 않았다.

그녀와 그의 이야기는 마치 전족 발싸개처럼 길고 고통스러웠다. 최악의 영화에는 예외 없이 최악의 결말이 있다. 이제 좀 대사가 나올 것 같은 장면이다 싶으면 다음 순간 새로운 장면이 이어지며 아무 의미 없는 세부적인 내용을 설명한다.

그러나 바꿔 말하면 좋은 일이기도 했다. 그녀의 행동은 줄곧 아주 엉망이었다. 그래서 하늘은 그녀에게 거듭 연습할 기회를 주면서 한 번 또 한 번 수정해주었다. 긍지를 마모시키고, 긴장을 누그러뜨리고, 기대를 사그라뜨리고, 분노를 가라앉혔다.

오랜 시간 시달리다 보니, 이 감정에 깔끔하고도 시원하게 마침표를 찍고 싶다는 희망이 사라지긴 했지만 고통은 훨씬 완화되었다. 지나치게 아름다운 마침표는 또 다른 종류의 미화였다. 자나 깨나 잊지 못하느니, 차라리 평범함으로 부숴버리는 게 나았다.

"넌 대체 뭘 하려는 거야?"

그녀가 걸어가 앉았다. 두 손을 무릎 위에 놓고 긴장을 풀고 진지하게 그를 바라보았다.

제69장

현혹

성화이난은 그녀의 시선을 피했다. "노래하러 왔지. 뭐긴 뭐야?"

"그럼 노래해." 뤄즈는 미간을 찌푸리며 벌떡 일어나 마이크를 그의 품에 건넸다. "난 한 곡도 안 불렀으니까 오늘은 네가 돈 내면 되겠다. 어차피 넌 돈 많잖아. 원래는 다른 사람이 쏜다고 했는데, 이러면 내가 공짜로 돈 벌 수 있겠지."

"작은 걸 탐하다가 큰 걸 잃을 수 있어." 그가 난처한 듯 웃었다.

"손해는 이미 봤는데, 여기서 작은 거라도 탐해야지 안 그럼 더 손해 아냐?" 뤄즈가 실눈을 떴다.

성화이난은 마이크를 들고 입을 벌렸으나 할 말이 떠오르지 않았다. 뤄즈는 이미 노래방 기계 앞에서 허리를 숙였다. "뭐 부를래? 내가 예약해줄게."

"뤄즈……."

그녀가 그를 돌아보았다. 형형하게 쏘아보니 놀랍게도 그가 눈빛을 피했다.

그의 등 뒤에는 거울이 있었다. 사실 룸 안은 사방이 거울이었다. 그가 눈을 내리깔며 피할 때 그녀의 눈빛은 거울 속 자신에 사로잡혔다. 자신의 눈빛이 나른하고 홀가분할 것이라 생각했는데, 거울 속 빛나는 시선에는 분노와 조롱이 가득했다.

자신도 견디기 힘들 정도로 표독스러웠다.

방금 대화를 다시 떠올려 보니, 그 신랄하고도 너절한 공격은 정말이지 재미가 없었다. 이 시간이 연출한 무성영화에서 그는 취미 삼아 짐짓 거드름만 피웠고, 그녀의 연기는 너무 형편없었다. 그 결과 이렇게나 꼴사납게 되었다.

뤄즈의 손가락은 노래방 기계 화면의 '돌아가기' 버튼에 한참을 머물다 거둬졌다.

만약 이렇게 얽히는 것이 그들 사이의 인연을 증명한다면, 그 붉은 실에는 너무나 많은 매듭이 얽혀 있을 것이다. 울퉁불퉁, 막상 손을 뻗어도 뭐부터 풀어야 할지 난감할 정도로. 그렇게 계속하자니 보는 사람도 괴롭고 단칼에 자르자니 미련이 남았다.

"대체 뭘 어쩌고 싶은 거야, 성화이난?"

예잔옌의 손을 잡았으면서 구즈예에게 '아직은' 자신의 남자 친구가 아니라고 말했다.

자신이 뒤에서 악랄하게 음모를 꾸민다고 비난하면서도 어쩌면 자습을 하고 있을 자신을 운 좋게 만나진 않을까 기대하며 제1 강의동으로 달려갔다.

그는 비웃으며 말했다. "너 나 좋아하지?" 그러면서도 다정하게도 곤히 잠든 자신의 어깨 위에 입고 있던 패딩을 덮어주었다.

성화이난, 너 대체 무슨 생각인 거야?

말이 입 밖으로 나오는 순간, 뤄즈는 결심하기까지 했다. 그가 여전히 모르는 척한다면 삼륜차 아저씨의 말대로 뺨을 때리고 가방을 들고 도망치겠다고.

준비를 마친 그녀는 살짝 긴장하며 주먹을 쥐고 희망을 가득 품은 채 그를 바라보았다. 그가 솔직하길 바라는지, 아니면 바보같이 굴어서 시원하게 때려주기를 바라는지 그녀도 알 수가 없었다.

그는 그녀가 던진 잔뜩 꼬인 실타래 같은 문제에 매달릴 생각이 없는 듯 고개를 돌리고 약간 어색하게 말했다. "괜한 오지랖이라고 생각진 마. 널 위해 하는 말이니까. 너네가 어떻게 친해진 건지는 모르겠지만, 구 대표 멀리하는 게 좋아. 그 사람 어떤 면에선 소문이······."

뤄즈는 놀라 눈을 휘둥그렇게 떴지만, 구즈예와의 관계를 설명하는 대신 그저 딱딱하게 말을 끊었다. "그래, 알았어."

성화이난은 갑자기 어쩔 수 없다는 듯 한숨을 내쉬었다. "뤄즈, 그거 알아? 난 네가 화가 나서 새빨개진 얼굴로 '내가 누구랑 있든 너랑은 상관없어. 네가 무슨 자격으로 끼어드는 건데' 같은 말을 해주길 바랐어······."

뤄즈는 어이가 없었다.

성화이난은 전혀 깨닫지 못하고 계속해서 억지 논리를 펼쳤다. "이런 생각이 들었어. 네가 만약 한 번이라도 자제력을 잃고 나에게 원망을 퍼부었다면, 차라리 날 비난했다면, 늘 그렇게 빈틈없이 굴지 않았더라면, 어쩌면 나도 너에게 가까이 다가갈 수 있었을 거고 어쩌면……. 내가 무슨 말 하는지 알지?"

분노에 찬 "네가 무슨 자격으로 끼어드는 건데"라는 말에는 사실 억울함과 투정의 의미가 담겨 있어서 더 친근해질 수 있다는 건가? 뤄즈는 마음속에 물음표를 던지곤 고개를 들어 화사하게 웃었다. "그럼, 그게 왜 네가 아니라 나여야 하는데?"

"뭐?"

"넌 어째서 내 어깨를 붙들고 화가 나서 새빨개진 얼굴로 '말해봐, 너랑 구 대표 대체 무슨 사이야? 내가 그 사람 멀리하라고 말하지 않았어?'라고 하지 않느냐고." 뤄즈는 그의 말투를 따라 하며 눈썹을 치켜올리곤 비꼬듯 웃었다.

성화이난은 조용히 고개를 숙이고 두 손으로 마이크를 잡은 채, 두 엄지손가락을 겹쳐 문질렀다.

그는 말이 없었다.

뤄즈가 폭발하려는 순간, 성화이난이 갑자기 일어나더니 말했다. "그럼 노래 부르자. 내가 낼게." 그러고는 노래방 기계 앞으로 가서 진지하게 노래를 고르기 시작했다. 하얀 불빛이 그의 얼굴을 비추었다. 뤄즈는 그의 찡그린 미간과 무척이나 정중하면서도 껄끄러움이 담긴 표정을 보고 어떻게 반응해야 할지 몰랐다.

방금 그 화제는 이렇게 끝난 건가? 그에게 한 방 먹은 기분이었다. 마치 불발탄 같은.

다음 순간 울려 퍼진 전주는 제임스 블런트James Blunt의 〈You are beautiful〉이었다.

"이 노래는 부르기 어려운데……." 뤄즈가 중얼거렸다.

"어차피 나한테는 다 똑같아." 성화이난은 필사적으로 느긋하게 행동했다. 그는 등 뒤 소파에 풀썩 앉아 느긋하게 발을 꼬고는 익숙한 선율이 울려 퍼질 때 첫 소절 'My life is brilliant. (내 인생은 찬란하지.)'를 불렀다.

뤄즈는 깜짝 놀랐다. 그녀는 마침내 '나한테는 다 똑같아'라는 말의 뜻을 깨닫고야 말았다.

성화이난은 눈을 감고 고개는 살짝 쳐든 채 옆에 아무도 없는 것처럼 마음껏 노래했다. 그런 편안한 모습이 놀라울 따름이었다.

뤄즈의 굳은 표정의 가면이 서서히 무너졌다.

You are beautiful, it's true.(넌 아름다워. 사실이야.)

But it's time to face the truth.(하지만 이제는 현실을 맞닥뜨릴 때야.)

I will never be with you.(난 결코 너와 함께할 수 없을 거야.)

곡이 끝나자, 그는 눈썹을 치켜올렸다. 술 취한 사람처럼 거칠게 숨을 내쉬며 컬컬한 목소리로 물었다. "어때?"

뤄즈는 침을 꿀꺽 삼켰다.

"정말 못 들어주겠다." 그녀는 고개를 숙였다. 자신도 술에 취한 것만 같았다.

성화이난이 활짝 웃었다. 웃느라 고개까지 뒤로 젖혀졌고 마이크도 옆으로 내던졌다. 뤄즈는 처음엔 그가 웃는 걸 멍하니 보다가 어느새 따라 웃기 시작했다.

"네가 노래를 이렇게나 못 부르는 줄은 몰랐어."

"그렇게 듣기 거북해?"

"이보다 더 못 부를 순 없을걸."

그녀의 말이 끝나기도 전에 그는 또 웃기 시작하더니 벌떡 일어났다. 마치 여러 해 동안 금욕 생활을 하다가 갑자기 음악을 사랑하게 된 것처럼, 그녀를 지나쳐 다음 곡 재생을 눌렀다.

"아니, 더 못 부를 수 있어." 그가 가벼운 목소리로 말했다.

뤄즈는 한쪽에 멍하니 앉아 그의 광범위한 선택에 감탄하면서도, 한편으로는 좋아하는 노래가 그에게 짓밟히는 걸 안타까워했다. 놀랍게도 나중에는 차츰 익숙해져 그의 동서남북 구분 없이 사방으로 튀는 음정을 묵묵히 들었고, 〈Free Loop〉 후렴구에서는 마이크를 집어 들고 그와 함께 소리를 높여 외쳤다.

그는 놀라 그녀를 흘끔 보고는 환하게 웃으며 그녀의 팔을 잡아 일으키고는 더욱 무아지경으로 고음을 내질렀다.

뤄즈는 팔을 잡혀 비틀거렸지만 뿌리치지는 않았다. 자신도 뭐 하는 짓인지 알지 못했지만, 뜨거운 피가 얼굴로 솟아올랐다. 어쨌거나 흥이 깨지지만 않으면 되었다.

술이 있으면 좋겠다, 그녀는 생각했다.

그런데 성화이난이 훨씬 더 직접적일 줄이야. "술 마시러 갈래?"

뤄즈는 생각을 콕 집히자 깜짝 놀라, 옆에서 발그레해진 뺨에 눈을 반짝이며 의기양양해하는 소년을 바라보았다. 그는 그녀의 왼쪽 팔을 꽉 잡고 흔들었다. 아직 마시지도 않았는데 이미 흥이 오른 듯했다.

손바닥에서 땀이 났다.

사실 그녀에게도 해결되지 않은 문제가 너무나 많았고, 답을 얻지 못한 의문도 너무 많았다. 예전의 경험은 그녀에게 지금의 즐거움은 다음에 올 슬픔의 서막이라는 걸 알려주었다.

뤄즈, 냉정해야 해.

그러나 그녀는 고개를 끄덕이며 말했다. "좋아."

그는 마이크를 내려놓고 그녀의 가방을 잡아채며 말했다. "가자!"

뤄즈는 한숨을 내쉬었다.

사실 그녀는 노래를 잘하는데 아무도 노래 부를 기회를 주지 않았다.

이런 생각과 함께 그녀는 미소를 지으며 말했다. "가자."

그는 여전히 그녀의 왼쪽 팔을 잡고 빠른 걸음으로 화려한 복도를 지나 시끄러운 음악 사이를 뚫고 지나갔다. 그녀는 종종거리며 쫓아갔다. 머리가 약간 몽롱했다.

누가 찬물을 끼얹어 줬으면 좋겠다는 생각이 들었다.

바로 그때, 앞쪽 룸의 문이 안쪽으로 열리더니 여학생 두 명과 남학생 세 명이 우르르 나왔다. 키 큰 남학생이 전화를 하며 사방을 둘러봤다. "젠장, 어디로 뛴 거야. 이 자식이 전화를 안 받는데 내가 뭘 어떡하겠어……."

그리고 성화이난이 발걸음을 멈췄다. 앞에 있던 다섯 사람도 잇달아 몸을 돌려 그들을 바라보았다.

뤄즈의 눈에 가장 먼저 들어온 건 두 개의 커다란 하얀 귀걸이를 한 뚱뚱한 여학생이었다. 쉬치차오의 표정은 여전히 다채롭고 풍부했다. 눈동자를 데굴데굴 굴리며 현장의 모든 사람을 훑어본 후, 놀람과 분노와 흥분 등 다양한 표정을 차례대로 선보였다.

키 큰 남학생이 전화를 내려놓고 여러 번 침을 꼴깍 삼키다가 민망하게 웃었다. "어디 갔었냐, 전화를 몇 번이나 했는데도 안 받고. 화장실 간다고 나갔는데 한참을 안 오길래 우린 다들 네가 화장실에 빠진 줄 알고 꺼내러 가려던 참이었다고……."

뤄즈는 태연하게 성화이난 뒤에 숨었다. 입꼬리에 미소를 담은 채, 왼쪽 팔을 그의 손에서 빼내려고 버둥거리지도 않았다. 반면, 오른손으로는 주먹을 꽉 쥐고 휘두를 준비를 했다.

네가 만약 손을 푼다면.

성화이난, 이번에 네가 감히 손을 푼다면 말야.

"뤄즈도 있었구나, 정말 우연이네." 예잔옌이 살며시 머리카락을 넘기며 천천히 눈을 감고 웃었다가 다시 천천히 눈을 떴다. 그러나 뤄즈에겐 시선도 주지 않았다. "때마침 잘됐다. 와서 같이 노래 부를래?"

뤄즈는 성화이난에게 가로막혀서 예잔옌의 얼굴을 반쪽만 볼 수 있었다. 주황색 불빛 아래 완벽한 화장이 얼굴에 떠오른 모든 감정을 가려주었다. 여전히 예쁜 미소와 부드러운 말투였지만 활기는 없었다.

"그럴 필요 없어." 성화이난이 말했다.

뤄즈는 그가 자신을 더욱 꽉 잡는 걸 느꼈다.

"우린 학교로 돌아가 봐야 해서 말야. 너무 늦었어. 나중에 같이 밥이나 먹자. 불러줘서 고마워." 그는 웃으며 뤄즈를 살짝 당겨 따라오라는 눈짓을 했다.

뤄즈는 말없이 그들 곁을 지났다. 몇 사람에게는 조금도 눈길을 주지 않은 채, 왼쪽 앞 그 사람 뒷모습만 쫓아갔다. 뒤통수에 살짝 올라간 머리카락 몇 가닥은 기억 속 모습과 조금도 다르지 않았다.

"화이난!"

예잔옌의 외침이 드디어 뤄즈의 예상대로 등 뒤에서 울려 퍼졌다. 성화이난은 멈춰 서서 먼저 고개를 돌려 뤄즈를 바라본 후 다시 예잔옌에게로 시선을 던졌다.

"오늘 여기서 널 만날 줄은 정말 생각지도 못했어. 여학생들은 너무 늦게까지 놀지 마. 너랑 천융러 걔네들이랑은 학교도 반대 방향이잖아. 밤에 택시 타고 갈 거면 조심해." 그가 말했다.

뤄즈는 그제야 비로소 고개를 돌려 뒤쪽 무리를 바라보았다.

몇 초간 정적이 흘렀다. 키 큰 남학생이 웃으며 분위기를 풀어보려 입을 열었다. "아니, 오늘은 일부러 그런 게 아니라 다들 우연히 만난 거야. 참, 옆에 있는 사람은…… 성화이난, 넌 왜 우리한테 소개도 안 해주냐! 같이 와서 노래 부르지?"

성화이난이 웃었다. "노래는 무슨, 됐어. 너넨 내 생사에는 아예 관심도 없잖아. 난 노래하는 걸 가장 싫어해."

모두의 표정에 살짝 난처함이 감돌았다. 예잔옌이 불쑥 물었다. "왜?"

뤄즈는 참지 못하고 웃음을 터뜨렸다. 그녀를 잡은 성화이난의 손에 힘이 들어가는 게 느껴졌다. 말하지 말라고 위협하는 듯했다.

그는 재빨리 몸을 돌려 뤄즈를 끌어당기며 외쳤다. "나중에 다시 만나자. 오늘 우리 둘은 먼저 갈게!"

우리 둘.

뤄즈는 불빛에 눈이 멀어버린 것 같았다.

찬물을 끼얹었기는커녕 현혹의 탕약만 배 속 가득 들이마신 느낌이었다.

뤄즈는 로비 소파에 앉아 있고 성화이난은 계산을 마치고 걸어왔다.

"계산할 때 물어봤어?" 뤄즈가 고개를 들고 그를 바라보았다.

"응. 천 아무개라던데. 왜?" 성화이난은 도통 모르겠다는 표정이었다.

뤄즈는 뭔가 생각에 잠긴 듯 고개를 끄덕였다. "고마워."

두 사람은 함께 문을 나섰다. 겨울의 차가운 공기가 폐로 들어왔다. 뤄즈는 별안간 정신이 번쩍 들어 고개를 숙이고 외투 지퍼를 올리다가 실수로 턱이 지퍼 손잡이에 집혀버렸다. 아파서 쓰읍쓰읍 찬 공기를 들이켜니 정신이 더욱 또렷해졌다.

멍한 상태였던 자신이 살짝 그리워졌다.

뤄즈는 고개를 들어 노래방의 거대한 네온사인 벽을 바라보며 '캔디'라는 이름이 참 귀엽다고 진심으로 생각했다. 그녀는 자신도 모르게 고개를 들고 눈앞에 펼쳐진 휘황찬란한 빛을 보며 바보처럼 웃고 있다가, 한참 후에야 성화이난의 기척이 없다는 사실을 깨닫곤 좌우를 살펴보았다. 그는 오른쪽 뒤에 서서 엄숙한 얼굴로 그녀를 바라보고 있었다.

뤄즈는 무슨 말을 해야 할지 몰랐다. 주변 택시들은 손님을 잡기 위해 이제 막 문을 나온 손님들을 주시하고 있었다. 뤄즈는 그들의 눈길이 당혹스러워 망설이다가 그의 곁으로 갔다. 그런데 그 역시 어찌할 바 모르는 모습이었다.

뤄즈는 미간을 찌푸렸다. 그는 망설이는 걸까, 후회하는 걸까?

어디서 나온 용기인지, 그녀는 두 손을 뻗어 그의 어깨를 잡고 살짝 고개를 들어 그의 눈을 깊이 바라보았다.

먼저 입을 연 건 그였다.

"미안해." 성화이난이 눈을 내리깔았다.

제70장

야반도주

뤼즈의 마음은 자이로스윙처럼 밑으로 곤두박질쳤고, 그의 어깨를 잡은 손도 미끄러져 내려왔다.

또 시작이네, 그녀는 생각했다.

그러나 성화이난은 다급히 손을 뻗어 그녀의 어깨를 잡고는 힘 있게 눌렀다. "내 말은, 예전에 있었던 모든 일에 미안하다고. 너, 너, 너…… 제발 끝까지 들어줘!"

뤼즈는 고개를 갸우뚱하며 실소했다. "뭘 그렇게 더듬거려?"

성화이난이 뒤통수를 긁적이며 웃었다. "나도 몰라. 그냥…… 왠지 천천히 말했다간 네가 날 때릴 것 같아서."

"어."

성화이난이 눈을 동그랗게 떴다. 그는 뤼즈의 엄숙하고 진지한 표정에 소리 내어 웃다가 한참 후에야 비로소 표정을 가다듬고 말했다. "나도 네가 날 때려야 한다고 생각해."

뤄즈는 그가 조금씩 그녀가 잘 아는 성화이난의 모습으로 변해가는 걸 흥미롭게 지켜보았다. 겉으로는 딱히 큰 차이가 없었지만 느낄 수 있었다. 아까의 당황은 이미 보이지 않았다.

그녀가 장밍루이와 함께 있는 걸 봤을 때, 그녀가 구즈예와 함께 마트 앞에 서 있는 걸 봤을 때, 노래방에서 대치하며 노래를 예약하지 않을 때, 그의 몸은 마치 팽팽하게 당겨진 활시위 같았고, 그 위에는 감출 수 없는 질투와 치기가 걸려 있었다. 그녀는 느낄 수 있었다.

남자의 치기는 여자를 안심시켜 주는 이유 중 하나였다.

그러나 이 조금의 치기가 가져온 긴장과 당황은 더 이상 찾아볼 수 없었다. 그는 다시금 자신을 통제했다.

어쩌면 그녀가 아무런 망설임 없이 그를 따라갔고, 거절하지 않은 것이 그를 우월하고 차분하게 만들어주었는지 모른다. 그는 줄곧 이런 모습이지 않았던가?

"성화이난?"

"먼저 내 말을 들어줘." 성화이난이 정중하게 그녀를 바라보았다. "모든 일에 있어서 난 널 오해하고 원망했어. 정말 후회해. 하지만 예잔옌에 관한 일은 만약 내가 말하고 싶지 않다면 묻지 않으면 안 될까?"

뤄즈는 그를 오랫동안 바라보았다. 방금 그의 어깨를 잡았던 손은 이미 허리까지 미끄러져 내려와 있었다. 그녀는 아예 손을 거두고 몸을 똑바로 세웠다.

그녀는 그 문제에 대해 묻지도 않았다. 예잔옌에 관한 어떤 일? 과거? 아니면 지금? 누명을 씌웠던 거? 일기장을 훔쳤던 거? 아니면 새해에 손을 잡은 거? 난 왜 묻지 않을까?

"그래."

성화이난은 큰 부담을 내려놓은 것처럼 웃었다. 그는 길게 한숨을 쉬곤 그녀의 어깨를 잡았던 손도 풀어 주머니에 찔러 넣었다. 그러고는 사방을 둘러보며 어깨를 으쓱하곤 가벼운 말투로 물었다. "갈까? 학교까지 택시 잡을까?"

뤄즈는 고개를 숙인 채 웃었다.

"생각이 바뀌었어. 너 혼자 돌아가. 난 돌아가서 노래 부를래."

어차피 구즈예가 낸다고 했으니까.

성화이난의 표정은 안 봐도 알 수 있었다. 분명 억울하다는 듯 눈을 동그랗게 뜨고, 마치 날아오는 화살을 눈앞에 두고도 영문을 몰라 고개를 갸우뚱하는 사슴 같은 표정일 것이다.

뤄즈는 바람을 맞으며 성큼성큼 노래방으로 돌아갔다. 앞머리가 바람에 높이 날렸고 머릿속에 가득한 현혹의 탕약이 차갑게 식었다. 기분이 너무나 언짢았다. 커다란 솜뭉치에 마음이 콱 막혀버린 것만 같았다.

뤄즈는 노래방 유리문을 벌컥 열었다. 입구의 종업원이 미처 반응하지 못하고 뒤늦게 손을 뻗어 문을 잡았을 때는 곁눈질도 없이 곧장 카운터를 향해 걸어갔다.

"아가씨, 몇 분이세요?" 종업원이 얼른 그녀를 맞이했다.

뤄즈가 입을 열려고 할 때, 갑자기 어떤 힘이 뒤로 잡아당기는가 싶더니 등이 누군가의 품 안에 부딪혔다.

"마누라, 그만해. 이제 그만 성질부리지?" 성화이난이 그렇게 말하며 종업원에게 사과했다. 종업원이 태연하게 웃으며 대답하자, 그는 그녀를 끌고 로비를 나갔다.

뤼즈는 힘껏 그의 손을 뿌리치곤 그를 노려보았다. "무슨 짓이야?"

"네 기분이 안 좋다는 거 알아."

"넌 또 뭐든지 다 아는구나? 혹시 내 모든 반응이 다 네 예상 범위에 있다고 생각하는 거야?"

"뭐?"

"그 일 때문에 난 영문도 모른 채 오랫동안 괴로워했어. 그런데 네가 날 잡자마자 난 널 따라 달려갔지. 너의 한마디에 난 앞뒤 상황을 아무것도 묻지 않겠다고 했고……. 지금 이 모든 게 다 네 손아귀에 들어왔어. 네가 계획한 순서대로 천천히 진행될 수 있도록. 그렇지? 넌 지금 내가 아직도 널 좋아한다고 확신했어. 예전에 너한테 냉랭하게 굴며 무시했던 거랑 너에게 작별 인사를 한 것 모두 연기였다고, 투정 부리는 거였다고 말야. 이제 된 거지. 넌 네가 생각한 대로 할 수 있는 충분한 자신감과 자유가 있고, 난 분명 아주 쉽게 너에게 협조할 테니까. 안 그래?"

뤼즈의 말투는 매우 상냥했지만 말할 때는 몸이 미세하게 떨리고 있었다. 그녀는 온 힘을 다해 자신을 제어하려고 했지만, 그 결과 목이 아프기 시작했다.

"맞아." 성화이난은 내내 고개를 숙인 채 듣고 있다가 마침내 고개를 들어 형형한 눈빛으로 그녀를 바라보았다. "아주 맞는 말이야. 넌 말재간이 참 좋구나! 너넨 다 뛰어난 능력을 갖고 있지. 예잔엔은 명품백 좋아하듯 날 좋아했어. 그럼 넌? 나의 뭘 좋아하는데? 넌 너의 그 기억을 좋아할 뿐이야. 나에 대해 또 뭘 아는데?!"

뤄즈는 지금 자신이 자제력을 잃고 사나운 눈빛을 드러냈으리라는 걸 알았다.

"그게 바로 네가 다른 사람을 조롱하고 짓밟는 이유야? 내 사랑이 너무 얕아서, 네 깊은 본질까지 좋아하지 못해서? 네 영혼의 반짝이는 장점을 발견하지 못해서? 내가 왜 널 좋아하는지는 내 일이야. 내 사적인 일이라고. 내가 누군가를 어떻게 좋아해야 한다고 굳이 쫓아와서 계획을 세워줄 필요는 없어!"

"내가 왜 상관하면 안 되는데?! 네가 좋아하는 사람은 나야. 멀쩡하게 살아 있는 사람이라고. 공기인형*이 아니라!"

뤄즈는 흠칫 놀랐다. '공기인형'이라는 네 글자가 성화이난의 입에서 튀어나오다니 정말이지 상상하기 힘들었다. 멀지 않은 곳에서 남자들 몇 명이 차 문에 기댄 채 몸을 들썩이며 웃었다. 두 사람에게 갈채를 보내지만 않았을 뿐이지 웃는 이유는 자명했다. 삽시간에 민망해진 뤄즈는 목소리를 낮췄다. "무슨 헛소리야?"

성화이난은 새빨개진 얼굴로 억지스럽게 해명했다. "공기인

---

* 실제 여성과 같은 크기에 피부 촉감을 살려 만든 성인용 인형.

193

형은 공기를 주입한 인형 풍선이잖아. 무슨 생각 하는 거야?"

뤄즈가 차갑게 웃었다. "그래? 넌 아직 천진난만하구나." 머릿속에는 전혀 상관없는 생각이 들었다. 남자는 남자구나, 겉으로는 아무리 왕자 같아 보여도 역시 남자에 불과했어, 하고. 그녀는 다시 공기인형을 떠올리며 웃고 싶었지만, 오랫동안 쌓인 분노가 모조리 쏟아져 버려 더 이상 억지를 부릴 기회와 이유를 찾을 수 없었다.

마음이 가라앉지 않았다.

그는 그녀를 잘못 오해하고 원망했다고 했다. '미안해'라는 한마디로 모든 걸 메우려 했고, 아무것도 설명하지 않으면서 그녀가 묻지 않기를 바라기까지 했다. 묻지 않을 수는 있었지만, 개운하진 않았다.

차라리 쉬르청과 장밍루이처럼 한 사람이 해명하고 다른 한 사람은 "듣기 싫어, 듣기 싫어, 듣기 싫다고!"라고 한다면 그나마 통쾌할 것이다.

성화이난이 마침 두 손으로 그녀의 어깨를 감쌌다. "내 말 좀 들어봐……."

듣기 싫어! 뤄즈는 입을 열기도 전에 갑자기 이 절묘한 순간의 한마디에 빵 터져서 하하 웃기 시작했다. 성화이난은 얼굴을 더욱 붉히며 큰 소리로 말했다. "그 물건에 대해서는 듣기만 했지, 나도 본 적은 없어!"

뤄즈는 깜짝 놀라 성난 눈으로 그를 노려보았다. "누가 그런 해명 듣고 싶대?"

그가 그녀를 보며 천천히 입꼬리를 올렸다. 잔잔한 바다 같은 눈동자는 휘황찬란한 이곳과 저 멀리 하늘의 아득한 달을 연결하고 있었다.

　"술 마시러 갈래?" 그가 미소를 지으며 물었다.

　뤄즈는 고개를 숙였다. "공기인형에 대한 해명은 끝이야?"

　"가자!" 성화이난은 방금 그녀의 도발을 완전히 무시한 채 길게 한숨을 내쉬며 하얀 수증기 속에서 멋대로 크게 말했다. "가자, 위안밍위안* 야습하러!"

<hr>

　*　圓明園, 청나라 때의 황실 정원. 베이징 서쪽 교외의 이화원 동쪽에 위치.

제71장　내가 들었던 너

그들은 택시를 타고 제101고등학교에 내려 살금살금 운동장을 가로질러 게시판의 야습 공략에 언급된 경비가 비교적 허술한 지점을 찾았다.

뤄즈는 조심스럽게 오른쪽 다리를 높이 들고 마침내 높다란 벽 위에 앉았다. 밤바람이 앞머리를 날렸다. 뤄즈는 깊이 숨을 들이마셨다. 맑고 차가운 찌릿함이 가슴 속에서 팽창했다. 이렇게 금방이라도 떨어질 듯한 느낌은 마음을 허하게 만들었다. 발밑의 야경은 마치 어둠 속에 침잠한 깊은 강물 같았다. 자칫하면 그 속으로 떨어져 시간에 떠밀려 갈 것만 같았다.

성화이난은 몇 번 만에 훌쩍 담장 위로 올라왔다. 동작이 그녀보다 훨씬 가볍고 날렵했다. 방금 뤄즈가 소심하고도 둔하게 담장 위로 기어 올라갈 때, 성화이난은 담장 아래에서 그녀를 떠받치고 있다가 담장을 오르는 순간 그녀의 엉덩이를 위로 힘껏 밀어 올렸다. 뤄즈는 얼굴을 붉히며 초능력을 발휘해 로켓처럼 몸을 위로 솟구치며 그의 도움에서 벗어났다.

"담장을 타는 느낌이 나쁘지 않네." 그는 등 뒤에 멘 빵빵한 가방을 손바닥으로 찰싹 쳤다. 그 안에는 미리 사둔 맥주 몇 캔과 홍성이과두주 한 병이 들어 있었다.

아까 세븐일레븐 편의점에서 뤄즈는 칵테일과 도기병에 담긴 일본 청주를 들어 그에게 흔들어 보였다. 성화이난은 무시하듯 고개를 젓더니 바로 이과두주 한 병을 집어 들었다. "이왕 마실 거면 독한 걸로 마셔야지, 그게 무슨 술이야."

뤄즈는 속으로 비웃으며 태연하게 청주를 다시 냉장고에 집어넣었다.

독한 걸로 마신다고? 입만 살아가지고.

세븐일레븐의 지나치게 하얀 등불 밑에서 맥주를 꺼낼 때, 뤄즈는 술병 뒤쪽 거울을 흘끗 바라보았다. 거기 비친 여자아이는 입술은 창백하면서도 두 뺨과 코끝은 새빨갰다. 두 눈은 흥분되고 집요한 빛을 반짝였다. 그녀는 얼른 고개를 돌렸다.

이렇게 냉정한 불빛이 자신의 기억력이 이렇게 나쁜 걸 조롱하고, 터무니없는 짓을 할 용기를 바짝 말려버릴까 봐 두려웠다.

"자." 성화이난은 세븐일레븐에서 나오자마자 뤄즈에게 맥주 한 캔을 건넸다. "괜찮다면 일단 마시고 속을 따뜻하게 해."

뤄즈는 잠깐 망설이다가 맥주를 받아 뚜껑을 땄다.

그들은 세븐일레븐 입구에서 마주 보고 서서 고개를 젖히고 맥주를 한 캔씩 꿀꺽꿀꺽 마셨다. 뤄즈는 곁눈질로 유리창 뒤의 점원이 놀란 표정을 짓는 걸 보고 얼른 눈을 감았다.

"나 먼저 내려갈게." 성화이난이 멍때리고 있는 뤄즈 앞에 손가락 하나를 흔들어 보였다. "내려가는 게 올라가는 것보다 힘들어. 내가 먼저 내려가서 담장 밑에서 대기하고 있을게. 그 래야 네가 위에서 떨어지더라도 나 하나 압사당하는 걸로 끝날 테니. 그러니까…… 그러니까 넌 남이 위급한 틈을 이용하지 말고, 제발 관대하게 봐주라."

뤄즈는 그의 말에 화가 나면서도 웃었다. "조심해."

"이 정도 높이는 아무것도 아냐." 말이 끝나기도 전에 그는 이미 몸을 돌려 왼쪽 다리를 아래로 내렸다. 뤄즈가 미처 반응 할 새도 없이 그는 지면에서 1미터 정도 높이에서 손을 놓고 뛰 어내려 안정적으로 착지했다.

"내려와." 성화이난이 손에 묻은 먼지를 털며 말했다. "천천 히, 손바닥 긁히지 않게 조심해. 너 또 장갑 안 꼈지?"

뤄즈는 눈을 감고 침을 꿀꺽 삼킨 후, 마지못해 왼쪽 다리를 담장 뒤로 넘겨 위안밍위안 방향으로 잠시 앉았다. 그러다 이 렇게 뛰어내리면 얼굴이 바닥으로 떨어질 것 같아 다시 애써 위안밍위안을 등진 자세로 바꾸고 두 다리를 담장 바깥으로 내 렸다. 그런데 생각해보니 이렇게 하면 더 안 될 것 같았다. 살짝 조급해졌다. 담장 밑 성화이난의 인내심이 이미 바닥난 건 아 닌지 모르겠다. 찬바람이 불어오니 이마가 차가웠다. 뤄즈는 그제야 식은땀을 흘리고 있다는 걸 알았다.

결국 그녀는 위안밍위안을 등지고 담장 위에 무릎을 꿇은 자세로 발을 담장 옆에 걸고 손으로 돌을 꽉 잡은 채 미약한 균형을 유지했다.

"뤄즈, 그 자세로 다리로 벽을 짚으면서 천천히 미끄러져 내려와. 지탱하기 힘들면 바로 뛰어내리면 돼. 내가 밑에 있으니까 무서워하지 마."

다급해진 뤄즈는 눈물이 그렁그렁한 채로 당황하며 고개를 끄덕였다. 그러다 상대방에게는 자신이 보이지 않는다는 걸 떠올리곤 비로소 울먹임을 억누르며 말했다. "알았어. 난 안 무서워." 0.5초 정도 미끄러졌을까, 팔의 힘이 너무 약해 그대로 떨어지고 말았다.

"휴, 넌 전생에 굶떠서 죽었을 거다." 성화이난이 뒤에서 뤄즈의 팔뚝을 꽉 잡아 품에 안더니, 그녀가 아무렇지도 않은 걸 확인한 후 그녀의 머리카락을 인정사정없이 흩트렸다. "됐어, 됐어. 어쨌거나 내려왔잖아."

뤄즈는 쑥스러운 듯 고개를 숙이면서도 말은 지지 않았다. "담장을 넘어본 적 없어서 그래. 나갈 때 한 번 더 넘으면 그땐 잘할 거야."

성화이난이 크게 웃었다. "나갈 땐 담 안 넘을 건데. 널 데리고 경비원을 찾아가 자수하는 게 낫겠어."

뤄즈는 이를 악물고 그의 팔을 안았다. 물에 빠진 고양이가 물에 떠다니는 통나무에 필사적으로 매달리듯 손톱자국이 날 정도로 세게 잡았다.

그들은 앞뒤로 묵묵히 좁은 호숫가 흙길을 따라 정원 깊숙한 곳으로 걸어갔다. 둥근 달이 하늘에 걸려 있지 않았다면 이렇게 칠흑 같은 황량한 정원에서는 손을 펼쳐도 손가락이 보이지 않을 것이었다. 오솔길 왼쪽에는 드넓은 호수가 펼쳐져 있고 오른쪽에는 관목이 어지럽게 자라나 있었다. 삐죽삐죽 뻗은 앙상한 나뭇가지가 야경 속에 공포스러운 분위기를 더해주었다.

　얼어 있는 호수면은 달빛에 하얗게 빛나며 보이지 않는 먼 곳까지 이어져 있었다.

　"다수이파大水法 찾아갈 수 있는 거 확실해?" 뤄즈는 외투 뒤에 달린 모자를 머리에 뒤집어썼다. 귀는 이미 빨갛게 얼어 있었다. 그녀는 앞에서 걷는 남자아이를 걱정스러운 듯 바라보았다. 그의 귀도 달빛 아래에서 빨갛게 얼어 있었다.

　"그게 뭔데? 난 텔레비전에 종종 배경으로 나오는 서양 스타일의 황폐해진 유적을 찾아가는 중이야."

　"거기가 바로 다수이파야, 고마워."

　"……그런 걸 기억하는 게 무슨 소용 있다고!"

　이렇게 억지를 부리며 약 올라 하는 모습이라니……. 마음속에서 기이한 느낌이 솟았다. 뤄즈는 고개를 갸우뚱하며 저도 모르게 놀리는 말투로 말했다.

　"있잖아, 고등학교 때 소문들 다 진짜야?"

　"무슨 소문?"

　"예를 들면 넌 고대 시 같은 건 아예 안 외웠다고. 국어 시험을 볼 때마다 5점짜리 옛 시 빈칸 채우기 문제는 한 글자도 안 쓰고 그냥 날렸다고. 맞아?"

성화이난의 등이 움찔했다. 그는 몇 마디 중얼거리다가 말했다. "투입에 비해 산출이 너무 적잖아. 반나절을 외워도 5점밖에 안 되고. 게다가 시는 좀 많아? 내가 외운 부분이 시험에 나온다는 보장도 없는데 굳이 고생할 필요 있어? 차라리 더 자는 게 낫지."

그 말투에 뤄즈는 자신도 모르게 손을 뻗어 그의 얼굴을 쓰다듬고 싶어졌다.

"그럼…… 너네 선생님이 너한테 『신개념』 본문을 외우라고 하니까 일주일도 안 돼서 제4권을 막힘없이 줄줄 외웠다던데……."

"누가 그래? 갖다 붙이기도 정말 잘하네. 선생님은 그냥 농담하신 거였어. 난 『신개념』을 외워본 적도 없고, 기억나는 건 'Pardon(용서)' 정도뿐이야. 아, 그리고 제3권 1과 제목. 'A puma at large(달아난 퓨마)'였던가……."

뤄즈는 멍하니 그 말을 들으며 저도 모르게 실소했다. 무슨 짓을 한 거야, 괜히 억지로 책 한 권을 다 외웠네.

그녀는 질문을 계속할까 망설였다. 비록 그도 피와 살로 이루어진 사람이라는 걸 알았지만, 매일 반복되는 묘사와 상상 속에서 그는 여전히 그녀가 만든 신이었고, 들리는 말과 소식 속에서 빛났다.

그렇지만 뤄즈는 이런 그가 더 좋았다. 철벽을 치지 않고 놀랄 만큼 뛰어난 능력을 지니지도 않은 채, 그저 약간의 오만함을 가지고 자신을 평범하고 중요하지 않다고 말하는.

그녀는 그가 자신을 평범하고 중요하지 않다고 말하는 게 진심으로 좋았다.

"사실 너한테 묻고 싶은 것들이 아주 많아."

앞에 가던 사람이 순간 걸음을 멈추었다가 다시 걸어갔다. "뭔데?"

"긴장할 것 없어. 그저 쓸데없는 것들이니까."

쓸데없는 것들. 뤼즈는 천천히 그의 뒤에서 질문을 던지기 시작했다. 고등학교 1학년 때 몇 번이나 122번 버스를 타고 집으로 갔는지, 시합 후 친구들이 그를 공중으로 헹가래를 치고 못 받은 적 있었는지, 넘어져서 아프진 않았는지, 종종 청소를 땡땡이치지는 않았는지…….

그는 짜증 내지 않고 다정하게 하나씩 대답해주었다. 때로는 부끄러워 얼굴을 붉히며 외치기도 했다. "묻지 마, 나도 기억 안 나……."

"마지막 질문이야. 너한테서는 어떻게 늘 세탁 세제 향이 나는 거야?" 냄새가 참 좋아.

"아마…… 빨래할 때 항상 제대로 헹구지 못해서일걸……."

뤼즈는 그 말에 어안이 벙벙했다가 이윽고 바보같이 웃기 시작했다. 그런 거였다니.

"이게 다 네가 들었던 얘기들이야?" 그가 질문할 차례가 되었다.

뤄즈는 고개를 숙이고 웃었다. 무슨 기분인지 알 수 없었다.

"사실 고1 때 너에 대해 많은 얘기를 들었는데, 대부분이 내 뒷자리에서 제공한 거였어. 참, 너 걔 알아? 장하오먀오, 너랑 같은 학원에 다니면서 짝꿍도 했다던데."

성화이난이 살짝 고개를 돌려 뒤를 바라보았다. 막연한 표정이었다. "누구?"

뤄즈는 말문이 막혔다.

뒷자리에서 재잘거리던 두 여학생은 늘 성화이난을 좋아하는 자신의 감정을 떠벌리면서 솔직하게 표현했었다. 뤄즈가 어찌 모르겠는가. 짝사랑하는 사람에게 있어서 완전히 입을 다물고 있는 건 일종의 자기 보호였다. 그러나 진심을 우스갯소리 같은 과장된 애정 표현에 숨겨 남들에게 웃음거리가 되게 하는 게 사실 더 안전했다.

모두 그녀들이 농담한다고만 생각했지, 사실은 진심이라는 걸 몰랐다.

고1 끝 무렵 어느 날 아침, 체육 수업을 땡땡이친 뤄즈는 뒷자리에 앉은 장하오먀오가 책상 위에 엎드린 채 조용히 넋 나간 미소를 짓고 있는 걸 보았다. 그 미소는 상냥하고도 수줍고 빛났다. 뤄즈는 어안이 벙벙해졌다. 이때 장하오먀오가 고개를 들어 뤄즈가 주시하는 걸 보곤 얼굴을 붉히더니 별안간 입을 열었다. "너한테 뭐 하나 얘기해줄게. 절대로 다른 사람한테 말하지 마."

두 사람은 사실 친하지 않았다. 뤄즈도 '다른 사람한테 말하지 마' 같은 비밀에 대해서는 딱히 흥미가 없었다. 그러나 그날의 직감은 그 비밀이 자신이 궁금해하던 이야기일 것이라 말해주었다.

"그래, 말해봐."

"웃으면 안 돼. 난 그냥 갑자기 깨달았지 뭐야. 성화이난은 역시 아주 괜찮은 사람이라고."

뤄즈는 눈썹을 치켜올리며 '성화이난이 누구야'라는 아리송한 표정부터 문득 깨달았다는 표정까지 지어 보였다. 자신이 지금 뭘 위장하고 있는지는 자신도 몰랐다.

"어젯밤에 같이 영어 수업을 들을 때 내가 정신을 딴 데 팔면서 지우개를 만지작거리고 있었거든. 그런데 실수로 지우개를 날려버려서 걔 발밑에 떨어진 거야. 그런데 걔가 씨익 웃더니, 그러니까…… 무척이나 어찌할 수 없이 아주 다정한 그런 미소 말야. 걔가 허리를 굽혀서 지우개를 주워주더니 조심하라고 말해주더라."

뤄즈는 조용히 다음 말을 기다리다가 장하오먀오의 이야기가 벌써 끝났음을 알았다.

"그게 끝이야?"

"끝이야."

"……그게 뭐라고?"

장하오먀오는 부끄러웠는지 성난 눈빛으로 뤄즈를 흘겨보며 벌떡 일어나 밖으로 나갔고, 뤄즈 혼자 난처하게 자리에 남았다. 그녀는 속으로 확실히 그렇게 생각했다. 그게 뭐라고……. 하지만 상대방을 불러 말해주고 싶었다. 사실 난 이해한다고.

사실 난 이해해. 정말로.

"왜 그래?" 성화이난이 발걸음을 멈추고 고개를 돌려 우물쭈물하는 뤄즈를 바라보았다.

뤄즈는 딴생각에 빠져 있다가 얼른 웃음을 지어 보였다. "별거 아냐. 가자."

그는 장하오먀오를 기억하지 못했다. 학원에서 그의 옆에 앉았던 뚱뚱한 여학생, 일 년 내내 경시대회 준비반 수업은 못 알아듣겠다고 불평하면서도 차마 수강을 취소하지 못했던, 무리해서라도 시내 절반을 가로질러 학원 수업을 들으러 갔던 건 단지 그의 옆에 앉기 위해서였던 얼빠 여자아이…….

그녀의 이름은 장하오먀오였다. 그는 기억하지 못했다.

그녀의 이름은 뤄즈였다. 예전엔 그도 기억하지 못했다.

하지만 그게 또 뭐 속상할 일인가. 이렇게 꾹 참으며 좋아하는 것이 단지 스스로 즐기기 위해서였다면 이미 보상을 받았을 테고, 만약 그 사람을 얻는 것이 목적이라면 각자의 능력과 인연에 따라 이루어지는 걸 어찌 그에게 책임지라고 할 수 있겠는가.

서로 알게 된 후부터 지금까지 요동치던 그녀의 마음은 마침내 옆에 있는 호수처럼, 달빛 아래 눈처럼 하얗게 응결되었다.

뤄즈는 별안간 웃음을 터뜨렸다.

"대체 무슨 일이야?" 성화이난은 끝내 걸음을 멈추고 몸을 돌렸다. 달빛을 등진 그는 실루엣만 보였다.

"내가 좀 변한 것 같아."

뤼즈는 그의 앞으로 성큼 다가갔다가 몸을 돌려 뒤로 걸었다. 이렇게 하면 달빛을 빌려 성화이난의 막막하고도 약간 긴장된 표정을 볼 수 있었다.

"이젠 납득한 것 같아. 아니면 예전에도 줄곧 납득할 수 있었지만 내 마음이," 그녀는 오른손 검지를 들어 왼쪽 가슴 앞에 십자를 그렸다. "마음이 내내 막혀 있었는지도 모르지. 내가 왜 괴로워했는지 모르겠어."

"하지만 지금은 말이지." 그녀가 미소를 지었다. "난 지금 아쉽지도 않고 화가 나지도 않고 답답하지도 않아."

그는 조용히 그녀를 바라보았다.

"내가 술을 많이 마신 건가?" 그녀가 코를 문질렀다.

"아닐걸."

"많이 마신 느낌인데."

그는 등 뒤로 손을 돌려 가방을 두드렸다. "잘됐네. 그럼 얼른 또 마셔."

뤼즈는 그 말에 웃음을 터뜨렸다. 하얀 이가 달빛 아래 부드러운 광택을 발했다. 성화이난이 손을 뻗어 그녀의 머리를 쓰다듬었다. 동작이 점점 느려지는가 싶더니 그의 시선이 점차 백옥 같은 호수면 위에 응결되었다.

"왜 그래?"

한참 후, 성화이난은 비로소 시선을 거두고 그녀를 바라보았다. "때론 정말 두려워. 내가 들은 말과 네가 들은 말이 서로 다를까 봐."

뤼즈가 눈을 들었다. 문득 그들이 이곳에 유일하게 몰래 숨어들어 온 사람이 아니라는 걸 깨달았다. 멀리 하늘 위로 풍등이 점점이 떠오르고 있었다. 드문드문 올라가는 불꽃은 점차 어두운 하늘 속으로 융화되었다. 어디서부터 이야기해야 할까. 그 '남들에게 들은 이야기'는 그저 얄팍하기만 한 것도, 전설에 대한 숭배나 우러러보는 것도 아니었다. 그러나 그녀는 또 본능적으로 자신이 그의 두려움을 안다고 느꼈다.

자신이 그저 듣기만 한 것이 아니라는 걸 그에게 어떻게 설명해야 할까.

그들이 아직 '좋은 친구'였을 때, 그녀는 무수히 많은 진실과 거짓이 섞인 거짓말로 그들이 비슷하다고 느끼게끔 만들었다. 그녀는 미소로 유쾌하지 않은 기분을 표현하고, 셜록 홈즈를 아가사 크리스티보다 좋아하며, 버스를 탈 때마다 같은 자리에 앉았다. 〈역전재판〉을 좋아하고, 비계를 싫어해서 의자 가로대에 쭉 늘어놓기도 했으며, 젓가락 세 개로 밥을 먹기도 했다. 고등학교 때는 금요일 밤마다 문제집을 집으로 잔뜩 가지고 돌아가 주말 동안 양심의 가책을 줄여보려 했지만, 금세 웹툰에 빠져 월요일이 되면 손도 대지 않은 문제집을 학교로 다시 가져갔다…….

그러나 이렇게 늦게 만난 아쉬움은 모두 거짓이었다. 어쩌면 그녀의 거짓말이 그를 감동시켰을진 몰라도, 그녀가 그를 좋아하는 이유는 원래 이런 것이 아닐지도 모른다. 이렇게 즐거운 대화로 만들어진 안개를 통해 그녀는 성화이난의 마음속에 존재하는 불쾌함을 보았다. 그것은 미소 짓는 불쾌함이었고, 아무도 믿지 않으며 아무에게도 관심이 없는 쓸쓸함이었다. 그 속에 담긴 이유를 이해하진 못했어도, 그녀는 정거장에서 친구들과 떠들며 거짓 웃음을 짓고 있는 남자아이를 처음 본 순간부터 알았다.

그러나 뤄즈는 이런 것들을 논하고 싶지 않았다.

"내가 들은 말과 네가 들은 말은 아마 다를 거야."

뤄즈는 아득히 멀리 날아간 풍등을 바라보았다. 누구의 희망을 신고 부드럽게 밤하늘로 떠올라 불이 꺼지고 흩어지는 것일까. 그녀의 소원은 풍등에 없었지만 꺼지지 않았다. 예전에 조심스럽게 굴면서 아무리 해도 도달할 수 없었던 목적지가 포기하려던 순간 천지가 깜깜해지더니 눈앞에 서 있었다. 그녀는 더 이상 한 발자국도 후퇴하지 않을 것이다.

"난 더 이상 남에게서 듣고 싶지 않아. 네가 직접 하는 얘길 듣고 싶어. 설령 거짓말일지라도 난 진실을 알아들을 수 있으니까." 뤄즈는 성화이난의 눈을 똑바로 정중하게 바라보았다.

그가 그녀를 바라보았다. 천지를 뒤덮을 만한 감동의 기운이 눈빛 속에서 힘차게 박동하기 시작했다.

제72장 　모든 구름은 행방을 알 수 없다

성화이난은 다수이파 찾기를 포기하고 호숫가에서 평평한 큰 돌을 찾아 뤄즈를 앉혔다. 그리고 잠시 생각하더니 가방에 든 술을 모두 꺼내 땅에 늘어놓고 납작해진 빈 가방을 건넸다. "깔고 앉아. 여기서 취하도록 마시면 되겠다."

뤄즈가 가볍게 웃었다. "그래."

그는 홍성이과두주 한 병을 들고 한참을 끙끙거렸지만 아무리 해도 열리지 않았다. 결국 쓴웃음을 지으며 맥주 캔을 집어 들고 톡 하고 뚜껑을 열어 뤄즈에게 건넸다.

그들은 캔을 부딪치며 무슨 건배사를 해야 할지 몰라 그저 마주 보고 웃었다. 뤄즈는 추웠지만 마음은 따스했다. 마치 황야의 따스한 보금자리에 들어선 것 같았다.

"내가 언제 널 처음 봤는지 알아?" 그는 고개를 젖히고 맥주를 한 모금 마셨다. 다시 입을 열었을 땐 약간 쓸쓸한 목소리였다. 뤼즈는 듣게 될 말이 그가 말하기 힘든 일일 듯한 직감에 무의식적으로 그의 옷자락을 쥐고 고개를 들어 너그럽고 온화한 눈빛으로 그를 쳐다보았다.

성화이난이 고맙다는 듯 웃었다.

뤼즈의 기억에 그가 처음 자신을 알아본 건 그날 마트 입구에서였다. 그는 쉬르칭과 실랑이를 벌이고 있었고, 그녀는 마치 하늘에서 내려온 군사처럼 그가 곤란한 상황에서 빠져나오도록 도와주었다.

"사실 나한테 사람을 한 번 보면 기억하는 능력이 있어서 정말 다행이었지." 성화이난이 말했다.

대입 시험이 끝난 후 여름방학 때, 그는 문과반 마지막 동창회가 열린 식당으로 예잔옌을 데리러 갔다. 사람들은 이미 많이 돌아갔는지 드문드문 앉아 있었다. 예잔옌은 창가에 앉아 있다가 그가 온 걸 보고는 갑자기 창밖의 길을 건너고 있는 하얀 셔츠의 여자아이를 가리켰다. "저기, 쟤가 바로 그 전설의 뤼즈야. 네가 보기엔 어때?"

전설이라니, 난 왜 모르지? 내가 보기엔 어떠냐는 질문은 또 뭘까?

성화이난은 예잔옌에게서 풍기는 술 냄새를 맡고 알딸딸한 상태인가 보다고 생각하며 얼른 그녀가 가리키는 방향을 흘끗 바라보았다. 마침 누군가 "뤼즈" 하고 부르자 그 여자아이가 뒤를 돌아보았다.

그는 어깨를 으쓱하며 말했다. "그럭저럭, 근데 그건 왜 물어?"

예잔옌이 느닷없이 웃기 시작했다. 그 웃음은 그에게 익숙한 웃음과 완전히 달랐다. 왠지 모르게 무척이나 슬퍼 보였다.

"아주 괜찮다는 거지. 나도 아주 괜찮다고 생각해." 예잔옌은 말을 마치고 눈물을 뚝뚝 흘렸다.

그는 어안이 벙벙해서 그녀의 말을 수정하는 것도 잊고 말았다. 그는 그저 그럭저럭이라고 말했을 뿐이었다. 이렇게 멀리 떨어진 거리에서는 눈 코 입도 제대로 보이지 않는데 그가 무슨 말을 할 수 있겠는가? 성화이난은 얼른 티슈를 꺼내 예잔옌의 눈물을 닦아주었다. 그녀는 그저 한마디만 반복할 뿐이었다. "확실히 아주 괜찮지, 확실히 아주 괜찮아……. 봐, 너도 곧 그 먼 곳으로 가게 됐잖아, 나한테서 그렇게 먼 곳으로."

그 연약한 모습이 낯설고도 마음이 아파 그는 등 뒤에서 그녀를 안았다. 무슨 말을 해줘야 할지 몰라 그저 턱을 그녀의 정수리에 비비며 말했다. "바보."

뤄즈는 침묵했다. 마음이 숙연해졌다. 찬바람이 그녀의 얼굴을 스치고 지나갔다. 운명의 보이지 않는 손은 차가우면서도 그녀를 불쌍히 여기는 것 같았다.

성화이난은 당시 그것이 예잔옌과의 마지막 만남일 줄은 몰랐다. 그 후 한 달 동안 그들은 문자와 전화로만 연락할 수 있었다. 성화이난의 엄마는 그의 여가 시간을 완전히 통제했다. 엄마의 명령대로 그는 먼저 5일간 홍콩 여행을 갔다가 사촌 동생을 데리고 몰디브에서 일주일 정도 놀다 왔고, 곧이어 상하이에 있는 아빠 친구분들이 자녀들의 고3 수학 과외를 부탁하는 바람에 부모님에게 등 떠밀려 원정 과외를 다녀와야 했다. 어쩔 수 없었지만, 집을 떠나기 전에는 그래도 부모님의 뜻을 따르는 편이 좋다고 생각했다. 그런데 눈 깜짝할 사이 베이징에 신입생 등록을 하러 가야 할 때가 되었다. 가족들이 공항까지 나와 그를 배웅했으니, 자연히 예잔옌은 모습을 드러내기가 껄끄러웠다. 아주 황당하고도 부득이하게도, 그는 다시는 그녀를 볼 수 없었다.

대학교 1학년 겨울방학 때 고향으로 돌아가기 전 그들은 헤어졌고, 그 후로 연락하지 않았다.

그날, 마트 입구에서 성화이난이 뤄즈의 이름을 불러 곤경에서 벗어났을 때 떠오른 건 알 수 없는 눈물을 흘리던 예잔옌이었다.

뤄즈는 웃을 수도 울 수도 없었다.

그와 예잔옌의 마지막 만남은 마치 뤄즈를 소개하기 위해서인 것만 같았다. 그러나 뤄즈와의 첫 만남에서 그는 온통 예잔옌 생각뿐이었다.

뤄즈의 마음속엔 다른 사람에게 말하지 못할 사정이 있었고, 성화이난의 머릿속에도 그만의 쓰라린 우여곡절이 있었다.

"처음에 나랑 커피 마시러 갔을 때, 넌 내가…… 내가 너한테…… 흥미가 있단 걸 간파한 거지?"

뤄즈는 차마 '좋아한다'는 표현을 쓸 수가 없어 더듬거리다가 이도 저도 아닌 '흥미가 있다'는 말로 모호하게 넘어갔다.

성화이난의 맥주가 입가에서 멈췄다. "진실을 듣고 싶어, 거짓을 듣고 싶어?"

"거짓."

"난 그렇게까지 도끼병은 아냐."

뤄즈는 큰 소리로 웃음을 터뜨렸다.

솔직히 말해서 뤄즈와 커피숍에서 처음으로 대화를 나눌 때 성화이난은 무척 유쾌했다. 뤄즈는 그가 싫어하는, 일부러 고결한 척하며 간절함을 감추고 있다는 걸 드러내지 않았다. 오히려 그녀는 무척 자연스러웠고 아무런 흔적도 남기지 않았다.

"다 꾸며낸 거였지?"

"응, 대부분은." 뤄즈는 점점 더 자신의 변화를 느꼈다. 마치 그동안 시간을 연마하며 진정한 마음의 안정과 자신감을 배운 것만 같았다. "다시 그때로 돌아간다고 해도 난 그렇게 했을 거야."

"대단하네." 그가 칭찬하듯 웃으며 저 멀리 밤하늘로 눈길을 뻗었다. 그가 담담하게 물었다. "있지, 내 그런 마음가짐은 자아도취라고 할 수 있을까?"

뤄즈가 고개를 저었다. "하지만 네 추측은 틀리지 않았잖아."

성화이난은 고개를 들어 마지막 한 모금 남은 맥주를 마시고 알딸딸한 상태로 또 한 캔을 집어 들었다.

그때 그는 문자로 고백하고 문과반 문 앞까지 가서 예잔옌을 찾았었다. 예잔옌이 물었다. "넌 내가 고백을 받아줄 거란 걸 어떻게 안 거야?" 그가 웃으며 말했다. "네가 날 좋아한다는 걸 한 눈에 알았거든."

"네가 날 좋아한다는 걸 한눈에 알았어." 이 말은 그가 전에 각종 핑계를 대며 말을 걸어보려는 여학생들에게 인상을 찌푸리며 속으로 많이 했던 말이다. 비록 그의 감정 경험은 공백이었지만, 마치 물건을 훔쳐보지 않아도 기차역에서 소매치기를 분간할 수 있는 것처럼 어떤 일은 한눈에 충분히 파악할 수 있었다.

그러나 예잔옌 앞에서 그 말을 할 때 그는 아주 조금 당황스럽고 자신이 없었다. 상대방은 순간 얼굴을 붉히며 말했다. "너…… 너무 그렇게 자아도취 하지 마."

그때 예잔옌의 반 학생들은 문 앞에 매달려 재미난 구경거리 보듯 두 사람을 바라보며 간혹 놀리기도 했다. 성화이난은 웬일로 조금도 짜증 내지 않았다. 그는 줄곧 자신의 일에 다른 사람이 끼어드는 걸 싫어했다. 그런데 그날은 기분이 좋아서 주변에서 구경하는 사람들을 그저 행복의 증인으로만 생각했다.

"맞아, 내 추측은 틀린 적이 거의 없어." 그가 하하 웃었다. 말은 '거의 없다'고 하면서도 속으로는 '전혀 없다'고 생각했다.

뤼즈도 마지막 한 모금을 들이키는데 사레가 들려 맥주가 입가를 따라 조금 흘러내렸다. 그녀가 손을 들기도 전에 성화이난이 손으로 닦아주었다. 그는 약간 취한 듯했다. 얼굴은 아주 빨갛고 눈빛은 흐릿했으며, 행동도 무분별했다.

뤼즈의 얼굴도 뜨겁게 달아올라 자기도 모르게 옆으로 옮겨 앉았다.

성화이난은 예잔옌의 일을 묻지 말라고 했으면서 혼자 계속해서 이야기했다. 그녀는 그가 예잔엔 때문에 언짢은 것을 알았지만, 질투의 감정은 손톱만큼도 없었다.

"있잖아, 물어볼 게 있는데……." 뤄즈는 말하면서 눈을 들었다가 문득 맑은 밤하늘의 달 옆에 하얀 구름이 끼어 있는 걸 발견했다. 아주 높고 먼 곳에서 면사포처럼 얇게 걸려 있었다. 달빛이 구름 뒤에 숨으며 주변에 유리처럼 눈부신 빛을 반사했다.

햇무리가 생기면 비가 내리고, 달무리가 생기면 다음 날 낮에 바람이 분다지.

그 순간 아무것도 존재하지 않는 것 같았다. 그녀는 멍하니 하늘에 덩그러니 걸려 있는 구름을 바라보았다. 연기 같은 지난 일들이 한꺼번에 머릿속으로 밀려들어 오는 것 같았다.

그냥 두자. 묻지 않겠다고 약속했으니 다시는 묻지 말아야지.

그들은 묵묵히 술을 마셨고 점차 따뜻해졌다. 성화이난이 어리바리하게 고개를 숙이고 흔들다가 그녀의 어깨에 기대었다.

뤄즈는 속으로 부드럽게 탄식했다.

주량이 이래서 어떻게 믿을 수 있겠어!

그가 주량이 굉장히 약하다는 건 진작에 들어서 알고 있었다. 대입 시험 이후 동창 모임에 관한 다양한 소식 중에서 그와 관련된 건 모두 들어서 그가 독한 술을 사려고 했을 때 속으로 코웃음을 쳤다. 그는 자신이 들은 것과 그녀가 들은 말이 다를까 봐 두렵다고 했지만, 술에 대해서는 제대로 들은 것이 맞았다.

그런 생각을 하며 뤄즈는 목도리를 풀어 마치 붕대를 감을 줄 모르는 간호사처럼 그의 머리에 몇 바퀴 돌려주며 그의 빨개진 귀를 보호했다.

"넌 몰라. 내가 그 딩 어쩌고 하는 여자애한테 문자를 받고 얼마나 화가 났는지." 그의 우물거리는 말투는 아이 같았다.

"피차 마찬가지야. 너도 날 무척이나 화나게 했거든." 그녀는 말하면서 맥주를 마셨다. 그 우비를 떠올리며 저도 모르게 이를 꽉 깨물었다.

"하지만." 그는 풀린 눈으로 고개를 들어 그녀를 바라보았다. "그날 밤 난 너를 뒤따라갔어. 넌 가로등 밑에서 아주 태연하게 말했지. '널 좋아해. 정말로'라고. 난 네 말이 진짜라는 걸 알았어. 정말로 나한테…… 흥미가 있었지." 그도 매번 그녀를 발끈하게 만들었던 '좋아한다'나 '짝사랑' 같은 단어를 피하며 손으로 가슴께를 가볍게 반복적으로 두드렸다. "여기, 여기에 따뜻한 물을 들이부은 것 같았어."

뤄즈는 웃을 수도 울 수도 없었다. 그는 국어 과목을 싫어했으니 이런 묘사도 그에겐 정말 힘들었을 것이다. 그러나 한 글자한 글자가 그녀의 고막을 두드렸고 손가락도 미세하게 떨렸다.

"그때 난 예잔옌이 장난치는 걸 좋아하긴 해도 거짓말로 남을 해칠 사람은 아니라고 생각했어."

뤄즈는 묵묵히 듣고 있었다.

"그렇지만 네가 아쉽더라." 그가 먹먹하게 말했다.

사실 단지 아쉬울 뿐이었다.

한때 빛나는 눈빛으로 그의 미소를 바라보던 여자아이가 사라지는 것이 아쉬웠고, 어깨를 스치고 지나갈 때 낯선 사람을 대하듯 냉담하고 소원해지는 게 아쉬웠다.

그녀가 악독하고 교활하며 진심을 드러내지 않는다 해도, 그녀의 수단이 비열해도, 그녀가 그를 사랑하기만 한다면.

뤼즈의 마음 한쪽이 와르르 무너지면서 눈시울이 붉어졌다.

마침내 줄곧 어디서 틀린 건지 깨달았다. 그녀는 헛되게 시간만 끌던 침묵의 짝사랑에 오랫동안 머물러 있으면서 각종 슬픔과 위장에 능숙하게 대처할 수는 있었지만, 두 사람의 감정 세계에서 최후 결정을 내리게 되는 건 마음이 통해서도, 대등하게 좋아해서도, 일편단심 존경해서도 아니었다.

그것은 짠한 마음과 아련한 감정이었다.

그것은 이러지도 저러지도 못하는 상황에서 어찌할 도리 없는 그 약간의 아쉬움이었다.

예를 들면 전에 그녀가 그를 호쾌하게 비꼬았던 것처럼 말이다. "죽어도 증명할 방법이 없는 일인데, 어떻게 친소 관계와 상관없겠어?"

"정말 시비 분간을 못 하는구나, 자백은." 뤼즈는 마음이 따스해졌지만 목소리는 아주 냉담했다.

"아닌데." 그가 몸부림치며 혀 꼬부라진 소리로 말을 바로잡았다. "난 이성적으로 옳고 그름의 구분이 아주 분명해."

감정적으로는 옳고 그른 걸 모르지만.

뤼즈의 눈물을 머금은 웃음소리가 바람에 실려갔다.

성화이난은 그녀에게 기댄 채 천천히 잠들었다. 그들은 결국 그 '중요하지 않은' 황폐해진 유적은 찾지 못했지만 뤼즈는 전혀 아쉽지 않았다. 왼쪽 어깨가 무거워서 금방이라도 무너져 내릴 것 같았다. 그녀는 잠시 망설이다가 결국엔 가만히 왼손을 올려 그의 어깨를 끌어안았다.

아무래도 뒤바뀐 것 같아 뤼즈는 속으로 웃었다.

시간이 밤바람처럼 휘익 하고 지나갔다. 그녀는 그를 안고 호수면 끝에 걸린 구름을 바라보며 마음이 평안해졌다.

그들이 무슨 이야기를 나누었는지, 그리고 아직 풀리지 않은 매듭이 얼마나 많이 남았는지 그녀는 더 이상 신경 쓰지 않았다.

영혼이 다시 몸으로 돌아왔다.

얼마나 흘렀을까, 어깨가 저린 뤼즈는 성화이난의 기침 소리를 들었다. 그는 몸을 일으키려고 애쓰며 몽롱하게 앞을 바라보았다. "몇 시야?"

뤼즈는 어깨를 문지르며 힘겹게 일어나서는 엉덩이 밑에 깔고 있었던 가방을 들어 먼지를 탈탈 털고 그에게 건넸다. "모르겠어. 이제 돌아가자."

뤼즈는 죽어도 정문으로 가긴 싫었고, 정원 경비원에게 한소리 듣고 싶지도 않아서 한사코 다시 담장을 넘으려고 했다. 성화이난은 잠에서 깨니 정신이 많이 맑아졌는지, 커다란 손으로 부끄러운 듯 그녀의 어깨를 두드려주었다.

그들은 왔던 길로 되돌아갔고, 또다시 성화이난이 그녀의 엉덩이를 밀어 담장 위로 올려주었다.

그녀는 안정적으로 담장 위에 앉았다. 자신만만한 여황제처럼 바람이 머리카락을 흩날리도록 내버려 둔 채 고개를 높이 들고 동쪽의 여명을 바라보았다. 성화이난도 금방 담장 위로 올라와 그녀 옆에 딱 붙어 앉았다. 두 사람 모두 아무 말 없었다. 두 쌍의 다리가 공중에서 흔들거렸다. 마치 술에 취한 뱃사공의 노 같았다.

그의 왼손 손가락이 그녀의 손등에 닿았다. 뤄즈의 심박이 돌연 과도하게 빨라졌다.

다음 순간, 그의 숨결이 맹렬하게 그녀를 덮었다. 서로의 이가 부딪칠 때 뤄즈는 웃었다. 시선은 그의 살짝 붉어진 채 허둥거리는 얼굴 너머를 향했다.

첫 번째 태양이 그녀의 등 뒤에서 손을 뻗어 소년의 얼굴을 따스하게 비췄다. 뤄즈는 그의 금빛 테두리가 둘러진 덥수룩한 정수리 너머를 바라보았다. 서쪽 하늘이 하얗게 밝아져 있었다. 그녀는 구름 면사포를 쓴 달을 찾을 수 없었다.

모든 구름은 행방을 알 수 없다.

모든 달은 마지막 결과를 알 수 없다.

제73장

늦게 만난 아쉬움

뤄즈는 빌딩 1층 커피숍 구석에 앉아 하품을 하며 토요일에도 잔업 중인 뤄양을 기다렸다. 그녀는 화이트 초콜릿 모카를 주문하고 탁자 옆에 턱을 괴고 앉았다. 스푼으로 위에 올려진 생크림을 휘적거리며 수시로 미소를 지었다.

뭣 때문에 웃는 건지는 알 수 없었다.

그날 기숙사로 돌아왔을 때는 이미 아침 7시였다. 택시를 타고 학교에 오는 길에 맥도날드를 지나쳤다. 성화이난은 그녀에게 차에서 기다리라고 하고는 몇 분 후 따뜻한 음료 두 잔과 종이봉투 하나를 들고 나와 그녀에게 건넸다. "많이 추웠지?"

그녀는 그때처럼 커피 잔을 뺨에 갖다 대었다. 마치 이렇게 하면 그날 아침의 온도를 다시 느낄 수 있을 것처럼.

방문을 열자, 장바이리는 놀랍게도 아직 잠들지 않고 마치 여왕처럼 위층 침대에 앉아 중생을 내려다보고 있다가, 뤄즈가 조심스럽게 방에 들어온 순간 간사한 웃음을 터뜨렸다.

뤼즈는 그 전 며칠 동안 장바이리가 하이디라오 약속을 미룬 건 거비를 만나기 위해서라는 걸 알고 있었다. 그런데 '캔디'에서 줄행랑을 친 후에는 구즈예가 그녀와 밤늦게까지 함께 있었다. 딱히 무슨 말을 한 건 아니었지만 그래도 충분히 미심쩍었다.

"축하해." 뤼즈는 양치물을 뱉고 고개를 들어 아침 햇살에 목욕 중인 여왕을 바라보았다. "며칠 전만 해도 훌쩍거리더니, 지금은 두 멋진 남자 사이에서 이러지도 저러지도 못하는구나. 정말 세상일은 돌고 돈다더니."

장바이리가 웃었다. 그러나 이 평범한 여자아이의 허영과 수줍음 뒤에는 약간의 부득이한 사정이 있었다.

뤼즈가 이불 속으로 파고들어 몽롱하게 꿈나라로 들어가려 할 때, 불현듯 위층 침대에서 장바이리의 약간 쉰 목소리가 들려왔다.

"어젯밤 우리가 룸에 있을 때, 거비도 천모한이랑 대학 동기들과 같이 노래 부르고 있었어. 난 거비가 여전히 노래 실력을 뽐내면서 동기들 앞에서 천모한의 체면을 살려줄 거라고 추측했어."

뤼즈는 얕은 꿈속에서 탄식했다.

"그리고 구즈예가 그 노래를 부르기 전에 갑자기 거비한테서 문자가 왔어. 걔가 그러더라. 처음 나랑 노래방에 갔을 때 〈나만의 기억〉을 부른 거 기억한다고. 그땐 그 노래를 아주 잘 불러서 나 같은 시골뜨기를 제대로 놀래주고 싶었대. 하하."

장바이리는 무미건조하게 웃더니 한참 후에야 천천히 말했다. "나중엔 너무나 아쉽게도, 어쩌다 마구잡이로 고음을 내지르는 노래에 푹 빠져서는 기교를 선보이는 마니아적인 록 음악을 부르느라 나한테 진지하게 유행가를 불러주던 느낌을 잊어버렸다고 하더라."

"미안, 이제야 자료를 다 보냈거든. 설날이 가까워질수록 더 바빠지네. 실습하러 온 학생 셋은 하나같이 쓸모가 없어. 시킨 일은 제대로 하는 게 없고, 앉아서 인터넷 게시판이나 보고 QQ 메신저나 한다니까."

검은색 패딩을 입은 뤼양이 멀리서 달려와 뤼즈의 맞은편에 앉았다.

"실습생이면 보통 오히려 일을 서로 하겠다고 경쟁하지 않아?" 뤼즈는 약간 의아했다.

"우리 부서에 온 실습생은 정규 채용 절차를 통해서 들어온 게 아니거든. 책임자의 친척이라든지 친구의 자녀라든지, 여기 와서 일하는 것도 그냥 실습 증명서를 받기 위해서야. 나중에 이력서에 한 줄이라도 더 채워 넣으려고."

뤼즈는 고개를 끄덕였다 "밥은 어디서 먹을 거야? 이래봬도 내가 무의식중에 얻어낸 한 끼라고."

뤼양이 웃었다. 살짝 난처하면서도 어이없는 표정이었다. "뭐 먹고 싶은데?"

뤼즈는 고개를 들고 잠시 생각했다. "난뤄구샹*에 굴전 잘하는 집이 있다는데, 어때?"

겨울의 난뤄구샹은 썰렁했다. 골목 양쪽에 늘어선 독특한 가게들은 일찌감치 문을 닫은 곳이 많았다. 뤄즈는 갈림길을 돌아 다급하게 어느 나무문 앞으로 달려가 조심스럽게 밀고는 길게 안도의 한숨을 내쉬었다. "아, 다행이야. 아직 문 안 닫았어."

식당은 무척 작아서 돌로 만든 탁자 세 개가 전부였다. 살던 집에 작은 거실을 만들어 장사를 하는 것 같았다. 냉장고 안에 대만산 캔 음료가 다양하게 들어 있었는데, 뤄양은 주문할 때 연두색 음료를 집어 들고는 얼굴을 찡그리며 뤄즈에게 물었다. "여기 쓰여 있는 구아바가…… '바나나 너 구아바야'**에 나온 그 구아바인가……."

뤄즈는 그의 말이 꼬인 게 웃겨서 고개를 끄덕였다. "그런 거 같아."

요리는 금방 나왔다. 점심을 거른 뤄즈는 줄곧 고개를 숙인 채 신선한 굴전을 공략하느라 뤄양이 한참 동안 젓가락을 움직이지 않았다는 것도 눈치채지 못했다. 마침내 다 먹은 뤄즈는 키위주스를 크게 한 모금 마시고 나서야 뤄양 앞에 놓인 냉국수가 여전히 그릇 가득 담겨 있는 걸 발견했다.

"배 안 고파?"

....

* 南鑼鼓巷, 베이징의 고풍스러운 골목.
** 홍콩 영화 〈오복성〉에서 한 등장인물이 욕을 하고 싶을 때마다 과일 이름을 말하라는 제안에 따라 한 대사.

"응, 점심때 2인분 식사를 먹었거든."

"그럼 나한테 줘. 나 아직 배 안 불러."

뤄양이 웃으며 그녀에게 그릇을 밀어주곤, 자신은 돌 탁자 옆 책꽂이에 기대어 눈을 감고 정신을 가다듬었다. 한참 후에 다시 눈을 떠보니 탁자 위의 굴전과 냉국수, 양파튀김, 오징어 튀김이 말끔히 사라진 채 약간의 부스러기만 남아 있었다.

"배불러?"

"응." 뤄즈는 고개를 숙이고 휴지로 입을 닦았다. "살짝 얹힌 것 같아."

"무슨 기분 좋은 일 있어? 표정이 아주 좋아 보인다."

뤄즈가 눈을 가늘게 뜨고 웃으며 입을 꾹 다물었다.

그리고 긴 침묵이 이어졌다. 식당 주인과 종업원은 문 뒤쪽 다른 방에서 잡담을 나누고 있었다. 살짝 썰렁한 작은 방에 오직 두 사람이 말없이 마주 보고 앉아서는 눈앞의 접시만 뚫어져라 바라보았다.

"표는 예매했어?" 그래도 뤄양이 먼저 침묵을 깨뜨렸다.

"내일 기차역에 가서 운을 시험해보려고. 학교 부근 예매처에는 침대칸 표가 없더라."

"난 설날 당일에야 집으로 돌아갈 수 있어서 지난달에 비행기 표 끊어놨어. 내일 표를 못 살 것 같으면 나한테 전화해. 우리 회사와 거래하는 티켓 판매처에 연락해볼 테니까, 정 방법이 없으면 비행기 타고 가."

뤄즈는 고개를 끄덕이곤 그를 삐딱하게 쳐다보다가 갑자기 웃음을 터뜨렸다.

"왜 웃어?"

"아냐." 싱글거리며 고개를 젓는 그녀는 마치 착한 꼬마 여우처럼 보였다. "이 분위기는…… 딱히 할 말도 없으니까 난 학교로 돌아갈게. 음식도 얻어먹었으니 나도 그 값은 해야지. 입꾹 다물고 있을게."

뤄양은 살짝 어처구니가 없었다. "그럼 원래는 뭘 물어보려고 했는데?"

"오빠가 그때 전화에서 말했던 '그 사람'." 뤄즈는 딴소리를 멈추고 그를 똑바로 쳐다보았다. 뤄양은 여전히 웃고 있었지만 그 웃음은 점차 옅어졌고, 그는 결국엔 천장에 달린 등불을 바라보며 넋을 잃었다.

오전에 인쇄실에서 자료 제작을 서두르기 위해 서명할 때, 그는 복사기 특유의 기이한 냄새를 맡으며 별안간 토하고 싶고 머리가 어질어질했다. 오후에는 뤄즈를 만나야 했다. 아직 교정을 누비는 순수한 여동생과 자신의 반들반들 윤이 나는 구두를 떠올리니 뤄양은 약간 얼떨떨했다. 자료를 보내는 5분 동안, 그는 프록시 IP를 이용해 Z대 인트라넷에 로그인했다. 반년 동안 직장 생활을 했을 뿐인데 학창 시절이 먼 옛이야기처럼 느껴졌다. 게시판에는 학교 이슈에 대한 갑론을박이 줄줄이 달려 있었는데, 그의 눈에는 소꿉놀이하는 애들이 쌓은 모래성과 다를 바 없어 보였다.

뤄양은 정신을 차렸다. 창백한 불빛 아래 뤄즈의 맑은 눈동자가 그를 고집스레 응시하고 있었다.

"여자 후배가 있었어. 예전엔 아주 친했는데, 대학교 1학년을 거의 마칠 무렵에 뭣 때문인지 갑자기 자퇴를 했어. 네 새언니가 우리를 좀 오해하긴 했지만 나중엔 오해가 풀렸고. 그것뿐이야."

깜짝 놀란 뤄즈는 고개를 숙이고 잠깐 생각에 빠졌다. 계속해서 묻는 대신 웃으며 고개를 끄덕였다. "됐어, 안 물어볼게. 하지만 오빠, 난 오빠가 옘자 언니를 아껴줬으면 좋겠어."

뤄즈도 이런 부탁이 닭살 돋고 의미 없게 느껴졌지만, 뤄양은 그녀를 비웃지 않았다.

뤄즈는 그에게 천징을 아껴달라고 말하긴 했지만, 그가 진짜로 그녀가 줄곧 생각해온 것처럼 천징을 깊이 사랑했냐고 감히 물을 수는 없었다.

"네가 말할 필요까지 있어? 바보."

"그럼 계산해."

뤄양은 어쩔 수 없다는 듯 웃으며 손을 뻗어 그녀의 머리를 쓰다듬었다. 그리고 종업원을 불러 계산을 요청한 다음 지갑을 꺼내며 뤄즈에게 물었다. "저번에 스테이크집 앞에서 그 두 사람은 누구야? 남자랑 여자."

뤄즈는 흠칫하더니 이내 코를 문질렀다. "아무도 아냐. 다 지난 일이야."

뤄양도 더 이상 캐묻지 않았다. 한마디 말로 설명할 수 없는 이야기들에 대해 그들은 더 이상 뿌리까지 캐지 않는 법을 배웠고, 자세히 귀 기울여 들을 만한 시간과 마음도 없었다. 대부분 서로가 필요로 하는 것은 물어볼 때의 관심뿐이었으므로, 무미건조하게 한마디로 소개하면 충분했다.

뤄양은 뤄즈가 교문 안으로 사라지는 걸 보고 나서 몸을 돌려 한쪽에 기다리고 있던 택시 안으로 들어갔다.

며칠 연속으로 야근하며 쉴 새 없이 일하다가 이제야 드디어 제대로 쉴 수 있게 되었다. 아파트 문을 여니 룸메이트가 다크서클이 잔뜩 낀 채로 주방에서 라면을 들고 나왔다. 룸메이트는 거실에 앉아 라면을 먹으며 CCTV 6채널에 나오는 국산 영화를 보기 시작했다. 뤄양은 피곤한 듯 인사를 건네곤 자기 방으로 돌아가 쓰러져 잠이 들었다. 셔츠도 벗지 않은 채로.

일어나 보니 아침 8시였다. 놀랍게도 12시간 넘게 잔 거였다.

게다가 놀랍게도 꿈에서 그녀를 보았다.

뤄양은 꿈에서 딩수이징이 네 번째 전화를 받았을 때 결국 휴대폰을 끄기로 결심한 모습을 보았다. 그녀는 입가에 온순한 미소를 띠고 손가락으로는 단호하게 휴대폰 전원 버튼을 눌렀다. 지속 시간이 아주 짧은 토막 장면에 불과했지만, 다른 어지러운 꿈속에 섞여 있으니 무척이나 도드라졌다.

잠에서 깨어났을 때 계속해서 이어지던 어지러운 꿈은 모두 기억에서 지워진 반면, 유독 그 짧은 장면만은 머릿속에 남았다.

겨울 햇살이 이불 위에 내리쬐며 공기 중에 부유하는 먼지를 비췄다.

그때, 강단 위 톈 교수는 삼위일체를 설명하는 데 몰두해 있었다.

"성부, 성자, 성령. 이 세 가지의 관계에 대해서는 해석이 다양해요. 그러면서 많은 갈등과 분쟁이 벌어졌고, 결국 기독교는 한차례 분열하게 됩니다. 우리가 종종 얘기하는 천주교와 동방정교가 갈라지게 된 이유 중 하나는 이 삼위일체에 대한 해석이 달랐기 때문이죠. 이따가 토론 시간에 이 주제와 종교전쟁에 대해 얘기해보도록 하겠습니다."

딩수이징은 종이 위에 손 가는 대로 어른과 아이 두 사람이 손을 잡고 있는 그림을 그렸다. 어른은 담배 연기 같은 걸 내뿜고 있었고, 그녀는 그 위에 꼬리를 덧그린 후 가장자리에 "Hi, holy ghost.(안녕, 성령.)"라고 썼다. 그가 어른 머리 위에 엔젤링을 절반 정도 그렸을 때, 톈 교수가 노트를 빼앗아갔다.

"다들 이걸 봐요. 딩수이징 학생의 그림이 동방정교의 관점을 아주 잘 보여주고 있네요."

밑에서 선의의 웃음소리와 박수 소리가 터져 나왔다. 뤄양은 딩수이징의 옆모습을 유심히 보았다. 그녀는 입꼬리가 살짝 올라가 있었고 눈동자에는 장난스러운 득의양양함이 가득했다.

뤄양은 따뜻한 이불 속에서 밍그적거렸다. 눈을 감으면 그 낡은 교실 안에 울려 퍼지던 텅 빈 웃음소리가 들리는 것만 같았다.

거의 매번 수업 시간마다 톈 교수는 딩수이징의 그림을 강의 자료로 사용했고, 모두 익숙해져서 그러려니 했다. 중세 역사는 공통 선택과목이었다. 이 과목을 맡은 텐쉐핑 교수는 역사 학과에서 엄격한 걸로 유명해서 수강을 신청한 학생들이 많지 않았다.

딩수이징은 모두에게 유명했다. 첫 시간에 맨 앞줄 한가운데에 앉아서 노트에 텐 교수의 캐리커처를 그렸다. 텐 교수가 '맨손으로 칼날 잡기' 기술로 노트를 낚아채곤 딩수이징을 노려보았다. 그러나 딩수이징은 그저 담담하게 웃으며 차분하게 물었다. "교수님, 제 그림이 많이 닮았나요?"

돌이켜 생각해보니 참 이상했다. 몇 년째 활기라곤 찾아볼 수 없던 이 수업에서 그날 학생들 몇 명이 그림을 보여달라고 떠들어댔다. 줄곧 무뚝뚝한 얼굴로 수업을 하던 텐 교수는 그 그림을 흘끗 보곤 푸흡 하고 웃음을 터뜨렸고, 학생들은 더욱 대담하게 외쳤다. "보여주세요! 보여주세요!"

과연 무척이나 닮아 있었다. 텐 교수의 당나귀 귀, 까무잡잡한 얼굴과 트레이드마크인 입을 비뚤고 웃는 표정까지. 강단 아래는 온통 웃음바다가 되었고 박수를 치는 사람까지 있었다. 텐 교수가 말했다. "그림이 안 닮았으면 자네를 신경 쓰지도 않았을 거야. 자, 올라와서 모두에게 자기소개나 하지."

"안녕하세요, 딩수이징이라고 합니다. 국제정치학부 국제법 전공 신입생입니다."

텐 교수가 눈썹을 치켜올리며 말했다. "오, 난 또 이 재주 많은 여학생이 예술학부 소속일 줄 알았는데. 다음에 그릴 땐 너무 잘 그리지 말도록 하게. 그래야 내가 자네를 눈여겨보지 않을 테니까. 때론 재능도 일종의 부담이지 않나."

딩수이징은 순간 넋이 나간 표정을 지었다가 어깨를 으쓱하며 말했다. "감사합니다, 교수님." 뤄양은 지금도 당시 자신이 뭘 한 건지 알지 못했다. 딩수이징이 자리로 돌아왔을 때, 그는 그녀에게 쪽지를 전했다. "안녕, 난 수학과 뤄양, 4학년이야. 네 뒤에 앉는데 친하게 지내자."

무척이나 경박한 작업 멘트였다.

1년 후 졸업생 파티 때, 뤄양이 강단에 올라 건배사를 할 때 별안간 강단 아래의 학생들이 모범 커플 뤄양과 천징의 연애사를 풀어보라며 소란을 피우기 시작했다. 첫 만남부터 빠짐없이 이야기하라는 거였다. 뤄양은 시끌벅적한 상황을 좋아하지 않았고, 강단 밑에서 자신을 바라보는 익숙한 얼굴과 익숙하지 않은 얼굴이 주목하는데 머리칼이 쭈뼛 서는 것 같았다. 그러나 딱히 참지 못할 정도는 아니었다. 어쨌거나 다른 사람이 보기에 그와 이런 왁자지껄하고 훈훈한 장면과는 아주 잘 어울렸으니 말이다.

"그냥 그렇게 알게 됐지 뭐." 그가 말했다.

"고등학교 때 짝꿍일 뿐이었어." 천징이 옆에서 상냥하게 덧붙였다. "고1 때는 내가 먼저 말을 걸었고."

"뭐야, 알고 보니 형수님이 적극적이었네. 다들 몇 년씩이나 오해하고 있었잖아요. 큰형님, 너무하잖아요." 기숙사의 셋째가 밑에서 떠들었다.

"내가 너냐? 내가 예쁜 여자한테 작업 걸 사람이야?"

뤄양은 말을 마치자마자 모두가 왁자지껄하게 웃고 떠드는 가운데 딴생각에 빠졌다.

그 순간, 마치 딩수이징이 예쁜 얼굴에 나른한 미소를 지으며 뒤를 돌아보는 모습이 보이는 듯했다. "음, 전 수학이 가장 싫어요. 안녕하세요."

딩수이징과 이렇게 인사를 나눈 후, 두 사람은 더 이상 말을 나누지 않았다. 일주일 후 중세 역사 수업 전, 뤄양은 교실에 들어가다가 딩수이징이 맨 앞줄에 앉아 시원스럽게 웃으며 그를 향해 손을 흔드는 걸 보았다. 그리하여 그는 다가가 그녀 옆에 나란히 앉았다.

딩수이징의 책상에는 책 두 권이 놓여 있었다. 한 권은 톈 교수가 지정한 『중세 역사』였고, 다른 한 권은 사실상 그녀의 예쁜 낙서장이었다. 딩수이징은 수업에 집중하지 않고 항상 책 위에 낙서를 끄적였다. 때로는 가끔 톈 교수가 하는 말에 영감을 받으면 바로 낙서장을 펼쳐 한참을 끄적거렸다.

딩수이징은 늘 맨 앞줄에 앉았기 때문에 늘 톈 교수에게 그림을 들켰다. 그녀는 들키고 나서도 두려워하는 법 없이 여전히 나른한 태도로 톈 교수의 말을 받아쳤다. 늙은 교수와 어린 학생이 주거니 받거니 하는 모습에 보는 사람들은 따스함을 느꼈다. 뤄양의 머릿속에 중세 역사 수업 때 배운 지식은 거의 남아 있지 않았지만, 딩수이징의 휴대폰에서 진동이 빈번하게 울렸다는 건 기억했다. 그녀는 친구가 그렇게나 많은지, 문자가 끊임없이 들어왔고 삑삑거리는 버튼 누르는 소리는 겨울 장작

불처럼 왕성하게 타올랐다.

그날은 마침 수업 시간에 즉흥 토론회가 있었다. 법학과와 역사학과 학생들은 앞다투어 일어나 열변을 토했다. 톈 교수도 열정적으로 평가에 참여했다. 마치 세월이 거꾸로 흐른 듯 주름살도 활짝 펴졌다. 토론이 끝날 무렵, 톈 교수는 마침내 딩수이징을 떠올리곤 흥미로운 웃음을 지으며 딩수이징에게 말했다. "우리의 화가 동지도 한 말씀 하지 않겠나?"

당시 딩수이징은 뤄양을 살짝 밀치며 "이것 좀 봐요"라고 말하다가 갑자기 이름을 불리자 낭랑한 목소리로 대답했다. "네?"

뤄양은 웃음소리를 들었다. 아주 우호적인 웃음소리였다. 모두 이 여자아이를 웃기고도 얼빠진 캐릭터로 여겼다. 그녀는 수업의 마스코트였고 모두 그녀를 좋아했다. 교실로 들어서며 그녀에게 인사하는 사람들도 종종 있었다. 뤄양이 물어보면 딩수이징은 예의 그 나른한 표정으로 대답했다. "사실 모르는 사람이에요."

딩수이징이 천천히 일어나 먼저 뤄양을 흘끗 보고는 톈 교수를 향해 웃었다. 애교 있는 손녀 같은 미소였다. 그녀의 이상한 침묵에 모두의 시선이 그녀에게로 쏠렸다. 다들 그녀가 이번엔 어떤 의기양양한 말로 사람들을 웃길지 기대했다. 그러나 딩수이징의 상냥한 목소리와 유창한 언변과 천사 같은 웃음은 분위기를 역전시켰다.

그날 딩수이징의 당당하고 차분한 말에 톈 교수는 무척 흡족해했지만 뤄양은 무척이나 어리둥절했다. 텐 교수가 토론을 마무리할 때, 뤄양은 딩수이징에게 물었다. "아까 나한테 무슨 말을 하려던 거야?" 딩수이징이 얼른 낙서장을 펼쳐 위에 그려진 얼굴을 가리키며 말했다. "봐요, 아까 '신앙은 일종의 사상이 나태함을 보여주는 표현이다'라고 했던 그 남학생 닮지 않았어요?"

커다란 코와 착해 보이는 눈, 그리고 헝클어진 머리.

"음, 닮았네. 역시."

딩수이징이 득의양양하게 웃으며 낙서장에 다시 펜을 몇 번 끄적였다. "자, 지금은 교수님 닮았죠?"

뤄양은 하마터면 물을 뿜을 뻔했다. 과연, 딩수이징의 묘사에 뤄양은 순간 의심스러웠다. 아까 발표한 남학생이 혹시 텐 교수의 사생아는 아닐까 하고.

뤄양이 마음에 든 건, 딩수이징이 그녀에 대한 사람들의 칭찬을 알고 있다는 거였다. 어쨌거나 그렇게 훌륭하고도 대담하게 즉흥 연설을 할 수 있는 사람이 관중을 살피지 못했을 리 없었다. 딩수이징에게는 익숙한 일이었을 뿐이다. 부끄럽고 겸손해서 뤄양과의 대화를 피하는 게 아니라, 그저 너무나 익숙했기에 나른한 태도로 딱히 흥분이나 자부심도 드러내지 않았던 것이다.

그래서 뤄양은 그녀를 칭찬하지 않았다. 다른 여학생들에게처럼 부드럽게 웃으면서 "아, 누가 미인 배 속에 먹물이 안 들었대?"라고 말하지 않았다.

뤄양은 승부를 따지며 기싸움 하는 사람을 좋아하지 않았다. 그는 속이 훤했고 일 처리가 믿음직했으며 인간관계도 아주 좋아서 그녀 앞에서 열등감을 느낄 리 없었다. 그런데 어찌 된 일인지 그는 그녀를 칭찬하고 싶지 않았고, 그녀가 다른 사람들을 대할 때처럼 의아한 눈빛으로 담담하게 "아, 고마워요. 어쩌다 보니, 대단할 거 없어요"라고 말하는 걸 듣고 싶지 않았다. 그렇게 된다면 자신이 딩수이징의 마음속에서 평범한 사람으로 분류되어 다시는 특별해질 수 없을 것 같았다.

특별함. 뤄양은 그 낡은 교실에서 호박색 빛 그림자를 응시하며 천천히, 천천히, 심장이 유달리 힘차게 뛰기 시작하는 걸 느꼈다. 쿵쿵, 마치 강력한 펌프처럼 귓가에도 그 소리가 우렁차게 들리기 시작했다. 그는 고개를 돌려 그녀를 바라보았다. 그녀도 마침 자신을 바라보고 있었다. 장난스러운 웃음에는 너무 빨리 드러난 케미와 그로 인한 기쁨이 담겨 있었다.

웃는 게 참 예쁘다, 그는 생각했다.

삶에는 늘 깊은 곳과 얕은 곳, 빛과 그림자가 교차한다. 어떤 사람은 강렬하고 짙은 색채를 남기고, 어떤 사람은 가볍고 옅게 지나가며, 어떤 사람은 당신의 삶을 여러 번 스쳐 지나가면서도 흔적을 남기지 않는다. 그리고 어떤 사람은 한 번 만난 인연으로도 대뇌 깊은 곳에 박혀 기억 속으로 들어가 버린다. 마치 초대받지 않은 손님이나 불법체류자처럼.

"네 그림은 정말 재기발랄해." 그는 그 낙서를 들고 펜선과 필치를 자세하게 살펴보다가 별안간 고개를 돌려 그녀를 바라보았다. "내 초상화 하나 그려줄래?"

그들 사이의 거리는 조금 가까웠다. 뤄양은 고개를 돌릴 때 그 점을 의식하곤 짐짓 아무렇지도 않게 목을 뒤쪽으로 움츠리며 과장되게 종이를 들어 빛이 들어오는 방향으로 흔들었다.

그는 딩수이징이 뒤에서 웃는 소리를 들었다. 고개를 돌렸을 때, 그녀는 이미 낙서장을 들고 그림을 그리고 있었다. 다만 그리는 과정은 그에게 보이지 않도록 왼손으로 가린 채였다.

"남이 보는 건 쑥스러워서요." 그녀는 눈을 들진 않았지만 입꼬리는 둥그렇게 말려 있었다.

그러나 뤄양이 본 건 두 사람의 초상화였다. 상반신으로 나란히 있는, 각각 종이 양쪽에 붙어 있고 가운데에는 한 사람의 공백을 남겨두었다.

"이건……."

"사람의 특징과 풍모는 다른 사람과 상호작용을 할 때 가장 쉽게 드러나는 것 같아요. 선배가 다른 사람이랑 있을 땐 어떤 모습일지 몰라서, 그래서 우리를 그렸어요."

뤄양은 그림을 뚫어져라 바라보았다. 그림 속 자신은 왠지 모르게 대학 1학년 신입생처럼 지나치게 활발해 보였다.

"이 그림 어디에 상호작용이 있어?"

"당연히 있죠." 딩수이징이 목탄으로 다른 쪽 끝에 동그라미를 그리고 잠시 멈칫하더니, 다시 고개를 들고 웃었다. 그 웃음을 뤄양은 똑바로 바라볼 수가 없었다. "모르겠어요?"

"그래, 그럼 그 그림 나 줘."

"안 돼요. 잘 그린 것 같아서 제가 간직할 거예요."

여자는 괜히 억지를 부리기 시작하면 정말 이상해진다. 다행히 천징은 그렇지 않았다.

물론 때로는 좀 이상해도 나쁠 건 없지, 그는 생각했다.

수업이 끝날 때, 천징이 갑자기 문 앞에 나타나 그에게 손을 흔들었다. 그러고는 오른손에 든 포장 음식을 가리키며 고개를 기울이고 다정하게 웃어 보였다.

뤄양은 곁눈질로 딩수이징의 교활한 미소를 보았다. 딱 적절한 흥밋거리였다.

"여자 친구예요?" 그녀가 물었다.

"응." 그는 딩수이징에게 고개를 끄덕이곤 가방을 들고 먼저 교실을 나갔다.

"후배?" 천징이 물었다.

"응."

뒤를 돌아보니 여자아이는 책상 위에 엎드려 바닥의 어느 지점을 응시하고 있었다. 고요한 유화처럼 예쁜 옆모습이었다. 정오의 햇살이 두꺼운 와인색 커튼 틈새를 통해 계단식 교실로 새어 들어와 그녀의 몸 위로 쏟아졌다. 마치 신이 선사하는 편애의 스포트라이트 같았다.

그녀도 마침 고개를 돌려 그들을 보았다. 입꼬리를 올리고 생각에 잠긴 듯이 그들을 관찰하고 있었다.

뤄양은 순간 오싹했다.

세상의 많은 일들이 모두 이런 의미심장한 관찰에서 시작되지 않던가.

"후배야?" 그는 정신을 차렸다. 옆에 있는 천징이 여전히 상냥하게 웃고 있었다. 마치 시간이 한 바퀴 돈 듯했다.

"방금 물었잖아." 그가 웃으며 왼손으로 포장 음식을 받아 들고 오른손으로는 가만히 그녀의 손을 잡았다.

바지 주머니에 넣어둔 휴대폰에서 '띠링' 하는 소리와 함께 문자가 도착했다.

딩수이징이었다. "선배와 선배 여자 친구의 관계는 정말 재미있어요."

그는 그 말이 무슨 뜻인지 몰랐다.

제74장

Two strangers fell in love
(사랑에 빠진 낯선 두 사람)

뤄즈는 새벽 5시에 장바이리의 휴대폰 벨소리에 잠이 깼다. 그러나 휴대폰 주인은 여전히 위층 침대에서 단잠에 푹 빠진 채 몸을 돌리다가 그 시끄럽고도 진동이 계속 울리는 '폭탄'을 아래층 침대의 뤄즈 배 위로 떨어뜨리기까지 했다.

뤄즈는 이를 악물고 일어나 위층 침대 바닥을 두드리려다가, 문득 곁눈질로 화면에 깜빡이는 '발신자: 천모한'이라는 글자를 보고 말았다.

뤄즈는 2초간 생각하다가 장바이리를 깨워 당사자가 직접 이 사실을 맞닥뜨리게 하기로 결정했다. 그러나 휴대폰을 들고 침대 사다리를 올라갈 때 엄지손가락으로 통화 버튼을 누르고 말았다. 스피커 모드가 아니었는데도 멀리서 목청이 찢어져라 외치는 소리를 들을 수 있었다. "네가 직접 걔한테 말해. 그 저 질스런 놈이랑 함께 언급되는 것만도 창피스럽다고 말야!"

"작작 좀 해!"

뤄즈는 멍하니 장바이리의 휴대폰이 전전긍긍하며 그리 성능이 좋지도 않은 낡은 스피커로 틀어주는 천모한과 거비의 기관총처럼 쏘아대는 소리를 들었다. 뤄즈는 얼른 사다리 끝까지 올라가 장바이리의 어깨를 거칠게 흔들며 화난 목소리로 소리쳤다. "야, 일어나!"

전화는 그 순간 끊어졌다.

뤄즈가 들은 마지막 한마디는 완전한 문장이 아니었다. "장바이리, 너 잘 들어……."

천모한의 말은 중간에 끊겼다. 뤄즈는 거비가 전화를 끊었으리라 추측했다.

장바이리는 그제야 잠이 덜 깬 눈으로 부스스 일어나 앉았다. "뭐 하는 거야?"

잠이 싹 달아난 뤄즈가 그녀 손에 휴대폰을 쥐어주었다. "전화 왔어. 너……." 그런데 말이 끝나기도 전에 장바이리는 몸을 기울이더니 벽에 기대 비스듬히 누운 자세로 잠들어버렸다.

뤄즈는 잠시 말없이 있다가 휴대폰을 장바이리의 잠옷 원피스 가슴 안으로 슬며시 밀어 넣고는 사다리를 내려와 이불 속으로 파고들었다. 그리고 자신의 휴대폰을 들어 익숙하게 장바이리의 번호로 전화를 걸었다.

깜짝 놀랄 만한 벨소리와 진동이 어둡게 가라앉은 공기를 깨뜨렸다. 아까와 다른 건, 이번에는 장바이리의 무시무시한 비명 소리와 함께였다.

뤄즈의 마음도 드디어 적지 않게 편안해졌다.

장바이리는 뤄즈에게서 방금 그 짧은 전화 내용을 전부 듣고
는 한참을 말이 없었다.

"전 여자 친구의 복수 계획은 아주 순조롭게 진행되는 것 같
네." 뤄즈가 놀렸다.

뤄즈는 이미 완전히 잠에서 깼다. 끊겨버린 꿈은 급속히 빠
져나가는 썰물처럼, 꿈속 장면은 아무리 손을 뻗어 잡아보려
해도 손쓸 수도 없이 이미 모호해졌다.

그러나 꿈속에서 장례식장의 그 빨간 옷의 여인을 본 건 잊
히지 않았다.

그녀의 눈 코 입은 마치 썰물 때 모래사장에 떨어진 조개 같
았다. 옅게 깔린 땅거미 속에서 갈수록 또렷하게만 보였다.

뤄즈가 홀린 듯 멍하니 있을 때 별안간 위층 침대에서 장바
이리가 처절하게 울부짖는 소리가 들렸다.

"어쨌든 완전 짜증 나!" 장바이리는 계속해서 이불을 발로
찼다.

"투정은. 됐어, 네가 속으론 무척 기뻐하고 있다는 거 아니까."

장바이리가 다급히 외쳤다. "아냐, 정말 아니라니까! 비록……
하지만 아냐!"

위층 침대에서는 한동안 조용하더니, 장바이리가 가라앉
은 목소리로 말했다. "사실, 난 트집 잡고 있는 거야. 거비는 분
명 내가 불쌍했겠지. 그래서 먼저 나서서 나한테 몇 번 연락했

을 거야. 어쩌면 나랑 친구가 되고 싶었을지도 몰라. 하지만 난 개한테 듣기 좋은 말은 한마디도 안 하고 늘 다양한 방법으로 걜 자극하고 조롱했어. 그런데 내가 무슨 말을 하든, 걔가 예전처럼 욱하면서 얼굴 붉히지 않을 줄은 몰랐지 뭐야. 웃지 마, 난 걔가 그렇게나 약해진 걸 처음 봤단 말야. 난 진짜……."

뤄즈는 머리 위 갈색 합판을 노려보며 손가락으로 침대 가장자리를 두드렸다. 그리고 조용히 말했다. "내 생각엔, 헤어진 다음에 마음이 내키지 않는 사람만이 말에 가시가 돋는 것 같아."

장바이리가 훌쩍거림을 멈췄다.

"걔가 그런 널 봐주는 건 어쩌면 아직 널 사랑하기 때문일지도 모르지. 하지만 내 느낌에 그건 그냥 겉모습일 뿐이야. 걘 말로 자신이 우세한 위치에 있다는 걸 드러낼 필요가 없을 테니까. 연애할 때와는 달라. 걘 이미 승자야. 적당히 약한 모습을 보이면 넌 걔한테 귀찮은 일을 안 만들 테고, 관계가 원만해지면 심지어 네가 걜 좀 더 사랑하게 만들 수 있으니까."

이런 말을 계속해야 할지 고민하다가, 뤄즈는 마음을 독하게 먹고 끝내 말했다. "걔한테 이런 식으로 사랑을 유지하는 게 무슨 의미가 있는지는 모르겠는데, 너한테 아무런 의미가 없는 건 확실해."

"뤄즈." 장바이리가 자신 없는 말투로 말했다. "가끔 넌 거비를 너무 나쁘게만 봐."

"아니." 뤄즈가 웃었다. "난 그저 네 매력을 정확히 알고 있을 뿐이야."

"꺼져!" 장바이리는 침대 가장자리로 머리를 내밀더니 씩씩거리며 휴대폰을 마치 수류탄 던지듯 뤼즈에게 던졌다. 바로 그때, 휴대폰의 화려한 벨소리가 다시금 울리기 시작했다. 장바이리는 순간 하얗게 질린 얼굴로 불안하게 아래층 침대에서 휴대폰 화면을 훑어보는 뤼즈를 주시했다. 머리카락이 밑으로 축 늘어져 처녀 귀신처럼 보였다.

뤼즈는 장바이리에게 냉소를 지은 후, 직접 전화를 받았다.

"죄송합니다. 지금 거신 전화 주인은 지금 짜증을 부리는 중이라서요."

장바이리는 하마터면 바닥으로 곤두박질칠 뻔했다. 뤼즈는 상대방의 말을 몇 마디 듣는가 싶더니 전화에 대고 말했다. "그렇게 전해줄게요." 그러고는 전화를 끊었다.

"누구?"

"너네 구 아저씨. 널 방해하고 싶지 않대. 지금 파리에 있는데 한밤중이래. 이제 막 고객이랑 식사를 끝냈는데 창밖에 에펠탑이 보이길래 문득 네가 파리를 아주 좋아한다는 게 생각났대. 그래서 아무 생각 없이 전화를 했는데 내가 받을 줄은 몰랐던 거지. 널 깨우지 말고 그냥 말만 전해달래. 잘 지내라고."

장바이리는 멍하니 듣고 있다가 재빨리 고개를 거두었다. 얼굴이 빨개졌는지는 알 수 없었다.

"정말 낭만적이야." 뤼즈는 눈을 가늘게 뜨고 장바이리의 헬로키티 스티커와 큐빅이 잔뜩 붙여진 휴대폰을 노기등등하게 노려보았다. 새벽 5시에 전화하는 미친놈이 위층 침대의 사람과 엮이다니.

 "우린 아무 사이도 아냐." 장바이리가 고백했다. "구즈예 그 사람은 아무 말도 안 했어."

 뤄즈는 한참 후에야 '아무 말도 안 했다'는 말의 뜻을 깨달았다.

 뤄즈는 그와 장바이리 사이가 뜨겁다고 생각했고, 그가 장바이리를 보호하고 신경 써주는 걸 직접 목격하기까지 했다. 하지만 따져보면 그저 딱 적절하기만 한 걱정이었고, 그는 백 프로 여유 만만했다.

 그저 애매하게 귓가에 바람을 살랑살랑 불 뿐이었다.

 "휴, 나이 많은 남자란." 장바이리가 헛웃음을 쳤다.

 "주목받는 가족기업의 삼십대 도련님일 뿐이야." 뤄즈는 몸을 돌렸다. "너보다 10년은 더 살았으니 당연히 고단수겠지. 넌 예전에도 성숙한 스타일을 특히 좋아하지 않았어?"

 "사실 난 그렇게 지조가 굳진 않아." 장바이리의 목소리는 물처럼 부드러웠다. "하지만 난 그 사람을 잘 모르겠어. 눈앞에 있는데도 어떻게 다가가야 할지 모르겠고, 내가 괜히 오버하는 걸까 봐 모든 걸 그 사람이 주도하게 했지."

 "소설에서 도련님 품에 안기는 여자들은 다 능력이 없다고 생각하는 거야?" 뤄즈는 그녀의 말에 웃음을 터뜨렸다. "도둑이 고기 먹는 것만 보고 뒤에서 얻어맞는 건 못 봤구나."

 장바이리가 소리를 꽥 질렀다. 던질 만한 휴대폰이 없자 안대를 던졌다.

 "하지만." 한참 난동을 부린 후 장바이리는 잠잠해졌다. "그 사람을 조금 좋아하는 건 인정하는데, 그렇게 많이 좋아하는 건 아냐. 아마도 조건이 너무 좋아서일 거야. 내가 이런 유혹에 빠질 거라곤 생각도 못 했거든."

그러나 이번 생에서 장바이리의 가슴을 쿵쾅거리며 뛰게 하는, 좋아하는 감정이 너무나도 확실해서 천지를 뒤덮을 정도로 가슴이 쿵쾅거리게 하는 건 영원히 그 가로등 밑 차에 기대어 미소 짓는 소년과 이어져 있었다.

다시는 사랑을 못 만나는 건 아니다. 다만 어른이 되어서, 보고 들은 것이 많아서, 더 이상 그런 방식으로는 사랑을 만날 수 없을 뿐이다.

뤄즈는 성화이난을 떠올렸다.

"그거 알아? 거비가 그러더라. 천모한과 사귀는 건 상상했던 것보다 즐겁지 않다고. 오히려 나랑 같이 있을 때의 그런…… 느낌이 사라졌대."

"그럼 쉽네. 쓸데없는 소리 말고, 거비한테 천모한이랑 헤어지라고 해! 헤어지지 않으면 남자도 아니다."

장바이리는 다시금 고개를 푹 숙였다. "너 폭탄이라도 먹었어?"

뤄즈는 어안이 벙벙했다. 그녀도 이렇게나 흥분하고 아침부터 잠들지 못한 건 어쩌면 전화 때문이 아닐지도 모른다고 생각했다.

"사실 나도 걔가 거짓말하는 것 같아." 장바이리가 조그맣게 말했다. "그거 알아? 구즈예가 그러더라. 일단 남자가 거짓말하는 것 같은 느낌이 들면 그 남자는 거짓말하는 게 분명하다고. 내가 구 대표님은 거비를 몰라서 그런다고 하니까 알든 모르든 틀리지 않을 거래."

어떻게 모를까. 뤄즈는 미간을 찌푸렸지만 구즈예의 말이 재미있다는 건 인정할 수밖에 없었다.

"왜?"

"왜냐하면 그가 바로 거비라서 그렇대."

뤄즈의 심장박동이 순간 한 박자 느려졌다. 그녀도 뭘 걱정하는지 몰랐다. 그저 충분히 일리 있는 선의의 경고인데 말이다. 그녀가 생각에 빠져 있을 때, 위쪽에서 장바이리의 실없는 웃음소리가 들렸다.

"그런데 뤄즈, 나 지금 아주 즐거워. 시험도 끝났지, 가장 힘든 이별 초기도 견뎌냈지, 이제 곧 설날이지. 그리고 구…… 어쨌든, 난 내가 즐거워야 한다고 생각해. 사실 인생은 아주 아름답잖아. 부족한 게 없어."

뤄즈는 그녀를 흘겨보았다. "그렇게 생각하다니, 적어도 분별력이 부족한 건 맞네."

이번에는 위에서 베개가 떨어져 내려왔다.

뤄즈는 법학 개론 시험장에 들어서며 평소엔 몇 명 앉지 않던 맨 뒷줄이 꽉 차 있는 걸 발견했다. 심지어 뒤에서 셋째 줄까지 이미 자리가 차서 한 무리의 사람들이 한 칸씩 띄어 앉아 고개를 숙이고 미친 듯이 책을 넘겨보고 있었다.

바로 그때, 그녀는 계단식 교실 중간에 어떤 '까만 사람'이 자신을 향해 과장되게 팔을 흔드는 걸 보았다.

"네 자리 맡아놨어!"

장밍루이는 한 줄 전체를 맡아놓고 있었다. 뤄즈는 그제야 그가 이 수업에 아는 사람이 이렇게 많았다는 걸 알았다.

"이쪽은 문과생 누나, 시간 없어, 얼른 예를 갖춰!"

옆에 있던 건장한 남학생이 재빨리 향을 피우는 판다곰 같은 동작을 하면서 뤄즈를 향해 중얼중얼 인사하기 시작했다. 뤄즈는 웃지도 울지도 못하고 그저 가방을 내려놓고는 장밍루이를 향해 몸을 돌렸다. "복습 잘돼가?"

장밍루이가 어깨를 으쓱했다. "교수님이 감히 날 낙제시킨다면 난 복수전공 포기하고 때려치울 거야. 너 못 봤어?"

그는 말하면서 자신의 턱을 가리키며 눈을 크게 떴다. "공부하느라 살이 얼마나 빠졌는데. 봐봐, 이제 브이 라인 됐잖아!"

"……브이 라인은 뾰족한 쪽이 위야, 아니면 아래야?"

한 무리의 남학생들이 일그러진 표정의 장밍루이 앞에서 책상을 두들기며 미친 듯이 웃을 때, 뤄즈는 손 하나가 그녀의 어깨를 짚는 걸 느꼈다. 고개를 돌리자 성화이난이 한 계단 높은 곳에 서서 고등학교 때처럼 한 손에 가방을 들고 미소를 지으며 그녀를 바라보고 있었다.

"공부는 많이 했어?"

뤄즈는 가방을 든 그의 손을 뚫어져라 바라보면서 불쑥 말했다. "나 여러 번 썼었는데."

그의 습관, 일기장에 쓴.

"뭐?"

뤄즈는 정신을 차리고 웃으며 고개를 저었다. 성화이난도 더 묻지 않고 그녀의 머리카락을 쓰다듬으며 내려와 가방을 그녀 옆에 놓았다. 다른 남학생 몇 명이 그걸 보고 떠들기 시작했다. "아, 너의 그녀였어? 잘됐네, 우리도 좀 베끼면 안 될까……."

너의 그녀.

뤄즈는 장밍루이가 입을 벌렸다가 다시 다물고, 다시 벌리는 걸 보았다. 그녀는 고개를 돌려 안절부절못하는 그에게서 시선을 돌리곤 접이식 의자를 내려 제대로 앉았다. 성화이난이 그녀의 왼쪽에 앉았다. 원래 그녀의 오른쪽에 앉아 있던 장밍루이는 그 순간 벌떡 일어나더니 가방을 집어 들었다. 바람이 일었다.

그런 다음 다시 앉았다.

그는 가방 지퍼를 만지작거리다가 안에서 알록달록한 러스 감자칩 봉지를 꺼냈다. 뤄즈가 그를 바라보자 장밍루이가 웃으며 말했다. "아침에 밥을 안 먹었거든. 일찍 와서 자리 맡으려고. 너도 내 믿음에 배신하면 안 돼."

뤄즈는 묵묵히 고개를 끄덕이며 숨을 깊이 들이마시곤 입술을 꽉 깨물고 아무 말도 하지 않았다.

장밍루이는 한참을 낑낑댄 후에야 포장을 열고 몇 입 먹다, 갑자기 예고도 없이 소리 없이 웃기 시작했다.

"왜지?"

"응?"

장밍루이가 뤄즈를 진지하게 쳐다보며 천천히 말했다. "어째서 매번 오이 맛 감자칩을 열 때마다 토마토 맛이 먹고 싶어지는지 몰라."

뤄즈는 고개를 끄덕였다. "그러게."

나도 그런데.

시험은 별 탈 없이 끝났다. 떠들썩하게 큰 임무를 부여받은 문과생 뤄즈는 결국 아무도 도와주지 못했다. 주관식 문제 6개뿐인 공백의 시험지. 모두가 바쁘게 펜을 움직이며 모르는 문제에도 주절주절 글을 늘어놓았다. 어떻게든 채점자의 눈을 어지럽혀서 점수를 딸 요량이었다.

다만 시험 시간이 절반쯤 지났을 때, 뒷문이 갑자기 열리더니 붉은 완장을 찬 오십대 여선생 두 명이 거침없이 들어왔다. 그들은 뒤에서 네 번째 줄 가장 바깥에 앉은 곱슬머리 남학생에게 다가가더니 간결한 동작으로 그의 책상 서랍에서 책 한권을 꺼내 책상에 팽개쳤다.

남학생은 시험지를 책상 위에 남겨둔 채 고개를 푹 숙이고 가방을 챙겨 근엄한 두 여선생을 따라 교실을 나갔다.

"쟤는 끝났어." 성화이난이 강단을 보며 아주 작게 속삭였다. 말투에 안타까움이 묻어 있었다. "규정에 따라 한 번만 걸려도 졸업은 물 건너간 거야."

손에 땀을 쥐게 하는 에피소드는 곧 모두의 머릿속에서 잊혔다. 살짝 긴장한 뤄즈는 손이 저릴 정도로 착실하게 답안지를 작성했다.

고사장 앞문은 잠겨 있어서 시험이 끝난 후 뤄즈는 학생들 무리를 따라 뒷문으로 나갔다. 그녀는 고개를 숙이고 외투 단추를 잠그는 데 집중하다가, 눈을 들자마자 앞쪽에 있던 정원루이의 부어오른 하얀 얼굴을 보았다. 정원루이는 그녀가 바라본 순간 고개를 돌리고 엄숙하게 걸어갔다.

넓은 계단을 하나하나 걸어 올라가는데 시끄러운 주변 소리 가운데 정원루이의 몸이 코끝을 들면 바로 부딪힐 듯 그녀의 눈앞을 스쳐 지나갔다.

성화이난은 이 와중에 휴대폰에서 농담을 찾아 그녀의 눈앞에 보여주었다. "전원 켜자마자 받은 건데, 이것 좀 봐!"

그녀는 눈을 흘겼지만 그는 이를 환히 드러내며 웃었다. "눈대중으로 보니까 일곱 계단만 오르면 끝나."

뤄즈는 그 말뜻을 알아듣고 고개를 돌려 그를 향해 웃어 보였다.

오후에 성화이난은 GRE 수업을 들으러 가고, 뤄즈는 장바이리를 끌고 학교를 떠나기 전 마지막 대청소를 했다. 책상 밑에서 먼지로 가득 덮인 물건들이 적지 않게 나왔다. 모두 장바이리가 평소 법석을 떨며 찾아도 못 찾던 거였다.

뤄즈는 뜯지도 않은 말보로 담배 한 갑을 쥐고 물었다. "너도 안 피우고 건강에도 안 좋으니까 버리자."

장바이리는 바닥에 쭈그리고 앉아 방금 찾아낸 지저분한 연애잡지를 흥미진진하게 넘겨보며 고개도 들지 않고 "응응" 하고 대답하더니, 잠시 후 괴성을 지르며 쓰레기통에서 담배를 꺼내 왔다.

"겨우 용기 내서 사 온 거란 말야. 피우지는 않지만 버리지는 마. 얼마나 낭비야."

"그렇게 담배 사는 거야말로 낭비지."

"너 잘났다."

"원래 잘났잖아." 뤄즈는 빗자루를 내려놓았다. "진짜로 담배 피울 줄 아는 사람은 연기를 폐까지 빨아들여서 코와 입으로 함께 도넛 모양 연기를 내뿜는다고. 넌 그냥 입안에서만 한번 머금고 뱉을 뿐이잖아."

"너 피워봤어?"

"영화에서 본 거야."

뤄즈는 말은 그렇게 하면서 속으로는 뤄양을 떠올렸다. 반년 전 여름방학, 뤄즈는 1학년을 마치고 뤄양은 이제 막 베이징에 정착한 후였다. 고향으로 돌아갈 때 뤄양이 기차역 플랫폼까지 나와 그녀를 배웅해주었다. 열차가 천천히 움직이기 시작했을 때, 그녀는 뤄양이 고개를 숙이고 담배에 불을 붙이는 걸 보았다. 한 모금 깊이 빨아들이고 다시 내뿜었을 때, 연기는 바람에 실려 하얀 선을 이루었다.

뤄양의 흡연 모습을 본 건 처음이었고 그의 눈동자에 파도가 일렁이는 것도 처음 보았다. 그는 뤄즈를 보지 않고 담배와 함께 철로 끝을 주시하고 있었다. 무슨 생각을 하는지 알 수 없었다.

천징은 뤄양이 담배를 피운다는 걸 몰랐다. 뤄즈도 뤄양이 그들 앞에서 담배 피우는 모습을 더는 볼 수 없었다. 심지어 그에게선 담배 냄새도 나지 않았다.

그러나 그가 고개를 숙이고 담배에 불을 붙이는 모습은 능숙하고 자연스러워 보였다. 마치 담배는 이미 그와 떼려야 뗄 수 없는 오랜 친구가 된 것 같았다.

5시 반, 뤄즈는 시간을 딱 맞춰 3호 식당으로 갔다. 바비큐를 사려고 줄을 서서 입구를 막고 있는 인파를 돌아 빵을 파는 코너에서 몇 미터 떨어진 곳에 멈춰 섰다.

장밍루이는 지난주에 그녀가 쉬르칭 대신 전달해준 외투를 입고 까무잡잡한 목만 드러내고 있었다.

뤄즈는 그와 데어리 퀸에 갔던 날, 옆 테이블에 앉은 부부가 안고 있는 14개월 정도 된 아기를 보았다. 장밍루이는 그때 귀엽다면서 나중에 꼭 이렇게 귀여운 아들을 낳겠다고 당당하게 큰소리를 쳤었다.

뤄즈는 작은 스푼으로 블리자드를 떠먹으며 사악하게 웃었다.

"나중에 너무 하얀 아가씨는 찾지 마."

"어째서?" 장밍루이는 어리둥절해하며 캐물었다.

"얼룩말이 태어날지도 모르니까." 뤄즈는 말을 마치기도 전에 하하 웃기 시작했다.

그때를 회상하니 만감이 교차했다. 그녀는 성화이난이 보답해줄 수 없는 좋아하는 감정 앞에서 과연 어떤 마음이 들었을까 생각했다.

어쩌면 지금 그녀처럼 마음이 약해지고 쓰라리진 않았을 것이다.

그래서 많은 사람들이 마음이 약해져서 어리석은 일을 저지르곤 한다. 예를 들면 인연을 끊지 못하고 친구로 지내며 상대방에게 막연한 희망과 불필요한 위안을 주는 것. 짧게나마 관계가 풀어지는 걸 보면서 마음속 가책도 줄어드는 거겠지?

장밍루이가 그녀의 동정을 필요로 하지 않는다는 건 물론 잘 알았다. 그녀가 성화이난의 연민을 거절하는 것처럼 말이다.

너 자신을 생각해봐, 너 자신을. 이건 아무것도 아냐, 뤼즈는 속으로 계속해서 되뇌었다.

뤼즈는 장밍루이가 식당 카드를 찍고 식판을 들어 올린 순간 기둥 뒤로 숨었다.

그녀는 장밍루이가 자리를 잡고 앉아 먹기 시작하면 그의 시선이 닿지 않는 길을 따라 나갈 생각이었다.

그러나 장밍루이는 줄곧 식판을 들고 왔다 갔다 했다. 식당에는 사람이 많지 않아서 빈자리가 많았다. 그러나 그는 목을 쭉 빼고 여기저기 둘러보고 있었다. 마치 아무리 찾아도 마음에 쏙 드는 자리가 없는 것처럼. 뤼즈는 그 모습을 멍하니 한참 동안 지켜보았다. 불현듯 마음이 환히 밝아졌다.

"나중에 3호 식당의 구운 빵이 먹고 싶지 않게 되면 꼭 나한테 말해줘."

장밍루이는 여러 번 말했었다.

그는 자리를 찾는 것이 아니었다. 그녀를 찾고 있었다.

뤼즈는 눈을 감고 눈꺼풀과 어둠으로 뜨거운 눈물을 억눌렀다. 그러자 정말로 눈물이 참아졌다.

그 남자아이는 찾다가 지쳤는지 실망한 표정이었지만, 눈동자는 여전히 찾는 걸 포기하지 않았다. 그녀가 3호 식당에 오지 않을 때면 그는 대체 얼마나 오랫동안 찾고 나서야 비로소 단념하고 밥을 먹었을까? 뤼즈는 가늠도 되지 않았다.

장밍루이가 입구 쪽을 바라보며 갑자기 웃었다. 그의 단정한 얼굴은 여전히 고집스러운 표정이었으나, 입꼬리는 힘겹게 올라가 있었다. 그 자조적인 표정은 딱 1초만 유지되었다. 그는 고개를 숙이고 식판 위의 빵을 옆에 있는 잔반 처리대에 버리곤 성큼성큼 식당을 나갔다.

장밍루이는 어쩌면 구운 빵을 좋아한 적도 없을지 몰라, 뤼즈는 생각했다.

고등학교 때 썼던 일기의 마지막 두 문장이 떠올랐다.

이미 출처를 잊어버린 발췌였다.

"Two strangers fell in love.

Only one knows it wasn't by chance.

두 낯선 이가 사랑에 빠졌다. 그중 한 사람만이 그것이 우연이 아니라는 걸 알았다."

이제 다시는 어떤 남자아이가 구운 빵을 들고 '우연히' 그녀 앞에 나타나 "이거 참 우연이네"라고 말하지 않을 것이다.

그녀도 다시는 구운 빵을 파는 코너 앞에서 줄을 서지 않을 것이다.

제75장 　　　　　붉은 장미와 흰 장미

　뤄즈와 장바이리는 함께 커다란 캐리어를 기숙사 입구까지 옮겼다. 뤄즈는 장바이리 대신 카드를 찍어 출입구를 열었다.

　"조심해서 가!" 뤄즈가 손을 흔들었다.

　"미리 새해 복 많이 받아!" 장바이리도 웃으며 손을 흔들었다. 빨간 캐리어를 끌고 가는 가냘픈 뒷모습이 옅은 아침 안개 속으로 숨었다. 구즈예가 그녀를 기차역까지 데려다주기 위해 아침 일찍부터 학교로 차를 끌고 왔다. 그는 차를 멀지 않은 곳의 사거리에 세우고 차 뒤쪽에 기대어 담배를 피우며 멀리서 뤄즈를 향해 고개를 끄덕였다.

　뤄즈는 학교에서 일괄로 구매하는 학생표를 사지 않고 매번 집으로 돌아가기 일주일 전에 학교 부근 기차표 예매처에서 표를 예매했다. 그래야 침대칸 표를 살 수 있기 때문이었다. 그러나 이번 설날 상황은 예년보다 훨씬 빠듯했다. 예매처의 표는 모두 매진이어서 뤄즈는 장바이리를 배웅한 후 일찍 베이징 역으로 달려가 운을 걸어보아야 했다.

지하철 입구를 나오자, 뤄즈는 또다시 얼떨떨했다. 베이징역에 올 때마다 그녀는 가슴속이 뭐라 형용할 수 없이 감개무량해지며 심장도 같이 두근거렸다. 역 앞에 까맣게 우글거리는 인파는 마치 하늘에서 실수로 뿌린 먹물 같았다. 사람들의 얼굴은 모호했고, 광장 하늘에는 초조함과 당황스러움이 뒤섞인 구름이 떠 있었다.

뤄즈의 눈빛이 크고 작은 짐가방을 들고 삼삼오오 모여 조명등 아래에 비좁게 앉아 있는 농촌 여인들에게로 향했다. 그녀들이 머리에 쓴 두건과 산전수전 다 겪은 눈꼬리와 입가에 잠시 시선이 머물렀다가 재빨리 얼굴을 돌렸다.

뤄즈는 숨을 깊이 들이마시고 매표소로 걸어갔다. 매표홀은 그나마 질서가 있는 편이었다. 티켓 현황판 밑에는 10여 개의 창구가 있고, 그 뒤로 긴 줄이 늘어서 있었다. 현황판을 살펴보니 뜻밖에도 R시로 가는 최근 날짜의 침대칸 표가 이미 매진이었다.

운에 맡겨봐야지, 그녀는 생각했다. 그리하여 가장 짧은 줄을 골라 맨 뒤에 섰다. CD 플레이어에서 흘러나오는 음악이 그녀의 무료함을 달래주었다. 어두운 매표홀에 선율이 색을 입혀주어 마치 카메라 필터를 거친 것처럼 보였다. 그녀도 영화의 일부가 된 듯, 늘 따라다니는 배경음악의 감정 변화에 따라 무표정인 그녀의 마음속에도 슬픔과 기쁨이 나타났다.

뤄즈는 기다리다 줄이 전혀 줄지 않았다는 걸 깨달았다. 옆으로 몇 발자국 움직여 앞쪽을 바라보니, 네다섯 명이 창구를 막고 있었고 수시로 사람들이 새치기를 하려고 불쑥 끼어들기까지 했다. 곧 줄에서 소동이 일어날 조짐이 보였다.

규칙은 깨지기 가장 쉽다. 규칙을 지키지 않으면 별도의 이익을 얻을 수 있고, 이익의 불균형은 다시 불공평으로 인한 불만을 낳는다. 공평을 추구하다 보면 다시 균형이 깨질 수 있고, 결국 규칙은 유명무실해져 너덜너덜하게 짓밟히고 만다.

예를 들면 지금처럼. 뤄즈는 입꼬리를 살짝 올리며 뒤늦게야 달려와 상황을 수습하려는 직원을 비웃듯이 바라보았다. 이미 네다섯 명이 말싸움을 벌이기 시작했다.

"뤄즈?"

소란을 구경하려다가 번쩍 정신이 들었다. 고개를 돌려보니 성화이난의 얼굴이 보였다.

하얀 패딩을 입은 훤칠한 소년, 말끔한 짧은 커트머리에 보기 좋은 미소. 인파로 북적이는 매표홀에서 그는 마치 신이 먹물을 뿌릴 때 실수로 남겨둔 공백처럼 비현실적인 빛이 감돌았다.

그녀의 눈에 비친 그는 늘 얇은 베일에 싸여 있었다.

"네가 여긴 어떻게?"

"방금 청년단위원회 선생님네 아들이 기차 타는 거 배웅하느라. 오늘 청년단위원회 행사가 있어서 나오기 힘드셨거든. 아이 혼자 기차 태워 보내는 건 마음이 안 놓이신다고 나한테 부탁하셨어. 원래는 곧장 지하철 타고 학교로 돌아가서 부족한 잠을 보충하려고 했는데, 기차역에 온 김에 매표소에서 설날 기차표 현황을 구경하려다가 우연히 널 봤어."

그는 숨을 헐떡이며 서운한 눈빛으로 그녀를 바라보았다. "왜 아침 일찍 표 사러 갈 거라고 말 안 했어? 같이 왔으면 좋았잖아?"

그날 위안밍위안 야습 이후, 뤄즈는 법학 개론 시험 때 말고는 그를 본 적이 없었다. 그저 전화 통화와 문자로만 연락할 뿐이었다. 성화이난의 답문자는 더 이상 빨랐다가 느렸다가 들쭉날쭉하지 않았다. 그러나 뤄즈는 그의 GRE 수업을 방해할까 봐 그와 오랫동안 대화를 이어가는 경우가 드물었다.

"난 네 남자 친구잖아. 그러니 날 불렀어야지."

줄 앞쪽에 서 있던 중년 여성이 그 말에 뒤를 돌아보았다. 살구색 풀오버 스웨터와 수놓인 청바지가 사람을 더욱 까무잡잡하고 뚱뚱하게 보이게 했다. 그녀는 씨익 웃으며 손톱으로 이를 쑤셨다.

뤄즈가 흠칫하는 사이, 어느새 성화이난이 그녀를 줄에서 끌고 나왔다. 그녀 뒤에 서 있던 아주머니는 그새를 안 봐주고 얼른 앞으로 다가가 그녀의 자리를 대신 메웠다.

덕분에 한참을 정체되어 있던 줄이 마침내 앞쪽으로 살짝 움직였다.

뤄즈는 줄을 돌아보며 아쉽다는 듯 말했다. "오랫동안 줄 서느라 힘들었는데……." 역시나 성화이난은 눈을 내리깔고 그녀의 무모함에 안타까운 표정을 지었다.

"줄은 무슨 줄이야, 현황판에 매진이라고 쓰여 있잖아."

"그래도 만약 내 차례가 왔을 때 취소표가 있으면?"

뤄즈는 성화이난이 '너 바보야'라는 표정으로 바라보는 바람에 귀까지 빨갛게 달아올라 체념한 듯 고개를 숙였다. "그래, 그럼 그냥 비행기 타야겠다."

"뭘 타고 돌아가든 나한테 맡겨." 성화이난이 두 손으로 그녀의 어깨를 짚었다. "그보다 먼저 말해봐. 오늘 아침 일찍 기차역에 갈 거라고 왜 말하지 않았어?"

뤄즈는 그가 바로 앞에서 똑바로 바라보는 바람에 어찌할 바를 몰랐다. 그녀의 눈빛이 천천히 그의 입가로 내려왔다. 담장을 함께 넘었던 꿈같은 기억과 첫 아침 햇살 속에서의 키스, 그리고 알코올 작용으로 제멋대로 웃던 자신을 떠올리니 가슴이 쿵쿵 격렬하게 뛰기 시작했다.

그녀는 이제껏 정신이 맑은 상태에서 그와 이렇게나 가까이 있어본 적이 없었다.

한참 후, 그녀는 마침내 사실대로 털어놓기로 결심했다.

"난 혼자가 익숙해. 널 귀찮게 하고 싶지 않아."

"하지만 난 네 남……."

"그건 더 익숙하지 않다고!" 다급해진 뤄즈가 크게 외쳤다. 주변 사람들이 그녀를 흘끔거렸다.

성화이난은 그녀를 똑바로 바라보았다. 얼굴에 걸린 표정은 곤혹스러움도, 분노도 아니었다. 뤄즈는 그의 표정을 읽을 수 없어 그저 부드러운 말투로 계속해서 솔직하게 말을 이었다.

"난 솔직히 사귀는 일에 대해선 생각해본 적이 없거든."

일기장을 목숨처럼 의지하던 소녀 시절, 그녀는 때로 2인칭으로 가상의 성화이난과 대화를 했다. 속으로는 그런 자신의 행동을 경멸하면서도 한편으로는 얼굴이 붉어지고 가슴이 뛰는 걸 억누를 수 없었다. 그녀는 마치 우주에서 외로이 유영하는 위성처럼, 우주 어딘가에 있는 외계인에게 매일 반복해서 지구인의 신호를 전송했다.

그러는 것도 차츰 습관이 되어 평온해졌다.

하지만 고등학교 때부터 줄곧 그와 '대화'를 해왔다 해도, 어둠 속에서도 이미 정해진 운명이 있다고 느꼈다 해도, '우린 분명 함께할 수 있으리라'라는 말을 굳게 믿었다 해도, 그녀는 그들이 사귀기 시작하고 나서 어떻게 될지는 한 번도 생각해본 적 없었다.

그녀가 이전에 갖은 궁리와 완전무장을 했던 것과 다르게, 지금 그들은 아무런 위장도 없이 정말로 가까워졌다.

"나도 연애가 어떤 모습이어야 하는지는 몰라. 넌 네가 내…… 남자 친구라고 쉽게 말할 수 있을지 몰라도, 난 여자 친구는 대체 뭘 어떻게 해야 하는지 도통 모르겠어. 모든 일을 같이 해야 하는 건지, 혼자 해결할 수 있는 일도 널 귀찮게 굴어야 하는 건지, 아니면……."

성화이난이 별안간 사람들로 붐비는 매표홀에서 하하 큰 소리로 웃기 시작했다. 너무 웃느라 눈도 뜨지 못했다.

그는 뤄즈를 품에 끌어안았다. 그의 품 안에서 그녀도 그의 가슴을 함께 느꼈다. 순간 정신을 차릴 수 없었다. 옆 사람의 눈빛에 그녀는 얼른 눈을 감고 그의 품 깊숙이 머리를 묻어 그녀가 쭉 좋아했지만 그는 세탁 세제를 덜 헹군 거라고 했던 산뜻한 향기 속으로 파고들었다.

"연애 해본 적 없잖아, 괜찮아. 난 해봤으니까 가르쳐줄게." 그의 목소리에는 웃음기가 가득했다. 견고하고도 부드러웠다.

뤄즈는 움찔해서 수줍게 웃다가, 정신이 들자 그의 발을 힘껏 밟았다.

그녀가 그를 노려보았다. "연애 해본 게 자랑이야?"

성화이난이 더 즐겁게 웃었다. "질투해? 그래, 이래야지. 역할에 제대로 몰입한 거 축하해."

그들은 매표홀을 나와 옆에 있는 KFC로 들어가, 크고 작은 짐을 든 여행객이 떠난 후 겨우 두 사람의 자리를 잡고 앉았다. 성화이난은 뤄즈를 자리에 앉히고 몸을 일으켰다. "아침 먹었어? 특별히 먹고 싶은 거 없으면 내가 알아서 사 올게."

"그래." 뤄즈는 고개를 끄덕였다.

성화이난은 그녀가 입석표를 사는 걸 결연히 반대했다. 귀경 승객으로 꽉 찬 열차에서 열 몇 시간을 서서 가면 분명 죽을 거라고 말이다. 뤄즈도 생각해보니 그것도 문제인 것 같아 더 이상 고집부리지 않았다.

"콜라 마시지 마. 핫초코 시켜줄게. 오늘 날씨가 너무 추워."

그는 맞은편에 앉았다. 옷이 마찰되며 나는 바스락 소리가 시끄러운 주변 소리 가운데 유달리 또렷하게 들렸다.

"뤄양 오빠한테 오빠네 회사 티켓 담당 매니저랑 연락해달라고 해야겠어. 그럼 비행기 타고 돌아갈 수 있겠지."

"뤄양?"

뤄즈가 웃으며 설명했다. "아, 우리 오빠. 외삼촌 아들이야."

"외삼촌 아들인데 어떻게 너랑 성이 같아?"

뤄즈가 실소했다. "이제까지 그걸 물어본 사람은 없었는데. 이과생은 정말 꼼꼼하구나. 난 외할머니 성을 따랐거든. 우리 집안 지금 세대는 다 외할머니 성을 따랐어."

뤄즈는 성화이난이 '왜'라는 말을 하려다가 그대로 삼키는 입 모양을 보았다. 하지만 그녀는 그를 위해 먼저 궁금증을 해소해주지 않았다.

어쩌면 단번에 그렇게 친밀한 경지에 이르는 건 아직 시기상조일지도 모른다.

그러나 그는 그녀를 가르치겠다고 했다. 어쨌든 천천히 하면 되겠지.

"이번엔 너네 오빠 도움 안 받으면 안 돼?"

뤄즈는 너깃의 스위트 소스 포장을 뜯다가 고개를 갸우뚱하며 그를 바라보았다. "그럼 어떡하라고?"

"나한테 시간을 좀 줘. 내가 부모님의 베이징 친구분들께 여쭤볼게. 혹시 방법이 있을지도 몰라. D, Z, T로 시작하는 열차편은 아마 내부용으로 여분 표를 남겨놨을 거야. 어쩌면 한 장구할 수도 있고. 한번 물어보지 뭐. 정 방법이 없으면 신분증을 나한테 줘. 내가 에어차이나에서 일하는 형한테 물어볼 테니까, 나 GRE 수업 끝나면 같이 돌아가자."

뤄즈는 눈을 들어 그를 바라보았다. "왜?"

"왜는 뭐가 왜야?" 성화이난의 목소리는 뤄즈에게 문득 그날 전화에서 그녀에게 캐리어 반환을 한사코 거절하며 억지를 부리던 남자아이를 떠올리게 했다. "난 네 남자 친구야. 이런 일은 당연히 내가 해결해야지. 게다가 난 너랑 같이 가고 싶은 건데, 왜냐고 묻는 건 뭐야."

뤄즈는 황급히 해명했다. 성화이난은 투덜거리며 햄버거를 크게 한 입 베어 물고 짐짓 그녀를 상대하지 않는 척했다.

난처해진 그녀는 바로 신분증을 꺼내 탁자 위에 내려놓았다. "자, 우리 같이 비행기 타고 가자."

성화이난은 그제야 활짝 웃으며 신분증을 집어 들었다. 그런데 신분증을 본 그의 표정이 이상하게 변했다.

"아가씨, 이거 진짜 본인 신분증 맞아요?" 그는 신분증의 사진을 가리켰다. "내가 어떻게 우리 형한테 이 사람이 내 여자 친구라고 말할 수 있겠어? 형이 널 실물로 보면 내가 양다리라도 걸치는 줄 알겠다."

뤄즈는 다리를 들어 그의 종아리를 걷어챘다.

그들은 바로 학교로 돌아가지 않았다. 안개가 걷히자 날씨가 딱 좋아서, 두 사람은 지하철을 타고 왕푸징에 내려 왕푸징서

점에 갔다.

서점으로 들어서자마자 에스컬레이터 옆에 눈에 띄는 포스터가 보였다. 장아이링의 작품이 또 몇 가지 판본으로 출간되어 있었다.

성화이난도 그걸 보았다. 뤄즈가 예상한 아득한 표정이 떠올라 있었다. 그녀는 또다시 옛 시 빈칸 채우기를 떠올렸다.

"「붉은 장미와 흰 장미」도 장아이링이 쓴 거지? 그 밥풀이랑 모기 피 어쩌고 하는.*"

"오, 아는구나." 뤄즈는 웃음을 참았다. 그런데 별안간 뤄양이 떠올랐다.

자퇴한 여자 후배. 너넨 생각이 많다는 말.

사실 뤄즈는 줄곧 자신의 추측을 감히 검증할 수 없었다. 그녀가 뭔가 눈치챘다는 걸 뤄양도 분명 알 것이다. 똑같은 일이 다른 사람에게 벌어진다면, 뤄즈는 분명 천징을 대신해 분통을 터뜨렸을 것이다. 그러나 지금은 안다. 자신은 뤄양에 대해서도, 천징에 대해서도 모르고 감정에 대해서도 모른다는 걸. 그저 가족인 오빠를 본능적으로 보호하고 이해할 뿐이었다.

성화이난이 그녀의 이마를 살짝 튕기며 터무니없는 생각에서 소환해냈다. "이래봬도 난 문학 지식이 있는 사람이거든? 그

----

* 「붉은 장미와 흰 장미」에 이런 말이 나온다. '붉은 장미와 결혼한 사람은 시간이 지나면 붉은색이 벽에 말라붙은 모기 피로 보이고, 흰색은 '창가의 밝은 달'로 보인다. 흰 장미와 결혼한 사람은 시간이 지나면 흰색이 옷에 말라붙은 밥풀처럼 보이고, 붉은색은 가슴에 난 붉은 점으로 보인다.'

것 말고 다른 구절도 알아. '평온한 세상과 고요한 세월.'"

얼굴에는 온통 '얼른 날 칭찬해'라는 의기양양함이 가득했다.

뤄즈는 어리둥절했다. 이런 성화이난은 본 적이 없었다. 비록 지난번 허우하이에 갔을 때 서로 친해져서 그가 유치하고 친근한 면을 보여준 적은 있었지만, 당시 그녀는 감히 반응할 수 없었고 마치 뭔가를 짊어지고 있는 것처럼 발걸음이 무겁기만 했었다.

그의 이런 모습도 참 보기 좋았다. 뤄즈는 별안간 그에게 다가가 키스하고 싶었다.

그리고 곧장 자신의 생각에 깜짝 놀라 황급히 고개를 숙였다.

이런 느낌이 바로 연애일까?

예전에 그를 좋아할 때도 갑작스럽게 이런 생각이 든 적은 없었다.

"왜 그래?"

뤄즈는 얼른 화제를 돌렸다. "그건 장아이링이 한 말이 아냐."

"그럼 누구야? 다들 장아이링이라고 하던데."

뤄즈가 웃었다. "다들 누구? 사실은 예잔옌이 말해준 거지?"

고등학교 시절 학생들을 그렇게나 감탄하게도, 서글프게도 했던 그 구절을 앞장서서 알린 사람은 바로 예잔옌이었다. 당시 그들은 열렬하게 연애했다. 그러나 과목 시간표 이외에는 아무것도 확신할 수 없는 고등학생들에게 그 구절은 그저 닿을 수 없는 거울 속의 꽃, 물속의 달일 수밖에 없었다.

성화이난의 표정은 약간 난처하면서도 자조가 섞여 있었지만 슬퍼 보이지는 않았다. 뤄즈는 그 모습에 조마조마했던 마음이 평온해졌다.

"너한테 전 여자 친구 일을 말해도 화 안 낼 거지?"

뤄즈가 웃었다. "나한테 연애하는 법 가르쳐준다며. 그럼 당연히 네가 나한테 화를 내야 하는지 말아야 하는지 알려줘야지."

"……이번엔 화내면 안 돼."

"좋아." 뤄즈의 얼굴에는 교활한 웃음기가 가득했다.

그건 고3 때 첫 월말고사 학부모 회의 때의 일이었다.

그의 2학년 후배 린양이 황급히 그에게 전화를 걸어서 말했다. "형, 절대로 나 욕하지 말고 들어. 나도 우리 엄마가 어떻게 안 건지는 모르겠는데, 아마도 내 전화를 맨날 엿들어서 그런 것 같아. 어쨌든 오늘 우리 학년도 학부모 회의를 했는데, 우리 엄마가 형네 엄마를 만나서는 오지랖 넓게도 형이랑 예잔옌 누나의 일을 다 말해버렸어. 어른들이 말하는데 내가 옆에서 뭐라고 할 수도 없고. 형네 엄마가 집에 가면 분명 형을 심문할 테니까, 마음 준비 단단히 해!"

뤄즈는 빙그레 웃었다. 당시 성적이 뛰어난 학생들은 학부모들끼리도 서로 연락하면서 소식을 공유하고 함께 아이들을 단속했다. 이런 일이 벌어지는 것도 아주 정상이었다.

성화이난이 아무런 대비를 안 한 건 아니었다. 예잔옌이 떠벌리고 자신도 거리낌 없이 다녔으니 선생님과 부모님이 아는 것도 시간문제였다.

그러나 엄마는 집에 돌아와서는 아무 말도 하지 않았다.

그는 엄마가 남몰래 장애물을 제거하는 데 능숙하다는 걸 잘 알고 있었다. 그래서 예잔옌에게 말했다. 만약 어머니가 전화를 걸어도 이해해달라고, 그리고 아무것도 신경 쓰지 말라고, 자신이 처리할 테니까 어머니가 무슨 말을 하든 다 알려달라고 말이다.

그는 차분하게 말했다. 자신이 그녀를 보호하겠다고.

학부모의 개입은 조기 연애 하는 아이들을 겁먹고 당황시켰으며 흥분하게 만들었다. 예잔옌은 먼저 눈물을 글썽글썽하면서 자기 때문에 괜히 그가 말려들었다며, 그의 품으로 뛰어 들어가 '남자답게' 자신을 보호해줘서 고맙다고 말했다. 그렇게 연기를 하고 난 후 예잔옌은 다시 원래의 활기찬 모습으로 돌아와 복도 창턱에 털털하게 앉아 햇살처럼 찬란하게 웃었다.

그때 그 장소의 감정의 색채를 걷어내고 지금 다시 돌이켜보면, 그 장면은 아이들의 소꿉놀이처럼 재미없고 유치했다. 눈물이 그렁그렁하면서도 흥분하는 기색을 숨기지 못했던 예잔옌이든, 일부러 침착하고 담담한 척하면서도 마음이 격해져서 "내가 널 보호할 거야"라고 말하던 자신이든.

성화이난은 담담하게 말했지만 뤄즈는 그 안에 담긴 서글픔을 느낄 수 있었다.

"하지만 그런 게 청춘이잖아." 그녀가 그를 위로했다. 그러나 마음이 시려왔다.

성화이난은 엄마가 교무실에 와 있다는 말을 친구한테 전해 듣곤 곧장 교무실로 달려가 문을 두드렸다. 그러고는 엄마에게 왜 자기 일에 간섭하냐고 무표정하게 물으면서 담임 앞에서 엄마의 학부모로서 가장 중요한 체면을 구겨버렸다. 그의 엄마는 어두운 얼굴로 그를 바라보다가 끝내 폭발하고 말았다. 소리를 지르거나 호통을 치는 대신, 곧장 예잔옌을 찾으러 교무실을 나선 것이다.

그리고 그는 엄마 앞을 막고 섰다.

성화이난은 지금까지도 그때 손바닥에서 나던 땀을 기억한다. 그는 부모에게 무조건 순종하기만 하는 얌전한 아들은 아니었지만 어릴 때부터 부모와 갈등을 빚어본 적이 없었다.

그의 엄마는 결국 그대로 학교를 나갔다.

이 일이 어떻게 소문이 났는지, 그는 별안간 영웅이 되었다. 예잔옌은 매일 그를 볼 때마다 초봄의 복사꽃처럼 환하게 웃었다.

그러나 그가 기억하는 건 집에 돌아온 엄마가 그에게 한 말이었다.

"성화이난." 엄마가 그의 이름을 불렀다. "엄마는 일부러 너희를 괴롭히려는 게 아냐."

"오늘을 잘 기억해둬. 네가 한 말과 네 뒤에 있던 여학생, 그리고 그 구경거리를 지켜보고 있던 사람들까지. 걔네들이 너보고 멋지다고 하든, 어리석다고 하든 상관없이 모두. 1년 후엔 너도 알게 될 거다. 내가 왜 너한테 이런 부적절한 시기의 관계를 끝내라고 한 건지. 넌 자랐지만 아직 성숙하진 않아."

뤄즈는 말없이 탄식했다. 과연 기억 속 그 냉혹했던 부인이 할 만한 말이었다. 그러나 이 말 속에서 그녀는 강경한 태도로 포장된 깊은 낙담과 무력감을 느낄 수 있었다.

어쩌면 착각이겠지.

성화이난은 예잔옌과 헤어진 후 엄마와 마주하는 것이 거북스러웠다. 그러나 소식통인 엄마는 그가 겨울방학을 맞이해 집에 돌아오자마자 대수롭지 않게 말했다. "너 대신 여행 예약해놨으니까 비자는 네가 그쪽에 연락해봐라."

덴마크와 노르웨이 10일 코스.

"가서 기분 전환이나 하고 와." 엄마가 말했다.

어쩌면 전설 속 인물은 다 이런지도 모른다. 후세 사람들이 흥미진진하게 이야기할 쾌거를 이룬 후에는 남들이 모르는 자질구레한 일상으로 돌아가, 점차 자신의 삶도 지루한 옛 방식에서 벗어날 수 없다는 걸 깨닫고 더는 바보처럼 굴지 않는 것이다.

그는 코펜하겐 거리의 고풍스러운 사각 보도블록을 밟으며 시간이 정지된 동화 속 세상에 도취했다. 다시 고개를 들었을 땐, 여행팀에서 줄곧 시끄럽게 떠들던 아주머니가 빵집 입구에서 재잘거리며 사진을 찍고 있었다. 손으로는 영원불멸의 V자를 그리면서. 그는 저도 모르게 실소했다.

그제야 예잔옌이 영웅을 바라보는 눈빛으로 그를 보며 기억해달라고 했던 말이 떠올랐다.

'평온한 세상과 고요한 세월.'

"힘들게 얻은 것이니 우리는 반드시 행복해야 해."

예잔옌은 그 말을 직접 써서 그에게 보여줬다. 그는 얼떨떨한 채 여러 번 읽다가 정말로 외워버렸다.

"사실 그건 후란청이 한 말이야." 뤼즈가 미소 지으며 말했다. "장아이링과 결혼할 때 이런 말을 썼었대. '후란청과 장아이링은 평생을 계약해 부부로 맺어졌으니 평온한 세상과 고요한 세월을 바라노라.' 앞구절은 장아이링이 쓴 게 맞는데, 널리 알려진 뒷구절은 사실 후란청이 생각한 거였어."

그러나 이 부부의 나중 이야기는 뜻대로 되지 않았다.

뤼즈가 여전히 탄식하고 있을 때, 성화이난이 갑자기 가라앉은 목소리로 말했다. "사실, 난 줄곧 이해가 되지 않았어. 저 말이 대체 무슨 뜻이길래."

그는 그 말을 억지로 여러 번 외워야 했다. 5점짜리 빈칸 채우기도 포기한 그가, 원래는 장아이링이 하지도 않은 말을 여러 번이나 외웠다.

뤼즈의 눈빛이 별안간 누그러지며 미약한 질투로 뭉쳐졌던 씁쓸함이 마음속에 흐르는 부드러운 강물에 희석되었다. 그녀는 자진해서 먼저 한 걸음 다가가 두 팔을 뻗어 그를 안았다.

그도 그녀를 힘껏 안아주었다.

"내가 매표홀 인파 속에서 네 뒷모습을 봤을 때 어떤 느낌이었는지 알아?" 그가 물었다.

뤼즈는 대답하지 않았다.

"넌 무슨 일을 할 때 날 부르지도 않고, 먼저 적극적으로 연락하지도 않잖아. 네가 거기서 줄 서 있는 걸 보니까 갑자기 너한테서 무척이나 멀리 있는 느낌이 들더라. 너한테 고등학교 때 혹시 날…… 짝사랑했냐고 물었을 때부터 지금까지 너의 반응은 늘 나를 어찌할 바 모르게 했어. 항상 이 모든 게 나랑은 상관없다고 느끼게 했지. 난 아까 그 구절 말고도 이 말도 알아. 이 말도 많은 사람들이 언급하더라. '세상에서 가장 먼 거리는 바로 내가 네 곁에 있는데도 내가 널 사랑한다는 걸 네가 모른다는 것이다.' 네가 그렇게 생각하는지 아닌지는 모르겠어. 하지만 이보다 더 먼 거리는, 네가 날 좋아하는 걸 알면서도 네가 좋아하는 사람이 내가 맞는지 모르겠다는 거야. 그래서 날 따라다니지 않고, 내가 너와 함께 있는 것도 필요로 하지 않는 게 아닐까. 난 단지 네가 상상해낸 가짜일 뿐인 건 아닐까."

"공기인형이라고?" 뤄즈는 결국 말을 끊고 분위기를 누그러뜨리려고 했지만 그가 웃을 때까지 기다리지 못했다.

짜식. 그에게 어떻게 말해줘야 할까. 그의 걱정과 두려움은 오히려 그녀를 더 이상 두렵지 않게 해주었다. 모든 기쁨이 마침내 착실하게 마음속에 내려앉았다.

그리하여 뤄즈도 눈동자의 장난기를 거두고 고개를 들어 까치발을 했다.

그는 놀라는가 싶더니 그녀를 더욱 꽉 안았다. 그리고 다음 순간, 그녀가 그의 아랫입술을 꽉 깨물었다. 그는 아픔을 그대로 견디며 손을 풀지 않고, 오히려 더욱 거칠게 호응했다.

"예전에 내가 가장 경멸하던 게 공공장소에서 껴안고 스킨십하는 커플이었는데, 결국 우리가 그렇게 됐네." 한참 후, 뤄즈가 한숨을 내쉬곤 나지막하게 웃으며 말했다.

"다시 한 번 말해봐."

"……결국 우리가……."

"그 앞에 두 글자만."

뤼즈가 웃었다. 그에게 꽉 안겨 있어서 웃음소리가 기침처럼 먹먹하게 들렸다.

"커플."

제76장   시간의 항아리

"뭘 쓰고 있어?"

성화이난이 머리를 바짝 붙였다. 뤄즈는 황급히 속표지를 덮었다. "그냥 뭐 좀 기록한 거야."

"비행기에 타고 나서 계속 고개 숙이고 끄적이기만 했잖아. 뭐길래 그렇게 급하게 쓰는 거야?"

바로 그때, 비행기가 천천히 활주로를 향해 주행하기 시작했다. 모두가 좌석 테이블을 접었고, 뤄즈도 노트를 덮은 후 안전벨트를 맸다.

그녀는 다시금 일기를 쓰기 시작한 것뿐이었다.

딱 한 편의 일기만 쓰여 있던 그 일기장은 책꽂이 구석에 불쌍하게 끼어 있었다. 뤄즈는 왕푸징서점에서 돌아온 날 오후, 결국 그 일기장을 꺼내 먼지를 털고 책상 앞에 앉았다. 여러 해 동안 써온 만년필이 종이 위에 닿은 그 순간, 마치 영감이라도 떠오른 듯 한 글자 한 마디가 공백의 세월을 흔적 없이 메워주었다.

어떤 작가가 이렇게 말했다. 그는 자신의 가장 아름다운 시절을 끊임없이 문자로 옮기면서 그것으로 세월의 흐름에서 도피한다고.

뤼즈는 그런 느낌을 절실히 체감했다. 고등학교 생활은 딱히 좋다고 할 만한 건 없었지만, 빽빽하게 쓴 두꺼운 일기장을 보면 매일매일 또렷한 얼굴이 있었다는 걸 느낄 수 있었다.

쓸데없이 보내지도 않았고 낭비하지도 않았다. 천 일이 넘는 밤마다 손에 쥐고 있었던 그 묵직한 일기장은 어떤 증명과도 같았다.

그 웃기고도 슬픈 대화와 성화이난을 '너'라고 칭한 한두 마디의 말과 일기장에 수납된 세월은 안타깝게도 결국엔 빠져나올 수 없는 시간의 소용돌이 속으로 쏟아져 버렸다.

지금 그녀는 더 이상 일기 속 성화이난에게 말할 필요 없이, 그와 했던 말을 일기에 쓸 수 있게 되었다.

어떤 기분을 잃은 대신 따스하고 심장이 뛰는 즐거움을 얻게 되었다.

"방금 그는 머리를 바짝 들이밀며 내가 뭘 썼는지 보려고 했다. 그의 머리카락이 귓가를 스쳐 간지러웠다. 그의 모습은 마치 호기심 많은 아기 여우 같다."

그러나 정말이지 닭살이었다. 뤼즈는 민망해져서 일기장을 집어넣었다.

비행기가 안정적으로 비행하고 있을 때, 성화이난이 자리에서 일어나 짐칸에서 노트북을 꺼냈다. "영화 볼래?"

"좋지. 뭐 볼까?" 뤄즈는 좌석 테이블을 펼치고 곁눈질로 노트북 바탕화면에 있는 폴더를 보았다. 폴더 이름이 '그녀가 좋아하는 것'이었다. 순간 마음속에서 기쁨이 미친 듯이 솟았다. 연인이 자신에 관한 걸 몰래 수집하면서도 내색하지 않는 걸 알아차린 것처럼, 자신에 대한 상대방의 사랑을 엿보곤 짐짓 모른 척했다.

성화이난이 그 폴더를 아무렇지도 않게 열며 그녀에게 득의양양한 표정을 지어 보일 때까지.

뤄즈는 포복절도했다.

영화 제목은 〈추억은 방울방울〉이었다.

스튜디오 지브리 작품.

초등학교 5학년 타에코.

맑은 날, 흐린 날, 비오는 날, 넌 어느 쪽이 좋아?

시간이 막을 수도 없이 앞으로 나아간다 해도, 좋은 이야기는 지나간 시간의 조각들 중에서 잊어서는 안 될 것들을 고심해서 고르고 세세하게 다듬어 다시금 빛나게 해준다. 뤄즈는 성화이난의 어깨에 기대어 함께 이어폰을 들으며 만족스러운 듯 실눈을 뜨고 영화 속 기차가 성인이 된 타에코를 집으로 데려다주는 걸 보았다.

"그거 알아? 내가 이 영화를 좋아하는 건, 추억을 회상하는 정서 때문만은 아냐."

"그럼 어째선데?" 그가 그녀의 정수리에 가볍게 입을 맞췄다.

"좋은 의미가 담겨 있는 것만으로는 좋다고 말하기에 부족해. 형식이 좋아야 얘기가 부끄러워지지 않거든. 예를 들면 연극 연습을 할 때, 타에코는 자신의 대사에 '까마귀 님, 안녕'이라는 한마디를 추가했다가 선생님한테 너무 튄다며 핀잔을 받았어. 그 장면 기억해? 그때 타에코 옆에 있던 여자애 표정이 굉장히 생생했거든. 그러니까……." 뤄즈는 표현을 고르느라 여념이 없었다. "그러니까 약간은 동정하면서도 '나대더니 쌤통이다'라는 고소한 표정이었어. 무척이나 멋진 디테일이지!"

그가 그녀의 오른쪽 어깨를 꽉 감쌌다. "맞아. 의미가 좋은 것만으로는 부족해."

"분명 많은 사람들이 소홀히 넘길 만한 부분인데도 이렇게나 최선을 다해 세심하게 작업하다니."

"자신이 하는 일을 정말 좋아하기 때문일 거야."

뤄즈는 그를 바라보았다. 둥그런 창밖에서 햇빛이 그의 얼굴 위로 쏟아졌고, 두 사람은 얼굴 위 미세한 솜털까지도 또렷이 보일 정도로 가까웠다.

"그럼 네가 좋아하는 일은 뭐야?"

성화이난은 침묵했다. 영화는 수시로 과거의 장면을 보여주며 타에코도 성인과 소녀 사이를 왔다 갔다 했다. 타에코는 이제 막 분수 나누기를 배우는 나이로 돌아가 실망스러운 수학 성적과 난해하기만 했던 나누기 법칙을 회상했다.

2/3÷1/4의 계산법은 늘 이해하기 어려웠다. 타에코의 언니는 나누기 법칙을 기계적으로 적용해서 2/3에 뒤집은 1/4인 4를 곱하라고 했다. 그러나 타에코는 멜론을 나누는 방법을 적용해서 2/3와 1/4을 서로 나누면 아무리 계산해도 1/6이 나와 결국엔 틀리고 말았다.

성화이난이 웃으며 말했다. "타에코한테는 그걸 구체화할 방법이 필요했을 뿐이야."

"방법이 있어?"

성화이난은 아주 의기양양한 표정으로 코끝을 문질렀다. "내가 알아들을 수 있게 설명해줄게. 만약에 네가 쟁반 하나를 4개로 나눈다면 각 조각은 1/4개가 되겠지. 1/4개 위에 2/3개 멜론을 모두 놓는다면 전체 쟁반 위에는 멜론이 몇 개나 있을까? 이렇게 생각하면 간단하지. 타에코는 그저 개념이 헷갈렸을 뿐이야. 언니는 그냥 공식만 알려주고 이유를 설명해주지 않았으니 타에코가 낙담한 것도 당연해."

"성 선생님은 과연 대단하시네요!"

"당연하지. 예전에 수학 과외를 얼마나 많이 했는데. 가르치는 족족 다 이해시켰다고."

'홀수는 변하고 짝수는 그대로, 부호는 사분면을 본다.'

뤄즈는 불현듯 예잔옌이 떠올랐다.

단위원과 삼각함수. 나중에 수업 시간에 보니 예잔옌은 역시나 이해를 못하고 있었지만 성화이난 앞에서는 아는 척을 했다. 뤄즈와 예잔옌은 위장이라는 면에 있어서는 확실히 닮은

게 많았다. 만약 기회가 주어진다면 자신도 똑같이 바보 같은 문제를 들고 그에게 물어보러 갈까? 들킬까 봐 조마조마해하면서도 자신이 만들어낸 달콤함을 만끽하지 않을까?

만약 예전이었다면 분명 그랬을 것이다.

그러나 그가 결국 좋아하는 사람이 가짜 뤼즈가 되는 건 바라지 않았다. 아무리 그가 그 안 좋은 부분 때문에 그녀를 더 이상 좋아하지 않게 된다고 해도 말이다.

"아쉽네." 뤼즈가 웃음을 터뜨렸다. "난 수학 실력이 괜찮았거든. 앞으로도 네가 과외해줄 필요는 없겠다."

뤼즈가 몽롱하게 곧 잠이 들려고 할 때, 그가 노트북을 닫는 소리를 들었다.

"그때 나한테 이렇게 재미있는 영화를 추천해줘서 고마워. 근데 고등학교 땐 솔직히 두 번이나 봤는데도 좀 지루하다고 생각했었어. 그런데 지금 보니까 확실히 좋은 영화야."

고등학교 때. 뤼즈가 속으로 탄식했다.

"사실, 난 처음에 창턱 옆에 있던 사람이 예잔옌인 줄 알았어." 성화이난은 가방에 노트북을 넣으며 무심하게 말했다.

뤼즈는 의아했다. "그때 넌 감기에 걸렸고 난 멀쩡했어. 나랑 예잔옌은 목소리가 상당히 다른데."

"남자들이 그런 세세한 걸 신경 쓰진 않잖아. 여자들처럼 손톱이며 신발이며 머리색이며, 한 번 보기만 해도 다 기억할 것 같아? 난 이튿날부터 창턱 옆에 있던 사람의 목소리가 기억나지 않아서 거기 여러 번 갔어. 하지만 그 사람은 없었고, 더 이상 운을 기다리지 않았지. 그러다 나중에 예잔옌을 만났어. 내가 거기서 야경 보는 걸 좋아한다고 하니까 자기도 그렇다면서, 고1 때부터 야간 자습을 빠져나와 행정구역 창턱에 앉아 있곤 했다더라고."

성화이난은 가방을 좌석 밑에 내려놓고 좌석 테이블을 접었다. 남 이야기 하듯 담담한 말투로 이야기를 계속했다.

"나중에 물어봤지. 내가 혹시 1학년 때 여기서 널 만나지 않았냐고, 네가 나한테 〈추억은 방울방울〉을 추천해준 여학생이냐고. 지금 생각해보면 걘 확실히 똑똑했어. 긍정도 부정도 하지 않고 바로 얼굴을 붉히더니 신발만 바라보며 바보처럼 웃었지. 그러고는 고개를 들고 나한테 물었어. 그럼 지금 다시 창턱에 가서 앉지 않겠냐고."

뤄즈는 그의 평범한 서술 속에서 한눈에 예잔옌의 천진난만한 모습을 볼 수 있었다.

"그때부터 창턱에 있던 사람이 걔라고 생각했어. 물론, 내가 너한테 이런 얘길 하는 건, 걔가 날 속이지만 않았다면 사귀지 않았을 거라고 말하려는 건 아냐……. 난 그때 이미 개한테 고백할 준비를 한 상태였거든. 그런 사소한 부분이 있든 없든 달라질 건 없었어. 난 고1 때의 만남 때문에 걔를 좋아하게 된 게 아니었으니까."

내 앞에서 그렇게 아무렇지도 않게 전 여자 친구 이야기를 하지 말아줄래……. 뤄즈는 기분이 이상했지만 질투는 아니었다. 오히려 더 캐묻고 싶다는 욕망이 솟았고, 심지어 그가 침착하게 그런 말을 할 수 있다는 게 기쁘기까지 했다.

"하지만 그건 확실히 감동적이긴 했어. 그 애의 암묵적인 인정 덕분에 내가 느끼는 감정이 마치 운명처럼 느껴졌거든."

사랑이 생겨나는 원인은 각양각색이다. 호르몬이 날뛰는 사춘기에 여자아이의 의미심장한 눈빛과 마주쳤다는 건 마치 얼음굴 같은 인생의 구렁텅이에서 따뜻한 손을 잡은 것이나, 결혼 적령기에 마침 조건이 딱 맞는 사람을 만나는 것과 같았다. 사랑은 오는 사람을 막지 않는다. 그 사람이 마음속 구멍을 적절하게 매워주기만 한다면 말이다.

"그런데 공교롭게도 모든 것이 그 애의 거짓말이 아닐까 의심하게 된 것도, 크리스마스이브에 창턱 옆에 있었던 사람이 실은 너였다는 걸 알았기 때문이었어."

이상한 운명의 순환.

성화이난은 손가락으로 회전 손잡이를 만지작거리며 한참을 돌리다가 천천히 말을 이었다. "그때부터 난 예전에 있었던 많은 일들을 다시 되짚어 봤어. 그리고 내가 예잔옌의 진짜 모습을 한 번도 본 적 없다는 걸 깨달았지. 걘 내가 상상했던 것보다 훨씬 복잡했지만 줄곧 감추고 있었어. 내가 단순하고 어병한 여자를 좋아할 수도 있는데, 굳이 왜 위장을 하려고 했을까? 난 이해가 되지 않았어. 하지만 이미 감정도 없는 사이라서 굳이 더 캐낼 필요는 없었지."

그가 갑자기 고개를 돌려 뤄즈를 바라보았다. "저번에 내가 물었잖아. 만약 고1 때 우리가 그렇게 빙빙 돌지 않고 바로 만났더라면 모두의 운명이 바뀌었을까 하고……. 물론, 내가 말을 마치기도 전에 넌 나한테 눈덩이를 던졌어. 정말 사납기도 하지.”

뤼즈는 민망해져서 입술을 씰룩거렸다. “하지만 넌 그때 확실히 매를 벌었어.”

“그럼 지금은 대답해줄 수 있어?”

뤼즈는 미소를 지으며 생각하다가 대답했다. “이 문제는 아마 평행세계의 뤼즈만이 대답해줄 수 있을 것 같은데? 어쩌면 우린 고등학교 때 조기 연애를 했다가 지금은 헤어진 지 딱 1년이 됐을 수도 있지. 어쩌면 넌 고2 때 예잔옌을 만나 날 차버렸을 수도 있고. 어쩌면…….” 뤼즈는 잠시 뜸을 들였다가 고개를 돌려 그를 바라보았다. “어쩌면 우리의 생활은 아주 명랑하고 평범할 수도 있어. 그 많은 비밀과 억눌러왔던 감정도 존재하지 않을지 모르고. 나도 지금 이 모습의 뤼즈가 아닐 거야.”

모든 미지의 가능성을 비교했을 때, 뤼즈는 그래도 지금의 자신이 좋았다.

시간이 훔쳐가는 ‘선택’은 미래에 시간이 좋아하는 방식으로 우리에게 돌려준다.

뤼즈는 웃으면서 꿈나라로 들어갔다.

비행기에서 내려 짐을 찾고 있을 때 뤼즈는 엄마에게 전화를 받았다. 화면에 깜빡이는 이름을 보며 뤼즈는 멀지 않은 곳에서 컨베이어 벨트 위에 올려진 짐들을 주의 깊게 훑어보고 있는 성화이난을 흘끔 바라보곤 몇 걸음 뒤로 물러나 통화 버튼을 눌렀다.

"엄마?"

"뭐뭐, 비행기 내렸니? 공항버스 타고 올 거지?"

"응, 지금 짐 찾는 중이야."

"원래는 천 씨한테 마중을 나가달라고 부탁하려고 했는데, 오늘 공장에 일이 있어서 차를 써야 한다지 뭐니."

"괜찮아, 엄마. 공장 관용차잖아, 사적으로 쓰면 안 되지."

"아휴, 어디든 안 그러겠니."

뤄즈가 쓸쓸하게 웃었다. 갑자기 귓가에 한마디가 울렸다. "이 캐리어 네 거 맞지?"

"뭐뭐, 친구랑 같이 왔니?"

"아…… 응." 뤄즈는 한 손에 캐리어를 하나씩 끌고 출구 방향을 가리키며 웃고 있는 성화이난을 바라보자 별안간 마음이 가라앉았다.

"남자 친구?"

뤄즈는 한참을 침묵하며 OX 문제를 고민하다가 마침내 결심하고 고개를 끄덕이며 말했다. "응."

놀라서인지 아니면 이제까지 숨겼다는 것에 대한 원망 때문인지 전화 저편은 조용했다.

"……이름이 뭐야? 데려와서 엄마한테 소개시켜 줄 수 있니?"

성화이난은 캐리어 두 개를 끌고 그녀 앞에서 천천히 걸으며 수시로 고개를 돌려 그녀가 따라오고 있는지 확인했다. 매번 고개를 돌릴 때마다 미소를 짓고 있었다.

뤼즈는 그 모습을 멍하니 바라보았다. 고등학교 시절 빛과 그림자가 교차하던 복도와 지금의 넓고 밝은 공항 로비가 겹치며 마치 자신도 타에코처럼 시간의 복도에 들어선 것 같은 느낌이 들었다.

유일하게 다른 건 성화이난이었다. 지금의 그는 고개를 돌려 그녀를 바라보았다.

"뭐뭐?"

뤼즈는 정신을 차리고 숨을 깊이 들이마시며 마음을 굳게 먹었다.

"알게 된 지 얼마 안 됐어. 보기는 뭘 봐, 나중에 다시 얘기해. 집에 가서 얘기해줄게."

"전화 끝났어?"

뤼즈는 일부러 경쾌한 목소리로 대답했다. 방금까지 배려심 있게 거리를 두고 있던 성화이난이 발걸음을 늦추어 그녀 곁으로 돌아왔다.

뤼즈는 고개를 끄덕였다. 그는 습관적으로 그녀의 머리카락을 쓰다듬었다.

"공항버스 타러 안 가?"

"아버지의 기사님이 우릴 데려다줄 거야. 이미 밖에 주차장에서 기다리고 계신걸."

뤼즈가 멈칫했다. "뭐?"

성화이난이 그녀의 손을 잡아끌었다. "걱정 마. 장 기사님 혼자니까. 우리 부모님과는 마주칠 리 없어. 네가 원하지 않으면 한동안 부모님께도 너에 대해 말하지 않을 거고."

뤄즈가 그에게 이끌려 걸어갈 때, 마음속 비밀이 꾸륵꾸륵 거품을 내뿜으며 끓어올라 앞다투어 수면 위로 올라와 터졌다. 뿌리 깊게 얽히고 설켜 있던 비밀은 비행기가 이 도시에 착륙한 순간부터 모조리 뻗어 나와 뤄즈를 옭아맸다.

"성화이난!"

기사님이 멀리서 그들을 향해 손을 흔드는 걸 본 뤄즈는 걸음을 멈추고 그의 이름을 불렀다. 눈이 살짝 시큰거렸지만 그래도 억지로 참아냈다.

마치 그녀가 피하려던 모든 걸 눈물과 함께 몸 안에 봉인하고 시간과 함께 썩혀 버리려는 것처럼.

"앞으로 어떤 일이 벌어지든 꼭 기억해줘. 내가 진심으로 널 좋아한다는 걸."

그는 의아한 표정이었지만 조급하게 위로의 말을 건네지도, 왜냐고 묻지도 않았다.

"약속할게." 그의 따스한 손바닥이 그녀의 손등을 가만히 쥐었다.

사랑은 옳고 그름을 분간하지 못하게 만든다. 이것이 바로 사랑의 가장 고귀한 부분일 것이다.

기억해야 해. 꼭 기억해야 해.

제77장　　　　　　　　　날카로운 대립

뤄즈가 국기 게양대 앞으로 걸어갈 때까지 예잔옌은 아직 도착하지 않았다. 그녀는 예잔옌이 여기서 만나자고 약속한 이유를 묵묵히 추측해보았다.

예전에 성화이난의 학급이 종종 여기서 농구를 했다는 걸 뤄즈는 알고 있었다. 아이스링크에서 그는 그녀에게 말했었다. 여기서는 예잔옌을 만날 수 있다는 걸 뻔히 알면서도, 긴장해서 실수할 거라는 걸 뻔히 알면서도 '딱히 나쁘지 않은 느낌'이었다고.

다만 그 시절 그는 알지 못했다. 멀리 운동장 한구석에서 또다른 여자아이가 이리저리 두리번거리며 거닐고 있었다는 걸. 마음은 자습실에 가 있으면서도 두 다리를 통제하지 못해 해가 완전히 서산으로 넘어갈 때까지 어슬렁거리면서도 감히 그가 있는 경기장 쪽은 눈길도 주지 못했다는 걸.

2년이 지났다.

경비실의 당직 선생님은 놀랍게도 예전 문과반 국어 선생님이었다. 뤄즈를 보고 무척이나 기뻐하며 한참 이야기를 나누고 그녀를 들어오게 했다.

"하지만 곧 설이라서 3학년 보충수업도 끝났거든. 다른 선생님들은 안 계셔." 국어 선생님이 말했다.

"그냥 좀 돌아보고 싶어서요." 뤄즈는 거짓말을 했다.

선생님의 얼굴에 학창 시절에 대한 그리움과 아련함을 잘 알겠다는 표정이 떠올랐다. 문과 선생님이 잘난 척하는 건 가끔 참 귀여웠다.

뤄즈는 국기 게양대로 올라가 얼룩덜룩 녹이 슨 국기봉 옆에 섰다. 도르래 줄은 매서운 바람 속에 덜덜 떨렸다. 눈을 들어 사방을 돌아보니, 한때 교복으로 일렁이던 바다는 흰 눈으로 덮인 운동장 위에서 흔적도 없이 사라져 보이지 않았다.

예잔옌이 구석 옆문에서 걸어 들어오는 것이 보였다. 장밋빛 실루엣이 눈밭을 가로질러 오는 모습이 참으로 아름다웠다.

그들은 인사를 나누었다. 인사치레용 빈말은 없었다.

"맞춰봐. 내가 왜 이렇게 다급하게 문자로 널 보자고 했을까?"

"나한테 일기장을 돌려주기 위해서이길 바라."

예잔옌이 눈을 치켜뜨며 조소했다. "난 네 일기장 같은 거 가져가지 않았어. 왜 항상 나한테 그 얘길 하는 거야? 대체 무슨 일기장?"

뤄즈는 살짝 놀랐다. "난 너라고 생각했어. 그게 아니라면 넌 어떤 근거로 그런 거짓말을 지어냈을까?"

그렇게 터무니없는 거짓말은 지어내기도 쉽지 않았다.

뤄즈와 성화이난의 친한 정도를 모른다면 적절한 시기를 파악하지 못했을 것이다. 뤄즈의 성격을 모른다면 그렇게 증거도 없으면서 그녀가 해명하지 않을 만한 이야기를 지어낼 수 없었을 것이다.

더욱 중요한 사실은, 뤄즈가 성화이난을 좋아한다는 건 일기장이 아닌 다른 경로로는 절대로 알 수 없다는 거였다.

"무슨 거짓말? 난 거짓말 같은 건 해본 적 없어." 예잔옌이 고개를 들었다.

뤄즈는 한숨을 내쉬었다.

"녹음도 촬영도 안 할게. 네 약점을 잡으려고 옆에 증인을 매복시켜 놓지도 않았으니까 솔직하게 말해. 이 추운 날 우리 둘이 겨우 거짓말이나 하려고 만난 거라면 무슨 고생이야."

뤄즈는 말을 마치고 국기 게양대에서 뛰어내려 와 알아서 교학동 방향으로 걸어갔다. "여긴 너무 춥다. 안으로 들어가자."

예잔옌은 말이 없었다.

뤄즈가 절반쯤 가다가 뒤를 돌아보니 예잔옌이 여전히 높은 국기 게양대 위에 서 있었다. 고개를 들고 바람을 맞으며 햇빛을 흠뻑 쐬는 모습이 마치 국토를 순시하는 여왕 같았다.

뤄즈는 문득 궁금해졌다. 예잔옌은 이 황무지 같은 눈밭에서 대체 무엇을 본 걸까.

분명 자신이 본 것과는 다르리라.

학교 1층 로비에는 놀랍게도 자동판매기가 설치되어 있었다. 뤄즈는 따뜻한 캔 커피 두 개를 사서 예잔옌에게 하나를 건넸다.

그들은 함께 4층으로 올라가 예전 문과반 교실 문 앞에 섰다. 그러고는 복도 끝에 있는 창턱에 나란히 앉았다.

"이렇게 작고 낡은 교실이 우리를 2년이나 가둬놨었네. 지금이 팔꿈치만 움직여도 남한테 부딪힐 것 같은 곳으로 돌아가느니, 차라리 죽는 게 나을 거야."

옛 장소에는 마법과도 같은 힘이 있는지 사람을 원래의 모습으로 되돌려 놓을 수 있었다. 예잔옌의 얼굴을 덮은 화장을 걷어내고 그녀를 다시금 고등학교 때처럼 가벼운 말투에 우렁찬 목소리로 만들어주었다.

그러나 뤄즈는 딱히 그녀와 지나간 세월을 추억하고 싶지 않았다.

"내가 아까 물었잖아. 일기장 없이 어떻게 그런 거짓말을 지어낸 거야?"

예잔옌의 얼굴에 짜증스런 표정이 걸렸다. "정말 끝이 없구나. 난 정말 안 가져갔어. 그 말들 대부분은 딩수이징이 지어낸 거야."

"그럼, 일기장을 가져간 게 딩수이징이라는 거야?" 뤄즈는 생각에 잠긴 듯 캔을 감싸서 따뜻해진 손으로 캔 커피 뚜껑을 땄다. 흘러나온 커피향이 모락모락 솟아오르는 하얀 김과 함께 옆의 예잔옌에게로 퍼졌다.

"난 몰라. 하지만 그런 남다른 헛소리를 지어낼 사람은 걔밖에 없을 거야. 처음엔 걔가 왜 날 전심전력으로 도와주는지 이해가 안 됐는데, 나중에야 알았어. 걘 살면서 자기 체면을 봐주지 않는 사람을 딱 두 명 만났는데 알고 보니 남매였던 거야. 널 죽이지 못하면 난 걜 무시하는 게 되겠지."

뤄즈는 하마터면 사레가 들릴 뻔했다.

그랬다. 그날 뤄양이 Z대에서 자퇴한 여자 후배에 대해 언급했을 때, 뤄즈는 이미 여러 단서를 연결해 그 부분을 깨달았으나 그저 입 밖으로 말하지 않은 것뿐이었다.

"엿보는 것도 너무 지나치면 병이야, 치료해야 해." 예잔옌이 말했다. "딩수이징은 몽땅 차지하는 데 너무 익숙해져 있었어. 친구의 친구도 걔의 친구였고, 친구의 적도 걔의 적이었지."

뤄즈는 이렇게 사납고 거리낌 없는 예잔옌의 원래 모습이 이미 숙녀다운 새로운 모습으로 바뀌었다고 생각했는데 아니었다. 지금 모습이야말로 진정한 예잔옌이었다. 성화이난 앞에서 천진난만하게 구는 어벙한 아가씨가 아니라.

뤄즈는 고개를 돌려 그 예쁜 옆모습을 바라보았다. "너도 뤄양을 알아?"

"어." 예잔옌은 아랑곳하지 않고 손가락으로 유리창 먼지 위에 글씨를 썼다. "걔가 자퇴하고 나서 몇 번 만난 적 있어. 나한테 사진 한 장을 보여주더라고. 어떤 남자랑 중간에 어느 정도 거리를 두고 나란히 서 있는 사진. 그런데 그날 금융가에서 너랑 그 남자를 보고 그 사람이 네 오빠라는 걸 알았어. 딩수이징이 나한텐 그걸 알려주지 않았거든. 난 네가 걜 망신 줘서 걔가 널 그렇게나 미워하는 거라고 생각했어. 그런데 알고 보니 걔도 그냥 날 이용한 거였더라."

"너희 둘, 누가 누굴 이용했다고 보기엔 좀 그렇지." 뤼즈가 돌직구를 던졌다.

예잔옌은 그녀를 흘겨볼 뿐 반박하지 않았다.

"그런데 딩수이징은 왜 빙빙 돌아서 날 괴롭힌 거래? 직접 내 새언니랑 얘기하지 않고."

"걔가 안 그랬을 거 같아?" 예잔옌은 어이가 없다는 표정이었다. "넌 다른 사람들이 다 그렇게 호락호락한 줄 알아?"

뤼즈는 경악했다.

"하지만 말이지." 예잔옌의 고소해하는 목소리가 아침 햇살 속에 튀어 올랐다. "네 새언니는 더더욱 호락호락하지 않았어."

더 이상 사촌 오빠의 사적인 일에 대해 이야기하고 싶지 않았던 뤼즈는 예잔옌이 한창 신나서 이야기하고 있을 때 불쑥 질문을 던졌다. "넌 성화이난이랑 1년 전에 헤어졌잖아. 그런데 왜 이번 학기에 갑자기 다시 나타나서 잘해보려고 한 거야?"

예잔옌이 곧장 냉소하며 받아쳤다. "그건 왜 알고 싶은데? 내가 너한테 걸림돌이 되기라도 했어?"

뤼즈가 고개를 끄덕였다. "그럴 뻔했지."

예잔옌의 얼굴에 순간 서리가 내렸다.

사실 일부러 예잔옌을 자극하려던 건 아니었다. 옆에 있는 이 예쁜 여학생이 하마터면 그녀가 고이 간직해온 감정을 없애버릴 뻔했지만, 지금 이 상황에서 가시 돋친 말로 복수를 하고 싶지는 않았다. 그리하여 뤄즈는 누그러진 말투로 웃으며 설명했다. "그냥 궁금해서 그래. 네가 했던 일들은 마침 내 계획을 어그러뜨렸으니까."

뤄즈의 태연함에 놀랐는지, 예잔옌은 '내 계획을 어그러뜨렸다'는 말에 웃음을 터뜨리며 경계를 살짝 풀었다. "물론 어떤 애가 끊임없이 날 자극해서 그랬어. 너 정원루이 알아?"

뤄즈는 잠자코 있었다. 예잔옌은 흥 하고 코웃음을 치며 빈정거렸다. "완전 저팔계야."

그 단어를 말할 때 예잔옌의 표정은 더없이 환하고 천진난만했다. 이제 갓 피어난 꽃 같은 얼굴에 그런 표정이 떠오르니 뤄즈마저도 살짝 아찔함을 느꼈다.

그녀에게는 다른 모든 사람을 저팔계라고 말할 자격이 있었다.

예잔옌은 전혀 깨닫지 못하고 계속해서 말했다. "그 저팔계는 쉬치차오랑 똑같아. 못생겨서 남들보다 사랑과 멀리 떨어져 있더라도, 가십거리에 대한 욕망은 강한 오지랖쟁이지. 걘 성화이난을 오랫동안 좋아했는데 우리가 헤어졌다는 소식을 듣곤 느닷없이 날 비웃는 문자들을 보내곤 했어. 그래도 화가 많이 나진 않았어. 그냥 좀 걔가 안쓰러웠지."

정원루이와 쉬치차오는 아주 달랐다. 그러나 뤄즈는 굳이 바로잡진 않았다. 이건 그녀와 상관없는 일이었다.

예잔옌은 흐트러진 눈빛으로 창밖을 바라봤다가 잠시 후 다시 말을 이었다. "그러다 어느 날, 걔가 또 문자를 보내왔어. 자기가 어느 마트 입구에서 너랑 성화이난이 같이 있는 걸 봤는데, 둘이 커피 마시러 갔다고. 그러고는 나한테 후회하냐고 묻더라. 이럴 줄 알았으면 P대에 합격하려고 열심히 공부하지 않았겠냐며."

예잔옌은 말을 마치고 하하 웃었다. 너무 크게 웃느라 숨이 헐떡거릴 정도였다. "정원루이 걔 머리가 어떻게 된 거 맞지? 그런 문자를 보내면 나보고 무슨 답장을 보내라는 거야? 천하의 모범생들이 마침내 사랑의 결실을 맺은 걸 축하한다고?"

"그렇지만 정원루이의 말은 결국엔 효과를 발휘했지." 뤄즈가 그녀의 말을 끊었다.

예잔옌은 더 이상 웃지 않았다.

어째서 정원루이의 문자를 받고 갑자기 한번 해보기로 결심한 걸까? 설마 정말로 경쟁자가 늘어난 것이 예잔옌의 승부욕을 자극한 걸까? 뤄즈는 이해가 되지 않았다.

그녀는 예잔옌의 잡담에는 흥미가 없었다. 만나자는 약속에 응한 건 그저 호기심을 충족하기 위해서였고, 자신을 모함한 것에 대한 배후를 알고 싶어서였다. 지금 그녀는 예잔옌이 털어놓은 내용을 통해 대충 진상의 윤곽을 그려볼 수 있었다. 어쩐지 예잔옌이 매번 멀리서 그렇게 정확한 타이밍에 저격을 하더라니. 허우하이에서 돌아온 그날 밤에 풀밭에서 자전거를 부수던 정원루이를 떠올리니 갑자기 소름이 끼쳤다.

태양이 구름 뒤로 몸을 숨기며 갑자기 빛이 어두워졌다. 두 사람 사이의 냉랭해진 분위기처럼.

뤄즈는 대화의 진도를 서두르며 본론으로 들어갔다. "그래서 넌 딩수이징에게 도와달라고 한 거야? 딩수이징은 아마도 내 일기장을 가져갔을 테니 나에 대해 잘 알았겠지. 그리고 너희는 그런 방법을 논의한 거고? 하지만 그건 쉽게 들통날 거짓말이었어."

"난 성화이난이 날 믿는다는 데 걸었어. 딩수이징은 네가 해명하지 않을 거라는 데 걸었고."

태양이 다시금 구름 뒤에서 모습을 드러내며 순식간에 예잔옌의 얼굴 반쪽을 밝게 비췄다. 예잔옌의 웃음이 더욱 짙어졌지만 겨울의 햇빛처럼 온도가 없었다.

"걔가 내기에서 이겼어. 난 져버렸고."

지금이 바로 불난 집에 부채질하기에 가장 좋은 기회였다. 그러나 뤄즈는 마음속 탄식을 듣고 아무 말도 하지 않았다.

"네가 오늘 다급하게 날 부른 건." 뤄즈는 모든 궁금증이 풀리고 나서야 비로소 오늘 만남의 주제를 떠올렸다. "이유가 뭐야?"

예잔옌은 대답 대신 고개를 돌려 그녀를 뚫어져라 쳐다보았다. 두 사람은 아주 가깝게 앉아 있어서 뤄즈는 심지어 그녀의 그 짙은 갈색 눈동자 속에 거의 녹아들어 갈 것만 같은 자신의 모습을 또렷하게 볼 수 있을 정도였다.

시선에 담긴 기이한 압박 때문에 뤄즈는 손바닥에서 식은땀
이 났다. 그녀는 얼른 창턱에서 뛰어내렸다.

예잔옌이 별안간 웃음을 터뜨리며 물었다. "방금 내 모습, 아
주 무서웠어?"

"응." 뤄즈는 고개를 끄덕였다.

"정신에 문제가 있는 것 같지 않았어?"

뤄즈는 머뭇거리며 다시금 고개를 끄덕였다.

예잔옌의 미모는 아주 살짝 이국적인 면이 섞여 있었다. 혼
혈처럼 보이는 건 아니어도 풍기는 분위기에 어딘가 미세하게
사악한 분위가 감돌았다. 그것은 천진한 웃음 밑에 감춰져 이
렇게까지 또렷하게 드러난 적이 없었다.

"너 장민이랑 친해?"

갑작스런 화제 전환에 뤄즈는 살짝 따라가기 힘들었다.

"장민? 친하진 않아. 하지만 확실히 너희보다는 관계가 좋은
편이었어. 왜 갑자기 장민 얘기를 하는데?"

뤄즈는 때론 장민이 '장羅민'인지 '장羹민'인지 헷갈렸다. 그
과묵한 여학생은 고2 때 이름을 '장羹민'으로 바꿨다. 엄마가
재혼해서 성을 바꿨다고 했다. 그렇지만 다들 예전 이름에 익
숙했기에 종종 두 이름을 섞어 불렀다. 어차피 발음도 별 차이
없었으니 장민 본인도 굳이 정정하지 않았다.

장민은 반응이 살짝 느린 편이었다. 뤄즈에게 상당히 호감이
있었는지 종종 그녀를 찾아와 이야기를 나누고, 지리 문제를
물어보고, 도시락을 들고 와 같이 점심을 먹었다.

하지만 친한 친구라고는 절대로 말할 수 없었다. 기껏해야 눈에 띄지 않는 두 여학생이 함께 어울린 거였고, 대학에 입학한 후로는 심지어 더 이상 연락하지도 않았다. 굳이 특별한 추억이라고 한다면 아마도 운동장에서 쓰레기 더미를 뒤졌을 때일 것이다.

뤄즈는 그때를 떠올리면 여전히 고마웠다.

"장민이 너한테 나에 대해 말한 적 있어?"

뤄즈는 한참을 열심히 생각해보았다.

"그냥 물어본 거야. 뭘 그렇게 진지하게." 예잔옌이 음흉하게 말했다. "과연 천하의 모범생들이 마침내 사랑의 결실을 맺었구나."

뤄즈는 아랑곳하지 않고 생각을 정리한 다음 대답했다. "내가 점심시간에 식당에 가지 않은 날이었어. 장민이 내 옆에 앉아서 도시락을 먹었지. 마침 너랑 친구들이 앞문으로 들어왔는데, 걔가 갑자기 나한테 네가 예전과는 많이 다르다고 그러더라고."

"그다음엔?"

"그다음은 없어. 나는 더 묻지 않았고 걔도 더 이상 말이 없었으니까."

예잔옌은 침묵하다가 한참 후에 비로소 입을 열었다. "장민은 참 좋아."

그런데? 뤄즈는 심문하는 눈빛으로 예잔옌을 바라보았다. 예잔옌은 갑자기 손을 뻗어 뤄즈의 얼굴을 쓰다듬었다.

이 이상하게 친근한 동작에 뤄즈는 놀라 굳었다.

"내 얘기 좀 들어볼래?" 예잔옌은 미소 지으며 다시 한 번 말했다. "내 얘기 좀 들어봐."

제78장　　　　　　　　　　지난 일은 연기보다 못하다

"그거 알아? 장민은 머리에 문제가 있어."

중학교 2학년 때 어느 날 점심, 짝꿍 여자애가 눈을 이리저리 굴리더니 뜬금없이 이런 한마디를 내뱉었다.

예잔옌은 고개를 들고 멍하니 있다가 한참 후에야 입안에 가득 머물고 있던 토마토계란볶음을 삼켰다.

"무슨 뜻이야?" 예잔옌이 조심스럽게 물었다.

"넌 왜 이렇게 항상 둔하니?!" 짝꿍은 짜증 난다는 듯 그녀를 흘겨보았다.

예잔옌은 고개를 숙이고 반박하지 않았다. 이미 익숙했다. 짝꿍 여자애는 그녀의 친구였다. 사실 예잔옌은 친구가 뭔지 잘 몰랐지만, 어쨌거나 전학 왔을 때부터 그 여자애는 그녀의 짝꿍이었다. 그녀에게 여자 화장실 위치를 가르쳐주고 매번 화장실 갈 때마다 그녀를 불러주었으며, 그녀에게 학급 아이들 대부분의 이름을 알려주면서 관련 가십거리나 흑역사도 함께 소개해주고, 점심때 같이 밥을 먹는 사람이 바로 그 여자애였다. 그 애, 그 애였다. 그 애가 바로 괴팍하고 융통성 없는 전학생 예잔옌을 '구원'해주었다.

예잔옌은 그 애를 좋아하지 않았다. 그 애 같은 사람은 그저 각 학급마다 있는 대다수의 평범한 여학생들의 대표적인 유형이었다. 딱히 생각 없고, 유행을 따르고, 조금은 악랄하면서도 상식을 벗어나지 않으며, 개성 없고 가십거리를 좋아하는.

그러나 속으로는 자신이 고결하다고 생각하며 남들과 똑같이 되기 싫어서 주변 사람들을 '대중화'시켰다. 예를 들면 예잔옌을 말이다.

"예잔옌, 너 참 멍청하다.", "예잔옌, 이런 문제도 풀 줄 몰라?", "예잔옌, 넌 왜 이렇게 맨날 굼떠?", "예잔옌, 넌 쑨옌쯔가 누군지도 몰라?"

하지만 남들은 다 그 애를 그녀의 친한 친구라고 말했다. 왜냐하면 그 애는 그녀에게 이렇게 말하는 경우가 더 많았기 때문이었다. "예잔옌, 나 화장실 가는데 같이 갈래?", "예잔옌, 나 그거 시작했어. 혹시 생리대 있어?", "예잔옌, 너 어젯밤에 뮤직어워드 시상식 봤어?", "예잔옌, 너 혹시 신발주머니 또 깜빡한 거야? 오늘 컴퓨터 수업 있는데……."

그들의 우정에 닥친 최대의 위기는 예잔옌이 교복 대신 아빠친구가 선물해준 하늘색 원피스를 입고, 저속한 빨간 별모양 머리핀으로 앞머리를 바보처럼 옆으로 넘겨 꽂는 대신 자연스럽게 이마 앞으로 내린 날이었다. 그리하여 앞줄에 앉은 하마처럼 생긴, 예잔옌의 짝꿍과 투닥거리는 걸 가장 좋아하는 남학생이 몸을 돌려 지우개를 빌리면서 부자연스럽게 예잔옌에게 두어 번 눈길을 주었다.

그 눈길에 민감한 짝꿍은 굉장히 불쾌해했다. 예잔옌을 바라보는 눈빛에도 '너 혼자 잘난 척이구나'라는 경멸이 담겼다. 오후에 예잔옌이 다시 앞머리를 핀으로 꽂자 '하마'가 대담하게 호감을 표시했다. "넌 머리 풀었을 때가 더 예뻐." 예잔옌은 잔뜩 뾰로통해진 짝꿍을 흘끔 보곤 당혹스러워하며 말했다. "아니, 아니. 그래도 꽂는 게 나아, 꽂는 게 더 낫지."

중학생의 심미관은 고작 이랬다. 긴 머리카락을 대담하게 풀어내리는 여학생, 담임이 없을 때는 대담하게 교복 외투를 벗어버리는 여학생, 책가방에 인형을 대담하게 주렁주렁 달고 다니는 여학생, 누구보다도 먼저 손톱에 매니큐어를 바른 여학생…… 생기 없는 얼굴들 중에서 이런 여학생이 바로 미녀였다.

몸매나 외모는 도리어 이런 주객이 전도된 외부적인 조건만큼 눈길을 끌지 못했다.

그래서 당시 예잔옌은 미녀가 아니었다.

그녀의 깨끗한 이마와 위로 올라간 긴 속눈썹이 잠재적인 미녀의 조건이 아닌지 진지하게 살펴보는 사람은 아무도 없었다.

예잔옌은 멍하니 있다가 짝꿍의 눈빛에 여전히 짜증이 담긴걸 보고 얼른 달래듯 물었다. "나 정말 몰라서 그래. 왜 장민의 머리에…… 문제가 있다는 거야? 장민은 성적도 좋잖아. 시험 보면 맨날 1등 하고."

"그런 건 머리가 똑똑한 거랑은 상관없거든, 알겠니? 오늘 나랑 몇 명이 국어 사무실에 성적 보러 갔다가 마침 개네 엄마가 선생님이랑 얘기하는 걸 들었어. 우리가 들어가니까 말을 멈추길래 나가서 잠시 엿들었지. 무슨 내용이었게?"

예잔옌은 그제야 생각났다. 짝꿍은 수업 시간에 여학생 몇 명과 계속해서 쪽지를 주고받았고, 쉬는 시간에는 내내 다른 애들과 재잘재잘 흥분해서 떠들었다. 그게 다 이 이야기였던 거구나.

그녀는 짝꿍의 흥미를 깨고 싶지 않아 아주 궁금한 척하며 물었다. "왜, 설마 장민 엄마가 개 머리에 문제가 있다고 그랬어?"

"네가 그렇게 말하는 게 더 이상한 거 알아? 어떤 엄마가 자기 딸을 그렇게 말하겠냐?"

짝꿍이 입을 삐죽였다. 예잔옌은 순간 조금 화가 났다. 확실히 자기 딸을 그렇게 말하는 엄마는 없겠지만, 너네 같은 악랄한 오지랖쟁이들은 그렇게 말하겠지.

"그럼 왜?" 예잔옌은 화를 꾹 참고 물었다.

"개네 엄마가 선생님한테 하소연하더라고. 장민네 아빠는 더 이상 집에서 지낼 수 없다고, 하도 소란을 피워서 이웃들도 못 견뎌한다고 말야. 게다가 거리를 막 달리기도 하고……." 짝꿍은 거기까지 말하곤 돌연 과장되게 주변을 살피더니 목소리를 낮춰 말했다. "게다가 옷도 안 입고 거리로 뛰쳐나갔다나 봐!

가족들이 겨우 찾아서 끌고 들어왔대. 며칠 전에 정신병원에 입원시켰는데 안 그랬으면 장민이 맞아 죽었을 거래. 개네 아빠는 폭력 성향이 있어서 집에서 마주치는 사람마다 때린다나 봐. 개네 엄마는 자기가 간호사라 야간 근무도 해야 해서 장민을 잘 챙길 수 없으니 선생님한테 잘 부탁한다고 그러더라. 장민이 잘되면 좋겠다고, 전화고에 합격했으면 좋겠다고 말야."

짝꿍은 신나서 한창 이야기하느라 예잔옌이 어느새 먹는 걸 멈추고 조용히 도시락 뚜껑을 덮은 것도 눈치채지 못했다.

"아빠가 정신병자라니, 얼마나 불쌍해. 성적이 좋아도 무슨 소용이야?" 짝꿍이 무미건조하게 말하면서 도시락에 담긴 고수를 젓가락으로 골라내 도시락 뚜껑 위로 밀어놓았다.

"그게 장민 머리에 문제 있는 거랑 무슨 상관이야?"

짝꿍이 고개를 돌려 마치 바보를 보듯 예잔옌을 바라보았다. "너 멍청이야? 그런 병은 유전인 거 몰라? 개도 조만간 미칠 거라고!"

짝꿍이 그 말을 마치자마자 예잔옌은 자리에서 휙 일어나 무표정하게 말했다. "화장실 갔다 올게."

짝꿍은 급히 밥을 크게 떠서 입안으로 밀어 넣었다. "좀 이따가 가. 나도 화장실 갈 거야."

예잔옌은 못 들은 척 곧장 문 쪽으로 걸어가며 등 뒤에서 들려오는 짝꿍의 놀란 외침도 한 귀로 흘렸다. "너 약 잘못 먹었어?"

예잔옌은 절대로 약을 먹지 않았다. 예전에 그녀는 엄마에게 약을 먹여야 했지만, 지금은 그럴 필요가 없었다.

엄마는 작년에 건물에서 뛰어내려 죽었다.

당시 예잔옌은 높은 창문 앞에서 밖을 바라보고 있었다. 조용히 거기에 서서 피가 천천히 흘러나오는 걸, 흘러나오는 걸 상상했다. 상상일 수밖에 없었다. 소설이나 영화에서는 투신한 사람의 몸에서 흘러나온 피가 강을 이루고 새빨간 꽃을 피웠다. 하지만 15층 높이에서 밑을 내려다보니 어떤 것도 또렷하게 보이지 않았다.

예잔옌은 속으로 생각했다. 마침내 이런 날이, 과연 이런 날이 결국 오고야 말았구나, 하고.

경찰에 신고한 건 예잔옌이 아니라 행인들이었다. 엄마의 시신을 한 겹, 두 겹 둘러싸기 시작한 행인들이었다.

하늘에서 떨어진 이 여인의 해탈에 대해 그녀의 딸보다 훨씬 놀라고 안타까워한 행인들이었다.

예잔옌은 반 친구들에게 엄마가 유리창을 닦다가 실수로 떨어졌다고 했다가, 나중에는 자동차 사고였다고 말을 바꾸었다.

그녀 자신도 대체 뭘 숨기려는 건지 확실히 알 수 없었지만, 반 애들이 수군거리는 걸 보면서 숨기기를 잘했다고 생각했다.

그러다 아빠의 속 깊은 배려로 그녀는 이렇게나 멀리 떨어진 새로운 중학교로 전학을 왔다. 이번에는 그 누구에게도 엄마 이야기를 하지 않았다.

그리하여 이번에 그녀의 엄마는 죽지 않았다.

다들 장민의 머리가 어떻게 됐다고, 정신병은 유전이라고 하면서, 심지어 정신병과 신경증을 구분하지도 못했지만…… 그런 말을 예잔옌에게 갖다 붙이는 사람은 아무도 없었다.

예잔옌은 점차 자신이 참으로 천진난만했다는 걸 알게 되었다. 북방의 크지 않은 도시의 인간관계는 거미줄처럼 복잡하게 얽히고 설켜 그녀를 옴짝달싹 못 하게 단단히 속박했다.

예잔옌은 학부모 회의가 끝나고 아빠가 장민의 엄마와 인사를 나누는 걸 보았다. 장민 엄마의 높이 솟은 광대뼈와 홀쭉한 양 볼이 시선에 들어왔다. 예잔옌은 머리가 반응할 새도 없이 순간 다리에 힘이 풀리고 말았다.

엄마가 뛰어내리던 그날에도 이렇게까지 두렵고 괴롭지는 않았다.

예잔옌은 장민 엄마의 얼굴을 기억하고 있었다.

몇 년 전, 엄마가 아직 살아 있었을 때였다. 요양원의 통풍도 잘되지 않는 면회실에서 그녀는 의자에 꿇어앉아 철제 난간을 통해 커다란 방 안을 주시했다. 거기에는 엄마가 다른 모르는 남자와 탁자 가까이 앉아 즐겁게 대화를 나누고 있었다. 엄마는 괴로운 표정으로 상대방의 손을 잡고 있었다. 눈물이 깊이 패인 팔자주름을 타고 흘러 떨어졌다.

"내가 이 집을 위해 얼마나 희생했는지 당신은 모르죠? 도무지 잠이 오지 않아요. 머리카락도 계속 빠지고요. 부처님은

왜 날 구해주지 않는 거죠? 당신 말대로 10번도 넘게 읽었다구
요…….”

그 남자의 울퉁불퉁한 얼굴은 줄곧 실룩거리고 있었다. 약물
작용 때문인지, 말할 때마다 목을 옆으로 한 번씩 꺾는 모습이
오금이 저릴 만큼 무서웠다.

“마음, 마음이…… 진실해야 하는데, 당신은 마음이…… 진
실하지 않아…….”

문이 열렸다. 예잔옌은 그때도 여전히 단발머리였던 장민 엄
마가 나오는 걸 보았다.

알고 보니 그 남자의 부인이었다.

예잔옌이 피하고 숨기려고 했던 건 공교롭게도 어른들이 가
슴속에 묻어두고 싶지 않은 것이었다. 아빠가 품위 있게 교실
입구에 서서 얼굴에 슬픔이 가득한 장민의 엄마를 위로하는 모
습을 바라보며, 그녀 머릿속에 떠오른 건 짝꿍의 그 밉살스러
운 얼굴이었다.

그 사람이었구나. 둘이 서로 아는 사이였어. 이제 끝장이었다.

예잔옌은 교실 입구의 사람들로부터 뒷걸음질하며 줄행랑
을 쳤다.

“그리고 난 이틀을 아팠어. 다시 학교에 갔을 때는 하늘이 무
너져 있을 줄 알았는데, 아무 일도 없더라. 장민네 엄마는 힘들
게 살았어. 그런 사람들은 하소연하는 것도 습관이었지. 장민
은 당연히 다 알고는 나한테 하소연하러 찾아왔어. 우리 둘이

동병상련일 거라고 생각한 거야. 난 놀라서 멀리 숨어버렸어.
개한테 감히 말도 못 붙이겠더라구. 나중엔 개가 혹시라도 나
한테 화가 나서 우리 엄마에 관한 일을 퍼뜨리진 않을까 무척
이나 걱정했는데 갠 아무 말도 하지 않았더라.”

뤄즈는 문득 생각나는 일이 있었다. 고2 때 문과반이 막 생겼
을 때, 장민과 당번이 된 남학생이 땡땡이를 치는 바람에 장민
혼자서 당번 일을 도맡아 해야 했다. 그때 예잔옌은 분개하며
농구하는 남학생들을 죄다 붙잡아 데려왔다.

어쩌면 보잘것없는 보은이었을 것이다.

예잔옌이 갑자기 고개를 숙이고 핸드백을 열어 라이터와 소
브라니 담배를 꺼내더니, 뤄즈에게 형식적으로 물었다. “담배
피워도 괜찮지?”

“상관없어.” 뤄즈는 대답하며 자기 쪽 창문을 살짝 열어 틈
을 만들었다.

예잔옌이 푸흡 웃으며 능숙하게 담배에 불을 붙여 하얗고 가
느다란 손가락 사이에 끼웠다. 그 모습이 참 예뻤다.

“참, 듣자 하니 네가 날 아주 부러워했다고?”

뤄즈는 지금처럼 그 시시콜콜 기록해놓은 일기장이 원망스
러운 적이 없었다. 그녀는 냉랭한 얼굴로 대답하지 않았다.

“딩수이징이 말해줬어. 네가 날 무척 부러워한다고. 하지만
성화이난 때문은 아니랬어. 처음엔 이해가 되지 않았는데, 나
중엔 납득이 되더라.”

예잔옌이 갑자기 장밋빛 코트 아랫단을 들추고 상의를 살짝

위로 올려 허리에 남은 좁고 긴 갈색 흉터를 보여주었다.

"우리 엄마가 입힌 화상이야. 그래도 부러워?" 예잔옌이 또 웃었다.

뤄즈는 잠자코 있었다. 예잔옌이 뤄즈가 뭘 부러워한 건지 깨달은 것처럼, 뤄즈도 예잔옌이 부러워할 만한 사람이 아니라고 말하는 이유는 단지 이 흉터 때문만은 아니라는 걸 알 수 있었다.

예잔옌의 허리에 있는 흉터는 아주 어렸을 때 생긴 거였다. 정신병 조짐이 있었던 엄마는 이제 막 석탄 화로를 헤집었던 쇠뭉치를 들고 집에서 사방으로 휘두르다가 예잔옌의 몸을 사정없이 찌르고 말았다. 아이의 회복 능력은 상상했던 것처럼 강력하지 않아서 그 흉터는 몸에서든 마음에서든 지금도 여전히 옅어지지 않았다.

예잔옌은 그 누구 앞에서도 엄마를 원망해본 적 없었다. 비록 속으로는 지극히 원망하긴 했지만 말이다. 그녀는 어릴 때부터 알고 있었다. 자신이 그 이야기를 한다면 잘못한 건 그녀 자신이 되어 모든 잘못을 떠안게 될 거라는 걸.

"그래도 네 엄마잖니. 열 달 동안 품어서 널 낳아주셨어." 다들 이런 말로 그녀를 가르쳤다.

하지만 아이는 누구나 낳는 것 아니던가?

예잔옌이 유일하게 본 세계 명작은 『제인 에어』였다. 그녀는 만약 어느 날 다른 사람에게 자기 이야기를 한다면 딱 한 문장으로 충분할 거라고 생각했다. ……만약 로체스터 선생과 다락방의 미친 여인 사이에 아이가 있었다면, 그 애의 이름은 아마 예잔옌일 거라고.

예잔옌의 아버지는 농촌의 가난한 청년으로 그림을 잘 그렸고 글씨도 잘 썼다. 예잔옌의 어머니와 결혼한 이유는 어쩌면 사랑 때문일 수도 있고, 어쩌면 대학 졸업 후 도시에 남을 수 있어서였을 수도 있었다. 그러나 진실이 무엇인지는 아무도 알지 못했다. 예잔옌 어머니의 병세가 갈수록 심각해지면서 한때 그들 사이에 있었던 사랑도 뜬구름 잡는 이야기가 되어버렸다.

성인이 된 예잔옌은 만약 엄마에게 정신병이 아니라 두 다리를 못 쓰는 장애가 있었더라면 아빠가 엄마에게 좀 더 충실하지 않았을까 생각해보기도 했다.

사랑은 신체의 장애는 두려워하지 않으면서도 원래 모습을 잃은 영혼은 받아들이지 못했다.

유년 시절 예잔옌의 마음속에 아빠의 이미지는 늘 모호했다. 다만 엄마가 그나마 정신이 멀쩡했을 때, 아빠가 성省의 서화가 협회에 가입해 무슨 직위를 맡게 된 걸 온 가족이 함께 축하한 기억은 있었다. 그 후로 1년 정도 지났을 때, 아빠는 갑작스런 기회로 베이징 예술계에 끼어들어 베이징의 모 미대에서 임시 강사를 맡기도 했다.

엄마네 집안은 부유한 편이었다. 외할아버지는 일찍 돌아가셨고, 아직 정정한 외할머니는 두 집 살림을 하며 미쳐버린 딸과 어린 외손녀를 보살폈다. 다정함이나 자애로움은 없는 보살

핌이었다. 외할머니는 마음 편할 날이 없었고, 성격도 거칠어서 욕을 청산유수처럼 퍼부었다. 외할머니의 독설과 엄마의 폭력 때문에 예잔옌은 대성통곡하곤 했다.

여기까지 들은 뤄즈는 문득 호기심이 일었다.

중학교 때는 소심하게 비위를 맞춰주며 불안에 떨던 가여운 아이가 어떻게 이를 악물었기에 크리스털처럼 눈부시게 빛나는 고등학교 여신으로 변신한 것일까?

그건 아마도 예잔옌의 중학교 시절 짝꿍이 가장 잘 알겠지만, 자신은 알 방법이 없었다.

예잔옌이 초등학교 2학년 때 기말고사를 보던 날, 엄마는 상태가 다시금 심각해져 병원에 강제 입원되었다. 외할머니도 엄마와 실랑이를 벌이면서 넘어져 보름 동안 앓아누웠다. 노인네는 한 번 앓고 나니 정신이 나날이 흐릿해졌고, 불현듯 이제 죽을 날이 머지않은 것 같자 그 골칫거리를 베이징으로 도망간 예잔옌의 아버지에게 맡겨야겠다고 생각했다. 그런데 몇 번이나 전화를 해도 사위가 돌아오지 않자, 노부인은 폭설이 내리는 어느 날 아침, 가벼운 여행 가방을 꾸려 두말없이 베이징행 열차에 올랐다.

예잔옌은 외할머니의 서슬 퍼런 얼굴이 아직도 눈에 선했다.

"너희 모녀는 그래도 그 사람을 의지해야 해."

외할머니는 '로체스터 선생'과 그의 '제인 에어'를 문 앞에서 가로막고 다락방의 미친 여자 소식을 전했다. 아랫배가 살짝 부풀어 오른 '제인 에어'는 그 사실을 믿을 수 없어 미친 듯

이 밖으로 뛰쳐나갔다.

"우리 외할머니는 결코 착한 사람이 아니었어." 예잔옌이 웃으며 말했다. "그 여학생은 임신한 채로 퇴학당했어. 우리 아빠는 미대에서 슬그머니 사직하고 집으로 돌아와 세 달 정도 있다가, 외할머니 건강이 다시 좋아지는 걸 보고 다시 떠났지."

예잔옌은 자기 이야기에만 집중하느라 뤄즈의 안색이 갑자기 어두워지는 걸 눈치채지 못했다.

예잔옌은 성장 과정에 없었던 아버지에게서 '어떤 대가를 치르더라도 필사적이어야 한다'는 중요한 인생의 지혜를 배웠다. 그녀의 아버지는 필사적으로 행동했다. 호적을 얻기 위해 결혼했고, 장래를 위해 집도 자식도 버리고 뒤도 돌아보지 않으며 결국 최후의 승자가 되었다. 장모는 병으로 죽고 미친 아내는 장모를 따라 투신했다. 모든 위험 요소가 제거되었을 그즈음 그도 마침 성공을 거두었다. 이제 하나 남은 딸은 걱정을 덜어주었다. 예쁘고 영리했고, 그저 용돈이나 쥐어주면 그만이었다.

"난 아빠가 밉지 않아. 오히려 존경해." 예잔옌이 진지하게 말했다. "난 우리 아빠처럼 할 거야. 엄마처럼 되진 않을 거고."

뤄즈의 마음이 순간 격렬하게 떨렸다.

"그런데 그때 아빠가 속였던 미대 여학생, 나쁜 짓에는 결국 나쁜 대가가 따라왔어. 다만 내가 그 대가를 치러야 했지만 말야." 예잔옌은 장난스럽게 고개를 까딱였다. "그 여학생이 누군지 맞춰볼래?"

"그 여학생이 글쎄 성화이난의 작은고모야. 친고모."

뤄즈의 놀란 눈빛에 예잔옌은 매우 만족해하는 동시에, 웃음에 담긴 슬픔도 갈수록 짙어졌다.

"재밌지? 응? 재미있을 거야."

모든 우연이 다 회심의 미소를 짓게 하는 건 아니었다.

"그게 너희가 헤어진 이유야?" 뤄즈가 물었다.

"이런 일로 헤어질 게 뭐 있어." 예잔옌이 품 하고 웃음을 터뜨렸다. "설령 걔네 엄마가 우리는 사실 사촌 남매라고 말한다 해도 난 헤어지지 않았을 거야. 아이만 안 낳으면 되는 거 아냐?"

뤄즈는 순간 당황했지만 곧 하하하 웃기 시작했다.

이렇게 크게 웃어본 지가 언제인지 기억도 나지 않았다. 예잔옌은 자신이 아무렇게나 던진 말에 뤄즈가 이렇게나 즐거워하는 걸 보고 잠시 생각해보더니 똑같이 깔깔 웃어댔다.

이상하고도 웃긴 광경이었다. 그들의 이런 관계에서 이런 시기적절하지 않은 농담이 두 사람의 마음을 전에 없이 가깝게 해주었다.

"내 기억엔." 예잔옌이 자욱한 하얀 연기를 유유히 내뿜으며 말했다. "그때 동창회에서 넌 나한테 초연하게 굴라면서 그래야 나답다고, 성화이난도 분명 나의 초연하고 시원스러운 모습을 좋아할 거라고 그랬지, 응?"

"그랬던 거 같아." 뤄즈가 고개를 끄덕였다. "인사치레였어."

"하지만 난 초연한 사람이 아냐. 그때 네 말을 듣고 난 무척이나 화가 났어. 왜냐하면 네가 정곡을 찔렀거든. 걘 나에 대해 아무것도 몰라. 그저 다른 사람들처럼 그런 모습의 나를 좋아했고, 난 그렇게 연기해서 걔한테 그리고 모두에게 보여준 것뿐이야. 그렇게 오랜 시간이 흐르다 보니 난 정말로 활발하고 초연한 사람이 되었지."

바람이 예잔옌이 내뿜은 하얀 연기를 복도 저쪽 끝에 멀리 떨어진 창문으로 불어 날렸다. 뤄즈의 눈빛도 연기를 따라 멀리 날아갔다.

그럼 진짜 예잔옌은 어떤 모습일까? 어쩌면 중학생 때 모습 그대로 교실 구석에 남겨져 조심스럽게 비밀을 숨긴 채 이해받고 구원받기를 기다렸지만, 지금의 아름답고 눈부신 모습에 잊혔을지도 모른다.

가장 깊고 어두운 그림자의 뒷면은 늘 가장 찬란한 빛이었다.

"그런데 왜 굳이 날 불러낸 거야?" 뤄즈가 말했다. "장민이 나한테 비밀을 말했을까 봐 두려워했으면서 왜 지금은 먼저 털어놨고?"

"네가 나 대신 이 얘기를 성화이난에게 해줬으면 해. 난 아무래도 입이 떨어지지 않아서." 예잔옌의 목소리는 떨리고 있었다. 담뱃재가 빙글거리며 바닥으로 떨어지는 모습이 슬로우모션처럼 아름답게 보였다. "딩수이징이 성화이난한테 네가 나의 이별 편지를 버렸다고 말했대. 난 성화이난에게 전화를 걸었는데, 걘 그 편지에 뭐라고 썼냐고 한마디도 묻지 않더라. 존

311

재하지도 않은 편지였지만 그것조차 받는 걸 거절한 거야. 걘 날 위해 정의를 지켜주지 않을 거야."

너한테 정의가 어디 있어. 뤄즈는 미간을 찌푸렸지만 반박하지 않았다.

"어때? 다시 한 번 부탁할게. 이번엔 네가 날 꼭 도와줘야 해."

뤄즈는 고개를 저었다. "네가 직접 해. 난 네가 말하고 싶은 말을 그대로 전할 방법이 없어."

예잔옌은 이미 예상했다는 표정이었다.

"그럼 다른 걸로 부탁할게. 우리가 만났다는 걸 걔한테 영원히 말하지 마. 내가 너한테 말했던 거 한 글자도 털어놔서는 안 돼. 내가 직접 걔한테 말할 테니까."

머리가 정말로 어떻게 된 거 아닐까? 뤄즈는 그녀의 말에 얼떨떨했다. 아무래도 이상했다.

"그럴게."

왠지 예잔옌이 성화이난에게 속마음을 털어놓는 것이 조금도 걱정되지 않았다.

예잔옌은 아주 즐거워 보였다. 그녀는 창턱에서 뛰어내려 몇 걸음 걷다가 쓰레기통 위에 꽁초를 비벼 껐다.

"그럼 난 갈게." 예잔옌이 불쑥 말했다.

"응?"

뤄즈가 어리둥절해하고 있을 때 예잔옌은 정말로 힘차게 계단을 향해 걸어갔다. 햇빛이 그녀의 장밋빛 코트를 유난히 눈부시게 내리쬐었다.

어느 정도 걷다가 예잔옌은 갑자기 발걸음을 멈추고 뒤를 돌아보았다. "너한테 사과해야 할 일이 있어. 1차 모의고사 때, 내가 딩수이징에게 고자질한 것 때문에 너희 둘 사이가 틀어졌던 걸로 기억해. 사실 그때 난 너한테 배구하러 나가자고 말한 적 없어. 그냥 성화이난한테 그 말을 할 때 네가 눈앞에서 지나가는 걸 본 건데, 네 그 혼자 고결한 척하는 꼴이 유난히 눈에 거슬려서 널 모함했던 거야. 미안해……. 하지만 앞으로도 모함하지 않으리라는 보장은 없어."

뤄즈는 대답하지 않고 그저 담담하게 웃어 보였다.

"바로 지금 네 이런 행동 말야. 정말 짜증 나."

하이힐 소리가 계단 앞에서 방향을 틀었다. 또각또각, 예잔옌의 모습은 점차 사라져 보이지 않았다.

뤄즈는 자신의 양 볼을 쓰다듬었다. 고등학교 때 그녀가 냉담하게 굴었던 건 대부분 자기를 보호하기 위해서였다. 그런데 지금 차분하게 예잔옌을 대할 수 있었던 건 정말로 자신 있었기 때문이었다.

소위 침착함과 관대함, 온화함은 단지 이미 승자라서 보여줄 수 있는 것에 불과했다.

결과가 이미 최대의 복수인데 굳이 말로 이기는 것에 연연할 필요가 뭐 있겠는가.

제79장 : 시간을 얼마나 줄 거야

"지금 집이야?"

뤄즈가 창턱에 앉아 이런저런 생각을 하고 있을 때 휴대폰에서 느닷없이 진동이 웅웅 울렸다. 화면에 성화이난의 이름이 깜빡거렸다. 마치 천사의 메시지라도 온 것 같았다.

"전화고에 왔어."

그녀는 혹시라도 그가 전화고에 왜 갔냐고 물으면 어떻게 해야 할까 망설였다. 예잔옌에게 약속했으니 그들이 했던 말은 하지 않을 생각이었다.

답장은 금방 왔다.

"거기서 기다려."

뤄즈는 발코니에 잠시 앉아 있었다. 등 뒤에 햇살이 내리쬐어 따스했다.

1년 전 뤄즈는 그들이 헤어졌다는 소식을 들었고, 여러 사람들이 이러쿵저러쿵 떠드는 뒷이야기도 들었다. 그것들을 종합해보면 그들이 헤어진 이유는 사실 매우 평범했다.

여느 장거리 커플의 이별처럼, 그들은 시간과 거리를 과소평가했고, 자아와 사랑을 과대평가했던 것이다.

온라인에서 성화이난의 흔적은 거의 없어서 추측해볼 만한 것도 없었다. 반면 온라인에서의 예잔옌은 줄곧 활발하고 즐거워 보였다. 마치 고등학교라는 새장에서 뛰쳐나온 물새처럼 학생회에서도 적극적으로 활동하는 듯했다. 이별은 그녀의 인생 페이지에 물 한 방울 튀기지 않은 것 같았고, 그녀가 상처받았다고 느끼는 사람도 없었다.

고향으로 가는 비행기에서 뤄즈는 사실 그에게 물어봤었다.

"방학 내내 못 봤더니 대학 입학 후부터 개가 이상해졌어. 감정 기복이 심해지고 괜히 트집을 잡곤 했지. 왜 그러냐고 물어도 말해주지 않고 뭔가 감정을 억누르고 있는 것 같았어. 날 본체만체하고 맨날 학생회 일이 바쁘다고만 하고 말야. 그런데 중국 근현대사 기말고사 직전에 개가 '헤어지자'라는 문자를 보냈더라. 난 조금 망설이긴 했는데, 갠 항상 솔직한 사람이었으니 이런 일로 농담하지는 않을 거라고 생각했어. 그래서 '그래, 잘 지내'라고 답장을 보냈어."

"그게 끝이야?"

"끝이야."

"마음이…… 괴롭진 않았어?"

성화이난이 이번에는 곰곰이 기억을 더듬어보았다. "괴롭다 기보다는 영문을 알 수 없었던 마음이 더 컸어."

"왜냐고 안 물어봤어?"

그가 의아해하며 반문했다. "뭐 하러 그렇게 질척거려?"

뤼즈는 이마를 짚었다. 어떤 대답을 듣고 싶었던 걸까. 그녀는 그가 정이 깊은 사람이길 바라면서도, 전 여자 친구에게는 정이 깊지 않기를 바랐다. 정말 모순의 극치였다.

시간을 보니 성화이난이 곧 도착할 시간이었다. 그녀는 창턱에서 내려와 아래층으로 내려갔다.

교학동 1층 로비에서 그녀는 고개를 들고 영광의 벽을 바라보았다.

또 한 학년 성적 우수생들의 사진이 벽에 가득 붙어 있었다. 확대된 증명사진 속 얼굴들은 엄숙하고 단정해서 마치 인쇄용 활자 같은 느낌이었다.

그러나 이렇게 중년의 사람들처럼 장중한 얼굴의 주인공들이 웃으면 얼마나 청춘인지 그 누가 상상할 수 있을까? 각자의 웃음 뒤에는 또 무슨 비밀을 숨긴 채 이 학교에 묻어뒀을지 그 누가 알겠는가.

마치 속으로는 그렇게나 많은 이야기와 두려움을 가지고 있으면서도 좋아하는 남학생에게는 한 번도 털어놓은 적 없는 예잔옌처럼 말이다. 그녀는 자신의 어떤 점이 그의 마음을 움직였는지를 알고 연기에 더욱 힘쓰며 사랑받는 요인을 더욱 강화했다.

"예잔옌은 명품백 좋아하듯 날 좋아했어." 성화이난은 예전에 화가 나서 이렇게 말한 적 있었다.

뤄즈는 오히려 성화이난이 예잔옌의 노력을 가볍게 봤다고 느꼈다. 예잔옌은 어쩌면 완벽한 남자 친구가 필요했을지도 모르지만, 허영심과 사랑이 상충되는 관계라고는 할 수 없었다. 명품백과 비교하기보다는 차라리 크리스털이 스포트라이트를 좋아하는 것에 비교하는 것이 더 맞았다.

그렇다면 그가 그녀를 사랑한 건 표지가 예쁜 책을 사랑하면서도 한 번도 열어보지 않은 것과 마찬가지 아닐까.

바로 이때 성화이난이 나타났다. 뤄즈는 정신을 차리고 등 뒤에서 들려오는 발자국 소리를 들으며 돌아보고 싶은 마음을 꾹 참았다. 그가 등 뒤에서 그녀를 품에 안은 후에야 비로소 고개를 숙이고 꾀부리는 생쥐처럼 웃었다.

"있지, 물어볼 게 있어." 뤄즈가 그보다 먼저 입을 열었다. "새해 때, 왜 예잔옌의 손을 잡고 있었던 거야?"

그녀를 안고 있던 사람이 순간 움찔하더니 한참 후에야 조마조마한 말투로 대답했다. "난, 우린 더 이상 가능성이 없다고 했어. 걘 마지막으로 손잡고 거리를 걸어보면 안 되겠냐고 했지. 예전에 학교에서는 감히 그러지 못했다며."

뤄즈의 마음이 부드러워지며 남의 일 보듯 탄식도 나왔다.

"알았어. 하지만 앞으로는 절대로 그러지 마." 뤄즈가 낮은 목소리로 말했다.

등 뒤의 사람이 갑자기 웃더니 그녀 정수리에 입을 맞췄다.

"선생님, 제가 찾은 사람이 얘예요!" 성화이난은 몸을 돌려 멀리 경비실을 향해 외치며 그녀를 그쪽으로 끌고 갔다. 뤄즈는 얼굴에 웃음기가 채 가시기도 전에 당직 중인 국어 선생님의 놀란 표정을 보고 말았다.

"아이고, 알고 보니 너희 둘이⋯⋯." 국어 선생님의 커다란 목청이 텅 빈 로비에 울려 퍼졌다. 뤄즈는 민망해서 어쩔 줄 몰랐지만 성화이난은 눈웃음을 치며 그녀의 어깨를 감쌌다. "잘 어울리죠, 선생님?"

"어울리긴 뭐가?" 국어 선생님은 갑자기 흥이 나서 말을 쏟아냈다. "뤄즈의 성적을 본 다음에 네 자신을 봐라. 옛날에 내가 네 시험지 보고 화가 나서 하마터면 심장병 생길 뻔했잖니⋯⋯."

"타고난 걸 어떡해요." 그의 뺀질거리는 말투가 뤄즈의 우울한 기분에도 활력을 불어넣어 주었다. "그래서 국어 잘하는 여자 친구를 찾아서 뻔뻔하게 학교로 돌아와 선생님을 만났잖아요. 이것도 나름 스승님의 은혜에 대한 보답이죠."

뤄즈는 끝내 빙긋 웃었다. 국어 선생님은 그의 말에 어이가 없어 하며 숨을 씁 하고 들이마셨다. "그것도 내가 가르친 거 아니니?!"

"그래서 이렇게 감사 인사드리잖아요. 선생님께서 모범을 보여주지 않으셨으면 전 아마 지금도 여자 친구가 없을 거예요."

뤄즈는 얼떨떨했다. 영광의 벽에 걸린 얼굴 하나하나가 그의 헛소리에 웃는 듯 보였다.

그녀 옆에 서서 그녀를 꽉 안고 있는 남자.

그녀는 그저 묵묵히 옆에 서서 그가 아무렇지도 않게 줄곧 그를 구제불능이라고 여겼던 국어 선생님과 실컷 농담을 주고받는 걸 지켜보며, 예전에 그에게 연습장 취급을 받은 우수 작문이 더 이상 조금도 아깝게 느껴지지 않았다.

햇볕이 딱 좋았다.

뤄즈의 엄마는 그녀에게 몇 번이나 남자 친구에 대해 물었지만, 그때마다 뤄즈는 지금은 그저 서로 알아가는 단계라 아직 확실한 관계는 아니라며, 대학 친구인데 사람도 좋고 이공계 전공에 아주 성실하다고만 말하며 얼버무렸다.

엄마는 의심스러워하면서도 더 이상 끝까지 물고 늘어지진 않았다.

섣달 그믐날 밤, 천 씨 아저씨도 그녀의 집에 와 설맞이 식사를 함께했다. 밤 12시가 거의 다 되었을 때, 그녀는 추운 발코니로 숨어들어 가 추워서 온몸을 덜덜 떨며 그에게 전화를 걸었다.

"새해 복 많이 받아!"

"새해 복 많이 받아." 기쁜 목소리였지만 약간은 피곤하게 들렸다.

"무슨 일 있어?"

그가 웃었다. "눈치챘어? 부모님이 오늘 같은 날 크게 다투셨거든. 방금까지 중재하느라 피곤했을 뿐이야. 난 아무 일 없어."

그가 부모님 이야기를 꺼낼 때마다 그녀는 무슨 말을 해야 할지 난감했다.

성화이난은 개의치 않고 알아서 화제를 돌렸다. "설 지나면 같이 도서관 가서 책 보자. 시립 도서관은 지금 대출증 없어도 된대. 열람실이랑 자습실을 개방했는데 당분간은 사람이 적을 것 같아. 가서 단어를 외울까 하는데 나랑 같이 있어줄래?"

"당연하지." 뤄즈가 다정하게 말했다. "일찍 자."

"옆에 있어줘서 고마워."

"뭘 그렇게 서먹서먹하게 그래?"

"응, 잘 자."

"잘 자."

"잠깐만!"

"왜?"

"뽀뽀해줘."

뤄즈는 상당히 민망했다. "……뭐?"

"뽀뽀해줘." 그는 떼쓰는 애들처럼 유치하고도 집요했다. 뤄즈는 추워서 귀가 새빨개졌는데도 전화를 쥔 손바닥에서는 땀이 났다.

"쪽!" 그녀는 마음을 굳게 먹고 아주 닭살 돋게 입술로 뽀뽀하는 소리를 냈다.

밖에서 귀청이 터질 것처럼 진동하는 폭죽 소리 때문에 그가 뽀뽀 소리를 들었는지는 알 수 없었다.

그는 확실히 들었다. 왜냐하면 그가 이렇게 말했으니 말이다. "뤄즈, 난 네가 참 좋아."

열람실에서 뤄즈는 최종적으로 영화 잡지 두 권을 골라 자리에 앉았다. 성화이난은 맞은편에서 넓은 책상 밑으로 다리를 뻗어 그녀의 신발을 툭툭 건드렸다. 뤄즈가 고개를 들어보니 그는 미간을 잔뜩 찌푸린 채 무척이나 집중해서 책을 보는 모습이었다.

그녀는 아무렇지도 않게 고개를 숙여 다시 잡지를 보았다. 그러고는 그의 발을 사정없이 걷어찼다.

맞은편 사람은 품 하고 웃음을 터뜨렸다.

뤄즈는 브이넥 검정 카디건을 입고 있었다. 새 패딩의 상표가 목 뒤에 스치며 무척이나 간지러웠다. 몇 번 긁다가 아예 벗어버렸는데, 벗으니 또 추웠다. 하는 수 없이 운명에 순응하듯 다시 걸치고는 휴지 몇 장으로 목 뒤를 덮어 피부가 직접 상표에 닿지 않도록 했다.

"나 화장실 좀 다녀올게." 성화이난이 몸을 일으켰다.

10분 후, 뤄즈가 『세계 100대 공포영화』 소개에 눈을 고정하고 한창 흥미진진하게 보고 있는데, 갑자기 등 뒤가 서늘해졌다. 누군가 자신이 걸치고 있던 패딩을 벗긴 것이었다.

놀라서 고개를 드니 성화이난이 커다란 검은색 가위를 들고 차가운 미소를 지으며 등 뒤에 서 있었다. 챙강챙강, 공기를 자르는 시늉을 하면서.

뤄즈는 어깨를 축 늘어뜨렸다. "날 놀라게 하는 건 쉽지 않을 걸. 뭐 하려는 거야?"

성화이난은 약간 실망한 눈초리로 침착한 뤄즈를 바라보면서 그녀의 패딩을 자기 자리에 놓고 자신의 패딩을 뤄즈에게 건넸다.

"입어, 얼어 죽겠다."

그는 그 무시무시한 검은 철제 가위를 들고 뤄즈의 패딩을 뒤집은 다음, 고개를 숙이고 진지한 표정으로 넓은 가윗날을 이용해 상표 가장자리의 빽빽한 실밥을 조금씩 뜯어내기 시작했다.

뤄즈는 살짝 입을 벌린 채 그 모습을 지켜보았다. 패딩에서 전해지는 온도가 그녀의 마음을 따스하게 해주었다.

연애는 확실히 공부에 영향을 주는구나. 뤄즈는 빨간색 GRE 문제집을 옆으로 밀어놓은 성화이난을 보며 그의 패딩을 꽉 껴안고 바보처럼 웃기만 했다.

"가위는 어디서 났어?"

"대출 코너 아주머니한테서 빌렸어. 내가 잘생긴 걸 보고 두 말없이 빌려주시더라고."

거울을 볼 필요도 없이 뤄즈는 자신이 음흉하게 웃고 있다는 걸 알 수 있었다.

그녀도 더 이상 책을 보지 않고 아예 턱을 괴고 그의 동작 하나하나를, 굼뜨면서도 조심스러운 그 모습을 바라보았다. 이렇게 쭉 지켜볼 수 있을 것만 같았다.

진정한 행복은 종종 두려움을 동반했다. 어떤 순간 뤄즈는

문득 감상적이 되어 예잔옌이 사칭한 창턱 이야기를 떠올리기
도 했다. 그것은 한때 예잔옌이 감정의 결실을 맺도록 해주었
고 뤄즈가 돌아가는 것도 방해했다. 운명의 지도는 이미 그려
져 있었다. 복잡하게 얽혔으면서도 적절히 배치되어 인과와 인
연 어느 것 하나에도 떨어지지 않았다. 마치 처음부터 가위를
들고 적절한 시기에 챙강 하고 모든 아름다운 꿈을 잘라버린
것만 같았다.

　오직 그들만 아무것도 모른 채 천진난만하게도 자신들은 상
투적인 틀에 빠지지 않을 것이라 여겼다.

　그러나 그녀에게는 시간이 얼마나 더 있을까? 운명은 그들
에게 시간을 얼마나 더 줄까?

　성화이난은 엄청난 노력을 쏟은 끝에 패딩 수선을 마치고
'이게 뭐 별건가'라는 표정으로 그녀에게 옷을 돌려주었다. 그
리고 단어집도 챙겨 가방에 넣었다.

　"나가서 놀자!"

　"뭐 하고 놀게?"

　"예를 들면…… 폭죽 터뜨리기?"

　"다시 한 번 말해줄래?"

　"가자! 폭죽 터뜨리러!"

　이 사람이 성화이난이라고? 아무래도 처음에 사람을 잘못
알아보았나 보다. 그런 생각을 하면서도 그녀는 재빨리 짐을
챙겨 더 이상 간지럽지 않은 목을 만져보며 웃었다. "가자."

그러나 그들이 폭죽을 사서 봉지를 들고 외진 뒷거리에 도착
했을 때, 성화이난은 의외로 주저했다.

뤄즈는 그가 매점에서 사 온 라이터를 들고 '꿀벌 폭죽'에 조
심스럽게 접근하는 모습을 묵묵히 바라보았다. 감히 가까이 다
가가지 못해서 몇 번을 시도해도 불이 붙지 않았다.

"너…… 폭죽 한 번도 터뜨려 본 적 없지. 그렇지?"

성화이난은 약간 난처해 보였다. "그래서 여기 와서 놀고 싶
었어. 어렸을 때 우리 어머니는 걱정이 특히나 많아서 절대로
나한테 폭죽 만질 기회를 주지 않았거든. 게다가 해마다 폭죽
때문에 다치거나 죽었다는 뉴스가 쏟아져 나오잖아. 그래서 나
도 아예 생각을 접었지."

그래서 지금도 이렇게 서툴구나. 뤄즈는 다가가 그의 손에서
라이터를 받아 들고 고개를 돌려 아주 음흉하게 웃었다. "멀리
서 있어. 잘 봐!"

성화이난이 연신 고개를 끄덕였다.

'꿀벌 폭죽'은 급속도로 회전하며 공중으로 떠올랐다가 다
시 떨어져 내렸다. 뤄즈는 득의양양하게 그를 바라보았다. 예
상대로 그 예쁜 두 눈에는 단순한 존경이 가득 담겨 있었다.

고등학교 때, 그녀는 그렇게나 부지런히 노력하며 한 번만이
라도 그와 동등해질 기회가 있기를 바랐다. 이 세상에는 그가
무시할 수 없는 여자아이가 묵묵히 그를 바라보고 있다는 걸
알려주고 싶었다. 그런데 지금은 담이 크고 폭죽을 터뜨릴 줄
안다는 이유로 그에게 새로운 눈길을 받고 있었다.

뤄즈는 웃지도 울지도 못한 채, 이미 쪼글쪼글해진 '꿀벌 폭죽'을 발끝으로 차며 농담 반 진담 반으로 말했다. "친구야, 고맙다."

얼마 지나지 않아 성화이난이 폭죽에 불붙이는 동작도 그녀보다 깔끔해졌다. 마치 설욕을 씻으려는 듯, 그는 신속하게 남은 폭죽을 처리하곤 칭찬을 바라는 표정을 지었다가 뤄즈에게 볼을 집혔다.

아무리 뛰어난 남자라도 사랑하는 사람에게만 보여주는 아이 같은 면이 있기 마련이었다. 뤄즈는 이제껏 흥을 깨려 한 적 없었고, 그것 때문에 놀라거나 실망하지도 않았다.

매번 그가 아이 같은 면을 보여줄 때마다 그녀 속에서는 상냥한 감정이 솟았다. 그런 모습을 잘 보호하고 자신의 힘으로 그 천진난만함을 남겨두고 싶었다. 그것이 분수를 모르고 무모하게 덤비는 것일지라도 잔혹한 시간에 대항하고 싶었다.

그가 뒤에서 그녀를 안았고, 두 사람은 함께 뒤뚱거리며 앞으로 걸어갔다. 아무도 없는 거리를 따라 땅에 가득 깔린 빨간 폭죽 부스러기를 밟았다. 어느 방향으로 가야 할지 알 수 없었다.

"가끔은 정말 아주 걱정돼. 내가 네 상상만큼 좋은 사람이 아니라는 걸 네가 알게 될까 봐."

뤄즈는 미소를 지었다. 뒤에 있는 그에겐 보이지 않으리라.

"있잖아, 만약 어느 날 네가 난 안 되겠다고 생각하면 어떡하지?"

"어째서?" 뤄즈가 의아해서 반문했다.

성화이난의 몸이 별안간 굳어졌다. 한참 후, 그가 겨우 입을 뗐다. "저질이라서."

뤄즈는 어리둥절해서 갈피를 못 잡다가 한참 후에야 서서히 그 의미를 깨닫고 이를 악물며 말했다. "누가 저질인데? 과연 생각하는 대로 보인다더니!"

성화이난은 그녀를 깨물고 싶은 충동을 겨우 억누르고 담담하게 설명했다. "내 말은, 만약 어느 날 내가 더 이상 네가 처음에 좋아하던 성화이난이 아닐 수도 있잖아."

뤄즈는 곰곰이 생각하면서 서둘러 해명을 하려 하지 않았다.

"내가 기억하기론 미국 작가 헨리 루이스 멩켄이 이렇게 말했어. '남자는 허풍 떠는 걸로 사랑을 표현하고, 여자는 경청하는 걸로 사랑을 표현한다. 그러나 일단 여자의 지적 능력이 어느 수준에 도달하면 남편을 찾기가 힘들어진다. 왜냐하면 그녀가 경청할 때 내면에 조롱하는 소리가 울려 퍼지기 때문이다.'"

뤄즈는 진지하게 한 글자, 한 구절씩 암송했다. 성화이난이 갑자기 발걸음을 멈추더니 그녀 어깨를 돌려세워 웃음 가득한 눈동자로 그녀를 바라보았다. "고마워, 이제야 좀 안심이다."

"뭐가?"

"네 지적 능력이 아직 날 조롱할 정도로 높아진 게 아니라는 거잖아."

뤄즈는 그를 흘겨보기도 전에 그의 득의양양한 모습에 어이가 없어서 웃음이 나왔다.

"솔직히 말해서, 내가 조금도 듣고 싶어 하지 않는 유명인의 명언을 네가 아주 진지하게 말하는 모습을 보는 게 특히 좋아."
그는 패딩 지퍼를 열고 그녀의 몸 전체를 자신의 따스한 품 안
으로 끌어왔다.

그녀의 두 손이 그의 허리를 감았다.

"왜 나한테 그런 걸 묻는 거야?"

"모르겠어. 그냥 갑자기 두려워졌어. 난 네가 내 어떤 점을
좋아하는지 몰라서 지금도 여전히 걱정돼. 만약 어느 날 내가
더 이상 네가 좋아하는 성화이난이 아니게 되면 어떡해."

"네가 지금의 너이기만 하다면, 네가 내일 갑자기 지위도 명
예도 잃고 모두에게 버림받는다 해도 난 오히려 더 기뻐할 거
야. 왜냐하면 그래야 나만 널 좋아할 테니까."

"진짜?"

"아니."

"거짓말이야?"

"난 그래도 온 세상이 널 좋아했으면 좋겠어. 왜냐하면 너도
온 세상이 널 좋아하는 걸 좋아하니까. 안 그래?"

성화이난은 그녀의 입담에 웃고 말았다. "그럴 거야. 맞아."

"그렇다 해도 넌 내 옆에만 있어야 해."

그가 크게 웃었다. "응, 꼭 그렇게."

연애를 하게 되면 역시나 뚱딴지같은 말을 잘하게 된다.

고개를 숙인 뤄즈는 그의 편안한 팔 안에서 잠들 것만 같았
다. 창백했던 소녀 시절에 꾹 참고 숨기며 씁쓸했던 기억들이
마치 다른 세계 일처럼 느껴졌고, 작별 인사를 할 새도 없이 홀

연히 사라져버렸다.

"결국 이렇게 평범한 커플이 돼버렸네." 그녀는 혼잣말로 중얼거렸다. 즐거운 건지 실망한 건지는 알 수 없었다.

성화이난은 그런 그녀를 더욱 꽉 안았다.

"세상에서 가장 행복한 일은 평범하지 않은 사람이랑 평범한 커플이 되는 거야."

제80장   서곡

"마트에서 파파야를 세일하길래 3개 샀는데, 필요해? 반 개는 이미 썰었는데 책상에 있는 나머지 반 개는 네가 가져가!"

뤄즈는 기숙사 문을 열고 들어오자마자 장바이리의 귀 따가운 외침을 들었다. 눈을 들어보니, 장바이리는 초여름에 입을 법한 7부 셔츠를 입고는 위에 패딩을 걸친 채 위층 침대에 앉아 하미과 반 개를 받쳐 들고 숟가락으로 파먹고 있었다.

뤄즈는 미간을 찌푸리며 휴대폰과 열쇠를 모두 책상 위에 내려놓고 그녀를 흘겨보았다. "이런 계절에 하미과가 맛있겠어?"

장바이리가 멍하니 대꾸했다. "맛있거나 말거나 가슴이 커진다잖아."

뤄즈는 폭소했다. 장바이리의 솔직함은 늘 듣는 사람 기분을 명랑하게 만들어주었다.

"난 필요 없어." 뤄즈는 의자에 몸을 거꾸로 기대어 아래턱을 등받이 위에 살짝 걸치고는『브레히트 시선』을 집어 들어 아무렇게나 넘겨보았다.

"설마 더 이상 커질 필요가 없다는 거야?"

뤄즈는 칼날 같은 눈빛으로 장바이리의 앞가슴을 뚫어져라 바라보며 냉소했다. "후훗, 없는 것보다는 낫지."

뤄즈가 네 번째 시까지 읽었을 때, 장바이리의 휴대폰에서 진동이 울렸다. 뤄즈는 장바이리에게 그 섬뜩하고도 화려한 벨소리를 바꾸라고 몇 번이나 권유했지만 효과가 없었다. 그런데 새 학기가 되어 새 휴대폰으로 바꾼 후로는 벨소리를 설정하지 않아서 뤄즈는 무척이나 의아했다.

나중에야 그것이 구즈예의 공이었다는 걸 알았다. 뤄즈가 1년을 잔소리했는데도 꿈쩍하지 않던 장바이리는, 구즈예가 그녀의 휴대폰 벨소리가 울릴 때 한 번 웃은 걸로 괜히 켕겨서 진동으로 바꿔놓은 것이다.

뤄즈는 장바이리가 변하고 있다는 걸 또렷하게 느낄 수 있었다. 그녀의 마음과 미소는 대학교 1학년 때 처음 봤을 때의 모습을 차츰 회복하는 동시에, 행동거지는 갈수록 차분하고 당당해졌다. 더 이상 수업을 땡땡이치지도, 꾀죄죄하게 다니지도 않았다. 최소한 청결을 유지하려고 노력했다.

물론, 이런 변화는 대부분 다른 사람들 앞에서 드러났고, 뤄즈에게는 그다지 혜택이 돌아오진 않았다.

"나이 많은 남자랑 연애하면 정말 얻는 게 많구나." 장바이리가 드디어 구즈예와의 전화를 끊자, 뤄즈는 책을 보며 한마디 던졌다.

"우린 연애하는 거 아냐!" 장바이리는 또다시 큰 소리로 외쳤다.

통화 중에는 확실히 거비와 열애할 때 같은 끈적임이 드물었고, 장바이리의 목소리는 쾌활했지만 말투와 단어 선택에 약간의 거리가 있어서 연애보다는 애매모호한 친구 사이처럼 보였다.

매번 전화를 끝낼 때마다 장바이리는 이렇게 말했다. "그럼 바쁘실 텐데 끊을게요."

바쁘실 텐데 끊을게요.

당신이 날 사랑한다면 지금 당장 웃으며 안 바쁘다고 말하겠죠.

"감기는 괜찮아졌어? 콧소리가 아직도 좀 심하던데."

장바이리가 어깨를 으쓱했다. "아무래도 일주일은 있어야 낫겠지. 하지만 열은 안 나."

"죽이 확실히 열 내리는 데 도움이 된대." 뤄즈는 고개도 들지 않고 가만히 책장을 넘겼다.

장바이리는 얼굴을 붉히며 한참을 우물쭈물하면서도 한마디도 하지 못했다.

뤄즈는 어젯밤 11시 30분에 전화를 받았다. 거비였다. 거비는 지금 기숙사 앞에 와 있다고 잠깐 내려와 달라고 했다. 장바이리에게 전해줄 물건이 있다는 거였다.

돼지 간이 들어간 시금치죽, 애배추탕, 녹두전병, 그리고 소염진통제 한 통과 종합감기약 한 통.

뤄즈는 책상 위에 놓인 것들을 멍하니 바라보며 아까 거비의 초췌한 모습을 떠올렸다. 처음으로 장바이리의 수법에 감탄이 절로 나왔다.

장바이리는 눈동자를 빛내며 너무나도 익숙한 그 시금치죽을 주시했다. 얼굴이 빨갛게 달아오른 것이 열이 나서인지 다른 것 때문인지는 알 수 없었다.

역시 뤄즈가 먼저 그녀에게 물었다. "천모한이 다시 널 찾아와서 괴롭히진 않았어?"

장바이리가 고개를 저었다.

"이상하네, 걔도 거비 마음이 어지러운 걸 모르지 않을 텐데. 그런 여자애가 어떻게 꾹 참고 있을까?"

"예전엔 나도 걔 때문에 한밤중에 몇 번이나 왔다 갔다 했는걸. 비긴 셈이야." 장바이리의 목소리가 살짝 떨리는가 싶더니, 침대 위로 올라가 입을 꾹 다물었다.

"굴욕적으로 들리네."

"원래도 굴욕적이었어."

"됐거든." 뤄즈가 웃으며 말했다. "전에는 기꺼이 나서서 해놓고서는 지금은 네가 많이 참고 양보했던 것처럼 말한다?"

장바이리는 머리를 이불에 파묻고 아주 오래, 오랫동안 말이 없었다. 뤄즈는 그리하여 불을 끄고 냄새가 폴폴 나는 음식을 칠흑 같은 밤에 내버려 두었다.

뤄즈는 어젯밤 에피소드를 생각하느라 종이에 쓰여 있는 글자들이 눈앞에서 빙빙 돌기 시작했다.

"사실, 구즈예가 그랬어. 마음이 쉽게 움직이는 사람은 사실 가장 모질다고." 장바이리는 어젯밤 일을 회상하며 위층 침대에 누워 조용히 말했다.

"당연하지." 뤄즈가 고개를 끄덕였다. "건망증이 있으니까."

"하지만 난 거비가 진짜로 모진 사람은 아니라고 생각해."

"오." 뤄즈가 일기장을 꺼내 시구를 베껴 적기 시작했다. "그럼 가서 거비한테 천모한이랑 헤어지라고 해."

이런 말을 얼마나 많이 했는지 모른다. 매번 장바이리를 잊히지 않는 옛정의 거품 속에서 끌어내려고 할 때마다 그 말을 되풀이했다.

장바이리는 당연히 진짜로 그 말을 거비에게 하지는 않았다.

떠보지 않고 따지지 않으면 난처해지지 않았고 현실을 직시할 필요가 없었다.

그에게 감히 그 말을 하지 못한 이유가 바로 그녀가 환상에서 깨어나 정신을 차리게 된 이유였다.

새 학기, 모든 것이 평온했다. 뤄즈는 방학 내내 엄마와 푸 아주머니에게서 들은 소식을 언급하지 않았고, 성화이난이 언급했던 자기 집 일에 대해서도 듣지 못했다. 마음속의 그 알 수 없는 불안감도 차츰 가라앉았다.

뤄즈와 성화이난은 이번 학기에 같은 공통 선택과목 두 개와 배드민턴 수업 하나, 토요일에 수업하는 법학 복수전공 수업 세 개를 신청했다. 장밍루이는 지난 학기 법학 개론 수업에서 과연 낙제점을 받는 바람에 법학 복수전공을 포기했다.

두 사람은 매주 함께 배드민턴을 쳤고, 자습을 하고 영화를 보고 게임을 하고, 차를 타고 유명한 곳에 가서 맛있는 걸 먹었다…….

여느 평범한 커플처럼.

처음에 뤼즈는 기숙사 방에서 통화하는 게 쑥스러웠지만 서서히 아무렇지도 않아졌다. 커플 요금제를 신청했기 때문에 통화료는 거의 들지 않았다. 그녀는 종종 씻고 난 뒤에 이어폰을 끼고 침대 위로 올라가 책을 넘기며 그와 이런 말 저런 말 수다를 떨었다.

간간이 바보처럼 웃기도 했다.

장바이리가 별안간 위층 침대에서 머리를 늘어뜨리며 슬프게 말했다. "넌 끝났어. 연애를 하더니 조금도 쿨하지 않잖아."

'봐, 네가 지금 어떤 꼴인지'라는 몹시 가슴 아프다는 표정이었다.

"보기 거북해?" 뤼즈는 차갑게 웃었다.

"아주 거북해."

"참아. 네가 예전에 구역질나게 굴던 거 내가 다 기억하거든? 군자의 복수는 10년이 걸려도 안 늦는 거야."

장바이리는 절규하며 위층 침대에 다시 누웠다.

뤼즈는 한때 매일 아침 일어나 멍하니 휴대폰을 들고 지난밤 자기 전에 나눈 문자를 보며 지금의 행복이 꿈이 아니라는 걸 확인했었다. 그러나 시간이 오래 지나다 보니 더 이상 쩔쩔매

지도 않았다.

4월 말, 벌써 바람이 부드러워져 있었다. 날이 저물자 연보랏빛 노을이 푸른 하늘을 점점이 덮었다. 뤄즈는 성화이난을 찾으러 식당 뒤 오솔길을 따라 농구장으로 향했다. 생각에 잠겨 걷다가 문득 고개를 들어보니 앞쪽 멀지 않은 곳에서 한 커플이 오솔길 한가운데에 멈춰 서 있었다. 남학생이 자전거를 탄 채로 고개를 돌려 연인을 바라보았고, 여학생은 자전거 뒷자리에서 뛰어내리더니 발뒤꿈치를 들고 길가의 라일락 향기를 맡았다.

"가지 하나 꺾어서 꽃병에 꽂고 책상 위에 둬." 남학생이 제안했다.

"그게 뭐야, 이렇게나 예쁘게 피어 있는데 차마 그러고 싶어?"

여학생은 놀랍게도 쉬르칭이었다.

두 사람은 한참 웃고 떠들다가 쉬르칭이 다시 자전거 뒷자리에 앉았다. 남학생은 그녀가 제대로 앉은 걸 확인하고 나서야 천천히 자전거를 몰아 오솔길 끝으로 사라졌다. 뤄즈는 안도의 한숨을 내쉬며 그들이 방금 멈춰 섰던 곳으로 걸어가, 저도 모르게 고개를 돌려 그 흐릿한 라일락 향기를 맡았다.

라일락 같은 근심과 원한이 맺혀 있던 아가씨는 이미 까마득하게 사라져 있었다.

뤄즈가 농구장 옆으로 걸어갔을 때, 시합은 이미 끝나서 농구 유니폼을 입은 남학생 몇 명이 농구대 밑에 앉아 물을 마시며 떠들고 있었다. 그녀가 다가오는 걸 보고 남학생들은 하나

둘 수상쩍게 웃더니 눈치껏 가방을 들고 자리를 비켜주었다.

성화이난은 슛을 쏘기 위해 공중으로 뛰어올라 손목을 살짝 들어 올린 순간 그녀를 발견하곤 헤헤 웃었다. 농구공은 골대 가장자리를 맞고 뤄즈 쪽으로 튕겨나갔다.

농구공이 바닥에 튕기는 소리는 마치 두 사람의 심장박동 소리 같다고, 뤄즈는 쭉 그렇게 느꼈다.

성화이난은 계속해서 슛을 쏘았다. 뤄즈도 가방을 내려놓고 운동장으로 달려가 공을 주워 연신 그에게로 패스했다.

남자들이 농구하는 걸 구경할 때는 과연 가까이에서 봐야 했다. 멀리서 보면 별것도 아닌 것처럼 수월하게만 보이지만, 가까이에서 보면 옷이 스치는 소리와 헐떡이는 소리, 발자국 소리를 들을 수 있어서 보는 사람의 심장도 따라서 격렬하게 뛰는 걸 느낄 수 있었다.

지금 뤄즈의 심장은 바로 그 생명력을 따라 뛰고 있었다. 주황색 가로등이 검푸른 하늘 아래 그들 두 사람에게 부드러운 우산이 되어주었다. 그녀가 미소를 지으며 그가 드리블하고 점프하고 슛을 넣는 모습을 지켜보는 동안, 마음속에 별안간 뭐라 형용할 수 없는 기쁨이 솟았다.

마침내 신경 쓰지 않는 척하며 운동장을 배회할 필요가 없었고, 마침내 이럴 때 일부러 고개를 돌릴 필요가 없었다.

그렇게 많은 사람이 그를 사랑했다. 그리고 오직 그녀만이 여기까지 왔다.

이런 즐거움은 얻지 못한 사람에겐 당연히 잔인하겠지만, 그녀는 그것 때문에 입꼬리가 위로 올라가는 걸 억지로 참을 수는 없었다.

이렇게 생각하니, 더 이상 그 감히 밝힐 수 없는 마음속 비밀 때문에 두렵지 않았다.

"뤄즈, 힘내."

그녀는 묵묵히 자신에게 말했다.

"우리 오빠, 뤄양 있잖아. 다음 달 5일에 고향에서 결혼식을 올린다고 해서 가봐야 해. 원래는 너랑 같이 가고 싶었는데 너도 곧 GRE 시험이잖아? 넌 그냥 학교에서 열심히 공부하고 있는 게 좋겠어."

뤄즈는 그렇게 말하며 빈 테이블에 식판을 내려놓고 앉았다.

성화이난은 그녀의 맞은편에 앉아 고개를 끄덕였다. "그래 그럼."

그는 작은 숟가락으로 그릇에 담긴 돼지고기송화단죽을 젓다가 갑자기 물었다. "저번 학기에 내가 아팠을 때 나한테 죽 가져다준 여학생이 너였지?"

뤄즈는 가까스로 면 한 젓가락을 집었다가, 그 말에 고개를 드는 바람에 면이 다시 그릇 속으로 미끄러져 들어가 버렸다.

"아, 네가 갑자기 실종됐던 그때? 나였어." 그녀가 눈썹을 치켜올렸다.

성화이난은 멋쩍게 웃었다.

"그런데 그건 어떻게 안 거야?" 뤄즈는 궁금해졌다.

"아마 크리스마스 밤이었을 거야. 내가 네 캐리어를 끌고 기숙사로 돌아가서 큰형님과 잡담을 나눴는데, 큰형님이 느닷없이 나한테 저번에 아팠을 때 죽 가져다준 여학생이 누구냐고, 왜 갑자기 안 보이냐고 묻는 거야."

성화이난은 앓아누운 기간에 기침이 무척 심했고, 어두운 안색으로 하루 종일 기숙사에 틀어박혀 미친 듯이 게임만 했다. 오후에는 장밍루이가 가져다준 라면과 전병을 먹고 속이 타들어 가는 것 같았다. 저녁 10시쯤, 큰형님은 기숙사 전화를 한 통 받자마자 뛰어 내려가더니 봉지 하나를 들고 왔다. 돼지고기송화단죽, 옥수수호떡과 채소가 담긴. 말하자니 부끄럽게도 그는 누가 그걸 보냈는지 도저히 추측할 수가 없었다. 갑작스럽게 걸린 감기라 그가 아프다는 건 기숙사 형제들 말고는 아는 사람도 없었다. 어쩌면 그가 수업에 나오지 않은 걸 본 같은 과 여학생일까? 하지만 그렇다면 큰형님이 모를 리 없었다.

뤄즈도 그때의 그 약간 찌질하면서도 친절했던 남학생을 떠올리며 웃었다.

"그때 큰형님한테 그 여학생이 어떻게 생겼냐고 물어봤더니, 큰형님의 대답은 '미인'이었어."

뤄즈는 의기양양하게 코를 문질렀다.

"그런 묘사는 안 한 거나 마찬가지인 헛소리였지." 성화이난은 무표정하게 말을 계속하며 뤄즈가 탁자 밑에서 그의 다리를 차는 걸 모른 척했다.

"그런데 큰형님이 정말 재미있는 여학생이었다고 덧붙이더라고. 큰형님이 농담으로 그 여학생한테 너무 큰 희망을 품지 말라고 했는데……." 성화이난이 별안간 말을 멈췄다. 뭔가 부끄러운 일이 떠오른 것 같았다.

"내가 도와줄 테니까 계속 말해. 너희 큰형님은 널 쫓아다니는 예쁜 여자들한테 번호를 매겨서 로또 추첨을 한다고 하면 다들 기꺼이 번호를 선사해달라고 할 거라고 말했지? 그치?"

그때 뤄즈는 패잔병이 된 마당에도 농담으로 빼앗긴 걸 다시 되찾을 수 있었다. 지금, 그녀의 그 예리함과 자부심은 갈수록 누그러지고 있었다. 그 상황이 다시 벌어진다면 아마 똑같은 말을 하지 않을 수도 있었다.

그녀가 멍하니 있는데 성화이난이 젓가락 끝으로 머리를 톡 건드렸다. "또 무슨 딴생각을 하는 거야? 내가 너한테 이 일을 말한 건 그냥 너한테 고마워서야."

유일하게 변하지 않은 건, 그가 진심으로 말하는 감사와 사과에 대해 그녀가 여전히 어색해한다는 거였다. 그녀는 얼른 손수건을 꺼내 그에게 건넸다. "땀 닦아."

"니가 닦아줘." 맞은편의 남자는 죽을 받쳐 든 채 고개도 들지 않았다.

뤄즈는 한숨을 쉬곤 체념한 듯 손을 뻗어 그의 관자놀이에 맺힌 땀을 닦아주었다.

그녀가 생각이 너무 많은 건지, 최근 성화이난은 전보다 많이 조용해진 것 같았다. 그녀에게는 여전히 아주 잘해주었지만 무슨 걱정거리가 있는 듯 갈수록 가라앉았다.

"너 괜찮아? 요즘 기분이 안 좋아 보여."

성화이난은 대꾸하지 않고 갑자기 멈추더니 젓가락을 뚫어
져라 바라보며 말했다. "너도 예전에 젓가락 세 개로 밥 먹는 연
습했었지?"

뤄즈는 머뭇거렸다. 그에게는 자신이 그를 속였다는 걸 아
직 솔직히 털어놓지 못했다. 젓가락 세 개, 비계 덩어리, 그리
고…… 어린 황후. 그녀는 고개를 끄덕일 수밖에 없었다.

"우리 다시 해볼까?"

그의 즐거운 모습을 보고 뤄즈도 마음이 살짝 풀어졌다. 그
리하여 몸을 일으켜 다시 젓가락 한 쌍을 들어 하나는 그에게
건네고 하나는 자신이 쥐었다.

그녀는 마지못해 시도했다. 국숫발이 젓가락 위에서 흔들리
면서 그녀의 얼굴에 국물을 튀겼다.

그들은 함께 웃음을 터뜨렸다. 성화이난이 휴지를 들어 그녀
의 코끝을 닦아주었다.

"그냥 최근 우리 할아버지 상황이 좋지 않아서 그래." 그가
그녀의 얼굴을 닦아주며 가만히 말했다. "아주 재미있는 영감
님이시지. 시골에 사시는데 언제 기회 되면 널 데리고 할아버
지 뵈러 가려고 했어. 할아버지는 젊었을 때 무슨 강을 헤엄쳐
서 건너셨고 작은 동물들도 아주 많이 기르셨어. 모르는 게 없
으셨지. 젓가락 세 개로 밥 먹는 것도 할아버지가 가장 먼저 한
거야. 난 그 모습을 아주 오랫동안 봐왔는데, 고등학교 때 문득
따라 하고 싶은 생각이 들더라."

뤼즈는 침묵했다.

"외할아버지도 심근경색으로 중환자실에 들어가셨어. 나도 요즘 어떻게 된 건지 모르겠다. 부모님은 매일 싸우시고. 하, 아무래도 무슨 일이 벌어질 것 같아. 모르겠어. 정말 모르겠어."

성화이난은 창밖에 묵직하게 깔린 밤의 장막을 바라보았다.

뤼즈는 무슨 말을 하고 싶었지만 목소리가 떨릴까 봐 그저 가만히 그의 손을 잡을 수밖에 없었다. 가만히.

제81장　　　　신데렐라

뤼즈는 결혼식에 대한 감정이 줄곧 아주 복잡했다.

이제껏 적지 않은 결혼식에 참석해보았고, 커플이 결혼식의 세부사항을 상의하기 시작하면서 빈번하게 갈등을 겪으며 심지어 결혼까지 결렬되는 경우도 많이 보았다. 두 집안의 체면 싸움은 어떻게 해결할 수도 없고 정신적으로나 육체적으로나 피 말리는 일이었다.

세월이 흐르면서 결혼식은 이미 처음의 장중한 의식이라는 느낌은 사라졌다. 이미 결혼증서를 수령한 두 사람이 주례 앞에 서서 그럴듯하게 "네, 맹세합니다"라고 대답하는 건 그야말로 상식적으로 이해하기 힘들었다.

빨간 결혼증서를 수령하는 것보다 거의 반년은 늦어진 '맹세합니다'라는 말에 감동할 수 있을까?

자신의 오빠와 새언니라 해도, 기쁜 건 기쁜 것이고 결혼식에 대해서는 여전히 모순적인 감정이 가득했다.

인생에서 처음으로 참석했던 결혼식이 슬픔으로 마무리되어서인지는 모르겠다. 나이는 어렸어도 기억은 생생했다.

뤄양이 전화로 결혼식 날짜를 알려줬을 때, 뤄즈는 이해할 수 없다며 직설적으로 말했다. 뤄즈는 그들이 천징이 석사 과정을 마칠 때까지 기다린 후에 결혼증서를 수령할 줄 알았는데, 청혼 후부터 모든 것이 일사천리로 진행되었다.

"어차피 질질 끌어봤자 달라질 건 없잖아. 결혼하면 마음도 편해지고."

마음이 편해져? 뤄즈는 딩수이징을 떠올리곤 더 이상 묻지 않았다.

뤄양은 기지개를 펴는지 하품을 하곤 말했다. "다행히 집에서 하기로 했어. 네 외삼촌이랑 외숙모, 그리고 천징네 부모님도 다 그쪽에 있으니 우리 둘 다 걱정을 많이 덜었지. 하지만 어르신들의 안목은 정말 걱정스러워. 그분들이 고른 청첩장은 왜 이렇게 하나같이 너무 경사스러워 보이고 안 예쁜지, 천징이 그런 것에 개의치 않아 해서 다행이야. 우리 둘 다 손 놓고 맡겨 놓은 처지니 그런 사소한 것은 따지지 않기로 했어."

뤄즈가 웃었다. "그럼 다행이네. 걱정거리가 적은 게 최고지. 다들 결혼식 준비한다고 잔뜩 초췌해져서 부부 사이까지 나빠지곤 하잖아. 그럴 바엔 차라리 오빠네처럼 하는 게 나아. 어찌 됐든 오빠가 결혼한다니 무척 기뻐. 축하해!"

뤄양은 갑자기 화제를 돌렸다. "너네 엄마한테 들었어. 남자 친구 생겼는데 네가 절대로 안 보여준다며? 그래도 문제될 건 없는데, 그래도 얼굴 한번 보는 게 뭐 그렇게 어려운 일이라고?"

뤄즈는 다시금 마음속 비밀이 뽀글뽀글 위로 올라오는 소리를 들었다.

금요일 오후에 결혼식 참석을 위해 비행기를 타야 했기 때문에 티파니와 제이크의 수업은 수요일 밤으로 정했다.

뤄즈는 동문 입구에서 택시를 잡았다. 택시 기사는 그녀가 가려고 하는 별장 마을 이름을 듣더니 의심스러운 듯 백미러로 그녀를 흘끗 보고는, 어떻게 가야할지 한참을 따져보았다.

새해가 지나고 주옌은 필리핀 가정부 두 명을 내보내고 시간제로 점심때와 저녁때 집에 가사도우미를 불러 집안 청소와 아이들 식사 준비를 맡겼다. 그러다 3월이 되자, 그녀는 운전기사마저 내보내서 뤄즈는 매번 택시를 타고 오갔다.

"이렇게 할 수밖에 없었어. 택시비는 나한테 청구해줘." 주옌은 전화로 미안하다는 듯 말했다. "반년간은 베이징에 거의 못 머무를 것 같아서. 운전기사가 있어봤자 필요가 없거든. 하지만 네가 고생해야겠다. 일 없으면 자주 와서 애들이 사고는 치지 않았는지 봐줘. 주말에 여기로 옮겨와도 되고."

주옌은 아예 뤄즈에게 부탁했다. 뤄즈는 이제껏 주옌의 친구나 가족이 별장에서 그녀를 도와 아이들을 돌보는 모습을 본 적 없었다. 여러 곳을 전전하는 싱글맘 여성에게는 늘 이런 어쩔 수 없는 문제가 있었다.

설이 지난 후로 뤄즈는 주옌을 두 번밖에 볼 수 없었다. 티파니는 엄마가 줄곧 미국과 싱가포르를 오가고 있다며, 자신과 제이크도 얼굴 보기 힘들다고 했다.

"엄마가 그러는데 우리 어쩌면 move on(이사)할 거래요." 티파니는 소파에 앉아 다리를 흔들었다. 어린 나이에 그런 말을 하는데도 전혀 아쉬움이나 걱정이 없어 보이는 것이, 진작에 습관이 된 듯했다.

Move on, 새로운 곳으로 가서 새로운 생활을 시작하는 것.

뤄즈는 전보다 자주 두 아이를 보러 가며 반쯤은 엄마처럼 아이들을 보살폈다. 자신과 주옌 사이의 이런 아무 이유 없는 신뢰와 나아가 그 속에 얽힌 연유를 떠올리면 뤄즈는 자신도 모르게 탄식이 나왔다.

뤄즈가 현관에서 신발을 벗고 있을 때 갑자기 귓가에 오랜만에 듣는 "왔어?" 하는 목소리가 들려왔다. 놀랍고도 반가워서 고개를 드니, 젊은 아이 엄마가 계단에 기대어 그녀를 향해 웃고 있었다.

주옌은 전보다 더 마른 것 같았다. 하지만 아주 깔끔한 단발머리로 잘라 가늘고 긴 목과 평평한 쇄골을 드러내 오히려 훨씬 생기발랄하게 보였다. 그녀는 앞치마를 매고 손에는 낡은 영자 신문을 한 뭉치 안고 있었다. 얼굴은 먼지투성이였다.

"직접 방을 청소한 지 너무 오랜만이라서. 오후 내내 치웠는데도 여전히 난장판이지 뭐야." 주옌이 자조하면서 수상한 미소를 지어 보였다.

"전 여기 청소 도와주러 온 거 아닌데요?" 뤼즈는 펄쩍 뛰며 손사래를 쳤다.

뤼즈는 두 아이의 수업을 마치고 아래층으로 내려왔다가 주옌이 아직도 거실의 잡동사니와 분투 중인 걸 보고 실소하고 말았다.

"언니 못 본 지도 너무 오래됐어요. 저번에 같이 나가서 놀 수 있었는데." 뤼즈가 툴툴거렸다.

4월 말, 봄볕이 딱 좋을 때, 뤼즈는 티파니와 제이크를 데리고 위위안탄*에 가서 벚꽃을 구경한 적 있었다. 성화이난도 불렀다. 두 아이는 거의 반년 만에 성화이난을 본 거라 역시나 기뻐서 어쩔 줄 몰라 했다.

"그땐 언니도 베이징에 있었잖아요." 뤼즈는 다가가서 그녀와 함께 거실 바닥에 앉아 각종 CD와 서적을 박스 안에 넣었다. "아쉽게도 갑자기 일이 있어서 못 왔지만. 일부러 언니한테 걜 보여주려고 했는데 말이에요."

뤼즈는 일부러 가볍게 말하며 한편으로는 긴장한 채 주옌이 성화이난에 대해 들었을 때의 반응을 살폈다.

주옌은 평소와 다름없는 표정으로 고개도 들지 않고 일만 계속했다.

"내가 걜 봐서 뭐 하게." 주옌이 어깨를 으쓱했다. "만약 내

---

* 玉淵潭, 베이징에서 벚꽃축제로 유명한 곳.

가 걜 보고 마음에 들어 하지 않으면 네가 얼마나 난처하겠어. 아아, 한쪽은 우정이고 다른 한쪽은 사랑이라네." 뒷구절은 아예 노래로 불러버렸다. 뤄즈는 어이가 없어 웃었다.

"마음에 안 들면 안 드는 거죠 뭐. 하지만 언니는 분명 걜 좋아할 거예요. 제 안목이 얼마나 좋은데요."

"허!" 주옌이 냉소했다.

"걔가 다음 달에 날씨가 좀 더 따뜻해지면 다시 애들이랑 같이 해피밸리에 가자고 하던데, 그땐 같이 가실래요?"

"난 안 가." 주옌이 고개를 저었다. 그러나 뤄즈의 복잡해진 표정은 눈치채지 못했다.

뤄즈도 더 이상 권하지 않고 고개를 숙인 채 재빠르게 박스를 포장했다. 생각은 천천히 봄바람이 따스하던 위위안탄 공원으로 되돌아갔다.

사실 딱히 볼만하진 않았다. 벚꽃나무가 너무 띄엄띄엄 심겨 있어서 하늘을 뒤덮으며 끝없이 이어진 아름다운 장관을 연출하진 못했다. 그나마 예뻐서 깜짝 놀랐던 건 마른 가지에 활짝 피어 있던 백목련이었다.

그와 두 아이가 즐거운 시간을 보내고 있을 때, 뤄즈는 성화이난에게 짚고 넘어가는 걸 잊지 않았다.

"예전에 너한테 두 꼬마를 가르쳐보지 않겠냐고 물어봤을 때, 네 문자를 보고 정말 화가 나서 죽는 줄 알았어."

"어떤 문자?" 그는 얼른 제이크에게 사진을 찍어주기 위해 셔터를 누르며 의심스럽다는 듯 반문했다. 그 억울한 표정에 뤄즈는 자신의 기억이 잘못되었나 하는 착각이 들 정도였다.

뤄즈는 이를 악물며 휴대폰 문자를 뒤지기 시작했다. 그러나 그와 주고받은 문자가 너무 많은 데다 차마 지우지 못하고 죄다 남겨놓아서, 결국 달콤하고 다정한 문자의 바닷속에 빠져버리고 말았다.

"됐어." 그녀는 화면을 껐다. "못 찾겠다. 어쨌든 내가 애들이랑 놀면서 돈 받는다고 비꼬는 내용이었어."

"그럴 리가."

"진짜야!"

성화이난은 잠시 침묵하더니 천천히 말했다. "그건 내가 너무 천진난만해서일 거야. 확실히 난 가끔 독선적인 말을 하고, 내 생활을 기준으로 남을 판단해. 남에게 상처를 입히고서는 정작 나는 모른다니까."

이렇게 진지한 사과에 뤄즈는 약간 부담스러움을 느꼈다.

"됐어, 나도 그냥 문득 생각났을 뿐이야."

"아니." 성화이난이 그녀를 진지하게 바라보았다. "요 반년 동안 너한테 쭉 말하고 싶었어. 네가 아르바이트를 하고, 돈을 벌고, 성실하게 자립하는 모습을 보면서 점점 나 자신이 정말 부끄러워지더라."

그는 고개를 돌려 까치발을 들고 나뭇가지 가득 활짝 핀 목련 향기를 맡고 있는 아이들을 바라보았다. "진심이야. 요즘 갈수록 그런 생각이 들었어. 너랑 비교하면 나야말로 아무것도 모르는 애지."

뤄즈는 이런 성화이난을 바라보며 오랫동안 할 말을 잃었다. 당황한 심장이 방망이질을 쳤다. 한때 약해졌던 그 심장 소리는 지금 또다시 서서히 커지고 있었다.

"멍하니 무슨 생각해?"

뤄즈가 정신을 차렸다. "아? 아녜요. 그냥 그날 위위안탄에 갔던 일이 생각나서요. 애들 다 무척 즐거워했는데."

"그날 위위안탄에서의 네 남자 친구를 생각한 거지?"

네 남자 친구. 사귄 지 거의 반년이 다 되어가는데도 뤄즈는 그런 호칭을 들으면 여전히 쑥스러웠다.

"솔직히 말해서요." 뤄즈는 약간 망설이며 입을 열었다. "꿈이 이루어진 느낌은 약간 가짜 같아요. 모든 게 아주 완벽한데, 뭔가 또 빠진 것 같기도 하고요. 저도 제가 많이 변한 것 같아요. 남에게 의지하기 시작했거든요. 예전엔 혼자 하는 게 익숙했는데 지금은 오히려 고독함을 느껴요. 그 사람이 없으면 마음이 텅 빈 것 같고요. 이건 좋은 걸까요, 나쁜 걸까요? 예전엔 늘 커플들을 비웃곤 했는데 지금에야 알았어요. 고고하게 밖에 서서 비판하는 것이야말로 가장 쉬운 일이라는 걸요."

뤄즈는 주옌의 얼굴에서 '연애 중인 소녀여, 정신 차리게'라는 야유 섞인 표정을 볼 수 있었다.

"내가 보기엔 아주 정상이야." 주옌의 물건 정리 방식은 확실히 두서가 없었다. 그녀는 말하면서 고집스럽게 CD가 든 플라스틱 케이스 한 무더기를 종이박스에 와르르 쏟아 붓고는 사정없이 테이프로 봉인했다. 그러고는 종이박스 위에 털썩 앉아 고개를 들고 뤄즈를 바라보았다. 머리 위 주황색 벽등이 그녀의 얼굴을 밝게 비춰주었다. 그녀는 소녀처럼 두 다리를 쭉 뻗어 발가락을 꼼지락거렸다.

소녀 같았다.

삼십대 여성이 이런 동작을 하는데도 전혀 가식적이거나 어색하게 보이지 않았다. 뤄즈는 문득 주옌의 매력이 뭔지 알 수 있었다. 낯선 남자와 함께 찍었던 사진에서처럼, 눈동자에서는 그녀의 나이와 과거, 미래가 보이지 않았다.

영원히 그렇게 단순함과는 무관한 천진함이 있어 보였다.

비록 보기에만 그랬지만 말이다.

뤄즈는 눈을 내리깔았다. "뭐가 정상이라는 거예요?"

"정상이라는 건, 동화가 끝나고 생활이 시작됐다는 뜻이야." 주옌이 미소 지으며 일어나 다가와서는 허리를 굽혀 그녀의 얼굴을 쥐었다.

"이거 마실래?" 주옌은 말하면서 어지럽게 널린 박스들과 아직 수습하지 못한 잡동사니를 조심스럽게 돌아 주방으로 들어가더니, 몇 초 후 다시 나타나서는 탁자로 걸어오기도 전에 뭔가를 던졌다. 뤄즈는 허둥지둥 받아 들었다.

차가운 맥주 한 캔이었다.

"차 안 마시고요?"

"그게 어디 맥주만큼 시원하겠어. 반드시 맥주여야 해. 포도주다 양주다 하는 것들은 다 꺼지라 그래!" 주옌은 짐을 싸다 힘들어서 정신이 나갔는지, 말과 행동이 평소와는 많이 달랐다.

뤼즈는 갑자기 훨씬 쾌활해진 기분이었다.

그들은 톡, 톡 하고 캔 뚜껑을 땄다. 뤼즈는 위층의 티파니가 뛰어 내려오는 소리를 듣고 검지를 입술 위에 댔다. "애들한텐 우리가 이러는 모습 보여주지 말아요."

주옌은 어깨를 으쓱하며 손을 뻗어 뤼즈에게 건배하는 시늉을 했다.

"예전에 애들이 아주 어렸을 때, 난 두 아이를 데리고 먹고살아야 했어. 가끔 애들이 울고 난리를 피울 때면 심지어 애들이랑 뛰어내려서 같이 죽을까 하는 충동도 들었지. 그렇게 눈 깜짝할 사이에 10여 년이 흘렀어."

주옌은 손에 든 맥주 캔을 흔들었다. 눈빛이 밝게 빛나고 있었다.

"방금 뭐라고 그러셨죠? 동화가 끝났다고요?" 뤼즈가 얼른 화제를 돌렸다.

"맞아." 주옌이 고개를 들어 맥주를 한 모금 크게 마셨다가 너무 차가워서 머리를 연신 흔들며 한참 후에야 다시 입을 열었다. "신데렐라가 왕자와 결혼한 후에 생활이 시작되는 거야. 동화 속 이야기는 보통 전반부뿐이지. 왜냐하면 그래야 애들이 좋아하니까. 그 뒷얘기를 보고 싶어 하는 건 어른들뿐이야."

어릴 때 동경하던 평생 단 한 번의 그 어느 것에도 오염되지 않은 신성한 사랑도 결국엔 그저 시작이 있으면 끝이 있는 법이었고, 다른 일들과 마찬가지로 그다지 특별할 것 없었다.

어른은 그 자체로 복잡한 동물이었다. 어두운 내면과 뒤엉킨 관계, 위장된 자존심이 어떻게 불순물이 섞이지 않은 감정을 만들어낼 수 있겠는가?

그녀는 뤄즈의 손등을 토닥였다. "어른이 된 걸 축하해."

한 캔을 다 마시고, 주옌은 아쉬웠는지 다시 맥주 두 캔을 더 가져와 뤄즈에게 건넸다.

"참, 엄마는 아시는……."

"모르세요." 뤄즈가 바로 대답했다.

잠깐의 침묵 후 그들은 다시 캔을 맞부딪혔다.

"정말 엄마 말 안 듣는 아가씨네." 주옌이 껄껄 웃음을 터뜨렸다.

"제가 이렇게 도망치는 걸 좋아하는 줄 예전엔 몰랐어요. 상황을 보면서 그때그때 행동하는 건 제 스타일이 아니거든요." 뤄즈는 탄식했다.

"뭐든 때가 되면 다 해결되는 법이야. 방법은 늘 있어, 네가 버티기만 한다면."

뤄즈가 고개를 번쩍 들고 눈을 빛내며 그녀를 바라보았다. "그럼 언니의 버티기도 결국 성과가 있었던 거예요?"

주옌이 푸흡 하고 웃었다. "내가 뭘 버텼는데?" 그녀는 잠깐 말을 멈추었다가 고개를 끄덕였다. "난 미국에 갈 거야. 서원 씨랑 결혼하러."

뤄즈는 줄곧 '차가운 땀'을 흘리는 맥주 캔을 어루만졌다. 속에서부터 뭔가가 단숨에 콧속까지 치밀어 오르더니, 놀랍게도 눈물이 흘러나왔다.

"왜 울어?" 주옌은 깜짝 놀랐다. "축하 안 해줄 거야?"

"보고 싶을 거예요."

뤄즈는 눈을 비비며 구석에 놓인 종이박스를 발로 툭툭 찼다. "분명 아주 보고 싶을 거예요."

금요일, 성화이난은 뤄즈를 공항까지 데려다주고 보안검색대 앞에서 웃으며 그녀의 이마에 입을 맞췄다. "얼른 돌아와. 가는 길 조심하고."

뤄즈는 고개를 끄덕이며 성화이난의 그 익숙한 얼굴을 보았다. 문득 깊은 아쉬움이 솟았다.

그저 이틀간 다녀오는 것일 뿐이었다. 이렇게 세차게 밀려오는 감정을 그녀는 이해할 수 없었다. 마치 생사의 이별 같았다. 그녀는 고개를 숙여 뜨거워진 눈시울을 감추고 그의 손등을 가만히 쥐었다. "갈게."

제82장

맹세합니다

결혼식 내내 뤄즈는 딱히 일손을 돕지 못했다. 그녀는 아침 일찍 일어나 엄마와 함께 외삼촌 집에 왔고, 신랑 측 가족으로서 차량 행렬을 따라 함께 출발해 도시 절반을 가로질러 천징의 집으로 갔다.

돈 봉투를 찔러주고, 문을 두들기고, 신부 들러리에게 사람을 놓아달라고 부탁하는 일련의 절차는 뤄양의 친한 고등학교 친구들이 도와주었다. 뤄즈는 반 층 아래에서 고개를 들고 입구에 떠들썩하게 모여 있는 신랑 들러리들을 바라보며 점차 경사스러운 분위기에 젖어들었다.

천징의 집은 크지 않았는데, 갑자기 이렇게 많은 사람들이 들이닥치니 서 있을 공간도 부족할 지경이었다. 뤄즈는 복도를 배회하며 집 안의 소리를 들었다. 뤄양이 신랑 들러리들을 데리고 천징의 방 앞에 서서 문을 열어달라고 애원하자, 신부 들러리들이 문제를 냈다. 뤄양이 신부를 칭찬하는 사자성어 20개를 말하고 월급 카드를 내놓으면 들어오게 해준다는 거였다.

뤄즈는 미소를 지으며 사촌 오빠가 떠들썩한 가운데 열심히 머리를 짜내어 기상천외한 사자성어들을 말하는 걸 들었다.

다시 얼마나 시간이 흘렀을까, 사진 촬영과 차 권하기 등 일련의 과정이 끝나고, 마침내 천칭은 뤄양에게 '공주님 안기' 방식으로 안긴 채 밖으로 나왔다. 사진사의 지휘 하에 계단을 내려오다가 중간 중간 멈춰 서서 클로즈업 사진을 찍느라 전진 속도가 지극히 느렸다.

전통에 따라 신부는 붉은 하이힐을 신어야 했는데, 웨딩카에 타서 신랑 집 앞에 도착할 때까지 발이 땅에 닿아서는 안 되었다.

사람들은 잇따라 신부의 오빠 뒤를 따라갔다. 뤄즈는 그제야 무리의 맨 뒤를 따라가고 있는 뤄양을 볼 수 있었다. 높은 계단 위에 서 있는 그는 위아래로 까만 정장을 입고 가슴에는 아주 못생긴 빨간 코르사주를 달고 있었다.

뤄즈의 시선이 자신의 가슴에 꽂힌 걸 보고 뤄양은 얼굴을 찌푸려 보였다.

"넌 나중에 결혼할 때 이렇게까지 힘들게 굴지 마라. 정말 죽을 것 같다."

"어르신들은 떠들썩한 걸 좋아하잖아. 좀 전통적으로, 장황할수록 좋은 거지."

"됐어." 뤄양이 웃으며 손에 든 생수병으로 그녀의 머리를 톡톡 쳤다. "두 집안사람들은 체면이 필요한 것뿐이야."

뤄즈는 또 주옌을 떠올렸다. 동화가 끝나고 생활이 이제 막 시작되었다.

동화 속 결혼식에서는 제단 앞에서 "네, 맹세해요"라고 말하기만 하면 되었다. 그러나 현실 생활 속에서는 호텔 예약이 마감되기 전에 미리 예약해야 하고, 피로연 요리 메뉴를 상의해야 하며, 하객들과 연락해서 정확한 참석 인원을 확인하고 좌석 배치를 미리 생각해야 했다. 주례사가 너무 길면 지루했고 너무 짧으면 결혼식이 썰렁해졌다. 웨딩카 행렬이 너무 길면 돈 낭비였고 너무 소박하면 신랑 신부 체면이 깎였다. 사진사의 구도를 전부 따르면 무미건조해졌고 사진사의 구도를 무시하면 아름다운 기념사진을 남길 수 없었다…….

뤄즈는 동정하듯 뤄양의 등을 토닥였다.

뤄양은 고향인 이곳에 신혼집을 마련하지 않았기 때문에 차량 행렬은 다시 신랑 집으로 돌아갔다. 비슷한 과정이 뤄양의 집에서 다시 한 번 반복되었다. 뤄즈가 혼잡한 사람들 무리에서 빠져나왔을 때, 갑자기 낯선 번호로 전화가 걸려왔다.

"나 딩수이징이야."

고향의 풍습에 따르면 정식 행사는 반드시 낮 12시 이전에 끝나야 해서, 10시도 되지 않아 그들은 호텔에 도착했다. 하객들이 띄엄띄엄 자리에 앉았다. 뤄즈가 일어나 엄마에게 말했다. "나가서 바람 쐬고 올게."

호텔 대각선 옆에 있는 맥도날드는 입구가 아주 작아서 겸손

하게 M 표시 하나만 붙어 있었다. 뤄즈는 들어가자마자 헐렁한
짙은 남색 후드티를 입은 딩수이징을 한눈에 발견했다. 그녀는
턱을 괴고 창가 자리에 앉아 멍하니 어린이 놀이구역에서 미끄
럼틀을 타는 아이들을 바라보고 있었다. 손톱은 알록달록하게
물들어 있었고 입가에는 옅은 보조개가 패여 있었다.

"머리카락이 많이 길었네."

뤄즈는 어째서 이런 첫마디를 건넸는지 몰라 저도 모르게 실
소하며 딩수이징 맞은편에 앉았다. 가방은 옆 창턱에 놓았다.

딩수이징이 환하게 웃었다. "많이 놀란 거 아냐? 내가 혹시
라도 결혼식을 망쳐버릴까 봐?"

그러고는 얼른 앞에 놓인 주스 한 잔을 뤄즈에게 밀어주었
다. "네 몫으로 주문한 거야."

"고마워……. 미술 시험은 어떻게 됐어?" 뤄즈는 오렌지주
스를 한 잔 마시며 딩수이징의 첫마디에 대해서는 바로 대꾸하
지 않았다.

딩수이징은 살짝 놀란 듯했지만 결혼식에 대한 일을 물고 늘
어지지는 않았다. "그럭저럭. 하지만 상상했던 것보단 좀 어두
워. 반드시 연줄을 찾아서 돈을 써야 할 정도는 아니지만, 노력
하는 사람을 당해내지 못하고 뇌물을 쓰는 사람이 너무 많아."

뤄즈는 이해한다는 듯 웃었다.

"난 낙서를 자주 해서인지 습관이 돼서 규정에 맞게 그리는
걸 못해. 어차피 베이징 쪽 학교들은 가망이 없으니 상하이나
다롄으로 가게 될 것 같아. 거기에 전공 10위권 내에 드는 대학

이 각각 하나씩 있는데, 대입 시험에서 손만 떨지 않는다면 기초과목 시험은 문제없을 거야."

딩수이징의 말투는 아주 초연했다. 뤄즈를 대하는 태도도 무척 평화로워서 작년 겨울에 학교에서 만났을 때와는 크게 달랐다. 저번 만남의 끝에서 딩수이징은 표독스럽게 내뱉었었다. "너네 집안사람들은 다 그런 병이라도 있어?"

뤄즈는 이런 변화가 뤄양의 결혼과 관련 있는지 확신할 수 없었다.

"그럼 미리 축하해. 힘내고." 그녀는 의심을 감추고 웃으며 격려해주었다.

딩수이징도 뤄즈의 가식을 비꼬지 않고 웃으며 받아쳤다. "그래! 그럴게."

뤄즈의 휴대폰이 탁자 위에서 웅웅 진동하며 화면에 '엄마'라고 표시했다. 뤄즈는 전화를 받아서는 좀 답답해서 밖을 돌아보려고 나왔다고 둘러댔다.

"예식 시작하면 돌아갈게."

"지금 곧 시작할 거야!"

"응응, 알았어!"

그녀는 전화를 끊어버렸다.

"연락처에 엄마 휴대폰 번호는 '엄마'라고 저장하지 마." 딩수이징이 주의를 주었다. "휴대폰 잃어버렸다가 다른 사람이 그걸 악용해서 사기를 칠 수도 있으니까."

뤄즈는 생각에 잠겼다. "확실히 그러네. 딱 봐도 가족 친척으로 보이는 건 다 본명으로 바꿔놔야겠어."

"남자 친구도 본명으로 바꿔놔. '여보'라고 하지 말고."

뤄즈는 하마터면 사레가 들릴 뻔했다. "닭살 돋게 그게 뭐야."

딩수이징이 손가락으로 탁자를 두드렸다. "성화이난이랑 사귀는 거야?"

뤄즈는 고개를 끄덕였다.

"겨울에 내가 좋아하는 사람 있냐고 물었을 땐 그렇게나 입을 딱 다물고 있더니."

"그래, 그땐 나도 내가 너한테 꼬투리를 잡혔다는 걸 몰랐으니까. 진실을 말해야 할 의무도 없고. 말이 나왔으니 말인데, 내 일기장은 나한테 돌려줘야 하지 않겠어?"

"내가 가지고 있다는 건 어떻게 알았어?"

"그게 아니라면 그 일," 뤄즈는 그 졸렬한 이야기를 다시 언급하고 싶지 않아 '그 일'이라는 대명사로 대체했다. "네가 어떻게 기획했겠어? 네가 성화이난한테 내가 걜 오랫동안 좋아했다고 말했잖아."

딩수이징이 눈썹을 치켜올렸다. "보아하니 딱히 화가 나진 않은 것 같구나. 난 너 같은 사람을 평생 이해할 수 없을 거야." 그러더니 이에 그치지 않고 몸을 앞으로 기울이며 진지하게 강조했다. "우리가 널 모함했다구."

이상한 애네. 내가 널 때려야 직성이 풀리겠어? 뤄즈는 어이가 없어 고개를 저었다. "기왕 결과가 좋으니까 그 과정에 대해서는 너랑 따지고 싶지 않아. 따진다고 또 뭐가 달라지겠어?"

"네 그 말, 다른 사람한테 정말 상처 주는 거 알아? 성취감이 너무 없네." 딩수이징의 목소리는 차분했다. 그러나 한참 후, 뤄즈와 함께 웃음을 터뜨렸다.

"사실 모든 일은 작년 10월에 시작된 거야. 자퇴하고 나서 마음이 답답하던 차에 인터넷에서 예잔옌을 만났어. 걔가 만나서 얘기하자고 했고, 난 좋다고 했어. 그러고는 만나서 서로의 괴로움을 털어놨지. 걘 나한테 그 유명한 정원루이가 자길 자극했다는 얘길 해줬어. 네가 성화이난이랑 곧 사귀게 될 거라면서."

딩수이징은 잠시 멈추고 뤄즈를 바라보았다. "정원루이는 성화이난을 좋아하는 거 아니었어? 걘 왜 그런 거래? 무슨 변태 심리야?"

뤄즈는 쓴웃음을 지었다. "난 사실 우리 모두 어느 정도 변태적인 면이 있다고 생각해."

딩수이징은 꼬치꼬치 캐묻지 않고 하던 이야기를 계속했다. "그날 예잔옌이 펑펑 울면서 성화이난이랑 헤어진 것에는 나름 고충이 있었다고 그러더라. 성화이난의 엄마가 두 사람을 갈라놓은 거래. 하지만 성화이난의 집안 사정과도 관련된 일이라 그냥 예잔옌이 혼자서 감당하기로 했대. 속으로는 무척이나 괴로웠지만."

뤄즈는 그저 미소를 지으며 딩수이징의 말을 정정하지 않았다. 두 사람이 헤어진 건 이 일과는 무관했지만, 만약 다시 사귄다면 그 고충을 이용할 수는 있었다.

"그때 난 왠지 모르게 네가 무척이나 미웠어. 어쩌면 네가 나랑 친구 해주지 않아서 체면을 구겨서일 수도 있고, 어쩌면 너랑 뤄양의 여자 친구, 아니지, 부인이랑." 그녀는 잠시 멈췄다가 웃으며 말을 이었다. "사이가 무척 좋아서일 수도 있어. 어쨌든 확실히 뭐라고 말하기는 어렵네. 마침 또 나의 그 무시무시한 관음욕이 가져온 네 일기장 덕분에 난 언제나 네 비밀을 위에서 내려다보고 있다고 느껴왔는데, 네가 감히 내 앞에서 아닌 척하니까 도저히 못 참겠더라."

"무시무시한 관음욕? 네 자신을 그렇게 말하지 마."

"내가 한 말 아니야. 뤄양이 한 말이야." 딩수이징은 뤄양의 그런 평가에 화를 내기는커녕, 마치 막역한 친구를 언급하는 것처럼 웃음 속에 만족스러움과 득의양양함이 담겨 있었다.

뤄즈는 깜짝 놀랐다. 뤄양도 그런 말을 할 줄 안다니!

딩수이징이 손을 내저었다. "어쨌든 난 예잔옌한테 네가 고등학교 때부터 성화이난을 좋아했다고 말했고, 예잔옌은 벌컥 화를 냈다. 그때 난 오히려 걔한테 충고하고 싶었어. 그 잘생긴 애가 고등학교 때 남자 친구이긴 했어도 다른 사람이 걜 좋아하면 안 된다는 법은 없다고. 더구나 다른 사람이 무슨 짓을 한 것도 아닌데, 아무리 걔라도 다른 사람이 무슨 생각 하는지까지 참견할 수는 없지, 안 그래?"

뤄즈는 딩수이징의 말이 그녀 자신을 가리키는 건지 자신을 가리키는 건지 알 수 없었다.

"하지만 난 걔가 널 욕해야 내 마음이 좀 편안해질 것 같았어. 그래서 불난 집에 부채질을 했지. 걔가 나서서 그 잘생긴 애를 되찾아오도록 말이야. 걘 내 말을 듣고 곧장 가버리더라. 아마도 바로 성화이난한테 연락했을 것 같은데?"

"그랬을 거야." 뤄즈는 문득 깨닫고 고개를 끄덕였다. "예잔옌이 성화이난한테 연락한 걸 본 적 있어."

놀이공원에서의 문자, 놓아버린 손, 그리고 그때의 괴로움이 함께 기억 저편으로 물러나 있었다.

"하지만 난 걔가 실패했을 거라 추측했어. 성화이난에 대해서는 나도 좀 알거든. 나름 고등학교 때 예잔옌과 사이가 좋기도 했고. 걘 뭔가 하려고 결심하면 그 분야에서 일대종사가 되는 사람이야. 예잔옌은 화가 나서 폭발할 지경이었지만 뭘 어떻게 할 수도 없었어. 그래서 메신저에서 나한테 그러더라. 자기가 말하지 않은 게 있다고, 너랑 관련된 일인데 내가 너랑 친구인 것 같아서 말하지 않았다고."

"그게 바로…… 그 일이라는 거지?" 뤄즈는 말도 안 된다고 생각했다.

딩수이징이 고개를 끄덕였다. "응, 바로 그거. 무슨 크리스털이랑 이별 편지 어쩌고 하는."

뤄즈는 웃었다. "예잔옌은 네가 그 얘기를 지어내서 자기한테 알려줬다고 그랬어."

"넌 왜 그 구질구질한 일을 신경 쓰는 건데?" 딩수이징이 푸흡 웃었다.

"하지만 문자는 네가 성화이난에게 보낸 거잖아."

"그때 난 바로 QQ로 거짓말 아니냐고 물었어. 예잔옌은 딱 잘라서 진짜라고 그랬고. 그러면서 나보고 사정을 잘 아는 사람의 말투로 성화이난에게 문자를 보내줬으면 좋겠다고 하더라. 그래야 비교적 믿음이 갈 거라고."

딩수이징은 말하면서 웃기 시작했다. "믿거나 말거나, 어쨌거나 나한텐 채팅 기록도 있어. 그때 난 널 한번 손봐주는 것도 좋겠다고 생각했어. 이렇게 하면 네가 먼저 나한테 따지러 찾아오겠지, 그럼 난 일기장을 네 얼굴에 던지면서 너랑 뤄양에 대한 복수를 하는 거고."

거기까지 듣자, 뤄즈는 오히려 전혀 화가 나지 않았다.

딩수이징의 모습은 마치 짓궂은 장난을 명예롭게 생각하는 어린애 같았다.

"진짜야." 딩수이징은 콜라를 양 볼이 홀쭉해질 정도로 힘껏 빨아마셨다. "난 『신화자전*』으로 일기장 내던지는 동작을 여러 번 연습까지 했다니까." 몸짓까지 해보이며 설명하는 모습이 약간 흥분한 것처럼 보였다. "한마디 더 덧붙이자면, 네 일기는 정말 재미있었어."

뤄즈는 그저 그녀를 바라볼 뿐, 약간은 너그럽게 고개를 절레절레 흔들었다.

"마음이 건강한 사람은 이런 말을 들으면 손에 든 오렌지주스를 나한테 끼얹을 텐데." 딩수이징이 그녀를 똑바로 바라보았다. "너 말야, 설마 진짜로 심리적인 변태야?"

....

* 新華字典, 중국에서 보편적으로 사용되는 한자 사전.

"난 너 때문에 있던 성질도 다 없어졌어. 적반하장도 유분수지."

딩수이징이 허허 웃었다. "그런데 문자를 보냈는데도 성화이난은 여전히 예잔옌을 거들떠도 안 봤어. 너도 전화고에 와서 날 마주쳤을 때 천하 태평한 얼굴이었고, 그 일에 대해선 아무 말도 없길래 난 내가 괜히 흥분해서 나선 것 같다고 생각했지."

"그러다 나중에," 그녀는 뤄즈를 뚫어져라 바라보았다. "나중에 나도 조금은 만회할 수 있었지. 기억이 틀리지 않다면, 아마 크리스마스 날 밤이었을 거야. 성화이난이 나한테 전화를 해서는 대체 어떻게 된 일이냐고 물었어. 그래서 내가 반문했지. '네 생각은 어떤데? 내가 할 말은 다 문자에 썼어. 이거 말고 또 뭘 더 알고 싶은 건데?'"

그러나 성화이난은 전화 저편에서 똑같은 말만 계속해서 반복했다. "그럴 리 없어. 넌 처음부터 거짓말을 한 거야."

결론적으로 말하자면 그 한마디였다. 뤄즈는 이마를 짚었다. 그때 그는 진상을 밝힐 수 있다고 자신만만하게 말했으면서 결국엔 딩수이징에게 전화해서 물어보았던 것이다.

딩수이징은 말하면서 그때의 광경이 생각난 듯 헤헤 웃었다. "그때 생각했어. 뤄즈는 능력도 좋아, 멀쩡한 남학생을 이렇게 바보같이 굴 정도로 괴롭게 만들다니."

뤄즈의 마음속이 따스해졌다.

문득 결혼식장으로 돌아가고 싶지 않아졌다. 그녀가 성화이난을 알게 된 그날부터 그녀는 다른 사람에게 그를 언급할 기회가 극히 적었다. 주옌은 그나마 털어놓을 수 있는 사람이었지만 지금처럼 즐거움을 주진 못했다. 딩수이징은 성화이난을 알고, 나이도 같으니 또 다른 성화이난에 대해 통쾌하게 떠들 수 있었다. 마치 절친끼리 대놓고 남자 친구에 대해 이러쿵저러쿵 떠드는 것처럼 말이다.

때로 아무런 상관없는 사람에게 좋아하는 사람에 대해 말하고, 그들의 평가와 쑥덕거림을 들으며 정신을 집중해 자신이 이미 알고 있거나 전혀 모르고 있던 내용을 수집하는 건 엄청난 즐거움을 가져다주었다.

나한테 그에 대한 이야기를 해줘.

난 그를 잘 알지만, 그래도 그에 대해 말하고 싶고 네가 그에 대해 말하는 걸 듣고 싶어.

내가 좋아하는 그 사람에 대해 말해줘.

"나중엔 내가 착한 마음을 발휘해서 걔한테 진실을 말해줬어."

딩수이징은 말을 멈추고 뤄즈를 바라보았다. 뤄즈는 웃음을 꾹 참았다. "왜, 설마 내가 고맙다고 말해주기를 기다리는 거야? 애초부터 네가 저지른 일이잖아?"

딩수이징은 쳇, 하고는 내키지 않는 듯 말을 이었다. "또 얼마간 시간이 지난 후 예잔옌이 다시 QQ로 나한테 말해주더라. 마침내 성화이난을 만났고, 아주 매너 있게 데이트를 했고, 아무것도 얘기하지 않았는데 성화이난이 그러더래. 그냥 친구로 남자고."

딩수이징은 치킨 윙 포장봉투를 튕겨 날렸다. "그래서 나도 예잔옌에게 내가 사실을 다 불어버렸다는 걸 말해주지 않았어."

그녀의 환심을 사려는 듯한 눈빛에 뤄즈는 심사숙고하다가 결국 투항하고 말았다.

"비록…… 그래, 고마워."

딩수이징은 빨대를 물고 잠시 멍하니 있다가 별안간 고개를 들고 부드럽게 말했다. "이따가 결혼식장에 날 데려가 줄 수 있어?"

뤄즈의 기억에 딩수이징은 늘 아주 영리한 모습이었고 이런 멍한 눈길로 사람을 바라본 적은 이제껏 없었다.

그 눈빛은 괜스레 마음을 불편하게 했다.

"네가 알고 싶어 하는 건 다 말해줬어. 하나도 숨김없이. 그럼 이제 날 데려가 줄 수 있어? 들키지 않게 할게. 그냥 한번 보고 싶어."

그러나 뤄즈는 끝내 참았다. 아무리 그래도 천정과 뤄양의 결혼식이었다.

"안 될 것 같아."

예상했던 대답이었는지 딩수이징은 고개를 끄덕이며 고집부리지 않았다.

"넌 다 아는 거지? 뤄양이 말해준 거야?"

뤄즈는 고개를 저었다. "나 혼자 추측한 거야. 사실…… 두 사람의 구체적인 일은 잘 몰라."

딩수이징은 눈웃음을 치며 입을 꾹 다물었다. 웃음기에 약간 미안함이 담겨 있었다.

노골적으로 물어본 게 부끄러워서인지, 아니면 뤄양이 뤄즈에게 그녀의 이야기를 꺼내지 않은 게 부끄러워서인지는 알 수 없었다.

"결혼식 참석하러 얼른 가봐야 하지? 정말 미안해. 사실 널 나오라고 한 건 너한테 이걸 부탁하려고……." 그녀는 말하면서 가방에서 두꺼운 낙서장을 꺼냈다. 표지의 에펠탑 사진은 이미 닳아서 절반만 남아 있었다.

그녀는 낙서장을 휘리릭 넘겨 어느 페이지를 펼치더니 뤄즈 앞에서 망설임 없이 찢었다.

"네 새언니한테 전해줘."

그 종이 위에는 두 사람이 나란히 그려져 있었다. 선 몇 개로 그린 단순한 그림이었지만 유난히 생동감이 넘쳤다.

딩수이징과 뤄양이었다.

그 밑에는 만년필로 쓴 멋진 글씨가 적혀 있었다. "늦게 만난 아쉬움"

뤄양의 필체였다.

뤄즈가 미간을 찌푸렸다 "뭘 하려는 거야?"

딩수이징이 자기 머리를 툭툭 치며 말했다. "미안, 미안. 너한테 보여주는 걸 깜빡했다." 그녀는 펜을 꺼내 그 옆에 '늦게 만난 아쉬움'이라고 유창하게 써 내려갔다.

뤄양의 필체와 완전히 똑같았다.

"예전에 이 위조된 그림과 글씨로 네 새언니를 찾아갔었어. 그 언니한테 바보같이 굴지 말라고, 뤄양은 진작부터 날 좋아했는데 책임감 때문에 언니한테 줄곧 말하지 못한 거라고 말야. 그리고 내가 물었어. 지금이 어느 시대인데 이런 일을 겪고도 치욕을 참느냐고, 얼마나 더 시시한 여자가 돼야겠냐고."

뤼즈는 경악했다.

"난 그 언니가 최소한 뤄양과 한바탕할 줄 알았어. 그런데 입꾹 닫고 넘어가더라. 뤄양 앞에서 인상 한 번 쓰지도 않고."

딩수이징이 이런 이야기를 나누기엔 어울리지 않는 창밖의 화창한 날씨를 바라보며 담담히 말했다. "정말 대단한 여자야."

뤼즈는 길게 탄식했다. 무슨 말을 해야 할지 아무 생각도 나지 않았다.

"결판을 내고 싶어도 내가 우위를 점할 수는 없었어. 무슨 말을 하든 그 언니는 아무 반응도 없었거든. 유일하게 언니를 자극했던 말은 이거였을 거야. '언니가 고등학교 때부터 줄곧 쫓아다녀서 결국 오빠를 손에 넣었다 쳐요. 오빠가 정말로 언니를 사랑해요? 언니한테 마음이 움직인 적 있어요? 이렇게 살면 재미있어요?'"

뤼즈는 지하철에서 반짝이던 백열등과 차창 밖의 어두컴컴한 터널을 떠올렸다.

"네 새언니는 그 말을 듣자마자 눈시울이 붉어지더라. 알고 보니 나 말고는 아무도 네 새언니가 뤄양을 쫓아다닌 걸 몰랐던 거야."

모든 사람 앞에서는 천징의 체면을 지켜주었지만, 딩수이징 앞에서는 사실을 말하며 자신의 체면을 지켰다.

뤄즈가 아는 뤄양은 항상 나이보다 조숙한 이미지였다. 그런 그가 마음이 움직이는 여학생 앞에서는 그저 소년일 줄은 생각지도 못했다.

딩수이징은 자랑스럽고도 쓸쓸하게 웃기 시작했다. "네 새 언니의 반응을 보고서야 알았어. 뤄양은 나한테 뭐든지 다 말했다는 걸."

뭐든지 다 말했다. 널 좋아한다는 말 빼고.

딩수이징은 탁자 위에 엎드렸다. 처음부터 다급하게 시작한 일인극에 뤄즈를 한마디도 끼어들지 못하게 했다. 도중에 멈추면 도저히 더 이상 초연하게 굴 수 없을 것 같아서였다.

뤄즈는 얇은 종이를 꽉 쥔 채 속으로는 딩수이징이 이 문장을 쓰기 위해 얼마나 연습을 했으면 이렇게나 똑같은지 짐작해보았다.

그들 사이엔 대체 얼마나 많은 이야기가 있을까. 심지어 이야기보다 더 잊기 힘든 것들도 포함해서.

뤄즈는 언뜻 딩수이징 앞에서의 뤄양 모습을 상상할 수 있었다.

눈앞에 선했다. 그녀와 천징은 한 번도 보지 못한 그 모습이 마치 눈앞에 있는 것처럼 또렷하기만 했다.

의기양양하고, 농담하는 걸 좋아하고, 촐싹거리고, 약간은 덤벙거리고, 딩수이징과 함께 크게 웃고, 대담하고도 무모한 일을 많이 했을 것이다.

어떨 때에는 고개를 숙이고 담배에 불을 붙여 익숙하고도 낯선 모습으로 눈동자에는 다른 사람이 이해할 수 없는 내용을 담고 있었을 것이다.

갑자기 뜬금없이 뤄즈는 그런 느낌을 알 것만 같았다. 안 된다는 걸 뻔히 아는 사람에게 억누를 수 없는 맹렬한 사랑이 뭉게뭉게 일어나는데도 마음을 불씨 위에 눌러 꺼뜨릴 수밖에 없는 느낌.

그건 천징과 함께 있을 때는 영원히 가질 수 없는 느낌이었다.

그러나 뤄양은 틀림없이 알았을 것이다. 만약 천징과 함께가 아니었다면 영원에 이르지조차 못했을 거라고.

한 사람이 동시에 두 사람을 사랑할 수 있을까?

뤄즈는 더 이상 생각을 계속할 수 없었다.

"이거, 사실 천징 언니에게 보여줄 필요 없어. 언니는 너랑 달라. 뭐든 확실한 결과를 요구하는 사람이 아니야. 언니가 마음속에 묻었으니 나도 다시 이걸 들고 가서 뭐라고 말할 필요는 없겠지. 진짜야."

뤄즈는 그 종이를 다시 딩수이징에게 밀어주며 다정한 목소리로 말했다. 그녀가 딩수이징에게 이렇게나 안쓰러워하면서 솔직하게 말한 건 아마 처음일 것이다.

"네가 믿든 말든, 문득 내가 널 이해한다는 느낌이 들었어."
뤄즈가 말했다.

딩수이징이 그녀를 바라보았다. 그 눈빛은 뤄즈에게 순간 예전의 쉬르칭을 떠올리게 했다.

어느 날 딩수이징도 누군가의 자전거 뒷좌석에서 뛰어내려 까치발을 들고 라일락 향기를 맡을 수 있겠지?

"넌 나 같은 제삼자가 밉지 않아?" 딩수이징이 고개를 갸우뚱하며 물었다.

"내가 솔직하게 말해도 날 미워하면 안 돼."

딩수이징은 잠시 침묵하더니 고개를 끄덕였다. "말해봐. 난 네가 솔직하게 말하는 걸 아직 들어본 적 없으니까."

뤄즈는 실소했다.

"사실 난 책임, 도덕, 혈연, 가족, 규칙 같은 것들을 마음속 깊이 싫어해. 그런 것에 억눌려 죽은 사람을 너무 많이 봤어. 인생은 한 번 뿐인데 그런 것에 얽매이는 것이야말로 낭비지."

뤄즈는 잠시 멈추고 주스 한 모금을 마셨다. 그렇게 해야 계속해서 정도를 벗어날 용기가 날 것만 같았다.

"충성에 무슨 의미가 있을까? 사람이 진정으로 해야 하는 건 자신의 느낌과 감정에 충성하는 거야. 어떻게 생각하고 어떻게 느끼느냐에 따라 어떤 선택을 하는 거지. 성공과 실패, 얻는 것과 잃는 건 모두 선택 이후의 결과야. 선택의 원인이 돼서는 안 돼."

딩수이징의 눈에 눈물이 그렁그렁했다. "날 위해서 그럴듯하게 둘러대는 거지."

뤄즈가 웃었다. "내가 왜 널 위해 그런 말을 해? 이건 내 진심이야."

난 그냥 나 자신을 설득한 거야. 이래야 똑같이 대역부도한 미래를 마주할 용기가 생길 테니까.

뤄즈가 딩수이징과 작별 인사를 나누고 예식장 로비까지 미친 듯이 뛰어갔을 때, 마침 천장의 목소리가 들려왔다. "네, 맹세합니다."

뤄즈는 자신이 틀렸다는 걸 깨달았다. 언제 어디서든 '네, 맹세합니다'라는 대답은 늘 그렇게나 감동적이었다. 설령 그다지 감동적이지 않은 결혼식장에서도 말이다. 주례는 너무 시끄러웠고, 하객들은 대부분 서로 알지 못했으며, 아이들은 하객석에서 울음을 터뜨려 너무나도 소란스러웠다. 그러나 '네, 맹세합니다'라는 한마디에는 늘 행복하거나 비장한 용기가 담겨 있었다.

사람 마음은 헤아리기 어렵고, 세상일은 변화무쌍하다. 그러나 자신의 모든 걸 이런 불확실한 것들에 맡기고 싶지는 않았다. 어쨌거나 어떤 일은 결과를 계산하는 법 없이 본심을 따라 진심으로 기꺼이 하니 말이다.

딩수이징이 떠나기 전, 뤄즈는 그녀에게 왜 자퇴한 거냐고 물어보았다.

사랑에 실패한 그 많은 여대생들이 모두 자퇴로써 상황을 수습하는 건 아니었다. 게다가 딩수이징에게는 절박한 이유도 없었다.

"사실 아주 간단해."

딩수이징은 뤄양을 자신의 진심을 좇아가지 못하는 겁쟁이라고 자극했었다. 뤄양은 오히려 딩수이징이 사랑하면서도 미워하는 온화한 태도로 태연하게 말했다. "너도 네가 그림 그리는 걸 무척이나 사랑한다고 하면서 여기 앉아서 국제정치학 수업을 듣고 무슨 말인지도 모르는 논문을 쓰고 있잖아? 왜냐하면 넌 이 전공이 외국에 나가기 쉽다는 말을 들었으니까. 그럼 네가 왜 외국에 나가고 싶은지 마음속 진짜 이유를 알아? 그렇게나 소질이 있고 그렇게나 단념하지 못하면서 어째서 미술대학 시험을 안 봤을까? 왜냐하면 세상에는 충동적이고 모순된 일이 그다지 많지 않기 때문이야. 모두가 비슷비슷하지."

뤄즈는 말문이 막혔다. "그래서 넌 자퇴하고 재수를 했어?"

"수속하러 가는데 학교 지도원 선생님들이 돌아가면서 나랑 면담을 했어. 우리 부모님은 나한테 건물에서 뛰어내리겠다고 협박했지만 난 모두 버텨냈어. 무섭지 않은 것도, 후회되지 않은 것도 아니었지만, 어떻게 버텼는지는 나도 정말 모르겠어. 정말 몰라. 어쩌면 미쳤을지도 모르고."

그저 뤄양에게 증명해 보이고 싶었을 뿐이었다.

그리고 지금 뤄양은 결혼을 했다.

"하지만 난 후회하지 않아."

딩수이징이 이를 악물고 울었다.

"뤄양은 나에게 아무 말도 하지 않았어. 우린 손도 잡아본 적 없고. 애매한 행동도, 선을 넘는 말도 없었어. 그래서 마지막에 그 사람은 내가 오해했다며, 날 그저 친구로 생각했다고 그러더라. 반박할 말이 없었어. 그 사람 여자 친구를 찾아가서 난리를 피울 때도 내가 직접 증거를 위조해야 했지."

딩수이징은 말 끝머리에 웃기 시작했다.

"하지만 그 사람은 몰라. 만약 뤄양이 정말로 나에게 무슨 말이라도 해줬다면, 늦게 만나서 아쉽다는 짧은 말이라도 해줬다면, 난 아주 만족스럽게 한쪽으로 물러나 두 사람의 결혼을 축복했을 거야. 그 사람은 증거를 남기지 않으면 내가 뭘 어쩌지 않을 거라고 생각했지만, 사실 난 뭘 어쩌려는 생각도 없었어."

그저 그 사람이 날 좋아한다는 걸 인정해주길 바랄 뿐이었는데.

그것뿐인데.

뤄즈는 술잔을 들고 일어났다. 어느새 웨딩드레스를 벗고 빨간 치파오로 갈아입은 천징이 뤄양의 팔짱을 끼고 그녀가 있는 테이블로 와서 술을 따르며 눈을 찡긋해 보였다.

사실 천징은 용감하지 않은 적이 없었다. 이 모든 걸 속으로 삼키고 자신이 원하는 걸 꽉 잡으면서 원망이나 추궁도 하지 않았다.

뤄즈는 시끌벅적한 술자리에 약간 머리가 어지러웠다. 그녀는 고개를 흔들어 수만 가지 생각을 내려놓고, 전심을 다해 웃으며 축복의 말을 건넨 후 잔에 담긴 와인을 단숨에 들이켰다.

제83장

모두가 안녕을 말할 수 있다

성화이난은 GRE 시험이 끝난 날 할아버지가 돌아가셨다는 소식을 들었다. 설상가상으로 외할아버지도 위독해서 응급처치 중이었다.

시험장은 P대와 아주 멀리 떨어진 한 고등학교였다. 뤼즈는 건물 밖에서 기다렸다. 6월의 날씨는 이미 더운 감이 있었다. 시험 끝날 시간이 다가오자, 그녀는 옆의 매점으로 달려가 얼린 생수 한 병을 사서 손수건에 감쌌다. 그가 나오면 건네줄 생각이었다.

성화이난이 인파를 따라 밖으로 나왔을 때 표정은 담담했고 웃음기라고는 찾아볼 수 없었다. 그는 뤼즈를 보고 놀랍다는 듯 눈썹을 치켜올렸다.

"여긴 어떻게 왔어? 이 더운 날에 뭐 하러 여기까지 온 거야?"

"자, 이거!" 뤼즈가 달콤하게 웃었다. "고사장에는 에어컨이 있을 텐데 밖에 나오면 더울 것 같아서, 이거 들고 있으면 시원할 거야."

그는 그녀를 끌어당겨 이마에 살짝 입을 맞추고 함께 교정을 가로질러 교문을 향해 걸어갔다.

"시험은 어땠어?"

"괜찮았어."

성화이난은 겸손한 척 가식 떨지 않았다. 뤼즈는 웃으며 그의 손을 쥐었다.

"나 내일 집에 가는 비행기표 끊었어. 아마 며칠 있어야 할 거야. 할아버지 장례식 끝나고 부모님 옆에 같이 있어드려야 할 것 같아. 지금 좋지 않으시거든."

뤼즈는 입술을 달싹였지만 무슨 말을 해야 할지 몰랐다.

"그래서 전공수업은 과 형제들한테 부탁했고, 체육 수업은 결석계를 준비했어. 다른 선택과목은 네가 맡아주면 되겠다." 그는 그녀가 걱정할까 봐 일부러 가벼운 말투로 말했다.

뤼즈는 고개를 끄덕였다. "당연하지. 난 아주 믿음직한 사람이니까. 과제도 네가 한 것보다 훨씬 높은 점수를 받을걸."

"그러게 왜 우리 둘 다 서양미술사 같은 걸 선택한 거야. 네가 지진 개론 같은 과목을 선택했으면 누구 점수가 더 높은지 비교할 수 있었을 텐데." 성화이난은 인정할 수 없다는 듯 흥 하고 콧방귀를 뀌었다.

뤼즈는 크게 웃었다.

그녀는 슬며시 그의 손을 뿌리치고 물수건으로 손바닥의 땀을 닦았다. 그러고는 고개를 들어 잎이 무성한 나뭇가지를 바라보았다. 초록빛 하늘에는 햇빛의 별이 가득 박힌 채 그녀의 얼굴 위로 얼룩덜룩한 그림자를 드리웠다.

그들은 천천히 걸으며 오랫동안 아무도 말을 꺼내지 않았다. 고요한 공기가 무척이나 부드러웠다.

"그저께 예잔옌한테 전화가 왔는데 너한테 말해주는 걸 깜빡했어. 파리로 유학 간대. 비행기 타기 전에 작별 인사를 하는 거라더라." 성화이난이 불쑥 입을 열었다.

뤄즈는 고개를 끄덕였다.

"난 걔한테 몇 마디 안 했어." 그가 덧붙였다.

뤄즈는 빙그레 웃었다. "내가 질투하는 것도 아닌데 뭐. 벌써 반년이나 너랑 연락하지 않았잖아. 걔도 너한테 다른 생각이 있는 건 아닐 거야."

"앞으로는 그러지 않을게." 성화이난이 가만히 말했다.

"뭘?"

"어떤 일이 벌어지든 너한테 다 말할게. 우리 뭐든 털어놓고 말하자. 다시는 오해하지 않게."

뤄즈는 싱긋 웃었다. 마음속에 감동이 밀려왔다.

"좋아. 약속한 거다."

월요일 아침, 뤄즈는 성화이난을 교정에서 배웅하며 그가 택시를 타고 신호등 아래 차량 행렬 사이로 사라지는 걸 지켜보았다. 짙은 안개가 자욱해서 가장 가까이에 있는 교차로조차 모호하게 보였다. 그 앞에 흐릿하게 점점이 이어진 빨간 차량 등 불빛은 마치 안개 깊숙이 몸을 숨기고 있는 야수의 눈동자 같았다.

오후에 그녀는 별장으로 가서 주옌을 만났다. 주옌은 그녀에게 베이징을 떠나게 되었다는 확실한 소식을 전해주었다.

두 필리핀 가정부가 보이지 않게 된 후로 뤄즈는 은근히 마음의 준비를 하고 있었다. 그러다 짐 싸는 걸 도와주고 정리를 함께하면서 그녀가 태평양 건너편으로 시집가게 되었다는 말을 들었다. 이 길지 않은 과정에 뤄즈는 천천히 적응했고, 당황스러운 느낌도 없었다.

거실에는 테이프로 봉인된 각종 종이박스가 쌓여 있었다. 뤄즈는 문득 처음 이곳에 들어왔을 때의 모습이 잘 기억나지 않았다. 그 눈에 띄는 그랜드 피아노는 팔아버렸겠지, 뤄즈는 생각했다.

티파니와 제이크는 눈물이 그렁그렁해서는 뤄즈를 안고 울었고, 뤄즈는 코끝이 찡해지는 걸 참으며 아이들의 등을 토닥였다. 그리고 고개를 들어 현관에 서 있는 주옌을 보며 살짝 웃어 보였다.

눈물이 하필이면 이때 또르르 흘러내렸다.

"짐은 언제 완전히 다 옮겨요?"

"애들은 다음 주에 먼저 갈 거야. 난 여기서 부동산 문제를 처리해야 하니까, 아마 7월 말까지는 있겠지."

뤄즈는 고개를 끄덕였다. "가세요. 몸조심하시고요."

천 마디 만 마디 말이 가슴을 막았다.

"사실 이런 것도 좋지. 떠나기 전에 네가 이렇게 좋게 변한 모습을 봤으니까. 1년 전과는 완전히 달라. 자신 있고 다정하고, 경계하지도 않고 우울해하지도 않고. 얼마나 좋니, 꼭 내 딸이 성장한 걸 보는 느낌이랄까?"

뤄즈는 울다가 웃고 말았다. "무슨 말을 그렇게 이상하게 해요?"

주옌은 늘 그랬듯 그녀에게 차 한 잔을 따라주었다. "미안, 이번에도 보이차인데 아쉬운 대로 마셔."

"언니 집에서만 아쉬운 대로 이렇게나 좋은 차를 마실 수 있네요."

"다른 곳에서는 차를 안 마셔서 비교할 수도 없으면서, 좋은 차라는 건 어떻게 알아?"

"세상 모든 남자와 결혼하지 않아도 성화이난이 좋은 남자라는 걸……." 뤄즈는 입을 다물었다. 하마터면 혀까지 깨물 뻔했다.

주옌이 웃으며 상냥한 표정을 지었다. 언뜻 보면 여대생 같은 모습이었다.

"음, 믿어줄게."

뤄즈는 주옌의 놀림에 눈빛을 빛내며 자리에서 일어났다. "가서 애들이랑 같이 있을게요."

두 아이는 여전히 그녀에게 매달려 이야기를 해달라고 졸랐다. 책꽂이는 책이 거의 다 빠져 텅 비어 있었다. 예전에 이곳에 눈에 띄게 꽂혀 있던 〈바비 인형〉 영화 DVD 세트의 플라스틱 케이스는 종종 오후의 햇빛을 반사해 책상 옆에 있는 뤄즈의 얼굴에 빛을 쏘곤 했었다. 그 온도에 익숙해져 있었는데 지금 갑자기 보이지가 않으니 자연스레 아쉬웠다.

뤄즈는 표지가 약간 낡은 『안데르센 동화』를 집어 들고, 예쁜 것만 좋아하는 두 아이가 분명 이 책은 가지고 가기 싫을 것이라 생각했다.

그녀는 1인용 작은 소파에 앉고, 두 아이는 그 옆에 기댄 채 나란히 카펫 위에 앉았다. 석양이 스테인드글라스를 투과하며 바닥에 화려한 그림을 그렸다. 뤄즈는 마치 이야기 속을 걷는 마녀처럼 한 글자 한 글자 집중해서 읽었다.

"옛날 옛날에 한 황제가 살았어요."

황제는 밤꾀꼬리를 만났고, 나중에는 밤꾀꼬리를 잃고 말았다. 동화가 끝났다.

티파니는 전혀 이해할 수 없다는 표정이었다. 밤꾀꼬리 이야기는 티파니를 당혹스럽게 했다. "그럼 그 새는 어째서 황제한테 자기가 그를 위해 노래한 일을 말하지 말라고 한 거예요?"

"어떤 일은 말하지 않는 편이 낫거든."

꼬마 아가씨는 작은 머리를 갸우뚱했다. "난 다 말하는 게 좋던데."

뤄즈는 그녀의 포니테일을 잡아당기며 언젠가는 마음속에 비밀을 간직할 정도로 자라날 꼬마 아가씨에게 부드럽게 말했다. "응, 그러는 게 확실히 더 좋지."

말할 수 없는 괴로움과 계책이란 건 없었다. 말하는 것이 확실히 더 나았다.

저녁 식사 후, 주옌은 뤄즈에게 마지막 한 달 수업료를 정산해주고 뤄즈를 지하철역까지 직접 운전해서 데려다주었다.

"미안해. 운전기사가 그만뒀는데 너네 학교까지 가는 길은 내가 잘 몰라서. 네비게이션 같은 건 한 번도 사용해본 적 없고. 알지, 여자 운전자는 이렇다니까."

뤄즈가 웃었다. "언니가 용기 내서 운전한다고 해도 제가 꼭 탄다는 보장은 없어요."

먹구름이 짙게 깔린 밤, 지하철의 창백한 절전등은 전심전력으로 달빛인 척하고 있었다. 뤄즈는 주옌을 껴안았다. 그녀의 머리카락에서 나는 장미 향기를 맡으니 마음도 안정되었다.

"몸조심하세요. 너무 고생하지 마시고요."

"알아."

"그럼 갈게요."

"……뤄즈!"

뤄즈는 멈춰 서서 주옌의 엄마처럼 다정한 미소를 보았다. 순간 코끝이 찡해졌다.

"앞으로의 일이 어떻게 될지는 모르겠지만, 난 네가 진작에 선택을 했다고 생각해. 난 알아. 넌 지금 어려운 문제로 또 다른 문제를 막고 있다고 생각할 거야. 결국엔 모두 맞닥뜨려야 하니 어떻게 해야 할지 모르겠지. 하지만……."

주옌은 잠시 뜸을 들였다가 단호하게 말했다. "하지만 넌 그 애를 좋아하잖아. 그건 이미 선택된 답인 거야. 넌 고등학교 1학년 때부터 그 문제에 대답했어."

뤄즈는 무너져 내린 것처럼 종종걸음으로 그녀에게로 달려가 그 품에 머리를 묻고 울었다.

주옌은 그녀의 등을 토닥이며 잔잔하게 말했다. "넌 내가 본 사람 중에서 가장 용감한 여자애야."

"갈게요. 마지막 며칠 동안 제가 도울 수 있는 일이 있으면 언제든 불러주세요."

뤄즈는 눈물을 닦고 손을 흔들며 지하철역 방향으로 성큼성큼 걸어갔다. 주옌의 목소리가 바람에 실려 등 뒤에서 들려왔다.

"뤄즈, 행복해야 해."

여전히 주옌 특유의 농담 같은 목소리였다. 뤄즈는 눈을 감아도 그녀의 장난기 있는 웃는 표정과 개구쟁이처럼 놀리는 모습이 선할 것 같았다.

"느끼해 죽겠어요!"

이렇게 다정하면서도 친절하게 귀 기울여주고, 줄곧 어린 시절의 꿈에 취해 있던 여자아이가 성장하는 걸 도와주는 사람, 어쩌면 다시는 만날 수 없을 것이다.

그녀는 돌아보지 않았다.

밤에 잠자리에 들기 전, 뤄즈는 성화이난에게 전화를 걸어 그쪽 상황을 물어볼 참이었는데, 생각지도 못하게 그의 휴대폰은 꺼져 있었다.

그녀는 그저 안부 문자만 하나 보낼 수밖에 없었다.

기숙사의 전화 신호가 최근 몇 개월 동안 갈수록 약해져서 그 간단한 "괜찮아?"라는 문자는 반나절이 지나도 전송되지 않았다.

뤄즈는 침대 옆에 앉아 휴대폰 화면 위쪽의 신호바가 막대기 4개에서 1개의 짧은 점으로 변하는 걸 묵묵히 바라보았다.

세상의 얼마나 많은 인간관계가 이렇게 취약하면서도 통제할 수 없는 신호에 의해 유지되는 걸까?

만약 인터넷에 접속하지 않고 휴대폰을 꺼놓는다면, 또 얼마나 많은 그리운 사람이 이렇게 인파 속에 파묻히게 될까?

느닷없는 두려움이 등줄기를 타고 올라왔다. 뤄즈는 하는 수 없이 침대 위로 올라가 휴대폰을 켜놓은 채로 베개 옆에 두었다. 몽롱하게 잠이 들려고 할 때마다 깜짝 놀라 깨서는, 휴대폰 화면을 켜서 아직 공백인 지점을 보며 아직도 오지 않는 신규 메시지 표시를 기다렸다.

장바이리가 문을 열고 들어와 휴대폰을 던지곤 이층 침대 계단을 올라갔다.

이런 장면은 굉장히 오랜만이었다. 예전에 장바이리는 매일 밤 거비와 말다툼을 하고 뾰로통하게 방으로 돌진해서는 위층 침대로 파고들어 괜히 휴대폰만 만지작거리며 괴롭혔었다.

시간이 거꾸로 흐른 것만 같았다. 뤄즈는 별안간 눈을 크게 떴다.

장바이리는 거비와 헤어진 적이 없는 것만 같았다.

뤄즈는 성화이난과 사귄 적이 없는 것만 같았다.

"바이리? 무슨 일이야?"

장바이리는 우느라 목소리까지 잠겨 있었다. "괜찮아, 천모한이 날 성가시게 하는 것뿐이야."

뤄즈는 몸을 일으켰다. "괜찮아, 괜찮아. 괜찮을 거야."

성화이난에게서는 일주일 내내 아무 소식도 없었다. 뤄즈는 중간에 장밍루이의 문자를 받기도 했다. 벌써 일주일째 성화이난을 못 봤다고, 곧 주말인데 혹시 무슨 일이 있는 건 아니냐는 내용이었다.

그녀는 장밍루이에게 답장을 할 수 없었다. "난 몰라"라고 답장할 수도 없는 노릇이었다.

뤄즈는 모든 것이 흐리멍덩해졌다. 걱정도 괴로움도 느껴지지 않는 것이, 마치 모든 감정이 파업을 한 것만 같았다.

주말이 다가왔을 때, 뤄즈는 엄마의 전화를 받았다. 푸 아줌마가 혼자 아들을 만나러 베이징에 갔는데, 둥즈먼의 그 아들이 일하는 호텔 부근에 묵는다는 거였다. 엄마는 뤄즈에게 전할 물건을 아줌마에게 부탁해놓았으니 토요일에 한번 다녀오라고 했다.

뤼즈는 주소와 전화번호를 받아 적고 그러겠다고 대답했다.

"뤄뤄, 너랑 네 그 남자 친구는 요즘…… 어떠니?"

목소리에는 기쁨과 함께 왠지 떠보는 듯한 조심스러움이 담겨 있었다. 이유는 알 수 없었다.

뤼즈가 웃었다. "아주 좋아."

그녀는 자신의 목소리가 아주 명랑하게 들릴 것이라 생각했다.

"엄마랑 천 씨 아저씨는?

엄마는 한숨을 내쉰 것 같았다. "무슨 허튼소리야!"

뤼즈는 따져 묻지 않고 그저 싱글거리며 대답을 기다렸다. 몇 초 후, 엄마가 갑자기 다정하게 말했다. "원래는 며칠 이따가 너한테 말할 생각이었어."

"결혼하는 거야?"

"우리가 보기엔 이쪽 일도 거의 다…… 마무리된 것 같아서, 다음 달에 편한 날을 골라 결혼 증서를 발급 받을 생각이야. 그런데 그 사람 호적이 아직 고향인 광시廣西에 있어서. 사실 최근 그 사람이 나한테 이런 제안을 했어. 고향에 형제 둘이 작은 조선소를 열었대. 그 사람도 원래 집안 일 때문에 여기로 온 건데 지금은 돌아가고 싶다는구나. 그래서 나랑 의논을 했어. 그쪽으로 같이 가서 집안 공장에서 일하지 않겠느냐고……."

뤼즈는 처음에는 진지하게 듣고 있다가 점차 한눈을 팔기 시작했다. 창밖의 은행나무 위에 예쁜 까치가 내려앉더니 나뭇가지를 따라 깡충깡충 뛰며 그녀 쪽으로 다가왔다.

뤄즈는 전화를 쥐고 다가갔다. 신호가 강해졌다 약해졌다 하면서 엄마의 목소리도 끊겼다가 이어지며 요원하게 느껴졌다.

그녀는 미소를 지으며 온몸이 짙푸른 남색의 예쁜 새를 바라보았다.

좋은 소식을 가져다주려고 왔구나. 뤄즈가 손을 뻗자 까치는 놀라 날아가기는커녕, 멀지도 가깝지도 않은 거리를 유지하며 고개를 삐딱하게 기울이고 그녀를 바라보았다.

"뭐뭐? 네 생각은 어떠니? 네 둘째 외삼촌이랑 반나절을 상의해봤는데, 그래도 네가 대학을 졸업한 다음에……." "엄마!" 뤄즈는 말을 끊으며 단정적으로 말했다. "따라가."

뤄즈의 엄마는 전화 저편에서 갑자기 울기 시작했다.

토요일 아침, 뤄즈는 여전히 장바이리의 전화벨 소리에 시끄러워서 깼다. 뤄즈는 침대에서 내려와 책상 옆으로 걸어가 물컵을 집었다. 고개를 드니 장바이리가 위층 침대에 앉아 흥분한 표정으로 전화를 받는 모습이 보였다. 전날 밤에 포니테일로 묶었던 머리는 하룻밤 자고 일어나자 눌려서 전부 뻗쳐 있었다. 어제 나풀나풀 날아왔던 까치와 무척이나 닮아 보였다.

"좋아요. 그럼 데리러 오세요. 10시 반 어떠세요?"

장바이리는 전화를 끊고 내려와 흐뭇한 표정으로 클렌징폼과 칫솔을 들고 세면실로 향했다.

"구 아저씨가 날 둥즈먼 근처 마라유혹*에 데려가 준대. 기말고사 응원 겸!"

장바이리는 무한히 다시 태어나는 여신 같았다. 어젯밤에는 거비와 천모한이랑 얽힌 일 때문에 눈이 팅팅 붓도록 울었다가, 오늘 아침에는 한 끼 식사 때문에 여섯 살 아이처럼 즐거워했다.

뤄즈는 그제야 패배를 인정했다. 자신은 확실히 장바이리에 비하면 한참 멀었다.

"너 또 부활한 거야?"

장바이리가 문을 열다가 그 말을 듣곤 고개를 돌렸다. 눈동자가 은하수를 옮겨 담은 것처럼 반짝였다.

"어젯밤에 울면서 깨끗하게 정리했어. 이제 드디어 나도 깨달았어. 거비를 깨끗하게 잊고 새로운 생활을 향해 나아갈 거야!" 그녀는 잠시 멈추었다가 다시 보충했다. "물론 단번에 잊을 방법은 없겠지만, 난 용감해지기로 결심했어. 이제는 거꾸로 내가 구 아저씨한테 대쉬하러 갈 거야!"

뤄즈는 고개를 끄덕이며 웃었다. "그래, 가."

그녀는 장바이리에게 가라고 했고, 엄마에게 가라고 했고, 주옌에게도 가라고 했다.

오직 자신만 제자리에 서서 고개를 갸우뚱하는 까치와 물끄러미 마주 보고 있을 뿐이었다. 그들은 아무런 알림도 울리지

....

* 麻辣誘惑, 사천 요리 전문점.

않는 휴대폰만 간절히 지키고 있는 그녀를 내버려 둔 채 성큼 성큼 앞으로 나아갔다.

어쩌면 그녀야말로 천 리 길을 달려와 좋은 소식을 전하는 새인지도 모른다.

"참, 동즈먼으로 간댔지? 나도 데려가. 오늘 마침 거기 가야 하거든."

　　　　　　새로운 생활

뤼즈는 구즈예에게 어디로 가는지 말하지 않았다. 그 호텔은 동즈먼의 '마라유혹'과는 좀 떨어져 있었지만, 뤼즈는 두 사람의 식사 데이트에 시간을 빼앗고 싶지 않아 대충 가는 방향에 내려달라고 했다. 차에서 내린 그녀는 다시 손을 들어 택시를 불렀다.

뤼즈가 도착했을 때는 딱 11시 30분이었다. 호텔이 체크아웃으로 한창 바쁠 때였다. 푸 아주머니의 아들도 정신없이 바빠서 그녀를 아주머니가 묵는 곳으로 데려다 줄 시간도 없었다. 뤼즈는 아예 로비 구석에 자리를 잡고 앉아 노트북을 꺼내 이력서를 고치며 느긋하게 기다렸다.

아는 선배 언니가 그녀에게 규모가 그리 크지 않은 법률 사무소 실습 자리를 소개했는데, 경제법 전문 변호사의 사무 보조로 매일 150위안 정도의 실습 급여를 받을 수 있다며 급하게 이력서를 보내달라고 했기 때문이었다.

주옌이 떠난 후 뤄즈는 월급이 괜찮은 일자리를 찾아야만 했다. 게다가 원래부터 졸업하고도 계속 공부할 생각이 아니었으니 취업을 위해 미리 다양한 실습 경력을 쌓아놓는 것도 필요했다.

뤄즈는 고개를 숙이고 한참을 매달렸지만 워드 파일 양식은 여전히 만족스럽지 않았다. 그녀는 기지개를 펴며 고개를 들었다가 뜻밖에도 거비와 천모한을 보았다.

천모한은 하늘색 탱크탑을 입고 하얀 리넨 카디건을 걸치고 있었는데 선글라스로 얼굴 절반이 가려져 있어 뤄즈는 처음에 누군지 알아보지 못했다. 그러나 옆에 검은색 티셔츠를 입은 사람의 뒷모습은 의심할 여지없이 거비였다.

두 사람은 모두 냉랭한 표정이었고 손을 잡고 있지도 않았다. 마치 저승사자가 쌍으로 와 목숨을 거둬가려는 기세였다.

뤄즈는 그제야 천모한의 학교가 여기서 가깝다는 걸 떠올렸다.

장바이리가 마침내 결심을 했기에 뤄즈는 그 두 사람을 봐도 그닥 기분이 나쁘진 않았다. 그러나 10분 후, 그녀는 로비에서 또 장바이리와 구즈예를 보고 말았다.

장바이리와 구즈예 사이에는 어느 정도 거리가 있었다. 두 사람은 앞뒤로 걸으며 화기애애하게 엘리베이터를 향해 걸어갔고 로비 프론트에는 들르지도 않았다. 뤄즈는 그들이 밥도 안 먹고 방을 잡을 정도로 진도가 이렇게나 빠른가 하고 생각했지만…… 다시 생각해보니 오히려 당황스러웠다.

그녀는 얼른 이력서를 저장한 후 노트북을 가방에 넣고 엘리베이터를 향해 달려갔다. 모퉁이에 도착해 잠시 멈추고 살짝 고개를 내밀어 살펴보니, 두 사람은 이미 엘리베이터에 타고 있었다. 뤄즈는 그제야 천천히 다가갔다.

문이 스르륵 닫히고, 뤄즈는 엘리베이터 표시등을 조용히 지켜보았다.

16층.

뤄즈도 옆의 엘리베이터를 타고 16층으로 올라갔다. 다행히 이 호텔은 복도가 아주 길어서 엘리베이터에서 내렸을 땐 멀리서 복도 끝에 서 있는 구즈예가 카드 하나를 꺼내는 모습이 보였다. 그가 카드키로 문을 열고 들어가자 장바이리도 웃으면서 따라 들어갔다.

뤄즈는 뭔가 이상하다고 느꼈지만 방법이 없었다. 서로 좋아서 하는 일에 개입할 수도 없는 노릇이었다.

장바이리가 그렇게나 편안하고 자연스럽게 보이지 않아야 맞겠지만 말이다.

뤄즈는 천천히 걸어가 그들이 들어간 방 근처에서 한참을 머물렀다. 지금 행동이 너무 바보 같다는 생각에 그 자리를 벗어나려고 할 때, 갑자기 등 뒤에서 두 개의 문이 동시에 열리는 소리가 들렸다. 그녀는 얼른 또 다른 방문 앞으로 피하며 벽 뒤로 몸을 숨겼다.

장바이리와 구즈예.

천모한과 거비.

하필이면 두 방이 서로 마주 보고 있어서 네 사람은 동시에 방에서 나와 서로를 멀뚱하게 바라보았다.

"바이리, 네가 여긴 어떻게?" 거비의 얼굴이 창백해졌다.

천모한은 거비에게 팔짱을 끼고 아주 달콤하게 웃었다.

"내가 왜 여기 있으면 안 되는데?!"

뤄즈가 아는 장바이리라면 그 말을 담담하고 자연스럽게, 결백한 것처럼 당당하게 말하고 싶었을 것이다. 그러나 눈동자에 담긴 맹렬함과 통제를 벗어난 목소리 크기는 장바이리가 얼마나 놀라고 분노했는지를 보여주었다.

천모한과 거비는 함께 손깍지를 낀 채로 호텔의 이 애매한 공간에 산뜻하게 나타났다. 장바이리는 그들이 이미 커플이라는 사실을 받아들이긴 했어도, 그렇다고 이 갑작스런 감정을 숨길 수는 없었다.

"너도 여기 있잖아?" 장바이리의 목소리가 더욱 커졌다.

거비는 어두워진 얼굴로 고개를 돌렸다.

뤄즈는 두 사람의 신경전을 보면서, 혹시 무슨 진실하지 않은 고백과 이루지 못할 약속이라도 한 건 아닌지 의심스러웠다. 거비는 천모한과의 관계가 서먹하고 냉담하며, 예전에 그와 장바이리가 친밀했던 것과는 비교도 안 된다고 과장되게 말한 건 아닐까?

아마 그랬을 것이다. 그게 아니라면, 장바이리가 호텔방 앞에서 그 두 사람을 보고 이렇게까지 흥분할 리 없었다.

이때 천모한이 씨익 웃더니 마치 진행 상황을 조정하는 사회

자처럼 시원스럽게 말했다. "그만해. 호텔은 돈 있으면 다 오는 곳인데 놀랄 거 뭐 있어. 그렇지, 바이리?"

거비와 장바이리는 그 말에 얼어붙었다. 장바이리의 얼굴이 새하얗게 질렸다. 하지만 대꾸하지 않고 그저 벽만 뚫어져라 바라보았다.

"너한테 남자 친구 없다고 어제 거비가 그러던데. 농담이었나? 벌써 진도가 이렇게까지 나갔잖아!"

뤄즈는 천모한의 기름기 좔좔 흐르는 목소리와 눈빛이 이렇게까지 싫은 적이 없었다. 그녀는 단념하지 않고 구즈예를 쳐다보았다. 그는 아무 말도 하지 않았다. 천모한이 그와 장바이리의 관계를 추측하는데도 부인하지도 인정하지도 않았다. 여전히 자기와는 상관없다는 듯 장바이리만 난처하게 남겨놓았다.

남자 친구는 아니더라도 어쨌거나 친구인데, 굳이 이럴 필요 있을까.

뤄즈가 머릿속으로 수상쩍은 부분을 따져보니 어렴풋이 안 좋은 예감이 들었다. 자세히 생각해볼 겨를은 없었지만, 자신이 지금 뭐라도 해야만 한다는 건 알았다.

"바이리, 너네 왜 여기 있어?" 뤄즈는 아주 놀란 표정을 지으며 아직 지퍼를 채 올리지도 못한 가방을 들고 천천히 앞으로 다가갔다.

이 호텔에서 공교롭게도 옆방을 배정받다니 정말 우연도 이런 우연이 없었다.

"방금 차에서 내릴 때 고맙다는 말도 못 했네. 아는 분 아들이랑 만나기로 했는데 약속 시간에 늦어서 급하게 달려가느라. 그, 두 사람은 마라유혹에 간다고 하지 않았어? 어떻게 여기로 온 거야? 밥 안 먹었어?" 뤄즈는 만면에 웃음을 띠고 아주 자연스럽게 두 사람 곁에 가서 섰다.

천모한이 차갑게 웃었다. "커플이 뭘 하든 말든, 당신한테 먼저 알려야 하나요?"

"그쪽한테 말한 것도 아닌데, 무슨 상관이에요." 뤄즈는 그녀를 보지도 않았다.

장바이리는 그저 고개를 숙이고 바닥만 바라보며 아무 말도 하지 않았다.

"바이리, 밥 먹다 말고 여기 와서 뭐 하는 건데?" 뤄즈는 끝까지 캐물었다.

반드시 장바이리의 입에서 구즈예가 그녀를 여기로 데려온 이유를 말하게끔 해야 했다. 천모한은 장바이리가 조신하지 않다고 거비가 오해하길 바라는 게 분명했다. 비록 거비 앞에서 오해를 푸는 건 아무 의미 없겠지만, 뤄즈는 그래도 천모한이 목적을 달성하게 두고 싶지 않았다.

"구 대표님 친한 친구가 이 방에 묵고 있대서." 장바이리는 가까스로 웃으며 구즈예를 바라보았다. "친구분이 부탁한 물건 가져다 놓으려고 카드키를 가져온 거래. 급한 일이라 밥은 여기 먼저 들른 다음 먹을 생각이었어."

장바이리는 꿈꾸는 것처럼 말했다.

"아닌 척하지 마. 난 너희 커플이 왜 호텔에 나타났는지에는 흥미 없어. 그런 관계면 그런 관계겠지, 순진한 척하긴." 천모한은 짜증 난다는 듯 미간을 찌푸리며 거비를 끌고 자리를 뜨려고 했다.

"무슨 관계? 호텔방에서 나오는 걸 보면 너희 둘과 같은 관계라는 거야?" 장바이리의 입술이 떨리고 있었다.

"저기요, 그쪽 진짜 짜증 나네요?!" 뤼즈는 돌연 화가 치밀어 올랐다. "나랑 바이리가 얘기하는데 왜 자꾸 끼어들어요? '순진한 척'은 또 뭐야, 본인이 순진하지 못하니까 세상 사람들 다 그런 척하는 걸로 보여요? 가정교육을 받긴 한 거예요? 얘가 여기 왜 있든지, 그게 당신이랑 무슨 상관이죠? 가서 남자친구랑 할 일이나 해요. 알겠어요?"

뤼즈는 절친이라면 어떻게 해야 하는지 문득 깨달았다.

뤼즈의 호된 질책에 천모한은 얼굴이 창백해지더니 가쁜 숨을 몰아쉬며 한참 말이 없었다. 마침내 반박할 말을 생각해냈을 땐 거비에게 팔을 붙들렸다.

"가자." 그는 천모한의 팔을 꽉 잡고 거의 끌다시피 하며 그녀를 복도 반대편 엘리베이터 쪽으로 데려갔다.

"나쁜 년!" 천모한은 뒷걸음질하면서 검지를 뻗어 표독스럽게 장바이리 쪽을 가리켰다.

"아무도 당신 이름에 관심 없는데, 굳이 자기소개할 것까지야!"

뤼즈는 전투 모드 스위치가 눌린 것처럼, 차가운 미소에도 악독하고도 흉악함이 담겨 있었다.

천모한은 또 뭐라고 외쳤지만 뭐라고 하는지 잘 들리지 않았다. 두 사람이 떠난 후, 뤄즈는 그제야 가슴이 철렁 내려앉았다. 방금 했던 모든 행동은 거의 본능에서 비롯된 거였고, 지금은 제대로 따져봐야 할 때였다. 그녀는 구즈예의 차분한 얼굴을 보며 어떻게 대응해야 할지 판단이 서지 않았다.

구즈예는 방금 어째서 침묵했을까?

어쩌면 장바이리의 일방적인 마음이었기 때문에 구즈예는 이 모든 것이 그와 무관하다고 생각하고 침묵한 것일지도 모른다. 어쩌면 구즈예는 그저 신사적이어서 천모한과 여자아이의 날카로운 대립에 끼어들기 어려웠던 것일지도 모른다.

어쩌면 뤄즈의 최악의 추측이 정확한 것일지도 모른다.

뤄즈는 자칫 잘못해서 장바이리의 희망을 꺾어버릴까 봐 걱정스러웠다.

"이제는 내가 구 아저씨한테 대쉬하면서 새로운 생활을 시작할 거야!" 몇 시간 전, 눈앞의 이 고개 숙인 여자아이는 기숙사 침대 위에 앉아 목청 높여 외쳤었다.

세 사람은 난처하게 서로를 바라보았다. 결국 뤄즈가 어색하게 웃으며 모르는 척 말했다. "미안, 사람 찾으러 왔다가 너희가 있는 걸 보고 왔어. 이런 장면일 줄은 생각지도 못했네. 내 성격이 좋진 않잖아. 저 여자랑 말다툼할 생각은 없었는데. 사실 나도 배가 좀 고파서 그런데 이러면 어때? 친구 기다리는 걸 일단 미룰 테니까, 우리 같이 '마라유혹'에 가자. 난…… 바이리? 바이리?"

뤼즈가 마지못해 주저리주저리 말을 늘어놓자 장바이리는 갑자기 고개를 들었다. 얼굴에 딱히 표정은 없었지만 눈물이 계속해서 흘러나오고 있었다.

"나 먼저 돌아갈게." 장바이리는 말하면서 황급히 몸을 돌려 자리를 떠났다.

뤼즈는 그녀를 쫓아가지 않았다. 오히려 구즈예가 잠시 멍하니 있다가 그녀를 재빨리 뒤쫓았다.

객실 청소부가 손수레를 밀며 곁을 지나가면서 복도 중앙에 얼빠진 채로 서 있는 뤼즈를 주의 깊게 훑어보았다. "아가씨, 좀 비켜주세요."

뤼즈는 미안해하며 몸을 비켰다. "죄송합니다."

그녀는 말하면서 고개를 들어 등 뒤 방 번호를 살펴보았다.

"죄송합니다, 손님. 그건 말씀드리기 어렵습니다." 프론트 아가씨가 가식적으로 웃었다. 뤼즈는 하는 수 없이 고개를 끄덕였다. "알겠습니다. 감사합니다."

직접 물어보다니, 참 멍청했다. 뤼즈는 그제야 오늘 여기 온 목적을 떠올리곤 얼른 휴대폰을 들었다.

"청평? 아직 바빠? ……안 급해, 안 급해. 그냥 뭐 좀 알아봐 달라고 부탁하고 싶어서."

그녀는 10여 분 전 이력서를 수정하던 소파에 넋을 놓고 앉아 있었다. 잠시 후, 푸 아주머니의 아들이 전화를 걸어왔다.

"찾았어요. 이름이…… 아이고, 어떻게 고개를 돌리자마자 잊어버렸지? 그러니까 이름이……."

"성이 뭐였어?"

"천이요."

"천모한?"

"아, 맞아요, 맞아! 그 이름이었어요. 좀 복잡해서 줄곧 중얼거리고 있었는데, 어쩌다 잊어버렸지……."

뤄즈는 별안간 옆쪽 소파가 가라앉는 걸 느꼈다. 고개를 돌리니 구즈예가 앉아 있었다.

그녀는 무슨 말을 해야 할지 몰랐다. 아마 아무 말도 할 필요 없을 것이다.

제85장

시간의 바다

"어째서 여기 와서 조사할 생각을 한 거죠?"

구즈예가 그녀에게 가볍게 물었다. 처음에 같이 밥 먹으러 갔을 때 기말고사는 어떠냐고 물었을 때와 같은 말투였다.

"바이리는요?" 뤼즈는 그가 원래 장바이리를 쫓아갔었다는 걸 떠올렸다.

"걱정 말아요. 자살하진 않을 테니까. 택시 태워서 학교로 돌려보냈어요."

구즈예는 '자살하지 않을 테니까'라고 말할 때 가볍게 웃기까지 했다. 뤼즈는 확실히 알았다.

그는 장바이리에게 정말로 조금의 감정도 없었던 것이다.

"그래서, 그 친한 친구의 호텔방은 천모한이 예약한 거죠? 당신들 일부러 그랬어요?" 뤼즈는 단도직입적으로 물었다.

구즈예가 고개를 숙이고 담배에 불을 붙이자, 벨보이가 다가

와 말했다. "선생님, 죄송합니다만 로비에서는 금연입니다." 그는 멈칫하더니 고개를 절레절레 흔들며 담배를 비벼 껐다.

"먼저 말해봐요. 왜 할 일도 없는 것처럼 이 일을 캐내려는 건지. 뭐가 의심스러웠던 거죠?" 그가 웃으며 물었다.

"그날 노래방에 갔을 때, 차에서 구 대표님이 통화하시는 걸 들었어요. 어떤 여자애가 소리치는 것 같았는데 잘 들리지 않았죠. 장바이리는 더더욱 눈치채지 못했을 거예요. 입구에서 직원이 예약했냐고 물었을 때, 대표님 이름으로는 예약 조회가 안 되니 우리 둘을 다른 곳으로 보냈고요. 나중에 노래방을 나올 때 제 친구가 알아봤더니 우리 룸은 천씨 성을 가진 여자가 예약했던 거랬어요. 그리고 정말 우연히도, 그날 천모한과 거비를 마주쳤죠."

"고작 그것 때문에 그 천 아무개를 천모한이라고 추측한 겁니까? 그래서 오늘도 장바이리를 모함한 거라고 연상했고요? 너무 억지스러운 추론이군요."

"물론 그 천씨가 꼭 천모한이라는 법은 없어요. 어쩌면 천씨 성을 가진 대표님의 비서일 수도 있고요. 그땐 그렇게 깊이 생각해보지 않았어요. 왜 갑자기 예약자 이름이 궁금해졌는지도 모르겠고요. 그런데 지금 다시 생각해보니까, 그날 밤 대표님이 우리를 학교로 데려다줬는데 전화를 받자마자 갑자기 노래 부르러 가자고 제안했어요. 바이리가 근처에 '금고'라는 노래방이 있다고 했는데도 굳이 멀리 떨어진 융허궁까지 데려갔고요. 그것도 천모한의 갑작스러운 요구 때문이었겠죠."

구즈예는 뤄즈를 바라보았다. 눈동자에 감탄의 빛이 감도는 것이 뤄즈를 불편하게 했다.

그는 웃으며 탄식하더니 시선을 돌렸다. "천모한이 그 남자 친구랑 또 사이가 틀어진 것뿐이었어요. 노래방에 있는 그 많은 친구들 앞에서 난처해지니까 나보고 도와달라고 하더군요. 우연한 만남을 만들어서 자기 남자 친구를 좀 자극해달라고."

구즈예가 대수롭지 않게 사실을 밝히는 모습에 뤄즈는 몹시 화가 났다.

"서른 살 넘은 사람이 어떻게 그런 제정신 아닌 여학생이 시키는 대로 그런 수고까지 하면서 너저분한 일을 벌인 거예요? 할 일이 그렇게나 없어요?"

구즈예의 목소리가 냉담해졌다. "그 말은 좀 듣기 거북하군요. 이 일은 처음부터 끝까지 당신과는 상관없을 텐데."

뤄즈의 날카로운 눈빛이 도중에 끊겼다. 아직 할 말이 남았기에 그녀는 하는 수 없이 말투를 누그러뜨렸다.

"그러니까, 모든 게 다 계획돼 있었다는 거죠? 거비가 장바이리를 싫어하게 만들고, 장바이리가 부자에게 달라붙는다고 모함하고……." 뤄즈는 또 다른 화제를 꺼내며 그들에 대한 모든 평가를 참은 후 정신을 가다듬고 질문을 계속했다. "신년 파티 때도 일부러 장바이리에게 접근했던 거고요?"

"신년 파티 스폰서가 된 건 천모한이 남자 친구를 돕겠다며 나한테 연락해서였어요. 원래는 그냥 얼굴만 비추고 구경만 하다 가려고 했는데, 천모한이 갑자기 나에게 도와달라고 하더군요. 남자 친구의 전 여자 친구가 소란을 피운다고, 견제해줄 수 있냐면서요." 그 이야기를 하는 구즈예의 말투에도 약간의 어쩔 수 없음과 놀리는 듯한 감정이 묻어났다.

견제라. 그 나이와 신분을 갖춘 남자가 어린 여학생의 마음을 사로잡는 건 얼마나 쉬울까.

"천모한은 나한테 하얀 셔츠와 청바지를 입고 머리를 묶은 소박한 여학생이라고만 말해줬어요. 그런데 당신과 장바이리가 똑같은 옷을 입고 있을 줄이야. 그래서 처음엔 사람을 잘못 알아봤죠."

알고 보니 미친놈이 아니었구나. 뤼즈는 그때 파티장에서 구즈예의 이상한 태도와 고의적인 접근, 그리고 그 느끼한 작업 멘트를 떠올리며 그 속에 담긴 자초지종을 마침내 알게 되었다.

"바이리가 저한테 파티 후 대표님이 쫓아가서 위로해줬다는 말을 들려줬어요. 로맨스 소설을 좋아했던 첫사랑 여자 친구 운운하는. 그거 다 천모한이 알려준 헛소리죠?"

구즈예가 웃으며 고개를 끄덕였다.

"아주 효과적이었어요."

뤼즈는 일어나서 그의 뺨을 때리고 싶은 분노를 온 힘을 쏟아 억눌렀다.

"하지만 구 대표님도 바이리에게 적지 않은 시간을 쏟았는데⋯⋯."

"밥 몇 번 같이 먹고, 운전해서 데려다준 것뿐이죠. 꼬마 아가씨들은 참 생각이 많네요."

뤄즈는 말문이 막혔다.

원래는 장바이리를 조금이라도 좋아하냐고, 오늘 자신이 와서 상황을 휘젓지 않았다면 장바이리와의 만남을 어떻게 끝내거나 계속할 생각이었냐고 묻고 싶었다. 그런데 이 모든 어리석은 질문을 생략해도 될 줄은 생각지도 못했다.

구즈예의 방금 태도만 봐도 답은 알기 쉬웠다. 만약 오늘 일이 천모한에게 만족스럽지 않았다면 그는 아마 장바이리를 조금 더 가지고 놀았을 것이고, 만약 오늘 일이 아주 효과적이었다면 그는 그대로 연락처에서 장바이리를 삭제하고 따로 설명할 필요도 없이 그녀를 완전히 차버렸을 것이다.

"뤄즈." 구즈예가 갑자기 뭔가를 꾹 참는 말투로 입을 열었다. "솔직히 말해서 내가 당신의 친한 친구를 어떻게 한 것도 아니에요. 감정을 속이지도 않았고, 더욱이 침대로 꼬여낸 것도 아니니 상처 줬다고도 할 수 없죠. 만약 상처를 받았다면, 그건 정말 꼬마 아가씨가 생각이 너무 많은 거예요. 물론, 내가 거짓말을 하고 오도했던 건 인정합니다. 하지만 내 말을 듣기 거북해하지 말아요. 따지고 보면 당신들이 천진난만해서 자초한 거니까. 오늘 천모한의 일을 당신이 발견했든 못 했든, 난 베이징을 떠나 회사로 돌아갈 거예요. 다시는 바이리와 연락하지 않을 겁니다. 나 대신 안부 전해줘요. 사실을 얘기해줄지 말지는 당신이 알아서 해요."

뤄즈는 고개를 숙였다. 주먹 쥔 손에서 힘이 살짝 빠졌다.

"어째서 천모한같이 싸가지 없는 애를……."

그가 웃으며 그녀의 말을 끊었다. "윗분 자녀를 즐겁게 해주는 건데 이유를 물을 필요가 있나요? 대학에서 멍청한 공부만 했어요? 하지만 어쨌거나 당신과는 관계없는 일이니 괜히 비분강개할 필요는 없어요. 당신이 꽤 재미있다고 생각해서 이런 말도 해주는 거니까, 내 호의를 거절하지 마요."

구즈예는 말을 마치고 일어나 오래 앉아 있느라 생긴 바짓단의 주름을 털었다. 그러고는 그녀를 향해 고개를 끄덕인 후 자리를 떠났다.

할 말을 잃은 뤼즈는 그 자리에 멍하니 앉아 구즈예가 여유롭게 회전문을 통과해 자신의 차로 걸어가는 모습을 바라보았다.

땅거미가 질 무렵 갑자기 비가 내리기 시작했다.

가로등은 흐릿한 등대처럼 촉촉하게 젖은 똑같은 얼굴을 하고 있었다. 뤼즈는 창밖 오솔길을 걷는 남녀가 비명을 지르며 어지러운 발걸음으로 사방으로 뛰어가는 모습을 바라보았다. 비명 속에는 다급함이라곤 찾아볼 수 없었고, 심지어 약간의 흥분과 기대가 섞여 있기까지 했다.

뤼즈의 휴대폰은 실어증에라도 걸린 것 같았다. 그녀는 휴대폰을 오른손에 꽉 쥐고 엄지로 매끄러운 화면을 문질렀다. 별안간 휴대폰을 창밖 빗속으로 던져버리고 싶은 충동이 들었다.

이제부터는 걱정하지 말자.

기숙사 방문이 갑자기 열리더니 장바이리가 복도 불빛 아래 모습을 드러냈다. 어디서 오는 건지 온몸에서 술 냄새가 풍겼다. 그녀는 짙은 자주색 치마 차림으로 걸어오며 혼잣말을 했다. 뤄즈가 얼른 일어나 부축했지만, 그녀의 휘청거림에 의자가 넘어지면서 엄청난 소리가 울렸다.

장바이리는 웃으며 기어 일어나 뤄즈의 침대에 앉자마자 갑자기 또 스위치가 잘못 눌린 것처럼 흑흑 울기 시작했다. 소리는 아주 작았으나 갈수록 엉엉 하는 통곡 소리로 바뀌었다.

뤄즈는 창가에 기대었다. 낭패스러움이 마음속에 가득 차올랐다. 장바이리가 왜 우는지는 알 수 없었다.

거비의 갈팡질팡함과 우유부단함 때문일까, 천모한의 비웃음과 모욕 때문일까, 아니면 구즈예 때문일까? 장바이리는 진실을 알까? 모른다면 여전히 구즈예가 사라진 것 때문에 걱정하는 걸까?

장바이리는 훌쩍거리며 한마디도 하지 않았다. 뤄즈가 창밖을 내다보니 초여름 밤에 비가 억수같이 퍼붓고 있었다. 고향에서는 이렇게 쏟아지는 장대비를 '연기가 난다'라고 종종 표현하곤 했다.

연기가 난다.

뤄즈는 장바이리의 책상 앞으로 다가가 불을 켜지도 않은 채 첫 번째 서랍을 열었다. 밖의 미약한 가로등 불빛에 의지해 한참을 찾은 끝에 담배 한 갑과 싸구려 연녹색 플라스틱 라이터를 꺼냈다.

"담배 피울래?" 그녀가 물었다.

장바이리는 뻐끔거리며 굼뜨게 숨을 들이마시다가 갑자기 딸꾹질을 했다. 사레가 들려 새빨개진 얼굴로 천지가 진동할 듯 기침을 해댔고, 얼굴에 흐른 콧물과 눈물이 특히나 낭패스럽게 보였다.

뤄즈도 딱히 좋은 상태는 아니었다. 영화 속 분위기 있고 멋진 여성은 어떤 손가락 두 개로 담배를 잡았는지 생각나지 않아서 한참을 낑낑거리다가, 한 모금 빨아들이기도 전에 담뱃재에 손을 데이고 말았다.

담배 두 대가 어두운 방 안에서 두 눈을 밝혔다. 뤄즈는 까닭없이 구즈예의 약간 빈정거리던 표정이 생각났다.

장바이리는 되는 대로 담배 한 대를 피웠고, 뤄즈는 두 모금을 빨고는 맛이 이상해서 시멘트 바닥에 비벼 끄고 휴지통에 버렸다. 장바이리는 다시 일어나 몇 년 몇 월에 산 건지 모를 매니큐어 한 무더기를 뒤지더니 창문의 저녁노을 같은 불빛을 따라 꼼꼼하게 바르기 시작했다.

"너 미쳤구나?" 뤄즈가 외쳤다.

장바이리는 돌아보지 않았다.

"뤄즈, 나중에 알았는데 구즈예랑 천모한은 원래부터 아는 사이더라."

장바이리는 손바람을 부쳐 매니큐어를 말리면서 고개를 돌렸다. 눈물자국이 가득한 얼굴로 눈빛을 빛내며 뤄즈에게 웃어 보였다. "난 내가 바보 멍청이 같아. 마음이 너무 아파."

뤄즈가 장바이리의 팔을 잡고 기숙사 밖으로 나올 때 장바이리는 한마디도 하지 않고 그저 따라나갔다. 뤄즈 자신도 어디로 가야 할지 알지 못한 채 밖으로 나올 때 침대 옆에 놓아둔 아직 열지도 않은 짐 보따리에 발이 걸렸다. 그 안에는 오늘 오후에 푸 아주머니에게서 받아 온 고향의 간식거리가 들어 있었다.

머릿속에 푸 아주머니의 말 한마디 한마디가 밖의 빗줄기와 함께 녹아들었다.

"너희 엄만 정말 널 생각하는구나."

그들은 문을 열고 빗속으로 뛰어들었다. 앞머리가 이마에 달라붙었다. 빗물이 눈 안으로 들어가 시야가 모호해졌다.

"고르고 골라서 먹을 거 이렇게 많이 가져왔어. 다 네가 좋아하는 거야."

뤄즈는 깔끔한 동작으로 벽을 넘어 철문이 닫혀 있는 체육관으로 기어들어 갔다. 장바이리도 허둥거리며 그녀를 따라 들어갔다.

"네 엄마의 인생도 이제 보상받은 셈이야. 역시 하늘이 다 보고 있었어. 딸은 이렇게 말 잘 듣고 공부 잘하지, 지금은 또 의지할 사람도 찾았잖아. 내가 대신 다 기쁘지 뭐니."

뤄즈는 붉은 트랙을 따라 앞으로 달려나가며 숨을 크게 몰아쉬었다. 목구멍과 기관지, 앞가슴이 마치 독립된 생명과 의식을 가진 것처럼 아파왔다. 바람 소리와 빗소리가 섞이며 뒤따라오는 장바이리의 울음소리도 점차 들리지 않게 되었다.

"그 집도 끝내 업보를 받은 거야. 장인은 병세가 위급하지, 남자는 곧장 잡혀 들어갔지. 듣자 하니 집에서 바로 체포당했다네. 비밀 체포였대. 지금 조사 중인데 절대로 가벼운 처벌은 아닐 거라더라. 혹시 모르지, 어쩌면 부인도 연루돼서 같이 들어갈지도!"

뤼즈는 돌연 심장박동이 느껴지지 않았다. 휴대폰은 아마 물이 들어가서 꺼졌을 것이고, 편지 모양 아이콘이 멀리서 날아오지는 않았는지 더 이상 볼 필요도 없었다. 그러나 그녀는 멈추지 않고 빗속에서 눈을 크게 뜬 채 두 팔을 벌렸다.

마치 시간의 바다 속으로 뛰어 들어가는 것처럼.

제86장

얻지 못한 것과 이미 잃은 것

여름 기운이 모락모락 피어날 때 기말고사가 다가왔다.

이번 기말시험 첫 과목은 정치였다. 뤄즈는 시끌벅적한 도서관으로 가지 않고 조용히 기숙사에 머물며 복습 자료를 암기하다가 다시 잠깐 미드를 보았다.

컴퓨터에서 '띠링' 하는 소리와 함께 메일이 왔다는 알림창이 떴다. 놀랍게도 발신자는 정원루이였다.

정확하게 말하자면 전달된 메일이었다. 원래 발신자는 예잔옌, 받는 사람은 성화이난이었는데, 그걸 정원루이가 뤄즈에게 전달한 것이다.

이메일에는 녹음 파일 하나만 첨부되어 있었고 제목은 없었다.

파일 다운로드 속도는 무척이나 느렸다. 뤄즈는 일어나서 창가의 콜라병을 집어 들고 장바이리가 지난달에 사 온 재스민꽃에 물을 주었다. 그녀는 일찍이 예언한 바 있다. 장바이리의 생활 패턴과 습관으로는 그 어떤 생명을 기르는 것에도 적합하지 않다고 말이다. 그런데 예상외로, 장바이리는 더 이상 밤을 새거나 침대에 늘어져 있지도 않았으며, 이 재스민 화분도 감동했는지 꽃을 피워냈다.

방 안에 맑고 은은한 향기가 감돌았다.

뤄즈는 다시 자리에 앉았다. 녹음 파일은 이미 컴퓨터 바탕화면 한가운데에 단정하게 놓여 있었다. 이어폰을 꽂고 있지 않아서 스피커 볼륨을 살짝 높인 후, 아이콘을 더블클릭해 재생을 시작했다.

처음 시작은 예잔옌의 목소리였다. 엄마가 일찍 돌아가신 것과 아버지의 부재에 대해 말하고 있었다. 저번에 뤄즈와 만났을 때 녹음한 것이었다. 뤄즈는 경악했다.

"……내가 초등학교 2학년 때 우리 아빠는 베이징의 한 미술대학에서 동양화를 가르치셨어. 그러다 한 여학생과 가까워졌는데, 그 사람한테 부인과 사별했다고 거짓말을 한 거야. 그 소식이 여기까지 전해지자, 우리 외할머니는 아빠가 그 미친 딸과 외손녀를 자기에게 버렸다고 생각하곤 화가 나서 곧장 베이징으로 달려갔지……. 그 여학생이 바로 성화이난의 작은고모야……."

예잔옌은 뭘 하려는 걸까? 뤄즈는 인내심 있게 들으며 미간을 찌푸렸다.

"그런데 넌 왜 굳이 날 불러낸 거야?"

뤄즈는 마침내 녹음 파일 속에서 자신의 목소리를 들었다. 어디가 이상한지는 딱히 말하기 어려웠지만 안타깝게도 자신이 원래 했던 말이 뭐였는지 또렷하게 기억나지 않았다.

"네가 나 대신 이 얘기를 성화이난에게 해줬으면 해. 난 아무래도 입이 떨어지지 않아서. 딩수이징이 성화이난한테 네가 나의 이별 편지를 버렸다고 말했대. 난 성화이난에게 전화를 걸었는데, 걘 그 편지에 뭐라고 썼냐고 한마디도 묻지 않더라. 존재하지도 않은 편지였지만 그것조차 받는 걸 거절한 거야. 걘 날 위해 정의를 지켜주지 않을 거야."

뤄즈는 거기까지 듣고 마침내 예잔옌의 의도를 깨달았다.

"사실 나랑 성화이난은 진작에 가망이 없었어……. 그냥 너한테 다시 한 번 기회를 주고 싶어. 개한테 말해줘. 그때 네가 날 배신하고 나 대신 전해주지 않은 고충이 대체 뭐였는지."

그들이 만났을 때는 없었던 말이었다. 아무리 대담한 예잔옌이라도 뤄즈 앞에서 이렇게 대놓고 사실을 왜곡하는 말을 할 수는 없었을 테니 나중에 추가로 녹음한 것이 분명했다.

뤄즈는 차가운 표정으로 계속해서 녹음을 들었다.

"이 얘기들을 나 대신 성화이난에게 해줄래? 난 차마 입이 떨어지지 않아."

"그럴게."

참 훌륭한 편집이었다. 뤄즈는 거기까지 듣고 심지어 그 녹음 파일에 덩달아 감탄할 뻔했다.

그녀는 프로그램을 끄고 다시금 그 이메일을 살펴보았다.

정원루이는 오늘에야 메일을 전달했지만, 예잔옌의 원래 메일은 2월 겨울방학 때 그들이 만난 직후 보낸 거였다. 뤄즈는 문득 예잔옌이 떠나기 전 했던 말이 떠올랐다. 앞으로 모험하지 않으리라는 보장은 없다는.

정말 말한 건 꼭 하고야 마는구나.

다섯 달 전에 왔던 메일에 대해 성화이난은 이제껏 뤄즈에게 묻지도 않았고, 한 번도 의심스러운 기색을 보이거나 흔들리지도 않았다.

뤄즈의 마음은 마치 따뜻한 레몬수 안에 잠긴 것처럼 따스했지만, 견딜 수 없을 정도로 시고 떫었다.

정원루이가 어째서 지금 이때 그녀에게 이 오래된 하소연이 담긴 편지를 보냈는지 도무지 이해가 가지 않았다. 더 이상한 건 그 메일을 정원루이가 어떻게 입수했냐는 거였다.

마치 1년 전처럼. 정원루이는 어떻게 예언가처럼 그녀가 비밀을 품고 있을 때 갑자기 튀어나와서 술을 마시자고 했을까. 이 모든 것이 정말로 단지 우연이었을까?

뤄즈는 정원루이에게 전화를 걸었다. 상대방이 전화를 받자마자 그녀는 수화기 저편에서 지하철역 안내 방송 소리를 들었다. "안녕"이라는 인사말은 지하철이 고속 질주하면서 일으킨 거대한 바람 소리에 묻히고 말았다.

"메일 받았어. 어떻게 된 건지 말해줄 수 있어?"

정원루이가 가볍게 웃으며 차분한 어투로 설명했다.

"예잔옌이 날 찾아와서는 자기가 메일을 보냈는데 감감무소식이라고 하더라. 성화이난은 개 전화를 아예 받지도 않고, 다른 친구들이 대신 말을 전해주는 건 성화이난의 반감만 불러일으켰고. 부탁할 사람이 아예 없어지니까 나한테까지 찾아온 거지. 소식 좀 알아봐 달라고. 상황이 그 지경인데도 어찌나 거들먹거리던지. 게다가 메일 내용이 뭐였는지 죽어도 말 안 하더라. 그래서 내가 말해줬어. 성화이난은 고등학교 때 메일 주소를 안 쓴 지 오래라고, 잘못 보냈다고. 그리고 난 곧장 성화이난의 예전 메일 주소와 아주 비슷한 메일 계정을 만들어서 개한테 다시 보내보라고 알려줬어. 그렇게 메일을 손에 넣은 거야."

"물론, 녹음 파일을 다 들어보니까 너무 재미있더라. 그래서 성화이난에게 전화해서 물어봤어. 내 기억이 틀리지 않았다면 아마 섣달 그믐날이었을 거야. 전화를 여러 번 걸고 나서야 전화를 받더라고. 그건 뭐 진작에 익숙했고. 성화이난은 전화로 나랑 예잔엔을 미쳤다고 욕하면서 그 메일을 보지도 않고 삭제했다고 그러더라. 그러면서 앞으로 처신 잘하라고, 안 그럼 만날 때마다 욕해줄 거라면서."

"어때, 뤄즈. 들으니까 속이 시원해?"

뤄즈는 눈을 내리깔고 물었다. "이렇게 오래전의 메일을 어째서 오늘에야 나한테 보낸 거야?"

정원루이는 한참 동안 대답이 없어서 뤄즈는 지하철의 바람 소리만 들을 수 있었다.

"이유는 없어. 개는 널 진심으로 생각해. 넌 그걸 알고 있으면 돼."

전화는 거칠게 끊겼다.

뤄즈는 휴대폰을 쥐고 잠깐 멍하니 있다가 몇 번이고 성화이난의 번호를 눌렀다.

전원은 꺼져 있었다.

그가 무사하다는 건 알고 있었다. 일주일 넘게 갖가지 방법으로 그의 집안 상황을 알아보고, 그의 기숙사 친구들과 힘을 모아 그의 전공과목과 기타 필수과목, 선택과목의 모든 과제와 출석을 맡아 해결했지만…….

그는 그녀에게 연락하지 않았다.

뤄즈는 휴대폰을 새로 바꾸고 진동 모드를 벨소리로 바꿨다. 그러나 그에게서는 전화가 오지 않았다.

뤄즈는 책상 위의 컴퓨터와 그 녹음 파일을 뚫어져라 바라보다가 문득 그의 손을 잡고 싶어졌다. 까치발을 들어 그의 머리를 쓰다듬고 그의 품에 뛰어들어 제대로 헹궈지지 않은 세탁세제 향을 실컷 들이마시고 싶었다.

뤄즈는 그를 가져보았지만, 지금은 불현듯 이런 느낌이 들었다. 지금과 비교한다면 그를 알지 못했던 때가 더 즐거웠다고. 질투가 미움보다 나았고, 불타오르는 소유욕이 멍하니 사방을 둘러보는 공허함보다 나았다고.

얻지 못한 것과 이미 잃은 것 중에서 그녀는 차라리 얻지 못하는 편이 나았다.

정치 시험이 있는 날 아침, 뤄즈는 5시 반에 창밖에서 즐겁게 지저귀는 새소리를 들었다. 듣기 좋은 그 소리는 약간 기고 만장하게 들렸다. 그녀는 일어나 앉아 몽롱한 와중에 계속해서 귀를 기울이며 자연의 무질서한 아름다움 속에서 오랫동안 느껴보지 못한 조그마한 즐거움을 누렸다.

아침 식사를 들고 사람들 사이로 흘러들어 갔다. 기숙사에서 강의동으로 뻗은 길은 이미 시험 보러 가는 학생들로 붐비고 있었다. 뤄즈는 음악을 들으며 멍한 눈빛으로 앞으로 걸어갔다. 앞쪽의 한 커플이 살짝 옆으로 비킨 순간, 회색 셔츠를 입은 남학생이 보였다.

뒤통수에 살짝 말려 올라간 몇 가닥의 머리카락, 단정한 어깨, 한 손에 들려 있는 검은색 가방, 그리고 그녀와 똑같은 하얀색 이어폰.

뤄즈는 아득한 표정으로 묵묵히 발걸음을 조절하며, 커플의 어깨 사이로 그 뒷모습이 반복적으로 나타났다가 사라지는 모습을 보았다.

그 뒤를 따라가고 싶은 충동은 어쩐지 조금도 들지 않았지만, 그녀는 그저 차분하면서도 얼떨떨하게 뒤를 따라가며 한 걸음씩 3년 전의 고등학교 교복이 펼쳐진 바다로 되돌아갔다. 그렇게 많은 뒷모습의 엄호 속에서 그녀는 눈길도 돌리지 않고 거침없이 그 한 사람만 주시했다. 마치 그의 등 뒤에서 꽃이라도 피어날 것처럼 말이다.

뤄즈는 지친 발걸음으로 앞으로 나아갔다. 이렇게 천천히 걸으며 천천히 추억했다. 사람들의 물결 속에서 길은 걸어도 걸어도 끝이 없어 보였다. 그 늦게 도착한 메일은 자꾸 그녀에게 다가가라고, 가서 그의 손을 잡으라고 재촉했다. 그러나 그녀가 정신을 차렸을 때 자신은 이과 강의동 로비에 서서 그가 중정을 지나 교직원 전용 엘리베이터로 들어가는 모습을 보며 고사장으로 들어가는 학생들로부터 한 걸음씩 멀어지고 있었다.

넌 어딜 가는 거니?

뤼즈는 의문에 휩싸여 시선을 위로 들었다. 로비 정중앙에 걸려 있는 커다란 학교 뉴스 스크린이 보였다.

스크린에는 '고사장 규율 엄수'라는 롤링 공지가 계속해서 표시되고 있었다. 그녀는 그 속에서 '성화이난'이라는 이름을 보았다. 그 뒤에는 학번과 소속 대학 표시와 함께 심각한 규율 위반으로 학사학위 자격을 취소한다는 내용이 한 번, 또 한 번 나타났다.

빨갛고 반듯한 글씨체가 그녀의 눈을 찔렀다. 마치 몇 년 전, 그녀가 성적 분포표 위에 한 획 한 획 써 내려간 '성화이난, 921.5점'이라는 글씨 같았다.

학생들이 무리 지어 강의동으로 밀려들어 와 각자의 고사장으로 흩어져 가는 모습은 막을 수도 없는 세찬 물결과도 같았다. 오직 그녀 혼자 그곳에 서서 바보처럼 눈물범벅이 된 얼굴로 멍하니 공지를 바라보았다. 급류 속에 외로이 자리를 지키고 있는 암석처럼, 완강하게 버티며 조금도 움직이지 않았다.

제87장 　남회색으로 물든 하늘,
　　　　아직 늦진 않았다

뤄즈는 성화이난의 휴대폰에 연결이 되지 않자 장밍루이에
게로 전화를 걸었다. 하지만 마찬가지로 전원이 꺼져 있었다.

시험 시작 시간까지 아직 3분이 남아 있었다. 뤄즈는 결국 힘
겹게 고사장으로 발걸음을 옮겼다.

머릿속에서 거듭 떠오르는 모습은 방금 성화이난의 뒷모습
이었다. 고등학교 때처럼 침착하고 태연하며 의기양양한 모습
으로, 그렇게 커다란 스크린에 떠오른 자신의 붉은 이름 밑을
여유롭게 지나갔다.

시험 종료 벨소리가 울렸다. 뤄즈는 혼란스러운 상태로 사람
들로 붐비는 고사장을 빠져나와 곧장 정신을 차리곤 휴대폰을
꺼냈다. 그리고 잠시 생각하다가 장밍루이의 번호를 눌렀다.

몇 달 만에 다시 듣는 뤄즈의 잠긴 목소리에도 장밍루이는

평소와 다름없는 태도였다. 그녀의 놀란 목소리에 그는 의심스러워하면서도 차분하게 말했다. "네가 이미 알고 있는 줄 알았는데. 걔가 너한테 말 안 했어?"

뤼즈가 다급하게 물었다. "대체 무슨 일인데?"

"뤼즈, 일단 진정해." 장밍루이가 부드럽게 말했다. "성화이난은 그냥 운이 나빴을 뿐이야. 사실…… 다른 사람을 도우려던 거였거든."

"무슨 뜻이야?"

"우린 같은 고사장에서 영어 시험을 봤거든. 어제 오전에. 이번 '심화 독해 3' 시험에서 작문 문제에 명백히 레벨 범위를 벗어난 단어가 나왔어. 그걸 아는 사람이 많지 않았는데, 그 키워드를 모르면 작문을 쓸 수 없었지. 우리랑 종종 농구를 같이하던 선배도 그 시험을 봐야 했어. 난 시험 전부터 그 선배가 분명 성화이난한테 도움을 요청하겠다 싶었지. 그런데 정말 시험 문제가 이렇게 나오니 성화이난이 선배한테 쪽지를 전달했고, 결국 교무처 할망구에게 딱 걸려버렸어. 원래 쪽지는 그 선배의 손에서 발견된 거였는데, 어찌 된 일인지 결국 불똥을 뒤집어쓴 건 성화이난이더라고……."

장밍루이의 한 마디 한 마디가 뤼즈의 머릿속을 뚫고 들어왔다. 그녀는 감정을 억제하려고 노력하며 조그맣게 물었다. "성화이난이 그런 어리석은 짓을 할 리 없잖아. 혹시 예전에 시험 볼 때도 다른 사람 부정행위를 도와준 적 있어?"

"그럴 리가. 걘 절대로 이런 일에 위험을 무릅쓸 리 없다고.

그래서 우리 모두 어제 일이 미스터리야. 하지만 지금은 방법이 없어. 처분이 너무 빨리 내려왔어. 어제 오후 4시쯤에 이미…… 이미 공지가 올라왔더라고."

뤄즈가 떨리는 목소리로 말했다. "나 오늘 걔가 엘리베이터를 타고 너희 교직원 사무실 쪽으로 가는 걸 봤어."

"그럴지도." 장밍루이가 한숨을 내쉬었다. "나도 어제 만났는데, 그래도 차분해 보이긴 하더라. 딱히 말은 없었어. 우리도 무슨 말로 위로해야 할지 몰라서. 원래는 네가…… 휴, 만약 전공과목 시험이었으면 걸려도 경고 몇 마디로 끝났을 텐데, 교무처 선생님들은 확실히 다르더라. 참, 법학 개론 시험 때 너도 봤지? 그 감독관 어르신들 포스가 아주 대단했잖아. 일벌백계, 오랜 세월 부정행위를 적발하다 보니 눈 감고도 잡아내나봐……."

"장밍루이!"

"어?"

"만약 성화이난을 보면 나 대신 말 좀 전해줄래? 내가 전화기다리고 있다고."

장밍루이는 오랫동안 침묵했다. 두 사람 사이에 무슨 일이 있었는지 묻고 싶은 모양이었지만, 결국엔 이렇게 대답했다. "그래, 내가 말해줄게."

"그리고……." 뤄즈는 아침도 먹지 않은 데다 너무 흥분해서 약간 머리가 어지러웠다. 그녀는 계단 손잡이를 잡고 천천히 계단에 앉았다. 눈앞은 텔레비전의 치지직거리는 화면처럼 번쩍였다.

"그리고, 그 선배 전화번호 나한테 알려줄 수 있어?"

뤄즈는 미친 듯이 동문으로 달려가 뙤약볕 아래에서 20분을 기다린 끝에 겨우 택시를 잡아탔다. 택시는 사환* 위를 질주했다. 양옆에 높이 솟은 빌딩들이 그녀 뒤로 뒤쳐지면서 흐릿한 그물을 이루었다. 기차가 매서운 바람을 싣고 그녀의 머릿속을 요란하게 지나가는 것만 같았다.

별장에는 아무도 없었고 대문은 굳게 잠겨 있었다.

등 뒤 장미꽃 담장은 아무도 보살피지 않아 어지럽게 말라붙은 덩굴이 되었다. 날이 조금씩 어두워졌다. 오래지 않아 짙은 남회색빛으로 물들어 괜스레 경건하고 엄숙한 기분이 들었다.

주옌이 꽃길을 따라 집에 도착했을 때 가장 먼저 본 건 이런 하늘빛 아래에서 그녀의 집 앞 계단에 앉아 있는 어찌할 바 모르는 표정의 지친 뤄즈였다.

그 그림자는 특히나 작아 보였다.

"전화를 걸었는데 연결이 되지 않았어요. 언니가 이미 싱가포르에 갔구나 생각하면서도 포기할 수가 없어 한번 와본 거예요. 10분만 더 기다리다 가자고 몇 번을 되풀이하면서 지금까지 기다렸네요." 뤄즈는 정신을 차리고 웃으며 주옌에게 말했다.

....

* 四環, 베이징 도심 순환도로 중 하나.

"오전에 부동산 중개인이랑 다투다가 휴대폰이 망가졌거든. 갑자기 집에 뭔가 두고 왔다는 생각이 나지 않았다면 오늘은 여기 오지 않았을 텐데…… 와서 다행이네." 주옌은 약간 미안한 기색이었다. "입술도 다 텄네. 하루 종일 먹지도 마시지도 않은 거야? 대체 무슨 일이야?"

뤄즈는 여전히 계단 위에 앉아 고개를 들어 그녀를 바라보았다. 그렇게 빤히 바라보다가 펑펑 눈물을 쏟았다.

"그 애를 도와주시면 안 될까요?"

"누구?"

"제발 그 애를 도와주세요. 저도 제 이런 행동이 아주 이기적이라는 걸 알아요. 언니가 사실은 그 애를 비롯해 가족들을 만나고 싶어 하지 않는다는 것도, 과거에 얽매이기 싫어한다는 것도 알아요. 그래서 이제까지 꾹 참고 묻지 않았어요. 언니를 존중해야 한다고 생각했거든요. 하지만 이번에는 용서해주세요. 언니가 그 애 고모라는 거 알아요. 그 애를 도와주시면 안 될까요?"

뤄즈는 예잔옌에게서 아버지가 정신분열증에 걸린 어머니에게서 도망친 후 베이징에서 미술대학 학생을 속여서 만났다는 이야기를 듣자마자 주옌이 말해줬던 과거를 하나로 연결했다.

그리고 주옌이 성화이난이 누군지 진작부터 알고 있었으리라 추측했다. 그러나 그녀가 만나보겠다는 말을 한 번도 하지 않았다는 건 과거를 다시 불러내고 싶지 않은 것이 분명했다. 집안사람과 그 어떤 관계도 맺고 싶지 않았으리라. 뤄즈도 위위안탄이며 해피밸리며 여러 번 만남을 제안했지만, 주옌이 거절로써 이미 확실한 태도를 보여주었다는 걸 잘 알고 있었다.

그러나 지금, 다른 방법이 없었다.

"걔네 집에 일이 터졌는데, 지금 또 이런 일이 생겼어요. 걔가 불쌍한 건 아니지만, 어쨌거나 아직 너무 어리잖아요. 아무리 뛰어난 사람이라도 감당하기 힘들 거예요. 걔가 알게 되는 건 바라지 않아서 여기 와서 언니에게 몰래 말할 수밖에 없었어요. 주옌 언니, 화내지 말아주세요. 제가 어떻게 해야 할지 알려주실 수 있으세요?"

뤼즈는 너무 울어서 목소리도 쉬어버렸다. 그녀는 주체할 수 없이 떨리는 목소리로 냉정하게 말하려고 노력했지만, 그 짙은 비음과 연약한 울음기는 아무리 해도 감춰지지 않았다.

그 선배의 전화번호를 받은 후 그녀는 곧장 전화를 걸었다. 좋은 말을 늘어놓고 문제를 일으키지 않겠다고 거듭 약속한 후에야, 성화이난에게 부정행위를 도와달라고 집요하게 요구했던 그 선배는 가까스로 그녀를 상대해주었다.

그가 자신의 집안 배경을 소개했을 때 뤼즈는 비로소 깨달았다. 어째서 똑같이 부정행위를 했는데도 이 사람은 아무런 처분도 받지 않았는지를. 성화이난이 그를 도와준 이유도 그렇게나 명확했다.

"우리 아버지가 원한다면 어쩌면 도울 수도 있을 거야. 최소한 성화이난 어머니는 체포될 필요 없이 안전할 거야."

선배는 우물쭈물하며 미안함을 담아 말했다.

"그런데 생각지도 못하게 이런 일이 벌어졌어. 이게 다 내가 조심하지 않아서⋯⋯."

주옌은 조용히 뤄즈의 말을 다 들은 후 여섯 살짜리 아이를 위로하듯 그녀의 등을 토닥였다. 뤄즈는 온통 망가진 채로 울다가 마침내 살짝 안정을 찾았고, 순간 목의 통증이 느껴져 말이 나오지 않았다.

"정말 바보네."

"아니에요, 언니는 알잖아요." 뤄즈는 고개를 저었다. "우리 세대는 대부분 다른 길을 걸어본 적이 없어요. 한 걸음의 오차도 없이 조심스럽게 걸으면서 공부하고 학위를 따는 게 성장의 큰 줄기고, 좋은 직업, 더 높은 학위, 안정적인 생활, 사회적 지위, 성취감, 그리고 결혼 등, 이 모든 게 그 큰 줄기에서 뻗어져 나간 곁가지예요. 큰 줄기를 잡으면 인생의 길을 선택할 수 있는 기회가 생겨요. 그런데 지금 개한테는 능력이 있는데도 선택할 수 있는 기회가 사라졌어요. 지금 개가 그렇게나 많은 걸 짊어지고 있는데도 전 도와줄 능력이 없어요. 게다가, 언니도 알다시피 사실 우리는 원래부터 원수 사이였다고요."

"바보."

"언니, 전 지금 어떻게든 손을 써서 개가 학위증을 받을 수 있게 해달라는 게 아니에요. 그럴 가능성은 거의 없다는 거 저도 알아요. 하지만 개가 지금 이 상황을 잘 넘길 수 있도록 언니가 도와주실 수 없을까요? 어쩌면 좀 더 쉬운 방법으로 개를 외국으로 데려가실 수도 있잖아요. 외국에서 다시 학교에 다니는 건 어떨까요? 바로 미국 대학 학부 과정에 들어가면 좋고요. 어차피 언젠가는 외국에 나갈 거였으니까……, 아니면…… 휴, 저도 모르겠어요." 뤄즈는 괴로운 듯 고개를 저었다.

무척이나 수다스럽게 앞뒤가 안 맞는 말을 늘어놓아 그녀 자신도 무슨 말을 했는지 알 수 없었다.

"언니가 어떤 일들을 겪었는지 전부는 모르지만 분명 쉽지 않았으리라는 거 알아요. 아주 많은 시련과 좌절을 거치면서 한 걸음씩 여기까지 걸어오신 거겠죠. 언니의 존재를 통해 그 애도 분명 뭔가를 깨달을 수 있을 거예요. 현실의 문제 말고도 마음속 문제를 넘어서는 것에도 말이에요. 이게 바로 제가 언니를 찾아온 가장 중요한 이유예요."

뤄즈는 애써 눈물을 참고 얼굴을 닦으며 가라앉은 목소리로 말을 계속했다.

"왜냐하면 전 처음부터 끝까지 그 애를 믿으니까요. 성화이난이잖아요. 여기서 미래가 꺾이진 않을 거예요. 절대로 그렇게 되지 않을 거예요."

주옌은 뤄즈와 나란히 담장 밑 계단에 앉아 가만히 뤄즈의 어깨를 감싼 채, 학위증이 얼마나 중요한지 횡설수설하는 뤄즈의 말을 들었다. 뤄즈는 한편으로는 그깟 종이가 성화이난의 실력을 발목 잡지 않을 거라고 강조하면서, 한편으로는 오랜 시간 힘들게 공부해온 것이 엎질러진 물이 되었으니 앞으로 얼마나 힘겹겠냐며 현실적으로 걱정을 늘어놓았다.

주옌의 '바보'라는 한마디가 그녀를 차분하게 만들어주었다.

"사실 네가 언젠간 눈치챌 거라고 예상은 했어. 이것도 참 인연이지. 걔가 사귀었던 두 여학생 모두 나와 관련 있다니." 주옌은 말하다가 웃음을 터뜨렸다. "아주 옛날에 새언니가 쌀쌀맞게 말하던 모습이 아직도 기억나. 나보고 집안에 분란을 일으키는 건 둘째 치고, 앙심을 품은 사람이 하마터면 전도유망한 어린 조카까지 물고 늘어질 뻔했다고 그랬지. 난 줄곧 생각했어. 우리가 대화하다가 만약 집안 친척 얘기를 하게 된다면 고모라는 화제를 어떻게 피해야 할까, 그때 넌 어떻게 날 마주하게 될까? 하지만 난 너와 친구가 되고 싶었어. 왜냐하면 널 믿었으니까."

뤄즈가 어찌 그 점을 몰랐겠는가. 주옌은 여전히 그녀를 솔직하게 대했고 조금도 피하지 않았으니, 그녀도 그런 주옌을 소중하게 생각했다. 만약 성화이난의 지금 처지가 아니었다면 그녀는 아마 영원히 이 연결고리를 마음속에 묻어두었을 것이다.

"사실 난 조카에 대해 딱히 별다른 감정 없어." 주옌이 담담하게 말을 계속했다. "그 애는 어렸을 때부터 우리 오빠와 새언니, 외할아버지와 시내에서 살았고, 나와 우리 아버지는 여전히 시골에 살았으니까. 하지만 그 앤 우리 아버지와 무척 친했지."

뤄즈가 잔뜩 잠긴 목소리로 말했다. "언니 아버지가 위독하실 때 걔가 말해준 적 있어요. 할아버지는 아주 재미있는 영감 님이라고. 저도 뵙고 싶었는데."

주옌이 고개를 끄덕였다. "그래, 우리 아버지는 참 나이 든 장난꾸러기였지. 난 진* 소재의 고등학교에서 공부만 하느라 아이와 같이 놀아주는 일이 드물었어. 내가 대학 진학으로 고 향을 떠날 때 걘 겨우 네다섯 살이었지? 아쉽게도 난 걔 어릴 때 모습도 잘 기억나지 않아. 아주 얌전한 아이였는데, 무척 사랑 스러웠고."

주옌은 잠시 말을 멈추고 웃으며 뤄즈를 돌아보았다. "참, 그 래도 대여섯 살 때 모습은 네가 가장 잘 알잖아. 걔랑 싸우기까 지 했으니까."

뤄즈는 울다가 웃었다.

"우리 오빠 새언니에 대해서는 더 말할 것도 없어. 우리 아 버지는 예전에 공부하시던 분인데 출신 계급이 좋지 않아서 평 생 좋은 시기를 못 누리셨어. 늙으신 후에는 고향에서 마음 내 려놓고 즐겁게 사셨지만, 우리 오빠는 분수에 만족하는 사람이 아니었지."

"오빠랑은 나이 차이가 너무 많이 나서 남매의 정도 그리 깊 지 않았고. 새언니는 집안이 아주 빵빵했는데, 오빠는 그걸 이 용해 권력에 빌붙으면서 한 걸음씩 오늘의 그 자리에 오르게 됐을 거야. 오빠네와 인연을 끊은 뒤로는, 아, 너도 내 일에 대

----

* 鎭, 현(縣) 밑에 있는 지방 행정 단위.

해 대강 아는구나. 그 부부가 나중에 어떻게 살았는지는 정말 관심이 없었어. 그들이 어떻게 지금 이 지경이 됐는지도 모르고. 어쨌거나 두 사람 다 매정하고 탐욕스러운 사람이었으니, 뭐 그런 점에서는 이상할 것도 없지."

"그럼 언니 아버지는……."

"그 뭐래더라? 열 손가락을 깨물었을 때 안 아픈 손가락은 없어도 아픈 정도의 차이는 있다고, 우리 아버지는 끝내 오빠가 더 마음이 놓이지 않았던 거야. 대학을 자퇴하고 난 서원 씨의 도움을 받아서 생계를 꾸려나갔어. 경제적 상황이 좋아진 후에는 종종 아버지에게 돈을 부쳤고. 아버지는 나보고 집으로 돌아오라고 했는데, 오빠는 내가 아버지한테 남긴 번호로 전화를 걸어와서는 사람이 염치가 있어야 한다고 그러더라."

뤄즈는 멈칫하며 약간 불안한 듯 주옌의 손을 쥐었다.

"정말 꼬마 아가씨네." 주옌은 뤄즈의 귓불을 잡아당겼다. "세월이 오래 지났잖아. 나도 나이가 들어서 그때 일은 진작에 희미해졌어. 그냥 얘기하는 걸로 마음이 괴롭지는 않아. 난 하던 대로 아버지에게 돈을 송금하면서 자식의 본분을 다하려고 했어. 그런데 안타깝게도 아버지 장례식에도 못 갔네. 네가 말하는 걸 들으니 대강 알겠어. 오빠 때문에 화병으로 쓰러지신 거겠지. 오빠가 지금 이렇게 막다른 길에 몰리게 된 건 아마도 장인어른이 위독해서 가망이 없기 때문일 거야."

주옌이 한숨을 내쉬더니 별안간 뤄즈에게 물었다. "미안. 담배 좀 피워도 될까?"

뤼즈가 놀라 입을 벌렸다. "어떻게 다들 담배를 피우는 거예요? 최근에야 알았어요. 담배 안 피울 거라고 생각했던 사람들이 다⋯⋯."

"근심을 푸는 거지. 너도 피워볼래?"

뤼즈가 느끼기에 주옌에게는 자신은 평생 가질 수 없을 것 같은 분위기가 감돌았다. 그녀는 초연하게 고개를 숙이고 담배에 불을 붙였다. 바람 속에서 손으로 불씨를 감쌀 때 따스한 주황색 불빛이 그녀의 얼굴을 밝혀주었다. 아래로 내려온 잔머리 한 가닥이 미풍을 따라 흔들렸다.

"하지만." 그녀가 숨을 내쉬었다. "네 말을 듣고도 난 기껏해야 성화이난이 안타까울 뿐이야. 아직까지 앙심을 품고 있는 건 아닌데 정말로 아무런 감정이 들지 않네. 뉴스에서 사건 소식을 듣는 거랑 똑같아. 아마 네가 걔네 집이 망했다는 소식을 들었을 때만큼 놀라진 않았을 거야. 옛날에 그 일로 내가 가장 속상했던 건 그 쓰레기 같은 사기꾼도, 세상의 냉담함도 아니었어. 바로 골육의 정이라는 게 까놓고 말해서, 고작 그거밖에 되지 않는다는 걸 깨달았던 거야."

주옌은 잠시 생각에 잠겼다가 웃었다. "사실 지금 생각해보면, 우리 오빠랑 새언니 사이는 참 냉랭했단 말이야. 사람들 앞에서는 화기애애하게 굴다가도 뒤에서는 집안 물건들을 박살내곤 했는데, 그 애는 대체 어떻게 커왔을까."

뤼즈는 코를 훌쩍였다. "예전에 감탄하셨잖아요? 걔가 정말 무사히 자랐다고요. 그땐 언니가 이런 뜻으로 말한 건지도 몰랐어요."

"아직 엄마한테 남자 친구가 성화이난이라는 말 안 한 거야?"

"엄마 마음이 부서질 것 같아서요." 뤄즈가 쓸쓸하게 웃었다.

"하지만 여전히 걜 좋아하지."

"맞아요. 언니도 그 사람의 여동생이긴 하지만 전 언니가 아주 좋아요. 남들이 절 대역무도하고 배은망덕하다고 생각할지도 모르지만, 제가 이런 걸 어쩌겠어요. 전 혈연관계를 신경 쓰지 않는걸요. 언니는 언니고, 성화이난도 성화이난이에요. 그때 나쁜 짓을 한 사람은 언니와 성화이난이 아니잖아요. 나쁜 짓을 한 사람도 이미 벌을 받았고요. 비록 늦긴 했지만, 그래도 없는 것보단 낫죠."

뤄즈는 일어나 주옌에게 웃어 보였다. 방금 완전히 무너져 울던 여자아이와는 전혀 다른 사람처럼, 아주 결연하게 말했다. "제 생각은 줄곧 명확했어요. 언니 말이 맞아요. 전 진작에 선택을 했어요."

"됐어, 쓸데없는 얘기는 하지 말자. 그런 얘기는 재미없잖아." 주옌이 눈을 깜빡였다. "가자, 같이 나가서 밥 먹자. 배고파 죽겠다."

"그럼……."

"약속할게." 주옌이 정중하게 말했다. "내가 힘닿는 데까지 꼭 그 애를 돕겠다고."

뤄즈는 기쁨의 미소를 지었지만 방금 흘린 눈물이 바람 때문에 얼굴 위에 말라붙어 웃는 표정이 지어지지 않았다.

"하지만 뤄즈." 주옌이 덧붙였다. "이건 알아둬. 우리 삶은 학교에 있는 것보다 훨씬 복잡하거든. 네가 명확하게 생각을 정리한 일이라도 난 성화이난이 너랑 똑같이 생각할 거라고 확신하지 않아. 걔가 만약 어리석게 군다면, 심지어 고발장을 작성해서 자기 아버지를 교도소에 집어넣는 데 힘을 보탠 네 엄마를 원망할 수도 있어."

뤄즈는 고개를 숙이고 잠시 생각에 집중했다. "아니요. 제가 아는 성화이난이라면 그렇게 생각할 리 없어요."

"그렇게 확신해?"

"네."

뤄즈는 바람을 등지고 섰다. 밤바람이 그녀의 머리카락을 싣고 머나먼 과거로 데려가는 듯했다.

주옌의 얼굴에 살짝 감동의 빛이 떠올랐다.

"그럼 만약에 성화이난이 너를 탓하지 않고 오히려 양심의 가책이나 부끄러움, 또는 다른 이유로 죽어도 널 만나지 않겠다고 한다면?"

뤄즈가 어리둥절해하자 주옌이 말을 이었다. "이 두 가지 가설이 다 성립하지 않는다 쳐도, 만약 내가 정말로 성화이난을 외국으로 데려가 다시 공부를 할 수 있도록 도와준다면, 이건 알아야 해. 시간이나 형편, 그리고 다른 통제 불가능한 요소 때문에 너희는 앞으로 영원히 함께할 기회가 없어질 수도 있어. 너희같이 젊은 애들에게 신념이 있는 건 바깥세상이 얼마나 두려운지, 자신은 또 얼마나 보잘것없는지 모르기 때문이야. 내가 걜 도와주면 너흰 어쩌면 정말로 이렇게 끝나버릴 수도 있어."

"괜찮아요." 뤄즈는 시원스럽게 대답했다.

"언니를 찾아온 건 그 애와 함께하기 위해서가 아니었으니까요. 오직 그 애를 위해서였어요."

이 대답은 그들이 딱 붙어 다닐 때 이미 작성된 거였다. 뤄즈도 똑같이 성화이난에게 시원스레 대답한 적이 있었다.

네가 모두에게 버림받고 나와 함께 운명을 같이하느니, 난 네가 타고난 자질을 발휘하며 모든 걸 갖추고 온 세상으로부터 사랑받았으면 좋겠어. 설령 이 강호에서 우리가 서로를 잊는다 해도.

제88장

마리아에 대한 추억

뤼즈는 성화이난이 자퇴 수속을 마쳤다는 소식을 들었고, 그 후로 다시는 그를 보지 못했다.

기말고사가 끝나자마자, 뤼즈는 법률 사무소에서 실습을 하며 여름방학 내내 집으로 돌아가지 않았다.

법률 사무소는 학교에서 비교적 멀리 떨어져 있었고 교통도 불편했다. 뤼즈는 매일 아침 6시에 일어나 간단하게 화장을 한 후, 무더위 속에 정장을 차려입고 아직 적응하지 못한 하이힐을 신고 붐비는 지하철 안으로 전사처럼 뛰어들었다. 정어리 통조림처럼 지하철에 실려 시단에 도착하면, 밀려 나오는 인파를 따라 지상으로 올라와 다시금 밝은 세상을 마주했다.

이것은 완전히 다른 생활이었다. 10년 넘게 학생으로 살아온 뤼즈에게 학생 노릇은 식은 죽 먹기였다. 모든 기법이나 곤란한 상황에 대해 자신 있었다. 그러나 지금부터 그녀는 아주 짧은 시간에 또 다른 사람이 되어야 했다. 사고방식도, 사람들과 어울리는 방식도, 모든 것이 달라져야 했다.

평소에는 학교에서 하루 종일 공부를 하고도 밤에는 늘 그랬듯 재미있는 책을 넘겨볼 수 있었다. 그러나 사무실 안에서는 직속 상사가 곁에 있어서 업무 난이도가 높지 않아도 항상 신경이 팽팽하게 긴장되어 있었다. 게다가 자질구레한 일들이 시시각각 쏟아져 머릿속 '할 일 목록'을 몇 분마다 자동으로 걸러내야 했다. 지친 몸을 이끌고 기숙사로 돌아오면 머리는 이미 포화 상태여서, 유치한 연속극이나 예능 프로그램 보는 걸 제외하고 뇌세포를 조금이라도 써야 하는 일은 하고 싶지가 않았다.

마치 누전된 로봇처럼 피로하기만 했다.

뤼즈에게는 당연히 아주 잘된 일이었다.

실습 업무가 가져온 둔감함과 피로에 의지해 뤼즈는 마음속에서 세차게 치솟는 추억과 잡다한 생각을 막아냈던 것이다.

주옌의 걱정하지 말라는 말에 뤼즈는 정말로 마음을 놓았다. 예전에는 마음속에 커다란 바위가 매달려 있었다면, 지금은 그것이 마음을 인정사정없이 내려친 셈이었다. 아파서 데굴데굴 구를 정도였지만 동시에 마음이 놓여서 더 이상 두려움에 휩싸여 수시로 올려다볼 필요가 없어졌다.

실습은 3학년 개학 때까지도 끝나지 않았다. 뤼즈는 여전히 법률 사무소에 주 3회씩 출근했고, 그중에서도 토요일 오후는 반드시 출근해야 했다. 뤼즈는 법학 복수전공 수업을 들으면서 한편으로는 공인회계사 시험과 사법시험 준비를 시작해야 할지 진지하게 고민했다. 이 두 가지 시험은 공인된 고난이도 시험이므로 일찌감치 준비하는 편이 나았다.

이렇게 야근하고 딴생각할 겨를도 없이 바쁘게 지내다 보니 어렴풋이 1년 전으로 되돌아간 듯한 느낌이 들었다.

또다시 초가을이 왔다. 머리 위 감나무는 이미 풍년을 맞이할 준비를 마쳤다. 삶은 이렇게 무사히 돌아가고 있었다. 감나무는 초록 잎사귀가 무성했을 때 있었던 슬픔과 기쁨, 만남과 이별 때문에 결코 슬퍼하는 법이 없었다. 오가던 사람이 누구였는지, 어떤 만남과 이별을 겪었는지 감나무는 한 번도 근심하지 않았다.

뤄즈는 법학 복수전공 수업 때 정원루이를 보기도 했다.

처음엔 이해가 가지 않았다. 성화이난도 자퇴한 마당에 정원루이는 어째서 여전히 이 수업에 들어오는 걸까. 그런데 생각을 바꾸니 의문이 풀렸다. 어쩌면 정원루이의 삶의 중심은 성화이난이 아닐지도 몰랐다. 비록 정원루이의 성화이난에 대해 아는 것과 관심의 정도가 변태적인 수준이긴 했지만, 그 누구도 '성화이난'이라는 이름만으로 정원루이의 모든 걸 설명할수는 없었다.

어쩌면 처음부터 정말로 복수전공을 하려고 법학 수업을 들은 건지도 몰라, 뤄즈는 생각했다.

중간고사가 다가왔다. 뤄즈는 수업이 끝난 후 교탁 옆으로 가서 학생들 사이에 있는 교수님의 질의응답을 들었다. 한 여학생이 안쪽에서 나오며 그녀의 어깨에 거칠게 부딪혔다. 뤄즈는 고개를 들고 칠판에 교수님이 적은 사례를 베끼느라 그 여학생을 볼 틈이 없어서 다급하게 말했다. "미안."

"거짓말쟁이."

뤄즈는 다시 고개를 숙이고 몇 자 베껴 적다가 그제야 자신이 욕을 먹었다는 걸 깨달았다. 그녀가 돌아보았을 때 정원루이의 모습은 이미 문 밖으로 사라지고 없었다.

정원루이가 그녀를 거짓말쟁이라고 불렀다.

뤄즈는 마침내 깨달았다. 정원루이가 2월에 받은 오래된 메일을 7월의 아주 평탄하기 이를 데 없던 밤에 그녀에게 보냈던 이유를 말이다.

정원루이는 이렇게 말했었다. "걔는 널 진심으로 생각해. 넌 그걸 알고 있으면 돼."

그때 정원루이는 이미 성화이난의 학위 자격이 취소된 일을 알았을 것이다. 그녀는 뤄즈가 그 일로 감동하고 양심의 가책을 느껴 그를 떠나지 않도록 할 요량이었다.

그러나 성화이난이 사라진 건 끝내 정원루이의 생각을 검증해주었다. 뤄즈는 거짓말쟁이였다. 예잔엔도, 쉬르칭도 똑같이 모두가 거짓말쟁이였다. 모두가 성화이난의 빛나는 면만 좋아했고, 오직 정원루이만이 그의 음침하고 가식적인 면, 그리고 모든 단점들을 사랑했다.

정원루이는 성화이난을 얻지 않아도 괜찮았다. 그러나 성화이난에 대한 그녀의 사랑은 반드시 백 프로, 1등이어야 했다.

뤄즈는 노트에 빠르게 필기를 옮겨 적으며 한편으로는 그녀의 집요함에 대해 속으로 묵묵히 울지도 웃지도 못할 경의를 표했다.

11월 11일 솔로데이, 장밍루이가 그녀에게 나와서 함께 있자고 초대했다.

"밥 먹고 같이 노래 부르면서 밤새자. 아마 열예닐곱 명이 모여서 떠들썩할 거야. 어때?"

"밤샘 노래는 사양할게. 룸메이트랑 같이 노래방 가기로 약속했거든. 하지만 밥 먹는 건 괜찮아."

10월, 뤄즈는 장밍루이로부터 메일 하나를 받았다. 크기가 작지 않은 영상이 첨부되어 있었다. 느린 학교 인터넷으로는 다운로드하는 데 3시간이나 걸렸다. 뤄즈는 영상을 클릭해 재생하자마자 캠코더 뒤쪽 한 무리의 남학생들이 괴성을 지르며 소란을 피우는 소리를 들었다.

그리고 장밍루이가 보였다. 자전거를 타고 두 손을 놓은 채 컵라면을 들고 유유히 먹으면서 여학생들이 보일 때마다 말을 걸었고, 그때마다 캠코더 뒤쪽의 친구들은 환호했다.

그리고 뤄즈는 영상 속 자신을 보았다. 검정색 가방을 메고 인도에서 장밍루이를 보며 웃고 있었다.

장밍루이도 그녀를 돌아보다가 갑자기 몸을 휘청하더니 컵라면을 온몸에 쏟고 말았다. 캠코더 뒤쪽의 남학생들이 우르르 그에게로 달려가면서 화면도 따라서 흔들렸다. 영상을 찍던 사람은 장밍루이 곁으로 달려가 그와 바닥에 널브러진 자전거를 놓치지 않고 영상에 담았다. 모두가 괴성을 지르며 웃어댔다. 순간 화면이 하늘을 향하더니 갑자기 반짝이며 지나간 태양 때문에 뤄즈는 눈앞이 환해졌다.

그런 다음 화면은 까맣게 변했다.

메일에는 딱 한마디뿐이었다. "물건 정리하다 발견했는데, 내가 널 예전에 봤더라고. 그런데 이제야 발견했어."

뤄즈는 실망스러워 그 영상을 여러 번 돌려보았다. 문득 1년 전의 자신에게 많은 이야기를 해주고 싶었다.

그러나 그녀는 답장을 보내지 않았다.

밥을 먹을 때 뤄즈는 별안간 감탄이 나왔다. 얼마나 오랫동안 떨어져 있든, 어떤 우여곡절을 겪었든, 자신은 늘 장밍루이와 즐겁게 대화를 나눌 수 있었고, 그 어떤 난처함이나 악감정도 없이 아무 일도 없었다는 듯 이런저런 잡담을 늘어놓을 수 있었다.

"참, 줄곧 이해가 안 가는 게 있어. 어째서 남학생들은 솔로데이에 이렇게나 신경을 써? 솔로데이에 혼자 보내기가 두려운 거야?"

"아니." 장밍루이가 고개를 저었다. "혼자 있는 건 안 두려워."

뤄즈는 고개를 끄덕이며 줄기상추 반 접시를 사골육수 쪽으로 몽땅 집어넣었다.

"내가 두려운 건 누군가 혼자 있지 않는 거지."

뤄즈는 멍하니 고개를 들었다. 맞은편의 장밍루이는 가벼운 말투였지만 눈빛은 진지하게 그녀를 바라보고 있었다.

뤄즈가 웃으며 손을 들어 종업원을 불렀다. "여기 육수 좀 더 주시겠어요?"

장밍루이는 화제를 바꿔 최근 인기 있는 영화 〈색계〉에 대해 떠들었다. 원래는 실실 웃고 있었는데, 뤄즈가 지극히 진지한 표정으로 그 영화를 보다가 울었다고 하는 말에 저도 모르게 한 발 물러나 여자들은 참 변태 같다며 크게 외쳤다.

식사가 끝나고 뤄즈가 작별 인사를 하려는데 뜻밖에도 장밍루이가 그녀를 하겐다즈 앞으로 데려갔다.

"처음 너한테 한턱 쏠 때 우리 데어리 퀸에 갔었지?"

"응. 정확하게 말하자면 데어리 퀸은 내가 고른 곳이지. 봐, 얼마나 사람 속마음을 잘 이해하게."

"그럼 오늘은 하겐다즈로 보충하자. 다들 외국 마트 제품이라고는 하지만, 그래도 확실히 좀 비싸긴 해."

"그걸 왜 먹어, 데어리 퀸보다 맛있는 것 같지도 않은데."

"그래도 브랜드가 마음에 확 와닿잖아." 장밍루이가 짐짓 무게를 잡으며 말했다. "사랑한다면 하겐다즈를."

"그게 뭐야." 뤄즈가 웃었다. "그건 광고 카피일 뿐이야."

"고백일 수도 있지."

뤄즈는 고개를 돌려 그를 바라보았다. 장밍루이의 웃는 얼굴에는 언제부터인지 장난기가 빠져 있었다. 뤄즈는 천천히 숨을 내쉬었다. 언제부터인지 쓸쓸한 바람 속에 가을의 기운이 빠져 있었다.

겨울이 성큼 다가왔다.

뤄즈가 무슨 말을 해야 할지 망설이고 있을 때, 장밍루이는 고개를 숙였다가 재빨리 들더니 하하 웃으며 그녀의 어깨를 두드렸다. "놀란 것 좀 봐. 그냥 농담한 거야."

그냥 농담한 거야.

뤄즈가 노래방 입구를 들어설 때 장바이리는 로비에 새까맣게 늘어선 사람들을 가리키며 말했다. "이 언니가 준비성이 철저했기에 망정이지, 안 그랬으면 너도 저 무리의 일원이 됐을 거야."

미리 예약해놓은 것뿐이잖아, 뤄즈는 속으로 툴툴거렸다. 솔로데이에 노래방이 이렇게나 인기 폭발일 줄은 상상도 못 했다.

뤄즈는 천모한이 결국 거비와 헤어졌다는 소식을 들었다.

따지고 보면 들은 것도 아니었다. 지난달, 장바이리가 뤄즈의 침대에 앉아 노트북으로 인터넷 서핑을 하다가 잠깐 화장실에 간 사이, 여전히 켜져 있던 모니터에 전체 화면으로 떠 있던 MSN 메신저에서 거비가 보낸 장문의 메시지는 뤄즈가 도저히 모른 척하고 지나갈 수 없는 내용이었다.

뤄즈의 활약으로 구즈예가 사라지던 그날, 술에 취하고 비에 젖은 장바이리는 심하게 앓아누웠다. 다만 이번에는 거비가 그녀에게 죽과 반찬을 가져다주지 않았다. 장바이리는 건강을 회복한 후 여름방학에 구이저우貴州로 교육 지원을 나갔고, 새 학기가 시작되자 에이즈 환자를 돕는 사회단체에 가입했고, 토요일마다 교외의 노인회관에 가서 봉사활동을 했다.

뤄즈는 장바이리를 놀리며 물었다. 혹시 또다시 사랑에 올인했다가 실패할까 봐 두려워서 사회 곳곳에 나누어 분산투자를 하는 거냐고 말이다. 그러나 장바이리는 아주아주 진지하게 대답했다. "이런 일을 해야 내 마음이 안정돼."

"내가 돌보는 한 할머니는 벌써 아흔 살이셔. 기회 있을 때마다 나한테 옛 친구들 사진을 보여주면서 그분들 얘기를 해주시지. 내가 그분들께 합창 연습을 시켜드리고 사소한 일을 도와드릴 때마다 고맙다는 인사를 받아. 게다가 내가 한 일에 대한 확실한 효과도 볼 수 있고. 있지, 난 이제껏 이렇게 착실한 기쁨을 얻어본 적이 없었어."

뤄즈는 보통 감동한 게 아니었다.

비록 2주 후 장바이리에게 이끌려 둥단東單공원에서 열린 에이즈 홍보 활동에 참가했을 때, 그녀의 행복한 눈빛을 따라가다가 훤칠한 남학생 자원봉사자를 보고 말았지만 말이다. 즉시 마음속 장바이리의 고결한 이미지는 20프로 정도 깎여나갔다.

세상을 사랑으로 가득 채우기 전에 장바이리는 먼저 눈에 꽃미남을 가득 채워야 했다.

그러나 장바이리가 휴학 신청을 하고 반년간 그 남학생을 따라 칭하이青海에 가서 자원봉사를 하기로 결심했다는 말을 들었을 때, 뤄즈는 그래도 그녀를 지지해주었다. 왜냐하면 예전에 장바이리가 사랑 때문에 번민하고 담배를 피우며 별자리를 연구하던 것과는 전혀 달랐기 때문이었다. 그 남학생은 아직까지도 장바이리에게 아무 반응도 보이지 않았지만, 바이리가 그를 도우며 얻는 기쁨은 절대로 거짓이 아니었다. 그녀 내면의 사랑은 결코 고갈되지 않았다. 아무리 많은 상처를 입어도 그녀는 영원히 사랑을 믿을 것이다.

그리하여 거비가 MSN 메신저에서 장바이리의 휴학을 장문의 글로 만류할 때, 장바이리의 대답은 딱 한 문장이었다. "행복하길 바라."

행복하길 바라.

"하지만 차라리 4학년 때 신청하지 그랬어. 학교 프로젝트에 참여해서 교육 지원 1, 2년 나가면 대학원생 신분으로 바뀌어서 계속 공부할 수 있잖아. 얼마나 경제적이야." 뤄즈가 웃으며 놀렸다.

"천박해!" 장바이리는 그녀에게 눈을 흘기곤 갑자기 울려 퍼진 반주음악을 따라 노래방 기계 옆에서 일어났다.

뤄즈는 마이크를 차지하고 목청이 터져라 '린킨파크' 노래를 부르는 여자아이를 보며 속으로 그녀의 이름을 되뇌었다.

바이리.

"글자로 쓰면 아주 평범하고 약간 흔해 보이긴 하지만, 발음할 때 '리'의 입 모양이 아주 예뻐. 웃는 모양 같잖아."

뤄즈는 대학교에 갓 입학하고 얼마 되지 않았을 때, 서로의 이름에 대해 이야기하면서 장바이리가 득의양양한 표정으로 이렇게 설명했던 걸 떠올렸다. 그때 뤄즈는 고개를 끄덕여주긴 했지만 속으로는 약간 억지스럽다고 생각했었다.

"넌?"

"나? 우리 엄마 고향에 귤밭이 있었대. 그래서 원래는 귤을 뜻하는 '쥐橘'를 넣어 '뤄쥐'라고 부르려고 했대. 사람들에게 사랑받는 이름이라고. 그런데 역술가의 말 때문에 바꿨대. 천한 이름이 잘산다고, 그래야 액운을 피할 수 있다나."

장바이리가 멍하니 물었다. "엄청난 느낌이네. 그래서 효과는 어때?"

뤄즈는 어이가 없었다. "내가 지금 몇 살인데 벌써 효과를 물어."

다행히 결말을 묻는 건 아니었다.

하지만 결말은 어떨까? 새벽 4시, 뤄즈와 장바이리는 오들오들 떨면서 서로를 부축해 길을 건너 학교로 돌아왔다. 고요한 도로와 안개를 뚫고 빛을 밝힌 3개의 빨간불을 보며 뤄즈의 무감각해진 심장은 다시금 뛰기 시작했다.

이런 게 바로 결말일까?

졸업하고, 일하고, 돈 벌고, 적당한 사람을 만나 결혼하고 아이를 낳는 것.

이런 게 바로 결말일까?

뤄즈는 고개를 들어 하늘에 걸린 달을 바라보았다. 그제야 오늘 달 역시 옅은 구름 뒤에 숨어서 무지개 같은 연한 광채를 사방으로 발산하고 있다는 걸 알아차렸다.

익숙한 달이었다.

그러나 이보다 더 또렷하게 기억하는 건 성화이난도, 사랑하는 마음도, 키스도, 그날 밤에 나눴던 말도, 담장 위에서 불던 바람도 아니었다.

바로 갑작스럽게 사라진, 끝내 어떻게 되었는지 모를 달과 행방을 알 수 없는 구름이었다.

뤼즈는 주량이 약한 장바이리를 부축하며 힘겹게 걸어가면서 별안간 조용히, 조용히 시를 읊기 시작했다.

마치 이미 깨어난 꿈에서 놀라 깨어날까 봐 두려워하는 것처럼.

푸르렀던 9월의 어느 날,
아직은 어린 자두나무 밑에서
나는 그녀를,
조용하고 창백한 나의 사랑을
사라지지 않는 꿈처럼 품에 안았다.

우리의 머리 위, 아름다운 여름 하늘에는
구름 한 점이 떠 있었다.
나는 그것을 오랫동안 바라보았다.
아주 하얗고 아득히 높이 떠 있던 그것은
내가 다시 올려다보았을 때 이미 사라지고 없었다.

그날 이후, 수많은 달이
소리 없이 하늘을 지나갔다.

그 자두나무는 아마 베어졌으리라.

그 사랑이 어떻게 되었느냐고 묻는다면

기억나지 않는다고 대답하리라.

그러나 물론, 나는 그 질문의 뜻을 확실히 알고 있다.

그녀의 얼굴은 떠오르지 않지만

그날 내가 그 얼굴에 키스했다는 것만은 알고 있다.

그 키스도, 하늘에 떠다니던 구름이 아니었다면

내가 지금도 기억하고 앞으로도 항상 기억할 그 구름이 아니

었다면

벌써 오래전에 잊어버렸을 것이다.

구름은 아주 하얗고 아주 높은 하늘 위에서 왔다.

어쩌면 자두나무가 아직도 꽃을 피우고 있고

그 여인도 일곱 번째 아이를 낳았을지 모른다.

그러나 그 구름은 아주 잠깐 동안만 나타났고

내가 올려다보았을 때 이미 바람에 실려 사라지고 없었다.

　　　　―「마리아에 대한 추억」 독일 시인 베르톨트 브레히트

제89장   　　　　　　　다 알고 있었구나

뤄즈의 엄마는 설이 지난 후에 천 씨 아저씨를 따라 광시로 이사하기로 결정했다.

짐을 꾸리고 정리하는 일은 뤄즈가 걱정할 필요 없었다. 엄마는 생활 면에서 줄곧 아주 유능했기 때문이었다. 사실상 뤄즈가 설 전날에 집으로 돌아갔을 때는 집이 이미 절반 정도 비어 있었다.

엄마의 얼굴에 떠오른 불안함과 미안함을 보니 뤄즈는 정말이지 웃고 싶었다. 2학년 여름방학 때는 실습 때문에 집에 돌아가지 않았는데, 뤄양의 말을 들어보니 엄마는 뤄양의 엄마에게 수도 없이 전화를 걸어 걱정을 늘어놓았다고 했다. "내가 천 씨와 이사를 가버리면 애가 집이 없어졌다고 생각하고 마음이 언짢아져서 날 만나기 싫어하면 어떡하죠?"

뤄즈는 어이가 없어서 그해 국경절 연휴 때는 재빨리 비행기를 타고 집으로 돌아가 엄마를 안심시켰다.

"나도 홀로서기를 해야 하잖아. 대학 생활도 후반기에 접어들어서 방학 때 집에 돌아가지 않는 사람들도 많아. 실습을 하거나 시험을 준비하거나 출국 신청을 준비하거나. 어쨌든 다들 각자 노력하는 방향이 있으니까. 엄마, 엄마는 정말 생각이 너무 많아. 난 이제 어린애가 아니라구."

뤄즈는 말하면서 자신의 방을 훑어보았다. 여전히 깨끗했고 책상 위에 놓인 물건의 위치도 전부 그대로였다.

"이 집은 어떻게 할 생각이야?"

"광시에 천 씨 집이 있는데 우리가 살기엔 충분하더라. 벌써 몇 번 가서 정리도 끝냈어."

"그럼 이쪽 집은 그냥 팔아버리지?"

"무슨 그런 말도 안 되는 소릴! 이 집은 너한테 남겨줄 거야."

"나한테 준다고?" 뤄즈는 어처구니가 없었다. "난 졸업하면 여기로 돌아오지 않을 텐데, 이런 오래된 집은 놔둬봤자 집값도 많이 오르지 않을걸. 재개발이 될 때까지 기다리는 것도 거의 가망 없고."

뤄즈의 엄마는 만두를 빚다가 그 말에 안색이 어두워졌다. "임대를 해도 좋잖아. 팔면 안 돼."

"어째서?"

"이 집은 네 외할머니가 너한테 남긴 거야."

뤄즈는 깜짝 놀라 하마터면 마침 입가로 가져간 뜨거운 우유에 혀를 데일 뻔했다. 이 작은 집이 어떻게 생긴 건지는 한 번도 생각해본 적 없었다. 아빠가 죽은 후, 그녀는 엄마와 함께 할머니 집에서 나와 외할머니 댁에서 잠깐 살다가 이 집으로 이사 왔다. 마치 당연히 존재해야 하는 곳처럼, 이 집으로 들어올 때의 다른 일들은 기억나지 않았다.

뤄즈는 외할머니가 겉으론 쌀쌀맞아도 속은 사실 따뜻한 사람이라는 걸 잘 알고 있었다. 하지만 어렸을 때는 철이 없어서 겉모습만 보고 외할머니는 아빠가 미워서 집에 들어오지도 못하게 하는 '무서운 할멈'이라고 생각했었다.

그리고 나중에 커서 이 '무서운 할멈'을 이해하게 되었을 때, 외할머니는 이미 돌아가신 뒤였다.

어렸을 때, 뤄즈는 뤄양에게 자신은 외할머니에 대해 잘 모른다며, 외할머니는 어떤 사람이냐고 물어본 적 있었다. 그러나 뤄양은 뤄즈가 외할머니의 장례식 때 처음으로 이 오래된 집에 들어선 건 아니었다는 사실을 알지 못했다.

아무리 무서운 사람이라도 약한 면은 있게 마련이다. 자신을 거역하고 타향의 일개 기술자에게 시집을 가겠다고 고집부리는 딸을 가문에서 쫓아내긴 했어도, 노부인은 딸에게 줄곧 모질게 굴기는 어려웠다. 뤄즈는 엄마에게 이끌려 도둑처럼 살금살금 외할머니 집에 가면서, 절대로 아무에게도 말하지 않겠다며 힘껏 고개를 끄덕였던 걸 기억했다. 그러다 어느 날 아빠가 어떻게 알았는지 외할머니 집으로 전화를 걸어 그녀를 데려가겠다고 했다.

외할머니의 얼굴은 그날의 날씨처럼 침울해졌다.

그날은, 그녀의 아빠가 기계 사고로 죽은 눈 내리는 밤이었다.

뤄즈 기억에 그날 이후로 거의 반년 동안은 매일매일이 헛되이 시간을 끄는 혼란스러운 전쟁터와도 같았다. 격노한 친할머니는 아빠의 죽음을 엄마 탓으로 돌렸다. 남편을 해할 상이라는 거였다. 엄마는 공장에서 난동을 부렸다. 사고 감정서가 나오자 더욱 히스테리를 부렸고, 회유를 당했으며, 성화이난 아버지가 고용한 건달들에게 위협을 받기도 했다. 건달들은 할머니 집 주변을 배회했고, 엄마는 무서워서 치를 떠는 작은고모들에게 쫓겨나고 말았다.

뤄즈는 지금 자신의 모습과 고개를 숙이고 만두피를 밀어 펴는 엄마를 보며 갑자기 기억이 틀린 건 아닌지, 그 모든 일이 발생하지 않았던 건 아닌지 의심스러워졌다.

엄마는 상냥하기만 한 사람이 아니었고, 삶의 좌절은 그녀를 날카롭고 매정하게 만들었다. 자신의 딸이 결혼식장에서 그 성화이난과 즐겁게 놀았다는 걸 알고는 따귀 한 대로 뤄즈를 바닥에 넘어뜨렸다.

삶은 이 여인에게 친절한 적이 한 번도 없었다. 기나긴 세월, 그녀는 아무것도 모르는 아이를 보살펴야 했고 배워야 할 것이 너무도 많았다.

그러나 외할머니에 대해 뤄즈가 잊지 못하는 일이 하나 있다.

흙먼지 날리는 오솔길에서 외할머니는 뙤약볕을 맞으며 그녀를 데리고 걸어갔다. 가는 길 내내 아무 말 없었다.

어디를 가는 길이었는지, 뭘 하려는 것이었는지는 몰라도 침묵의 흙길이었다는 것만은 기억했다. 바로 그렇게, 입을 꾹 다물고 쏟아지는 햇볕을 참으며 앞으로 걸어갔다. 모래가 얼굴을 스쳐도 아프다고 하지 않았다. 고집스럽게, 그러면서도 너무 어려서 대체 뭐가 문제인지 알지 못했다.

입술은 말라서 갈라졌고 눈동자에서는 불길이 타올랐다.

외할머니가 갑자기 냉랭하게 말했다. "넌 저기 가서 기다리거라."

5분 후, 외할머니가 손에 생수 한 병과 '부부싱*' 한 봉지를 들고 돌아왔다. 바로 뤄즈가 어릴 때 텔레비전 광고를 볼 때마다 시선을 못 떼던 거였다.

뤄즈는 성격도 급하게 달려들어 부부싱 포장을 뜯으려다가 외할머니에게 손등을 맞고 야단까지 들었다. "길이 얼마나 더러운데, 이따가 먹어라! 좀 참으면 어디 죽기라도 한다니?!"

그리하여 뤄즈는 풀이 죽은 채 부부싱을 들고 계속해서 걸었다. 그렇게 걷고 걸으면서 속으로는 잔뜩 신이 났다.

이 밑도 끝도 없는 기억의 단편은 한동안 외할머니가 그녀를 사랑했다는 유일한 증거가 되어주었다.

"나중에 네 외할머니 외할아버지의 그 집은 팔아서 병원비 약값을 갚았고, 남은 건 우리 형제자매들이 나눠 가졌어. 하지만 다들 이 집이 어디서 난 건지는 몰랐지. 이 집은 외할머니가 널 몹시 아껴서 널 위해 남겨주신 거야. 외할머니는 자기가 죽

----

* 卜卜톳, 80년대에 유행한 유탕처리 과자.

으면 우리가 갈 곳이 없을까 봐 걱정하신 거지."

알고 보니 이렇게 오랜 세월 그들은 이 노부인의 마음속에 쭉 살아왔던 거였다.

"다들 설 전에 와서 제사를 지내는데, 우리는 정월 초나흘에야 오다니 얼마나 불길하니."

"엄마가 여길 떠나기 전에 꼭 와야 한다며. 난 실습 때문에 설 전날 겨우 비행기 타고 도착했는데, 어떻게 설 전에 와? 그냥 보러 오는 건데 뭐. 제사에 무슨 미신이 그렇게 많데?" 뤄즈가 말을 마치자 조수석에 앉아 있던 천 씨 아저씨가 웃었다.

"젊은이에겐 젊은이의 생각이 있을 테니 당신은 다투지 말아요." 그는 뒤를 돌아보며 뤄즈의 엄마에게 말했고, 상대방의 내키지 않는 동의를 얻어냈다.

그러나 뤄즈의 엄마는 여전히 전통을 고수했다. 예를 들면 지전을 태울 때는 잡귀가 와서 돈을 빼앗는 걸 막기 위해 먼저 두 장에 불을 붙여 옆에 놓는다든지 말이다. 뤄즈는 한쪽에 서서 저승의 치안이 얼마나 안 좋은 건지 혼자 툴툴거렸다.

엄마는 지전이 충분히 탈 수 있도록 쇠갈고리로 뒤적인 후, 뤄즈의 아빠에게 너그러운 마음으로 이해해달라며, 자신은 절대로 그와 그의 딸을 버리지 않을 거라고 중얼거렸다.

뤄즈는 눈을 흘겼지만 마음은 어쩔 수 없이 부드러워졌다.

뤄즈의 엄마는 매번 지전을 태울 때마다 펑펑 울어서 얼굴이 창백해지고 제대로 서지도 못했기 때문에, 뤄즈는 혼자 유골함을 가져다 놓겠다고 고집했다. 그녀는 얼음처럼 차가운 유골함을 들고 다시금 차갑고 텅 빈 복도를 지나갔다. 문득 1년 전의 상황이 떠올랐다.

뤄즈는 천천히 걸으며 저번에 그녀가 잘못 들어갔던 안치실 번호를 찾으려 애썼지만, 붉은 비단 끈으로 연결된 유리장이 놓여 있던 안치실은 흔적도 없이 사라져버린 것만 같았다. 그녀는 한참을 헤매다가 하는 수 없이 번호를 따라 아빠의 유골이 놓여 있던 선반 앞으로 돌아갔다.

그리고 무심코 고개를 돌렸다가 창턱에 앉아 있는 여인을 보았다.

뤄즈는 깜짝 놀라 숨을 들이켰다. 하마터면 유골함을 떨어뜨릴 뻔했다. 그 여인은 뤄즈의 움직임을 보고 얼른 달려와 손을 뻗어 두 손으로 유골함을 받쳤다.

"조심해야지!"

그 말투는 이 유골함이 뤄즈보다 훨씬 친근한 것처럼 들렸다.

"어떻게 또?" 뤄즈는 경악했다.

그 여인의 옷차림은 이번엔 그다지 무섭진 않았다. 아주 정상적인 옅은 회색 패딩에 모직바지와 검정 구두, 여전히 스카프를 매고 있었지만 얼굴은 부어 있지 않았다. 딱 정상적인 중년 여성처럼 보였다.

여전히 아름다운 눈은 옛날 젊을 적의 광채를 반짝이고 있었다.

유골함은 아직도 뤄즈의 손에 들려 있었지만, 그 여인이 거칠고 빨갛게 부어오른 손을 유골함 뚜껑에 올리고 한 번, 또 한 번 쓰다듬었다. 다시는 손을 떼지 않을 것처럼.

아주 오랫동안 뤄즈는 아무 말도 하지 않았다. 딱히 두렵지 않았다. 뤄즈는 궁금했다. 분명 아빠와 관련 있는 사람이겠지 생각하면서도 선뜻 입을 열 수 없었다.

"누구세요?"

결국 가장 간단한 질문을 선택했는데, 뜻밖에도 상대방도 동시에 입을 열어 부드러운 목소리로 물었다. "내가 그의 유골을 조금 가져가도 되겠니?"

뤄즈는 그 질문에 한참을 고민하다가 멍하니 물었다. "왜요?"

"부탁하는 거야."

"왜요?"

"먼저 대답해주면 안 될까? 올해 제삿날 너희 모녀가 오지 않아서 난 매일 여기 와서 둘러봤어. 혹시라도 너희를 만날 수 있지 않을까 하고. 네 엄마가 남쪽 지방으로 떠나서 안 돌아올 거 알아. 그 사람의 유골을 내게 주면 안 될까? 다 가지고 가지는 않을게. 조금이면 돼. 제발 안 되겠니?"

여인은 말하면서 무릎까지 꿇었다.

뤄즈는 깜짝 놀라 얼른 쭈그려 앉아 한참을 달랬지만 그녀는 일어나지 않았다.

"저희 아빠를 아세요?"

"너희 엄마보단 먼저 알았지." 그녀가 무심히 대꾸했다.

뤄즈는 정월 초닷새 점심때 비행기로 학교로 돌아갈 예정이었다. 엄마와 천 씨 아저씨의 항공편은 그녀보다 2시간 빨랐는데, 짐들을 미리 철도와 택배로 광시로 보내놓은 터라 세 사람은 모두 간편한 차림으로 아침 일찍 공항에 도착했다.

"둘이 얘기하고 있어요, 난 가서 담배 좀 피우고 올 테니까."

출발을 기다리면서 천 씨 아저씨는 눈치껏 자리를 비켜주었다. 엄마는 뤄즈의 손을 꽉 잡고 당부의 말을 끝없이 늘어놓았다.

"엄마, 난 그저 학교로 돌아가는 거잖아. 엄마가 광시로 가지 않더라도 방학 때나 돼야 다시 볼 수 있을 텐데 무슨 차이가 있어. 앞으로는 내가 광시로 가는 걸로 장소만 바뀌는 건데 뭐. 무슨 생사의 이별을 하는 것처럼 그래, 걱정되게."

엄마는 쑥스러운 듯 웃으며 다시 한참 말을 늘어놓고는 조용히 그녀의 손을 잡았다. 왜 웃는지는 알 수 없었다.

"뤄뤄, 너랑 그 남자 친구 있잖니……. 걔가 내가 생각하는 그 애니?"

뤄즈는 깜짝 놀라 뒷걸음질했다. 엄마의 얼굴에는 복잡한 미소가 떠올라 있었는데, 놀랍게도 너그러움과 미안함이 섞여 있었다.

"알고 있었어? 어떻게 안 거야?"

엄마가 한숨을 내쉬었다. "날 원망하지 말아주렴, 뤄뤄. 네가 고등학교 때 그 남학생 좋아했다는 거 엄만 다 알아."

뤄즈는 문득 깨달았다.

엄마가 그녀의 일기를 봤던 것이다. 문제집 사이에 끼워둔 한 장짜리뿐 아니라. 뤄즈는 자물쇠를 걸어 일기장을 숨기는 습관은 없었지만 줄곧 엄마가 훔쳐볼 거라고는 생각지 않았다. 고등학교 때는 최고의 우등생이었고 불량한 행동을 한 적도 없는 뤄즈였다. 그녀는 생계를 꾸리느라 바쁜 엄마가 그런 것까지 찾아보진 않을 거라고 생각했다. 어쨌거나 성적과 행동 면에서는 나무랄 데 없었으니 말이다.

"엄만 늘 너한테 미안했어."

"엄마는 아빠한테도 미안하고, 외할머니한테도 미안하고, 모두에게 미안하다고 생각하는 거야? 하늘이야말로 엄마한테 미안해야 해." 뤄즈는 고개를 저었다.

"아냐. 뤄뤄, 네가 대학에 들어간 후에야 비로소 반성이 되더라. 엄마를 용서해주렴. 나도 어떻게 아이를 키우고 어떻게 널 가르치고 관심을 줘야 하는지 배워야 했는데. 넌 줄곧 말수가 적었고 뭐든 마음속에 담아뒀잖아. 하지만 엄만 하루가 멀다 하고 짜증을 부렸어. 울었다가, 화를 내다가…… 그래, 내 마음이 괴롭다고 너까지 끌어들인 거야."

뤄즈는 객관적으로 봤을 때 엄마가 확실히 훌륭한 어머니는 아니었다는 걸 인정해야만 했다. 어렸을 때는 전전긍긍하고 커서는 모든 것에 냉담하게 구는 뤄즈의 성격적 결함이 엄마와 얼마나 관련이 있는지는 분명하게 말하기 어려웠지만, 그래도 이제까지 한 번도 과거를 되돌아보며 만약의 경우를 생각해본 적은 없었다.

태어날 때부터 어머니가 되는 법을 아는 사람은 없다. 엄마와 그녀는 함께 성장해왔고, 지금 두 사람은 좋은 쪽으로 바뀌었으니 이건 좋은 일이었다.

좋은 일이면 충분해, 뤼즈는 생각했다.

"그땐 화가 나서 쓰러질 뻔했겠네? 나름 아빠를 죽인 원수의 아들이잖아." 뤼즈가 씁쓸하게 웃었다.

"화 안 났어."

"그럴 리가."

"정말이야!" 엄마는 뤼즈의 손을 꽉 쥐고 한숨을 내뱉었다. "그땐 이게 다 운명인가 싶더라. 너 어릴 때, 그 집 애랑 놀았다고 내가 널 때렸잖니. 그러다 나중에 또……. 하지만 이게 다 운명이지 뭐. 너랑 얘기하고 싶었는데, 네가 뭐든 마음속에 묻어두고 있으니 혹시라도 내가 말을 잘못해서 속상해할까 봐 걱정되더라. 너도 겨우 명랑해졌는데 말야. 그래서 생각했어. 좋아하면 좋아하게 두자, 그 나이대 여자애가 누굴 좋아할 수도 있는 거니까. 시간이 지나고 옛 기억이 옅어지면 나아지겠지."

"그럼 만약 나아지지 않으면?" 뤼즈는 문득 코끝이 찡해져 고개를 돌렸다. 옆에 앉아 있는 엄마에게 보여주고 싶지 않았다.

"나아지지 않으면 그냥 그런 거지 뭐."

"어떻게? 엄마는 이렇게 두는 게 아빠한테 미안하지 않아?"

"그건 어른들 사이의 일이야. 네가 건강하고 즐겁다면 난 네 아빠 앞에서 떳떳해."

엄마. 뤼즈는 눈을 감았다. 눈물이 뜨거운 강물처럼 양 볼을 타고 흘러내렸다.

뤼즈의 비행기 시간은 늦은 편이어서, 엄마가 걸음마다 뒤를
돌아보면서 천 씨 아저씨와 함께 떠나는 걸 바라보며 팔이 뻐
근해질 때까지 손을 흔들었다. 불현듯 엄마에게 〈누이여 담대
하게 앞으로 나아가라〉라는 노래를 불러주고 싶어졌다. 정도
를 넘은 이런 기발한 생각은 마음속에 묻어둘 수밖에 없었다.

그녀가 안치실에서 한참을 낑낑댄 끝에 유골함을 열어 다른
사람에게 아빠의 유골을 빼돌렸다는 사실을 엄마가 알았다면
이렇게 안심하고 비행기에 오르지 못했을 것이다.

그건 엄마가 몰랐으면 하는 이야기였다. 소꿉친구였고 서로
좋아하는 사이였다. 다만 남자의 어머니가 다른 집안의 힘에
의지해 자식들에게 직장과 호적을 마련할 목적으로 두 사람을
억지로 갈라놓았다. 여자는 낙태를 했고, 효성스러운 아들은
소개받은 아가씨와 순순히 결혼을 했다. 아내는 딸을 낳았고,
아이의 성을 외할머니를 따르게 하면서 그의 어머니를 심히 분
노케 했다. 고부끼리 아이의 성씨 문제로 시끄럽게 투닥거릴
때, 그는 온통 괴로움에 휩싸여 집을 뛰쳐나가 첫사랑이었던
기구한 여인의 집으로 가 가스통을 갈아주었다.

유골은 죽은 것이었고 위패는 굉장히 비싼 값에 파는 플라스
틱일 뿐이었다.

살아 있는 사람의 그리움 때문에 이 모든 건 비로소 의미를
가졌다.

뤼즈는 작은 봉투에 유골분을 반쯤 담고 말했다. "다시는 오지 마세요. 가져가세요."

뤼즈는 그 여인이 떠나는 것도, 엄마가 떠나는 것도 보았다. 이 이야기는 아빠에 대한 모호한 기억과 함께 멀리 떠나갈 것이다. 자신은 일기장을 지키지 못해 비밀을 널리 퍼뜨려 버렸지만, 엄마의 굳건함은 반드시 지켜야 했다.

아빠는 엄마를 사랑하지 않았을지도 모른다.

그러나 이런 의심은 마음속으로만 품으면 그만이었다.

사랑이 아니었다면 어떻게 일개 여인이 그의 죽음에 대해 공정한 처리를 요구하며 가방 속에 가위를 숨긴 채 거리의 건달들과 대치할 수 있었을까.

그러므로 사랑이 아닐 수 없었다.

지나간 것은 지나간 것. 앞으로 뤼즈는 자신과 엄마에게 행복을 선사할 것이다.

　　　　베이징, 베이징

　온 교정에 라일락 향기가 일렁이기 시작할 때 초여름이 왔다.

　장바이리는 종종 칭하이에서 야크와 함께 찍은 사진을 업로 드했다. 듣자 하니 장바이리가 반했던 남학생은 현지에 도착하 고 몇 주 지나지 않아 대기업 취직을 위해 베이징으로 돌아갔 고, 그 후로 감감무소식이라고 했다. 그러나 장바이리가 격하 게 슬퍼하는 모습은 보이지 않았다. 그녀는 고민거리가 있으면 울면서 야크에게 하소연하면 된다고 했다.

　"1학년 때 내가 얼마나 비극적이었는지 이제야 깨달았어." 장바이리가 문자를 보냈다. "넌 내 얘기를 들을 때 콧방귀도 안 뀌는데, 여기 있는 야크는 가끔씩 울음소리를 내면서 호응을 해준다니까."

　뤄즈는 가끔 딩수이징의 문자를 받았다. 늘 그랬듯 편지에서 처럼 뜬금없는 감탄과 원망의 내용이었다. 전과 달라진 점이라면, 지금은 뤄즈가 기본적으로 답장을 한다는 거였다. 쉬르칭, 장 밍루이와 함께 798에 가서 놀기도 했다. 물론, 따로따로였지만.

뤄즈는 세계 500대 기업의 법무팀으로 옮겨 실습을 계속했다. 아직 졸업 전이라 공인회계사 시험을 볼 수 없어서 하는 수 없이 안후이성 벙부시 같은 상대적으로 응시 자격요건이 엄격하지 않은 지역에서 시험을 쳐야 했다. 그래서 여가 시간은 모두 공부에 쏟았고, 그게 오히려 마음이 편했다.

때로는 주옌과 이메일을 주고받았고, 두 아이와 영상통화를 하며 수다를 떨기도 했다.

그러나 성화이난에 대해서는 한 번도 언급하지 않았다.

모두들 뤄즈가 변했다고 했다. 그녀는 많은 친구를 사귀기 시작했고, 잘 웃고 잘 어울리는 사람으로 변했다.

어느 토요일 오후, 뤄즈가 추가 근무를 마치려는데 갑자기 휴대폰이 띠리링 하고 울렸다. 항공권 판매대행사의 회신 전화인가 싶어 번호를 확인하지도 않고 바로 받았다.

"네, 여보세요!"

"뤄즈."

백색의 차가운 조명, 받은 메일함의 43개의 읽지 않은 메일 표시, 하이힐이 카펫에 깊숙이 박힌 느낌, 옆의 프린터기가 종이를 뱉는 소리, 회의실 유리벽 밖에서 활기차게 오가는 동료들의 옆모습…….

그녀를 마비시키고 보호해주던 이런 보호막들은 전화 저편의 부름으로 순식간에 와르르 무너지고 말았다.

뤄즈는 지하철 출구에 도착하기도 전에 멀리서 성화이난을 보았다.

말쑥한 청년이 출구 카드기 옆에 서서 오가는 인파 속에 모습을 숨기고 있었다. 살짝 야윈 얼굴에 드러난 푸른 수염 자국이 보였다. 그는 그녀를 보자 입꼬리를 올리며 봄바람처럼 따스하게 웃었다.

뤄즈는 걸음을 재촉했지만 어쩔 수 없이 가드레일을 따라 빙 돌아가야 했다. 그는 사람들 뒤쪽에서 그녀의 노선을 따라 걸었다. 그들 사이에는 가드레일과 붐비는 인파가 있었다. 마치 강 양쪽 기슭에서 서로의 움직임을 따라가는 것처럼 사람들 틈새로 서로의 모습이 스치고 지나갔다.

뤄즈는 마침내 그의 앞에 섰다.

1시간 전, 전화에서 성화이난이 그녀에게 물었다. "베이징을 볼 수 있는 곳이 어딘지 알아?"

뤄즈는 그 목소리가 다른 세상에서 온 것처럼 느껴졌다.

그녀는 눈을 들어 벽시계를 보곤 부드럽게 말했다. "응, 내가 아는 곳 하나 있어. 베이징을 볼 수 있는."

이렇게 오랜만의 연락인데, 그들은 서로의 근황도 안부도 묻지 않았다.

대신 베이징에 대해 이야기했다.

오후 5시 반, 징산*.

그들은 평범한 관광객 커플처럼 보였다. 다만 서로 손을 잡고 있지 않을 뿐이었다. 대화는 별로 없었지만 그렇다고 낯설지는 않았다. 중간에 있었던 갖가지 일들은 마치 잠시 보류된 것처럼, 그들이 누리는 지금 이 순간에 조금도 영향을 미치지 않았다.

뤄즈는 이번이 처음 방문이 아니었기에 비교적 빠른 걸음으로 그를 데리고 인적이 드문 뜰을 오갔다. 징산공원은 규모가 크지 않았고 딱히 멋진 경치도 없었다. 한눈에 둘러볼 수 있을 정도였고 산이라고 하기에는 지나치게 낮았다. 돌계단으로 올라가면 15분 만에 정상에 오를 수 있었다.

그리고 중국의 산꼭대기에는 예외 없이 정자가 지어져 있었다.

"이 산 밑에 숭정황제가 목매어 죽은 나무가 있다던데, 어디 있는지는 모르겠어."

"황제는 자살할 때 무슨 생각을 했을까?" 성화이난이 물었다.

"그걸 어떻게 알겠어." 뤄즈가 웃었다. "전투에서 크게 패했잖아. 평생 높은 자리에 앉아 있던 사람이 속으로 무슨 생각을 했는지 우리는 알 길이 없지. 그게 뭐였든 절망이었을 거야."

절망이었을 거야.

뤄즈는 실언했다는 걸 깨달았지만, 그가 그렇게까지 약한 사람은 아닐 거라는 생각에 그저 입을 다물고 위로의 말도 건네지 않았다.

....

* 景山. 쯔진청 북쪽 바로 위에 위치한 인공 산.

하이힐을 신고 계단을 오르던 중, 거칠고 울퉁불퉁한 화강암 계단에 그만 굽이 끼이고 말았다. 뤄즈는 몸을 뒤로 기우뚱하며 외마디 비명을 질렀다. 그대로 넘어지려는 찰나, 다행히 성화이난이 그녀의 허리를 안정적으로 부축해주었다.

뤄즈가 아직 놀란 가슴을 진정하지 못하고 있을 때, 성화이난은 그녀의 옷차림을 유심히 살펴보았다. "오늘도 출근했어?"

"응, 추가 근무."

"이 신발로 어떻게 산을 올라가?"

"높지도 않잖아. 돌계단도 다 깔려 있고. 내가 조심하기만 하면 돼." 뤄즈는 말을 마치곤 왼쪽 발을 살짝 빼내어 살펴보았다. 발꿈치 쪽에 역시나 마찰로 인한 물집이 잡혀 있었다.

성화이난은 눈살을 찌푸리며 말없이 한 계단 위로 올라가 그녀에게 등을 향한 채 천천히 쭈그려 앉았다..

"내가 업어줄게."

뤄즈가 깜짝 놀라 멍하니 있자, 그가 그녀를 돌아보며 웃었다. "어서! 꾸물거리지 말고."

뤄즈는 신발을 벗어서 손에 들고 다가가 가만히 그의 등 위에 엎드렸다. 소년의 몸에서는 세탁 세제의 싱그러운 향기 외에도 젊음의 땀 냄새가 섞여 있었다. 뤄즈는 온몸의 무게를 그의 등에 싣고, 아래턱을 그의 왼쪽 어깨 움푹 들어간 곳에 댔다. 마음이 편안해지며 뜨겁게 달아올랐다.

좁은 돌길을 따라 구불구불 올라가자, 돌계단은 갈수록 넓어지더니 멀리 정자가 보였다. 손에 들린 하이힐이 그의 발걸음을 따라 흔들거렸다.

그녀는 하이힐을 신기 시작했고, 변하기 시작했고, 온화해지기 시작했고, 다른 사람이 그녀의 생활에 들어오는 걸 받아들이기 시작했다. 친구를 사귀고, 농담을 하고, 더 이상 이해득실을 존엄의 저울 위에 올려놓고 가늠하지 않았다.

좋은 일이었다.

그러나 하나같이 이 길을 끝까지 걷지 못한 것에는 미치지 못했다.

산꼭대기에 도착했을 때는 마침 석양이 내리고 있었다.

정자 안쪽 사방에는 난간과 긴 나무 의자가 둘러져 있었다. 그는 대강 방향을 잡아 먼저 그녀를 의자에 앉힌 후 자신도 그 옆에 앉았다. 정자에는 그들 둘과 다리를 난간 위에 걸치고 스트레칭을 하면서 발성 연습을 하는 아저씨뿐이었다. 데이트론 반팔 셔츠를 가죽벨트 안쪽으로 찔러 넣고 옆에 아무도 없는 것처럼 혼자 신나서 노래하는 아저씨의 모습이 성화이난에게도 전염되었는지, 그의 얼굴이 노을빛 아래에서 갑자기 생기를 띠기 시작했다.

"발성 연습은 아침에 하는 게 좋다고만 생각했는데." 그가 웃었다.

"우리 지금 어느 방향을 보고 서 있는 거야?" 뤼즈가 그의 말에 아랑곳없이 얼떨떨하게 질문을 던지자, 옆에 있던 아저씨가 갑자기 노래를 멈추고 서쪽으로 기울어진 태양을 가리키며 말했다. "아가씨, 내가 지금 무슨 대답을 해야 좋을까요?"

뤄즈는 얼른 고개를 숙였고, 성화이난은 마침내 하하 웃음을
터뜨렸다.

그녀는 맨발을 앞뒤로 흔들었다. 거만하면서도 천진난만한
태도로 그의 어깨에 기대어, 석양이 조금씩 빌딩과 운무 속으
로 퍼져나가며 마치 타오르는 것 같은 구름을 이루는 모습을
바라보았다.

하늘 저쪽에서 별들이 반짝이기 시작했다.

"나 여기 와봤어. 지도를 보면서 열심히 파악했으니까 내가
설명해줄게!" 뤄즈는 아름답고 찬란한 노을빛을 바라보며 묵
직하게 다가오는 남회색 하늘에 등을 기댔다. 그리고 뻐기듯이
자랑스럽게 웃기 시작했다.

"그래." 그가 격려하듯 웃으며 그녀를 보았다.

"저거 봐."

"남쪽은 고궁이야. 고궁보다 더 남쪽에는 창안長安거리가 뻗
어 있어. 동쪽에서 서쪽으로, 끝이 보이지 않을 정도로 길어."

"서쪽에는 시단이 있어. 자세히 바라보면 지하철역 근처 사
거리를 오가는 사람들 속에서 땀에 흠뻑 젖은 채 신호등을 기
다리는 날 찾을 수 있을지도 몰라. 우리 학교는 서북쪽에 있는
데 너무 멀어서 여기서는 안 보이더라. 가끔은 의심스럽기도
해. 그 철옹성 같은 대규모 공사 현장을 베이징의 일부분으로

쳐야 하는지 말야.”

“동쪽으로는 국제무역빌딩이 보여. 아주 번화한 일대야. 우리 학부의 많은 선배들이 매일 저기서 바쁜 일상을 보내는데, 어쩌면 여기서 보일지도 몰라.”

“북쪽에는 구러우鼓樓거리가 있어. 동서 방향으로 뻗은 거리가 눈앞에서 모이면서 Y자 형태를 이루고, 아래쪽에 남북 방향의 세로로 뻗은 길이 우리가 있는 징산이랑 남쪽의 고궁, 톈안먼天安門을 하나로 이어줘.”

그것은 바로 여기에 있었다. 모든 것이 다 여기에 있었다.

그녀는 재잘거리며 자신이 분간할 수 있는 걸 모두 그에게 들려주었다. 저녁 바람이 살랑살랑 불며 태양을 가라앉히고 나서야, 목청껏 노래 연습을 하던 아저씨가 어느새 보이지 않고 나서야 하늘은 고요해졌고, 창안거리의 불빛도 하나둘 밝게 켜지기 시작했다.

톈안먼, 인민대회당, 그리고 분간하지 못한 많은 곳과 웅장한 건물들. 베이징에서 2년이나 있었지만 아직 보지 못한 곳이었다.

그곳은 항상 사람들로 북적거렸다. 베이징에 대한 호기심과 꿈을 가진 수많은 사람들이 떼를 지어 움직였고, 그다지 아름답지 않은 다양한 건축물과 조각상 앞에서 줄을 서 손으로 V자를 그리며 이 도시와 관련 있다는 증거를 남겼다.

어떤 사람들은 베이징에 남기를 선택하고, 어떤 사람들은 그저 한 번 보는 것으로 만족했다.

뤄즈는 그곳이 베이징인지 아닌지 알 수 없었다.

국제무역빌딩, 시단의 등불도 밝게 켜졌다. 즐비하게 늘어선 고층 빌딩은 각자 따로 놀고 있었다. 마치 차갑게 뒷짐 지고 있는 두 무리의 사람들처럼 멀리 동쪽과 서쪽에서 서로 마주 보고 있었다. 끊임없이 움직이는 네온사인 불빛은 이 도시의 생명을 유지해주는 혈액인지도 모르겠다.

그래서 그곳은 베이징이라고 할 수 있을까?

베이징은 눈앞의 어둠 속에 칠흑 같은 바다처럼 펼쳐진 고궁일까?

아니면, 베이징의 미래는 아직 서북쪽의 보이지 않는 구석에 있는 걸까? 그곳에는 베이징을 정복하기 위해 온 수많은 젊은 이들이 있으니까?

아니면 그녀로서는 영원히 알 길 없는 집집마다 서로 속속들이 아는 옛 골목에, 삼륜차 아저씨가 누비고 다니는 허우하이 기슭에, 쯔진청紫禁城 아래에 있는 새장을 걸어놓고 얼후를 연주하고 세상사를 논하는 접이식 의자 위에 있을까?

그들은 어디로 가서 베이징을 볼 수 있을까.

"선배가 들려준 얘긴데, 국제무역빌딩 부근에 아주 높은 건물이 있대. 거기 맨 꼭대기층 남자 화장실의 소변기." 뤄즈는 쑥스러운 듯 잠시 멈추었다가 말을 이었다. "앞면이 통유리창으로 돼 있어서 아주 아름다운 베이징 야경을 볼 수 있다는 거야."

성화이난이 크게 웃음을 터뜨렸다. "정말로 베이징 전체에 소변을 갈기는 느낌이겠다."

뤄즈가 손뼉을 치며 외쳤다. "맞아, 바로 그 말이야. 선배 동료들은 가끔 울적해지면 이렇게 말한대. '가자, 베이징에 오줌 갈기러!'"

그다지 고상하지 않은 말에 두 사람 모두 신이 났다.

"생각지도 못했어. 내가 이렇게 베이징을 떠나게 될 줄은."

성화이난은 홀린 듯이 사방의 불빛을 바라보았다. 가라앉은 목소리였지만 슬픈 느낌은 아니었다.

뤄즈는 주옌의 이메일을 통해 그들이 수속을 마쳤다는 소식을 들었다. 어머니의 강력한 요구에 따라 그는 뤄즈의 소원대로 주옌을 따라 싱가포르로 가서 대학 입학을 준비하기로 했다.

"나쁠 건 없어. 인생은 새옹지마라잖아. 그게 복이 될지 화가될지 알 수 없는걸." 뤄즈는 진심으로 말했다.

그는 감격한 듯 웃었다.

"1년 동안 뭘 하고 있었어?" 뤄즈가 조용히 물었다.

성화이난은 대답하지 않고 몸을 일으켜 그녀 앞으로 다가가 정중하게 말했다. "오늘 널 찾아온 건 우리 부모님을 대신해 너와 네 어머니께 미안하다는 말을 하고 싶어서였어."

뤄즈는 그를 보지 않았고, 놀란 표정도 짓지 않았다. 그저 먼곳을 바라보며 잠잠히 물을 뿐이었다. "다 알았구나?"

"그때 집으로 돌아가서 할아버지 장례를 치렀는데, 눈앞에서 아버지가 집에서 끌려가는 걸 보게 됐어. 부모님께 불리한 증거가 너무 많더라. 어머니는 심지어 나한테 한마디도 안 해 주셨어. 아마 자신들의 그런 나쁜 모습을 보게 하고 싶지 않으셨나 봐. 난 진작에 많이 봤지만 말야."

이런 모습의 성화이난을 본 사람이 있을까. 솔직하면서도 연약하지 않았다. 마침내 모든 걸 드러내어 그녀에게 보여주려는 것만 같았다.

"난 예전에 아버지와 사이가 좋았던 아저씨들을 찾아가서 직접 물어보고 대략적인 상황을 파악할 수 있었어. 사실 많은 분들을 찾아갔는데 다 문전박대를 당했어. 마지막에 딱 한 분만이 날 만나줬지."

성화이난의 어깨는 상당히 야위어 있었다. 그의 등에 업혔을 때, 뤄즈는 그의 튀어나온 견갑골이 그녀의 목을 찌르는 걸 느낄 수 있었다.

"어머니는 갑상선 항진증 때문에 무서울 정도로 살이 빠지고 눈도 튀어나왔지만, 기운은 넘쳐서 밤낮없이 집에서 우셨지. 그때 난 선물을 들고 우릴 도와줄 만한 분들을 찾아다녔는데 하나같이 문전박대를 당했어. 아버지 일은 끝난 상태였어. 어떻게 해볼 여지가 없었지. 하지만 난 어머니라도 구하고 싶었어. 어머니는 그저 의사일 뿐이셔. 오랜 세월 줄곧 아버지를 말려보려고 노력했지만 성공하지 못하셨지. 비록 몇 년이나 서로 말도 섞지 않은 남편이지만, 그래도 남편이라서 어머니는……. 난 어머니가 모든 걸 잃고 이런 대가까지 치르게 하고 싶지 않았어."

성화이난은 머리를 긁적이며 한숨을 내쉬더니 난처한 듯 웃어 보였다.

"하지만 나한텐 그런 능력이 없잖아. 이런 일에서 누구를 찾아가야 하는지, 어떻게 부탁해야 하는지도 모르고 무작정 주소지의 경비실로 쳐들어갔다가 바보처럼 비웃음만 당했지. 세상 인심이란. 그제야 알겠더라. 나의 그 뛰어남과 실력이라는 건 다 안정적인 기반 위에 세워진 거라는 걸. 그 기반이 무너지니 그저 바보에 불과했어. 경비원에게 잘 말해서 넘어가는 것조차 할 줄 모르는."

그의 목소리는 여전히 듣기 좋았다. 소년의 의기양양함과 깨끗함이 섞인 그의 목소리는 아무리 힘든 일을 말하고 있어도 대수롭지 않게 들렸다.

대수롭지 않게 말해서 뤼즈는 감히 깊이 생각할 수 없었다.

"나중엔 지푸라기라도 잡아보려다가 결국 학위마저 잃게 됐지. 어머니는 그 소식에 화가 나서 피를 토하시다가 그대로 쓰러지셨어. 그래도 다행히 학위를 희생한 가치가 있었어. 결국 어머니는 아무 일 없으셨거든. 어머니가 회복된 후 난 네 얘기를 해드렸어. 너한테 전할 얘기가 있으니 베이징에 다녀와야겠다고 했거든. 어머니는 내 말을 듣고 잠시 생각하시더니 또 쓰러지셨지."

성화이난이 가볍게 웃으며 머리를 긁적거렸다.

"나중에, 나중엔 주옌 씨가 다 알려줬어." 성화이난도 그녀를 주옌이라고 불렀다. 고모가 아니라.

"난 그제야 어머니께 물어봤지. 어머니도 인정하셨어. 그때 우리 아버지가 제품 구매를 맡으면서 거액의 커미션을 받으셨대. 그때 들여온 기계들은 문제가 심각했어. 몇 대는 폐기 처분을 해야 할 정도였고. 네 아버지의 사고는 기계 잘못이자 우리 아버지 잘못이었어."

그러나 최종적으로는 조작 실수와 근무 이탈이라는 결론이 나면서 모든 책임은 뤄즈의 아버지가 뒤집어썼다.

성화이난은 오랫동안 말이 없다가 깊은 한숨을 내쉬고는 천천히 입을 열었다. "우리 아버지가 너무 파렴치하게 탐욕스러웠고 인명을 경시했던 거야. 내가 할 수 있는 일도 그저 그분들을 대신해 너와 네 어머니께 사과하는 것뿐이고."

남자아이는 한 글자 한 글자를 진지하게 토했다. 눈동자에 거꾸로 비친 먼 곳의 불빛은 언제고 꺼질 것처럼 보였다.

그의 아버지였다. 아무리 옳고 그름이 분명하고 아무리 증거가 확실해도 마치 남의 이야기를 읽는 것만 같았다. 그리고 이야기 속 낯선 남자의 탐욕스러움과 파렴치함으로 마음속에 남아 있는 애틋한 아버지의 이미지마저 지워버리는 건……, 뤄즈는 만감이 교차했다.

"그래, 우리 엄마 대신 그 사과를 받아들일게."

뤄즈도 아주 정중하게 대답했다.

"네가 짊어져야 하는 건 이미 다했어."

성화이난이 뤄즈의 손을 가만히 잡았다. 그 두 손은 예전처럼 따스하고 보송하지 않았고, 마치 지푸라기라도 잡으려는 물에 빠진 사람의 손 같았다.

그녀는 그의 손을 더욱 꽉 쥐었다.

"지금도 난 이 모든 게 다 남 얘기 듣는 것 같아. 비록 살면서 누린 편리함과 지나치게 쉽게 얻은 기회, 심지어 통학할 때 탔던 차를 포함한 모든 것이 규칙 밖의 것이라는 걸 속으론 잘 알았지만, 정말로 익숙해져 버렸거든. 알고는 있었어. 아버지는 결코 강직한 사람이 아니라는 걸. 심지어 아버지가 변칙을 쓰는 데 감탄한 적도 많았고. 하지만 그런 일을 정말로 다 아버지가 저질렀을 줄은 생각지도 못했어."

뤼즈는 이렇게 간단하게 말하는 게 그에겐 얼마나 힘든 일인지 잘 알았다. 그녀는 그의 등을 가만히 쓰다듬었다. 그의 굳은 어깨가 서서히 긴장을 풀더니 그가 고개를 돌려 고맙다는 듯 웃어 보였다.

"집으로 돌아가 있을 때, 그리고 학위가 취소된 이후로 난 네게 연락하지 않았어. 네가 날 찾고 있다는 건 알았지만, 가장 만나고 싶지 않은 사람이 너였으니까."

"알아."

"네가 날 동정할까 봐 두려웠어."

"너한테는 동정받는 게 무시당하는 거랑 같았던 거야?"

"무시당하는 것도, 동정받는 것도 싫었어. 네가 날 어떻게 대하길 바라는 건지 나도 모르겠더라. 특히 나도 날 어떻게 해야 할지 모를 땐."

뤄즈는 헬리콥터 소리를 들었다. 밤하늘의 잠자리가 어두컴컴한 쯔진청 위를 날아갔다.

"게다가 주옌 씨가 나한테 그 일을 말해준 후로는 더욱 이해가 가지 않았어. 넌 다 알고 있었으면서 왜 나랑 사귄 거야? 가끔은 이상한 생각이 들기도 했어. 혹시 나한테 아버지의 복수를 하려고 준비하고 있던 건 아닐까. 물론, 너무 바보 같은 생각이라는 거 알아. 하지만 정말 모르겠더라고."

"그럼 지금 여기 온 건, 생각이 정리돼서야?" 그녀는 그의 질문에 대답하지 않고 오히려 반문했다.

성화이난은 아리송한 표정으로 고개를 들어 머리 위에서 빙빙 도는 프로펠러를 바라보았다. "모르겠어. 그냥 갑자기 네가 너무 보고 싶었어."

그냥 갑자기 네가 너무 보고 싶었어.

"그랬구나, 나도 다른 이유는 없어." 뤄즈가 웃었다. "내가 너랑 사귄 건 단지 널 사랑해서야."

성화이난은 멍한 표정이었다. 바람이 그의 티셔츠를 부풀어 오르게 해 금방이라도 날아가 버릴 것 같았다.

"뤄즈……." 그는 그저 그녀의 이름만 부를 뿐, 아무 말도 하지 않았다.

뤄즈가 벌떡 일어나 맨발로 땅을 밟고 섰다. 난간에 기대 성화이난을 바라보는 그녀의 얼굴에 흡족한 미소가 가득 번졌다.

"감기 조심해야지."

"나 그렇게 연약하지 않아. 어렸을 때 다른 애랑 싸우다가 서로 목을 조르면서 진흙탕에 뒹군 적도 있는걸."

성화이난은 그 말을 듣고 방금까지 동요하던 감정에서 벗어나 웃으며 말했다. "됐어, 허풍 떨지 마."

"나 싸움 아주 잘해."

"오, 그래?"

"다른 사람은 안 믿어도 되는데, 넌 안 믿으면 안 돼."

"어째서?"

뤼즈의 긴 머리카락이 바람을 맞으며 한 가닥씩 야경 속으로 스며들었다. 그녀는 환하게 웃으며 그에게로 다가가 두 손으로 그의 어깨를 가볍게 짚었다. "왜냐하면 그때 내가 없었으면 걔네들이 진짜로 네 머리를 물구덩이에 처박았을 테니까, 황제 폐하."

성화이난은 뤼즈를 멍하니 바라보다가 갑자기 벌떡 일어나 그녀를 힘껏 품에 안았다. 마치 그동안 말로는 없애지 못한 서먹서먹함과 방어와 의심과 동요가 이 원시적이고 단순한 포옹으로 가장 자연스러운 방식으로 메워진 것만 같았다.

뤼즈는 알았다. 서로의 몸에 들어 있던 가장 어두운 독이 마침내 그의 피부가 전달해준 따스함으로 조금씩 증발되며 다시금 맑고 투명하게 변했다. 심지어 욕망마저도 깨끗하고 평화로워졌다. 그녀가 말하지 못한 걱정거리는 강물처럼 결국엔 그를 향해 흘러갈 것이다.

"황제 폐하, 드디어 말할 수 있게 됐네."

제91장

그저 그와 함께 있는 것

"난 이제까지 한 번도 비계를 의자 가로대 위에 올려놓은 적 없어. 주인아주머니한테도 그런 말 한 적 없고."

"젓가락 세 개로 밥을 먹는 건 결국 실패했어. 그걸 따라 한 건 내가 널 좋아하기 때문이었어. 네가 그런다는 얘기를 듣고 시도해본 거야."

"장대비가 내렸던 그날, 원래는 기숙사에 있었어. 네가 나한 테 비가 많이 와서 오도 가도 못 하는 건 아니냐고 물어보길래 바로 밖으로 달려나간 거였지."

"너한테 또 무슨 거짓말을 했는지, 지금은 기억도 안 나. 나 도 너한테 사과해야 할 것 같아."

"하지만 내가 거짓말을 한 건 단지 널 좋아하기 때문이었어. 네가 날 좋아하길 바랐던 것뿐이야."

뤄즈는 그를 꼭 껴안고 볼을 그의 가슴에 붙였다. 그리고 눈을 감은 채, 오랫동안 마음속에 쌓아둔 이야기를 하나씩 수면 위로 끌어올렸다. 등불처럼 하나씩 불을 밝힌 이야기는 베이징의 밤경치에 조금도 뒤지지 않았다.

"고등학교 때 널 알기 전까지, 난 줄곧 내가 너보다 뛰어나야 한다고 생각했어. 그래야 우리 엄마가 다시는 화를 내지 않을 테니까. 난 널 아주 흉악하고 나쁜 놈의 아들로 상상했어. 내 성적은 너보다 좋아야 하고, 남들에게 보여줄 만한 재주를 배워서 앞으로 반드시 너보다 유명해지고 실력이 뛰어나야 했어. 그래야 엄마는 하늘도 무심하지 않다고 여길 테니까. 그런데 내가 그렇게 생각할수록, 그때 네가 나한테 놀자고 달려와서는 '천명을 받들어, 짐이 저 여인을 취하겠노라'라고 말하던 모습이 생각나더라. 넌 얼마나 좋은 사람이던지. 네 이름은 꾸준히 신문과 소문에 등장했어. 우수 소년 대원, 우수반 단체 발언 대표, 경시대회 금메달. 지금도 기억나. 어느 날 신문에 네가 '희망의 영어대회'에 참여했다는 아주 짧은 인터뷰가 실린 걸 보고 깜짝 놀라서 신문 뭉치를 통째로 아래층으로 던져버렸는데, 하마터면 사람이 맞을 뻔했지. 감사하게도 고입 시험 때 난 대박을 쳤어. 우리 시에서 상위 10등 명단엔 네 이름이 없었고. 네가 시험을 망쳤다는 게 내가 시험을 잘 본 것보다 더 기분이 좋더라. 그러다가 나중에 널 보게 됐지. 난 뭐든 다 알고 있었지만, 그래도 네가 좋았어."

성화이난은 조용히 들으며 그녀를 품에 꽉 안았다. 턱을 그녀의 정수리에 부비며 한참을 듣고 난 후 가만히 말했다. "뤄즈, 난 정말 예전에 네가 좋아했던 그 성화이난이 되고 싶어."

뤄즈는 순간 머리가 멍해졌다.

그녀는 내내 재잘거리며 예전의 성화이난이 얼마나 뛰어났는지, 그 뛰어난 성화이난에게 다가가기 위해 그녀가 얼마나 집요하게 굴었는지 이야기했지만, 지금의 그는 그녀가 이 사랑을 지속할 거라고 믿지 않았다.

"예전에 날 그렇게 사랑해줘서 고마워."

"예전이 아니야." 그녀가 말을 바로잡았다.

"지금도 그렇지. 하지만 앞으로는 어떻게 될지 몰라. 내가 여전히 네가 좋아하는 그 사람일지는 장담할 수 없어. 넌 지금 날 이렇게 좋아하지만 앞으로도 꼭 그래야 하는 건 아냐. 네가 후회하는 건 바라지 않아."

그녀는 성화이난의 말이 다 맞다는 걸 알았다. 그의 집이 몰락하지 않았다면 그는 졸업 후 분명 외국으로 유학을 떠났을 거고, 그녀는 집안과 거리의 장벽을 맞닥뜨렸을 것이다. 예전의 그녀는 전혀 두렵지 않았다. 그런데 지금, 성화이난의 눈에는 험한 길이 분명하게 가로놓여 있었다.

그에게 약속하고 싶었지만 말할 방법이 없었다. 과거가 아무리 따스했다 해도 지금의 그를 위로할 방법은 없었다.

"어찌 됐든 난 영원히 널 사랑할 거야"라는 가벼운 한마디면 충분할까? 약속을 지키지 못한 사람은 너무나 많았다.

뤄즈는 주옌이 했던 말을 떠올렸다. "너희같이 젊은 애들에게 신념이 있는 건 천진해서야."

그들 모두 천진한 젊은이이기를 얼마나 바랐던가.

그들은 베이징의 중심에 서 있었다. 동서남북에 우뚝 선 고층 빌딩들이 발하는 휘황찬란한 불빛이 이 모든 걸 포위하며 삼켜버렸다.

그들 뒤쪽에 있는 구러우거리는 Y자 형태의 혈관처럼 차량 불빛이 꼬리에 꼬리를 물고 이어지며 눈부시게 반짝였다.

얼마나 많은 밤에, 얼마나 많은 실의에 빠진 사람이 황제가 혼백으로 돌아간 산 위에 올라 베이징을 바라보았을까.

그들은 결국 아무 말도 하지 않았다.

사흘 후, 성화이난은 베이징을 떠났다.

뤄즈는 그를 배웅하러 가지 않았다. 사무실에 앉아 오후 회의 때 쓸 PPT를 수정하느라 끙끙거리다가 고개를 들었을 땐 10시 15분이었다. 그녀가 사랑하는 사람이 비행기를 타고 날아간 지도 벌써 15분이 지나 있었다.

비행기가 15분 만에 얼마나 높이 올라갈 수 있는지 그녀는 알지 못했다. 혹시 이미 구름 위로 올라갔을까.

"성화이난, 안녕."

뤄즈는 프린터기를 향해 중얼거렸다.

뤄즈는 그다지 괴롭지 않다는 걸 깨달았다. 벌써 꼬박 1년의 시간을 성화이난이 없는 채로 보냈다. 그는 스치듯이 잠깐 나타났다가 사라졌다. 마치 꿈을 꾼 것처럼, 깨어나 보니 이튿날 지하철 안에 서서 지하철 칸에 가득 퍼진 부추계란파이 냄새를 맡고 있었다. 슬픔도 각본처럼 가짜 같았다.

그녀의 사랑은 비밀에서 시작되었고, 비밀이 밝혀지자 사랑도 끝났다.

다만, 그가 떠난 이날 오후, 일을 마친 뤼즈가 하이힐을 신고 지친 발걸음으로 도서관 뒤쪽의 뜰을 지날 때, 별안간 형용할 수 없는 묵직한 통증이 등 뒤를 타고 올라오더니 발걸음을 따라 휘청거리는 걸 느꼈다.

이곳 주변에는 한때 각 분야의 대가들이 모여 살았는데, 지금은 하나둘 세상을 떠나며 점차 공실로 변해갔다. 북적거리는 교정에서 낮은 울타리로 분리된 세계로 들어서니 바깥의 조급한 더위가 홀연히 사라지며 울창한 나무가 쩅쩅 내리쬐는 태양을 가려주었다. 낡은 집들은 오랫동안 고요한 과거에 서서 그들의 주인을 그리워하고 있었다.

예전에 그녀는 성화이난과 손을 잡고 이 뜰을 통과할 때면, 문패 번호로 어느 학자가 이곳에 살았는지 맞춰보고 옛일을 이야기하며 유유히 지나가곤 했다.

뤼즈는 길고양이 한 마리가 가볍게 담벼락 위로 뛰어오르더니 그녀의 뒤쪽을 바라보는 걸 보았다.

그래서 그녀도 뒤를 돌아보았다.

등 뒤 그리 높지 않은 담장 너머로 뤼즈는 은발의 노부인이 초록색 방충망이 달린 문을 여는 모습을 보았다. 문틈으로 높이 쌓인 책 때문에 지나치게 좁아 보이는 복도가 드러났다. 뜰 안에는 한 노인이 돌의자에 앉아 있었다. 노부인이 걸어오는 걸 보고 일어나 지팡이를 짚고 천천히 문 앞으로 걸어가더니, 덜덜 떨리는 손으로 꽃이 활짝 핀 라일락 가지 하나를 건넸다.

석양빛 아래에서 라일락은 눈처럼 새하얬다.

노부인이 살짝 미소를 지으며 라일락 가지를 받았다.

뤄즈는 그 모습을 지켜보다가 눈물이 핑 돌았다.

그 노인은 법학부 복수전공 교수님이었다. '문화대혁명' 시기에 그는 지식 분자로 찍혀서 부인까지 연루시켰다. 그때는 이혼한 사람이 어찌 그리 많았는지. 인성이 왜곡되었던 그 시절에 힘없는 개인은 화를 피하기 위해 어떤 일이라도 다했으니, 이혼은 더더욱 아무것도 아니었다.

그러나 부인은 끝내 동의하지 않았다.

"아내가 내게 그러더군. 우린 헤어지는 게 서로에게 좋을 거라고만 생각했는데, 함께 있으면 두 사람에게 얼마나 좋을지는 한 번도 생각해보지 않았다고."

당시 뤄즈는 그 말을 듣고 일기장을 꺼내 그 내용을 꼼꼼하게 기록했지만, 옆에 있던 성화이난은 안타깝게도 너무나 많은 사람들은 환난을 함께하지 못한다며 탄식했다.

뤄즈와 성화이난도 '너무나 많은 사람들'에 불과했다.

뤄즈는 10여 년의 세월을 지나오며 윗세대에 대한 갈등을 버리고 마음의 벽을 허물었지만, 결국에는 여전히 '너무나 많은 사람들'이 되었다.

성화이난은 그녀의 사랑이 존경과 탄복에서 비롯되었다고 믿었으므로, 그가 자신에겐 자격이 없다고 느끼자 그녀의 사랑도 본래의 색을 잃고 말았다. 그녀는 확실하지 않은 허울뿐인 약속으로 그를 붙잡을 수 없다는 것만 알았다. 주옌에게 그를 데려가 달라고 부탁하는 것이 그에게 좋은 일이라는 것만 알았다. 설령 다시는 못 만난다 해도 그가 다시금 온 세상에게 사랑받을 수 있도록.

하지만 그들은, 만약 진짜로 함께 이 상황을 견뎌나간다면 어떻게 될까 하는 생각은 아예 해보지도 않았다.

마침내 그녀가 약속을 할 용기를 냈을 때 그는 이미 천 리 밖에 있었다. 그가 고희의 나이에 자기 집 뜰에서 일어나 덜덜 떨리는 손으로 그녀에게 꽃을 건넬 기회는 영영 없어진 것이다.

그녀는 그렇게 남의 집 앞에서, 사탕을 먹지 못한 아이처럼 물끄러미 바라보고 있었다.

"뤼즈."

고개를 돌리자, 한때 그녀가 온 마음으로 그리워하던 소년이 얼룩덜룩한 나무 그림자 밑에 서 있었다. 셔츠 위로 햇살이 부서지며 내려앉았고, 가방은 발밑에 버려둔 채 그녀를 보며 웃고 있었다.

마치 이제까지 한 번도 떠난 적이 없는 것처럼, 마치 그녀가 꿈을 꾸고 있는 것처럼 웃고 있었다.

왜 여기 있는 거야?

뤄즈는 묻지 않았다. 돌아오는 대답이 그저 항공편이 취소되어서 내일 떠난다는 말일까 봐 두려웠다.

"나 안 갈 거야."

그가 말했다.

뤄즈는 그의 품으로 뛰어들어 소리 없이 울었다. 그는 가볍게 그녀의 등을 토닥였다. 그녀의 못난 모습을 비웃는 것 같았다. 그녀는 고개를 돌렸다가 뜰 안의 두 노인도 자신들을 보며 자상하고도 격려하는 듯한 미소를 짓고 있는 걸 보았다. 그녀는 자제력을 잃고 더욱 큰 소리로 울었다.

"네가 1년 동안 뭘 하고 있었냐고 물었을 때, 난 대답할 용기가 없었어. 사실 어머니의 병세가 좋아진 후로 난 SAT를 준비하면서 여기 중관춘*에서 일을 시작했어. 아는 선배가 예전부터 친구들이랑 같이 학생용 컴퓨터 만드는 회사를 차리고 싶어 했거든. 그런데 친구들이 MBA하러 가버린 거야. 난 거의 반년간 선배를 도와서 각 학교의 컴퓨터협회에 연락해 중개 역할을 했고, 최근엔 인터넷 사이트를 만들어서 디지털 관련 제품의 온라인 판매를 시도해볼까도 했어……."

그는 잠시 멈췄다가 다시 말을 이었다. "그렇지만, 그렇게 하기에는 리스크가 너무 컸지. 어머니가 보기에도 올바른 길은

....

 * 中關村, 베이징에 위치한 과학기술개발지구.

481

아니었고. 물론, 어머니가 무슨 생각을 하는지가 중요한 건 아
냐. 정말 중요한 건, 예전에는 내가 딱히 신경 쓰지 않았다고 생
각했던 명문대와 장학금, 그리고 그것과 관련된 여러 가지가
지금은 내 마음속에서 반짝반짝 빛나기 시작했다는 거야."

"사실, 네 일기장은 나한테 있어. 내가 그 덩 어쩌고 하는 여
학생에게 달라고 했거든. 가장 힘들 때 네 일기장을 한 편, 한
편씩 읽었어. 글자와 행간에서 나와 너를 봤지. 신청 수속이 대
강 가닥이 잡히니 난 무척 기뻤어. 일기장에 쓰여 있는 그 사람
이 다시 돌아온 것 같아서."

그는 가방 속에서 뤼즈에게는 무척이나 익숙한 그 낡은 노트
를 꺼냈다.

"난 다시 재기해서 몇 년 후에는 다시금 뛰어난 사람이 돼
'올바른 길'을 걸으며 어머니께 믿음을 주고 싶었어. 더 중요한
건, 그때가 되면 난 다시 네 옆에 자신 있게 서 있을 수 있다는
거였어. 넌 아무것도 변하지 않았다는 걸 깨닫겠지. 네 남자 친
구는 여전히 어디서든 주목받는 사람일 테니까."

그는 자아도취식 농담을 던졌지만 눈에는 진심이 가득 담겨
있었다.

"그런데 비행기에 타기 전에 깨달았어. 난 영원히 그 잔재주
와 우월감을 이용해 살아가는 사람이 될 수 없을 거라는 걸. 그
리고 더 중요한 건, 내가 너와 함께하는 걸 바란다는 거야. 비록
네게 부담이 되고 싶진 않지만, 그래도, 내가 너한테 부담이 되
는 걸 네가 꼭 싫어하리란 법은 없잖아?"

뤄즈는 필사적으로 고개를 저었다.

"널 만나러 가기 전날 밤, 난 혼자서 24인치 모니터와 본체 박스를 짊어지고 중관춘을 향해 걷고 있었어. 너무 지쳐서 탈진할 것 같길래 육교 위에 서서 잠시 숨을 돌렸지. 그때 사거리에서 길을 건너려고 새까맣게 모인 사람들과 주변을 둘러선 나와는 전혀 상관없는 빌딩을 보면서 갑자기 네가 무척 보고 싶더라. 그때 생각했어. 내가 지금 어떤 꼴이라도 너한테 꼭 물어봐야겠다고. 혹시……."

그는 말을 멈추고 쑥스러운 듯 웃었다. "근데 널 보니까 또 생각이 바뀌었어. 난 네게 이렇게 오랫동안 기대를 받을 자격이 없는 것 같아."

"내가 뭘 기대했는데?" 뤄즈가 별안간 화난 목소리로 소리쳤다.

이 감정이 어두운 나날의 마음 깊숙한 곳에서 생겨난 그 순간부터 그녀가 기대한 건 그저 그와 함께 있는 것이었다. 그는 성화이난이었다. 오랫동안 그녀가 감정을 쏟았던 성화이난이었다. 자퇴했어도 성화이난이고, 가난한 청년이 되었어도 여전히 성화이난이었다.

네가 아무리 약해져도 너고, 다른 사람이 아무리 강해져도 다른 사람일 뿐이야.

그녀는 그의 소매를 꽉 쥐었다. 눈물이 값어치도 없이 뚝뚝 떨어졌다.

성화이난은 한참이 지난 뒤에야 먹먹한 목소리로 말했다.

"말해두는데, 난 아무것도 없어."

뤄즈가 웃었다.

"그래도 내가 좋아하는 모든 게 아직 남아 있는걸."

비록 그녀도 '모든 것'이 뭘 의미하는지 몰랐지만 말이다.

그는 살포시 그녀를 안고 앞으로의 계획을 말해주었다. 주엔이 그의 결정을 지지하면서 그에게 출자를 위한 자금을 빌려주기로 했다고, 학생용 컴퓨터의 온라인 판매와 교내 구매대행에 대해 자신의 생각은 이렇다고, 자신이 싱가포르에 가지 않았다는 소식을 듣고 어머니가 다시 쓰러졌다고, 컴퓨터를 들고 나르다 보니 자연스레 이두박근이 커졌다고…….

아득히 멀고 종잡을 수 없는 이야기.

뤄즈는 그의 말을 흡족하게 들으며 석양이 담장 끝에서 사라지는 모습을 바라보았다. 하늘이 고요해지며 고양이가 담장 위로 오르락내리락했다.

이대로 영원히 지낼 수 있을 것만 같았다.

쉽지는 않을 것이다. 늘 쌍둥이처럼 붙어 있는 용감함과 순진함 중에서 그가 포기한 기회가 무엇을 증명할지는 알 수 없었다. 하지만 두 사람이 함께한다면, 결국엔 운명의 방향을 바꿀 수 있으리라고 믿고 싶었다.

모든 현실의 비애를 말한 후에도, 모든 객관적인 절망을 마주한 후에도 계속해서 함께 걸어가기로 결심했다.

두 다리로 얼마나 멀리 갈 수 있든 상관없이, 사랑의 눈동자는 처음 시작할 때부터 영원을 바라보았으니까.

성화이난이 뤄즈의 침묵을 눈치채고 살짝 걱정스럽게 물었다. "무슨 생각 해?"

"우리를 생각하고 있었어." 뤄즈는 미소를 지으며 그녀의 비밀을 만천하에 공개하고 세상을 떠돌다 마침내 돌아온 일기장을 품에 꽉 안았다. 마치 다시 돌아온 소녀 시절을 꼭 껴안듯이.

"이런 생각을 했어. 만약 시간여행이 가능하다면, 난 고등학교 때로 돌아가서 그 고독한 여자아이에게 말해줄 거야. 너무 속상해하지 말고 얼른 크라고. 크면 날 만날 수 있을 거라고."

난 여기 있고, 네가 좋아하는 그 남학생도 여기 있어.

난 아주 좋은 사람이 되었고, 그의 손을 잡고 더욱 좋은 사람이 되었어.

어서 와서 우리를 찾아봐.

　　　　　시간의 딸

　　서양 속담 중에 이런 말이 있다. 원문이 기억나진 않지만 번역하자면 "진실은 시간의 딸이다"라는 말. 이 소설의 결말을 쓰기까지 거의 4년이라는 시간이 걸렸다. 4년의 시간은 일개 아마추어 작가인 나의 글 솜씨와 플롯 구성 능력을 단련시켜 주었을 뿐만 아니라, 내 삶에 직접 영향력을 발휘하며 내 마음가짐은 물론, 처세와 감정에 대한 시각과 기대를 바꿔놓았다. 그리고 이 모든 것이야말로 이 소설의 정신이다.

　　많은 사람들이 내게 물었다. "당신이 뭐즈인가요? 당신도 성화이난을 만났어요? 당신이 겪었던 일인가요?"

　　내 대답은 모두 부정적이다. 차라리 이렇게 설명하는 게 낫겠다. 남들과 비슷하면서도 순식간에 지나가 버려 쉽게 기억되지 않는 정서와 감회를 현실 생활에서 정련해낸 다음, 그것을 핵심과 기초로 삼아 완벽하게 허구적인 이야기를 만들어냈다고. 그리고 그 이야기를 인물 속에 불어넣어 그들 모두 한때 나를 스쳐간 사람들처럼 보이게 했다고.

이게 바로 내가 노력하는 목표인데, 이번 소설에서는 얼마나 이루었는지 모르겠다.

많은 사람들이 짝사랑을 해보았을 것이다. 누구는 뤼즈처럼 너무 오랫동안 짝사랑을 한 나머지 나중에는 그 순수한 감정에 대해 자신을 의심하고, 누구는 짧은 관찰과 칩거 이후 시원하게 포기하거나 당당히 고백한다. 누구는 성화이난처럼 잘나고 거만하며 서글서글하면서도 두꺼운 장벽으로 가로막힌 사람을 좋아하고, 누구는 "너 참 보는 눈이 없구나"라는 말을 들을 정도로 장점이 드러나지 않는 사람을 좋아하면서, 그가 그렇게 좋은 사람이 아니라는 걸 알면서도 어찌 된 일인지 놓지 못하기도 한다.

나는 뤼즈가 아니지만 그 '누구'에 포함되는 건 분명하다.

엿보았고, 알아보았고, 감춰보았고, 아무렇지도 않은 척했고, 낙담해서 울적해했고, 이유 없이 몰래 기뻐했고, 이런 내가 싫어 포기를 시도하기도 했다.

아무리 마음에 담아두었다 해도 시간과 기회에 씻기며 퇴색되는 법이다. 오랜 세월이 지난 후 감정이 퇴색되지 않아도, 그 사람은 퇴색되어 배경이 되어버린다.

그러나 시간은 헛되이 흐르지 않았으며 감정도 흔적 없이 지나간 건 아니다. 우리는 분명 잠시나마 또는 오랫동안 바뀌었을 것이다. 그건 어쩌면 좋은 방향일 수도 있고, 그다지 아름답지 않은 기억을 남겼을 수도 있다.

따지고 보면 결국 좋은 쪽이 더 많았으리라. 감정은 사람을 더 이상 숨만 쉬는 통나무로 내버려 두지 않으므로 원하는 결과를 얻든 얻지 못했든, 그 과정에서 다른 것도 얻을 수 있었을 것이다.

『니호구시광你好, 舊時光』 출간 후 한 친구가 내게 물었다. "혹시 이런 느낌 없어? 마음속에 담아두고 한시도 잊지 못했던 얘기를 종이 위에 쓰면, 마치 기억이 전이된 것처럼 갑자기 기억이 안 난다든가 하는?"

곰곰이 생각해보니 그런 것 같았다. 비록 내가 마음속 이야기와 기억을 완전히 다른 모습으로 꺼내기 때문에 가끔은 심지어 나조차도 일부 문장과 사건을 어디에 집어넣었는지 기억나지 않을 때도 있지만, 일단 글로 내려놓으면 그들은 정말로 내게서 멀리 떠나버렸다.

참 기쁘다. 마침내 막을 내린 이 『너를 부르는 시간暗戀.橘生淮南』을 따라 나의 짝사랑도 마침내 내게서 멀리 떠난 것이다.

사실 정확한 표현이라고는 할 수 없다. 나의 짝사랑은 벌써 몇 년 전에 내려놓았으니 말이다. 약간 의심스럽긴 해도 진작 시간에 의해 풀려났다.

대학교 4학년 때, 나는 3학년 때 교환학생으로 1년간 도쿄에 있느라 미뤄놓은 일부 전공과목을 들어야 했다. 여기에 하반기

캠퍼스 채용까지 겹쳐 발등에 불이 떨어지는 바람에 허둥지둥 정신이 없었다. 한번은 면접이 끝나고 극도로 우울한 채로 학교로 돌아가는데 갑자기 폭설까지 내렸다. 바람을 맞으며 휘청휘청 교문으로 뛰어 들어간 나는 얼른 옆에 있는 밀크티 가게로 달려가 사오센차오* 한 잔을 시키고는 오들오들 떨며 기다렸다.

이때 자전거가 넘어지는 소리를 들었다. 고개를 돌려보니 내가 한때 몇 년 동안 짝사랑했던 남학생과 그의 여자 친구가 함께 땅에 넘어져 있었다. 거긴 가파른 언덕이었다. 자전거로 언덕을 오르는 건 원래부터 힘든 일인데 다른 사람까지 태운다면 말할 것도 없었다. 그는 예전에도 나를 자전거에 태워줬지만 언덕을 오르진 못했다. 나는 쑥스럽게 말했었다. "내가 너무 무겁지." 그도 쑥스러워하며 말했었다. "아니, 아니. 내가 너무 굼떠서 그래."

지금 생각해봐도 나도 모르게 미소가 지어진다.

그때, 난 그가 여자 친구에게 소리치는 걸 들었다. "내가 이럴 때 올라타지 말라고 했잖아! 꼭 이렇게 해서 날 넘어뜨려야겠어?"

후, 이제 당신도 날 믿을 수 있겠지? 난 정말로 성화이난을 만난 적 없었다.

순간 이런 생각이 들었다. 만약 나라면 곧장 냉담한 얼굴로

---

* 燒仙草, 밀크티에 푸딩 등 각종 토핑을 넣어 만든 음료.

사과하곤 가방을 집어 들고 가버렸겠지? ……네가 감히 나한 테 소리를 쳐?!

그러나 그의 여자 친구는 고개를 기울이며 아주 달콤하게 웃을 뿐이었다. "난 네가 날 태우고 언덕을 올라가게 하고 싶었지."

그는 여전히 기분이 풀리지 않은 것 같았지만 고집부리지 않고 굳은 표정으로 말했다. "알았어, 타."

그때 난 정말로 그들에게는 보이지 않는 구석에서 처음부터 끝까지 지켜보고 있었다. 알바 오빠가 나에게 사오셴차오를 건 네줄 때도 난 여전히 바보같이 웃고 있었다. 참으로 사랑 넘치는 커플이었다. 똑똑하고 관계를 유지할 줄 아는 여학생과 소중하다고 할 만한 남학생.

어떤 친밀함은 우리 것이 아니고, 어떤 사람과의 만남은 잘 못된 만남이다. 설령 가졌다 해도 결국엔 모두 망가질 것이다.

난 시간의 딸이 날 보고 미소 짓는 걸 보았다.

그럼 다시 뤄즈와 성화이난, 그리고 책 속의 모든 사람에게로 돌아가서.

내가 짝사랑을 놓은 건 대학교 2학년 때였다. 그런 다음 이 글을 쓰기 시작했고, 이 글은 약 4년 후인 2011년에야 비로소 끝났다. 이로써 알 수 있듯, 난 뤄즈와 성화이난을 통해 나의 무슨 꿈을 이루려는 생각도, 그들의 좋은 결말을 이용해 내 꿈을 이루려는 생각도 해본 적 없었다.

우리가 꿈꾸는 건 자신에게 맞는 사람, 건강하고 탄탄하며 친밀하고 아름다운 관계, 그리고 함께 더 나은 방향으로 발전하기 위해 노력하는 것이지, 짝사랑이 결실을 맺는 것에 불과한 건 아닐 것이다. 그게 아무리 아름답다 해도 말이다.

뤄즈와 성화이난은 일찍이 나의 친구가 되었다. 난 그들에게서 나의 일부를 보았지만, 그보다는 두 사람의 이야기를, 그들의 변화와 깨달음과 성장을, 그들이 맞이해야 할 결말을 간단하게 썼을 뿐이다. 난 책에 나오는 모든 인물을 좋아한다. 그들은 완벽하게 아름답지도 착하지도 않지만, 모두 뭔가를 집착하듯 추구하면서도 적당한 시기에 포기하는 법을 배웠다.

4년이 지나서야 펜을 잡은 건, 그때 내게 단계적으로 결말을 완성할 수 있는 능력과 충분한 식견이 있는 것 같아서였다. 그게 아니라면 이 사람들에게 책임을 다하지 못할 테니까. 난 내 경험을 초월하는 고담준론도, 현실을 초월하는 허구의 망상도 좋아하지 않는다. 그러나 약간의 현실의 어두움과 부득이함을 알았다고 다른 사람의 타협하지 않는 희망을 거칠게 끊어버리는 건 더욱 좋아하지 않는다.

난 결국 나의 이 두 사랑스러운 친구에게 떳떳해졌다고 생각한다.

미래에도 여전히 많은 변수가 있을 것이다. 하지만 그들 두 사람이니까, 아무 문제없으리라 믿는다.

이렇게까지 날 믿어본 적은 없었다.

난 변함없이 소년의 이야기를 쓸 것이다. 한때 소년이었으니 잘 알지 않겠는가. 나이와 경험이 늘어남에 따라 나도 그 세월과 청춘을 더욱 잘 쓰게 되리라. 그 깊이든 폭이든, 난 그 이야기에 떳떳해질 자신이 있다.

생면부지의 당신이 내가 쓴 소년을 읽고 자신을 보고, 자신을 용서하고, 다른 사람을 용서하게 된다면, 이것이야말로 가장 기묘한 인연이 아닐까.

당신의 모든 일이 잘되기를 바라며.

바웨창안

당신이 사랑하는 동안에

정원루이가 무대 위로 올라가자 장내가 폭탄을 맞은 듯 고요해졌다.

공개 청혼을 한 사람이 퇴장하자마자, 이제는 공개 고백 하려는 사람의 등장인가? 진행자도 당황해서 미처 피할 겨를도 없이 정원루이에게 마이크를 빼앗기고 말았다.

그러나 마이크에 문제가 있었다. 그녀는 마이크에 대고 "아아아" 하고 소리를 내보았지만 아무런 반응이 없었고, 덕분에 무대 밑 관객들에게 반응할 시간을 벌어주었다. 휘파람 소리와 환호성이 날아들었다. 맨 앞줄에 앉아 있던 심사위원들도 연신 고개를 돌려 떠들썩한 장내를 살펴보았다. 초대 연예인들은 웃음을 터뜨렸고, 학교의 높으신 분들은 난감한 표정이었다.

구경하기 좋아하는 여자 후배가 당장이라도 일어날 기세로 팔로 계속해서 장밍루이를 툭툭 쳤다. "선배, 저것 좀 봐요!

……선배, 왜 그래요?"

장밍루이는 조명 아래에서 스텝들의 포위를 피하며 다급하게 마이크를 두드리는 뚱뚱한 여학생을 멍하니 바라보았다.

정원루이의 진짜 의도가 뭔지 알 것 같았다.

장밍루이가 정원루이를 처음 본 건 기숙사 입구에서였다.

건물 입구가 아니라, 방 입구에서.

2학년이 끝나는 여름이었기에 복도에는 반쯤 벗은 남자들이 득시글거렸다. 어떤 남학생은 거의 벗은 상태로 히죽거리며 공용 욕실에서 나오다가 복도 한가운데에 무표정한 여학생이 버티고 선 걸 보고는 비명을 지르며 재빨리 몸을 숨겼다.

여학생은 그들을 거들떠보지도 않고 눈앞 문짝으로 반쯤 벗은 몸을 가린 장밍루이에게로 차분히 시선을 돌렸다.

"성화이난은 방을 뺀 거예요?"

장밍루이가 고개를 끄덕였다.

"짐도 다 옮겨갔어요?"

"아뇨, 걔가 필요 없다면서 두고 간 것도 있어요. 우리보고 대신 버려달라고요." 장밍루이는 퍼뜩 정신이 들었다. "참, 학생은…… 무슨 일로 걜 찾아왔어요? 할 말 있으면 대신 전해드릴까요?"

"그쪽은 걔랑 연락할 수 있어요?" 여학생의 삼백안에 마침내 약간의 광택이 감돌았다.

장밍루이는 그제야 성화이난의 부탁이 생각났다. 뤄즈가 자신을 찾지 못하게 해달라고 했었는데. 이 여학생은 어쩌면 뤄즈가 보냈을 수도 있었다.

그는 난처한 표정으로 입을 열었다. "우리 전화는 안 받아요. 최근 처리할 일이 있다면서 연락하고 싶지 않다고 했어요."

그건 진실이었다. 장밍루이는 성화이난의 부정행위를 들통나게 만들었던 선배에게서 성화이난의 아버지에게 일이 생겼다는 이야기를 들었다. 성화이난은 정신을 차릴 틈도 없이, 송별회도 하지 않고 곧장 짐을 챙겨 학교를 떠났다.

그야말로 엎친 데 덮친 격이었다. 장밍루이의 마음속에 일말의 슬픔이 솟았다.

여학생은 지나치게 성가시게 굴지 않고, 한 걸음 앞으로 나왔다. "두고 간 물건은 뭐예요? 내가 봐도 되죠?"

부탁이긴 했지만 의문문의 끝이 내려앉아 있어서 협상의 여지가 전혀 없었다. 장밍루이는 그녀의 노려보는 눈빛에 괜히 뜨끔했다.

어떻게 이런 눈을 가질 수 있을까. 범죄 수사 쪽 전공이 딱일 것 같았다.

장밍루이는 난처한 듯 웃으며 말했다. "안 되는 건 아닌데 잠깐만 기다려주세요. 여학생이 문을 두드릴 줄은 생각지도 못해서, 바지 입고 다시 문 열어줄게요."

여학생은 냉랭하게 고개를 끄덕이며 여전히 그를 똑바로 노려보았다. 장밍루이는 얼른 문을 닫고 빛의 속도로 무릎까지 오는 추리닝 반바지를 입었다. 티셔츠를 집어 들었을 때는 잠깐 망설였다. 의자 등받이에 걸어놓은 건 깨끗한 티셔츠였다.

원래는 땀 냄새를 씻고 나서 입을 생각이었는데, 게임하느라 10분 정도 꾸물대다가 이렇게 불청객을 맞이하고 말았다.

장밍루이는 이를 악물고 티셔츠를 입었다. 기숙사에는 에어컨이 없고 선풍기만 있었다. 끈적거리는 피부에 티셔츠가 달라붙으니 바람이 통하지 않는 테이프로 감싼 것처럼 견디기 힘들었다.

"들어오세요." 그는 문 앞 잡동사니를 발로 차서 밀어놓았다. "너무 지저분한데, 신경 쓰지 마세요."

여학생이 그를 밀치고 가장 안쪽 책상으로 달려가 살펴보더니, 고개를 돌려 텅 빈 위층 침대를 훑어보았다.

이 여자 변태인가……. 장밍루이는 그녀가 침대 위에 놓인 남색 여행 가방을 뒤지는 틈을 타 누구냐고 물어볼 생각이었는데, 마침 여학생도 고개를 돌려 그를 흘끗 바라보았다. 그 차가운 눈빛은 "그런데 누구세요"라는 말을 순간적으로 "실례지만 성함이 어떻게 되세요"라는 말로 바꿔버렸다.

게다가 미소까지 띤 채로.

정말 가지가지한다! 장밍루이는 그런 자신이 너무 슬펐다.

"정원루이에요. 고등학교 동창이요."

"그럼…… 성화이난이 와서 물건 뒤지라고 한 건 아니죠? 누가 여기로 보낸 거예요? 뤄즈?"

뤄즈라는 이름을 듣고 정원루이는 차갑게 웃었지만 손동작은 잠시도 멈추지 않았다.

"저기요! 지금 제가 묻잖아요! 걔가 다시 오진 않는다고 해도 이렇게 마음대로 뒤지면 안 되죠. 이유라도 말해줘야 하는 거 아녜요?"

아주 잘했어! 장밍루이! 이렇게 밀고 나가는 거야! 두려워하지 마! 비록 말 한마디 잘못하면 상대방이 등 뒤에서 칼이라도 찌를 것처럼 보이지만 말야.

장밍루이는 말을 마치고 자신도 모르게 활짝 열린 입구 쪽으로 두어 걸음 후퇴했다.

정원루이가 동작을 멈추고 그를 바라보았다. "너, 장밍루이지?"

"그걸 어떻게?" 그는 깜짝 놀랐다.

"성화이난과 관련된 건 내가 다 알아." 정원루이가 대수롭지 않게 대꾸했다.

변태다! 백 프로 변태야!

정원루이가 아무렇지도 않게 가방을 뒤적거리는 걸 본 장밍루이는 용기를 내서 정원루이의 팔을 잡았다. "야, 사람이 물으면 대답을 해야지. 수상하게 뭐 하는 짓이야? 대답 안 할 거면 여기서 나가줘."

"여기 있는 거 걔가 필요 없다고 한 거지? 내가 가져갈게."

정원루이는 장밍루이의 손을 뿌리치고 가방을 메고 나갔다. 가방에 들어 있는 물컵, 양치컵 등 자잘한 도기 소품이 부딪히며 쨍쨍 소리가 났다. 장밍루이는 화가 났다. "미친 거 아냐? 계속 그렇게 나오면 젠장 나도 안 봐준다! 아무리 여자라도 이런 행패를 부리면 안 되지!"

그러나 정원루이의 다음 행동은 장밍루이가 지금 생각해도 등골이 서늘할 정도였다.

그녀는 그와 가방을 놓고 쟁탈전을 벌이지도, 치고받고 싸운 것도 아니었다. 그저 고개를 들고, 그 흰자가 지나치게 많은 냉담한 눈으로 그를 근거리에서 쏘아보며 한마디 했을 뿐이었다. "성화이난이 지금 이렇게 된 거, 너 무척 기쁜 거 아냐?"

장밍루이는 곧바로 반박할 수 없었다.

그가 멍하니 있는 사이, 정원루이는 가방을 메고 문을 박차고 나갔다.

정원루이를 두 번째로 본 건 그해 말, 3학년 1학기였다.

기말고사 기간이라 장밍루이는 아침 일찍 가방을 메고 도서관에 자습하러 갈 생각이었다. 큰형님이 이불 속에서 외쳤다. "오늘은 타코가 먹고 싶네! 시장에 딸기가 나왔다는데, 딸기도 먹고 싶고."

"나도 딸기." 다섯째도 거들었다.

"다 꺼져!" 장밍루이는 물통에 뜨거운 물을 부으며 모두를 호시탐탐 노려보았다.

"네가 대답 안 해주면 내가 직접 후배님한테 말하지 뭐." 큰형님은 이미 베개 옆에 둔 휴대폰을 집어 들고 문자를 쓰기 시작했다. 장밍루이는 웃지도 울지도 못했다.

여기서 말하는 후배님 이름은 야오링신으로, 발음처럼 상큼하고 달콤한 여학생이었다. 작은 키에 사슴 같은 눈동자, 웃으면 덧니 두 개와 옅은 보조개가 보였다. 쉬르칭처럼 놀랄 만한 미인은 아니어도 컴퓨터공학과에서는 여신급에 속했는데, 한때 컴공과 남학생들은 그녀를 생물학과의 장밍루이에게 빼앗겼다는 이유로 얼굴을 들고 다니지 못했다.

그런데 이 후배님은 제멋대로 굴지도, 교만하지도 않았고 아주 지혜로운 사람이었다. 장밍루이에게 반한 이후로 그녀는 그의 기숙사 게으름뱅이 식구들까지 살뜰히 보살폈다. 그들이 경박한 농담을 던져도 그저 장밍루이 뒤에 숨어 몰래 웃을 뿐 한 번도 화를 내지 않았다.

하지만 딱 한 번, 장밍루이가 화를 낸 적이 있었다.

그날, 큰형님은 한사코 야오링신에게 기숙사 남학생들의 잘생긴 순위를 매겨보라고 했다. 그녀는 생글생글 웃으며 대답을 질질 끌었다. 다들 왁자지껄 떠들며 자기 자랑에 열을 올릴 때 여섯째가 불쑥 말했다. "이게 다 성화이난이 없어서 그래. 있었으면 순위를 매길 필요나 있겠어?"

기숙사 안에 2초간 정적이 흘렀다.

생물학과의 이 전설적인 인물에 대해 야오링신도 처음 듣는 건 아니었다. 성화이난이라는 빛나는 별이 떨어진 데 대해 여학생들은 탄식하고 남학생들은 동정을 표했으며, 그의 불행을 고소해하는 사람은 거의 없었다. 이런 경우는 정말이지 드물었다. 게다가 지금은 또 완벽하게 사라지고 없으니, 한때 그를 질투했던 사람들도 차마 거기에 대고 다시 돌을 던지지 못했다.

야오링신은 장밍루이에게 성화이난에 대한 일을 몇 번 물어본 적 있었다. 장밍루이는 그 모든 것이 1학년 신입생의 호기심이라는 걸 알았지만 매번 어물쩍 대답하며 넘어갔다.

그런데 이번에 여섯째가 성화이난에게 높은 점수를 주는 말을 듣자, 야오링신의 얼굴에 다시금 이제껏 채워지지 않은 호기심이 떠올랐다.

"정말요? 게시판에서 사진 몇 장 봤는데 다 정면 사진은 아니었어요. 하지만 다들 잘생겼다고 하더라고요." 야오링신이 고개를 갸웃하며 말했다.

"넷째 사진이 분명 어딘가 있을 텐데. 예전에 같이 놀러 갔을 때 사진 찍었어. 쟤한테 찾아서 보여달라고 해!" 큰형님은 장밍루이에게 눈짓했으나 장밍루이는 본 척도 하지 않았다.

옆에 있던 여섯째가 그걸 보고 씩 웃으며 건들건들 농담을 던졌다. "어떻게 사진을 보여주겠어요? 겨우 이렇게 예쁜 후배님을 꼬셨는데, 성화이난의 옛날 사진에 사랑을 빼앗겨 버리면 얼마나 억울한 일이에요?"

모두가 떠들썩하게 웃어댔다. 장밍루이도 같이 욕을 하며 웃다가, 처음으로 야오링신의 손을 잡고 "자, 이 선배님이 널 호랑이 굴에서 구해줄게"라고 말하며 그녀를 데리고 방을 나갔다.

건물 밖으로 나왔을 때, 장밍루이의 기분은 살짝 가라앉아 있었다. 알 수 없는 화가 가슴을 꾹 누르고 있는데 어떻게 분출할 수도 없었다. 그는 자신이 추태를 부린 걸 의식하곤 얼른 손을 놓았다. 그런데 야오링신에게 다시금 손을 잡히고 말았다.

그것도 꽉.

야오링신이 말했다. "그 사람이 아무리 잘생겨도 난 선배만 좋아해요."

장밍루이는 가슴이 두근거렸다. 그도 그녀의 손을 꽉 잡았다.

도서관에 도착하니 야오링신은 이미 1층 자습실에서 기다리고 있었다. 장밍루이를 본 그녀가 웃으며 휴대폰을 흔들면서 조그맣게 말했다. "큰형님이 또 먹을 거 사 오라는데요. 자습 마치고 가서 딸기 사 올게요."

"사긴 뭘 사. 신경 쓰지 마." 장밍루이는 가방을 자리에 던졌다가 문득 야오링신 옆자리에 정원루이가 앉아 있는 걸 보았다.

"소개할게요." 야오링신이 조용히 말했다. "우리 선배 언니인데 공부 엄청 잘해요. 정원루이라고, 선배랑 똑같이 3학년이에요. 언니, 이쪽은 제 남자 친구예요. 이름은 장밍루이."

장밍루이는 한참 만에 겨우 웃음을 짜냈고, 정원루이는 두 사람을 상대도 하지 않았다.

사람들과 두루두루 잘 어울리는 야오링신마저도 난처해져서 웃으며 분위기를 수습했다. "와, 두 사람 이름에 다 '루이'가 들어가네요……, 정말……."

장밍루이는 더 이상 보고 있을 수가 없어 물통을 꺼내며 그녀를 향해 입을 삐죽거렸다. "따뜻한 물 담아 왔어. 정수기가 고장 나서 커피를 못 타 먹는다며? 이거 가져가."

야오링신은 마치 대사면이라도 받은 것처럼 촐랑거리며 멀리 달려나갔다.

장밍루이는 정원루이와 몇 마디라도 나눌 줄 알았다. 처음 만났을 때의 마지막 일은 정말이지 그의 속을 잔뜩 뒤집어놓았다. "너 무척 기쁜 거 아냐"라는 말은 대체 무슨 뜻일까? 여기서 기쁘다고 하면 그는 또 뭐가 되라고? 게다가 중요한 건, 그가 멍청하게 대꾸도 못 하고 서서 상대방을 그대로 가게 두는 바람에, 그 판은 도저히 만회할 수 없게 되어버렸다는 것이다.

그러나 정원루이는 시종일관 고개를 들지 않았다.

점심시간이 되어 야오링신이 예의상 한마디 건네려고 할 때, 정원루이는 이미 책상 위 휴대폰과 지갑을 들고 나가버렸다. "나 먼저 먹을게"라는 말도 없이.

장밍루이는 야오링신이 낙담한 걸 눈치채고 웃으며 그녀를 끌어안았다. "요 며칠 공부하느라 너무 피곤하네. 우리 붐비는 식당에 가지 말고 나가서 먹자!"

식탁 앞에서, 야오링신은 정원루이를 얼마나 숭배하는지 재잘재잘 떠들어댔다. 정원루이는 컴공과 여학생들 마음속 우상이었다. GPA는 늘 3등 안에 들었고 행동도 쿨했다. 그녀는 전에 몸이 아파서 전공과목 시험을 하나 연기하느라 올해 신입생들과 함께 재수강을 하게 되었는데, 이 한 무리의 애송이들을 봐주지도 않고 순식간에 깔아뭉개면서 야오링신 무리를 깜짝 놀라 벌벌 떨게 만들었다.

"이번 과목은 정말 자신 없어서 얼굴에 철판 깔고 언니한테 공부 같이하자고 했어요. 모르는 거 가르쳐달라고. 근데 평소엔 다른 사람을 상대도 하지 않던 언니가 허락해준 거 있죠. 남들한텐 알리지도 못했어요. 걔네들도 와서 얼쩡거리면 언니가 화낼까 봐서요."

"그런데 난 걔가 너한테 말 한마디 하는 걸 못 봤는데." 장밍루이는 툴툴거리며 밥을 한 입 먹었다.

"그건 내가 안 물어봐서 그렇죠. 내가 물었으면 언니가 알려 줬을 거예요." 야오링신이 얼른 감싸고 나섰다. "우린 언니를 아주 좋아해요. 그런데 언니는 같은 학년 친구들과는 인간관계가 좋지 않은 것 같아요. 예전에 게시판에 인기 게시글로도 올라갔다던데요, 언니가 자전거를 부순 일로."

장밍루이가 어깨를 으쓱했다. "어차피 너처럼 갓 입학한 애들에게 선배들은 다 신이지 뭐. 우리 같은 학년끼리는 서로 다 아니까 안 그런 거고. 생각을 좀 키워봐."

야오링신은 얌전히 고개를 끄덕이며 달콤하게 웃었다.

도서관으로 돌아온 후, 장밍루이는 건들거리며 이어폰을 끼곤 노트북을 열어 게시판에서 자전거 부수기 관련 내용을 검색했다. 첫 번째로 표시된 검색 결과는 '게시글 인기 TOP 10'이었고, 그중 첫 번째는 동영상이었다. 그는 무심한 척하며 눈을 들어 맞은편에 고개를 숙이고 공부에 열중하는 야오링신과 정원루이를 흘끗 본 후 조심스럽게 영상을 재생했다.

영상은 또렷하지 않았지만 자전거를 부수는 '쾅쾅쾅' 소리와 주변 사람들의 웅성거리는 소리는 분명하게 들렸다. 그가 모니터에 바짝 붙어 화면을 응시하며 재생 바를 뒤쪽으로 옮기는데, 야오링신이 갑자기 손을 뻗더니 맞은편에서 노트북 화면을 힘껏 밀어 닫아버렸다.

"왜 그래?"

"스피커는 왜 켜놨어요? 공부나 해요!"

헐, 이어폰을 귀에 꽂고는 정작 노트북 연결 잭에는 꽂지 않았던 것이다. 장밍루이는 당황해서 눈을 휘둥그렇게 떴다.

야오링신은 그를 노려본 후 정원루이에게 사과하며 계속해서 펜을 잘근잘근 씹으며 책을 보았다. 장밍루이가 무슨 영상을 틀었는지 모르는 게 분명했다. 장밍루이는 뜨끔해서 정원루이의 눈치를 살폈다. 그녀의 매서운 눈빛은 그를 꿰뚫어버릴 것만 같았다.

다 끝났어. 오늘 게시판의 인기 게시물은 그가 얻어맞는 영상일 것이다.

도서관은 밤 10시에 문을 닫았다. 장밍루이는 야오링신을 기숙사 앞까지 데려다주고 안아준 후 손을 놓았는데, 갑자기 입술이 뜨거워졌다. 야오링신이 발꿈치를 들고 팔로 그의 목을 감싸더니 힘껏 뽀뽀를 한 것이다. 심지어 입술을 깨물기까지 했다.

"앞으론 그런 동영상 보지 마요."

"무슨 동영상?" 장밍루이는 그 말에 담긴 뜻을 깨닫곤 어이가 없어 웃었다. 자신이 본 게 '야동'이 아니라고 해명하려는데, 야오링신은 그를 흘겨보곤 재빨리 카드로 문을 찍고 기숙사 안으로 들어갔다.

하는 수 없이 휴대폰을 꺼내 야오링신에게 전화를 걸려는데, 버튼을 누르기도 전에 등 뒤에서 음산한 목소리가 들려왔다. "너한테 할 말 있어."

도서관이 문을 닫을 때 인사도 없이 혼자 가버렸던 정원루이가 언제 왔는지 자전거 보관소 지붕 아래에서 묵묵히 그를 바라보고 있었다.

장밍루이는 이번엔 반응이 신속했다. 그는 이 기회에 잽싸게 말했다. "우리 따질 일이 남았지? 기숙사에 막무가내로 들어와서 물건을 가져가고, 게다가 내 속을 뒤집는 말까지 하고 말야. 정말 대단한 여자야."

"내가 네 속마음을 딱 맞췄는지 아닌지는 너만 알겠지. 나한테 해명할 필요는 없어."

누가 너한테 해명한다고 그래? 장밍루이는 잔뜩 화가 나서 식식거렸다.

"난 그냥 물어볼 게 있어서 온 거야. 너 성화이난이랑 연락할 수 있어?"

"너 걔 좋아해?" 장밍루이가 도발했다.

"연락돼, 안 돼?"

"가능하지." 그는 거짓말을 했다.

"그럼 너……."

장밍루이가 말을 끊었다. "나한테 명령하지 마. 내가 왜 널 도와야 하는데?"

정원루이는 바로 대답했다. "난 너한테 뤄즈의 일을 알려줄 수 있어."

이제 장밍루이가 침묵할 차례가 되었다. 그는 한참 동안 침묵했다.

"나한테 뭔 짓을 하려고?" 그는 웃으며 정원루이를 돌아 성큼성큼 자리를 떠났다. 뒤돌아보지도 않았다.

바로 두 달 전, 솔로데이에 장밍루이는 뤄즈를 불러내 같이 밥을 먹었다.

두 사람 다 성화이난 이야기를 꺼내지 않았다. 뤄즈가 왜 입을 꾹 닫고 있는지 장밍루이는 알지 못했지만, 그가 입을 열지 않은 건 절반은 뤄즈의 눈치를 보느라, 절반은 자신도 인정하고 싶지 않은 다행스러운 기분 때문이었다.

정원루이의 말이 전부 틀린 건 아니었다. 하지만 마음속에 약간의 악의가 없는 사람이 어디 있겠는가. 또 그걸 진짜로 인정할 사람이 어디 있겠는가.

뤄즈와의 대화는 여전히 즐거웠고, 너무 즐거워서 중간에 1년 정도의 우여곡절이 있었다는 사실도 잊어버릴 뻔했다. 마치 첫 법학 개론 시간이 끝난 후로 되돌아간 것만 같았다. 예전부터 알고 있었던 것 같으면서도 서로 아무것도 모르던 때로.

그는 지난번 데어리 퀸은 너무 형편없었다며 이번에는 하겐다즈에 데려가겠다고 했다.

"사랑한다면, 하겐다즈를."

뤄즈의 기나긴 침묵 속에서도 그는 히죽거리며 말했다. "놀란 것 좀 봐. 그냥 농담한 거야."

정말로 그저 농담일 뿐이었다. 짝사랑하는 사람이라고 어찌 농담을 할 줄 모르겠는가.

그렇게 웃고 웃으면서 자신이 사실 얼마나 진지했는지 잊어 버렸다.

뤼즈를 눈으로 배웅한 후 장밍루이는 다시 하겐다즈 가게로 들어가 아이스크림을 맛별로 한 스쿱씩 주문했다. 굳은 마음으로 학생 신용카드를 긁은 그는 아이스크림이 가득 담긴 10여 개의 종이봉투를 들고 문을 나서다가, 중심을 잃고 봉투 2개를 그대로 계단 위에 떨어뜨리고 말았다.

한 여학생이 종종걸음으로 달려와 봉투를 주워주었다. 목소리가 부드러웠다. "조심하세요. 들 수 있겠어요?"

장밍루이는 눈을 들지도 않고 봉투를 받지도 않은 채 대꾸했다. "드세요. 해피 솔로데이!"

여학생은 그가 교문 쪽으로 걸어가는 모습을 묵묵히 바라보았다. 그는 보이는 여학생마다 아이스크림을 나눠주며 "드세요"라고 똑같은 말을 건넸다.

나중에 다시 만났을 때, 야오링신은 웃으며 그때 하겐다즈 사건을 이야기했다. 장밍루이의 마음은 진작에 아물어 있었다. 그는 살짝 민망해하며 뒤통수를 긁적였다. "하하하, 말도 마. 그건 늙다리 솔로의 미친 짓이었어."

야오링신은 정말로 그 일에 대해, 대체 누구 때문에 그런 추태를 벌였던 것인지 다시는 묻지 않았다.

장밍루이는 마음이 따스해졌다.

그는 기숙사로 돌아가는 길에 입김을 호호 불면서 흐릿해진 보름달을 올려다보며 다시 휴대폰을 꺼내 전화를 걸었다.

"링신, 내가 본 건 정말 그런 동영상이 아니었어. 진짜야. 화내지 마. 정말로 아니라니까……."

그는 해명하고 해명하면서 결국 웃음을 참지 못했다.

나중에 몇몇 선택과목에서 뤄즈를 만났다. 그는 가끔 자리를 맡아주고 대화도 나누며 차츰 성화이난에 대한 이야기도 할 수 있게 되었다.

성화이난에 대해서라기보다는 정원루이에 대한 이야기라고 하는 게 더 정확했다. 자초지종을 다 들은 장밍루이는 한참 후에야 한마디 내뱉었다. "정말 고달프겠네."

뤄즈는 쓴웃음을 지었다. "나도 정원루이와 다를 것 없잖아. 차라리 날 동정해."

장밍루이가 불쑥 말했다. "그럼 넌 날 동정한 적 있어?"

잠깐의 침묵 후, 뤄즈는 짓궂은 표정을 지으며 장밍루이의 가방에 달린 커플 열쇠고리를 향해 턱짓을 했다. "동정이 필요해? 너도 참 뻔뻔하구나?"

장밍루이는 그 열쇠고리를 손에 쥐고 소중하게 쓰다듬으며 보란 듯이 음흉하게 웃었다. 아까의 민망함은 흔적도 없이 사라졌다.

"너도 결국엔 피부가 그렇게나 하얀 사람을 찾아버렸어. 휴."

이렇게 긴 시간이 지났는데도 뤼즈는 '얼룩말이 태어날지도 모른다'는 농담을 포기하지 않았다. 이번에 장밍루이는 마침내 반격을 가했다.

"사실 난 어렸을 때 아주 하얬어. 자라면서 햇빛을 많이 봐서 까매진 거지, 기본 조건은 아주 훌륭하다고." 일단 시작한 건 끝까지 해야 직성이 풀리는지, 장밍루이는 고개를 기울여 뤼즈에게 정수리를 들이민 다음, 손으로 머리카락을 헤치며 새하얀 두피를 보여주었다. "못 믿겠으면 봐!"

뤼즈는 책상 위에 엎드려 웃느라 수업 후반부에는 일어나지도 못했다.

장밍루이는 뤼즈에게 방금 성화이난을 봤다는 이야기를 하지 않았다.

초여름이었다. 장밍루이는 야오링신과 함께 위위안탄공원에 갔다. 그런데 그가 찍는 사진마다 야오링신은 마음에 들어 하지 않았고, 나중에 훨씬 솜씨 좋은 걸로 바꿔야겠다는 말까지 했다. 장밍루이는 욱해서 DSLR 카메라를 사서 연구해보기로 결심했다.

중관춘의 전자상가 직원들은 늘 그렇듯 열정적이었다. 그는 문을 들어서자마자 한 무리의 아저씨들에게 둘러싸였다. "컴퓨터 사러 오셨어요?", "레노보 보고 가세요.", "에이서로 구경하실래요?" 그는 겨우 화물용 엘리베이터를 찾아 곧장 15층 사무실로 올라갔다. 거기 있는 아는 선배에게서 내부 상품을 받

아 올 생각이었다. 엘리베이터가 중간에 7층에서 멈췄다. 한 남
학생이 종이상자를 들고 들어왔고, 그도 동시에 고개를 들었다.

웃긴 건, 성화이난의 첫마디가 "이 엘리베이터 올라가는 거
야?"라는 거였다.

"응, 올라가."

"그럼 이따가 다시 내려와야겠네."

약 30초 후, 엘리베이터 안에서 두 남학생의 웃음소리가 터
져 나왔다.

이 건물에는 딱히 괜찮은 커피숍이 없었다. 하는 수 없이 다
큰 청년 둘은 근처 데어리 퀸으로 향했다. 성화이난이 장밍루
이에게 말했다. 자기는 곧 싱가포르에 갈 예정이고, 지금은 여
기서 아르바이트를 하고 있다고.

"넌 10년간 시간을 허비하다 다시 처음부터 시작해도 우리
보단 잘할 거야. 싱가포르에서 마음껏 발전하도록 해." 장밍루
이는 진심으로 축복했다.

성화이난은 그저 건성으로 웃을 뿐이었다. 겸손한 말도, 고
맙다는 말도 없었다.

"너 몸이 꽤 좋아졌구나." 장밍루이가 그를 관찰하더니 말했
다. "우리보다 낫네. 너 가고 나서 우리 기숙사 형제들 모두 농
구 그만뒀어. 특히 큰형님, 실수로 부딪히기라도 하면 진짜, 와,
온몸의 살덩이가 감쇠진동을 한다니까!"

성화이난은 이두박근에 힘을 주어 보이며 웃었다. 여전히 말
은 없었다.

장밍루이는 마침내 깨달았다. 성화이난의 침묵은 지금 상황에 대한 실의 때문이 아니었다. 최소한, 하늘의 총아 앞에서 자퇴생이 느끼는 겸연쩍음은 아니었다.

"뭘 묻고 싶은지 알아. 뤄즈는 아주 잘 지내. 아직도 널 기다리고 있어. 너도 이제 그만하지 그래. 싱가포르에 간다고 해서 장거리 연애를 못 한다는 법은 없잖아. 잠수는 왜 타? 네가 무슨 영화라도 찍는 줄 알아? 작작 해. 걔가 정말로 마음 정리하고 move on 해버리면 나중에 우는 사람은 너야."

성화이난의 침묵에 장밍루이는 초조해졌다. 그는 그린티 블리자드를 순식간에 먹어치웠다. 차가운 걸 너무 빨리 먹어서 머리가 쪼개지는 것처럼 아팠지만, 그래도 아랑곳없이 자리에서 일어났다. "형제로서 나한테 도움 요청할 일 있으면 바로 말해. 네가 나한테 요청하지 않으면 난 절대로 오지랖 떨지 않을 거고, 걔한테 네가 어디 있는지 알려주지도 않을 거야. 됐어? 내가 할 일 없는 사람도 아니고, 너희 둘을 왜 엮어주냐? 예전엔 내가 무의식적으로 쉬르칭을 너랑 엮어줬지. 그건 널 탓하지 않는다 쳐도, 나중엔 어떻게 됐는데? 법학 개론 시간에 내가 먼저 뤄즈한테 반했잖아. 넌 날 도와준다고 가식을 떨면서 걔에 대한 기본 정보를 알려줬고. 나 참, 그러다 나중에 어떻게 날 한쪽으로 치워버렸더라? 난 그게 왜 지금도 이해가 안 될까?"

장밍루이는 마침내 몽땅 쏟아냈다.

"쉬르칭은 네 맘에 안 들었고, 뤄즈는 네가 좋아했다가 버렸지. 성화이난! 너 나한테 무슨 원수라도 졌어? 잘생기면 다야?

내가 말해두는데, 지금 내 여자 친구 볼 생각은 꿈도 꾸지 마!"

장밍루이의 말에 성화이난은 하하 웃었고, 장밍루이도 못 참고 웃음을 터뜨렸다.

케케묵은 곤혹스러움을 이렇게 오랜 시간이 지난 후에 터뜨리고 보니 자연스럽게 농담처럼 되었다.

장밍루이는 늘 이랬다.

좋아했어도 정을 깊게 주지 않았다. 구운 빵을 좋아할 수도 있고, 다시는 안 먹을 수도 있다. 인생은 눈먼 곰이 옥수수 따는 것처럼 하나를 따면 하나를 잃는 법이다. 뭐 하러 1등을 다투고 뭐 하러 힘들게 따지겠는가.

그들의 인생은 정말이지 너무 융통성이 없었다. 너무 고집스러워서 돌아갈 길도 없을 만큼.

장밍루이는 자신이 한 번도 집착하지 않았다는 것에 다행스러워했다.

"보고 싶으면 보러 가. 그게 아니면 왜 애타게 중관춘까지 와서 알바를 해, 누굴 속이려고?"

떠나기 전, 그는 성화이난에게 이 한마디를 남겼다. 엘리베이터 문이 닫혔다. 성화이난의 마지막 감격한 표정도 함께 닫혔다.

장밍루이는 자신이 정말이지 너무 멋진 것 같았다!

그해 여름, 성화이난은 결국 싱가포르로 떠나지 않고 중관춘에서 창업을 하기로 결정했다. 한여름의 어느 날 밤, 521 기숙사의 첫 회식이 열렸다. 성화이난은 뤄즈를 데려왔고, 장밍루이는 야오링신을 데려왔다. 한 무리의 사람들은 서문 밖 닭날개 가게에서 새벽까지 신나게 먹고 마셨다.

야오링신이 장밍루이의 손을 잡아당기더니 그의 귓가에 대고 속삭였다. "성화이난 선배는 선배만큼 잘생긴 건 아닌 것 같아요!"

살짝 취한 장밍루이는 그 말을 듣고 그녀를 박력 있게 품으로 끌어안아 뽀뽀를 했다.

"정말이에요!" 야오링신이 정색하며 말했다. "정말로 선배가 훨씬 멋있는데."

장밍루이는 그녀를 뒤에서 안은 채 웃으며 말했다. "나도 전부터 그렇게 생각했어."

다른 여자들은 다 눈이 삐었다고.

두 사람이 웃고 떠드는 사이에 장밍루이는 언뜻 정원루이를 본 것 같았다. 여전히 눈에 잘 띄지 않는 구석에 음침하게 앉아 시끌벅적한 손님들을 사이에 두고 조용히 그들을 보고 있었다.

그녀의 쓸쓸함 속에도 일말의 즐거움이 담겨 있었다.

이튿날 숙취에서 깨어난 장밍루이는 자신이 헛것을 본 게 분명하다고 생각했다.

대학 4학년 때 가장 떠들썩했던 일은 '교내 가수 TOP 10'이었다. 졸업을 앞둔 학생들 모두 이 재미난 행사에 끼고 싶어 했다. 어차피 4학년이라 뭘 해도 눈치 볼 것 없었으니 청춘에 대한 그리움과 아쉬움을 남기지 않겠다는 이유로 너도나도 참가 신청을 했다. 어쨌거나 예선 때 얼굴을 드러내면 친한 친구와 후배, 선배들이 마지막으로 자신을 응원해줄 수 있었다.

장밍루이와 기숙사 형제들 모두 무대에 올라 다섯 명이서 똑같이 단발머리 가발을 쓰고 F4의 〈유성우〉를 불렀다. 특히 장밍루이는 콘서트장에서의 주샤오톈朱孝天 역할을 맡으라는 '명령'을 받아서 내내 멋있는 척하며 쪼그리고 앉아 노래를 불렀다. 성화이난과 뤄즈, 그리고 야오링신은 무대 아래에서 그들의 모습을 카메라로 찍었고, 그 영상은 전교를 떠들썩하게 했다.

사실 '교내 가수 TOP 10'은 학교 내부 행사였기에 사회적인 이목을 끄는 경우가 드물었다. 그런데 이번 P대의 'TOP 10'은 정말로 사회를 뒤흔들고 말았으니, 그 주인공은 석사 3학년 여학생 왕리였다.

왕리가 'TOP 10'에 참여한 지도 벌써 7년, 대학교 1학년 때부터 석사 3학년 때까지 늘 예선 탈락이었다. 그녀의 노래는 음정이 전혀 맞지 않았고, 목소리는 '하늘과 땅을 놀래고 귀신을 통곡하게 만들' 정도였다. 게다가 말솜씨도 형편없어서 입에 물을 머금고 있는 것 같은 발음이라 무슨 뜻인지 잘 전해지지도 않았다.

그런 왕리의 노래 솜씨는 소속 대학에서만 웃음거리였는데, 어떤 할 일 없는 사람이 그녀의 7년간의 예선 영상을 편집해서 인터넷에 올렸고 순식간에 인기를 끌었다.

모두가 이 몽상가의 '영원히 음악을 포기하지 않겠어요'라는 굳건한 의지에 감동한 건지 장밍루이는 알 수 없었다. 기숙사 형제들은 분노했다. 놀랍게도 왕리가 본선에 진출했는데, PK대결에서 그들 'F5'를 탈락시켰기 때문이었다.

"뭐 하자는 거야?!" 큰형님은 금방이라도 폭발할 태세였다. "단지 유명하다는 이유로 저렇게 외계어로 노래하는 여자가 우릴 이겼다고? 심사위원은 염치가 있는 거야, 없는 거야?"

그러나 아무리 분통을 터뜨려 봐도 결승전은 역시나 왕리 덕분에 큰 주목을 받게 되었다. 모두들 그녀가 음정을 이탈할 때마다 폭소했고, 인터넷에서도 화제가 되어 조롱과 패러디가 쏟아졌다. 그러나 왕리가 음악의 꿈을 포기하지 않겠다고 인터뷰를 할 때면 인터넷에서는 또 온통 감동의 바다가 되었다.

왕리는 말했다. "전 그저 날고 싶은 타조일 뿐이에요."

이 말은 얼마나 많은 사람들의 QQ 대화명이 되었는지 모른다.

결승전은 TOP 5에서 TOP 3을 선발하는 관문까지 진행되었다. 중간 휴식 시간, 학생회 전 의장이 갑자기 무대 위로 올라와 무대 아래 한 여학생에게 공개 청혼을 했다. 각 TV 방송국의 카메라가 그 순간을 주목했고, 대회장 분위기는 후끈 달아올랐다.

야오링신이 입을 비쭉거렸다. "뒷구멍으로 손쓴 거예요. 학생회 전 의장 신분이라는 이유로 미리 다 짠 거라니까요. 이번에 방송국에서 찍어 간다니까 일부러 쇼하는 거지, 결코 우발적인 이벤트는 아니래요. 제가 다 들었어요."

장밍루이가 웃었다. "너한테도 해줄까?"

야오링신이 고개를 저었다. "싫거든요. 공공장소에서 청혼이라니, 가장 바보 같은 짓이에요."

장밍루이는 무척이나 사랑스럽다는 듯 그녀를 꼭 안았다.

학생회 전 의장은 마침내 무대에서 내려갔다. 진행자는 마이크를 받아 들고 열정적인 축복의 말을 건넨 후 다시 대회 상황을 정리했다. "자, 그럼 TOP 3에 진출할 마지막 참가자는…… 왕리!"

우레와 같은 박수 소리가 터져 나왔다. 왕리는 눈물범벅이 된 얼굴로 소감을 말했다. "제 노래를 긍정적으로 들어주셔서 감사합니다!"

정원루이는 바로 이때 무대 위로 뛰어들었다.

장밍루이의 그녀에 대한 첫인상과 똑같았다. 그 전까지 어디 숨어 있었는지, 소리도 없이 무대 위로 올라가서는 진행자의 마이크를 홱 빼앗았다.

"당신 노래를 긍정적으로 듣는 사람 아무도 없어요. 당신은 노래를 너무 못해요!"

"언니가 미쳤나 봐요." 야오링신이 손으로 입을 틀어막았다.

정원루이는 그녀를 쫓는 진행자를 피하며 속사포처럼 말을 쏟아냈다. "다들 당신이 노래를 너무 못 부른다고 생각해요. 너무 못 부른다고요. 당신에게 그런 꿈이 있다는 것부터가 잘못이에요! 저 사람들 모두가 당신을 속이면서 가지고 놀고 있는 거라고요! 당신이 아주 웃기다고 생각하면서요! 당신 노래는 한 번도 인정받은 적 없어요. 다들 그저 당신을 웃음거리로 삼을 뿐이고, 다 웃으면 아무도 당신 노래를 듣지 않을 거예요. 머리가 어떻게 된 거 아니에요? 어째서 그런 듣기 좋은 말을 믿는 거죠?! 제발 정신 좀 차려요!"

마지막 몇 마디를 할 때는 이미 마이크를 뺏긴 상태였다. 그런데도 정원루이는 고래고래 소리쳤고, 관객석 앞쪽에 앉은 장밍루이 일행만 들을 수 있었다.

대회장이 술렁거렸다.

정원루이는 끌려나갔다. 할 말을 다했는지 표정은 차분했고 발버둥 치지도 않았다.

장밍루이와 뤄즈는 허공을 사이에 두고 눈을 마주쳤다.

"다들 쟤가 너무 심했다고, 너무나 큰 잘못을 저질렀다고 그러겠지. 그런데 솔직히 난 쟤가 잘못한 건지 모르겠어. 오히려 쟤 행동이 옳은 것 같기도 해. 다만 나조차도 감히 인정할 수 없을 뿐이지." 뤄즈가 말했다.

듣기 좋은 말은 소용없다. 이 세상에는 '얻지 못함'이라는 슬픔이 존재한다. 그것은 언젠가는 인정해야만 하는, 달리 피할 방법이 없는 슬픔이다.

굳이 사탕 종이로 돌멩이를 감쌀 필요가 뭐 있겠는가. 운명을 일찍 받아들이면 행복해진다. 장밍루이처럼.

늦게 받아들여도 상관없다. 정원루이처럼.

장밍루이는 졸업 후에도 학교에 남아 석박사 통합 과정을 이수했다. 정원루이는 다시 볼 수 없었지만 뤄즈와 성화이난과는 줄곧 연락하며 지냈다. 야오링신은 직감을 발휘해 혹시 뤄즈와 뭔가 있었던 거 아니냐고 장밍루이에게 물어본 적 있었다. 그럴 때마다 장밍루이는 짓궂게 웃으며 이렇게 대답했다. "내가 속상한 건, 걔랑 아무것도 없다는 거야."

야오링신은 참 사랑스러운 사람이었다. 토라질 때도 잠깐 성질을 부릴 뿐, 금세 다시 풀려서 아무런 응어리도 남기지 않고 계속해서 그를 사랑했다.

장밍루이는 그녀가 뤄즈보다 만 배는 더 사랑스럽다고 느꼈다. 심지어 어렴풋이 뤄즈도 기회만 된다면 분명 야오링신 같은 여자가 되고 싶을 거라고 생각하기까지 했다.

아무런 근거 없는 억측에 불과했지만 말이다.

평범하기 이를 데 없는 어느 날 밤, 야오링신은 명작 영화 수백 편을 저장한 하드 디스크를 들고 그를 찾아왔다. 두 사람은 아무거나 하나를 골라 의자에 앉아 체리를 먹으며 영화를 보았다.

영화 제목은 〈당신이 사랑하는 동안에〉였다. 종잡을 수 없는 전반부가 지나고 나니 스토리가 서서히 드러나기 시작했다.

겉으로는 한 남자가 우연히 전 여자 친구의 행적을 알게 된 후 만사 제쳐두고 그녀의 행방을 수소문해 추적하는 이야기다. 하지만 그 뒷면에는 또 다른 여자가 온갖 방법으로 사랑하는 커플을 몇 년간 헤어지게 만들고, 그들이 다시 만나는 걸 여전히 방해하는 이야기가 있었다.

악역으로 나온 여자 알렉스는 남주를 짝사랑한다. 그에게 다가가기 위해 고장 난 캠코더를 일부러 그의 가게에 수리를 맡기기까지 한다. 그런데 남주는 캠코더 안에 담긴 영상에서 또 다른 여자, 알렉스의 친구를 보게 되고 첫눈에 반한다.

　마지막에 진실이 밝혀지고, 한 쌍의 연인은 공항에서 콜드플레이의 〈The Scientist〉를 배경음악으로 꼭 껴안는다. 야오링신은 보면서 눈물을 줄줄 흘렸다. 장밍루이가 불쑥 입을 열었다. "알렉스가 참 불쌍하네."

　"질투에 미쳐서 그런 일까지 한 거잖아. 알렉스가 남주를 더 먼저 좋아했는데."

　"그래도 음모를 꾸미면 안 되죠!" 야오링신은 고집을 부렸다. "아무리 남주를 좋아해도 그런 일을 해서는 안 된다고요. 자신이 남주를 먼저 만났대도, 심지어 남주가 그녀를 통해 우연히 여주를 만난 거라고 해도, 그런 건 이유가 될 수 없어요!"

　"그럼 이유가 뭔데?"

　"남주가 사랑하는 사람이 바로 정의인 거예요."

　사랑하는 사람이 바로 정의다.

　그래서 장밍루이의 모든 건 이유가 아니었다.

　그의 캠코더에 먼저 뤄즈가 찍혔다 해도, 그가 일부러 나불거려서 성화이난과 쉬르칭이 마트 입구에서 언쟁을 벌인 것이라 해도, 그런 성화이난을 곤경에서 빼내기 위해 뤄즈가 성화이난과 처음으로 정식 인사를 나누었다 해도…… 그게 또 뭐 어떻겠는가.

　이 모든 건 그들이 이루어지지 않은 이유가 아니었다.

　장밍루이는 야오링신을 품에 꼭 껴안았다. 마음속에 마지막으로 남은 그림자가 마침내 그녀의 빛으로 환히 밝혀진 것만 같았다.

"난 선배를 사랑해요. 그래서 선배가 바로 정의예요. 누구보다도 멋지고 누구보다도 좋은." 야오링신의 말은 분명했다.

장밍루이가 환하게 웃으며 그녀의 머리카락에 입을 맞췄다.

"당연하지."

번외 2

그때의 달

교정에는 나무가 많았다. 학교 건축 구획 단계 때부터 남겨
진 나무들은 무성한 가지와 풍성한 잎사귀를 드리우며 질서 없
이 자라나 학교의 여러 신축 조형물과 어우러졌다.

활기차고 제멋대로인 자연적인 나무들과 사람의 뜻대로 만
들어진 인공적인 조형물. 이들은 서로를 차갑게 바라보며 각자
의 구역에 우뚝 섰다. 별다른 일이 없다면 앞으로도 이렇게 서
로 수십 년을 바라볼 것이다.

딩수이징은 따갑게 내리쬐는 정오의 태양을 피해 나무 그늘
을 밟으며 폴짝폴짝 뛰어갔다. 벌써 9월 중순인데도 날씨는 아
직 서늘해질 기미를 보이지 않았다. 머리카락이 그녀가 뛸 때
마다 목을 간질였고, 살짝 후덥지근했다.

딩수이징은 결국 머리카락을 기르지 못했다. 매번 이 정도로
기르면 머리카락 끝이 목 부근에서 제멋대로 뻗쳐서 전체적으

로 뒤집힌 파인애플 모양이 되었고, 볼 때마다 짜증 난 그녀는 미용실에서 머리카락을 조금씩 잘라냈다. 이렇게 계속 반복하다 보니, 머리카락은 여전히 길지도 짧지도 않은 단발인 채로 어쩔 줄 모르며 어깨 위에서 찰랑거렸다.

딩수이징은 손으로 잔머리를 모아 뒤통수에 말아 올렸다. 훨씬 시원했다. 그칠 줄 모르는 매미 소리가 그녀의 마음까지 어지럽혔다. 숙취 때문인지는 모르겠지만 가슴이 두근거렸고, 손바닥은 식은땀으로 미끈거렸다.

휴대폰 진동이 울렸다. 문자가 온 거였다. 그녀는 차마 바로 확인할 수 없었다.

어쩌면 잘 아는 무허가 택시 기사에게서 온, 차가 곧 도착할 거라고 알려주는 문자일 것이다.

또 어쩌면 뤄양에게서 온, 그녀에게 올 필요 없다고 알려주는 문자일 것이다.

딩수이징은 멍하니 휴대폰 잠금을 풀고 '리 기사님'이라는 이름을 확인했다. 마치 고공낙하를 한 것처럼 마음이 한결 편안해졌다. 하지만 아직 땅에 확실히 발을 내려놓지는 않은 느낌이었다.

뤄양은 그녀에게 올 필요 없다고 말하지 않았다.

그러나 오라고 말하지도 않았다.

딩수이징은 교문 앞 커다란 바위에 앉아 조용히 차를 기다렸다. 한여름이어서 그늘 밑 바위도 따끈따끈하게 달궈져 있었고, 심지어 뜨겁기까지 했다.

그녀는 고등학교 때 국어 시간에 배운 선충원沈從文의 「변성邊城」이라는 글을 떠올렸다.

저녁 무렵, 할아버지는 손녀 취취가 뜨거운 태양 아래 하루 종일 달궈진 바위 위에 앉았다가 혹시라도 부스럼이 날까 봐 앉지 못하게 했지만, 자신은 손으로 대충 문지르고 그 위에 앉았다. 할아버지와 손녀는 나란히 앉아 달빛 아래 맑은 시냇물을 바라보았다. 말도 안 되게 아름다운 광경이었다.

딩수이징은 문학에 딱히 취미가 없었고, 한때 예잔옌 무리와 이런 교과서에 실린 글들은 쓸데없는 헛소리라면서 투덜거리기도 했지만, 이 「변성」이라는 글은 생생하게 기억에 남았다.

글자 사이에 화면이 감춰져 있었다. 옅은 안개가 깔린 아침, 산속 시냇물, 양쪽 기슭에 구성진 노랫가락에 담긴 연모의 마음, 천천히 흐르는 생활과 느긋한 시대, 결과 없는 기다림……. 사람들의 삶은 단순한 선이었다. 설령 구부러지더라도 일관성 있고 또렷했다.

어쨌거나 그녀와는 달랐다. 겉과 속이 다르고, 자기만 옳다고 여기며 갈등으로 얽히고설킨.

그녀가 고등학교 때부터 그 글을 좋아한 건 아니었다. 다만 나중에 뤄양을 알게 되었고, 그와 함께 시후 주변을 산책할 때, 달빛이 호수면을 밝게 비추던 그때, 그가 갑자기 이런 농담을 던져서였다.

"A가 물었어. '너 선충원의 「변성*」 배운 적 있어?' B가 대답했어. '아니, 우린 C언어만 배웠는데.'"

이런 개그는 정말이지 호응하기 어려워서 딩수이징은 웃지 않았다.

그러나 농담이 끝나고 난 후 두 사람의 난감한 침묵 때문에 두 사람은 크게 웃고 말았다. 그는 눈을 초승달처럼 구부리며 웃었고, 그녀는 입꼬리를 올렸다. 한참을 웃었는데도 멈춰지지가 않았다. 대체 왜 이러는지 이해되지 않았다.

어쩌면 그의 바보 같은 농담 때문에, 어쩌면 못되게 군 그녀 때문에, 또 어쩌면 이 호숫가의 달빛 아래 흘렀던 5초간의 애매한 침묵 때문일지도 몰랐다.

「변성」에 대해 딩수이징은 아무리 머리를 짜내도 기억나는 건 그 뜨끈한 바위에 앉을 수 없었던 부분뿐이었다. 그래서 뤄 양에게 거기서 할아버지가 말한 부스럼이라는 게 뭐냐고 물었다. "엉덩이에 나는 화상 종기 같은 거겠죠?" 뤄양은 머리를 긁적였다. "내가 어떻게 알겠어. 엄청 긴 글이었잖아. 기억에 남는 건 그들이 사는 지역 풍습이 무척 흥미롭다는 거였어. 강을 사이에 두고 두 사람이 함께 산의 노래를 부르잖아."

"류싼제** 얘기로 기억했나 봐요." 딩수이징이 웃으며 말했다. "「변성」에서는 남자애가 밤에 여자애한테 산의 노래를 불러주잖아요. 아주 멀리서도 들을 수 있게."

....

* 중국어에서 '프로그래밍'이라는 뜻의 '볜청'과 발음이 같다.
** 劉三姐, 전설로 전해지는 뛰어난 가수.

그는 그녀를 호숫가 벤치로 데려갔고, 두 사람은 나란히 앉았다. 밤바람이 살짝 서늘했다. 10월의 항저우는 금덩이와도 바꿀 수 없는 최고의 시기였다.

"그래서 어떻게 됐어?" 그가 물었다. "아마도 비극이겠지?"

뤄양의 은근히 기대하는 얼굴을 바라보며 딩수이징은 속으로 끙끙거렸다. 이런 상황이 벌어질 줄 진작 알았다면 그때 교과서를 제대로 읽어봤을 텐데.

"취취의 엄마는 원래 어떤 군인과 평생을 약속한 사이였는데, 남몰래 취취를 낳고는 이루지 못할 사랑을 비관하며 죽었어요. 취취는 외할아버지 손에서 자라났죠. 뱃사공 형제 둘이 모두 취취를 좋아했는데 취취는 동생을 좋아했고요."

뤄양이 눈썹을 치켜올리며 웃었다. "역시, 그럴 줄 알았어."

"선배도 고등학교 때 다 배웠으면서 셜록 홈즈 흉내는 뭐예요." 딩수이징은 가차 없이 그의 말을 끊었다.

뤄양은 딩수이징이 뛰어난 말솜씨로 남을 꿰뚫는 모습을 보는 게 가장 좋다고 말한 적 있었다.

그는 좋아하는 것과 관련된 말을 많이 했지만 늘 길게 늘어진 목적어와 함께였다. 아주 단순한 '너'라는 단어와 연결된 적은 한 번도 없었다.

딩수이징이 말을 이었다. "그런데 취취의 외할아버지는 취취가 형을 좋아한다고 오해하곤 형에게 고백해보라고 격려했어요. 형은 고백에 거절당한 후 슬픔에 빠져 있다가 사고로 죽었죠. 동생은 그 일로 취취의 외할아버지를 원망하면서 혼자

고향을 떠났어요. 외할아버지는 후회하면서 세상을 떠났고, 취취 홀로 고향에 남아 매일 사랑하는 사람이 돌아오기만을 기다렸죠."

딩수이징은 그나마 기억 속에 남아 있는 부분을 짜깁기해서 더듬더듬 말해준 거였는데, 그가 이렇게까지 집중해서 들을 줄은 몰랐다.

"비참하네." 뤄양이 결론을 내렸다.

딩수이징은 이제 막 고개를 젖혀 마지막 레몬차 한 모금을 마시다가 하마터면 그대로 뿜을 뻔했다.

언어 기능에 문제가 있는 엉뚱한 사람. 그녀는 그를 보며 마음이 약해졌다.

그는 항상 그녀에게 어쩔 수 없이 마음 약해지는 느낌을 들게 했다. 그는 자꾸 놀리고 싶어질 정도로 재미있고, 말수가 적고 온화하며, 까다롭게 따지지 않는 사람이었다. 어떨 땐 순간적으로 내면의 차가움을 드러내 그녀를 놀래고 경탄하게 하기도 했다.

그녀가 이렇게나 정복하고 싶어질 정도로.

딩수이징의 머릿속에 뤄양과 관련된 평가가 조각조각 떠올랐다. 그런데 살면서 처음으로, 이 남자에 대한 온전한 그림을 맞출 수 없었다. 가장 딱 맞는 그림이 바로 눈앞에 있었기 때문이었다.

"맞아요, 아주 비참하죠." 그녀는 그를 바라보며 그의 모습을 눈에 깊이 담았다. "사랑은 뜻대로 되기가 쉽지 않아요. 뜻대로 된다면 재미가 없죠."

딩수이징은 자신이 일부러 그렇게 말한 것인지 지금도 확신할 수 없다. 누구 맘대로 그와 그 여자 친구의 사랑이 원만하게 이어진단 말인가.

그녀는 "그럼 재미가 없죠"라고 한사코 말해주고 싶었다.

진짜인지 아니면 그런 척하는 건지, 뤄양은 그저 웃으며 고개를 끄덕일 뿐이었다. "그래, 비극이 사람들에게 더 쉽게 기억되는 편이지." 그러나 그는 금방 다시 웃는 얼굴로 그녀를 바라보았다. "어린 아가씨, 쓸데없이 감탄하고 그러지 마."

그는 그녀가 레몬차를 다 마신 걸 보고 새 레몬차를 사주러 달려갔다. 딩수이징은 혼자 벤치에 앉아 멀리 호수 기슭을 바라보았다. 가로등 불빛이 진주 목걸이처럼 구불구불하게 이어져 칠흑같이 어두운 밤하늘로 뻗어 있었다. 서서히 떠오르는 둥근 보름달이 호수면에 비치는 모습은 마치 밤하늘에서 줄이 끊긴 펜던트처럼 보였다.

달빛이 참 좋았고 호수 풍경도 아주 좋았다. 그녀는 아주 좋았고 그도 아주 좋았다.

모든 것이 이제 막 시작되었지만 결말이 있을지는 알 수 없었다. 애매한 발걸음은 달콤한 떠보기여야 했지만, 그들 사이에는 넘을 수 없는 성벽이 가로막고 있었다.

딩수이징은 그 성벽이 그의 여자 친구인지, 아니면 그 자신인지 단언하기 어려웠다.

고개를 돌리니 그가 음료 두 잔을 들고 좁은 길을 건너 이쪽으로 달려오는 모습이 보였다.

딩수이징의 마음속에 처음으로 진정한 근심이 피어올랐다.

그녀는 그를 바라보았다. 도둑처럼, 탐욕스럽고도 슬픈 눈으로 철옹성 위에 단단히 박힌 보석을 뚫어져라 바라보았다.

무허가 택시 기사가 길 건너편에 도착해서 경적을 울렸다. 그런 다음 차를 유턴해서 교문 앞에 세웠다. 딩수이징은 차에 타자마자 내부의 후끈한 열기 때문에 콧잔등을 찡그렸다.

"덥죠? 에어컨 켤게요." 택시 기사 왕 씨는 얼른 창문을 닫고 에어컨을 최대치로 틀었다. 구릿한 냄새가 콧속으로 들어왔다. 왕 씨는 겸연쩍은 듯 딩수이징에게 웃어 보였다. "너무 오래 안 썼더니 에어컨에서 냄새가 나네요. 괜찮아요, 금방 없어질 거예요."

딩수이징은 웃으며 괜찮다고 대답했다. 풀어진 눈빛은 어디로 향해야 할지 갈피를 못 잡고 있었다.

왕 씨도 이 도시에 일하러 온 외지인이었다. 가족들을 이끌고 시후 남쪽의 좐탕 지역에서 몇 년간 무허가 택시 영업을 해 와서 미술대학에 관한 상황을 손바닥 보듯 훤히 알고 있었다. 부근의 예술계 입시학원의 학생 모집과 미술용품 구매에도 어느 정도 개입하면서 조금이라도 돈 벌 수 있는 기회라면 하나도 놓치지 않았다.

"오늘 시내에 무슨 중요한 일 있었어요?" 왕 씨가 물었다.

"네?"

"별건 아니고, 그냥 학생이 무척 긴장한 것 같아서요. 시내에 중요한 일이라도 있나 했죠."

딱 보면 티가 나나? 딩수이징은 고개를 끄덕였다가 다시 가로저었다. 마음이 어지러우니 생각조차 둔해져서 현실 세계와 분리된 듯한 느낌이었다.

"개학하면 4학년이죠? 졸업 작품 준비해요?"

"아직 시작도 안 했어요."

"그럼 앞으로 계속 공부할 건가요?"

"앞으로는……." 딩수이징은 멍하니 대답했다. "생각 안 해봤어요. 아마 유학을 가게 되겠죠."

왕 씨는 꾸밈없이 고개를 끄덕이며 말했다. "유학 좋죠. 외국에 나가면 좋은 걸 배울 수도 있고. 하지만 좋은 학교에 가야 해요. 조소 전공은 그대로 할 거예요?"

"……아니요. 아마 바꿀 것 같아요."

예술 분야는 예나 지금이나 성공하기가 무척 힘들었으니, 왕 씨는 예상했다는 듯 이해하는 표정을 지어 보였다. 그러나 딩수이징은 그의 반응에 오히려 마음이 찔렸다. 예술계 진학을 위해 자퇴하고 2년이나 시간을 허비했다는 사실을 알면 기사님은 뭐라고 생각하실까?

딩수이징은 줄곧 노력하는 사람을 존경해왔지만, 그보다는 천부적인 소질이 있거나 재력이 빵빵한 사람들을 더 좋아했다. 제멋대로 헤프게 써도 마음 아플 일 없는 사람들 말이다. 그들은 맛 좋은 포도주를 백옥잔에 따라 마시다가, 흥이 오르면 그대로 벽에 던져 깨뜨릴 수 있었다.

그녀는 한때 자신이 어느 정도는 후자에 속한다고 생각했다.

신 캠퍼스에서 시내 중심 호숫가에 있는 구 캠퍼스까지는 차로 꽤 달려야 했다. 황량한 교외를 통과하고 높낮이가 일정하지 않은 민가를 지나는 동안, 빠르게 스쳐가는 낡은 간판들도 흐릿하게 연결되었다. 오른쪽에는 첸탕강錢塘江이 흐르고 있었다. 딩수이징은 멀리 공포스러운 형상의 고성이 강 옆에 우뚝 서 있는 모습을 바라보았다. 인공 산과 인공 거석 사이에서 공연되는 조잡한 '대형 민간 산수 서사시 뮤지컬'은 수많은 단체 여행객들을 기만하며 발걸음을 이끌고 있었다. '고성'은 낮에 보면 가련할 정도로 형편없었지만, 밤이 되면 연녹색 스포트라이트가 강렬하게 내리쬐며 구조의 아름다움을 드러냈다.

그녀는 이 연녹색을 기억하고 있었다.

어젯밤에 그들도 이 길을 통해 학교로 돌아갔다. 네 사람은 택시 한 대에 끼여 탔다. 택시 기사의 언짢음은 무시할 수 있을 정도로 취한 채였다. 시내 택시 기사들은 좐탕의 신 캠퍼스 쪽으로 가는 걸 좋아하지 않았다. 다시 돌아갈 때는 빈 차로 가야 하기 때문이었다. 하지만 그들은 그래도 택시에 비집고 타서 각자 자기 이야기만 주절주절 떠들었다. 택시 기사가 투덜거리는 건 아무도 신경 쓰지 않았다.

술에 취한 사람의 눈에는 짧은 거리가 무한히 길게 느껴지기도 눈 깜빡할 사이에 도착할 정도로 짧게 느껴지기도 했다. 딩수이징은 뒷자리 가장 안쪽에 앉아서 이마를 왼쪽 유리창에 기대었다. 방금 동거하던 남자 친구와 헤어진 룸메이트는 그녀 옆에서 묵묵히 눈물을 흘렸고, 얼굴의 눈물자국 두 줄에는 녹아내린 마스카라가 잔뜩 번져 있어 슬픈 삐에로처럼 보였다. '대선배님'은 조수석에 엎드려 뭔가에 씌인 것처럼 울면서 그가 오랫동안 보여준 관대하고 진지하고 조심스럽고 소심하던 모습에 균열을 냈다.

그러나 모든 기억은 마치 돼지기름이 잔뜩 묻은 렌즈로 찍은 것처럼 모호해서 진짜 같지 않았다. 유일하게 그 연녹색 괴물만이 우뚝 서서 가여워하는 표정으로 딩수이징의 머릿속을 천천히 지나갔다.

생각에 빠져 있을 때 휴대폰에 문자 하나가 도착했다. 늘 그렇듯 그녀는 또 긴장했다. 다행히 대선배의 문자였다. 지금 배경에 딱 맞는.

"어제는 추태를 부렸네. 미안." 그가 말했다.

딩수이징의 얼굴에 차가운 미소가 스쳤다. 그녀는 답장을 보내는 대신 휴대폰을 살포시 닫았다.

어젯밤 노래방에서 친구들은 노래하고 떠들며 주사위 게임으로 술을 마셨고, 짝을 지어 화장실로 가 토했다. 그리고 그녀는 조용히 소파 구석에 앉아 휴대폰을 쥐고 방금 새로고침으로 뜬 뉴스 기사를 한 번 또 한 번 읽어보았다.

뭐양이 다니는 회사가 시후 근처 미술관에서 행사를 진행할 예정이었다.

폭풍우가 몰아치는 바다 위에 홀로 떠 있는 조각배처럼 마음이 이리저리 휘청거리고 있을 때, 대선배가 갑자기 옆에 앉더니 그녀에게 바짝 붙으며 말했다. "후배님, 자, 한잔 마셔."

"저한테 뭘 부탁하고 싶은 건지 알아요." 딩수이징이 그를 바라보며 참을성 없이 말을 끊었다. "말하지 않을 거예요. 어느 누구한테도요."

차는 시내로 들어서자 점점 속도가 느려졌고, 운도 좋지 않아서 거의 모든 신호등에 걸렸다. 왕 씨는 연신 한숨을 내쉬며 푸젠 사투리로 딩수이징이 못 알아들을 욕을 내뱉었다.

"기사님, 좀 더 빨리 가주실 수 있으세요?" 딩수이징도 못 참겠는지 몸을 앞으로 기울이며 재촉했다. "저 2시 반까지는 꼭 도착해야 해요."

"최선을 다해볼게요. 하지만 길이 이렇게 막히니 날아갈 수도 없는 노릇이잖아요."

딩수이징은 하는 수 없이 다시 자리로 되돌아가 신경질적으로 휴대폰을 열어 저장해놓은 행사 공지를 보고 또 보았다.

어젯밤, 뤄양 회사의 공식 계정에 로드쇼 예고 영상이 올라왔다. 영상 속 뤄양은 다른 동료들과 서로 파이팅하면서 "내일 항저우에서 봬요!"라고 말하고 있었다.

딩수이징의 손이 가볍게 떨렸다.

예전에도 많은 기회가 있었다. 동기들끼리는 연락망이 빽빽했으니 마음만 먹으면 볼 수 있었고 들을 수 있었다. 모두 그녀를 알았고, 모두 그녀를 좋아했다. 그녀가 갑자기 자퇴를 하고 꿈을 좇아간다는 소식은 그녀에게 더욱 전설적인 색채를 덧입혀 주었다. 그녀는 베이징에 갈 때마다 선배들의 호출을 받아 이런저런 모임에 초대되었고, 그런 모임에는 종종 뤄양도 있었다.

그러나 딩수이징은 없었다. 뤄양이 나오는 자리에 딩수이징은 참석하지 않았다. 멋대로 무심한 척 노래방에 나타난 적도, 나쁜 생각을 품은 적도 없었다.

기세등등하게 위조된 글씨를 들고 천징을 찾아간 건 열아홉 살 딩수이징이 한 일이었다. 누구나 마음속에 이기적으로 고군분투하는 것으로 가득 찬 그릇이 있는데, 딩수이징의 그릇은 뤄양의 결혼식 날 패스트푸드점 햇볕 아래 모조리 증발되고 말았다.

그런 일을, 그녀는 더 이상 할 수 없었다.

천징이 아무 내색 없이 참을 수 있었던 건 그녀의 능력이었지, 딩수이징이 실패한 원인은 아니었다.

딩수이징은 자격이 없다는 것에서 실패했다. 뤄양은 딩수이징에게 그 어떤 쟁취할 수 있는 자격도 주지 않았다.

딩수이징이 참석해야 했던 여러 모임, 그녀는 뤄양이 오리라는 걸 알았고, 뤄양도 그녀가 오리라는 걸 알았다. 그러나 결국 오지 않은 사람은 그녀였고, 뤄양은 한 번도 모임 약속을 어기지 않았다.

하지만 이게 또 뭘 증명할 수 있을까? 열아홉 살 딩수이징은 그가 그녀를 보고 싶어 할 거라고 확신했다. 여느 때처럼 즐겁게 이야기를 나누면서도 오지 않은 그녀의 빈자리를 보면 그도 분명 실망하고 속상할 거라고 확신했다.

그러나 스물네 살 딩수이징은 아무것도 판단할 수 없었다. 그녀는 모두가 자신을 좋아하게 만들고 자신과 친구가 되도록 만들 수 있었다. 이제껏 한 번도 사람을 잘못 본 적 없었고, 원수든 경쟁자든 확실히 파악할 수 있었다. 오직 뤄양만 그녀를 거듭 눈멀게 만들었다.

그는 어느 모임에든 모습을 드러냈다. 어쩌면 그녀를 만나고 싶어서가 아니라 단지 떳떳하기 때문에 그녀를 피할 필요가 없어서일 것이다.

밤마다 딩수이징은 천장을 노려보며 추측을 거듭했고, 그러다 눈물이 줄줄 흐르면 다시금 고이 간직해둔 추억으로 차가워진 마음을 달랬다.

그는 한밤중에 그녀와 함께 도서관 옥상에 올라가 바람막이를 두르고 사자자리 유성우를 기다려주었다.

그는 그녀의 꼬드김에 담배를 사 와 그녀와 함께 피워보았다. 두 사람은 콜록거리며 눈물과 콧물을 쏟았고, 나중엔 각자 피울 줄 알게 되었다. 남들은 모르는 두 사람의 비밀이었다.

동아리 단체 사진을 찍을 때 그들은 일부러 항상 따로 서면서도 눈빛으로 서로에게 인사를 했다. 그들의 시선은 수많은 사람의 어깨를 지나 하나로 얽혔다.

딩수이징이 기억하기론, "사랑은 하나의 눈빛"이라는 가사의 노래가 있다. 그녀는 분명 잘못 보지 않았다. 결코 아니었다.

기억 속의 모든 애매한 온도는 마치 겨울밤 이불 속에 넣어 둔 보온 주머니처럼, 잠시 한눈을 팔면 결국엔 마음속에 지워 지지 않는 화상을 남겼다.

차는 마침내 미술관 맞은편에 멈췄다. 딩수이징은 왕 씨에게 60위안을 건네고는 재빨리 가방을 들고 뛰어내렸다. 그리고 겁 먹은 토끼처럼 황급히 길을 건넜다.

그녀는 이곳에 여러 번 와봤었다. 룸메이트는 종종 대선배가 마련해준 일거리로 돈을 벌었고, 전시 준비 때 여러 번 그녀를 끌고 온 적 있었다. 딩수이징은 가방에서 20위안을 꺼내 입장 권을 구입하고, 익숙하게 3층 직원 휴게실로 달려갔다.

계단을 절반 정도 올라갔을 때, 그녀는 계단참 거울에 비친 자신의 모습을 보았다.

느슨하게 묶은 머리는 아까 달릴 때 흔들리면서 절반이 삐져 나와 미친년처럼 보였고, 잔머리에 가려진 손바닥만 한 얼굴은 흥분과 긴장으로 마치 고열 환자처럼 빨갛게 달아올라 있었다. 오직 두 눈만이 무서우리만치 반짝였다. 눈빛은 눈앞을 가린 잔머리를 통과해 자신을 똑바로 바라보고 있었다.

딩수이징은 천천히 발걸음을 멈추고 가방을 발 옆에 둔 후, 거울을 보며 정성껏 머리를 묶기 시작했다. 얼굴색이 점차 가 라앉았고 눈동자도 점차 어두워졌다.

정말로 뛰어 들어가면 어떻게 될까? 어제 그녀는 용기를 내 어 혹시 미술관에서 행사를 하는 거냐고 문자를 보냈지만, 그는 답문자조차 보내지 않았다. 설마 지금 그 사람 앞에 가서 노골적으로 말해야 할까? "커피나 한잔해요. 듣자 하니 이혼한다면서요."

딩수이징은 거울 속 자신을 멍하니 바라보았다.

그해 결혼식이 끝나고, 뤄즈가 맥도날드로 돌아와 그녀에게 휴대폰으로 찍은 결혼식장 사진을 보여주었다.

그녀는 뤄즈에게 사진을 찍어달라고 부탁했었고, 사진을 다 본 후에는 뤄즈에게 왜 이렇게 잔인하냐고 물었다.

뤄즈는 그녀의 생트집을 탓하지 않고, 그저 살짝 눈을 내리뜨고 복잡한 표정으로 그녀를 바라보았다. 유일하게 분간할 수 있는 건 연민뿐이었다.

"어쨌거나 오빠네가 결혼도 했으니 너도 앞으로는 그 사람들한테 연락하지 마." 뤄즈가 말했다. "오해는 말아줘. 난 네가 자퇴한 후로 그 사람들한테 연락하지 않았다는 거 아니까. 너한테 주의를 주거나 경고하려는 거 아냐. 오해하지 마."

"그렇게 조심스럽게 해명할 필요 없어. 내가 무슨 시한폭탄이 된 것 같으니까." 통유리 창에 자신의 비웃는 표정이 흐릿하게 비쳤다. "네 오빠는 내가 집착할 만큼 가치 있지는 않아."

그녀도 이 위선적인 말에 치가 떨렸다. 뤄즈는 맞은편에 앉아 착하게 고개를 숙이고 웃을 뿐, 굳이 가면을 벗기려 하지 않았다.

딩수이징도 흥미가 사라져 머리끝을 흔들며 기다리는 동안 잘게 찢은 치킨 포장 봉투를 한 곳에 모았다. 그리고 한참 후,

정중하게 입을 열었다. "그 사람 찾아가지 않을 거야. 결혼했으니 달라졌다는 거 알아. 너도 걱정할 거 없어. 내가 찾아가서 효과가 있는 거라면 그 사람들은 결혼도 못했을걸. 넌 네 오빠를 믿지, 안 그래? 그 사람은 날 좋아하지 않아. 괜히 나 혼자 좋다고 꼴사납게 군 것뿐이니까. 정말이야. 걱정하지 마."

딩수이징은 이 말을 할 때 놀랍게도 눈물을 흘리고픈 충동이 전혀 들지 않았다. 눈시울은 말라 있었고, 이 듣기 거북한 평가는 남 이야기를 하는 듯했다.

뤄즈는 고개를 들고 천천히 말했다. "너한테 오빠를 만나지 말라고 한 건, 내가 오빠한테 믿음이 없어서야. 난 네가 결코 혼자 좋아한 게 아니라고 생각해."

오히려 뤄즈의 이 말이 딩수이징의 눈물샘을 터뜨려 버렸다.

그리하여 그의 결혼생활 3년 동안 딩수이징은 아무것도 하지 않으면서 도덕상의 정의를 유지하고 있었지만, 속으로는 그의 결혼생활이 불행하길 저주하지 않은 적이 한순간도 없었다.

기회를 엿보다가 행동하는 건 뻔뻔하려나? 기다림은 그녀에게 비열함과 비천함을 느끼게 했다.

아래층에는 전시회를 보러 온 관객들이 있었고, 위층 문 안에는 뤄양이 있을지도 모른다. 그녀는 중간에 서서 자신의 위치를 찾지 못했다.

마치 재수를 하던 그 1년처럼. 그녀는 대학의 자유로운 생활에 이미 익숙해졌고 바깥세상도 보았다. 조그만 교실에 묶여 있는 건 이미 불가능했지만, 스스로 그 안으로 들어가 다시금 일개 고등학생이 되었다. 그녀는 매일 붐비는 교실 구석에 웅크리고 어린 학생들의 유치한 다툼과 애환을 방관했으며, 다른 사람은 물론 자신도 냉소적으로 바라보았다. 마치 두 세상에서 동시에 버려진 고아처럼.

"너구나."

딩수이징이 정신을 차려보니 거울 속 천징이 보였다. 천징은 그녀 뒤쪽 두 계단 밑에 서 있었다. 헐렁한 황갈색 원피스 차림으로 평안하고 고요한 미소를 지으며 그녀를 바라보고 있었다.

딩수이징은 재빨리 침착함을 되찾고 깊이 숨을 들이마시며 아무것도 모르는 표정으로 몸을 돌렸다.

"언니." 그녀는 예의 바르게 미소 지었다. "여긴 어쩐 일이세요?"

천징은 그녀가 반문할 줄 예상치 못하고 잠시 멍하니 있다가 웃으며 말을 이었다. "남편 회사가 오늘 이 미술관에서 행사를 열거든."

딩수이징은 눈을 깜빡이며 가방을 꽉 쥐었다. 심장 뛰는 소리가 너무 커서 아래층 사람들 소리도 잘 들리지 않을 정도였다.

"아, 주최 측인 거예요?" 그녀는 아래층에 드문드문 있는 관객을 바라보았다. "전 친구가 표를 줘서 얼굴 비추러 온 거예요. 그럼 가볼게요." 몸을 돌려 가려는데 천징이 그녀를 붙잡았다. "급한 일 없으면 나랑 얘기 좀 하자."

딩수이징의 속마음은 순간 발악을 했지만 별안간 힘이 풀어졌다.

　머리를 내밀어도 칼을 맞고, 머리를 움츠려도 칼을 맞을 상황. 오늘 신은 그녀의 어지럽게 뻗친 머리끝을 잡은 채 그녀가 머리를 움츠리지 못하도록 하고 있었다.

　그녀는 결별한 사람처럼 태연하게 고개를 끄덕이며 물었다. "무슨 얘기요?"

　날씨는 그리 좋지 않았다. 한낮의 뜨거운 태양은 금방 먹구름에 가려졌고, 호수 위에는 먼지가 자욱이 껴서 수면과 멀리 있는 산의 경계가 모호해졌다. 기분도 괜스레 불쾌해졌다.

　딩수이징과 천징은 호숫가에 앉았다. 천징은 걸음이 무척 느렸고 조심스럽게 허리를 받치며 움직였다. 딩수이징도 그녀의 발걸음에 맞췄다. 입꼬리가 천천히 올라가며 자조하는 웃음이 걸렸다.

　"가서 마실 것 좀 사 올게요." 딩수이징이 말했다. "색소 들은 합성 음료 대신 생수 괜찮죠? 따뜻한 걸로요."

　천징이 살짝 놀란 듯 그녀를 바라보았다. 딩수이징은 입술을 달싹이며 뭔가를 말하려다 끝내 꾹 참고 방향을 돌려 달려갔다.

　얼마 지나지 않아 다시 돌아온 그녀는 천징에게 물을 건네고, 자신은 레몬차 뚜껑을 열어 고개를 젖히고 꿀꺽꿀꺽 마셨다.

　한 입 마시고 나자 딩수이징은 정말로 목이 말랐다는 걸 깨달았다.

　천징은 마시지 않고 줄곧 미소 띤 얼굴로 그녀를 의미심장하게 바라보며 한마디도 하지 않았다. 딩수이징은 천징의 이런 자애로운 어머니 같은 미소와 위에서부터 자신을 훑어보는 모습에 문득 짜증이 나서 그녀를 휙 돌아보았다. "못 마시겠다는 거예요? 약 탄 거 아니니까 안심하세요."

천징이 또 웃었다. 이번 웃음은 딩수이징의 화를 더욱 돋우었다. 천징의 눈과 입에는 '어린 아가씨랑은 따지지 않겠다'는 말이 또렷하게 쓰여 있었다.

딩수이징이 병뚜껑을 닫고 일어났다. "할 말 없으시면 갈게요. 대학 시절에는 철이 없어서 언니한테 못할 짓을 했지만, 거기에 대해 저도 사과했어요. 이렇게 절 붙잡고 안 놔주실 필요 없잖아요."

천징이 갑자기 손을 뻗어 그녀의 팔을 잡았다. "널 비웃은 거 아냐. 흥분하지 말고 내 말 좀 들어줘."

딩수이징은 감히 그녀의 손을 뿌리칠 수 없었다. 그러다가 정말로 천징을 다치게 할까 봐 걱정스러웠다.

"혹시 내가 이혼을 요구했다는 소식 들었어?" 천징이 차분하게 물었다.

딩수이징이 고개를 저었다. "제가 그걸 어떻게 알겠어요?"

"지난주에 넌 내 블로그에 들어왔다가 방문 기록 지우는 걸 깜빡했잖아."

딩수이징이 고개를 돌려 천징의 시선을 피하며 필사적으로 민망함을 감췄다.

"사실 나도 줄곧 네가 어떻게 지내는지 몰래 보고 있었어."

천징이 딩수이징의 팔을 토닥였다. "요 몇 년간 넌 정말 멋지게 살았더라! 네가 만든 조형 작품들이랑 참여한 전시회랑 여행했던 사진 다 봤어. 세계 각지를 다 가본 거지? 정말 멋져."

말투에 담긴 진솔함은 거짓 같지 않았다. 딩수이징은 뭔가 허점이라도 찾아내려 눈을 가늘게 뜨고 천징을 바라보다가, 시선을 서서히 천징의 평평한 복부로 내렸다.

천징은 고개를 숙이고 다시금 습관적으로 아랫배를 쓰다듬으며 한참 묵묵히 있다가 천천히 입을 열었다. "네가 꾹 참았던 거 알아. 속으로는 뤄양이 책임감 때문에 나랑 결혼했지만, 사실은 널 좋아했다고 생각한 거지? 처음 날 찾아왔을 때, 넌 아주 예의 바르긴 했지만 말과 행동에서 날 그렇게나 경멸하는 게 느껴졌어. 마치 내가 책임감으로 그를 협박하는 것처럼."

딩수이징은 진심으로 괴로웠다. 당시 자신이 인정할 수 없다며 마음속에 묻어뒀던 생각을 이렇게 노골적이고도 꾸밈없는 말로 들으니 너무나 유치하기 짝이 없었다.

"언니, 오해세요. 그때 전 어리고 아무것도 몰랐어요. 건방지고 예의도 없었죠. 양해해주세요." 딩수이징은 담담하게 눈을 내리깔았지만 말투는 강경해졌다. "하지만 그건 옛날 일이에요. 벌써 오래전 일이라고요. 지금 다시 그 일을 꺼내는 건 무슨 의도죠?"

딩수이징은 잠시 말을 멈추고 천징의 눈을 똑바로 바라보았다. "게다가 사람이 평생 실수 한 번 안 하고 살기란 불가능하잖아요. 어떻게 생각하세요?"

천징의 표정이 마침내 굳었다.

열흘 전, 딩수이징은 VIP 라운지의 편안한 가죽 소파에 앉아
시원한 공기를 만끽하며, 교수님이 모두에게 나눠준 새 책을
넘겨보면서 사촌 언니가 퇴근하기를 기다렸다. 근처 삼계탕집
은 손님들로 바글바글했다. 딩수이징은 6시로 예약했는데 벌
써 5시 50분이었다. 사촌 언니는 여전히 올라올 생각을 하지 않
고 있었다.

멀리서 실랑이를 하는 소리가 들렸다. 딩수이징은 2층 난간
으로 달려가 고개를 쭉 빼고 로비를 내려다보았다. 사촌 언니
가 전시된 차량 사이를 지나 입구에서 고래고래 소리를 지르는
남자에게로 뛰어가는 모습이 보였다. 낭패스러운 표정이었다.
또각거리는 하이힐 소리가 남자의 분노에 박자를 맞춰주는 것
처럼 들렸다.

딩수이징이 자세히 눈여겨보니 화를 내고 있는 남자는 놀랍
게도 대선배였다.

딩수이징이 미술대학에 입학했을 때 대선배는 4학년이었
다. 모두가 그를 존경을 담아 '대선배님'이라고 불렀다. 그의
재능이 출중해서가 아니라, 미대에 다니는 모든 가정환경과 재
능도 평범한 학생들을 대신해 혈로를 개척해주었기 때문이었
다. 대선배가 미대에 진학한 건 자신의 형편없는 기초과목 시
험 점수에 대한 활로를 찾기 위해서였다. 입학 후에도 예술에
파고들기는커녕, 외모와 입담으로 학생회에 들어가 비밀스러

운 가방 회사들과 연이어 관계를 맺으며 일을 받아 와서는 후배들에게 아르바이트 외주를 주며 많은 돈을 벌었다.

조소과에서는 각 기수마다 많아 봤자 두세 명만이 졸업 후에도 작품 활동을 계속했고, 나머지는 결혼을 하거나 어디 프론트에 취직하곤 했다. 대선배는 바로 이런 예술가가 되지 못할 게 뻔한 예술계 학생들의 가장 든든한 후원자였다. 미대의 서로 다른 과 학생들은 처음 만났을 때 할 말이 없으면 대선배에 대해 이야기했다. 딩수이징의 룸메이트도 대선배에게서 일거리를 받았었다. 평면 디자인, 로드쇼 전시 준비 등, 안 해본 일이 없었다. 대선배는 잘생기고 사람들과 두루 친했으며, 세상 물정에도 밝아 줄곧 후배 여학생들에게 인기가 많았다. 마치 고등학교 시절의 딩수이징처럼 누구든 가리지 않고 두루두루 어울리며 사람을 만나면 사람 말을 하고 귀신을 만나면 귀신 말을 했다. 다만 대선배는 그녀보다 한 단계 더 진화해서, 이런 인간관계를 통해 착실히 돈을 벌었다.

그러나 누가 상상이나 했을까. 평소 온화하고 단정한 대선배에게도 이렇게 격분할 때가 있다는 걸.

사촌 언니는 가냘픈 목소리로 굽실거리며 대선배에게 뭔가를 해명하고 있었다. 대선배는 잠시 듣더니 화를 내며 버럭 소리쳤다. "당신들 변명은 더 들을 필요 없습니다! 일반 직원이 그렇게 말하는 것 자체가 이미 말이 안 되는데, 명색이 사고 담당자라면서 문제 해결도 안 하고, 이럴 거면 제가 왜 당신을 부릅니까!"

딩수이징은 잠시 생각하다가 소파 위에 둔 크로스백을 들고 유리 계단을 달려 내려갔다. 내려가면서 들으니 그들의 말다툼은 더욱 심해지고 있었다.

"허 선생님, 제 말 좀 들어보세요. 선생님의 경우는 손해배상 확정 금액이 5천 위안을 초과하셨고, 보험회사는 본사에 보고를 해야 하니 저희도 개입할 수가 없습니다. 게다가 선생님의 차량 손상 상황에 대해서도 어느 정도 심사 리스크가 있습니다. 아시다시피 타이어 휠 단독 손상이라면 보험회사 면책사유가 되고요."

"당연히 알죠. 하지만 지금은 타이어 휠만 망가진 게 아니잖습니까! 브레이크 패드까지 함께 망가졌어요! 이런 상황이면 당연히 보상해줘야죠. 보험회사가 여기서 무슨 할 말이 있겠습니까? 당신들이 중간에서 농간 부리는 거 아니고요?!"

딩수이징은 대선배가 이렇게까지 화내는 모습을 처음 보았다. 그의 이미지는 늘 웃는 얼굴로 빈틈을 공략하며 중화 담배 한 보루 찔러주는 걸로 지름길을 걷는 능력자인데, 어째서 이렇게 화를 내며 난리를 치는 걸까?

"브레이크 패드 교체 가격은 고작 5백 위안입니다. 그 5백 위안짜리 부품 때문에 타이어 휠 2개에 대한 2만 위안 배상을 요구하신다면, 보험회사가 선생님께서 직접 펜치로 고장 낸 거라고 의심하는 것도 이상하지 않죠. 물론, 저희 대리점에서도 공정한 검사 보고서를 제출할 테니 안심하셔도 됩니다. 다만 선생님께서도 저희가 보험회사 심사 결과를 보장해드릴 수 없다는 걸 이해해주셨으면 합니다……." 사촌 언니는 여전히 주눅 든 채 해명을 했고, 대선배는 폭발했다.

"미치겠네, 지금 날 바보 취급하는 겁니까? 분명 오늘 배상 금액이 확정돼서 수리할 수 있다고 그랬잖아요. 본사에 보고해야 한다고 5일이나 시간을 끌어요? 이런 황량하고 구석진 곳에서, 나보고 일주일이나 머물며 심사 결과를 기다리라고요? 보험회사는 그냥 보상해주기 싫은 거잖아요! 이건 새 차예요! 지금 나보고 새 차 타이어 휠을 망가뜨려서 보험사기를 친다는 겁니까? 내가 할 일이 그렇게도 없겠어요? 네?"

딩수이징은 더 이상 지켜볼 수 없어 재빨리 1층으로 달려갔다.

"언니, 대선배님!"

그녀는 짧은 말로 서로를 소개한 후, 웃는 얼굴로 대선배에게는 좋게 좋게 말하자고 권유하며 사촌 언니에게는 대선배의 차량 문제를 최선을 다해 처리해달라고 부탁했다. 대선배는 지극히 부자연스러운 표정으로 웃음을 짜내며 연신 입구를 바라보았다. 뭘 기다리는 중인지 알 수 없었다.

"레인지로버는 언제 사셨어요? 우린 전혀 몰랐는데. 어떤 장사로 또 큰돈을 버신 거예요?" 딩수이징이 히죽거리며 장난스럽게 그를 바라보았다.

대선배는 난감한 듯 "응" 하고 대답할 뿐 별말 없었다. 딩수이징의 사촌 언니가 살짝 한숨을 돌리고 다시 설득하려고 입을 열려던 찰나, 갑자기 등 뒤에서 여자 목소리가 들렸다. "자천, 그 사람들이 뭐래요?"

딩수이징은 천천히 눈을 들어 대사형의 허리에 다정하게 팔을 감은 여자를 바라보았다. 등 뒤의 석양이 그녀의 그림자를 딩수이징의 발밑까지 길게 늘여주었다.

"언니, 오랜만이에요." 딩수이징이 웃으며 말했다.

딩수이징은 숨을 깊이 들이마셨다. 멀리 호수 위에 옅게 깔린 안개를 모두 들이마시려는 것처럼 보였다.

"나중에 사촌 언니가 알려줬어요. 그 차의 차주는 뤄양이고 베이징에 등록된 차라고. 참 공교롭기도 하죠. 제가 옆 도시에 갔던 날 그렇게 언니를 만났으니까요. 그날 언니의 행선지에 대해서는 뤄양에게 거짓말을 했겠죠? 뤄양은 당신들이 그의 차를 타고 나들이를 간 것도 모르죠? 남몰래 나온 짧은 나들이에 이런 귀찮은 사고가 났으니, 어쩐지 대선배님이 그렇게 다급하게 구시더라고요."

천징은 물처럼 가라앉은 얼굴로 두 손으로 아랫배를 문지르며 참을성 있게 끝까지 들었다.

"그래서, 오늘 직접 뤄양에게 이르러 온 거니?" 온화한 천징의 말투에도 약간의 비꼼이 담겨 있었다.

"언니가 계속 옛날 일을 언급하지 않았더라면 저도 이 일로 언니를 자극하지 않았을 거예요. 게다가 이건 언니 부부 사이의 일이에요. 나 같은 외부인이 어떻게 뤄양에게 말하겠어요? 난 그렇게까지 나쁜 사람 아니에요." 딩수이징은 벌떡 일어났다.

그저 그가 보고 싶어서 왔을 뿐이었다. 단지 그것뿐이었다.

그녀는 아무것도 하지 않았고 아무것도 하지 않을 생각이었지
만, 미래에 한 줄기 빛이 나타났다. 그러니 어느 누구도 그녀의
충동과 흥분을 탓할 수 없었다. 그러나 천징 앞에 있자니 오랜
시간 남몰래 지켜보던 것의 의미가 변질되면서 그녀를 무척이
나 부끄럽게 했다.

"혹시 너, 내가 뤄양에게 많이 미안해야 한다고 생각하는 거
니?" 천징이 부드럽게 물었다.

"다시 한 번 말하지만, 그건 언니 부부 사이의 일이에요." 딩
수이징이 차갑게 대답했다.

"딩수이징, 가식은 그만 떨어. 됐니? 너도 속으론 알고 있잖
아. 네가 내 생활을 망쳐버렸다는 거."

이 오랜 시간을 지나오면서, 천징은 처음으로 분명하게 딩수
이징을 비난했다.

딩수이징이 의아해하며 돌아보았다. 그러나 천징의 시선은
호수를 향해 있었다.

"딩수이징, 난 더 이상 너 같은 시한폭탄과 함께 살아가고 싶
지 않아."

천징은 줄곧 세상의 사랑에는 여러 가지가 있다고 믿어왔다.
영화 속 첫눈에 반하는 사랑도 물론 그중 하나였지만, 그와 뤄
양 사이의 감정은 결코 그렇지 않았다.

"넌 아직 어려서 아는 게 적고, 자기 잘났다고 생각하는 아가
씨니까 이해하지 못한대도 상관없어. 게다가 넌 나한테 처음으
로 달려와 시위하던 아가씨도 아니니까. 난 이미 익숙해."

천징은 말하는 내내 호수만 주시하고 있었다. 깊이를 알 수 없는 호수 속에 용기의 원천이 감춰져 있는 것처럼.

"고등학교 때 우리 사이에 약간의 스캔들이 퍼지기 시작했을 때, 어떤 여학생들은 내가 뤄양에게 어울리지 않는다고 앞에서든 뒤에서든 날 깎아내렸어. 내가 정말로 뤄양과 사귀게 됐는데도 걔네들은 멈추지 않았지. 대학 때도 계속해서 달려드는 여자 후배들은 늘 날 안중에도 두지 않았고. 물론, 뤄양은 한 번도 걔네들과 애매한 관계를 만들지 않았어. 이 점에 대해서는 아무도 그 사람 잘못이라고 할 수 없을 거야. 다들 은행을 털고 싶어 한다고 해서 그게 돈의 죄는 아니잖아? 뤄양은 사석에서 걔네들을 타일렀고 내 면을 세워주었어. 하지만 내 앞에서 해명하거나 사과하려고 할 때면 난 늘 그를 피하거나, 말을 끊거나, 화제를 돌리거나 했어. 그 사람한테 불만을 표시한 적도, 잘했다고 칭찬해준 적도 없었지.

그 이유가 궁금하니? 너 같은 어린 아가씨라면 투정 부리면서 한바탕 난리를 피울 텐데, 그렇지? 하지만 난 그러지 않았어. 난리를 칠수록 내가 약세에 있다는 걸 증명하는 거니까. 어쨌거나 내가 줄곧 마음에 뒀던 건, 두 사람 사이에 진실한 마음이 있다면 많은 말이 필요 없다는 거였어. 그런데 한번은 너와 뤄양이 같이 수업 듣는 걸 봤는데, 뭔가 잘못됐다고 느꼈지."

천징은 말을 잇지 않았다. 회고록에서 가장 중요한 부분이 찢겨 나간 것처럼 이야기가 뚝 끊겼다.

딩수이징은 그 부분을 차마 물어볼 수 없었다.

"예전에 날 찾아온 다른 아가씨들은 다 내가 뤄양에게 어울리지 않다고 했는데, 오직 너만 이렇게 말했어. 뤄양은 날 사랑하지 않는다고, 뤄양은 날 사랑하지 않는다고."

천징은 살짝 떨리는 목소리로 중얼중얼 혼잣말을 했다.

"미안해요"라는 말이 딩수이징의 목에 딱 걸렸다. 말을 해봤자 호수 위 안개처럼 창백하게 흩어지리라는 걸 알고 있었다.

"뤄양이 진짜로 연애할 땐 어떤 모습인지 알게 해줘서 고마워." 천징은 마침내 고개를 돌려 딩수이징을 바라보았다. "물론, 나중엔 나도 연애를 시작했지. 나도 아무것도 하지 않았어. 배신도, 약속도 하지 않고 그저 마음만 움직인 거야. 그 사람처럼."

천징은 고개를 기울이며 웃었다. 무척 즐거워 보였다.

"나랑 뤄양은 마침내 무승부가 된 거야."

딩수이징은 날이 어두워질 때까지 혼자 호숫가 벤치에 앉아 있었다.

날이 흐려서 해가 지는 모습이 보이지 않았다. 저녁 구름은 서서히 걷히면서 맑은 밤하늘에 드문드문 걸려 있었고, 달빛에 비친 실루엣만 보였다.

또 그렇게 똑같은 달빛이었다. 기억 속 「변성」의 시냇물 위에 떠 있던 달이 지금 이 순간을 덮고 있었다. 텅 빈 레몬차 병을 만지작거리던 딩수이징은 문득 어렴풋한 느낌이 들었다. 고개를 돌리면 뤄양이 손에 레몬차 두 잔을 받쳐 들고 길을 건너 그녀에게로 달려오는 모습이 보일 것만 같았다.

그녀는 머뭇거리며 고개를 돌렸다. 등 뒤 미술관 입구는 활짝 열려 있었고, 주황색 가로등 불빛이 입구의 보도블록 위로 쏟아지며 따스하고 둥근 품을 만들어냈다.

딩수이징은 정말로 뤄양을 보았다. 멀리서, 그의 동료와 함께 입구에서 웃으며 인사를 나누고 있었다.

5년을 못 봤지만, 그녀는 여전히 한눈에 그를 알아볼 수 있었다. 하얀 와이셔츠에 정장 바지, 양복 자켓은 어깨에 걸치고 소매는 걷어 올린 채였다. 마침내 긴장이 풀렸는지 약간은 퇴폐적인 듯, 또 약간은 장난기 있게 보였다.

눈앞이 눈물로 흐릿해졌다.

저 남자는 아빠가 된다.

미술관에서 천징이 천천히 걷는 모습을 보고 딩수이징은 그녀가 임신했다는 걸 알았다. 그녀는 따뜻한 생수를 건네며 마지막 희망도 같이 건넸다.

천징은 정말로 대선배를 좋아했을까, 아니면 단지 뤄양에게 복수하기 위해서였을까?

딩수이징은 묻지 않았다. 그녀는 천징 자신도 명확하게 말하지 못하리라 믿었다.

삶에는 영원히 뚜렷한 경계가 없었고, 밑선마다 그라데이션이 깔려 있었다.

다만, 천징이 부드러운 목소리로 이렇게 말한 건 기억했다. 대선배는 사실 무척 힘들게 살았다고. 예술을 너무나 사랑하지만 재능이 없어서 매일 마지못해 접대 자리에 나갈 수밖에 없다고. 그는 교활한 사람이 아니라고, 정말 아니라고.

"사실 넌 뤄양이랑 무척 닮았어. 너흰 뭐든지 손쉽게 해내는 사람이지만, 우린 아냐. 동병상련인 셈 치자." 천징은 몸을 일으켰다. 아직 배가 불룩해 보이진 않았지만 벌써부터 허리를 받치는 게 습관이 되어 있었다.

그 순간 악의가 솟구치며 딩수이징은 "정말로 뤄양의 아이 맞아요?"라고 묻고 싶어졌다.

누구에게나 악의는 있다. 하지만 그것을 마음속 검은 상자 안에 통제할 수 있다면 좋은 사람이라고 할 수 있다.

난 좋은 사람이구나, 딩수이징은 쓸쓸하게 웃었다.

그녀는 천징이 떠나기 전 얼굴에 옅게 걸려 있던 환한 빛을 기억했다. 그건 어머니만이 가질 수 있는 차분함이었다. 예전에 뤄양의 여자 친구로서 참아야 했던 것과는 완전히 달랐다.

천징은 조심스럽게 아랫배를 쓰다듬으며 말했다. "두 달 됐어. 어제 오후에 검사 결과가 나왔고. 뤄양은 아직 몰라. 오늘 말해줄 생각이야. 원래는 먼저 이혼 얘기를 꺼내려고 했는데, 이렇게 예상치도 못한 일이 생겼네. 이건 아무래도 지나간 일은 지나가게 두라는 징조인 것 같아."

딩수이징은 미소 지으며 그녀가 멀어져 가는 걸 눈으로 배웅했다. 그리고 마지막으로 이렇게 말했다. "네, 그 사람은 분명 기뻐할 거예요."

동료의 차가 멀어졌다. 차량 후미등이 오솔길 끝에서 기다리는 야수의 붉은 눈처럼 보였다. 딩수이징은 뤄양이 담배에 불을 붙이고 바지 주머니에서 휴대폰을 꺼내는 걸 보았다.

30초 후, 딩수이징의 주머니 속 휴대폰에서 진동이 울렸다.

그녀는 호숫가에 서서 오랫동안 전화를 받지 않았다. 멀리서 천징이 뤄양의 등 뒤로 다가가 살며시 껴안는 모습을 바라보았다.

뤄양은 깜짝 놀라 얼른 담배를 떨어뜨리고 발로 비벼 불을 끈 다음, 몸을 돌려 천징을 받쳐주었다.

기나긴 1분의 시간 동안, 딩수이징은 천징이 울면서 말하는 것과 뤄양이 기뻐하며 그녀를 꼭 끌어안는 걸 미소 띤 채 바라보았다. 미술관의 따뜻한 불빛 아래 또 하나의 속세의 희극이 탄생했다.

딩수이징은 문득 5년 전 그날 밤이 생각났다. 그녀는 호숫가를 걸으며 말했었다. "취취는 알고 있었을 거예요. 어쩌면 그 사람은 영원히 돌아오지 않을지도, 아니면 내일 바로 돌아올지도 모른다고요."

뤄양이 말했다. "얼마나 안타까워. 어린 아가씨가 돌아올지 안 돌아올지도 모르는 사람 때문에 평생을 기다리다니. 굳이 왜 괜한 고생을 해."

괜한 고생.

딩수이징, 왜 괜한 고생이니.

자퇴하고 대입 시험을 다시 치르기 전, 그녀는 뤄양에게 마지막 질문을 했었다.

"이런 인생, 재미있어요?

마음속 불꽃을 필사적으로 꺼뜨리고, 짧고 귀한 일생을 규칙과 어쩔 수 없는 일에 바쳐야 한다니⋯⋯. 이렇게 살면 씁쓸하지 않을까요?"

뤄양은 그녀에게 대답하지 않았다.

지금, 딩수이징은 미술관 앞에서 다정하게 껴안고 있는 부부를 보면서 마침내 모든 것이 오해였다는 걸 믿게 되었다.

자신이 그의 마음속에 타오르는 불꽃을 봤다고 오해한 거였고, 서로가 같은 부류라고 오해한 거였다.

나중에 그는 직접 그 불꽃을 꺼뜨리는 걸 선택했다.

어쩌면 천징이 너무나 적절한 타이밍에 등장해서 뤄양은 전화를 끊을 기회가 없었을 것이다. 어쩌면 그저 흥분해서 자신이 전화를 걸었다는 걸 잊었을 것이다. 딩수이징은 고민하지 않고 손을 뻗어 전화를 끊어버렸다.

그녀는 어두운 나무 그림자 밑에 숨어 고개를 들어 달을 바라보았다.

옅은 구름 뒤에 있는 달은 그때와 똑같은 달이었다.

속세는 그들에게 남겨주자, 나는 이 달만 있으면 돼.

딩수이징은 성큼성큼 자리를 떠났다. 다시는 뒤돌아보지 않았다.

정원을 거닐다 꿈에서 깨었네

천샤오선은 늘 생각했다. 많은 일의 옳고 그름과 가치 여부에 대한 평가는 종종 미래의 자신이 어떤 모습의 사람으로 변하느냐에 따라 결정된다고 말이다. 사람의 과거는 역사처럼 나중 사람에 의해 결정되는 거였다.

만약 어느 날 그녀가 자신의 친언니처럼 얌전한 여자아이에서 나이 많은 노처녀가 된다면, 서른두 살의 교류 범위가 매우 좁은 시 박물관 해설자가 되어 집안 환경 비슷하고 외모도 반듯한 남자를 찾기 위해 매일 한 번, 또 한 번의 맞선 자리를 뛰어다녀야 한다면, 어쩌면 그녀도 대학교 2학년 국경절 황금연휴에 대해 깊은 원망과 회한을 품을지도 몰랐다.

그 정신없는 연휴를 보내며 그녀는 반듯한 외모의 남자 하나를 놓아주었다.

머릿속에서 잊히지 않는 많은 지난 일들은 사실 그저 장면일 뿐인데 서서히 뭐라 분명히 말하기 힘든 의미가 부여된 것이다. 아니면 이미 어떤 느낌으로 승화되어 기억의 구석에 보존된 채, 살짝 건드리면 마음속에 퍼지는 것일 수도 있었다.

마음속에 퍼지는 것은 무엇인가. 이건 어떤 말로 형용해도 영원히 체감할 수 없다.

그리하여 대체 왜 쉬즈안과 헤어졌냐는 질문을 들을 때마다, 그녀가 떠올리는 건 햇살 아래 두 손을 주머니에 찔러 넣고 눈을 가늘게 뜬 채 멍하니 있던 소년이 아니었다. 비록 어떻게 보면 그가 그들이 헤어지게 된 요인이긴 했지만 말이다.

머릿속에 안개 같은 화면이 펼쳐졌다. 사실은 기차 안이었다. 짙은 남색 밤하늘과 반짝 스치고 지나가는 주황색 가로등 불빛, 덜컹거리는 철도 소리, 그리고 옆에서 무서운 표정으로 자고 있는 아주머니까지.

사실, 야반도주하던 어느 순간, 결말은 이미 작성되어 있었다.

9월 30일 밤, 천샤오선은 베이징으로 가는 밤 기차에 앉아 있었다. 푹신한 일등석이긴 했지만 너무 오래 앉아 있어서 엉덩이가 조금 아팠다. 옆에 있는 낯선 여인은 깊이 잠들어 있었다. 그녀 쪽으로 얼굴을 살짝 돌리고 입을 자연스럽게 벌린 채였다. 튀어나온 광대뼈와 움푹 들어간 뺨 때문에 놀랄 만큼 못생겨 보였다. 숨소리에 있는 듯 없는 듯, 강해졌다 약해졌다 하는 코 고는 소리가 섞여 있었고, 옅은 숨결이 천샤오선의 목 쪽

으로 쏟아졌다. 그 여인은 눈을 감고 있었지만, 여전히 천샤오
선에게 시선에 뒤덮인 불안감을 주었다.

그녀는 하는 수 없이 시선을 돌렸다. 조용한 내부에는 미약
한 코 고는 소리를 제외하고는 레일 이음매 부위를 지날 때 나
는 규칙적인 덜컹거림만 들렸다. 천샤오선은 내내 혼란스럽고
도 정신이 맑은 상태였다. 철도 소리와 어두운 조명의 내부는
잠이 오게 했지만, 그러면서도 아쉬워서 잘 수가 없었다.

그랬다. 아쉬웠다.

주변 어디든 사람들이 있었지만 사실상 한 사람도 없는 것과
마찬가지였다. 그들은 모두 낯설었고, 그들은 모두 침묵했다. 오
직 그녀만 눈을 크게 뜨고 있었고, 오직 그녀 혼자만 존재했다.

평소에는 짬이 나면 이런저런 일들을 찾아서 하곤 했다. 시
간은 식당, 기숙사, 강의동을 왕복하는 것과 컴퓨터 인터넷 페
이지의 거듭된 새로고침과 자신도 의식하지 못한 상황 속에서
천천히 흘러갔다.

되돌아봤을 땐, 자신의 궤적이 보이지 않았다.

지난주 일요일에 뭘 했길래 어째서 또 급하게 룸메이트 과제
를 베낀 걸까? 공부를 안 했다면, 어째서 겨우 빌려놓은 〈은혼〉
DVD 전집을 지금까지도 보지 않은 걸까?

난 정말로 살아 있었던 적 있을까?

천샤오선은 감히 장담할 수 없었다.

오직 이 순간, 그녀는 자신의 심장이 뛰는 소리를 또렷이 들
었고, 자신의 영혼을 만져보았다.

영혼은 아직 몸 안에 있었다.

자신은 아직 존재했다.

그 순간, 별안간 울고 싶어졌다. 그녀는 하느님, 예수님, 부처님께 기도하고 싶었다. 부디 이 기차가 영원히 멈추지 않게 해달라고, 짙은 어둠 속에서 드문드문 보이는 가로등과 조용히 잠들어 있는 논밭을 벗 삼아 아무 상관없는 먼 곳으로 달려가게 해달라고.

여명도, 종점도 오지 않도록.

그녀의 영혼이 마치 빛에 닿으면 사라지는 이슬인 것처럼.

천샤오선은 평범한 여자아이였다.

평범한 이목구비, 단조로운 몸매, 차분한 표정, 평범한 지능, 평탄한 인생의 발자취. 그때 친구들은 수다를 떨며 저우쉰의 신작 영화 〈밍밍〉이 개봉했다고 떠들었다. 멀찍이 떨어져 잡지를 보고 있던 천샤오선은 무의식중에 그 말을 듣고 고개를 들어 물었다. "제목이 뭐라고? '핑핑'?"

〈핑핑〉이라면, 설마 그녀와 언니의 이야기를 그린 영화일까?

천샤오선의 엄마는 고등학교 선생님이었고, 아빠는 대학 강사였다. 명문 고등학교도, 명문 대학도 아니었다. 집은 크지도 작지도 않았고, 저축은 많지도 적지도 않았다. 부모님은 두 딸에게도 지나친 기대나 요구를 하지 않았다. 그저 건강, 건강하고 평안, 평안하게 살기를 바랄 뿐이었다.

천샤오선이 반복어를 무척 싫어한다는 건 아무도 몰랐다.

그래서 새해에 천샤오선은 쉬즈안이 준 카드를 받아 들고 속지에 '활기차고, 평안하고, 건강하고, 순조롭고, 즐겁기를紅紅火火, 平平安安, 健健康康, 順順利利, 快快樂樂'이라고 적힌 문구를 한참 바라보다가 그에게 돌려주며 말했다. "넌 글씨 쓸 때 말을 더듬어?"

기차가 마침내 역에 도착했다. 초가을이었지만 베이징의 아침 공기는 약간 서늘했다. 천샤오선의 옷은 그리 두껍지 않았다. 쉬즈안이 낮에는 더울 거라고 했기 때문이었다. 많은 승객들이 일찌감치 짐을 챙겨 통로에 가득 내려놓았다가, 기차가 멈추자마자 얼른 내리려고 비집고 앞으로 나아갔다. 천샤오선은 이 사람들이 대체 뭐가 그리 급한지 이해가 되지 않았다. 마치 남들에게 뒤처지면 손해를 보는 것마냥.

그녀는 원래 자리에 앉아 조용히 사람들이 빠져나가길 기다렸다.

창문으로 쉬즈안이 보였다. 그는 노란색 긴팔 티셔츠와 짙은 남색 청바지를 입고 멀리서부터 달려오고 있었다. 허벅지가 통통한 걸 보니 살이 더 찐 것 같았다. 운동화는 여전히 지저분했다.

그를 보고서야 천샤오선은 비로소 그의 생김새가 명확히 기억났다. 그러나 헤어져서 몸을 돌리면 다시 잊어버릴 것만 같았다.

고등학교 졸업 후, 누군가 쉬즈안과 천샤오선이 사귀는 걸 알고 좋은 뜻으로 농담을 던졌다. "부부는 닮는다더니, 너희 둘

정말 닮았구나." 천샤오선은 웃으면서 속으로 생각했다. 자신처럼 생긴 얼굴을 전국에서 약 1억 명을 찾을 수 있을 거라고.

쉬즈안은 기차간 번호를 훑으며 오다가 그녀의 기차간 번호 문 앞에 멈춰 서서 내리는 사람들 틈새로 문 안쪽을 살폈다. 그러나 천샤오선은 멀지 않은 곳에서 창문으로 그를 바라보았다.

그래도 아침은 왔다. 그녀의 존재감은 조금씩 약해지고 있었다. 존재감을 찾아야 한다는 일마저도 잊을 만큼.

그는 그녀를 이끌며 수시로 고개를 돌려 바보같이 웃었다. 천샤오선은 즐겁지 않은 건 아니었지만, 상대방이 오랜만에 만난 기쁨을 표시하는 것에 빈번하게 미소로 호응할 때마다 입꼬리가 아래로 처져서 매번 애써 미소를 지어야 했다.

다들 이렇게 말했다. 쉬즈안과 사귀는 건 천샤오선의 복이라고.

예전엔 그들을 주목한 사람이 별로 없었다. 천샤오선은 큰 바다에 떨어져 더 이상 분간할 수 없는 하나의 물방울이었다. 활발하지도 침울하지도 않았으며, 성적이 좋지도 나쁘지도 않았다. 반면, 쉬즈안은 고등학교 3년 연속 이과반 1등을 도맡은, 무던하고 축구를 좋아하는 책벌레였다.

그들은 짝꿍이었다.

오직 쉬즈안만이 천샤오선의 날카로운 입담과 게으른 면을 알았다. 천샤오선은 다른 사람 앞에서 일부러 위장하거나 쉬즈안에게만 진실하게 군 건 아니었다. 그녀처럼 평범한 사람에게도 사실은 여러 얼굴이 있었다. 어떤 얼굴을 드러내느냐는 기본적으로 기분과 습관에 달려 있었다. 모두의 앞에서 승부욕 강한 모습을 보이지 않는 건 그녀가 능력을 감추고 때를 기다린다거나 명예와 이익에 대한 욕심이 없어서가 아니었다. 그저 그런 능력이 없을 뿐이었고, 딱히 드러내고 싶은 갈망이 없었기 때문이었다. 짝꿍 쉬즈안 앞에서 교활하고 거칠고 신랄하고 매정한 모습을 보인 건 아마도 간혹 드는 발산의 욕구 및 약자에겐 강하고 강자에게는 약한 인간의 천성에서 비롯되었을 것이다.

그러나 이런 대비감이 쉬즈안을 완전히 집어삼켜 버렸다.

쉬즈안은 고2 때부터 그녀를 좋아했지만 그녀는 전혀 의식하지 못했다. 그는 반에서 공인된 좋은 사람이었다. 누가 문제를 가르쳐달라고 하면 그는 아주 진지하게 하나씩 하나씩 상대방에게 설명해주었다. 그래서 그가 자진해서 그녀에게 2년이나 개별 지도를 해주고, 매번 중간 기말고사 기간에는 핵심만 정리해서 복습을 도와주었는데도 그녀는 다른 학생들과 마찬가지로 "고마워"라고 대답할 뿐, 조금도 특별함을 느끼지 못했다.

그는 좋은 사람이니까, 생각하면서.

대입 시험을 앞두고 그가 자신을 어떻게 생각하냐고 물었을 때도 여전히 이렇게 대답했다. "넌 좋은 사람이야."

그는 안색이 변해서는 고개를 숙이고 아무 말도 하지 않았다.

곧 대학 입학식이라 그는 베이징에 가야 했다. 떠나기 전, 그는 다시 그녀를 불러냈다.

"난 베이징에 가야 해. 조국의 심장으로!"

뒤 문장을 말할 땐 목소리가 매우 컸지만 의미가 모호했다. 그가 뽐내는 게 아니라는 걸 그녀는 알고 있었다. 아마도 그냥 지나치게 흥분했거나 긴장했기 때문이리라.

그래도 그녀는 나른하게 한마디 대꾸했다.

"가봤자 심장 혈관을 막기만 하는 혈전일 텐데 뭐."

그는 어리숙하게 뒤통수를 긁적이며 웃었다.

늘 이런 모습이었다.

쉬즈안은 무척이나 재미없는 좋은 남자아이다. 똑똑하고, 근면하고, 어리숙하고. 그러나 지루했다. 그녀의 말에 맞받아친다는 건 영원히 불가능했다. 딱 한 번이라도.

아마 우등생은 다 이렇겠지, 천샤오선은 실의에 빠졌다.

물론, 남들 눈에는 자신도 쉬즈안과 비슷하게 재미없는 사람일 수도 있겠지만.

"가, 어서 가. 조국의 심장에 빛과 열기를 바치러 가." 그녀는 진심으로 그를 축복해주었다.

그가 말했다. "있잖아…… 사실, 난 줄곧…… 널 좋아했어."

천샤오선의 심장은 평온했다.

"내…… 여자 친구가 돼줄래?"

천샤오선의 표정은 차분했다. 지금 그녀는 당시 대체 어떤 기분이었는지 기억나지 않았다. 어쩌면 이런 건망증 자체가 이미 모든 걸 설명하리라.

그녀가 말했다. "좋아."

그는 놀라서 두서없는 말을 늘어놓았다. "나, 난 그러니까…… 내 말은…… 어쨌거나 난 베이징에 가야 해서 용기를 낸 건데……, 세상에…… 너무 잘됐다, 너무 잘됐다……."

떠나기 전 죽기 아니면 까무러치기로 최후의 도박을 걸어본 거였구나.

왠지 술김에 용기를 낸 것 같다는 의심이 들었다.

하지만 고백은 고백이었다.

그는 그녀를 집까지 데려다주었다. 그녀는 그의 손을 잡았다. 친오빠의 손을 잡은 것 같은 느낌이었다.

천샤오선의 언니가 가장 먼저 여동생의 장거리 연애 소식을 알았다. 상대방이 명문 대학에 다니는 고등학교 때 짝꿍이라는 걸 알고는 더욱 기뻐했다. 언니는 그녀와 무척 달랐다. 언니의 평범함에는 순진함과 착함이 있었지만, 천샤오선의 평범함에는 어떤 것에도 아랑곳하지 않는 나른함과 자신도 잘 알지 못하는 어두운 파도와 냉혹함이 있었다.

어쨌든 그녀에겐 좋아하는 사람이 없었고, 그녀를 좋아하는 사람도 없었다. 어쨌든 상대방은 잠재적인 유망주이고, 좋은 사람이었으며, 그녀도 나쁜 사람은 아니었다. 어쨌든 앞으로 어떻게 될지는 아무도 몰랐고, 어쨌든…….

어쨌든 그녀는 줄곧 현실의 압박 때문에 끊임없이 맞선을 보던 언니를 보며 거듭 한숨만 내쉬던 자신이 사실은 가장 냉혹하고 가장 현실적인 사람이라는 걸 알아채지 못했다.

남녀 간의 열정적인 사랑을 누릴 자격이 없는 사람은 있기 마련이고, 그렇다면 끝까지 속물이 되어야 했다.

기차역에서 다시 지하철을 타고 P대에 도착했을 때는 딱 9시였다. 호스텔은 만실이었다. 쉬즈안이 그녀를 위해 예약해놓은 스탠더드 객실 손님이 아직 체크아웃을 하지 않아 그는 먼저 그녀를 자신의 기숙사로 데려가 무거운 백팩을 내려놓았다.

복도에는 통풍이 잘되지 않아 곰팡이 냄새가 살짝 났지만 청소 상태는 깔끔한 편이었다. 쉬즈안은 열쇠로 문을 열고 고개를 들이밀어 안쪽을 살펴본 다음, 그녀에게 조그만 목소리로 말했다. "다들 자니까 조용히 들어가자."

휴일 아침에 늦잠을 안 자는 건 천벌을 받을 일이다.

실내는 약간 더웠지만 상상했던 것처럼 양말 고린내는 나지 않았다. 왼쪽에 책상 6개가, 오른쪽에는 2층 침대 3개가 놓여 있고, 입구에는 옷장과 신발장이 있었다. 책상 위는 어수선했고, 노트북 데이터 선, 인터넷 선 등이 복잡하게 얽혀 있었지만, 대체적으로는 깨끗한 방이었다. 쉬즈안은 가장 끝에 있는 책상으로 살금살금 다가가 어지러운 책상 위에서 학생카드를 찾기 시작했다. 천샤오선은 문 옆에 서 있었다. 희미한 아침 햇살이 커튼 틈새로 쏟아져 들어와 먼지가 흩날리는 걸 볼 수 있었다.

남학생 기숙사에 들어온 건 처음이었다. 천샤오선은 호기심에 사방을 둘러보며, 약간의 조심스러움과 죄책감을 가지고 아래층 침대에서 자고 있는 두 남학생의 모습을 몰래 훔쳐보았다.

한 남학생은 얼굴을 이불 속에 파묻고 있어서 침대 위에는 불룩하게 부풀어 오른 이불만 보였다. 또 다른 남학생은 새하얀 이불과 까무잡잡한 얼굴이 선명한 대비를 이루고 있었다. 그는 반듯하게 누워서 한 손은 귀 옆에, 다른 한 손은 배 위에 올려둔 채였다. 천샤오선은 예전에 인터넷에서 본 심리 테스트를 떠올렸다. 잠자는 모습이 이런 사람은 명랑하고 성실하다고 했다.

그녀는 실수로 기침을 했다가 옆 침대에서 뒤척이는 소리를 듣고 오른쪽을 바라보았다. 자신의 시선과 비슷한 높이의 위층 침대에 한 남학생이 마침 몸을 돌리고 있었다. 침대와 너무 가깝게 서 있었기에 남학생의 숨결이 공교롭게도 귓가에 닿았다. 천샤오선은 흠칫 몸을 떨었다.

그 남학생이 뒤척이며 가져온 숨결에는 옅은 향기가 실려 있었다.

천샤오선은 시선을 집중했다.

이 얼마나 훌륭한 이목구비인가. 보기 좋고 깔끔했다. 훌륭한 목탄 소묘 작품 같으면서도 이루 말할 수 없이 생생했다.

그 얼굴의 주인은 미간을 살짝 찌푸리며 베개에 머리를 문지르더니 폭신한 하늘색 오리털 이불 속에 푹 파묻혔다. 그러고는 갑자기 살짝 기침을 하며 얼떨떨하게 눈을 떴다.

천샤오선을 본 순간, 그는 잠시 멍하니 있다가 갑자기 일어나 앉았다. 그의 동작에 따라 침대에서 끼이익 소리가 났다. 체크무늬 잠옷의 옷깃은 한쪽이 올라가 있었고, 눈은 반쯤 뜬 채 어리둥절한 표정이었다.

그 모습은 보는 사람에게 볼을 꼬집어주고 싶다는 생각이 들
게 했다.

천샤오선은 그런 생각을 하며 멍하니 있다가 저도 모르게 푸
흡 웃음을 터뜨렸다.

이번에 입꼬리는 더 이상 아래로 처지지 않았다.

기숙사 침대는 품질이 그다지 좋지 않아서 조금만 움직여도
삐걱거리는 소리가 났다. 남학생이 일어나 앉는 소리에 다른
사람들도 시끄러워 잠에서 깨어났다. 원래는 순간적으로 잠에
서 깼다가 다시 몽롱하게 잠들었겠지만, 눈을 떴을 때 천샤오
선을 보고는 믿을 수 없다는 듯 눈을 비비며 하나둘 일어나 앉
았다.

쉬즈안은 이 상황에 그저 웃으며 말할 수밖에 없었다. "이쪽
은 내 여자 친구, 샤오선이야."

남학생들은 싱글벙글하며 하품을 하면서 떠들었다. "어쩐지
그렇게나 일찍 일어나더라니, 마누라 마중 나간 거였어! 둘째
형수님, 안녕하세요!"

오직 구석의 위층 침대에 있던 남학생만은 옷을 입지 않아서
쑥스러운 듯 이불 속으로 들어가며 한쪽 팔과 어깨만 내놓은
채 말했다. "이거 부끄럽네요. 제수씨, 편하게 앉아요. 편하게!"

천샤오선은 대체 무슨 말을 해야 할지 몰랐다. 그녀의 기숙
사 자매들은 남자 친구의 친구들과 같이 어울려 노는 게 재미
있다고 종종 말했었다. 가족의 신분으로 어울리다 보면 따스한

대가족의 느낌이 든다나. 더군다나 남학생들은 대개 유머러스하고 재미있고, 약간 찌질하긴 해도 무해했다.

천샤오선은 이 남학생들을 보자마자 호감이 들었다. 남에게 '제수씨'라든가 '둘째 형수님'이라고 불리는 건 싫었지만 말이다. 그녀는 얼굴을 붉히며 약간 어색한 미소와 함께 고개를 끄덕였다. 나름 인사인 셈이었다.

무의식중에 아까 그 가장 먼저 일어난 남학생과 눈이 마주쳤다. 방금 큰 소리로 "둘째 형수님"이라고 외치면서도 실제로는 부끄러워했던 남학생과는 달리, 그는 자연스럽고 거침없이 그녀에게 미소 지으며 인사를 건넸다. "안녕하세요."

"안녕하세요."

그는 아직 잠에서 덜 깬 눈이었다.

"둘째 형, 뭐 찾아?" 남학생의 목소리는 우에스기 타츠야*의 더빙판 목소리와 비슷해 천샤오선은 살짝 정신을 놓을 뻔했다.

"학생증. 여자 친구랑 학교를 돌아보려고 하는데, 도서관에 들어갈 땐 학생증을 검사하잖아. 어제 아는 여학생한테 여자 친구가 쓸 건 빌렸는데, 정작 내 학생증을 못 찾았지 뭐야."

"내 거 가져가. 지갑에 있는데, 서랍 열면 보일 거야."

"그래, 고마워."

쉬즈안은 방 안에서 유일하게 깔끔하게 정리되어 있는 책상으로 다가가 반쯤 쭈그리고 서랍을 열었다.

....
* 일본 애니메이션 〈Touch〉의 남자주인공.

천샤오선이 뒤돌아보니, 나머지 남학생들은 하나둘 다시 누워 베개에 얼굴을 파묻고 계속해서 잠을 청했다. 오직 '우에스기 타츠야' 학생만이 벽에 기대 앉아 멍한 표정으로 눈을 반쯤 감은 채, 커튼 틈새로 새어 들어와 바닥을 비추는 네모난 햇살을 바라보고 있었다.

그는 넋을 잃고 보고 있었다. 그녀도 넋을 잃고 보고 있었다. 서랍이 닫히는 소리를 듣고 천샤오선은 얼른 고개를 돌렸다. 쉬즈안은 침대 위 남학생에게 고맙다고 말했다. 남학생은 눈웃음을 지으며 말했다. "뭘. 무슨 일 있으면 전화해."

눈웃음 때문에 눈빛의 방향이 보이지 않았다. 그래서 어느 순간 천샤오선은 그 눈빛이 자신을 향한다고 느꼈다. 마치 무대 위 이동식 스포트라이트가 비치는 것처럼 주변은 모두 어둠에 잠기고 그녀 홀로 외롭게 존재하는 것만 같았다.

존재.

그녀는 존재감을 전부 잃은 것이 아니었다. 아무리 햇빛이 두루 비친다 해도 말이다. 그런 생각을 하니 기분이 점점 좋아졌다.

그들은 P대의 호수를 몇 바퀴나 돌았다. 햇살이 참 좋았다. 10월 초 베이징은 여름의 온기가 채 가시지 않았다. 호숫가에는 아직도 꽃이 피어 있었는데, 이름 모를 예쁜 분홍색 꽃송이가 온 가지에 흐드러지게 피어 잎사귀까지 안 보일 정도로 떠들썩한 장관을 이루고 있었다. 도서관은 결국 들어가지 못했다. 오늘은 학생증 검사하는 선생님이 특히나 엄격해서, 쉬즈안의 얼굴을 흘끗 보더니 곧장 막아섰다. "이거 학생 거 맞아요?"

그의 뒤에 서 있던 천샤오선은 선생님의 손에 들린 주황색 카드를 흘끔 보았다. 완벽하고도 빈틈없이 웃고 있는 카드 속 남학생과 쉬즈안의 모습은 너무나도 차이가 나서, 거짓말로 넘어갈 여지조차 없어 보였다.

그는 고개 숙여 선생님께 죄송하다고 했고, 두 사람은 도서관을 나설 수밖에 없었다. 천샤오선은 햇빛을 마주 보며 고개를 들었다. 거대한 짙은 회색 건물이 푸른 하늘을 배경으로 조용히 눈앞에 서 있었다. 쉬즈안은 연신 사과했고, 천샤오선은 웃으며 가볍게 대꾸했다. "들어가 보고 싶은 생각은 없었어."

"대충 보고 지나가는 거지 뭐. 이곳 도서관이 유명하긴 하지만, 거기 소장된 엄청난 책을 내가 볼 것도 아니니까 굳이 들어갈 필요 뭐 있어."

쉬즈안은 그제야 한숨을 돌리곤 지금 한창 건설 중인 올림픽 주경기장과 워터큐브를 보고 싶은지, 아니면 허우하이나 류리창* 같은 옛 베이징 명소에 가보고 싶은지 물었다. 천샤오선은 예의 있게 웃으며 말했다. "네가 결정해. 난 상관없어."

햇빛이 몸에 내리쬐는 느낌이 무척이나 좋았다. 이유 없이 즐겁다가도 이유 없이 흥미가 사라졌다.

한참 후, 쉬즈안은 천천히 한숨을 내쉬었다. 천샤오선은 앞을 바라보며 천천히 하품을 했다.

....

* 琉璃廠, 전통 문화 거리.

그녀를 이끌던 손은 언제인지 풀어져 있었다. 천샤오선은 멈춰 섰다. 벌써 학교 입구에 와 있었다.

"여긴?"

"서문. 정문인 셈이야. 같이 사진 찍자."

"아, 그래."

지나가던 학생에게 부탁해 그들은 나란히 서서 평범하기 이를 데 없는 사진을 찍었다. 쉬즈안은 표정이 없었다. 티셔츠 목 부분은 한쪽으로 치우쳤고, 이마 위에는 땀방울이 송송 맺혀 있었다. 천샤오선은 담담하게 웃었다. 밤 기차를 타고 오느라 약간 다크서클이 내려앉아 있었고, 얼굴도 번들번들했다.

쉬즈안은 카메라 표시창으로 방금 찍은 사진을 한참 동안 바라보았다. 천샤오선은 그 사진을 이렇게까지 오래 보는 게 의아했지만 재촉하진 않았다.

"샤오선, 넌 즐겁지 않아?"

"아닌데."

"그럼 즐거워?"

그녀는 잠시 뜸을 들였다. "아주 즐거워."

"네가 여기까지 와줘서 난 무척 즐거웠어. 어젯밤엔 잠도 안 올 정도로."

쉬즈안의 말투에서 즐거움은 찾아볼 수 없었고, 은근한 쓸쓸함이 묻어 나왔다. 천샤오선은 고개를 돌렸다. 지금 이 순간 자신이 쉬즈안을 동정한다는 걸, 자신의 남자 친구를 동정한다는 걸 인정하고 싶지 않았다. 아무런 자격도 입장도 없는 웃기고도 슬픈 동정이었다.

남들은 장거리 연애를 어떻게 하는 걸까? 매일 문자와 메신 저로 끊임없이 "사랑해", "보고 싶어", "잘 지내?", "착하지", "내 생각 했어?" 같은 말을 주고받고, 방학만 되면 표를 예매하 고 짐을 꾸려 번갈아 서로가 있는 곳으로 달려갈까? 아니면, 손 잡고 포옹하고 키스하면서?

천샤오선은 자신이 잘 모른다는 걸 깨달았다.

그들 사이에는 난처한 서먹서먹함이 뚜렷하게 존재했지만 아무도 그걸 폭로하지 않았다. 쉬즈안은 그녀에게 최선을 다해 잘해주었다. 매일 메신저에서 기다리고, 아침 점심 저녁으로 문 자를 보냈고, 더우면 더울세라 추우면 추울세라 관심을 보였고, 각종 연휴 때는 고향으로 돌아와 그녀의 학교로 만나러 왔다.

다들 이렇게 말했다. "네 남자 친구 정말 짱이다." 위층 침대 를 쓰는 룸메이트는 뒤에서 툴툴거렸다. 천샤오선은 자신과 마 찬가지로 평균에 속하는데, 어째서 천샤오선의 남자 친구는 사 랑꾼에 우등생이란 말인가?

모두가 그녀에게 말했다. "넌 참 행복하겠다. 쉬즈안은 정말 좋은 사람이야."

이렇게 연이은 폭격을 당하며 천샤오선은 한때 착각에 빠지 기도 했다. 그는 아주 좋은 사람이니까 반드시 그를 사랑해야 한다고.

그녀는 현실과 동떨어진 낭만적인 신데렐라가 아니었다. 신 데렐라는 진짜로 '재투성이 아가씨'가 아니라 곤경에 빠진 공주였다. 억지로 고된 일을 하게 된 것 외에 신데렐라는 모든 것이 완벽했다.

그러므로 천샤오선은 자신이 분수에 만족해야 한다는 걸 누구보다도 잘 알았다. 그녀는 분수에 맞게 살자고 생각했다. 어차피 이미 너무 많은 평균 점수를 획득했으니 그녀의 인생은 이미 합격이었다. 남들처럼 승부욕 또는 어쩔 수 없는 현실 때문에 초조하게 싸울 필요 없었고, 심지어 감정마저도 남들이 부러워할 정도로 세심한 편이 아니었다.

인생을 잘 살고 싶다면 괜한 소란을 피워서도, 허튼 생각을 해서도 안 되었다. 세상에 결혼식장에서 웨딩드레스 차림으로 미친 듯이 도망가는 신부가 과연 얼마나 될까?

메신저에서 쉬즈안이 과 학생회에서 개최하는 국경절 행사 때문에 그녀를 보러 내려갈 수 없다고 했을 때, 그의 말투에는 짙은 미안함이 실려 있었다. 그녀는 그 말에 분명 한숨을 돌렸으면서도, 그의 미안함을 보고 양심상 차마 가만히 있을 수 없었다.

"그럼 내가 베이징으로 갈게." 그녀가 말했다.

바로 이런 진심이라고는 할 수 없는 행동에 그는 무척이나 감동했고, 기쁨의 이모티콘을 한 무더기 보내왔다. 천샤오선은 잠자코 키보드에 손가락을 올린 채 부들부들 떨었지만, 말을 다시 주워 담을 수는 없었다.

이 싸구려 관심은 그녀에게 어쨌거나 자신도 이 감정을 위해 노력했으니, 할 일은 한 셈이라며 자신을 위로할 이유를 선사했다.

하루 종일 베이징을 대충 둘러보았더니 그녀는 피곤해서 일찍 잠이 들었다.

알람 시간을 일찍 맞춰놓고 일부러 일찍 일어났다. 옅은 화장을 하기 위해서였다. 오늘의 이벤트는 아주 특별해서 어제처럼 낭패스러운 몰골이어서는 안 되었다.

그러나 자신을 잘 아는 사람은 괴로운 법이었다. 천샤오선은 거울을 보며 인정할 수밖에 없었다. 너무나도 평범한 외모였다. 살짝 넓은 이마, 콧방울 양쪽의 커다란 모공, 약간 각진 턱. 그나마 눈은 고상한 편이었으나 다시 돌아볼 정도에는 한참 못 미쳤다.

공들여 화장한 적도 아주 오래전 일이어서, 파우더 통을 열 때는 손가락을 살짝 떨기까지 했다. 그녀는 열심히 꾸미는 이유를 일부러 외면했다. 그 이유를 떠올릴 때마다 마음속에서 죄책감이 끓어올랐다.

쉬즈안은 그녀를 데리러 왔다가 눈을 빛내며 너무 예쁘다고 연신 칭찬을 늘어놓았다.

그가 칭찬을 한마디 할 때마다 그녀의 마음은 더욱 괴로워졌다.

그들이 해피밸리에 도착했을 때, 다른 사람들은 이미 정문 앞에 모여 있었다. 그녀는 걸어가면서 문득 자신의 걸음걸이가 무척이나 살랑거린다는 걸 깨달았다.

오늘은 천샤오선과 쉬즈안 외에도 같은 기숙사의 다섯째, 여섯째, 그리고 그들의 여자 친구, 그리고 성화이난이 함께였다.

어제 쉬즈안이 도서관 선생님에게 학생증을 빼앗겼을 때, 그녀는 학생증을 유심히 살펴보며 '성화이난'이라고 조그맣게 적힌 이름을 똑똑히 확인했다.

"다 왔으면 얼른 들어가자." 성화이난이 웃으며 두 사람을 불렀다. "오늘 사람이 붐비니까 다들 흩어지지 않도록 조심해. 수시로 이 꼽사리 주변으로 모여줘."

모두가 하하호호 웃으며 그를 따라 입구로 걸어갔다. 쉬즈안은 천샤오선의 손을 잡았다. 그녀는 살짝 손을 빼냈다. 일종의 본능과도 같았다.

죄악의 본능.

구경하며 돌아다니는 와중에 그녀의 침묵은 시끌벅적한 환경과 활발한 동행자들의 엄호 하에 그다지 눈에 띄지 않았다. 쉬즈안은 그저 그녀를 이끌 뿐, 그녀를 억지로 대화에 끌어들이지 않았고 자신은 즐겁게 이야기를 나눴다.

천샤오선은 간혹 고개를 들어 쉬즈안의 흥분한 모습을 보았다. 어제의 침묵과 난처했던 모습과 비교하니 약간의 양심의 가책을 느꼈다.

그는 그녀를 좋아했다. 하지만 그녀는 그를 마음 아프게 했다.

어제부터 지금까지, 천샤오선은 쉬즈안에게 어제 봤던 기숙사 학생들에 대한 이야기를 꺼내지 않았고, 그들이 누구냐고 묻지 않았다. 사실 그건 구경하는 동안 가라앉은 분위기에 딱 맞는 이야깃거리였다. 쉬즈안은 딱히 애쓸 필요 없이 한 명씩 그녀에게 소개하며 기숙사에서 있었던 일을 이야기할 수도 있었지만…… 그녀는 한마디도 묻지 않았고, 에둘러 알아보려고 하지도 않았다.

동기가 불순한 일을 하고 싶지 않았다. 쉬즈안이 성심성의껏 자세히 소개하면서 그녀를 즐겁게 해주려고 노력하는 모습을 떠올리면 죄책감이 하늘을 삼켰다.

다섯째, 여섯째의 여자 친구는 모두 화사하게 꾸미고 나와서 천샤오선을 상대적으로 소박하게 보이게 했다. 줄을 서서 표를 사고, 입장하고, 먼저 어디로 가서 줄을 설지 의논하고……. 솔로인 성화이난은 일행을 진두지휘하는 역할을 맡으면서도 독단적이지는 않았다. 항상 의논하는 말투와 태도에 일행은 자연스레 안심했고, 초조해하지 않고 그에게 결정을 맡겼다. 그의 웃음기 어린 표정에는 친화력이 가득했지만, 그가 항상 그들과 일정한 거리를 두고 있다는 걸 알아차린 사람은 오직 천샤오선뿐이었다. 그는 마치 집단에 속하지 않은 것처럼 보였다. 또는 이렇게 말할 수도 있겠다. 뜨거운 햇살, 왁자지껄한 관광객, 인공 산, 연못, 환호성과 비명 소리……, 그리고 그들 여섯 명을 포함해서 모든 것이 성화이난의 배경이 되어버렸다고.

"내가 미친 걸까?" 그녀는 자조했다.

깔끔하고 잘생기고 행동거지가 점잖은 하얀 셔츠의 소년일 뿐인데.

하지만 그에게는 강렬한 존재감이 있었다. 천샤오선의 밋밋하고 나른한 인생과는 완전히 다른 존재감이어서, 그녀는 온 정신을 집중하지 않고도 따라갈 수 있었다.

멋진 남학생을 만나보지 않은 건 아니었다. 룸메이트에게 이끌려 운동장 또는 식당에서 회계과 남신을 몰래 훔쳐봤고, 자기 전에 기숙사 자매들이 각종 애니메이션 용어를 사용해 남학생들을 유형별로 분류하는 걸 듣기도 했다. 다정한 안경남, 차가운 돌변남 등……. 그러나 그녀의 축 늘어진 마음은 한 번도 떨리지 않았다. 학생회에서 분주하게 움직이며 사람들을 적재적소에 지시하는 간부를 만나보지 않은 것도 아니었다. 그러나 그녀는 한 번도 부러워하거나 탄복한 적 없었다.

그녀가 그런 사람이 되는 걸 동경했다면 지금도 이렇게 기꺼이 평범함에 안주하진 않았을 것이다.

그런데 지금, 천샤오선은 비로소 깨달았다. 그녀가 혼돈의 평범함에 안주할 수 있었던 건 다만 빛의 매력이 충분히 크지 않았기 때문이었다.

매혹당하는 건 순간이면 충분했다.

눈빛이 그에게 달라붙으며 이렇게 눈이 멀고 말았다.

아주 오랜 시간이 지난 후 그 짧았던 오전을 떠올릴 때면, 천샤오선은 그 순간 온몸에 충만하게 차오르면서도 억눌러야 했던 감정을 느꼈다. 비열함, 부러움, 두근거림, 기쁨, 절망……. 마치 무궁한 원동력과도 같았다. 이제는 더 이상 상관없다는 느낌이 없었다. 그녀는 단번에 깨달았다. 룸메이트가 보여주었던, 그녀가 속으로 오글거리고 바보 같다고 비웃던 얄팍한 꿈수는 사실은 정말로 그렇게 오글거리고 바보 같지 않다는 걸.

"그 성화이난 있잖아, 되게 시원시원하더라. 무리에서 나서는 걸 좋아하는 것 같아."

그녀는 에둘러 말하는 법을 터득했다.

"뭐? 남신? 됐어, 우리 학교엔 개보다 잘생긴 사람 많아."

그녀는 감출수록 드러내는 법도 배웠다.

반나절을 꾹 눌러 참다가, 결국 호기심이 양심을 삼켜버렸다.

천샤오선은 쉬즈안에게 가볍게 질문을 던지며 간혹 성화이난에 대해 한두 마디 언급했다. 다섯째, 여섯째의 여자 친구들에 관한 이러쿵저러쿵한 이야기 속에, "우주선이라니, 너무 유치해", "와, 이거 정말 귀엽다" 같은 말 사이에 꽁꽁 싸서 안전하고도 은밀하게 말이다. 하지만 입 밖으로 내뱉을 땐 목구멍이 살짝 어색해졌다.

천샤오선이 멀미 때문에 바이킹을 안타겠다고 하자 쉬즈안도 밑에서 같이 일행을 기다리겠다고 했지만, 결국 그녀에게 떠밀려 올라가고 말았다.

"딱 3분이야. 나랑 있어줄 필요는 없어. 이렇게 오래 줄을 섰는데 아깝잖아. 얼른 올라가!"

그는 바보처럼 웃으며 "봐, 형수님이 얼마나 아껴주는지"라고 웃고 떠드는 소리 속에서 바이킹 의자에 앉았다. 그녀는 몸을 돌려 계단을 뛰어 내려가 밑에서 기다렸다.

차임벨 소리가 울렸다. 그녀는 몸을 돌려 성화이난이 두 손을 주머니에 찔러 넣고 인공 호수 난간에 등을 기댄 채 서 있는 걸 보았다. 그는 시선을 호숫가로 향한 채 뭔가를 넋을 잃고 바라보고 있었다. 그녀는 두 손을 몸 앞에 모으고 조용히 다섯 걸음 떨어진 곳에 섰다. 마침내 드디어 대놓고 그를 바라볼 수 있었다.

등 뒤로 해적선에서 불어오는 바람 소리와 여자아이들의 비명 소리가 파도처럼 밀려왔다. 방송에서 들려오는 신나는 음악과 오가는 행인들이 웃고 떠드는 소리가 왁자지껄한 연기 구름을 만들어냈다. 모든 것이 시끌벅적했고, 오직 그들 두 사람만 정지해 있었다. 그러나 마음속은 경계가 뚜렷한 두 세계였다. 천샤오선은 그 투명한 벽을 똑똑히 볼 수 있기까지 했다.

3분은 아주 짧았고 아주 길기도 했다.

그녀가 그를 본 건 짧은 두 장면이었어도, 어쩌면 평생 추억할 수 있을 것 같았다.

부드러운 가을바람이 앞머리를 헝클었다. 천샤오선은 마음이 말랑말랑해졌다. 뜨거운 햇살이 호수면에 반사되어 그녀의 눈앞에 절망을 번뜩여주었다.

그녀는 기억할 것이다.

자신이 남자 친구의 손을 잡고 수시로 남자 친구의 시선을 받아칠 준비를 하고 즐거운 표정을 하면서, 놀이기구를 탈 때마다 무심한 척하면서 그의 곁에 앉으려고 얼마나 애썼는지를.

자신이 오전 내내 쓸데없는 말을 얼마나 많이 했는지를. 아마 쉬즈안과 사귄 1년 동안 했던 말을 합한 것보다 많은 것 같았다. 사실은 단지 중간에 끼어 있는 그에 대한 질문을 은폐하기 위해서였을 뿐이었는데.

자신이 꼼짝하지 않고 있던 3분 동안, 그렇게나 강렬하게 휘몰아치던 감정이 고요한 응시로 바뀌면서 더 이상 현실에서도, 혼돈 속에서도 사라지지 않는 존재감이 되었다는 걸.

기억하면 충분했다. 그녀는 그의 모습을 따라 양손을 주머니에 찔러 넣고, 그와 아주 멀리 떨어진 구석에서 찬란하게 반짝이는 호수면을 시선이 모호해질 때까지 똑바로 쳐다보았다.

점심 식사를 할 때가 되어 그들은 함께 '개미 왕국'의 식당으로 가 자리를 찾았다. 천샤오선은 밖에서 엄마와 언니의 전화를 받으며 쉬즈안 일행에게 기다리지 말고 먼저 들어가라고 손짓했다.

그녀의 엄마는 딸의 연애를 무척이나 지지했다. 고등학교 친구라서 속속들이 아는 데다 우등생이고 성격도 무던했기 때문이었다. 물론, 그래도 마음이 놓이지 않는 듯 자기 몸을 지키는 것에 대해 많은 당부를 늘어놓긴 했지만, 말투에서 흘러나오는 흡족함은 감춰지지 않았다.

천샤오선은 쓸쓸하게 웃으며 마지못해 대답했다. 전화가 언니에게로 넘어가자 그녀는 더 이상 억지 호응을 그만두었다.

"그런데?" 언니는 그녀가 이상함을 눈치챘다.

"언니, 만약에…… 만약에 언니가 맞선 상대를 찾았는데 모든 게 딱 맞아서 결혼을 준비하게 됐어. 그런데 그때, 그때……."

"그런데?"

"그때, 언니가 중학교 때부터 지금까지 좋아한 '윤대협*'이 갑자기 언니 삶에 등장해서는 언니랑 사랑의 도피를 하려고 한다면, 언니는 혹시……."

"하하." 전화 저쪽의 언니는 알겠다는 듯 웃었다. "너 또 무슨 허튼 생각이야. 내가 혹시 뭐?"

"혹시…… 그러니까……."

"그럴 거야."

"응?"

언니의 목소리는 부드럽고도 확고했다. "난 웨딩드레스 자락을 치켜들고 하이힐을 벗어버린 다음, 뒤도 안 돌아보고 '윤대협'이랑 도망갈 거라고."

뒤도 안 돌아보고.

천샤오선은 문득 마음이 맑아졌다.

"'윤대협'을 만났니?" 놀리는 듯한 목소리였다.

"응." 천샤오선은 망설임 없이 고개를 끄덕였다.

"샤오선, 방금 내가 말하지 않은 게 있는데……."

"알아." 그냥 만약일 뿐이야. 언니가 그렇게 오래 기다렸는데도 '윤대협'은 언니를 찾아오지 않았잖아."

"세상엔 '윤대협'이 없는 게 아니라, 그저 날 데리고 사랑의 도피를 할 줄 모를 뿐이야. 그래서 난 얌전히 맞선 봐서 시집가

....

* 만화 〈슬램덩크〉에서 능남팀의 천재 선수.

려고 해."

"하지만 난 달라." 천샤오선은 불현듯 깨달았다. 자신이 남들과 다르다고 큰 소리로 말한 건 이번이 처음이라는 걸.

중요한 건 '윤대협'이 결혼식장에 와서 당신의 손을 잡고 사랑의 도피를 하느냐가 아니었다.

중요한 건 바로, 결혼할 사람이 아무리 좋고 아무리 당신의 분수에 맞는 사람이라 하더라도, 일단 가상의 '윤대협'을 만나게 되면 결연히 하이힐을 벗어던지고 이 가상의 사람과 멀리 도망칠 거라는 데 있었다. 그렇다면 이 '만약'이 현실이 될지 여부에 상관없이, 그녀는 웨딩드레스 자락을 치켜들고 축복으로 뒤덮인 결혼식장을 성큼성큼 달려나갈 것이었다.

다시는 뒤돌아보지 않고.

천샤오선은 전화를 끊고 식당으로 들어갔다. 일행은 벌써 다 먹은 후였고, 성화이난은 보이지 않았다.

그들은 성화이난이 이들 일행 여섯 명을 버려두고 미인과 애들을 데리고 도망쳤다고 농담을 던졌다.

천샤오선도 그들과 똑같이 웃었다.

웃으며 황혼 무렵 모두와 작별했다.

웃으며 쉬즈안에게 미안하다고 말했다.

웃으며 돌아가는 기차를 탔다.

기차는 또다시 깊은 잠과 어둠 속으로 들어갔다. 천샤오선은 외투를 받쳐 편안한 자세를 만든 다음, 유리창에 머리를 기대고 서서히 잠에 빠져들었다.

소년이 멍한 얼굴로 침대에서 일어났다. 그의 등장과 사라짐은 똑같이 갑작스러웠고 인사도 없었다. 너무나 짧게 스치고 지나가 천샤오선은 지금까지도 그의 뛰어난 외모가 또렷하게 기억나지 않을 정도였다.

그는 그녀에게 딱 한마디를 건넸을 뿐이었다. "안녕하세요."

순식간에 반짝하고 사라진 빛처럼, 눈이 부셔서 그녀의 눈을 흐려지게 했다.

그리고 덕분에 발밑의 길이 또렷이 보였다.

그녀가 다른 사람을 사랑하게 된 게 아님을 다른 사람에게 어떻게 설명해야 할까.

그저 우연히, 웨딩드레스 자락을 들어 올리고 맨발로 태양 아래를 나는 듯이 달리는 느낌이 그렇게나 좋다는 걸 발견했을 뿐이었다.

그녀는 줄곧 달려갈 것이다.

정원에 모르는 꽃이 피었다

"등나무 받침대 위에 이름 모를 꽃이 피었다. 선홍색의 조그 마한 꽃이, 등나무꽃 폭포처럼 흘러내리고 있었다. 그 꽃을 산 에서 돌아온 후에야 보았다. 문을 나설 때는 하늘이 아직 희끄 무레했고, 나는 그저 처량한 향기를 맡았을 뿐이었다. 그들은 이제야 깨어났다가 슬프게도 여름이 이미 지나갔음을 느낀 것 만 같았다."

뤄즈가 일기장에 그 단락을 썼을 때, 등 뒤의 성화이난이 흘 끔 보고 탄식을 내뱉었다.

뤄즈는 참지 못하고 웃음을 터뜨렸다.

그는 늘 뤄즈의 일기를 보면 머리가 아프다며, 만약 자기보 고 쓰라고 하면 딱 한 문장만 쓸 거라고 했다.

"정원에 모르는 꽃이 피었다."

그는 뤄즈의 엄마처럼 뤄즈를 '뤄뤄'라고 부르면서도, 뤄즈가 어째서 지금까지도 그를 '성화이난'이라고 꼭 성까지 붙여 부르는지 이해하지 못했다. 심지어 일기장에서도 그는 '성화이난'이었다.

뤼즈 자신도 딱히 설명하지 못했다. 어쩌면 한때 그의 이름을 떳떳하게 부를 수 없었기 때문에, 어쩌면 고등학교 때 쓴 일기에서 한 편을 마무리할 때마다 파란 수성 펜으로 그의 이름을 반 페이지나 적었기 때문이었을지도 모른다. 성화이난, 성화이난, 성화이난.

성화이난…….

이웃 할머니가 두 사람에게 날이 밝기 전에 뒷산에 올라가서 일출을 보고, 오는 길에 약수 한 통 떠 와서 주냥위안쯔*를 만들자고 했다. 마침 계화꽃을 감상하기에 가장 좋은 계절이었다. 뒷산 들판에 계화꽃이 금빛 찬란하게 피어 있었다. 신선한 계화꽃을 주냥위안쯔 위에 뿌리면 술보다 훨씬 사람을 취하게 했다.

그러나 성화이난은 그 장관을 놓치고 말았다. 그가 깨어났을 땐 이미 8시 반이었다. 동쪽을 향해 나 있는 창문으로 햇빛이 들어와 방 전체가 환해졌다.

"왜 나 안 불렀어?" 그는 침대에 앉아 툴툴거렸다. 뒤통수의 머리카락이 삐죽 솟아 있어서 씩씩거리는 까치처럼 보였다.

뤼즈는 눈웃음을 치며 그에게 일어나 밥 먹으라고 좋은 말로 달랬다.

....

* 酒釀圓子, 찹쌀경단과 감주를 섞어 끓인 음식.

사실 그녀는 일부러 부르지 않은 거였다. 그저 마음이 짠해서 그가 좀 더 자도록 내버려 둔 건 아니었다. 새벽에 일찍 일어난 뤄즈는 침대 머리맡의 어렴풋한 빛을 통해 그를 살펴보았다. 그가 이불에 몸을 말고 평안한 얼굴로 깊이 잠든 모습은 너무나도 보기 좋았다. 뤄즈는 살금살금 침대를 내려와 조심조심 옷을 입고 문 밖으로 나섰다.

산으로 올라가는 흙길을 걸으며 머릿속으로 그가 달게 자는 모습을 다시 떠올려 보았다. 뭔가 특별한 느낌이 들었다.

자신은 길 위에 있고 사랑하는 사람은 집에 있다. 자신은 곧 그의 곁으로 돌아갈 것이다. 하지만 지금은, 오직 지금 그녀는 홀로 길 위에 있다.

뭐라 확실히 설명하기 어려운 이 느낌은, 마치 두 마리 토끼를 한 번에 잡은 것과 비슷했다.

아침 안개가 짙고 산이 높지 않아서 아름다운 일출은 볼 수 없었다. 그래서 그냥 맑은 약수 한 통을 뜨고 금빛 계화꽃 한 다발을 꺾어 내려왔다. 돌아와서는 깨끗한 약수로 달콤한 주냥위안쯔 두 그릇을 만들고, 그 위에 세심하게 골라낸 계화꽃을 뿌렸다. 성화이난은 아직 깨어나지 않아서 뤄즈는 혼자 뜰에서 주냥위안쯔를 먹었다. 고개를 들면 이름 모를 꽃들의 은은한 향기를, 고개를 숙이면 그릇에 담긴 달콤한 향기를 맡을 수 있었다.

그녀는 혼자서 두 그릇을 다 먹었다.

머리 위 안개가 서서히 걷히면서 하늘이 점차 맑아졌다. 온 세상이 밝아지기 시작했다.

그 순간, 뤄즈는 문득 너무나 행복한 느낌이 들었다.

이런 느낌, 성화이난은 알지 못할 것이다.

원래는 오늘 같이 해변에 가보기로 했는데, 오전에 걸려온 전화를 받고 성화이난은 항저우로 불려 갔다.

성화이난의 사업은 승승장구하고 있었다. 그가 개발한 모바일 게임은 인기가 좋았고, 뤄즈의 동료들 중에서도 그 게임을 하는 사람이 많았다. 그러나 그는 아내가 자신의 게임 앱을 다운받지 않는 것에 줄곧 꽁해 있었다.

뤄즈의 휴대폰에 설치된 게임이라고는 오로지 고전 블록게임 '비쥬얼드'뿐이었다. 그녀는 성화이난이 만든 게임이 너무 짝퉁스럽고 너무 바보 같다고 생각했지만, 그 게임은 이상하리만치 인기가 많았고, 성화이난에게 큰돈을 벌게 해주었다.

뤄즈는 정말 점점 더 이 세상을 이해하기가 어려웠다.

몇 개월 전, 뤄즈는 그의 개발팀에 이끌려 가 게임 더빙까지 했다. 프로젝트 매니저는 아주 진지한 표정으로 뤄즈에게 "대박이구만!", "멋진 재주넘기야!", "오 마이 갓, 횡재했다!" 같은 대사를 아주머니 목소리와 말투로 말해보라고 요청했다.

뤄즈가 녹음을 하는 동안 성화이난은 내내 옆에서 미친 듯이 웃어댔다. 그녀는 그가 일부러 자신을 골탕 먹이려는 걸 알았다.

그래서 뤄즈는 그 게임을 설치하지 않았다. 단지 자신의 그 얼간이 같은 목소리를 듣고 싶지 않아서가 이유였다.

그러나 성화이난은 뤄즈가 너무 매정하다고, 자신을 손에 넣고 나다니 더 이상 아껴주지 않는다고 툴툴거렸다.

손에 넣기는 무슨, 뤄즈는 어처구니가 없었다.

확실히 뤄즈는 더 이상 고등학교 때처럼 바보 같은 일을 하지 않았다. 젓가락 세 개로 밥을 먹지 않았고, 오히려 그를 혼자 버려두고 산에 오르기도 했다.

그러나 그녀는 날마다 더 그가 좋아졌고, 날마다 진정한 자신의 모습으로 변해갔다.

성화이난은 점심때 노트북 가방만 달랑 들고 떠났다. 그는 고속철도역까지 택시를 불러 타고 갔다. 뤄즈에게는 마중 나오지 말라면서 렌탈한 차를 마을에 남겨두었다. 뤄즈는 잠시 낮잠을 자고 일어났다가 낯선 번호로부터 온 메시지를 보았다.

"닝보에 있다는 소식 들었어. 같이 밥 먹을래?"

뤄즈는 염치 불고하고 상대방에게 누구냐고 물었다. 상대방이 답장했다. "안녕, 네 고등학교 동창 친수닝이야."

뤄즈는 그를 기억했다. 고등학교 때 그는 성화이난의 짝꿍이었다.

그것 외에 그에 대해 아는 건 거의 없었다. 고등학교 때 성화이난의 담임은 남자 수학 선생님이었는데, 같은 전화고의 국어 선생님과 결혼했다. 그들 부부의 학급 운영 방식에는 공통점이 있었다. 바로 자리를 정할 때 남학생은 남학생끼리, 여학생은 여학생끼리 앉히는 거였다. 소문에는 여선생님이 그 방식을 제안했고, 남선생님이 극찬했다고 한다. 이렇게 하면 학생들 사이에 학업에 영향을 미치는 부적절한 마음이 생기는 걸 원천봉쇄할 수 있기 때문이었다.

그래서 종종 학생들은 그 반에서는 동성연애만 할 수 있다며 조롱하곤 했다.

그러나 '부적절한 마음'이란 게 대체 뭘까? 고등학교 때 뤄즈는 모범생이었다. 어쩌면 걸핏하면 국어 선생님을 열받게 만들고 멋대로 청소를 튀는 성화이난보다 훨씬 모범생이었을 것이다. 그러나 그녀처럼 적절한 학생도 성화이난에 대해서는 부적절한 마음을 품었다.

성화이난의 남자 짝꿍이 바로 이 친수닝이었다. 뤄즈가 언젠가 밤에 잠이 오지 않아 성화이난과 고등학교 시절 각양각색의 학생들 이야기를 나눌 때, 성화이난이 바로 이 짝꿍에 대해 말한 적 있었다. 친수닝은 키가 1미터 70센티도 되지 않았는데 고1 자리 배정 때 자진해서 뒷자리에 앉고 싶다고 했다. 사실 이런 요청은 들어주기 매우 쉬웠다. 많은 학부모들이 자기 아이를 앞자리로 옮겨달라고 요청하는 것이야말로 번거로운 일이었으니 말이다. 친수닝의 요청은 담임의 뜻과도 맞아떨어졌기에 이유도 묻지 않고 자리를 옮겨주었다.

뤄즈는 아마도 남학생의 자존심 때문이지 않았을까 하고 추측했다.

더 이상 '앞줄에 앉는 키 작은 남학생'이 되고 싶지 않았으리라.

뤄즈는 성화이난이 이 '3년 내내 짝꿍이었으면서도 딱히 친분은 없는' 짝꿍에 대해 묘사하는 걸 들으며 머릿속에 상대방의 모습을 또렷이 떠올려 보았다.

친수닝은 아주 조용해 보이는 남학생이었다. 약간 마르고 하얗고 말쑥했으며, 안경을 쓴 얌전한 모습이었다.

뤄즈는 자신에게 깜짝 놀랐다.

성화이난은 여전히 이야기를 계속하고 있었다. 뤄즈는 그의 가슴을 베고 누워 쿵쿵거리는 심장소리를 들으며 딴생각에 빠졌다.

아마 예전에 성화이난을 몰래 흘끗 봤을 때였을 것이다. 그 당시 아무리 부적절한 마음을 숨겼다 해도, 그녀는 3반 앞을 지날 때에도 곁눈질조차 하지 않는 굳은 절개의 여학생은 아니었다. 그녀는 무심한 척 고개를 돌려 흘끔 시선을 던졌다가 다시 아무렇지도 않게 시선을 돌렸다. 그녀의 행동은 정상이었다. 무척이나 정상이었다.

성화이난은 뒤에서 세 번째 줄에 앉아 있어서 교실 앞문에서는 보이지 않았다. 그나마 희망이 있는 쪽은 뒷문이었다. 그가 벽 쪽으로 자리만 옮기지 않았다면 말이다.

아마 그러다가 자연스럽게 친수닝도 보게 된 거겠지, 그녀는 생각했다.

친수닝과 뤄즈는 시내 중심의 한 일식집에서 만나기로 했다. 그녀가 교외에 머물고 있다는 말에 데리러 오겠다고 하는 걸 그녀가 완곡히 거절했다.

만약 대학 때라면 이렇게 먼 거리에서 낯선 사람이 만나자고 한다면 절대로 가지 않았을 것이다. 직장 생활로 마음이 단련된 데다, 곁에 있는 성화이난과 딩수이징 같은 사람들에게 은연중에 영향을 받아서 자신도 모르는 사이에 많이 변했다.

교외에서 시내 중심으로 들어가는 길에 네비게이션이 말썽을 부려서 뤄즈는 길을 몇 바퀴나 빙빙 돌아야 했다. 마침내 목적지에 도착했지만 이번에는 주차 자리를 찾을 수가 없었다. 가까스로 주차를 마쳤을 땐 이미 약속 시간에서 10분이 지나 있었다. 뤄즈는 종종걸음으로 뛰어가다가 입구에서 친수닝과 마주쳤다.

딱히 자신과 교집합이 있는 사람은 아니었지만 알아보기는 어렵지 않았다. 마치 기억 속 이미지가 뤄즈의 머릿속에서 그대로 튀어나온 것 같았다. 스포츠머리에 무테안경, 하얀 셔츠 위에 짙은 남색 오리털 조끼, 키는 확실히 크지 않았지만 마른 편이라 작아 보이지 않았다. 고등학교 때랑 비교하면 많이 성숙해져 있었다. 윤곽이 또렷해진 것이, 나이 들었다는 느낌을 지울 수는 없었다.

뤄즈는 안으로 들어가면서 무의식적으로 유리문에 자신의 모습을 비춰보았다.

스물일고여덟 살이면 이제 나이 들 때도 되었겠지?

이런 변화는 자신과 주변 사람은 알아차리기 힘든 법이다. 그러나 갑자기 이렇게 친수닝을 보고 나니 10년의 시간이 가장 직접적이고도 맹렬한 방식으로 위력을 발휘했다. 뤄즈는 살짝 당황스러웠다.

웃고, 인사말을 주고받고, 주문하고, 겸손하게 사양하고.

이렇게 지루한 사교 절차는 줄곧 뤄즈를 머리 아프게 했다. 이번 뜬금없는 만남에 그녀는 후회가 들기 시작했다.

"술 마셔? 청주 한 주전자 시킬까?"

뤄즈가 입을 열어 거절하기도 전에 그가 먼저 웃으며 말했다. "미안, 깜빡했다. 너 운전하지."

그가 고개를 숙이고 주류 메뉴판을 보며 고민할 때, 그녀는 호기심을 참지 못하고 물었다. "이제 겨우 10월 1일인데, 벌써부터 오리털 조끼 입으면 안 더워?"

친수닝이 고개를 들고 부끄럽게 웃더니 고개를 절래절래 저으며 아무 말도 하지 않았다.

그 모습에 뤄즈는 마치 고등학생을 곤란하게 만드는 이상한 아주머니가 된 기분이었다.

사실 뤄즈가 친수닝을 만나기로 한 건 따지고 보면 약간의 사심이 있어서였다.

그녀가 아는 성화이난의 친구들은 대부분 창업 이후 알게 된 사람들이었고, 옛 동창들은 서로 뿔뿔이 흩어진 지 오래였다. 고등학교, 대학교 때 친구들은 졸업 후 대부분 외국으로 박사과정을 하러 떠나서 곁에 없었다. 지금 성화이난의 많은 친구들은 뤄즈보다 그를 늦게 알았기 때문에 한 번도 "남자 친구

의 소꿉친구들 무리에 끌려갔어요"라는 느낌을 받아본 적 없었
고, 옛날의 그가 어땠는지 들어볼 기회도 없었다.

아주 소소한 에피소드든, "저 자식이 어릴 땐 말야……"라는
우스갯말도 좋은데 말이다!

뤄즈는 그 점이 줄곧 아쉬웠다.

따분하게 음식이 나오길 기다리는 시간에 뤄즈는 적극적으
로 그와 이야기를 나누었다. 사실은 캐묻는 것에 가까웠다.

알고 보니 친수닝은 한 친구를 통해 뤄즈가 닝보에 놀러 왔
다는 소식을 들었고, 그 친구는 뤄즈의 SNS를 본 거였다.

뤄즈는 그가 대체 어떤 친구를 통해 알게 된 건지, 어째서 자
신에 대한 이야기를 시작한 건지 묻고 싶었지만, 눈앞의 친수
닝은 갈수록 뭔가 어색해 보였다.

뤄즈는 그제야 뭔가 이상하다는 느낌이 들었다. 친수닝은 뤄
즈와 성화이난이 같이 닝보에 왔다는 걸 알면서도 왜 오늘 문
자를 보낼 때 성화이난도 같이 오라는 말은 아예 하지도 않은
걸까?

게다가, 따지고 보면 그는 성화이난의 짝꿍이었으니 옛 친구
를 보고 싶었다면 직접 성화이난에게 연락하는 것이 맞았다.

뤄즈는 자신의 둔감함을 뉘우치며 전투태세를 갖추고 더 이
상 경솔하게 질문을 던지지 않았다.

"우리 외할머니 댁이 닝보에 있어. 난 2년 만에 귀국한 거라
이번에 고향에 좀 오래 머물렀거든. 그러니 어찌 됐든 외할머
니를 뵈러 와야 했지."

2년이나 귀국을 안 했다고? 그럼 어딜 갔었던 건데? 그러나 뤄즈는 캐묻지 않고 그저 웃으며 고개를 끄덕였다.

친수닝은 물 한 모금을 마시고 말을 이었다. "다음 주 월요일에 난 다시 공부하러 미국으로 돌아가야 해."

종업원이 타코와사비 한 접시와 해초 한 접시를 내왔다.

"닝보에서 출발하는 거야? 그럼 조심해서 가."

"베이징에서 환승할 거야."

"아."

친수닝은 잠시 침묵하더니 갑자기 정중하게 말을 꺼냈다. "너도 닝보에 있다는 소식을 듣고 무척 기뻤어. 용기를 내서 운에 맡겨보자고 생각했는데, 네가 정말 올 줄은 몰랐어."

뤄즈는 어리둥절했다. 이 말에 어떻게 대답을 해야 할까?

성화이난의 옛 친구들은 정말 실험실에 박혀 있는 데 타고난 것만 같았다. 제발 나오지 말아 줘, 그녀는 속으로 투덜거렸다.

뤄즈는 마음을 바꿔 고개를 들고 생각 없는 것처럼 씨익 웃었다.

"아쉽게도 성화이난은 갑자기 일이 있어서. 안 그랬으면 널 보고 분명 기뻐했을 텐데. 외국에 나가 있으면 옛 친구 한번 만나기도 쉽지 않잖아."

친수닝은 환하게 웃었다. 실망 또는 의외라는 기색은 조금도 보이지 않았다.

"쉽지 않지. 게다가 난 앞으로도 너희 보기 힘들 거야. 원래도 만날 이유가 딱히 없었는걸. 난 걔랑 사이가 그저 그랬어. 그리고 넌 날 몰랐고."

뤄즈는 그 말의 뜻을 조용히 곱씹느라 잠시 반응을 할 수 없었다.

친수닝은 자기 잔에 청주를 따르더니 뤄즈를 향해 들어 올렸다. "내가 주제넘었다는 거 알아, 벌로 한 잔 마실게."

그는 고개를 젖히고 술을 쭈욱 들이켰다. 그러고는 다 마셨다며 술잔 바닥을 뤄즈에게 보여주었다. 그 동작에 뤄즈는 약간 의아했다. 성화이난은 창업 초기에 영업하러 뛰어다녀야 했는데, 주량이 약해서 뤄즈를 붙잡고 술 마시는 연습도 했다. 그러다 나중에는 여유가 생겨서 각 지역의 술자리 문화를 과시하듯 소개하기도 했다. 그러나 뤄즈의 동기들은 술자리를 접할 기회가 무척 드물었기에, 친수닝처럼 이런 습관적인 동작을 하는 경우는 흔치 않았다.

"술 자주 마셔?" 그녀가 물었다.

친수닝은 고개를 저었다가 다시 끄덕였다.

"혼자 마실 땐 드물어. 하지만 집에 올 때마다 어른들과 마시곤 해. 우리 집 어른들은 다들 술을 잘 마시거든. 사촌들 주량도 다들 좋고. 할아버지 할머니는 나 같은 책벌레보단 사촌들을 더 좋아했어. 왜냐하면 다들 싹싹하고 아첨도 잘했거든. 난 지기 싫어서 명절만 되면 사촌들과 주량을 겨뤘는데, 그러다 보니 술이 늘더라." 그는 술잔을 입가에 대고 잠시 생각하다가 다시 내려놓으며 웃었다. "사실 겨룰 것도 없었지 뭐. 하지만 난 이렇게 비교하는 게 좋았어. 노력해도 안 되면 인정하자고. 그래서 전화고에 합격한 후로 3년간 점차 운명을 받아들이게 됐어. 허허, 혹시 내 승부욕이 너무 강하다고 생각하는 건 아니겠지?"

뤄즈는 고개를 저었다. "어른들이 너무 대놓고 편애하면 아이들은 심리적으로 균형을 유지하기 힘들지. 사랑받고 싶지 않은 사람이 어디 있겠어. 태어날 때부터 냉대받길 좋아하는 사람은 없어."

친수닝은 눈을 내리깔고 잠시 생각에 잠겼다. 입가의 웃음기가 더욱 짙어졌다. 그는 다시금 잔을 들며 뤄즈에게 말했다. "그 말에 경의를 표할게."

뤄즈는 얼른 제지했다. "너 혼자 이렇게 마시면 내가 민망하잖아."

그는 당황하며 어쩔 줄 몰라 하더니, 잔을 내려놓고 겸연쩍게 손을 비볐다. "미안, 그럼 안 마실게."

분위기가 삽시간에 썰렁해졌다. 뤄즈는 그의 조심스러운 모습을 보며 자책했다.

그녀는 약간은 충동적으로 자신의 잔에도 술을 따르고는 살며시 잔을 들었다. "미안해, 그럼 내가 한 잔 마실 테니까 개의치 말아줘."

친수닝의 놀란 눈빛 속에서 뤄즈는 고개를 들고 청주를 단숨에 털어 넣었다. 도수는 높지 않은 편이었지만 너무 급하게 마시는 바람에 사레가 들리고 말았다. 다행히 꾹 참고 물수건으로 입을 막고 가볍게 기침을 했다.

"널 오랫동안 좋아한 건 아주 가치 있는 일이었어. 지금 난 확신해."

친수닝이 갑자기 던진 한마디에 뤄즈는 격렬하게 기침을 하고 말았다.

"사실 난 고1 때 널 본 적 있어." 그는 친절하게도 뤄즈의 민망한 상황을 못 본 척해주었다. 그러고는 고개를 돌려 창밖 호숫가의 자욱한 등불을 바라보며 연약한 목소리로 천천히 이야기를 시작했다.

"고1 가을 어느 점심때, 우리 반은 운동장에서 농구를 하고 있었어. 난 한 여학생이 책 한 무더기를 안고 운동장을 가로질러 식당에서 교학동으로 걸어가는 걸 봤어. 얌전해 보이고 피부가 아주 하얗고 눈이 특히나 반짝이는 여자애였지. 어떻게 한눈에 네가 들어왔는지는 나도 모르겠는데, 그 이후로 쭉 잊히지 않더라. 아주 이상했어. 나중에 대학 친구들한테 이 얘기를 하니까 다들 아마 사춘기라서 그랬을 거라고 하더라." 그가 웃으며 말을 이었다. "정말이야. 난 지금도 이해가 되지 않는다니까."

어두운 불빛 아래, 뤄즈는 친수닝의 눈에 탁자 위 촛대가 비치는 것만 볼 수 있었다. 마치 두 개의 흐릿한 등불 같았다.

"난 그때 가드를 맡고 있었거든. 그런데 네가 가까이 다가오는 걸 보니까 갑자기 실력 발휘를 하고 싶었어. 난 키가 작고 농구 실력도 좋지 않아서 하프 게임을 하면 항상 시작할 때 공을 한번 패스하는 거 말고는 거의 할 일이 없었거든. 그런데 그날, 나는 드리브를 하면서 우리 팀 공격수의 위치를 지휘하면서 큰 소리로 외쳤지. '천융러를 마크해!', '성화이난을 마크해!'……."

뤄즈는 눈을 깜빡였다.

그날이 기억났다. 희미해진 기억이었지만, 친수닝의 말 때문에 다시 선명하게 눈앞에 떠올랐다. 당시 그녀는 반드시 1등을 해서 성화이난에게 자신의 대단함을 보여주겠다고 굳게 결심한 후, 성화이난을 알 수도 있는 기회를 젖 먹던 힘까지 다해 피하려고 했다. 그리하여 "성화이난을 마크해!"라는 외침을 들은 후…….

"정말 생각지도 못했어. 이렇게 열심히 외치면 너도 고개를 돌려서 한 번이라도 날 볼 줄 알았거든. 그런데 넌 고개를 돌리더니 성큼성큼 가버리더라. 네가 왜 화난 것처럼 보이는지도 몰랐지."

뤄즈는 울지도 웃지도 못하면서 그에게 설명하지 않았다.

"어쨌거나 거리가 멀리 떨어져 있어서 나도 네 모습을 자세히 보진 못했어. 그 후 한동안 시간이 흘러서 널 잊어버릴 쯤 됐을 때, 문득 네가 매일 야간 자습 시작 전에 운동장을 산책한다는 걸 알게 됐어. 우리 반은 매일 저녁 농구장 국기 게양대 부근에서 농구를 했기 때문에 항상 널 볼 수 있었거든. 난 네가 참 이상하다고 생각했어. 다른 여학생들은 삼삼오오 짝을 지어서 다니는데, 넌 매일 혼자였거든. 게다가 누군가를 찾는 것 같았고. 몇 날 며칠을 관찰했는데도 대체 누굴 찾는 건지는 알 수 없었어. 그런데 시간이 오래 지나니까 조금씩 보이더라. 넌 우리 반 근처에 올 때마다 약간 부자연스러워졌거든. 내가 농구장에서 열심히 재주를 부리면서 놀림거리가 되는 걸 무릅쓰고 팀의 정신적 지주를 연기하는 동안, 넌 날 한 번도 보지 않았어. 그때 난 이런 생각을 하기 시작했지. 혹시, 쟤가 날 보러 온 건 아닐까?"

뤄즈는 살짝 고개를 숙였다. 곁눈질로 친수닝의 씁쓸한 미소가 보였다.

그러나 그는 서로가 뻔히 아는 비밀을 바로 밝히지 않고, 화제를 바꿔 이야기를 이어갔다.

"하지만 우린 서로 본 적 있어. 기억해?"

친수닝의 은근히 기대하는 눈빛을 보며 뤄즈는 미간을 살짝 찌푸리며 얼떨결에 고개를 끄덕였지만, 구체적으로는 어떤 상황인지 기억이 잘 나지 않았다.

"고1 2학기 기말고사를 앞뒀을 때였어. 수업이 끝나고 밖으로 나가려는데, 몸을 돌리자마자 네가 우리 반 문 앞을 꾸물거리며 지나가는 게 보였어. 넌 마침 내 쪽을 바라보고 있었는데 나랑 시선이 마주치자마자 곧장 시선을 돌리더라. 난 네가 안 본 척한다는 걸 알았지. 무척 기뻤어. 마침내 증거를 잡았다 싶었거든."

해변 도시의 공기에는 눅눅하고 비릿한 냄새가 실려 있어서 마음을 부드럽고 따뜻하게 절여주었다. 검푸른 하늘 아래 멀리 화려한 등불이 축축한 공기 속에서 번져나가며 날카로운 경계선이 보송보송한 빛무리가 되었다.

온 세상이 이렇게 아득해지며 추억 속으로 빠져들어 갔다.

"난 너에 관한 많은 걸 알아봤어. 매번 국어 선생님이 지난 시험 우수 작문을 나눠줄 때마다 받자마자 훑어봤지. 네 이름이 있는지 찾아보려고. 나중엔 나도 작문 시험 때 정성을 쏟기 시작했어. 너랑 같이 우수 작문에 실리고 싶었거든. 말도 마. 정말로 딱 한 번, 고3 모의고사 때 우리 작문이 나란히 실린 적 있었어. 넌 앞에, 난 뒤에. 하지만 넌 한 번도 눈여겨본 적 없지?"

뤄즈는 온 진심을 다해 거짓말을 했다. "기억해. 네가 무슨 글을 썼는지는 잊어버렸지만, 그 일이 있었다는 건 기억해."

친수닝이 눈을 반짝였다.

뤄즈는 처음에 성화이난이 그녀에게 이런 거짓말이라도 해주길 얼마나 바랐던가. 지금은 다른 사람에게 돌려줄 수밖에 없었다.

그는 감격한 듯 웃었다.

"고마워, 정말 고마워. 무척 기쁘다."

뤄즈는 고개를 저었다. "뭘, 난 그저……."

그가 쾌활하게 웃음을 터뜨렸다. "걱정 마. 오해 같은 거 안 해. 나도 어쩌다 그냥 보게 된 거니까."

어쩌다 그냥, 특별할 것 없이. 친수닝의 거리낌 없는 말에 뤄즈는 부끄러워 진땀이 났다.

"넌 백지처럼 깨끗했어. 특별히 친한 친구도 없었고, 남학생이랑 스캔들이 난 적도 없었지. 하지만 난 네가 절대로 단순한 책벌레가 아니라고 믿었어. 반짝이던 네 눈을 난 영원히 기

억할 거야. 네 표정에 담긴 얘기를 알 기회는 없었지만. 사실은,
화내지 마. 너 고등학교 땐 지금처럼 예쁘지 않았어. 고등학교
때 주변 친구들한테 너에 대해 떠보기도 했거든. 물론 그냥 수
다 떠는 식으로, 너에 대한 마음은 숨기고서 말이지. 네 이름은
거의 다 알고 있더라. 문과반 1등이라고. 그런데 다들 네가 무
척 평범하다면서, 역시 공부 잘하는 사람 중에는 미인이 없다
고 말하더라고. 그렇지만 난 네가 예뻤어. 사람들 속에 있어도
한눈에 알아볼 만큼. 걔네들이 눈이 멀어서 못 본 거지 뭐."

뤼즈는 웃을 수도 울 수도 없었다.

그녀는 그의 말을 끊고 싱긋 웃으며 술잔을 들었다. "고마워."

친수닝은 이 고마움이 무슨 의미냐고 묻지 않고 그저 조용히
한 잔을 비울 뿐이었다.

그는 '좋아한다'는 말을 다시 꺼내지 않았다. 그녀도 일부러
피하지 않았다.

뤼즈는 이것이 뒤늦은 고백이 아님을 알고 있었다. 어린 시
절 너무나도 은밀해서 조금만 드러나도 부끄러워서 죽을 것 같
던 사랑은, 여러 해가 지나 나이가 들면서 서서히 말할 수 있는
기회를 찾게 되는 법이다.

어떤 소원은 결국 실현되고, 어떤 소원은 그저 이야기로 남
는다.

그는 그저 이 이야기를 말하고 싶었을 뿐이다.

한 끼 식사는 조용하면서도 무겁지 않았다.

그들은 각자 지난 일을 생각했다. 가끔 같은 일을 떠올리면서도 다른 얼굴을 했다. 시끌벅적한 농구장, 너무나 많은 소년들이 너무나 많은 고민을 안고 있었다. 때론 같은 방향으로 쏟아지는 시선에도 각기 다른 심장이 뛰고 있었다.

계산을 할 때 친수닝이 뤄즈를 위챗*에 추가해도 되냐고 불쑥 물었다.

뤄즈는 고개를 끄덕였다. "네 아이디 알려줘, 내가 추가할게."

친수닝이 그녀를 흘끗 보며 정중하게 말했다. "코난 Conan2005."

"C는 대문자야? 왜, 너 코난 좋아해?" 그녀는 고개를 숙이고 열심히 입력했다.

맞은편 사람은 한참 아무 말 없었다. 뤄즈가 눈을 들어보니 친수닝은 낙심하면서도 알겠다는 표정이었다.

"정말 기억 안 나? 네가 날 코난이라고 불렀어."

코난.

그녀는 눈앞의 이 계절에 맞지 않는 짙은 남색 오리털 조끼를 입고 있는 남자를 바라보았다.

고3 겨울, 그녀는 혼자 식당에서 나와 교실로 돌아가 야간 자

----

* WeChat, 중국의 모바일 메신저.

습을 했다. 북방의 겨울밤, 잠깐 한눈을 파는 사이에 시간을 도둑맞은 것처럼 하늘이 일찌감치 어두워졌다.

뤄즈는 앞쪽 멀지 않은 곳에서 성화이난이 혼자 가방을 메고 이어폰을 낀 채로 걸어가는 걸 보고 마음속으로 조그맣게 기뻐했다. 대입 시험을 준비하는 지루한 시간 속에서 성화이난을 볼 수 있는 건 그녀의 몇 안 되는 작은 즐거움이었다. 지나치게 흥분될 정도는 아니고, 그저 길을 가다가 100위안짜리 지폐 한 장을 주웠을 때 같은 느낌이었다. 그녀는 딱히 뭔가를 할 생각도 없이 그저 침착하게 그의 뒤를 따라 걸었다. 고개를 들어 떳떳하게 그의 뒷모습을 보며 마음속의 그 기쁘거나 슬픈 비밀이 울컥울컥 솟아오르는 소리를 들었고, 이런 기분을 자신에 대한 보상으로 삼았다.

그런데 모퉁이를 돌자마자 한 남학생이 끼어들어 그녀와 성화이난 사이를 걸어갔다.

남학생은 키가 크지는 않았지만 뤄즈의 시선을 가렸다. 뤄즈는 약간 짜증이 나서 저도 모르게 그가 눈에 거슬렸다. 그 남학생은 신이 났는지 걸으면서 우스꽝스럽게 양손의 엄지와 검지로 카메라 뷰파인더 모양을 만들어 가로등을 향해 "찰칵찰칵" 하며 사진 찍는 흉내를 냈다.

미친 건가, 뤄즈는 속으로 툴툴거렸다.

이때 맑은 눈이 흩날리기 시작했다. 가로등 불빛이 만든 오렌지색 우산 덮개 아래, 하늘하늘 떨어져 내리는 눈송이는 보는 사람이 울고 싶을 만큼 부드러웠다. 뤄즈는 눈앞의 '미친'

남학생을 비난한 것도 잊은 채 고개를 들어 그의 손가락 카메라 방향을 바라보았다.

온 세상의 눈이 온 세상의 등불 아래로 떨어져 내렸다.

뤄즈는 한참을 서서 그 광경을 바라보았고 남학생도 한참을 찍었다.

뤄즈가 다시 앞을 보았을 때 성화이난의 그림자는 이미 길 끝에서 사라져 어둠 속으로 잠겼다.

그러나 실망스럽지 않았다.

뤄즈는 살짝 추워서 빠른 걸음으로 총총 걸어 아직도 '사진을 찍는 중'인 남학생을 가볍게 앞질러 갔다.

그 와중에 그 남학생을 슬쩍 훑어보았다. 하얀 셔츠 위에 걸친 짙은 남색 오리털 조끼, 교복 바지 밑에는 운동화를 신었고 키가 작고 안경을 쓰고 있었다.

그녀가 불쑥 말했다. "코난."

목소리는 크지 않았지만 남학생은 들은 것 같았다. 그가 고개를 돌리려는 순간, 뤄즈는 재빨리 달아났다.

불빛 아래 어둠 속으로 뛰어 들어갔다.

"그 옷 기억나. 아직도 입을 수 있네."

친수닝이 쾌활하게 자조했다. "맞아, 키가 자라지 않으면 이런 건 좋아. 돈을 아낄 수 있거든."

그들은 서로를 바라보며 유쾌하게 웃으며, 유쾌하게 작별 인사를 나누었다.

친수닝은 데려다주겠다는 뤄즈의 제안을 거절하고 그녀를 주차장까지 데려다준 후, 대리 기사까지 부르고 나서야 손을 흔들며 몸을 돌려 걸어갔다. 그러고는 가로등 아래에서 발걸음을 멈추고 몸을 돌렸다. 그는 두 손을 들어 카메라 뷰파인더 모양을 만들더니, 제자리에 그대로 서서 자신을 눈으로 배웅하고 있던 뤄즈에게 웃어 보였다. "찰칵."

뤄즈는 문득 씁쓸하면서도 달콤한 기분이 들었다. 마음이 온통 축축해져 묵직하게 느껴졌다.

차는 신호등도 없는 흙길을 한참 달려 마침내 마을로 돌아왔다. 차는 문화궁文化宮의 조그만 공터에 멈췄다. 뤄즈는 혼자 천천히 작은 뜰로 걸어갔다.

머리 위에 걸려 있는 보름달이 길을 환하게 밝혀주었다.

휴대폰에서 진동이 울렸다. 성화이난이 보낸 문자였다.

"곧 닝보 역에 도착해. 10시 전엔 돌아갈 거 같은데 국수 만들어줘."

뤄즈가 웃으며 답장을 보냈다. "그래."

기차에서 심심한지 성화이난의 답장 속도는 무척이나 빨랐다. "오후 내내 회의를 했더니 엉덩이가 다 아파. 저녁때 뭐 먹었어? 뭐 하고 있었어?"

뤄즈는 약간의 슬픔을 품은 채 보름달을 올려다보았다. 저렇게나 둥근 달은 사람 마음을 복잡하게 했다.

7년을 함께하면서 그녀는 소녀 시절의 그 우여곡절 많은 짝사랑을 거의 잊어버렸다. 모두가 지금의 뤄즈는 평화롭고 너그러워서 주변 사람들에게 안정감을 준다고 말했다. 뤄즈는 자신도 모르는 사이에 행복해졌다. 지난날의 어둡고 집요하고 고결하고 도도한 모습은 더 이상 존재하지 않게 되었으니, 좋은 일이었다.

그러나 어째서 갑자기 그 시절 그렇게나 날카롭던 소녀가 그리워지는 것일까?

그런 슬픔은 괜한 엄살이었고 달콤했으며, 다른 사람과는 공유할 수 없는 거였다. 지금 뤄즈와 성화이난이 생사를 같이하고 마음이 통한다 해도, 그녀가 작문 시험지에 한 글자 한 글자 쓰면서 품었던 기대는 영원히 알지 못할 것이다.

뤄즈는 친수닝의 사랑에 보답할 방법이 없었다.

하지만 그건 마음이 꿈틀하는 걸 방해하지 않았다.

감동해서도, 그를 위해서도 아니었다.

자신을 위해서, 그의 눈 속에 담긴 빛을 위해서였다. 아주 오래전 일을 떠올려 보면 그녀의 두 눈도 한때 다른 사람을 위해 반짝였었다.

그 괴롭던 시절로 되돌아가고 싶진 않았지만, 그걸 추억할 수는 있었다.

뤄즈는 뜰에 놓인 돌 탁자 위에 엎드렸다. 붉은 꽃잎이 몸 위로 떨어졌다.

이 세상에 어떤 일들은 이름 모를 꽃 같았다. 세심하지 않은 사람은 향만 맡지만, 어떤 사람은 멈춰 서서 물어보며 그 모습을 기억했다.

꽃이 피는 건 때가 있었다. 아무도 그걸 위해 멈추지 않겠지만, 최소한 누군가는 그것을 기억할 것이다.

옆에 둔 휴대폰 화면에는 그녀가 성화이난에게 보낸 문자가 여전히 떠 있었다.

"뭐 하냐구? 네 생각하고 있지."

뤄즈는 뜰에 가득 핀 꽃향기를 맡으며 왠지 웃음이 나왔다.

난 네 생각을 하고 있어. 그리고 넌 곧 돌아오겠지.

사랑해.

우린 영원히 함께일 거야.

그런데 지금, 난 그냥 나 자신에 대해 생각해보고 싶어.

　　　기나긴 작별

2003년 늦가을, 고등학교 1학년이던 나는 처음으로 XX의 이름을 들었다.

그 애를 XX라고 부르기로 하자. 이름을 짓는 건 무척이나 힘든 일이다. 짝사랑 이야기 속 남자 주인공은 원래 이름이 있으면 안 된다.

큰 소리로 외쳐 부를 수 없는 이름이니, 'XX'라고 부르는 걸로 충분하다.

고1 첫 중간고사 전, 내 뒷자리에 앉은 여자애가 생뚱맞게 어떤 체육 특기생에게 반해버려서 우리 몇 명을 데리고 운동장 트랙을 뛰고 있던 그 남학생을 보러 갔었다. 그는 구경하는 여학생들을 발견하곤 자양강장제 주사라도 맞은 것처럼 젖 먹던 힘까지 발휘해 100미터를 전력 질주했다.

뒷자리 여자애의 표정이 차가워졌다. 무척이나 실망한 모습이었다.

반으로 들어온 후, 그 애는 자신은 더 이상 그 남학생을 좋아하지 않는다고 선포했다.

내가 이유를 묻자 대답이 가관이었다. "못 봤어? 걔가 마지막 스퍼트할 때 바람을 맞으면서 달리는데 얼굴이 출렁거리더라. 완전 못생겼어! 얼굴이! 출렁! 거렸다고!"

뒷자리 여자애에게 '좋아한다'는 것은 마음을 잠시 두는 데 불과했다. 사춘기 소녀는 환상 속에서 날개를 달고 공중을 빙빙 돌며 자신이 발붙일 만한 진실한 몸체를 시시각각 찾고 있었는데, 아쉽게도 이 체육 특기생 숙주는 충분히 완벽하지 못해 그녀의 기대를 실망시켰던 것이다.

학교가 끝난 뒤, 버스 창가 자리에 앉아 멀리 교외에 있는 학교에서부터 덜컹거리며 시내로 돌아왔다. 바깥 먼지투성이 거리 풍경을 바라보는 동안 머릿속에는 '얼굴이 출렁거렸다고!'라는 말이 여전히 무한 반복되고 있었다. 웃음이 나왔다. 한편으론 나도 그러고 싶다는 마음이 들었다.

좋아할 사람을 찾고 싶다.

그러나 상상일 뿐이었다. 그런 생각은 어깨 위 중압감에 짓이겨 순식간에 사라졌다. 묵직한 가방 안에는 문제집이 가득 들어 있었다. 반 아이들 중에는 경시대회 준비생들이 많았고, 모두가 그렇게나 대단해 보였다. 내 중학교 성적이 나쁜 건 아니었지만, 만약 새 학기 첫 시험 등수가 뒤에서부터 세는 게 더

빠르다면 이 얼마나 쪽팔린 일인가⋯⋯.

소녀의 고민은 탄식이 되어 거리 풍경과 함께 먼지투성이가
되었다.

중간고사가 끝난 후, 우리는 담임선생님 사무실에서 학년 점
수대 통계표를 정리하고 있었다. 그건 방과 후 학부모 회의에
참석한 모두에게 나눠줄 거였다. 내가 이미 출력된 표를 복사
하러 가려는데 담임이 날 불러 세우더니, 제목 위 공백을 가리
키며 말했다. "여기에 이렇게 쓰렴. X반 XX, 수학 150, 물리 98,
화학⋯⋯."

나는 한 획 한 획 써 내려갔다. 듣고 적는 거라서 XX의 이름
도 틀리게 썼다. 담임은 본능적으로 이상함을 느끼곤 다른 선
생님에게 그 종이를 흔들어 보이며 XX의 이름을 어떻게 쓰냐
고 물었다.

국어 과목 담당이신 그 선생님은 우리 담임이 XX를 모범 사
례로 삼는 걸 결연히 반대하고 나섰다. XX의 국어 성적은⋯⋯
하하. 모든 성적이 아름다웠지만 오직 국어만 창피한 수준이었
다. 내가 국어 선생님이었대도 이런 학생을 모범으로 삼는 건
달갑지 않을 터였다.

한바탕 소란이 끝나고, 나는 다시 표를 출력해 한 무더기 복
사했다. XX의 이름이 쓰여 있는 종이는 그냥 뭉쳐서 버릴까 하
다가 어쩌다 보니 잘 접어두었다.

이번 전교 1등은 사실 다른 여학생이었지만, 가장 주목받은

사람은 옆 반 XX였다. 우리처럼 이과 쪽에서 뛰어난 고등학교에서 수학, 물리, 화학은 늘 관심의 초점이었는데, XX가 그 세 과목에서 거의 만점이었기 때문이었다.

반으로 돌아오자마자 뒷자리 여학생이 XX의 이름을 떠드는 걸 들었다. XX는 중학교에 다닐 때 어땠다는 둥, 평소엔 어떻다는 둥…….

그날부터 XX는 완벽하게 체육 특기생을 대신해 뭇 소녀들의 환상의 숙주가 되었다.

난 뒷자리 여자애를 돌아보며 물었다. "만약 XX가 고릴라처럼 생겼으면 어떡해?"

뒷자리 여자애가 흥 하고 코웃음을 쳤다. "전혀 아니거든. 내가 걔네 반 문 앞에 가서 구경하고 왔어."

당시 난 타고난 허세 가득한 소녀여서 담담하게 웃으며 고개를 돌려 다시 문제집을 풀었다.

여학생들의 XX에 대한 호기심과 숭배는 나의 홀로 고고한 풍채와 냉정하게 자제하는 모습을 더욱 돋보이게 했다…….뭐, 한마디로 난 정말 젠장 맞게 특별했다.

XX의 진짜 모습을 볼 기회는 몇 번이나 있었다.

예를 들면 뒷자리 여자애가 일어나서 말할 때. "XX네 반이 밖에서 농구하고 있어. 우리도 보러 가자!"

예를 들면 나의 '공부의 신' 짝꿍이 글씨를 지독하게 못 쓴 노트를 쥐고 말할 때. "이거 내가 빌린 XX의 경시대회 노트인데, 나 대신 옆 반에 갖다줄 수 있어?"

내 대답은 모두 "안 가"였다.

이상하게도, 대상이 다른 풍운아라면 나도 평화로운 마음으로 같이 가서 구경할 텐데, 유독 XX에게만은 그게 어색했다.

아마도 약간의 질투 때문이었을 것이다. 난 똑똑한 사람을 질투했다. 어렸을 때부터 수학 올림피아드 경시대회는 곧 악몽이었다. 명문 고등학교에 입학한 후에도 난 내 아이큐에 안심해본 적이 없었다. 늘 열심히 공부해야만 머리 좋은 애들과 그나마 어깨를 나란히 할 기회를 얻고, 조금이라도 느슨해지면 꼴찌기로 떨어질 것만 같았다. 하늘은 어째서 이렇게 불공평한가.

내면의 열등감이 XX라는 이름 앞에 퍼져나갔다.

그가 고릴라처럼 생기기를 얼마나 바랐는지.

시간은 이렇게 흘러갔다. 나는 XX의 옆 반 교실에 1년을 앉아 있으면서 그 반 학생들의 얼굴도 거의 익숙해졌지만, 그를 본 적은 없었다.

게다가 그 때문에 하마터면 뒷자리 여자애와 사이가 틀어질 뻔하기도 했다.

초여름 어느 날 오후, 나는 뒷자리 여자애와 같이 매점에 가서 아이스크림을 사 먹었다. 운동장을 가로질러 걷고 있을 때, 맞은편에서 한 무리의 남학생들이 걸어왔다. 일고여덟 명이 둘셋씩 뭉쳐 있는 게 아니라, 정말로 가지런하게 한 줄을 이루어 기세등등하게 맞은편에서 다가오고 있었다.

난 줄곧 다른 사람을 쳐다보지 않았기에 그저 뒷자리 여자애와 웃고 떠들며 그들을 스쳐 지나갔다.

그러나 뒷자리 여자애는 마음이 딴 데 가 있었다. 남학생들이 멀리 지나간 후 그 애는 비로소 남에게 들릴세라 조용히 말했다. "저기 하얀 옷 입은 사람이 XX야."

뒤돌아볼 생각 따윈 없었지만, 허세 부리는 것에도 정도가 있어야 할 것 같아 나도 자연스럽게 몸을 돌려 흘끗 바라보았다. 남학생들은 이미 멀리까지 걸어가서 '야쿠르트 한 줄'처럼 보였다. 그중 네 명의 남학생이 하얀 옷을 입었고, 나머지도 하얀 계통의 옷을 입고 있었다.

"야, 장난해?" 난 웃기다는 듯 뒷자리 여자애를 흘끗 보았다.

그런데 그 애는 이상하리만치 침묵에 빠져 있었다. 난 수업 시작 전에 얼른 아이스크림을 다 먹어야겠다는 일념으로 그 애가 이상해진 것도 모르고 있었다. 교실로 들어갈 때, 그 애가 갑자기 조용히 물었다. "XX 어떤 거 같아?"

나는 어안이 벙벙했다.

방금 봤던 남학생들의 뒷모습은 하나같이 자질이 의심스러운 모습이었는데.

"키가 좀 작은 것 같더라?" 내가 웃으며 말했다.

그 애가 갑자기 발끈했다. "제정신이야? 걔가 너보다 작기라도 해? 굳이 그렇게 흠 잡으면 재밌어?!"

많은 학생들이 우리를 보고 있었다. 나도 욱해서 차갑게 비웃었다. "나보다 키 큰 것도 장점이냐?"

우리는 각자 자리로 돌아가 수업 내내 꽁해 있었다.

원래 친구도 아니었고 겉으로만 친한 거였다. 그래서 일단 서로의 얼굴을 할퀴고 나니 부드러운 말을 어떻게 꺼내야 할지 알 수 없었다.

그 시절 내 성격은 지금처럼 이기적이지 않았고 평화를 소중히 여겼기에, 그래도 우거지상을 하고 그 애에게 쪽지를 건넸다. 내가 농담을 한 거라고, 원래는 네가 매일 XX 타령을 하는 게 장난인 줄 알았는데 이렇게까지 진심인 줄은 몰랐다고, 미안하다고.

뒷자리 여자애가 답장했다. "나도 그렇게 충동적으로 굴지 말았어야 했어. 하지만 너도 사람 그렇게 말하지 마. 걘 정말정말 좋은 사람이거든."

난 문득 궁금해졌다. "어디가 좋은데?" 수업이 끝나자마자 나는 몸을 돌려 그 애 책상에 엎드려 물었다.

그 애는 자못 신중한 모습으로 조용히 입을 열었다. "난 걔랑 같은 영어학원에 등록해서 걔 옆자리에 앉았어. 걔 지우개가 바닥에 떨어지면 내가 주워줬고, 걘 매번 고맙다고 말해줬어."

"……"

뒷자리 여자애가 다시 눈을 치켜뜨는 걸 본 나는 얼른 덧붙여 말했다. "성적도 그렇게 좋은데 예의도 바르네. 정말 괜찮다."

XX를 칭찬하는 건 뒷자리 여자애를 칭찬하는 것과 같았다. 그 애의 희색이 만연한 표정을 보며 난 "걘 수학 문제를 풀 때 흥분해서 얼굴을 출렁이진 않을까"라는 야비한 한마디를 그대로 삼켜버렸다.

XX는 말이 적어. XX는 국어 과목을 무척 싫어해. XX는 잠자는 걸 좋아해. XX는 사실 유머 감각이 아주 썰렁해…….

종합해보면, 만약 〈슬램덩크〉의 서태웅의 취미가 농구가 아닌 수학, 물리, 화학이라면, 그가 바로 XX의 잘생긴 버전이라는 거였다.

그날 오후를 잊을 수 없다. 날씨가 아주 좋아서 나는 창턱에 기대 고개를 기울인 채 창밖의 짙푸른 하늘을 바라보았다. 구름 하나가 흘러가고, 또 다른 구름 하나가 흘러갔다. 그리고 뒷자리 여자애는 내가 본 적 없는 사람에 대해 끊임없이 재잘거리고 있었다. 전부 자잘하고 쓸데없었으며, 전부 억측에다 일방적인 생각뿐이었다.

모든 것이 가장 좋은 시절이었다.

XX는 여전히 자랑스러운 전적을 유지하고 있었다. 이과반에는 날고 기는 고수들이 많았는데도 그는 늘 3등 안에 들었고, 1등을 할 때가 더 많았다.

고2, 난 문과반에 지원했다.

마침내 학교 큰형님이 된 느낌은 과연 시험에서 1등한 것보다 상쾌했다.

그래서 XX에 대한 질투도 전보다 줄어들었다.

엄마가 나한테 내가 서너 살 때 공원에서 엄마 아빠와 놀았던 이야기를 해준 적 있다. 공원의 보도블록은 색색별로 안쪽에서 바깥쪽까지 한 겹 한 겹 배치되어 있었고, 우리 세 식구는 가장 바깥쪽 테두리에서 잡기 놀이를 했다. 엄마와 아빠가 뒤에서 나를 쫓았고, 나는 곧 잡힐 것 같자 갑자기 테두리 안쪽으로 성큼 뛰어 들어가더니 당당하게 말했다고 한다. "나 클리어해서 레벨업했어."

언젠가는 모두가 눈싸움을 하고 있을 때, 내가 갑자기 돌을 가져와 던지더니 "나 별 하나 먹어서 기관포로 바꿨어"라고 주장했다고 한다.

나중에 엄마는 나에게 패미컴* 갖고 노는 걸 금지시켰다.

어쨌거나 나의 멋대로 구는 습관은 어릴 때부터 길러진 거였다. 이과생 생활이 힘들자 문과 쪽으로 폴짝 뛰어 들어가서는 스스로 산꼭대기에 서서 대장 노릇을 했다.

그러나 문과반에서도 이과 숭배는 여전히 존재했기에 나도 계속해서 XX의 이름을 듣게 되었다. 다만 이번에는 XX의 열혈 팬이 내 앞자리 애로 바뀌었다는 것뿐.

도무지 이해할 수 없었다. 어째서 문과반 1등은 난데 왜 다들 XX보고 짱이라고 하는 걸까? 누구 나한테 설명 좀?

시간은 이렇게 얼떨떨하게 흘러갔다. 우리의 고등학교 생활을 요약해보면 무척 비슷할 것이다. 등교, 하교, 시험 등수, 합창 대회, 농구 시합, 친구, 앙숙, 즐거움. 하지만 이걸 모두 펼쳐 보면 저마다 각기 다른 감동이 있다.

....

* 닌텐도의 가정용 콘솔 게임기.

우리 학교는 교외에 위치해서 기숙사가 폐쇄적인 편이었다. 나는 옆 침대 여학생의 로맨스 소설을 종종 훔쳐보곤 했다. 소설을 보며 눈물을 펑펑 쏟고 다시 몰래 제자리에 갖다 놓고서는, 다음 날에는 늘 그랬듯이 그런 비논리적인 청춘 이야기를 무시하며 시큰둥하게 말했다.

그러나 고1 때 막중한 이과반 분위기에 압박을 당하던 소녀의 마음은 이런 이야기의 자극에 풀어지면서 날개 위에 쌓인 먼지를 털고 하늘로 날아올랐다.

한번은 한 학생의 생일을 축하하기 위해 다 같이 식당에 모여 테이블을 길게 연결해놓고 촛불에 불을 붙이려는데, 그 옆으로 한 무리의 남학생들이 지나갔다. 앞자리 여학생이 갑자기 흥분하며 조그맣게 외쳤다. "와, XX야."

나는 조건반사적으로 그들을 돌아보았다. 한 남학생도 고개를 돌려 우리를 바라보았다.

……고릴라.

XX는 과연 고릴라처럼 생겼다! 하늘도 무심하지 않아!

나는 웃으며 모두와 함께 생일 축하 노래를 부르고 하하호호 시끄럽게 장난을 치다가 별안간 약간의 상실감이 들었다.

솔직히 말하면, 약간이 아니라 아주 많이.

어째서였을까?

다른 여자애들의 소녀적 환상은 구체적인 인물이 대상이었지만, 오직 나의 환상은 이름 하나와 한 무더기의 전설이 대상이었다.

정말 인정하고 싶지 않았지만, 마음이 무척이나 괴로웠다.

나의 이런 이유 없는 우울함에 대한 엄마, 아빠의 평가는 "어이쿠, 얘가 이제 다 컸네"였다.

생각이 깨어 있는 분들이라고 여기긴 마시길. 그분들은 단지 소녀가 이성에 눈뜬 걸 보는 것이, 특히 소녀가 이성에 눈을 떴는데 얻지 못하는 걸 보는 것이 좋았기 때문이었다. 내가 만약 성공했다면 그들은 아마 내 다리를 부러뜨렸을 것이다.

다시 다른 사람이 XX에 대해 말하는 걸 들었을 때, 내 마음속에는 더 이상 질투와 호기심이 뒤섞인 기이한 느낌이 들지 않았다. 다만 아쉬웠고, 내가 예전에 했던 어리석은 생각이 부끄러웠다.

정말 아쉽다.

네가 고릴라를 닮길 정말로 바란 건 아니었는데.

매주 금요일, 우리는 일주일 동안 쌓인 빨래감을 가지고 집으로 돌아갔다. 나는 커다란 여행 가방을 들고 정거장에서 버스를 기다렸다. 옆에는 나의 친한 친구 L이 서 있었다.

그의 분량은 그다지 중요하지 않으므로 대충 대문자 'L'로 표시하겠다.

L은 나와 잡담을 나누다가 우연히 내 뒤쪽을 보고는 곧장 아첨꾼 같은 표정으로 말했다. "아이고, 오늘은 정말 영광이네. 문이과 1등이랑 같이 버스를 타고!"

나는 조건반사적으로 '에이, 다 아는 사이에 새삼 서먹하게 굴고 그래. 왜 갑자기 공손하게 이러는 건데?'라는 겸손한 웃음을 지었다가 문득 뭔가 잘못되었음을 느꼈다. 문과 1등이랑 이과 1등?

나는 멍하니 뒤를 돌아보았다.

이 사람이 XX? 괜찮게 생겼잖아? 고릴라는 어디 간 거지?

그제야 내가 전에 사람을 잘못 봤다는 걸 깨달았다.

XX는 옷차림이 산뜻했다. 키는 확실히 크진 않았지만 작은 편은 아니었고, 표정은 아주 냉담했다.

나는 소설을 쓰며 많은 캐릭터를 묘사해봤지만, 지금도 XX의 모습을 정확하게 묘사할 수가 없다.

아마 위에 쓴 그대로일 거다. 어차피 여러분이 그를 좋아할 건 아니니, 딱히 자세히 알 필요도 없을 테고.

혹은 이렇게 생각해도 무방하다. 내가 좋아하는 사람과 당신이 좋아하는 사람이 똑같이 생겼다고. 그저 우리가 느끼기에 너무나 잘생겨서, 다른 사람들에게 인정받기 위해 자세히 묘사하는 것이 부끄러워질 정도의 얼굴이라고.

XX가 캐리어를 끌고 걸어와 우리와 5미터 정도 떨어진 곳에 서서 정거장 표지를 바라보았다.

나는 대범하게 고개를 돌려 그의 뒷모습을 훑어보았다.

고등학교 시절 내가 거침없이 그를 바라본 건 그게 마지막이었을 것이다.

나중에 나는 맨 뒤 창가 자리에 앉아 L과 계속해서 잡담을 주고받으며 창밖의 따스한 석양을 바라보았다. 햇살이 너무나 좋았다. L은 나에게 오늘 무슨 약 잘못 먹었냐며, 왜 그렇게 즐겁게 웃냐고 물었다. 나는 대답하지 않았다.

내 기억에, 그날 버스 정거장에서 집까지 걸어가는 길은 보도블록과 쓰레기통마저도 평소보다 예쁘게 보였다. 정거장은 언덕 위에 있고 우리 집은 언덕 밑에 있어서 나는 으슥한 오솔길을 지나 긴 계단을 내려가야 했다.

계단 위에 서서 아래쪽에 있는 들쭉날쭉 제각각인 집들과 멀리 도시의 숲으로 가라앉은 석양을 보고 있자니 불현듯 이상한 기분이 가슴속에 가득 차올랐다.

즐겁기만 한 것이 아니었다.

인생의 오묘함과 생활의 즐거움을 발견한 것만 같았다. 온 세상이 다 내 발밑에 펼쳐져 있었다.

나는 여행 가방을 내려놓고 두 팔을 벌린 채, 다음 경사가 시작되기 전까지 빠른 속도로 탁탁탁탁 계단을 내려갔다. 바람이 귓가를 스치고 심장이 벌떡벌떡 뛰었다. 책가방이 흔들거리며 엉덩이를 툭툭 치는 것이 그만하라는 건지 계속하라는 건지 알 수 없었다.

나와 나의 소녀 마음은 함께 날아올랐다.

그러고는 또라이처럼 다시금 언덕을 올라가 바닥에 내버려 둔 여행 가방을 들고 왔다.

알겠는가? 우리 같은 Drama Queen*은 모두 힘겹게 살아간다는 걸.

난 짝사랑이 괴로운 거라고 생각해본 적 없다.

어떤 사람을 좋아하는 마음을 눈에 숨기면, 그 눈을 통해 보이는 세상은 더 아름답게 보인다.

매번 시험이 끝나면 문이과 공통인 수학, 국어, 영어, 이 세 과목 성적을 XX와 비교해보았다. 일부러 화장실도 XX의 반이 있는 층으로 갔고, 우연히 마주칠 때면 옷매무새를 다듬고 등을 곧게 세우고 걸음도 활기차게 걸었다. 귀를 쫑긋 세우고 그에 대한 모든 소문을 수집했으며, 다른 사람이 XX의 이름을 들먹이기만 해도 기뻐했다.

물론, 나름 베테랑 허세 소녀인 나는 XX에 대한 관심을 조금도 드러낼 수 없었다. 다만 옅은 미소를 띤 채 어떻게든 머리를 굴려서 이야기의 방향을 이과 쪽으로 돌린 다음, 다시 XX의 반 이야기로 이끌었다. 그리고 마침내 모두가 XX에 대해 이야기할 때는 문자를 보내거나 잡지를 보는 척하며 관심 없는 척했다.

이렇게 가식적으로 행동하는 것마저도 즐거웠다.

여름이 다가오니 날이 어두워지는 시간도 늦어졌다. 야간 자습 전 쉬는 시간에 많은 남학생들은 운동장으로 몰려가 농구를 했다. 나는 시간을 아껴 공부하는 대신 혼자 농구장 근처를 산

---

* 감정 변화가 심하고 관심 끌기 위해 호들갑 떠는 사람.

책했다. 농구대 16개, 나는 그 주변을 천천히 돌며 혹시 그의 반 애들이 농구를 하고 있는지 살펴보았다. 설령 목표를 발견했다 해도, 감히 그 옆에 서서 시합을 구경할 수는 없었다.

눈길 한 번만 줘도 온 세상이 나의 비밀을 눈치챌 것만 같았다.

앞서 말했듯, 나는 정거장에서 그 애를 만난 후로 다시는 당 당하게 대놓고 그를 바라본 적 없었다.

차분한 얼굴로 다른 곳을 보는 척하며 멀리 있는 황무지에 초점을 맞췄다. 그러면 가까이에 있는 농구대는 흐릿해져 사람 들의 모호한 형태만 보일 뿐이었다.

그 사람들 중에 그가 있었다.

딱 한 번, 그가 3점슛을 넣는 걸 보았다. 농구공이 착 하는 소 리와 함께 그물망 안으로 빨려 들어갔다. 모두가 환호할 때 나 도 얼굴을 옆으로 돌리고 웃었다.

고1 때 뒷자리 여자애가 "걘 정말정말 좋은 사람이거든"이 라고 말했던 것이 떠올랐다.

고2 여름방학 때 해외여행을 갔었다. 나는 호텔 프론트 앞에 서 그에게 줄 엽서를 썼다. 한 문장 쓰고 한 문장 지우고, 한 장 쓰고 한 장 찢고, 결국엔 찢어진 엽서 조각 한 뭉텅이를 로비 쓰 레기통에 버려야 했다. 가이드가 그걸 보더니 웃으며 나를 놀 렸다. "학생, 지금 돈 자랑해요?"

그건 내가 그에게 다가가기 위해 했던 첫 실질적인 행동이었다.

그 전의 나는 그를 좋아했다. 지금의 나는 그도 나를 좋아하게 되기를 바랐다.

그런 생각이 떠오르자마자 즐겁지 않아졌다.

결국엔 그래도 한 장을 다 써서는 그대로 집으로 가져왔다. 그 엽서를 감히 진짜로 보낼 생각은 없었다. 뜬금없이 외국 소인이 찍힌 엽서가 날아온다면, 다들 수소문 끝에 보낸 사람이 누군지 알아낼 것이다. 그는 모르더라도 다른 사람은 다 알 터였다.

그러나 내가 또 뭘 할 수 있었겠는가? 고3 때 나는 야간 자습을 통째로 땡땡이치고 국기 게양대 부근을 하염없이 쏘다니다가, 어두운 행정구역 복도 창턱에 앉아 그에게 내 존재를 알릴 수 있는 수만 가지 방법을 생각했었다.

우리 반과 그 애의 반은 국어 선생님이 같았다. 그래서 작문을 특히나 공들여 썼다. 매번 시험이 끝나면 과목 연구실에서 우수 작문을 뽑아 복사해서 참고용으로 나눠줬기 때문이다. 이러면 최소한 XX에게 내 이름을 익숙하게 만들 수 있었고, 내가 얼마나 얼마나, 음, 얼마나 재주가 넘치는지 알게 할 수 있었다.

바꿔 생각해보면, 걘 그렇게나 국어 과목을 싫어하는데, 설마 나도 억지나 부리는 고리타분한 문인이라고 여기는 건 아니겠지?

꽈배기처럼 꼬인 괴팍한 소녀는 행동하기가 참으로 어려웠다.

그러다 어느 날, 엄마가 책상 옆에서 바닥에 떨어진 엽서를 주워 내게 물었다. "XX가 누구니?"

예상대로, 엄마는 여전히 소녀가 이성에 눈을 떴으나 구해도 얻지 못한다는 이야기에 반색했다.

그리고 물론, 아주 전형적인 질문도 던졌다. "넌 걔 어디가 좋니?"

고3 1학기, 각 대학의 추천 입학생과 자율 모집 선발이 시작되었다. XX는 경시대회 입상자라 추천 입학 선발에 지원했고, 난 평범한 소녀였기에 자율 모집에서 가산점을 받을 수 있길 바랐다.

학생주임 선생님께 가서 자료를 작성하라는 방송이 나왔다. 나는 늦게 가는 바람에 생각지도 못하게 그 애를, 그리고 그 애의 엄마를 보게 되었다. XX는 냉담한 표정으로 소파에 앉아 있었다. 그 애의 엄마는 표를 들고 이것저것 물어보고 있었고, 난 관심 없는 척하며 테이블 저쪽 끝에 앉아 고개를 숙이고 표를 작성했다. 몇 글자 적자마자 난 긴장한 표정으로 그 애 쪽을 흘 끗 바라보았다. 무심코 눈빛이 마주치길 기대하면서. 만약 그러면 난 웃는 얼굴로 고개를 끄덕이며 이렇게 말할 것이었다. "너 XX지? 안녕, 내 이름은……."

난 결코 주눅 드는 사람이 아니었다.

그러나 그 애는 처음부터 끝까지 내 쪽을 바라보지 않았다. 그저 엄마가 말하는 걸 들으며 순서대로 차근차근 표를 작성할 뿐이었다.

우리는 둘 다 1차 서류 심사에 통과해서 같이 성省 단위 신입생 모집 사무실에서 필기시험을 치렀다. 난 시험을 잘 보지 못해서 고사장을 나올 때도 여전히 정신이 아득했는데, 그러다 멀리서 사람들 속에 있는 엄마를 보곤 정신이 확 들었다.

우리 엄마는 XX의 엄마와 나란히 서 있었다. 언뜻 보면 서로 즐겁게 대화 중인 것 같았다.

학부모 회의 때는 늘 아빠가 갔었고, 엄마는 다른 부모님들과 한 번도 교류해본 적 없었다. 심지어 담임선생님 이름도 기억 못 하는 사람인데, 지금 만면에 웃음을 띠고 XX의 엄마와 이야기를 나누고 있다니!

여사님, 이게 어떻게 된 일이죠? 친딸을 가지고 놀다 죽일 생각이세요? '호랑이는 아무리 흉악해도 자기 새끼는 잡아먹지 않는다'는 말 모르세요?!

난 온몸이 굳은 채 다가갔다. 엄마는 아무렇지도 않은 표정으로 날 끌고 와서 소개했다. "이쪽은 XX 어머님이야."

쓸데없는 소리, 당연히 나도 알거든요!

XX의 엄마는 깔끔하고 열정적인 사람이었다. 몇 마디 인사를 나누고 있을 때 XX가 무표정한 얼굴로 걸어왔다. 그 애는 나와 우리 엄마를 무시한 채 자기 엄마의 팔을 끌며 딱 두 글자를 말했다.

"가자."

……가자.

그의 엄마는 우리를 향해 웃으며 고개를 끄덕이곤 XX의 가방을 받아 들고 모자끼리 다정하게 자리를 떠났다.

엄마는 날 보며 의미심장하게 웃더니 내가 지금도 잊을 수 없는 한마디를 던졌다.

"넌 앞으로 고부 관계가 상당히 힘들겠구나."

"엄만 대체 무슨 생각을 하는 거야?" 내 얼굴에는 이미 경련이 일고 있었다.

"밖에 서 있자니 지루했는데, 저쪽에서 '우리 집 XX'라고 하는 소리가 들리잖아. 그래서 다가가서 말을 걸었지 뭐." 엄마는 봄바람처럼 환하게 웃었다. "네가 좋아하는 애가 바로 그 XX지? 뭔 애가 그렇게 로봇 같니?"

우리 모녀의 관계가 '콰직' 하고 부러지는 소리가 들리는 것만 같았다.

사실 엄마의 의도는 알고 있었다. 엄마는 XX가 좋아할 만한 가치가 없다고 생각한 것이다. 그러나 좋아한다는 건 대체 뭘까? 감정이 발생하는 데는 반드시 이유가 있는 걸까? 엄마는 나에게 대답해줄 수 없었다. 아무리 좋아할 가치가 없다고 이성이 말해주어도, 좋아한다는 건 마치 고장 난 수도꼭지처럼 아무리 꽉 잠가도 소용이 없다. 일단 엎질러진 감정은 다시 주워 담을 수 없다.

그날 밤, 나는 엄마와 팔짱을 끼고 천천히 집으로 돌아왔다. 머리 위 어둑어둑한 하늘은 첫눈을 품고 있었다.

엄마는 내 기분이 가라앉은 걸 눈치채고는 갑자기 내 손을 쥐고 말했다. "걔네 엄만 예전부터 널 알고 있더라. 네가 문과반이고 예전엔 몇 반이었는지, 그리고 네가 작문을 아주 잘 쓴다는 것까지."

"정말?"

"그래." 엄마가 웃으며 말했다. "진짜야, 게다가 XX가 말해 준 거라고 하더라니까."

이런 기본적인 정보는 XX 엄마의 치밀한 정보망에서 나왔을 가능성이 매우 높고 XX와는 아무런 관계가 없으리라는 걸 알면서도 난 순간 기분이 좋아졌다. "또 있어? 작문 말고는?"
"없어."

"아……." 난 무척 실망했다.

"참, 맞다. 걔네 엄마가 너보고 예쁘대."

"정말?!"

"……뻥이야."

모녀 관계에 다시 한 번 '콰직' 하고 끊어지는 소리가 들렸다.

엄마는 XX의 일로 날 놀리는 걸 멈추지 않았다. 심지어 같이 마트에 가서 책가방을 살 때도 나와 의견이 다르면 엄마는 꼭 자기 맘에 든 스타일을 가리키며 "이런 건 XX가 멜 만한 스타일인데"라고 말했다. 마치 그렇게 말하면 내가 엄마 말을 들을 것처럼 말이다.

그랬다. 난 정말로 엄마 말을 들었다.

엄마가 이렇게 거리낌 없이 날 놀리는 건, 혹시 XX가 날 상대도 안 할 거라는 걸 확신하기 때문은 아닐까 줄곧 궁금했다.

XX가 잘날수록 난 단순하게 그를 좋아하는 것에 즐거워했고, XX의 이미지가 평범해질수록 난 오히려 그에게 다가가고 싶었다. 친히 사실을 검증해 환상을 잔인하게 깨뜨리려는 것처럼 말이다.

그래서 그해 겨울, 엄마를 대동하고 베이징에 자율 모집 면접을 보러 갔을 때, 난 처음으로 용기를 내 XX에게 인사를 했다.

이과 강의동 로비, 나는 손에 자료 한 뭉치를 들고 기둥 옆에 서서 엄마를 기다리고 있는 중에 문득 XX가 혼자 무표정하게 옆 교실에서 걸어 나오는 걸 보았다.

그가 내 곁을 지나가던 순간, 나는 어디서 나온 용기인지 정신을 번쩍 차리고 웃으며 말을 건넸다. "안녕, XX."

그는 날 보지도 않고, 걸음을 멈추지도 않고 멀리 걸어갔다.

나는 그 자리에 잠시 멍하니 서 있다가 오른손을 들어 내 왼팔을 잡아 끌었다. "가자."

그 이야기에 대한 엄마의 평가는 이랬다. "하하하하하하하."

그렇지만 아직도 기억난다. 이과 강의동 입구에서 난 그의 부모님이 그와 함께 멀리 걸어가던 모습을 보았다. 입구에 오가는 사람들은 모두 면접을 보러 온 학생과 학부모들이었다. 사람들의 얼굴마다 초조함과 흥분이 걸려 있었고, 남들의 내력과 근거 없는 소식에 귀를 쫑긋했다. 나는 눈을 들었다가 온몸이 짙은 남색에 꼬리가 긴 까치가 가지 위로 내려앉아 고개를 갸웃거리며 우리를 훑어보는 걸 보았다.

이 까치는 우리를 어떻게 보는 걸까? 줄곧 궁금했다.

XX는 추천 입학 자격을 획득했다. 나는 엄격하고 융통성 없는 XX의 담임선생님이 더할 나위 없이 감사했다. 왜냐하면 그 애처럼 경시대회 추천 입학생으로 결정된 학생들도 무조건 매일 수업을 들으러 나와야 한다고 강제로 규정했기 때문이었다. 덕분에 나는 고3 마지막 학기에 종종 XX를 볼 수 있었다.

난 그 애가 어떤 티셔츠를 좋아하는지, 코디 습관은 어떤지 알게 되었다. 어떤 버릇이 있는지, 걸음걸이는 어떤지, 뒤통수는 어떻게 생겼는지……, 아마 주쯔칭*이 아버지의 뒷모습에 대해 아는 것보다 더 자세히 알 정도로.

그 시절 내가 가장 좋아하던 게임은 동전 던지기였다. 문과반에서 나랑 가장 친한 친구는 아주 활발하면서도 부끄러움 많은 여학생이었는데, 큰 소리로 더러운 농담을 하다가도 자신이 좋아하는 남학생을 보면 놀라 방귀도 감히 뀌지 못하는 캐릭터였다. 학교 식당 밥이 그렇게나 맛이 없는데도 우리가 꾸준히 갔던 건, 입구에 들어갈 때 바로 이 동전 던지기 게임을 할 수 있기 때문이었다.

친구가 좋아하는 사람은 주로 1층에 출몰했고, 내가 좋아하는 사람은 주로 2층에 출몰했다. 우리는 오늘은 몇 층에 가서 밥을 먹을지 동전 던지기로 결정했다.

친구가 말했다. "이건 게임이 아니라 점을 치는 거야." 우리는 하늘의 뜻을 따랐다. 좋은 운은 아껴서 쓰고 너무 고집 부리지 않으려 했다. 그래야 중요한 일에서 원하는 대로 뜻을 이룰

....

* 朱自清, 중국 산문가. 아버지에 대해 쓴 「뒷모습(背影)」이라는 산문으로 유명하다.

수 있을 테니 말이다.

우리는 아주 친절하게도 서로의 '그 사람' 이름이 뭔지 묻지 않은 채, 뻔뻔스럽게 '네 허니(honey)'와 '내 허니(honey)'라고 불렀다. 지금 생각해도 그 게임이 고맙다. 말할 수 없는 사람이었던 XX를 안전한 곳에 분장시켜 등장시킨 후 실컷 이야기할 수 있었으니 말이다. 내가 원하기만 한다면 그는 진짜로 내 사람이 될 것만 같았다.

고등학교 생활은 이렇게 끝났다.

대입 시험이 끝난 후 여름, 나는 뜻밖에도 낯선 전화를 받았다. 상대방은 자신이 XX 엄마의 동료라면서, 문과생 딸이 말을 잘 듣지 않는데 나보고 가서 자기 딸이랑 이야기 좀 해보지 않겠냐고 부탁했다. 나의 모범적인 모습으로 딸에게 자극을 좀 주면 좋겠다는 거였다.

만약 우리 엄마 부탁이었다면 온갖 짜증을 냈을 텐데, 상대방이 XX 엄마에게서 적극 추천을 받았다며 칭찬을 늘어놓으니 나도 모르게 기분이 좋아졌다. 나는 즉시 전화에 대고 열심히 고개를 끄덕였다. 전화줄도 내 움직임에 따라 흔들거렸다.

나는 그 엄마 속을 까맣게 타들어 가게 한 소녀와 화단 옆에 앉았다. 그 애가 불쑥 물었다. "공부 잘하는 사람들도 몰래 연애를 할까요?"

어이가 없었지만 나는 고개를 끄덕였다. "당연하지. 내 주변에도 연애하는 사람 많은데."

"그럼 언니는요?"

나는 고개를 저었다.

소녀는 잠시 생각하더니 별안간 흥분하며 말했다. "적어도 좋아하는 사람은 있겠죠?"

끄덕끄덕.

"그럼 그 사람은 알아요?"

그리하여 직계 선배 언니가 대학 첫 향우회 신입생 환영회를 준비하는 임무를 나에게 맡겼을 때, 문득 뭐라도 해야겠다는 생각이 들었다. 다른 반에는 대표자 한 사람에게만 연락하며 대신 다른 학생들에게 전해달라고 하면서, XX의 반에는 엉큼하게도 대표자에게서 신입생 10여 명의 연락처를 받아 개별적으로 연락했다. 정정당당하게 XX의 휴대폰을 알아내 직접 아무 꼬투리 잡힐 것 없는 문자를 보내는 것으로 내 이름과 전화번호를 강제로 알려주기 위함이었다.

사랑과 자존심이 맞부딪혔을 때 우리는 늘 엉큼하게도 두 가지 다 잡으려고 한다.

문자를 받은 거의 모든 학생들이 이렇게 답장했다. "고마워. 다른 애들한테도 전해줄까?"

오직 그 애만이 "어"라고 답장했다.

어.

이 문자를 받았을 때 나는 학교 서문 밖에 서 있었다. 머리 위로 뜨거운 늦여름의 태양이 내리쬐어 내 마음도 기운이 쭉 빠졌다. 순간 엄마의 장난스러운 목소리가 다시 귓가에 들리는 듯했다. "넌 걔 어디가 좋니?"

환영회 날, 나는 약간 멋을 부렸다. 나처럼 평범한 외모는 멋을 부려도 항상 민망할 따름이었다. 예뻐지고 싶다는 마음이 있으나 자질은 평범하고, 그러면서도 너무 과도하게 꾸며서 남들에게 주제도 모른다고 비웃음당하는 건 아닌지 걱정이 됐다. 그래서 매번 공들여 멋을 부린 후에도 다른 사람 눈에는 똑같은 모습이었다.

나는 감히 그와 같은 테이블에 앉지 못했고 밥 먹는 내내 정신이 빠져 있었다. 우리 고등학교에서 작년과 올해 같은 대학에 입학한 사람을 합하면 거의 60명이니, 자기소개만 한 번 돌아도 모임이 파할 시간이 될 지경이었다. 난 줄곧 멀리서 XX를 바라보며, 평소엔 얼음처럼 차가운 그가 신나게 같은 과 선배와 대화를 나누고 전화번호를 교환하며 과목 선택 비결을 물어보는 모습을 보았다.

그리고 그 모든 상황은 내가 일어나 가식적인 모습으로 자기소개를 할 때 일어난 거였다.

아주 오랜 시간이 지난 후, 난 그와 수다를 떨다가 내가 갓 입학했을 때 곤란했던 이야기를 꺼냈다. 왼팔에 석고 깁스를 하고 있는데도 농구 수업을 신청하다니 그야말로 죽으려고 작정을 했다고 말이다. 그가 눈썹을 치켜올리며 물었다. "너 팔 부러졌었어?"

나는 고개를 끄덕이며 더는 설명하지 않았다.

나는 그렇게나 눈에 띄는 사람이었다. 졸업식 때 표창장을 받을 때도 깁스를 하고 있었고, 환영회 회식 때도 깁스를 하고 있었다. 모두가 나를 둘러싸고 물었다. "어떻게 된 거야?", "상태가 심각해?", "아이고, 조심하지 그랬어." ……우리의 거리가 가장 가까웠을 땐 서로의 어깨가 10센티도 떨어져 있지 않았는데, 그는 한 번도 나를 본 적이 없었다.

나중에 우린 그래도 서로 알게 되었다. 굉장히 평범한 방식으로.

첫 번째 문자는 그가 보냈다. 입학 때 영어 등급 시험에서 몇 급을 받았냐는 질문이었다. 나는 답장을 보냈다. "3급. 넌?"

그가 답장했다. "나도." 잠시 후 바로 문자 하나가 더 왔다. "너도 3급이라니 안심이다. 그럼 우리 고등학교 동창 중에는 4급 받은 사람은 없겠지."

난 이게 그저 공부벌레가 안심하기 위해 뜬금없이 보낸 문자라는 걸, 다른 사람을 칭찬하며 자신도 칭찬하는 거라는 걸 알았다. 어쩌면 그는 이미 많은 사람들에게 물어봤을 수도 있고, 어쩌면 그저 인사치레 말일 수도 있었다.

그러나 난 수업 시간에 휴대폰 화면이 쪼개질 정도로 그 문자들을 뚫어져라 바라보았다. ……이건 그러니까 내가 공부를 잘한다는 걸 알고 있다는 건가? 어떻게 알았지? 예전부터 알았을까? 걘 날 어떻게 생각하는 걸까? 걘 공부 말고 다른 일에는 관심이 없지 않았나?

나는 조심스럽게 그의 문자에 답장을 보냈다. 친절하면서도 오버해서는 안 되었고, 답장을 하면서도 그가 계속 내게 답장할 수 있도록 충분한 꼬리를 남겨둬야 했다. 대화가 갑자기 뚝 끊기지 않도록…….

왼팔의 깁스를 푼 지 얼마 되지 않아 아직 힘이 들어가지 않았는데도, 난 오른손으로는 일기를 쓰면서 왼손에는 휴대폰을 쥔 채 그와 짜지도 않고 싱겁지도 않은 문자를 하나하나 주고받았고, 홀로 힘겨운 대화를 유지했다.

난 인내심이 강한 사람이 아니었다. 그럼에도 그가 수업을 신청하다가 과목이 겹쳐서 내게 도움을 요청하는 문자를 보냈을 때, 난 뜨거운 태양을 무릅쓰고 저 멀리 영어과 강의동까지 가서 그를 대신해 과목 정정 방법을 문의할 수 있었다. 그가 내 전화를 끊고 "전화하는 거 싫어해"라는 문자를 보냈을 때, 나는 장문의 문자로 '수업 정정 공략'을 정리해 그에게 보낼 수 있었다. 그가 감기에 걸렸다고 했을 때, 약 한 무더기를 사서 남학생 기숙사 경비실에 맡길 수 있었다. 바이두*나 구글이 아직 발달하지 않은 시절에 길거리 안내소에서 그를 위해 학교에서 베이징 역까지 가는 환승 방법을 조회할 수 있었다. 아, 물론 그 결과도 문자로 보내줬다.

고맙게도 내 왼손은 매우 빠르게 회복되었다.

그러나 우리는 만나지 않았다. 나와 그 사이의 유일한 연락은 휴대폰 바탕화면에 있는 메시지 아이콘뿐이었다. 나는 스스

---

* Baidu, 중국 검색엔진.

로 적극적으로 그에게 만나자고 하지 않았고, 한밤중에 쓸데없는 문자도 보내지 않았으며, 고맙다는 인사도 요구하지 않았다.

그리하여 그도 정말로 내게 고맙다고 한 적 없었으며, "내가 밥 쏠게" 같은 인사치레도 한마디 하지 않았다.

얼마 후, 학교 강당에서 쉬징레이徐靜蕾의 영화 〈꿈이 현실을 비출 때〉가 개봉했다. 나는 포스터에 적힌 제목을 보며 전전긍긍했다.

결국 용기를 내서 그에게 문자를 보냈다. "영화 볼래? 내가 쏠게."

그가 답장을 보냈다.

"."

가슴이 쿵 하고 내려앉았다. 나는 얼른 산산조각 난 자존심을 주워 담았다. "됐어, 보기 싫으면 솔직히 말하지. 난 그냥 포스터가 붙어 있길래 물어본 거야."

그가 다시 답장을 보냈다. "안 본다고 한 적은 없는데."

지금도 난 마침표로 말줄임표를 대신하는 사람을 아주 싫어한다. 가끔 그렇게 하는 나 자신도 포함해서 말이다.

영화는 저녁 6시 반에 시작했다. 6시에 자습실에서 나왔는데 밖에 비가 내리는 걸 보고 얼른 그에게 문자를 보냈다. "지금 기숙사야? 비 오니까 우산 잊지 마."

"넌? 우산 있어?"

비를 쫄딱 맞았더니 선인장도 마침내 꽃을 피웠다. 나는 바보같이 웃으며 답장을 보냈다. "괜찮아, 뛰어가면 돼."

얼른 데리러 오겠다고 말해!

그가 말했다. "어."

어두컴컴한 강당 안, 영화는 여간 난해한 게 아니라서 같이 보자고 한 나는 난처하기 짝이 없었다. 영화가 끝나자 주요 제작자들이 무대에 올라 학생들과 교류하는 시간이 이어졌다. 나는 XX에게 말했다. "듣지 말고 그냥 가자."

그는 대사면이라도 받은 표정이었다.

기숙사로 돌아오는 길에 내가 불쑥 물었다. "너 친구 없지?"

XX는 아주 성실하게 고개를 저었다. 하얗고 얌전한 모습, 그에 대한 호감이 다시 적지 않게 돌아왔다.

몇 초 후, 그는 별안간 고개를 돌려 나를 바라보았다. "넌 지금 내 친구야……, 그렇지?"

"왜?"

"그게 아니면 나한테 왜 이렇게 잘해주겠어?" 살짝 쑥스러운 듯했다. "이렇게까지 잘해주는 사람은 없었거든."

다행히 밤의 나무 그림자가 내 표정을 감춰주었다. 안 그랬으면 그는 내 일그러진 얼굴을 보고 귀신이라도 들린 줄 알았을 거다.

내가 왜 잘해주겠어요, 혹시 머리가 좀 모자라신 거 아녜요?

마침내 탁 트인 곳으로 나왔다. 달빛 아래에서 나는 그를 보며 비장한 미소를 지었다. "난 천성적으로 친절한 사람이야."

보름 후, 왓슨스*에서 샴푸를 고르고 있는데 그에게서 원망 어린 문자를 받았다. "내가 너한테 QQ 계정 만들어줬는데 왜 한 번도 안 써?"

나는 학창 시절에 QQ 열풍에 동참하지 않았다. 베테랑 허세 소녀인 나는 놓치거나 따라잡지 못한 것들에 대해 대외적으로는 하찮게 보는 태도를 취했으나, XX는 그래도 날 억지로 QQ에 가입시키면서 사용하라는 명령을 내렸다. 마음속이 조금 달콤해졌다는 걸 부인할 수 없었다.

난 그를 놀리고 싶어 물었다. "왜 자꾸 나한테 QQ를 쓰라는 거야? 나랑 채팅하고 싶어서?"

5분 후, 답장이 왔다.

"너랑 영어 답안지 맞춰보려고."

이건 낙타를 좌절시킨 마지막 지푸라기였다. 나는 화가 나서 부르르 떨었지만 이성은 내게 XX에겐 잘못이 없다고 말해주었다. 모두 내가 원해서 탈탈 털어 베푼 열정과 선의인데 어찌 남 탓을 하겠는가?

그렇지만 또다시 날 굽히며 그의 습관에 협조할 필요는 없었다. 곧장 그에게 전화를 걸었으나 예상대로 그는 받지 않았다. 다시 걸었지만, 또 받지 않았다. 두 번의 전화 이후 난 그에게 다시는 연락하지 않았다. 다음날, 그는 아무 일도 없었던 것처럼

---

* Watsons, 드럭스토어 체인점.

또 나에게 기차표 사는 일을 물어보았다. 난 답장하지 않았다.

밤, 그가 밑도 끝도 없이 문자 하나를 보냈다. "난 무섭고도 이기적인 사람이야. 이제 너도 알겠지, 나한테서 멀리 떨어져."

알고 보니 XX는 바보가 아니었다.

서로 연락하지 않던 두 달 동안, 나는 새로운 동아리에 들었고 유행하는 대로 파마를 하고 옷을 입으며 다양한 새 친구를 사귀었다. 대학 생활이 떠들썩해지면서 차츰 더는 XX를 생각하지 않게 되었고, 마침내 객관적이고도 냉정하게 그를 평가할 수 있게 되었다.

헛소문은 아니었다. 그는 확실히 감성 지수가 아주 낮았고, 확실히 호감 가는 사람이 아니었다.

그렇다면 난 그의 뭘 좋아했을까? 설마 처음에 놀랄 만큼 아름답고 완벽하게 보였던 건 단지 세상 물정에 어두웠기 때문일까? 매번 그의 재미라곤 전혀 없는 답장과 나조차도 진절머리가 나는 마침표의 향연은 모두 작은 노키아 휴대폰 수신함에 가득 들어차 차마 지우지 못한 채로 있었다.

기말고사가 다가오는 초겨울 아침, 나는 어느 작은 길 끝에서 그의 뒷모습을 보았다.

고등학교 시절 수많은 아침, 나는 거의 시간 맞춰 식당에서 나왔고, 늘 그가 책가방을 들고 교학동을 향해 걸어가는 뒷모습을 볼 수 있었다. 그럴 때면 내면의 오만방자한 난 곧장 달려가 앞에 있는 남학생을 향해 큰 소리로 외치고만 싶었다. "XX! 안녕! 우리 인사하고 지내자!"

다행히 달려나가지 않았다. 안타깝게도 달려나가지 않았다.

이렇게 회상하는 중에 무심코 그의 이름이 입 밖으로 나와버렸다. 낭랑한 목소리, 마치 몇 년 동안 알고 지낸 것처럼 가벼운 부름이었다. 그러나 이건 단지 평범한 아침에 우연히 아는 사람을 만난 것에 불과했다.

그는 몸을 돌려 약간 쑥스러운 듯 웃으며 말했다. "난 네가 다시는 아는 척 안 할 줄 알았어."

내가 대답했다. "그럴 리가?"

예전에 얼굴 붉혔던 일에 대해서는 입을 꽉 다문 채, 우리는 각자의 기말고사와 선택과목 리포트를 어떻게 써야 하는지, 어떤 식당의 전병말이가 맛있는지에 대해 이야기했다……. 마침내 더는 나 혼자 주절주절 떠들지 않게 된 것이다. 어쩌면 내가 날 드러내고 관계를 가깝게 만들려는 의도를 포기했기 때문에 모든 것이 간단하게 변한지도 몰랐다.

우리는 같이 도서관에서 자습을 했고, 가끔 난 아는 문제를 일부러 물어보기도 했다. 자습이 끝나면 그와 함께 자전거 타는 연습을 했고, 그는 날 뒷자리에 태우려고 하다가 하마터면 날 넘어뜨려 죽일 뻔했다. 그는 자전거에서 뛰어내리며 미안하다고 했고, 난 내가 너무 무거웠던 거라고 했다. 자전거를 타다가 힘들면 호숫가에 앉았다. 부드러운 달빛 아래에서, 나는 순수하지 않은 마음으로 고등학교 때 이야기를 캐물으며 조금씩 소문의 진상을 확인했고, 당시 그의 눈에 내가 어떤 모습이었는지 조금씩 퍼즐을 맞춰보았다.

고1 때 뒷자리 여자애와 그는 학원에서 대화를 나눈 적이 있었지만, 그는 그 여자애에 대해선 이미 까맣게 잊어버린 상태였다.

그는 한 번도 3점슛을 넣은 적이 없었다. 만약 있었다면 내가 봤던 그때가 유일했다.

"국어는 정말 싫어했어. 하지만 네가 쓴 작문은 본 적 있어. 예전에 시험지 바꿔서 평가할 때, 네 작문 시험지를 내가 평가했었거든."

순간 "무슨 말인지 모르겠다"라고 쓰여 있던 작문 시험지가 떠오르면서 어이가 없었다.

나는 마침내 진짜 XX를 알게 되었다. 그는 내가 상상하던 그 어떤 모습도 아니었다. 그는 평범한 남자아이였고 농구를 좋아하지만 잘하지는 못했다. 졸업 후에 미국에 가고 싶어 하는 여느 이과 남학생들과 마찬가지였다. 엄마를 무척 의지하면서도 엄마를 짜증 나 했다. 겉으로는 쌀쌀맞아 보여도 속은 부드러운 성격이었고, 친구가 무척 적었다. 애니메이션을 좋아했고 사람들과 어울리는 법을 잘 몰랐다. 조금이라도 에둘러서 하는 말은 알아듣지 못했다.

나도 더는 휴대폰을 쥐고 전전긍긍하며 신중하게 답장을 보내지 않았다. 문자 보내기가 귀찮으면 바로 통화 버튼을 눌렀다. 그도 비록 약간 긴장하며 더듬거리긴 했어도 결국엔 전화를 받게 되었다. 재미있는 걸 보면 여전히 그에게 추천해주었지만, 그가 "봐도 뭔지 모르겠다"라고 말할 때면 당황하거나 난처해하지 않고 그저 웃으며 넘어갔다. 가끔은 그에게 네가 어리석은 거라며 욕을 하기도 했다.

난 천성적으로 친절한 사람이 아니었지만 결국엔 그의 친구가 되었다.

어느 평범하기 이를 데 없던 밤, 야간 자습이 끝나고 우리는 자전거를 타고 호숫가로 가서 잠시 앉아 있었다. 내가 불쑥 말했다. "노래 부르자."

"난 노래 안 해. 초등학교 때 음악 선생님이 나한테 낙제 점수를 주겠다고 몰아세웠는데도 안 불렀어."

"알겠어."

하지만 잠시 침묵이 흐른 후 그가 갑자기 입을 열어 노래를 부르기 시작했다. 목소리가 맑고 음정이 정확했지만 딱히 듣기 좋은 건 아니었다.

저우제룬의 〈칠리향〉. 그가 내 손을 잡고 부른 노래였다.

우리는 서로 상대방이 뭔가 말하기를 기다리는 듯했지만 결국엔 함께 침묵했다.

1년 전 갓 입학했을 때, 그가 유일하게 들어준 내 부탁은 바로 수화 동아리에 같이 가입한 거였다. 내가 그를 꼬드긴 이유는 수화를 배우는 첫 시간에 '사랑해'라는 수화를 가르쳐준다는 정보를 입수했기 때문이었다.

200명을 수용할 수 있는 교실은 학생들로 빽빽하게 들어차 있었다. 그는 견디지 못하고 눈썹을 찌푸리며 말했다. "지루해. 난 갈게."

내가 붙잡을 새도 없이 그는 내게 인사도 하지 않고 갔다. 그가 문 뒤로 사라지자마자 앞에 서 있던 동아리 회장이 싱글벙글 웃으며 말했다. "다들 이걸 기대하고 있었죠? 자, 우리 그럼 가장 중요한 한마디를 배워볼까요."

'난 널 사랑해.'

그는 나중에 문자로 내게 물었다. "나 가고 나서 또 뭐 배웠어? 재밌었어? 내가 뭐 놓친 내용 있어?"

나는 대답했다. "아니."

내 열정은 몽땅 과거에 불타 없어져 버렸다. 처음에 내가 왜 그랬는지 정말 후회스러웠다. 애초에 그러지 말았어야 했는데.

그 순간, 나는 마침내 내 마음을 이해했다. 농구대 옆에서 산책하는 척하던 그 여고생은 여전히 나와 같은 핏줄로 연결되어 같은 기억을 공유하고 있었다. 나도 그녀의 어리석은 사랑을 위해 목숨 걸고 노력한 적 있었다. 다만 안타깝게도 갈망과 획득 사이에는 이렇게나 긴 시간차가 있었다. 그것은 시나브로 나를 변화시켰으며, 나는 그녀의 환상에 대가를 지불하고 싶지 않았다.

이건 어쩌면 그녀가 원하던 것일 테다. 하지만 나는 흐르는 세월을 통과해 그녀를 지금의 달빛 아래로 데려와 "모든 걸 네게 줄게"라고 말할 방법이 없었다.

어쨌거나 결국은 늦었던 거다. 내가 더는 그녀가 아닐 만큼.

난 슬며시 내 손을 빼냈다.

열여덟아홉 나이에 인생은 얼마나 시끌벅적한가. 난 끝내 슬며시 손을 빼냈다.

그리고 우리 관계는 서서히 옅어졌다.

대학교 3학년 때, 난 교환학생으로 1년간 외국에 가게 되었다. 떠나기 전 여름방학, 그는 나에게 송별회 겸 밥을 사주겠다고 했다.

나의 첫 반응은 그가 혹시 휴대폰을 도둑맞은 건 아닌가였다. 장난치는 건가, XX가 어떻게 이런 인간미 넘치는 행동을 할 수 있어.

그러나 난 여전히 신이 나서 공들여 치장했다. 8월의 지독하게 더운 날씨에 우리는 저우제룬의 〈쿵푸덩크〉를 보러 갔다. 영화 시작 30분 전, 우리는 야외 나무 그늘 아래에 앉아 한담을 나누었다. 그가 GRE 성적을 아주 잘 받았다는 둥, 나 혼자 외국에 나갈 땐 안전에 유의해야 한다는 둥……. 그러다 내가 불쑥 물었다. "저번에 같이 영화 봤던 거 기억해?"

우리는 영화를 세 번 같이 보았다. 두 번째 봤을 때도 여름이었고, 그때 본 영화는 저우제룬의 〈말할 수 없는 비밀〉이었다. 그가 왜 영화표를 사서 내게 영화를 보여주었는지는 모르겠지만, 나한테 시간 있느냐고도 묻지 않았다. 나는 티베트에서 돌아오는 기차에서 내리자마자 1시간 만에 베이징 기차역에서 하이덴극장 영화관으로 뛰어가야 했고, 도중에 학교에 들러 옷까지 갈아입어야 했다.

XX는 깜짝 놀라 말했다. "시간이 안 될 것 같으면 나한테 말을 하지 그랬어?"

나는 웃으며 말했다. "난 천성적으로 친절한 사람이라."

영화가 끝난 후 우리는 같이 점심을 먹으러 갔다. 나는 그가 혼자 400위안이 넘는 요리를 샤샤샥 주문하는 걸 보고 말했다. "나한테 메뉴판 한번 보여주면 죽기라도 하니?" 그는 그제야 자신이 실례했다는 걸 깨닫고 난처한 듯 해명했다. "부모님이랑 왔을 때 이렇게 먹었거든. 그래서 그날 먹었던 대로 주문했어."

마음속이 온통 시고 떫은 부드러움으로 가득 찼다.

식사를 마친 그는 집에 어떻게 가야 하는지 몰라 허둥거렸다. 나는 다시금 울지도 웃지도 못한 채 그를 버스 타는 곳까지 데려다주었고, 그가 뒷좌석에 앉아 나를 향해 있는 힘껏 손을 흔드는 모습을 바라보았다. 푸른 하늘과 하얀 구름 밑에서 그 뒷모습은 차량 행렬 속으로 들어갔다. 나는 그 자리에 아주 오래, 오랫동안 서 있었다.

대체 누가 누구를 송별해주는 거야. 얼굴은 웃고 있었지만 괜스레 눈물이 흘러내렸다.

"안녕." 나는 속으로 묵묵히 말했다.

과정이 평범하고 지루한 이야기였지만 어쨌거나 결말은 착했다.

그런데 서로 아무런 연락도 없던 반년 후, 느닷없이 그가 학교 계정으로 메일을 보내왔다. 내용은 달랑 한 줄이었다. "나 여자 친구 생겼어."

내심 자랑스럽게 여겼던 착한 결말이 미친듯이 요동치며 삐딱한 말이 절로 튀어나왔다. 일부러 나한테 알려줄 건 뭔데? 설마 이 몸이 무척이나 신경 쓸 것 같아서?

그러나 그건 순간 스쳐 지나간 생각이었고, 그 소식은 의외로 날 낙담하게 만들지 않았다. 아주 조금도. 나는 바로 답장을 보냈다. "축하해. 행복하길 바랄게."

다시 몇 분 후, 한 낯선 여자애도 내게 메일을 보냈다. "그 사람은 내 거예요. 내가 당신 대신 잘 보살필 테니까 걱정하지 마요."

정면으로 덮쳐오는 비틀린 악의에 나는 어안이 벙벙했다.

그와 거의 동시에 XX도 답장을 보냈다. "방금 여자 친구 있다고 썼던 건 걔가 내 계정으로 보낸 거야. 꼭 그렇게 하겠다고 고집을 부려서 나도 막지 못했어."

나는 멍하니 화면을 바라보았다. 황당하면서도 화가 치밀어 올랐다. 나는 얼른 화면을 닫고 그릇을 받쳐 든 채 식탁 앞으로 돌아왔다. 그리고 식사를 계속하며 나와 함께 사는 미국 아가씨 보Bo에게 감자를 아주 잘 튀겼다며 과장되게 칭찬을 늘어놓았다. 보가 갑자기 물었다. "왜 울어?"

내가 울었나?

무엇보다 웃긴 건, 내가 무려 영어로 다른 사람에게 XX와의 이야기를 처음으로 완전하게 털어놓았다는 것이다.

나는 보에게 거듭 말했다. "아마 너도 오해하고 있겠지. 하지만 난 정말 걔 여자 친구 때문에 속상한 게 아냐. 질투한 것도 아니고. 정말 그런 게 아니라니까."

보가 나를 안고 부드럽게 토닥여주었다. "I know, I know, It shouldn't be like this."

It shouldn't be like this.

이래서는 안 되는데.

난 그에게 아주 잘해주었고, 그도 나에게 진심을 보여주었다. '100가지 실패 사례'에 수록될 만한 애매한 감정에 대해 우리는 이미 작별 인사를 했고 다시는 연락하지 않았다.

난 그렇게나 결말을 신경 썼다. 마지막 작별은 침착하고 담담해야 했다. 땀 냄새로 자욱한 기차역 입구에서 '안녕'도 말하기 전에 커다란 짐 보따리를 끌고 오가는 여행객들에게 이리 밀리고 저리 밀리고 하다가, 다시 고개를 들었을 때 상대방은 이미 보이지 않는 그런 작별이 아냐.

형식이라는 건 중요하다. 우리의 초라하고 낙담한 인생에서 조금이나마 장중함을 만들도록 노력하게 해주니까 말이다. 난 그런 장중함이 필요했다. 이건 XX를 위해서가 아니었다.

그녀를 위해서였다.

그 시절, 여행 가방을 내려놓고 두 팔을 벌린 채 새처럼 계단을 날아가듯 내려가던 여고생을 위해.

다행히 하늘은 내게 야박하지 않았다. 내가 원하던 마무리는 마침내 1년 뒤에 거둘 수 있었다.

　대학 4학년 겨울, 막 면접을 마친 나는 예쁘지만 따뜻하지 않은 트렌치코트를 입고 오들오들 떨며 학교로 걸어가다가, 길가 가게에서 사오첸차오 한 잔을 주문해 손에 쥐고 온기를 충전했다. 이때, 어디선가 자전거 넘어지는 소리가 들렸다. 고개를 돌리니 XX가 그의 여자 친구와 함께 넘어져 있는 모습이 보였다.

　거긴 가파른 언덕이었다. 자전거로 언덕을 오르는 건 원래부터 힘든 일인데 다른 사람까지 태운다면 말할 것도 없었다.

　예전에 그가 나도 자전거에 태워줬던 일이 떠올랐다. 그땐 넘어지고 나서 허리를 굽혀 절만 안 했다 뿐이지 서로 예의를 차렸었다.

　이때, 그가 여자 친구에게 고함치는 소리가 들렸다. "내가 이럴 때 올라타지 말라고 했잖아! 꼭 이렇게 해서 날 넘어뜨려야겠어?"

　문득 이런 생각이 들었다. 만약 이런 상황이 내게 벌어진다면 난 어떻게 반응할까? 아마 굳은 얼굴로 사과하곤 곧장 가방을 집어 들고 가버렸겠지?⋯⋯네가 감히 나한테 소리를 쳐?!

　그런데 그의 여자 친구는 고개를 기울이며 아주 달콤하게 웃을 뿐이었다. "난 네가 날 태우고 언덕을 올라갔으면 했지."

　그는 여전히 기분이 풀리지 않은 것 같았지만 고집 부리지 않고 굳은 표정으로 말했다. "알았어, 타."

난 멀지 않은 곳에서 소리 내어 웃었다. 진심으로 이 모든 것이 다 잘됐다고 생각했다.

이게 바로 연인이지. 위선도 거짓도 없이, 쓸데없는 자존심이 가로막는 것도 없이, 모든 게 그렇게나 자연스럽고 사랑스러운.

그때의 일도 딱히 넘어가지 못할 건 없었다. 그는 진정으로 사랑하는 사람을 만났고 자신의 모든 걸, 그 시절에 모호하게 썸을 타던 어중이떠중이가 누구였는지를 포함해 솔직하게 인정하려고 했다. 그러고는 사랑하는 여자가 그 어중이떠중이에게 이를 드러내며 시위하는 걸 그저 손 놓고 바라보았다……, 이 얼마나 정당하고 달콤한 행동인가.

이야기를 말하는 방법에는 수만 가지가 있다. 나는 그들을 받아들이는 방식을 결말로 선택했다.

그리고 제자리에 서서 한참을 웃었다.

별것도 아닌 짝사랑에 불과한 걸 딱히 좋게 쓸 건 없었지만, 난 이 이야기가 특별하게 들릴 수 있도록 한 글자 한 글자를 무척이나 정중하게 써 내려갔다.

왜냐하면 열여섯 살의 내가 책상 옆에 턱을 괴고 앉아 갓 써 내려간 내용을 한 글자 한 글자 읽으며 수시로 검지로 모니터를 가리키는 것 같았기 때문이었다.

여기 좀 이상하네, 다시 써.

여기서는 거짓말을 했잖아. 다시 써.

여기…… 이 내용은 쓰지 말지. 우리끼리만 알자.

나는 그녀의 말을 듣지 않으려고 했다. 기억에 필터링을 하지 않기란 쉽지 않은 법이다. 어떤 일은 굳이 진실 그대로 쓸 필요도 없었다. 자칫 남들이 내가 아직도 XX를 잊지 못한다고 오해한다면 어떻게 감당한단 말인가?

그러나 열여섯 살의 내가 말했다. "넌 반드시 솔직해야 해."

넌 자신에게 솔직해야 해.

그리하여 난 어른의 가면을 벗어던지고 내면의 허영심과 열심히 투쟁하며 소녀의 마음이 어떻게 추락했는지에 대한 이야기를 썼다.

나는 그녀가 고맙다고 하는 말을 들었다.

오랫동안 고군분투하다가 드디어 스물여섯의 나를 맞이해줘서 고마워.

10년 늦게 도착한 이 전우를.

우리는 손을 잡고 함께 이 청춘 앞에서 가장 긴 작별 인사를 했다.

좋은 건 모두 그녀에게 남겨주었다. 나머지 인생은 내가 소화할 것이다. 이젠 나도 그럴 수 있을 정도로 충분히 성숙해졌으니까.

바웨창안

너를 부르는 시간 〈2〉

暗戀.橘生淮南

초판 1쇄 발행 2020년 7월 30일

지은이 | 바웨창안
옮긴이 | 강은혜

펴낸이 | 조미현
책임편집 | 황정원
디자인 | 나윤영

펴낸곳 | (주)현암사
등록 | 1951년 12월 24일 · 제10-126호
주소 | 04029 서울시 마포구 동교로12안길 35
전화 | 02-365-5051
팩스 | 02-313-2729
전자우편 | dalda@hyeonamsa.com
홈페이지 | www.hyeonamsa.com
블로그 | blog.naver.com/hyeonamsa

ISBN 978-89-323-2067-0 04820
ISBN 978-89-323-2068-7 (세트)

*이 도서의 국립중앙도서관 출판예정도서목록(CIP)은 서지정보유통지원시스템 홈페이지
(http://seoji.nl.go.kr)와 국가자료공동목록시스템(http://www.nl.go.kr/kolisnet)에서
이용하실 수 있습니다. (CIP제어번호 CIP2020029405)
*책값은 뒤표지에 있습니다. 잘못된 책은 바꾸어 드립니다.
*달다(DALDA)는 (주)현암사의 장르소설 브랜드입니다.